ZOUGUO GAOSAN

走过高三

新教师成长日记

李镇西／主编

刘祥 著

教育科学出版社
·北京·

《大学》录汤之盘铭曰：『苟日新，日日新，又日新。』『新教师』不仅仅局限于刚参加工作的教师，更指不守旧，不固守常规，积极学习，不断更新自己，每天都有新面貌的教师。将『新教师』与一般教师区别开来的决定性因素不是工作年限，而是他们是否有自己的教育思想，是否不满足现状、一直充满工作和生活的激情。

丛书序

李镇西

写作，对于教育的意义早已被人们所承认——通过文字，可以表达自己对教育的见解，或公开自己的教育思想；但写作对于教师的意义，尤其是对教师成长的意义，则未必被每一位教育者所认识。

20多年的教育成长经历告诉我，教师的写作，对于教师的成长实在是有着十分重要的作用。比如，也许许多老师是因为《爱心与教育》而记住了我的名字，我也因这本书而赢得了许多读者的尊敬，并渐渐被人称作“教育专家”。但其实只有我自己知道，我并不比千千万万的一线普通老师高明多少。常常在外面向同行们作汇报时，我总是说：“其实，我和大家是一样的——对学生的爱是一样，对教育的执著是一样，所遇到的困惑是一样，所感受到的幸福也是一样，甚至包括许多教育教学方法或者说技巧都是一样的！如果硬要说我和大家有什么不一样的话，那就是我对体现教育的爱、执著、困惑、幸福、方法、技巧的故事进行了些思考，并把它们一点一滴地记载了下来，还写成了书。仅此而已！”

这是我的心里话。的确，在同样有着丰富实践经验的前提下，也许恰恰是写作使我现在拥有了许多老师所羡慕的所谓“成功”。可以毫不夸张地说，写作为我的教育事业插上了翅膀。不能设想，如果我的教育事业离开了写作会是什么样子。

但许多老师听了我的话却摇头：“哪有那么简单呀！你是专家嘛，有写作的水平，而对于普通老师来说，书可不是那么容易写的。”

于是，我给他们讲网友红袖（陈晓华）老师的故事：2001年7月，我在网上偶然结识了红袖，当时他很真诚地说他读过我的《爱心与教育》等许多书，“很受影响”云云。我在网上对他说：“我这些书，你都可以写的。只要你把你的故事你的情感你的思考坚持不懈地记录下来，就是一本你自己的《爱心与教育》!”

四年过去了，红袖老师出版了《追寻教育的诗意》《守望高三的日子》等著作。前不久，我和他通电话时，他还在说：“当时你那句话对我影响真的很大，你说我也可以写出《爱心与教育》，于是我便开始拿起笔了。”现在，红袖又推出了他的第三本日记体教育著作《怀揣着希望上路》。

当然不只是红袖，还有这套丛书的其他作者：铁皮鼓（魏智渊）、二刘（刘国营）……他们都用自己的写作证明着自己的成长，更证明着这样一个朴素的道理——

实践、思考并记录，这正是一个普通的教师成长为一名教育专家的关键所在!

完全可以这样说，就日常工作而言，绝大多数教师的敬业精神都是令人敬佩的；而且，所有教师的工作都是一样的琐碎而辛苦；但最后，为什么只有少数教师成为了教育专家或专家型的教育者呢？区别就在于是否思考并记录。

教师成长为什么需要写作？

加拿大学者马克斯·范梅南在其《生活体验研究》一书中有着非常精辟的论述：“写作即思考和行动的调和。”“写作是将思维成果跃然于纸上。写作是将内在的东西进行外化，它使我们离开自己直接面对的世界。如果我们审视纸张，审视我们所写的东西，我们客观化了的思维也在审视我们，于是，写作就建立了某种思考的认识状态，这种状态通常是社会科学理论所具有的特征。”“写作是颇具创造性的活动。写作者写出了文章，写出的又不仅仅是文章，而是作者自己。正如萨特或许会说的：作者是他自己产品的产物。写作是某种自我制造或自我塑造。写作是为了检验事物的深度，也是为了了解自身的深度。”“写作使思想脱离实践，又让思想回归实践当中。”“‘实践’的意思就是‘思考活动’：充满思考的活动和充满活动的思考。”

近年来，“行动研究”“叙事研究”成为比较时尚的教育科研词汇。其实，这里的“研究”首先是教育者自己对自己的研究，也就是说，教师既是研究者，同时也把自己当作研究对象。怎么研究？做一个反思型教师，以写作为载体，反思自己的实践。这里的“写作”实际上是搜集积累自己的教育矿藏的过程，也是总结提炼自己的教育智慧教育艺术的过程。和有些教师仅仅是应付职称评定的“写作”不同，反思型教师的写作有两个特点：第一是“日常性”，把写作当作自己的需要并养成习惯，通过每一天的写作点点滴滴地积累教育心得，而不是到期末为了应付校长才写一篇总结；第二是“叙事性”，就是写原汁原味的教育案例，不必煞费苦心地“构建”什么理论框架，也不借时髦的“理论”和晦涩的名词来进行学术包装，就让自己的教育故事保留着鲜活的气息，让心灵的泉水自然而然地流淌出来。

“新教师成长日记”丛书的作者，都是没有什么“知名度”（至少现在还没有）的普通老师。我们推出他们的教育日记，不是把他们当作已经被公认的“优秀教师”来树立“榜样”，他们现在所带的班级可能也还谈不上是通常意义上的“优秀班集体”。我们要展示的是这些老师成长的艰辛而富有探索意义的“过程”，而不是“功成名就”的“结果”。正在成长并渴望成功的读者，可能会从他们的日常教育叙事中，“亲临”他们实践的现场，感受他们的情感和思想，把握他们成长的轨迹，进而恍然大悟：原来“钢铁”就是这样炼成的！并情不自禁地想到自己：其实我也可以这样做呀！

我们就是希望这套丛书能够给广大的教师展示这样一个朴素的道理——

写作不仅仅是单纯的写作，它必然伴随着实践、阅读与思考。它与实践相随，与阅读同行，与思考为伴。实践是它的源泉，阅读是它的基础，思考是它的灵魂。因此，写作的确是一名普通教师成长为教育专家的有效途径。

无数优秀教师的成长已经证明了这一点；我们坚信，更多正在成长的教师将继续证明这一点。

2005年11月20日

开篇的话

信手敲下“走过高三”这四个字时，心中是胆怯的。我不知道我是否有恒心有毅力，将这个帖子坚持到带完这届高三。这个世界，实在有太多的诱惑，牵引着我的视线，让我在每一个宁静的夜，试图离开熟悉的键盘，走向电视机，走向麻将桌，走向歌舞厅。我本凡俗，没有坚韧不拔的意志，没有矢志不渝的目标。我只想用我的眼睛我的文字，见证我所生存的这个时代，见证这个时代中已然走向病变的教育。或许，我永远无力疗救任何沉疴，永远无法摆脱身上的镣铐。然而，即使我注定了只能是戴了镣铐舞蹈的群体中卑微的一员，我还是希望能透过缠绕在脖颈上的铁链，发出一个普通教师本该发出的声音。

屈指算来，工作已经22个年头。22年中，我站过山区初中的讲台，做过农村学校的领导，参加过各种教学竞赛，接触过三教九流的学生家长。无数的学生，流水一般从我的眼睛中、鬓角旁扑扇着日渐丰满的羽翅，飞向属于他们的精彩世界。而我，也在岁月的风尘中，竭尽了所有的力量，试图为自己折腾出一片理想的天空。

青春无痕。无痕的青春，如和风丽日，只留下温暖的记忆，就悄然而逝。生命，在日复一日的循环往复中，催生着沧桑与归真之花。办公桌前的玻璃挡板上，往昔学生的笑脸，依旧如花，绽放在过去、现在与未来的时空中。每一张灿烂的笑容背后，都有一个鲜活的生命，正在世界的某个角落，实实在在地存在。

他们，都是我放飞出去的风筝吗？我手中的线，只能是一份牵挂和无数祝福。许许多多的细节，都在飞扬的粉笔灰中，淡化成一个个抽象的姓名。无法变更的，只有曾经。

于是，我希望能将眼下的细节，凝铸成不变的历史。希望

开篇的话

用笨拙的文字，保存下 2008 届高三的点点滴滴。或许，若干年后，和我的孩子们相逢，我可以充满骄傲地告诉他们：我已用墨写的文字，将你们的青春你们的奋斗你们的苦痛，连同着我的岁月我的思考我的痛楚，一起定格在了这段特殊的年月。

公元 2007 年 7 月 4 日

目　录

2007 年 7 月：忙碌的暑假（上）

07 月 04 日　开学第一天／3
07 月 05 日　试卷评讲中的“众生图”／5
07 月 06 日　走近徐志摩／7
07 月 07 日　文人的天良／8
07 月 08 日　让生命在场／11
07 月 09 日　雨日杂思／14
07 月 10 日　异样的“风景”／16
07 月 11 日　自信，不一定是优点／17
07 月 12 日　恐怖的“精细化”／19
07 月 13 日　我为谁狂／20
07 月 14 日　我非优秀／22
07 月 15 日　扪心自问／23
07 月 16 日　学习是一种娱乐／26
07 月 17 日　开卷有益／27
07 月 18 日　花开的理由／29
07 月 19 日　每一道斑纹，都有存在的价值／30
07 月 20 日　自得其乐／34
07 月 21 日　学贵有法／36
07 月 22 日　遭遇“校园恋人”／37
07 月 23 日　明天放假了，不应该高兴吗？／39
07 月 24 日　释放心情／40

目录

2007 年 8 月：忙碌的暑假（下）

08 月 07 日　找不到的感觉／45
08 月 08 日　代班主任／46
08 月 09 日　陌生的来信／48
08 月 10 日　品味精彩／50
08 月 11 日　天竟然很蓝／51
08 月 12 日　拨动心弦／52
08 月 13 日　我心无恙／54
08 月 14 日　没有了喷泉会如何?／55
08 月 15 日　有意跑题／57
08 月 16 日　沙里淘金／58
08 月 17 日　高层有变／60
08 月 18 日　寻梦南京（上）／61
08 月 19 日　寻梦南京（下）／65
08 月 20 日　无从下手的标点符号／68
08 月 21 日　来自诗歌的感觉／70
08 月 22 日　警惕伪崇高／71
08 月 23 日　教材的滑头与无奈／73
08 月 24 日　为了青春，干杯／74
08 月 25 日　新生开始报到／77
08 月 26 日　探寻文字背后的意义／78
08 月 27 日　种子开始发芽／80
08 月 28 日　新官上任／81
08 月 29 日　坐在异乡的台阶上／83
08 月 30 日　爱得我所／84

2007 年 9 月：硝烟初起

09 月 01 日　高二也疯狂／89
09 月 02 日　第一次备课组会议／90
09 月 03 日　校长在哭穷／92
09 月 04 日　一天三会／93
09 月 05 日　乐观的理由／94
09 月 06 日　开学典礼／96
09 月 07 日　第二十二条军规／98
09 月 08 日　我本懦夫／100
09 月 10 日　今天教师节／101

09 月 11 日　人在何方／105
09 月 12 日　数据，还是数据／106
09 月 13 日　当苏轼遭遇考点时／108
09 月 14 日　培训杂思／109
09 月 15 日　周末很充实／111
09 月 17 日　督导组要来了／112
09 月 18 日　一级备战状态／114
09 月 19 日　督导延期三天／116
09 月 20 日　台风过处／117
09 月 21 日　一份调查表／119
09 月 22 日　督导抽测／122
09 月 24 日　梦、晨会及其他／124
09 月 25 日　中秋无节／125
09 月 26 日　督导序曲／127
09 月 27 日　督导团终于来了／128
09 月 28 日　督导进行时／132
09 月 29 日　国庆无假期／135
09 月 30 日　自我放假一天／137

2007 年 *10* 月：为生命默哀

10 月 03 日　焰火为何而燃／141
10 月 04 日　差距咋就这么大／142
10 月 05 日　马小哈与马大哈／143
10 月 06 日　鱼渔之间／144
10 月 08 日　月考成绩／146
10 月 09 日　失败也是好事／147
10 月 10 日　都是好孩子呢／149
10 月 11 日　技巧不能漠视／150
10 月 12 日　车祸，美好的生命逝去／151
10 月 13 日　天也在哭／152
10 月 15 日　在无聊中寻找突破／153
10 月 16 日　语文，路在何方／155
10 月 17 日　我的一天／156
10 月 18 日　最后的送行／158
10 月 19 日　救赎之道／160
10 月 20 日　每一朵花，都有开放的理由／162

10 月 22 日　升旗及其他／164
10 月 23 日　造假与守真／166
10 月 24 日　总有些事，值得深思／167
10 月 25 日　“怎么学”与“怎么教”／169
10 月 26 日　可怕的行程／170
10 月 29 日　谋杀语文?／172
10 月 30 日　教学风格与教学体系化／174
10 月 31 日　大脑转动与思想／176

2007 年 11 月：第一次统测

11 月 01 日　以人观己／181
11 月 02 日　进入二轮复习／182
11 月 03 日　高三的周末／183
11 月 05 日　变革中的杂思／185
11 月 06 日　偷得半日闲／186
11 月 07 日　雾里乾坤／188
11 月 08 日　立冬日杂记／190
11 月 09 日　闲里偷忙／191
11 月 10 日　绝非粗心／193
11 月 12 日　犯禁／195
11 月 13 日　读书及其他／196
11 月 14 日　此梦与彼梦／198
11 月 15 日　遭遇作弊／200
11 月 17 日　跟谁较劲?／202
11 月 18 日　给教育局打工／204
11 月 19 日　成绩背后的隐语／206
11 月 20 日　先喜后忧／208
11 月 21 日　请让我来帮助你／210
11 月 22 日　接受新任务／212
11 月 23 日　一些杂事／214
11 月 24 日　试卷上，那些无法容忍的错／215
11 月 26 日　统测分析会／218
11 月 27 日　下乡支教／220
11 月 28 日　盛桥的作文问题／222
11 月 29 日　校长明天要赛课／223
11 月 30 日　又接新任务／225

2007年12月：我们宣誓

12月03日　让学生走上讲台/229
12月04日　忙/230
12月05日　失态的小小/231
12月06日　也说“专家”/232
12月07日　兴奋与幸福/234
12月10日　坐哪，是门学问/235
12月11日　真正的教研/236
12月12日　贵客将至前的繁忙/238
12月13日　校园开放日/239
12月14日　可怕的“习惯”/242
12月15日　工作的目的与态势/243
12月17日　眼一睁，忙竞争/245
12月18日　那雾，那路/246
12月19日　誓师大会杂感/248
12月20日　明天禁课/249
12月21日　稻草人的价值/251
12月22日　生日快乐/252
12月24日　差距与信心/254
12月25日　沉默的圣诞/255
12月26日　我们宣誓/257
12月27日　冬眠不觉晓/259
12月28日　睡过了……/261
12月29日　岁末终有岁末的样儿/263
12月31日　年终的亢奋/264

2008年1月：期末总动员

01月02日　两份收费清单/269
01月03日　如果能洗脑就好了/271
01月04日　态度与能力/273
01月05日　两张稿费单/274
01月07日　约法三章/275
01月08日　多样触动/277
01月09日　有规矩则成方圆/278
01月10日　大鱼和小鱼/280

01 月 11 日　红海洋／282
01 月 12 日　期末考试目标／284
01 月 14 日　在思考中成长／286
01 月 15 日　雪天的快乐／287
01 月 16 日　惩戒中的学问／289
01 月 17 日　书到结尾……／291
01 月 18 日　遭贼记／292
01 月 19 日　玩对联／294
01 月 20 日　幸福的辩证法／296
01 月 21 日　今天我休息／297
01 月 22 日　笼子与学生／299
01 月 23 日　花儿健康地开／301
01 月 24 日　家长的求助／303
01 月 25 日　每个孩子都是一幅画／305
01 月 26 日　师生同考／307

2008 年 2 月：希望在早春

02 月 14 日　一切并不都是新的／311
02 月 15 日　没完没了的数据／313
02 月 16 日　考错了?!／315
02 月 17 日　今天还算很充实／318
02 月 18 日　成绩分析与我的工作量／320
02 月 19 日　我可怜的教学之“道”／323
02 月 20 日　老周的兴奋／325
02 月 21 日　元宵节的另类“风景”／327
02 月 22 日　百日会战宣誓／331
02 月 23 日　杂思中的牢骚与妙悟／334
02 月 25 日　杂乱的星期一／336
02 月 26 日　孩子给予的感动／339
02 月 27 日　低档错误与修补／341
02 月 28 日　目标与动力／343
02 月 29 日　民主与独裁／345

2008 年 3 月：走过高原期

03 月 01 日　接受培训／349
03 月 02 日　淘到几本旧书／351

03 月 03 日　我的“高考信息发布会”/353
03 月 04 日　危机迫来/355
03 月 05 日　我的治病秘籍/357
03 月 06 日　与疾病和屏幕较劲儿/359
03 月 07 日　那些规范条例呀/361
03 月 08 日　读书与组稿/362
03 月 10 日　两种改革/365
03 月 11 日　我的课题研究/367
03 月 12 日　播火者朱永新/369
03 月 13 日　生命，不能原地踏步/372
03 月 14 日　动静之间/374
03 月 15 日　考场也有风景/376
03 月 17 日　我的“作文指导四步法”/378
03 月 18 日　从时政中寻找信息/380
03 月 19 日　月考成绩/381
03 月 20 日　三种态势/383
03 月 21 日　三篇优秀作文/385
03 月 22 日　读书的态势/387
03 月 24 日　“偶遇”李零/389
03 月 25 日　遭遇摊派/391
03 月 26 日　“百校行”来了/393
03 月 27 日　“法西斯”遭遇“马小哈”/395
03 月 28 日　春的层次/397
03 月 29 日　一切需要对话/400
03 月 31 日　我的坏心眼/401

2008 年 4 月：黎明前的黑暗

04 月 01 日　见证“奇迹”/405
04 月 02 日　集中阅卷/406
04 月 03 日　坚决抗旨/409
04 月 04 日　徐冰的意见与我的申诉/412
04 月 05 日　屏蔽纷扰/414
04 月 06 日　我的《答网友问》/415
04 月 07 日　在二附中“受训”/423
04 月 08 日　有趣与无趣/424
04 月 09 日　质量分析会/426

04 月 10 日　班情分析与下步策略／428
04 月 11 日　理想犹在／430
04 月 12 日　依旧“自作多情”／432
04 月 14 日　没来由的杂感／434
04 月 15 日　教学，应以学生的接受力为基础／437
04 月 16 日　小说中的人性挖掘／444
04 月 17 日　督导组又要来了／446
04 月 18 日　老钱的倒霉与媒体的变态／448
04 月 19 日　那些“闲书”“闲话”／450
04 月 21 日　关于“和谐”／452
04 月 22 日　叙事文本如何教／454
04 月 23 日　遮住课堂的那层纱／456
04 月 24 日　“月亮”告诉我／458
04 月 25 日　校园来了洋博士／460
04 月 26 日　值得警惕的／463
04 月 28 日　又闻槐花香／465
04 月 29 日　我们的冲刺规划／467
04 月 30 日　来自隔壁的讨论声／470

2008 年 *5* 月：最后的冲刺

05 月 01 日　虾趣／475
05 月 02 日　自由复习日／477
05 月 03 日　过错了日子／479
05 月 04 日　“五模”进行时／481
05 月 05 日　网上阅卷／484
05 月 06 日　在实验室监考／487
05 月 07 日　那些不得不关注的细节／489
05 月 08 日　考试后遗症／492
05 月 09 日　无处申冤的分数错判／494
05 月 10 日　解题的顺序与速度／496
05 月 12 日　四川地震了／498
05 月 13 日　巨大的悲伤／500
05 月 14 日　盛怒之下／502
05 月 15 日　献出一点爱心／503
05 月 16 日　南下苏州／505
05 月 17 日　审校书稿／507

05月18日　做回落汤鸡/509
05月19日　国家哀悼日/512
05月20日　不息的，依旧是折腾/514
05月21日　细节突破/516
05月22日　第N次强调/519
05月23日　再一次重复/521
05月24日　考出来的郁闷/523
05月26日　我读《那一刻地动山摇》/525
05月27日　教育的责任在于唤醒/527
05月28日　高考作文的那点事儿/530
05月29日　最后一课/532
05月30日　作文，从严还是从宽?/535

2008年6月：沙场夏点兵

06月01日　毛病依旧不少/539
06月02日　真不容易/541
06月03日　信息中的焦灼/543
06月04日　作文，还是作文/545
06月05日　考前指导中的怪招/546
06月06日　总攻发起之前/552
06月07日　大战开始……/554

尾声/558

后记/563

07

忙碌的暑假（上）

2007

“放暑假了，准备到哪去玩？”一位网友问。

“到课堂上玩呀，带着一帮孩子，战高温，斗酷暑，遨游知识长空，搏击题海风浪，思接千载，视通万里，不花钱还能赚补课费，比旅游惬意多了吧。”我戏谑地回答。

“唉，你们高中老师就是辛苦！暑假也不休息。”网友便感叹。

“是啊，暑假也不休息。但这并不说明我们是受虐狂，只能说明我们无法掌握自己的命运。”

2007年7月

日	7月01日	
一	7月02日	
二	7月03日	
三	7月04日	开学第一天
四	7月05日	试卷评讲中的“众生图”
五	7月06日	走近徐志摩
六	7月07日	文人的天良
日	7月08日	让生命在场
一	7月09日	雨日杂思
二	7月10日	异样的“风景”
三	7月11日	自信，不一定是优点
四	7月12日	恐怖的“精细化”
五	7月13日	我为谁狂
六	7月14日	我非优秀
日	7月15日	扪心自问
一	7月16日	学习是一种娱乐
二	7月17日	开卷有益
三	7月18日	花开的理由
四	7月19日	每一道斑纹，都有存在的价值
五	7月20日	自得其乐
六	7月21日	学贵有法
日	7月22日	遭遇“校园恋人”
一	7月23日	明天放假了，不应该高兴吗？
二	7月24日	释放心情
三	7月25日	
四	7月26日	
五	7月27日	
六	7月28日	
日	7月29日	
一	7月30日	
二	7月31日	

7月4日 星期三

开学第一天

高二的结束，就是高三的自然开始。前两天，到兄弟学校参加期末统测的集中阅卷，回来后只休息了一天，便开始为高三教学备课了。

下午3点，学校召开学期结束工作会议。校长分析了本校、本市①乃至整个大市②的高考情况，传达了全市高考表彰大会的主要精神。今年高考，全市比原计划超额完成任务35%。据说，已经跻身省教育第一方阵中。于是，市委书记发贺信给教育局，对今年高考的辉煌成绩表示祝贺。祝贺之后，又提出新的希望。书记希望教育口2008年继续创造辉煌，在2007年的基础上，来年升学人数再提高35%。

书记当然希望升学率越高越好。教育，毕竟也是政府工作的一部分，是政绩工程的一块基石。然而，校长却无论如何也不敢表这个态。教育，不是生产产品，不是多加两个班就可以保证把产品数量提高上来。教育面对的毕竟是活生生的人。

接着，校长公布了刚刚结束的期末统测成绩排名。这次，学校中好几门学科，平均分落到了二中、师大二附中和私立远大高中的后面。其中历史学科，排名全市第四。这个成绩，让向来以老大自居的我们这四星级高中，很是塌了面子。校长很生气，后果自然很严重。于是，这几门学科的老师，除了年度考核要拿最末等奖金外，还被训斥得恨不能从地下找个裂缝钻进去。

大会结束，留下所有高二升高三的老师，继续开会。这个会议，自然可以算得上学校2008届高三第一次全体老师大会。会议由年级分管副校长王军主持。这样的会，历来，都是火药味更加浓郁的。

---

① 此处指县级市仪征，后文中凡用“本市”均为此意。

② 此处指地级市扬州，后文中凡用“大市”均为此意。

王军在公布了人员分工后，开始训话。副校长的训话，实际上也就是工作任务布置。我不得不牢记下几条核心纲领：

第一，新一届高三，人人头上有指标。市里下发给学校的指标，高二时已经分解到了各个班级。进入高三后，要把班级的指标，再分解到课任教师头上。要让每个高三老师，都有明确的目标意识，要全力以赴，完成上级布置的任务。

第二，新一届高三，必须理直气壮地抓升学率。要让贡献率成为检验一个教师是否优秀的绝对标准。所有高三老师，必须利用课余时间找学生谈心，必须给边缘学生吃小灶。对于班主任划定的边缘学生，各课任教师，必须每周两次为他们面批练习。

第三，新一届高三，必须通过精细化管理全面提高学生成绩。月有月考，周有周测。每考必改，每改必评，试卷不隔天。班主任必须立足全天候管理。要抓好下午上课前、晚上自习前的闲暇时间，把学生控制在教室内自习。

第四，实行备课组长负责制。每门学科，学校一个月进行一次教学工作检查，年级进行半个月一次教学检查，备课组实行周周检查。备课组内，必须统一教学内容，统一教学进度，统一作业布置，统一考试。任何教师，不得随意更改备课组安排的教学计划活动。

余下还有许多细节，在压抑的氛围下，没有能牢记下来。

副校长讲话结束后，校长继续强调。从2007年4个课改试验区的高考，谈到2008年我们可能面对的种种困难，再谈到眼下学校招生中的具体问题，最后再提出进一步的要求。

大会议室外，暮色开始铺展，一如会议室内四下铺展着的紧张压抑的氛围。

年级会结束，备课组会议接着召开。

新高三，队伍又壮大了。一位多年坚守高三的副主任，和教研组长一起，加入了我们的行列。

备课组会议，是无须过分压抑的。或许只有在这样的会议上，身为教师的我们，才真正拥有了话语权。当然，也仅仅是话语权。是否有用，另当别论。

备课组会议，自然是讨论一些具体的课程教学事务。首先是统一暑期补课安排，其次是就2007年高考广东等4个试验区的试卷命题进行研究，试图从中揣摩出2008年新高考的某些动向。这个会议，时间不长，半个小时，即告结束。

我们开会时，学生们开始“搬家”，将书本等物品，由高二教学楼，搬到对面的高三教学楼。

7月5日 星期四

试卷评讲中的“众生图”

一早到校时，课程表、作息时间表、晚值班表已经躺在办公室的地面上。显然，是从门缝中塞进来的。开了门，一脚就踩在了这些纸片上。于是，一个大大的黑脚印，成了这些表格的印章。

外面，阳光并没有出来。阴沉沉的天，格外地压抑与郁闷。

掸去表格上的污浊，细看，课程采用的，是五天循环制。第一天，上午4节连堂；第二天，上午4节连堂；第三天，上午2节连堂；第四天，上下午各2节；第五天，上下午各2节。前期补课二十天，中间没有休息，总计正课时数72节。

晚自修五天中安排了两个，分别是第三天与第五天。

作息时间：7：05预备，7：15开始第一节课，10：50放学。下午15点开始，17：45放学。晚上19：10开始，至22点结束。

7：12，离开办公室，前往教室。今天的任务，是分析评讲期末统测试卷。

7班的教室里，学生们已在焦灼地等待着我的“大驾光临”。因为我的手中，握着一沓他们视为生命的试卷，试卷上，有比生命还重要的分数。

先说废话，从考试整体情况分析，说到阅卷中发现的问题，再说到班级内的得失情况。讲台下，有人注目而视，有人垂头丧气。

发试卷。有人抓过试卷，紧张地瞟一眼，突然就如释重负，然后脸上立刻荡漾出灿烂的笑；有人先把试卷一把抓到座位下，再偷偷打开，然后脸上跟着出现失望的神色。再把试卷一把握成皱巴巴的一团，恨恨地往桌肚中塞。

于是，订正试卷时，失败者就显得格外地聚精会神，手头的笔，不论答案是否有用，都认认真真地记录着。而胜利者，则相对轻松得多，只用最舒服的坐法，最简洁的文字，懒懒散散地记录下他们认为重要的内容。

班级作文有两个高分，一个63分，一个62分。两人都是平时文章很一般，甚至可以说写作功底较差的。而另一位很会写文章的同学，却只得了30分。作文，就是这样让人哭笑不得。

一口气拿下两节课，正好把试卷订正完。

后两节课，移师13班。文科班，总是让人头疼。18名男生中，学习的，6个。边学边玩的，4个。剩下的8个，从高一起，就属于自我放弃的角色。进入高三，依旧是只做三件事：说话，睡觉，欺侮同学。

毕竟有一周左右时间没有上课了，两节课下来，嗓子已经开始冒烟。然而，该说的话，还是要说。该强调的知识点，也一样不能少。不但不能简化程序，反而还要在细节上深化。文科班的基础总是薄弱的，不把话说透，学生就弄不明白。

课堂内，总有窸窸窣窣的声响，随了我的声音而抑扬顿挫地起伏着。班主任刚调整过座位，原本上课就睡觉的几个主儿，因为换了伙伴的缘故，突然兴奋起来。这群可怜的人儿，每个人都是花费了数万元的择校费，才得以走进我们这四星级高中的大门。然而，父母们的血汗，只买了一张课桌，充当起酣眠的床铺。

分数，在文科班中，只成为一半人的关注点。那些说话睡觉的，只在考试时，才重视分数。考试时，他们想千方设百计地玩弄各种作弊高招。现在，评讲试卷对他们来说，则完全成为毫无意义的行为。

不可否认，这个群体中的自暴自弃者，或许本是可以被教育感化成优秀人才的人。没有人是从骨子里开始腐烂的，没有人天生就不是读书的料。可惜的是，眼下的重负中，这些或许属于蒙尘的珍珠，无人有精力去掸拂它的尘垢。老师，早已在过度劳作中，丧失了应有的激情和力量。

于是，想起校长的话：极少数自暴自弃的，只要上课不捣乱，让他睡觉就是。

四节课后，腰酸背痛。好在下午没课，可以休息。

7月6日 星期五

走近徐志摩

正式上课。

两个课时。前一节课，学习2007年广东省高考考纲。一是让学生明了新课程背景下的考试模式，二是营造一种紧张氛围。事关切身利益，即使是13班那批以睡觉为主业的同学，也大多相对认真地睁开了难得一睁的眼睛。

后一节课，开始进入《现代散文选读》第三单元的学习。依照备课组计划，应该学习徐志摩的散文《翡冷翠山居闲话》。

先从单元导读入手，研究本单元的文体，明确抒情散文的体裁定位。

授课中，提出几个问题：

1.《再别康桥》是否还能背诵？

2. 谁能为大家介绍介绍徐志摩？

3. 谁读过余秋雨的《山居笔记》？可否说说《山居笔记》和《翡冷翠山居闲话》在文章价值走向上的差异？

4. 徐志摩所倡导与追求的自由，是一种什么样的自由？这样的自由，与他的身份、地位是否有某种关联？

5. 以本文为阅读材料，你能否依照高考模式，设计出4道可以供大家阅读分析的题目？

然后学生读书，同座位讨论，小组讨论，组织发言。

7班，已经没有人能把《再别康桥》背诵下来。13班好一些，毕竟是文科，一些各方面都比较优秀的学生，依旧可以将这首诗熟练地背下来。没办法，这就是文学的灵性。

至于《山居笔记》，7班仅有2位女生读过。13班，有5位女生1位男生读过。依旧是文科学生阅读面相对广些。

偶尔提问一个小问题："做客"与"作客"有什么差别？这是一个已经重复过至少3遍的问题。13班的学生没有人回答上来，7班却大多还记得。肯学习，善于把老师说过的知识生吞活剥了记忆下来。这一点，理科生又比文科生要扎实得多。

13班最后两排的几个男生，眼睛总是滑向窗外。50米外的公路上，车来车往。精彩的世界，透过校园低矮的铁栅栏，一览无余地潜入教室。李延与朱训，不时地用手在桌肚下交战。这对“狐朋狗友”，160分的语文，每次都是60余分，其中作文还占了大头。

下午，办公室内备课。王子抱了几十斤重的试卷，气喘吁吁地闯进办公室：“组长指示，海南卷，晚自习时发给学生做。”

这家伙，最近谈恋爱谈得特别热乎，工作上的干劲儿也十足。

“要不要收上来批改？”夏琼有点儿紧张。

“有答案，学生自己根据答案核对就可以。”王子一口气总算透过来。

“谢天谢地。这个‘有发必改’，可真是要命的招数。”夏琼也是长舒一口气。

7月7日 星期六

文人的天良

鲁迅先生在《灯下漫笔》中，将国人归纳为两种类型：一种是暂时做稳了奴隶；另一种是想做奴隶而不得。和后一种人相比，前一种人自然是“幸福”与“快乐”的。

我今天的感觉，就是“幸福”与“快乐”。因为今天只有两节课。如果说连着四节课的痛苦类似于“想做奴隶而不得”，那么，两节课自然就属于“暂时做稳了奴隶”，是值得“幸福”一下的。

今天，领着孩子们一起学习萧红的《春意挂上了树梢》：

“三月花还没有开，人们嗅不到花香，只是马路上融化了积雪的泥泞干起来。天空打起朦胧的多有春意的云彩；暖风如轻纱一般浮动在街道上，院子里……”

来自东北沦陷区的女作家用冷峻的笔触，将20世纪30年代民族的灾难与个体细腻的情感体验结合在一起。与徐志摩的唯美主义相比较，萧红的文字，更多地体现了鲁迅先生的“文学为人生”的创作主张。

于是在13班授课时多拓展了一些内容。文科班的女生中，将来肯定有吃文字饭的。用自己的文字干预生活、呈现生活的纷繁复杂，是文学工作者的天良。身为语文教师的我，有绝对的责任，告诉她们这些。

我说：“一个文学工作者，首先应该是一个大写的人。在他身上，应该体现着人类的良知，应该承载着人类的美好希望。优秀的文学工作者，没有一个是为自己的利益而活着。他们担负着一个国家一个民族的精神灵魂的重担。我知道，我们13班将来肯定有走上文学之路的同学。那么，我希望，他也能够承担起这份职责与使命。”

我看见，徐冰与小小的眼睛中，都闪过了一丝光芒。

两节课后，上网，读帖子。再次遭遇“犬儒主义”。

前阶段翻了一些资料，对其有个大体了解。今日读帖，发现帖主的理解，存在着望文生义的现象。于是，利用搜索引擎，找到数十条阐释“犬儒”与“犬儒主义”的文章，逐个学习。再一次理清“犬儒主义”由“愤世嫉俗”到“玩世不恭”的发展演变之路。

检点自身，似乎处处有“犬儒”的身影潜伏着。一身冷汗。

下午，大雨滂沱。

午睡醒来，取过枕边的武侠故事，随意读几页。书中的刀光剑影，伴着室外阵阵雷鸣，铿锵出一片亦真亦幻的玄妙时空。一时间，自觉体内有真气涌动，似乎右手食指与中指尖上，有剑气昂扬而出。随手向着桌上的茶杯击去，茶杯巍然不动，也没有剑气破空的嘶嘶声响。

悻悻然起床。到学校，进办公室，打开电脑。

一家报纸的约稿，今天是最后期限，不得不完成。好在内容简单，2500字的限额，一个多小时，即宣告完工。打开信箱，发送过去。发现有新邮件。打开，是《意林》的通知，一个大稿，二审没有过。

看书，书中自有黄金屋。

一个小故事，很有哲理，也适合将来做阅读题。摘抄下来：

陷　阱

一个农夫进城卖驴和山羊。山羊的脖子上系着一个小铃铛。三个小偷看见了，一个小偷说："我去偷羊，叫农夫发现不了。"另一个小偷说："我要从农夫手里把驴偷走。"第三个小偷说："这都不难，我能把农夫身上的衣服全部偷来。"

第一个小偷悄悄地走近山羊，把铃铛解了下来，拴到了驴尾巴上，然后把羊牵走了。农夫在拐角处四顾了一下，发现山羊不见了，就开始寻找。

这时，第二个小偷走到农夫面前，问他在找什么，农夫说他丢了一只羊。小偷说："我见到你的山羊了，刚才有一个人牵着一只羊向那片树林里走去了，现在还能抓住他。"农夫恳求小偷帮他牵着驴，自己去追山羊。第二个小偷趁机把驴牵走了。

农夫从树林里回来一看，驴子也不见了，就在路上一边走一边哭。走着走着，他看见池塘边坐着一个人，也在哭。农夫问他发生了什么事情。

那人说："人家让我把一袋金子送到城里去，实在是太累了，我在池塘边坐着休息，睡着了，睡梦中把那袋金子推到水里去了。"农夫问他为什么不下去把口袋捞上来。那人说："我怕水，因为我不会游泳，谁要是把这一袋金子捞上来，我就送他二十锭金子。"

农夫大喜，心想："正因为别人偷走了我的山羊和驴子，上帝才赐给我幸福。"于是，他脱下衣服，潜到水里，可是他无论如何也找不到那一袋金子。当他从水里爬上来时，发现衣服不见了。原来是第三个小偷把他的衣服偷走了。

这则寓言故事，言浅意深。人生的三大陷阱：大意、轻信、贪婪，一个不缺地呈现在读者面前。

晚间，7班的三节辅导课。按既定规则，第一节必须完成语文练习。发2007年海南省高考试卷，要求当晚完成。7班的孩子，总是很乖，布置了任务，大多数能不折不扣地完成。

巡视两圈，孩子们个个奋笔疾书。于是，我读手头的《史怀泽传》。

校园外的街道上，不知什么人在办什么喜事，震耳的爆竹，突然炸响，校园里的楼房，一起在轰响中震颤。许多孩子的眉头，都紧锁起来。

第二节课，室外开始电闪雷鸣。坐在窗口的孩子，吓得把窗子全部关严。每一道闪电出现，第二排的女生赵娜，便双手紧捂耳朵，缩了头，等着那一声巨响。然而，很多时候，即使闪电过后很长时间，也没有轰响声炸开在头顶。着实浪费了她太多的表情。

两辆消防车，鸣叫着从校门外的公路上冲过。或许，不远处的某个场所，遭遇了雷电的袭击吧，但愿没有人员伤亡。

第三节，雷声消逝，雨却依旧下着。孩子们开始做永没有尽头的数学作业，我开始写今天的随笔日记。语文晚自修，几乎就没有学生问问题，这，恰好给了我一片宁静的空间，得以小结自己一天的得失。

发帖时，突然意识到，今天是七七事变七十周年纪念日。天，今天忙着上课，竟然忘记了这个日子。

为什么今天的网络新闻，也没有这方面的信息呢？这样惨痛的过去，怎么可以轻易地忘却？

7月8日　星期日

让生命在场

有一些文字，是需要用灵魂一点一滴地感悟的。

《寒风吹彻》，是难得的好课文。但这样的课文，却不一定愿意为学生打开大门。而一旦进入不了，则只能是浮光掠影，无法获得真正的收益。

所以，需要导入，需要铺垫。

我的导入，从学生的切身理想开始。我问："你认为你来到这个世界，可以为世界留下点什么？你渴望轰轰烈烈，还是渴望平平淡淡？如果你注定了无法精彩，那么，你是否还会为了某种目标而不懈努力？"

孩子们的回答，虽然五花八门，然而，张扬的时代，赋予了他们张扬的个性，又有谁会轻视自己的存在。

我继续追问："如果命运不是将你安排在富庶的江苏，而是让你出生在贫穷落后闭塞的西部。你从一出生，就没有见过电灯，没有看过电视，没有吃饱过肚子，没有见过十里路之外的世界，那么，你是否还会有各种宏伟的理想？如果你的祖祖辈辈，都是这样日复一日年复一年地生活着，每一代人都只是沿着上一代人走过的路，一点不差地重复一遍。看不到改变的希望，找不到改变的路径，你还有心情放飞你的梦想吗？"

这，显然是一种沉重。沉重，就可以催生思考，而思考，就是灵魂的拷问。于是，课堂，开始有了静思，有了凝重。

在孩子们静思的基础上，我开始介绍作者。不是照本宣科地介绍，而是渲染其生存环境的恶劣与绝望，渲染其不屈的抗争。这样的介绍，目的是让孩子们在情感上亲近作者，和作者形成共鸣。

把刘亮程引入孩子们的大脑中之后，我才开始组织第一次阅读。这次阅读，目的在于建立初步的整体感受。我要求每人手中拿一支笔，有感想立刻写下来，语段可以，句子可以，不连贯的词汇，同样可以。当然，对于课文的疑问，对某些难懂语句的质疑，也同样可以写下来。

上课时，外面正下着雨，教室里一片安静。只有室外沙沙的雨，冲洗着天地间各种看得见的灰尘。然而，这雨水却冲不破思想与情感编织的网。网中，人性的善良与冷漠、孤独与绝望，从课文的字里行间漫溢出来，滴落在湿漉漉的地面。

我和学生一起阅读。学生，大多是第一次读；我，是第三次读。我和作者年龄相当，我也有过多年农村生活的感受，所以，我更能读进去，更能感受到文字背后的深层叹息。于是，我的心一点点下沉，直沉入古老而蛮荒的岁月之中。生存与生命，在无助的土地上，野草般自生自灭着。羸弱、卑微。

读完，交流感受。孩子们各自从自身的情感体验出发，谈自己的主题领悟，谈自身的情感触动。这些观点，有些依旧肤浅，有些，则抵达了某种深度。

小小感叹："这是一曲生命的悲歌。字里行间，我读出的是一种难以抑制的苦难。这种苦难，似乎与生俱来，植根在骨子中。"

娟子说："我觉得，文题的寒风，不但是自然界无法抗御的寒风，更是人生的寒风。寒风吹彻的，不单是单薄的衣服、有裂缝的墙壁，更是无法战胜的绝望。"

……

学生们的话，大多在我的思考范围之内，毕竟，我有切身的体验为基础，思考得相对深刻。

整体感知之后，进入下一个教学环节。抛出三个问题，让学生们先思考后讨论：

1．读出了什么？

2．读懂了什么？

3．还有什么没有读懂？

前两个问题，解决起来容易。难度在第三个上。只有用心品味，才能发现问题，才能有"惑"。

反复启发中，学生将课文的一些疑难语句提炼了出来，诸如"落在一个人一生中的雪，我们不能全部看见。每个人都在自己的生命中，孤独地过冬。我们帮不了谁"等，都成为了下一步研讨的对象。

讨论中，为了加深理解、拓展知识，我将马斯洛的需要层次论搬到了黑板上。《寒风吹彻》需要"需要层次论"的理论引领，否则，骨子里的悲凉，无法体悟。

生存，还是生存。生存需要得不到满足，一切，都成为虚空。

这两节课，我说得多。讲台下，绝大多数眼睛，都闪烁着思考的光。

13 班，李延与朱训依旧在桌肚下进行自己的游戏。生存与生命，是另一个世界的话题，似乎永远不会跟他俩发生直接的关系。

下课，两人飞一般窜出。在他们前面奔逃的，是羸弱的黄恩昊。黄恩昊的存在，似乎就是为了供这俩小子发泄过剩的精力。

晚间，守在办公室里读帖写稿。三楼的一位老师上来，与夏琼谈暑期办班的事。这老师是个牛人，在校外办了个辅导班，广收高一新生，进行高一新课程的学习。四星级学校就是好，老师个个都是金字招牌。据他说，外面很多辅导班，根本就请不到我们学校的老师，却还是四处张扬，说那里的老师是我们学校的。

7月9日 星期一

雨日杂思

雨，其实很可爱。

撑把伞，骑了自行车慢慢悠悠地来上班。细细的雨，跟伞捉迷藏。一会儿从伞的上方掠过，把细细的清凉，温情地抹过我的额角。一会儿，又从伞的下方袭入，在我的裤脚上，画下片片的抽象画。

清晨，在雨水中湿漉漉地醒来，迷蒙而诗意。

至学校时，尚不及7点，距离上课，还有15分钟的时间。

对面高二教学楼的走廊上，伫立着不少因“迟到”而被罚站的孩子。直愣愣地，全无半点神气。楼房和教室，如一幅胡搅蛮缠的写意作品，灰头土脸地陪衬着这些被惩罚的生灵。

一直不明白一个事实：学校既然规定7：05预备，7：15开始早读。为什么所有的班级，都理直气壮地以6：50为早读的开始，迟于6：50，就要在走廊上示众呢？大家都喜欢6：50开始上班，干脆将作息时间调整到此时，不更加名正言顺吗？然而，作息时间表上，永远冠冕堂皇地扶植着7：15这个傀儡。

打开电脑，查看邮件。天津的岳老师，将电子版的《教学勇气》分两次发了过来。很早就知道这部作品，却一直没有认真阅读。这个假期，需要更多地亲近书本，而教学理论类图书是我的首选。

今天的课，一半时间订正练习，另一半时间，做一份新的练习。

7班孩子所完成的期末文科加试试卷，最高只26分。有五六个学生，得分竟然是个位数。或许他们认为这个内容只属于文科，所以，得低分的，并无多少沮丧。

下午，造访7班班主任，谈班级整体学风建设问题。班主任老周对一些孩子的学习成绩不满意，认为他们的学习自觉性还需要进一步加强。然而，我眼中的7班，应该属于无一人是差生。不足，只在于有男女生各一人的学习习惯尚需改进。和成绩高下相比，我更看重孩子的品质。

人，只要不自暴自弃，就值得关怀，值得尊敬。而7班的孩子，不论名次如何，都在奋力前行着。

13班后排的几位男生，则让我对另一句话深信不疑：教育，不是万能的。或许，他们本质并不坏，但他们拒绝学习。

向晚，天终于放晴。

夕阳为了摆脱乌云的束缚，在竭尽全力地挣扎中，将一张圆脸憋得通红。

从教室出来时，7班的余靖，跟在我后面，讨要上次在班级朗读的一篇优秀作文。这孩子，表面看起来有点吊儿郎当，其实，对学习很是看重。

走廊上遇见语文教师出身的分管副校长王军，他说要请我做件事情。这事，前天就说过。七所老重点的部分语文教师要合作出版一本写作书。出版社已联系好，眼下，正分摊撰写章节。这年头，教辅资料的市场，总不见萎缩。

晚自修在13班看堂。成群结队的蚊虫，肆无忌惮地在教室里穿梭。教室的天花板上，密密麻麻地布满了各色的小虫。

坐在讲台上，至少要分出三分之一的心，用来应对蚊虫的叮咬。即使这样，还是防不胜防。腿上、腰上、手上，伤痕累累，全是蚊虫“亲吻”后留下的包状兴奋物。

2007年 7月10日 星期二

异样的“风景”

接连上了四节课后，上楼时，只感觉腿弯处发直，上楼梯颇为费力。

苏州市教研室的袁卫星老师说，要让每一节课，都成为学生生命中的不可或缺。这实在是一种难以企及的教学境界，我无法做到。今天的课，就属于标准的可有可无，一根鸡肋而已。

据说是教育局的要求，或者是学校假传“圣旨”，说是每个循环的5天中，必须完成两套试卷。这种不切实际的行为背后，除了急功近利，还有的，就是教学规律的颠覆。

然而，自古以来，官字两张“口”。当官的布置的任务，错了也是正确的。所以，无条件执行就是。于是，今天就是讲解练习。

讲解练习耗费不了多少脑细胞，却十分耗费体力。坚持到第四节时，腰与腿都感觉到了生存的艰辛。好在这时校园里出现的一道风景，分散了我的注意力：对面高二楼的13班，突然呼啦啦驱赶出16位学生，一长溜地趴在走廊的栏杆上写作业。紧邻的14班，似乎也不甘示弱，跟着就出来了4位，嘻嘻哈哈、歪歪扭扭地也站在走廊里。

天，在连阴雨之后，终于放晴。透过灰色云朵的阳光，懒散散地抚照在这些孩子的头上、身上、作业本上。高二13班的年轻授课教师，开始到走廊中，边训话边检查学生手头的作业。于是，16个孩子，又如同氽汤圆一般，一个个从老师的眼皮下，复又滑入班级的大汤锅内。

此时，我正在给我的学生们分析讲解《感动》这个作文题。目睹了校园内这道其实很寻常的景致，我不知是否可以用“感动”来诠释我的年轻同行的行为。当高二13班的16个孩子全部回归班级后，高二14班前那歪脖子树般的4个角色，更成为4个醒目的坐标。我从这4名置身班级外却依旧谈笑风生、全无半点羞愧的学生身上，可以清楚知晓，这一定又是类似李延与朱训般完全自我放弃的孩子。

下午，有消息传来，说是教育局刚召开的高三工作会议上，已经明确规定近期内要到各学校进行高三工作检查。检查内容包括备课、听课、作业批改等等。看来，教育局真把补课当成天经地义的事情了。

紧跟着，又有消息。说是期末考试模拟切线情况已经下达学校。这次，学校线上450余人，情况比预想要好一些。

晚间，备课组集体活动。上个学期，备课组为某教辅资料编写了几个单元内容，收获了一些稿酬。所以，今天的集体备课，就放到饭店的包厢中进行。

先是分工。将补课期间所要讲授的篇目，分摊到10位授课者头上，每人先完成一篇文章的教案设计。此外，再依照教育局和学校要求，每人出一套配套使用的试卷。

高组长将应对或者说是迎接教育局检查，看成一件十分重要的大事来抓。把所有应该考虑到的，都纳入了近期工作计划中。全部敲定后，开始喝酒。

半斤“双沟珍宝坊”装在肚中后，撤退，回办公室，赶昨日开头的一个稿子。查资料，了解班昭的“四德”。将“四德”作为考查《木兰诗》主题的背景材料。

四千余字，一气呵成。发出邮件，只待佳音。

>>>>>>>

7月11日 星期三

自信，不一定是优点

《湖心亭看雪》确实是篇难得的佳作。

原本准备将钟敬文先生的《西湖的雪景》作为课外自读，然而，备课时玩味文章中插入的《湖心亭看雪》，便改变了主意，将课外自读改为了课内阅读，并在阅读中，用大半个课时的时间，赏读张岱的这则小品文。

钟老先生的游记，走的是雅致的路数。钟老丰厚的古文化底蕴，使《西湖的雪景》布满了锦词丽句。读这则游记，并不是轻松的事情。倘若手头没有一本字典，单是读懂词句，就有很大的难度。

《湖心亭看雪》，却是一种极端的直白。这篇总计只有159字的短文，全无半点故作姿态的抒情议论，更不卖弄任何的文辞。其白描手法的运用，实在是到了炉火纯青的程度。

将《湖心亭看雪》纳入《西湖的雪景》中，是一种非常有意思的组合。如果说《西湖的雪景》如同一条绣满了各色花朵的五彩挂毯，那么，《湖心亭看雪》无疑就成了这挂毯中间镶嵌上的一小块本色蜡染。这种镶嵌，在创作者看来，或许是想把蜡染收编成自己作品的一个有机组成，使其成为作品整体中一个独特的看点，为自己的挂毯增辉；但在欣赏者的眼睛中，这块蜡染却成了理所当然的主角，成了不着粉黛、却占尽万千风情的至美。相比之下，五彩的挂毯，只够资格充当起相框的功用，借它的华美，来反衬主角的素雅与高贵。

下午，办公室里竟然不能正常上网，便挪到隔壁大办公室中。起初，有十二张办公桌的大办公室内，只有王子一个人在他的“手提”上捣鼓文章。我在最后一排，找了张空位子坐下，随意地浏览几个熟悉的论坛。然而，片刻后，来了两拨家长，找王子交流情况。王子是12班班主任，和家长建立友好沟通，是他的责任。

第一拨家长，是一对夫妻。他们的孩子，是体育生。在我们这样的学校，学习艺术与体育的，除了极少数属于确有专长外，绝大多数是高二时文化课实在跟不上队伍，校方或班主任反复动员，使其脱离文化课比拼的行列，走向另一条求学之路的非正规军。这支队伍，其成员大多非独文化课成绩惨不忍睹，个体品质，也基本不达标。

这家的孩子，昨晚自修时临阵脱逃。王子今天自然要找他的父母讨个说法。讨说法，自然就有秋菊打官司的味道。

第二拨家长，是位父亲，似乎和王子很熟。王子亦客气了许多。依稀听得王子的介绍，这家的孩子，期末考了年级的600多名。然而，他依旧很自信。孩子说，高二阶段还没有发力。高三时，发点力，就可以追上了。

我讶然。眼下自信的孩子，实在不少。但幻想着一发力，就冲到了前面，在高三残酷的学习竞争中，却只能是痴人说梦。高三，没有人会停下来等待着别人的超越。大家都用了吃奶的力气冲刺。你原本速度就比别人慢，就跑在后面，现在，你把速度加到与别人相同，就能超过别人了吗？

7月12日 星期四

恐怖的 “精细化”

7班的黑板上，赫然躺着三行醒目的大字：

根据学校统一安排

1. 早晨6：40进班，值日生提前到校，不得迟到。

2. 晚自修6：40—10：00，无故不得缺勤。

一丝苦笑，如花般绽开在口角处，却没有蔓延到整个脸颊。毕竟，神经早已麻木，小风小浪，无论如何也刺激不了日渐迟钝的神经细胞。

我是知道这样安排的理由的。在我们开始暑期补课的同时，二中与师大二附中，都已经开始补课。而二中，就规定学生早晨6：40到校。二中还有一条规定，学生中午1：40必须进班，进行中自修。

生存的巨大压力，使二中前两年就开始神经失常。失常的神经支配下，自然就会生成出一系列违反常规逻辑的举措。所以，二中两年前就开始最大限度地延长学生在校学习的时间，最大限度压缩学生睡眠与娱乐的时间，最大限度限制教师备课改作业外的一切活动。二中率先在全市范围内采用学校选聘年级分管人员、年级分管人员选聘班主任、班主任选聘任课教师的做法。二中相关校长、副校长们，高扬起权力的铁锤，将一切敢于有不同声音的异己分子，从毕业班的岗位上砸下，成为收入可怜的待岗人员。二中还创造性地将一个晚上的自修时间，细分成5节隶属于5门不同功课的时间段，并强硬规定，

5门课的老师，必须在规定时间到达规定地点进行辅导。于是，二中出成果了，二中的高考升学率三年上了三个台阶，二中成为了精细化管理的先进典型，成为了为国家培养优秀人才的模范，成为了文明单位先进集体，成为了值得全市教育口学习的榜样。二中老师的奉献精神，成为了21世纪师德的代名词。

二中动了，活了。作为老大的我们，自然不能自甘堕落，只能奋起直追。所以，我们必须也将晚自修分解，必须也让老师们人人自危、生活在提心吊胆之中，必须也让学生尽量不睡觉不娱乐。否则，我们就无法承受外来的各种各样的压力，无法捍卫我们的老大地位，无法保全顶上的乌纱和面子上的尊严。

7月13日 星期五

我为谁狂

教育厅明文规定的高中放假日终于来到了，可惜，文件终究只是写在纸上的，在中国范围内，谁把它当成必须执行的法规，那么，谁一定是大脑有了贵恙。

少数尚未觉悟的教师，竟然胡乱打听起为什么还不放假的理由。于是，一个最有说服力的观点，便呈现在他们的面前：这几天这么凉快，不抓紧时间补课，岂不是糟蹋良辰？

高二年级的课，据说已决定延时到17日结束。同办公室的小朱老师，颇为得意地戏谑："还有几天，我们就解放了。我不在这儿，你们该寂寞了吧。"

夏琼立刻接上话："才怪。我们都是工作狂，只有不工作，才会寂寞。有课可补，我们除了充实，还是充实。"

确实是充实。每天四节课之外，要备课。全部是新课文，很多文章，需要反复阅读，才可以大体上融入作者所营造的情感氛围中。读懂了，或者说自以为读懂了文章内容后，还要设计教学环节。要在深入浅出上做好功夫，要设计出让学生满意的教学流程。这，大约又需要一个半天的时间。

然后，还有练习。倘若果真不折不扣地依照要求完成每五天两套综合练习的批改，那么，至少还要搭进三四个晚上。然而，这晚间的时间，却本不属于工作。

夏琼的话，让我联想到了一首曾经传唱久远的歌："我是公社小社员呀，小呀小社员，手拿小镰刀呀，身背小竹篮。放学以后去劳动，割草积肥拾麦穗，越干越喜欢……"

我一哼唱这歌，夏琼立马笑了。小朱却只有莫名其妙的份儿。

夏琼说："这歌词是文物了，需要修改。"

于是，我一步不动，出口成章，整整比曹子建聪明了7倍："我是一个工作狂呀，工呀工作狂，每天四节课呀，晚上还要忙。放假以后来补课，备课上课改试卷，越干越喜欢……"

小朱终于明白了这不属于她那个时代的歌，落了个笑得肚子痛。

今天，学习于坚的《云南冬天的树林》。这是一篇极具禅理的漫思型写景散文。教参中，将文本的意义，定位为"用散文的形式描述了自己对自然的纯真的注视与倾听，表达了他（作者）对人与自然、语言与自然的关系的理解……于坚的立场是另一种看待自然的态度，那就是要尊重自然作为客体的自在性，在自然面前，人作为主体必须放弃自己优越的地位，更不要想当然地表达什么意义，真正想走进自然，就必须澄怀虑思，卸去我们对自然的种种预设的想法，沉入自然中去，让自然去呈现自己的状态。"

这种归纳，虽然有一定的道理。然而，细读文本，尤其是研磨文本中关于一片树叶"死去"的全过程描述，我们就可以轻易地发现，作者的写作要旨，其实瞄准的是生命意义。这个生命意义，包含了生与死的思考、存与亡的辩证，包含了个体与整体、短暂与永恒、已知与未知、自知与他知、静止与流动、辉煌与悲伤等诸多矛盾体的纠葛。

教参就是这样，总是在试图解读的过程中，因为阅读，因为体验，因为各种各样的人为或非人为力量的操控，形成着阅读的蔽障。这种遮蔽，很大程度上制约着相当部分迷信教参者的理解和知识传授，使阅读教学，仅仅成为复印机、传声筒。如此，又焉能培养出有独立思考能力的学生？

写到这里，有一丝灵感涌上心头——一个关于文本解读的文稿，在心头开始酝酿。停手，写论文赚稿费去也！

>>>>>>>>

7月14日 星期六

我非优秀

天，复又阴沉起来。

最低气温23℃，最高27℃。不冷不热，亦不压抑，还没有刺目的光线干扰。似乎正是睡眠的绝佳时间。

一大早赶到学校上课。13班似乎刚遭遇了孙悟空的瞌睡虫袭击，满桌皆是低垂的脑袋。精神好的，唯有后排那几个“另类”。歇斯底里的狂笑和大多数人的酣眠，构成绝妙的“黑白配”。

正式上课，由广东2007年高考卷语言知识运用题，拓展至“画外音”类试题的解题要点分析与解题技能归纳。原先酣眠的脑袋上，疲乏的大眼睛都努力闪动起智慧的光亮。而课间狂躁兴奋的李延们，复又回归南柯，只等待着养足了精神，为45分钟后短暂的600秒“蓄势”。

于是，边授课，边用大脑中潜伏的某些细胞，勾连起一些零零碎碎的语录。什么“宰予昼寝，朽木不可雕也，粪土之墙不可圬也，于予与何诛”；什么“始吾于人也，听其言而信其行；今吾于人也，听其言而观其行。于予与改是”；什么“没有教不好的学生，只有不会教的老师”；什么“为了一切学生，为了学生一切，一切为了学生”。鸡零狗碎，拉拉杂杂，充填起半个脑袋。

平心而论，我不是中华人民共和国的优秀教师。在这片土地上，优秀教师，都是那种可以包容一切错误，可以爱一切有过错的孩子的人。而我，只爱我的专业，只爱我所喜爱的具有不服输精神的人。对于自暴自弃者，尤其是品德低劣者，我嗤之以鼻，以为其师为耻。

第二节课，李延们“胜利大逃亡”。八个自我放弃者，一个不落。他们的去处，无外乎三个场所：校园内的小超市、篮球场、体育馆后的拐角。小超市里，可以边吃东西边看电视；篮球场，可以发泄无法宣泄的精力；拐角，可以抽烟不被人发现。

逃则逃矣。班主任的唇，为了劝说他们，早已磨损下去一半。而家长，更是彻底灰心丧气，只把学校当做一个宠物托养所，寄居一条生命苟活在这里而已。没有了他们的教室，立刻明亮了许多，阳光了许多，璀璨了许多。

下午，7 班的课，却是另一番迥然不同的景致。学习的内容，和 13 班第二节一样，都是赏析日本作家德富芦花的写景散文《晚秋初冬》。学生们良好的配合，激发起我强烈的表现欲望，于是，无数精妙的发现，都在根本没有准备的情况下，自然而然地生成出来。课，上得十分流畅而优美。两节课下来，内心中充盈着一种创造与发现的美。这种感觉，很有些日子没有获得过了。上一次，还是 2006 年 10 月，引领学生学习《春江花月夜》时。我决定，晚上，利用在 13 班晚值班的时间，把下午课的课堂实录做出来。

>>>>>>

7月15日 星期日

扪心自问

这个日子，应该用默哀来掀起清晨的帷幕。

100 年前的今天，年仅 32 岁的秋瑾就义于绍兴古轩亭口。

80 年前的今天，汪精卫领导的武汉国民政府公开倒戈，同南京的蒋介石政权握手言欢。汪蒋合流，提出了臭名昭著的

“宁可枉杀一千，不可使一人漏网”的口号。武装士兵们封闭了武汉的工会、农会，满世界搜捕并屠杀共产党人和进步分子。这天，血，染红了长江。

61 年前的今天，中国杰出的民主战士、诗人、学者闻一多在昆明被国民党特务暗杀，享年 47 岁。

强权就是这样，总容不下另类的生命存在形式。无论这种另类，是呈现为姹紫嫣红的美好，还是青面獠牙的恐怖。

上午，揣着这样的一份沉重，走向课堂。很想给锦衣玉食的孩子们，说一说那些曾经的感动。可惜，13 班内震耳欲聋的喧哗、战火纷飞的搏杀，让我的心情一下子就坏到了极点。我永远无法理解，年轻的生命，为什么就不能绽放出属于美好的花朵？孩子，在以强凌弱。学校，在息事宁人。我们的放纵，究竟是可以在潜移默化中将早已扭曲的灵魂超度过来，还是只会推波助澜，使丑陋一点点发展为丑恶？

我勃然大怒，劈头盖脸就是一顿臭骂。我知道我的行为恐怖而粗野，可我无法忍受这种彻底的自暴自弃，我更无法忍受这极少数的丑陋，一点点染黑一个群体的清白和希望。

我的粗暴，使那些置身杂乱中却依旧努力着的一大批孩子们胆战心惊。而真正的罪魁们，却又早已伏下脑袋，开始每天例行公事的休眠。

我无话可说，只能打开课本，在压抑的氛围中，开始今天的课。这样的时候，这样的课，其效果可想而知。

直到走进文本世界中，我的怒火才逐渐平息。

下课后，扪心自问，十分内疚。

毫无疑问，我是错误的。我和我所诅咒的强权一样，总容不得另类的生命存在形式。我动用我作为教师的强权，利用讲台的优势和大嗓门的特权，把心中的愤怒，一股脑地转嫁给了大多数长期生活在这杂乱的学习环境中的孩子们。我让他们承受起本不该他们承受的压力，让他们自卑，让他们观赏到了强权的丑恶。他们在我的威压下沉寂下来、消极下来，倘若他们心中尚且敢于腹诽，敢于在下课后聚在一起臭骂我一通，那我的过失或许还可以弥补。而一旦他们由此生成出对强权的畏惧，那么，我将错不可恕——他们，我的孩子们，是需要有挺直的脊梁、不屈的头颅的。唯有我们的下一代，能拥有强权面前的坚守，我们的时代，才有值得我们生存的希望。

明天，我是否应该道歉？

戒怒！

高二终于要放假了，还有明天最后一天的补课。高二的补课费也发下来了，似乎每个人都很高兴，因为补课费超过了他们的预想，而且超出很多。人，确实很容易满足，尤其是当预期目标可以达到时，内心的平衡，是足以抵消长久积存下的怨愤的。

我们却依旧有漫长的十天，或许还更长久些。我也已经慢慢习惯了这种高强度的简单劳作。和多数人相比，我的耐力与承受力似乎还更好一些。因为我的大脑竟然还能思考问题。

实录，还没有做完。昨日学生发言时的几则较长文字，录音效果太差，还要找到他们写的底稿，才能整理好。又应承了一家杂志社的稿约，5天内完成。另外，近来上课，不断有新念头涌现，也开了几篇文章的头，放在那里等着完成。《教学勇气》刚开始阅读，《史怀哲传》也还有最后几十页。千头万绪，总要一点点完成。

突然想吃西瓜了，凉冰冰的西瓜，从冰箱里现取出来，一口下肚，从头爽到脚。

回家吃西瓜。

补记：

往博客上张贴时，读到一则署名年念的网友的留言，让我既惭愧又高兴，录于此处，作为一种警醒：

走过高三，这个题目强烈地吸引了我的眼球。一则，自己是曾经走过高三的学生；二则，一位我很敬爱的老师也正在经历高三。

您说您不是优秀的教师，只不过算是热爱自己专业的教师，其实这就足够了，您在用良心、用责任做自己喜欢的语文教学，可惜当年我没有碰上您这样的好老师啊。原来语文课可以这样美，单看您的文字，就能感知一二了，何况再加上您不知疲倦的声情并茂的讲解呢！

您很随意的文字中，流露出了对现代教育体制的无奈，可又无法改变现状的淡淡的担忧和淡淡的触痛！但是，您还在努力地做自己的工作，爱自己的学生，爱自己的专业，难能可贵啊。

喜欢上您的文章了。我会持续关注。

2007年 7月16日 星期一

学习是一种娱乐

昨日的怒火，今天见到了成效。课前，13班的教室，终于相对安静下来。站在教室门口，只能听到老鼠吃食般窸窸窣窣的细碎声响。那是有人在低声交谈，有人在把最后一口零食塞进嘴巴中。

该逃亡的，早已踪迹全无。余下来的，除却几个瞌睡虫外，就是一些渴望考取大学的孩子。给这些渴望知识，或者只是渴望通过知识获取分数的孩子们上课，才能感受到授课的快乐。

于是，我心情很好。心情好了，讲解知识时，就可以深入浅出，把许多原本抽象的思路与技巧，转换成生活中随处可见的现象和技能。再结合上一定量的幽默，学习也就成为了一种好玩，一种轻松。这种好玩，这种轻松，才是我长期追求的学习境界。

我曾经在很多场合、很多文字中，宣扬我的“好玩”谬论。我总以为，学习，归根结底，就是一种娱乐。只有让学习者感受到学习中的娱乐，让其觉得好玩，这样的学习，才能真正抵达心灵，才能真正落实主动精神。

著名的瞌睡虫邹超，又开始点豆子。那脑袋开始还勉力支撑着，慢慢就向一边歪过去。起初，歪斜的速度极慢，然后慢慢变快，跟着一个飞跃，脑袋猛地一点，再突然惊醒。这孩子，似乎永远都处于半睡眠状态中。

邹超的左手，坐着杨娟。杨娟的左手，坐着吴静。许是“隔人传染”的缘故，吴静这几天，也总是上课打瞌睡。那手儿记着笔记刚停下来，人就能伏在桌子上睡着了。

这两个小瞌睡虫，让我又好气又好笑。于是，我在一道试题订正结束后，突然开始表扬杨娟。

我说：“咱们班杨娟同学真了不起，一边听课，一边还能做生意赚钱。”

我的话，让全班同学的注意力集中到了杨娟身上。杨娟本人则是莫名其妙。

我跟着说："杨娟左手边在点豆子，右手边又在点豆子。你这一肩挑两筐豆子，不是做生意吗?"

学生们明白过来，哈哈大笑。两个小瞌睡虫也知道别人是在笑她们，下面的课，也就坚持了下来。

唉，这样多好!

但我终于没有道歉。我还是很"师道尊严"的，心中知道过错，却开不了口。

7月17日 星期二

开卷有益

刚一晴稳，气温立刻飙升到了35℃。

一早，踏入教室，就感觉到了迎面而来的一股热浪。伴随着热浪的，还有浓重的汗腥味儿，顺带还夹杂了少量的臭鞋臭袜子的怪味道。在这样的日子、这样的环境中，花费这样多的时间补课，实在是逼迫着做教师的我，不得不认真锤炼自己的每一节课，否则，真对不起这些高温下苦战的孩子们。

练习过多，上课进度明显就落了下来。原定应该完成的第五单元，一半以上的同事，还都没有开始。我向来是反对无止无休的练习的。然而，学生却特别喜欢。孩子们只有每天完成了一定量的练习，才会感觉到一天的充实。如果只看书，只思考，就会有虚度年华的嗟叹。

今天，学习梁实秋的《鸟》。这个文本，如果无限拔高的话，似乎又可以挖掘出传统教学参考书中的爱国思乡情结。我不喜欢这样的演绎，所以，我只从梁实秋本人所接受所推行的民主自由思想出发，最大可能地引领学生捕捉文字背后的原初意义，领悟作品借助鸟的描绘而呈现出的情感态度与价值观。

"卖豆子"和"点豆子"的，今天都始终抬头仰望着黑板，一副全神贯注的样子。看来，昨晚的作息时间调整了过来。这些孩子，通常只把消耗时间看成为是否努力的标志，却极少从学习效率上分析把握。而我们的学校、我们的班主任们，又特别喜欢用勤奋顽强的典型来刺激他们，使他们不得不自觉延长自己的学习时间。即使在无效劳作的情况下，也坚持不耗到计划中的休息时间，就绝不丢下书本。

对面高二的教室，终于空荡荡的了。空荡荡的教室，撩拨着高三孩子的神经。想象着学弟学妹们在空调房中吃着冷饮看着电视的悠闲惬意，孩子们所能做的，唯有羡慕和喟叹。

这是一种怎样的教育。这样的教育，却偏偏总有人从各种不同的角度来为它唱赞歌。全国应试的样本，被国家级媒体吹嘘成为素质教育的典范，抬举到“改变千家万户命运”的角度讴歌赞美。孰不知，招生总量始终固定，此家的命运倘若因为考取大学而改变，彼家岂不就因为落榜而走入了深渊之中。

终于读完了《史怀哲传》。掩卷思索，印象最深处，无外乎其“敬畏生命”的思想精髓。史氏的“敬畏生命”，将万物纳入同等视野之中，以众生平等的良善，向世界昭示了一个哲学家、音乐家、医学博士、文学家的博大胸襟和开阔视野。

史怀哲的精神，其实有很多是可以应用于日常教育中的。敬畏生命之于教学，首先就应该是对生命存在方式的尊重与礼待。世界的美好，在于纷繁复杂中各具个性，在于每一朵花都绽放着独特的芬芳。让生命依照应有的状态生存发展，让生命呈现个性化的魅力，就是对生命的最好敬畏。遗憾的是，我们的教育，正在反其道而行之，我们要做的，恰恰是对个性的扼杀。生命，在教育的旗帜下，凋零成一模一样的光秃枝干。

史怀哲博士倡导将崇高的精神与务实的工作紧密结合。他的一生，一方面终身不倦地追求着灵魂的丰富与多彩，另一方面，又数十年如一日地在非洲丛林中做着平凡而琐碎的医疗工作。这种精神与实践的有机统一，不但是支撑起他一生的理论与实践的现实支柱，也可以引申为一切从事实际工作的劳动者的行动指南。

开卷有益。开卷，则逼迫着大脑运转；开卷，则不得不拷问灵魂思索生命意义；开卷，还促使我将一切理论一切探究和自己的工作建立起必需的联系，让我得以随时审视检点自身的斑点与残缺。

7月18日 星期三

花开的理由

撇开高温与劳累不去关注，补课其实最舒服。正常上班时，大大小小的管理者，监工般四处转悠。隔三差五的，还要开开会、训训话。有时还要应对来自更高一级的各样检查评比。在那样的环境中，人，几乎就不可能属于自己。

补课却不同。补课期间，课堂与身体，全部属于自己。只要上课铃声一响，整个校园立刻安静得如同亘古荒原。办公楼的走廊内，基本听不到任何声响。疲劳时，尽可以将鞋子脱了，将腿跷到办公桌上，手中拿一本书，怎么自在就怎么样去阅读。在这样的几乎绝对自由的状况下，心理上的放松，足以在一定程度上弥补了炎热和疲劳带来的损伤。

今天，在13班体味到了一种别样的触动：教材中出现了一处很隐晦的错误。这个错误，或许来自作者，或许来自翻译者。该错误，和高考中的一道题型相类似，也和学生在写作中的某些错误相类似。于是，我发动全班同学反复阅读存在错误的这个段落，把错误挖出来。

提问第一个孩子。她扭扭捏捏地站起来，半天没憋出一个字。我知道，她没有发现，只好请她坐下。

提问第二个孩子。这孩子一直是班级的尖子生，语文基础知识相对扎实，阅读理解能力也十分强。她站起来，脸憋得通红，但也只是很无助地望着我，大眼睛忽闪忽闪的，就是发现不了问题。

第三个孩子，找了一个其他内容进行分析，结果，把一种生活常识弄颠倒了。我还是表扬了他的勇于思考，请他坐下。

第四个孩子，一向是表现平平，每次考试成绩都在平均分以下。她似乎胸有成竹地站起来，张嘴就说出了文章中的错误所在，并且条分缕析地展开阐述，每一句话，都说在了点子上。这让我不得不对她刮目相看。要知道，我所提问的这个问题，在任何教学参考资料中，都是没有提到的。

我很是得意地表扬了她。看得出，她也很得意。此后的这一节课，她一反常态，听得非常认真。

想到了一句话：每一个蓓蕾，都有绽放为鲜花的权力；每一朵花，都有她开放的理由。学生，同样如此。

下午和晚上，花了近8个小时时间，研究周晓枫及她的散文。林林总总的阅读中，最深刻的感悟，竟然依旧是花开的理由。周晓枫的思维的触角，外，延伸到宇宙空间，拓展到存在与幻想的多重领域；内，深入到身体与灵魂，归结出人类及万物生存生长发展的价值与意义。散文写到这个程度，实在已经比前辈的服务政治类应景文章高明了许多倍。

7月19日 星期四

每一道斑纹，都有存在的价值

对于绝大多数习惯于阅读《读者》《意林》等时尚文摘刊物的读者而言，阅读周晓枫的散文，其实是一件很痛苦的事情。这种痛苦，一方面来自于周晓枫那天马行空的文笔。这位特立独行的女作家，总是在我们意想不到的地方，用意想不到的表述方式，表达出我们意想不到的意义与价值。这种超越了我们的习惯思维模式的言语模式，不但带来了阅读上的障碍，使我们置身在文字的海洋中晕头转向，而且摧毁着我们在既往漫长学习过程中积累下的种种关于语言文字的知识壁垒，迫使着我们必须在她所布设的奇幻城堡中辗转腾挪，直至精疲力竭。

另一方面的痛苦，来自周晓枫文字背后的深邃意义。周晓枫的散文，特别善于捕捉内心深处潜藏的真情实感，并将它们过分铺张地呈现在文字之中。这种真情实感，没有任何伪饰。许多成分，尚且与盘踞在民族心灵中的传统道德相抵触相违背。有人评价说她的文字绝少烟火气，着了魔道，有些妖风。这种感觉，果真奇特而准确。

面对这样的阅读，我们当然可以选择逃避。我们可以用一种惹不起但躲得起的心态，远远绕过周晓枫的城堡，然后，走到我们所喜欢的草坪上，打开心灵鸡汤类的短小文字，去获取写手们编纂的廉价的感动。然而，那样的阅读，永远不能让我们成长。成长，其实就是一种痛楚。在这份痛楚中，我们才有机会领略生命的价值与意义。

其实，所有的生命存在，都无法规避他与生俱来的价值与意义。天生万物，从物种形成之初那一刻起，无论是形式，还是内容，便都只成为这个星球上独特的“这一个”。人类如此，动植物如此，作者笔下的文章，同样如此。

《斑纹》就是周晓枫为我们创造的“这一个”。这篇被纳入“奇异的自然”主题单元的散文，就如一头闯进了鹿群中的雄狮，在说明文占据主流地位的阵营中，搅动起了散文的理性与思辨的旋涡。

作为课文的《斑纹》，是节选。或许是为了更适应编织说明性文字的需要，编者将原作中大量的抒情议论成分进行了砍削，留下的部分中，文艺性说明文的色彩，比原作浓烈了许多。但尽管如此，只要仔细阅读，用心品味，我们依旧可以透过客观介绍的文字，解读出属于生命、属于自然的另一种意义。

节选组合后的《斑纹》，在结构上可以分解为三个部分。

文章的前5个段落，表层意义上，以介绍蛇的斑纹、蛇的习性、蛇的相关文化为主体。就课文节选的这14个段落来看，这个部分有以点带面、领起全篇的作用。

从深层内涵看，这部分所描绘的蛇，实际上是一个与我们人类具有同等的存在价值的生命群类。尽管在现实生活中，或者是大众的审美情感中，蛇，始终都是一个阴鸷、凶险、让人见之毛骨悚然、避之唯恐不及的形象。然而这种形象的形成与定性，是人类依托自身单方面的利益，站在万物必须为人类所用的角度而得出的。这样的阐释，过多体现的是种群的不平等性和人类的霸道性，是违背万物平等的大生存哲学的。或许正是基于这样的理解，周晓枫笔下的蛇，也就成了可憎而又可悲、恶毒而又诡秘、既是受害者又是害人者的复杂灵魂。蛇没有四肢，没有声带，没有听力，没有良好的视力，似乎是自然界里十分不幸的“残疾人”。然而，这令人产生怜悯和同情的“残疾人”，却有着十分凶猛的攻击力与杀伤力，它的“毒牙是空心的，就像一支快速注射的针头，毒液传送到齿尖，可以让一个大动物几分钟之内昏迷”。它没有腿和脚，“匍匐在地，很容易被人们平视习惯所忽略”，“而使攻击目标毫不察觉”；它轻松地钻进别人的巢穴，把别人的家里洗劫一空。这种弱者与强者的身份的和谐统一，不是也正体现出生命存在的一种形式吗？

任何生命的存在都有其存在的理由。蛇，无论它给我们人类带来了多少恐怖、多少死亡，它的习性都不会因为我们人类的喜好与憎恶而改变。作为生命，它有它的生存法则，有它适应这个世界的招数与技能。

第6—10段构成课文的第二部分。这一部分由蛇而到蟒皮，进而引出蓑鲉、鲑鱼、螺蛳、瓢虫、鹰隼、长颈鹿、斑马、虎、豹、梅花鹿、奶牛、蜂等其他具备斑纹的各类动物。从表面内容看，这一部分文字，属于承继上文关于蛇这个“点”的介绍之后的“面”的介绍。可以理解为从“面”的角度来印证斑纹的纷繁复杂性。而从生命价值与意义的层面看，则是着重展现万千世界中各种生物的生存技巧，彰显出生命体在自然这个冷酷、残忍的主宰者面前所呈现出的全部智慧和力量。

这几个自然段落中，对于生命、生存等内容的描绘几乎俯拾皆是。如“肉食者的眼睛处于同一平面”，而“素食者的眼睛长在头部的两侧”，原因是，前者“为了聚焦瞄准猎物”，后者“为了视野开阔便于及早发现天敌并在奔逃时选取路线”。再如，某些动物为了生存，使用了拟态色或警戒色。把自已伪装成枯叶、竹节或花朵，甚至伪造上面的破损和虫斑，无毒昆虫狐假虎威地模仿起有毒昆虫的黄黑斑纹。这些都不能不令人慨叹万千。

阅读这一部分的文字，我竟然忽略了作为文章题目的“斑纹”，而是将我的思维，锁定在了从其他文章中了解的“食物链”上。记得以前初中课本上有一篇文章，以“青草——羊——老虎——细菌——青草”为例，阐释了世界万物之间既互为敌人又互相依存的科学道理。文章说，食物链上的任何一个环节，都是一种生命的绝对存在，都是构成这个缤纷多彩的世界的重要元素。缺少了其中的任何一环，世界，就将为此而毁灭。

在周晓枫的《斑纹》中，这个食物链似乎有了更宽泛的解释。它不但适应于自然界，而且适用于自以为老子天下第一的人类社会。周晓枫冷峻地质疑鹿群表面的柔顺与美丽背后隐含的鲜血与死亡，并由鹿与虎的习性介绍，拓展到素食主义者与肉食主义者的生存规则界定。周晓枫说："世界旷大，它(鹿群）的栅栏由猎食者的目光围就。嗜血的胃总比啃草的牙享有更快和更愉快的消化。所谓素食主义者的自由，不过是肉食主义者暂不征用的几枚小钱。道德从来不能败坏后者的食欲，尊严也不曾给前者裸露的脖颈以适当的遮护。"这段文字哪里是在说鹿群与虎，分明就是将人类社会光鲜的道德外衣下等级分明、弱肉强食的残酷现实，捣了一个无情的窟窿。透过这样的窟窿，我们可以读出一个极具人文思想的女性作者，对自由、平等、生命的深切关注与理性思考。

第11—14段构成课文第三部分。这是在第二部分基础上的进一步拓展。周晓枫的视野，从具体可感的各种动物，推延到了植物、大地、人类的劳动、宇宙直至我们人类的内心世界。这种由具体而走向抽象的文章格局，在进一步扩充斑纹的内涵的同时，也引领着文章走入了作者真正希望表达的文本主题意义范畴。周晓枫说："因为距离的遥远，在神眼里，我们，不过是一些斑点。"倘若我们可以斗胆犯上，是否也可以说成"因为距离的遥远，在我们的眼里，神，不过是一些斑点。"我想，这样的改动，周晓枫是应该同意的。毕竟，神，也不过是大自然中的一份客观存在（如果果真有神的话），而只要是存在，就具备了斑纹的意义，就不过是一些斑纹。而斑纹中，就注定了蕴藏着壮丽的生和寂静的死，浸透着绚丽、壮观和诗意的内容。

除却细腻而精深的思想内涵外，《斑纹》在写法上也具有独特的艺术魅力。它的组织结构形式很有点北方人穿糖葫芦的招式。蛇的介绍，是周晓枫的第一个糖球。以此为基础，诸如蓑鲉、鲑鱼、螺蛳、瓢虫等的概括介绍，虎、豹、梅花鹿等的细腻描述，都成为了糖球串上大大小小的糖球儿。更要命的是，最后部分中，这糖球串儿，竟然将抽象的内心世界与无限浩瀚的宇宙空间，一起贯穿于这一糖葫芦中。每一个读者，手持了这样一个超级大糖球，内心中能够感受到的，除了充实外，恐怕多多少少也无法摆脱一种难以下口的尴尬。

当然，《斑纹》在思想性与艺术性两方面，也并非完美无缺。首先，作品中意象的过于繁杂，使一些本该更好展开的内容，被挤缩成了干瘪的名词。其次，作品的语言流动性过强，意义的捕捉存在着一定的随意性，削弱了人性与情感内涵。这两点，也制约着作品与读者间更好的亲近。

补注：

本文为杂志约稿，在杂志发表之后，全文收入苏教版高中语文教材必修五教学参考书中。

7月20日 星期五

自得其乐

补课已进行了16天，心理上的高原反应已然过去，剩下的，只有机械劳作中的自得其乐。这种乐，潜藏在授课的各个流程之中，倘不注意捕捉，一晃就会消失。

学习《家里的灶头》时，安排学生回忆童年时的游戏，以此营造教学情境。我知道，这些孩子的童年，大多是在无止无休的功课中度过的。然而尽管如此，他们的记忆中，肯定也会保留着许多浸染着童真与欢乐的故事。

郭丽的记忆中，最有趣的游戏，是玩泥巴。在自家门前的空地上，用小铲头挖起一小堆泥土，再从家里的大水缸中，舀上一瓢凉水，倒入泥土中，双手在泥土里用力地搓揉，如母亲做面食那样，做各种点心。

杨娟印象中的童年，最大的乐趣，是跳皮筋。小不点儿，大丫头们不带玩，就上蹿下跳地瞎捣乱，搅和得别人也无法游戏，只有万般无奈地接受这小无赖的参与。

徐冰的童年，是在“骑大马挎大刀”的游戏中过去的。印象中最好玩的，是砍下韧性极好的藤条，用自己的能力，做成粗糙的弓箭，斜背在肩膀上，胯下，骑一根长竹竿，率领着自己的“骑兵部队”南征北战。

高原的快乐，来自于撅着小屁股，满手满脸泥灰地打弹球。花猫一样的小脸蛋，会因为一个弹球的输赢而呈现出极度兴奋或极度沮丧的夸张表情。

……

这样的回忆，是温馨而甜美的。在温馨与甜美中，我让孩子们思考，这样的游戏，果真是特别有意义的吗？我又列举了南京市近两年来开展的滚铁环、挤油、斗鸡子等民间体育竞赛活动，让孩子们揣摩中年参赛选手的心态。如此这般地铺垫后，孩子们对《家里的灶头》中娓娓道来的民俗故事，终于有了情感上的共鸣。

下午，天又开始阴沉起来。天气预报说，最近几天持续雷雨。气温基本维持在30℃以下。于是，有消息传来，原定24日结束的暑期补课，可能会继续顺延下去，直到高温天气到来，才能放假。

这样的消息，是令人恐怖的。夏琼25日的机票已经买好，就等着24日结束后，立刻就带孩子外出旅游。而我，25—28日，也要到外地参加一个笔会。一些厌倦补课的同行，便唆使夏琼去找副校长王军。让夏琼告诉王军，有很多老师都准备25日外出，即使补课，也没有人代课。夏琼真就立刻上楼，将民意上传给头儿。王军很有技巧地回答了夏琼的咨询。王军说，是否需要延长补课时间，他还没有考虑。

其实，即使没有补课任务的老师，这个假期也是不舒服的。昨天开始，电大那边又开始了新一轮的新课程培训。中午时，教研室的余主任来电，通知我原定22日上午到电大为全市高二教师做的新课程培训讲座，提前到21日下午。我是屁股不顶墙，做事就不会竭尽全力的人。尽管前天就知道了开讲座的消息，却因为还有几天的缓冲时间，便集中精力赶了两个等着排版的稿件。讲座的课件，本来准备21日晚做。突然地提前半天，我的计划立刻全被打乱了。整整一个下午，屁股没有离开板凳。先是设计讲稿提纲，再根据提纲，上网查找相关链接材料。然后做课件。晚饭前，总算完成了初稿。

2007年 7月21日 星期六

学贵有法

“我是用心的教师。有时在教室里我忍不住欢喜。真的，当我和我的学生发现可探索的未知领域，当我们面前展现曲径通幽、柳暗花明的一幕，当我们的体验被源自心灵的生命启迪所照亮，那时，教学真是我所知的天下最美好的工作。”

这段文字，是美国教育家帕克·帕尔默在他的《教学勇气》导言部分说的第一段话。这种建立在真实情感体验基础上的心灵独白，为每一个教育工作者展示出一幅惬意而温情的理想工作图景。这样的图景，倘若没有真正在讲台上体验过发现与创造的快乐，倘若没有发现与求知的欲望，是根本无法品尝的。

所以想起这段文字，是因为今天课堂上的一道诗歌鉴赏题和一道文言文翻译题。今天的学习任务，是分析评讲试卷。其他基础知识部分的内容，昨日大多已完成，只留下几个主观题，需要在解题思路上进行进一步的引领。

诗歌鉴赏题是阅读两首诗歌：一首是王维的《秋夜独坐》：“独坐悲双鬓，空堂欲二更。雨中山果落，灯下草虫鸣。”另一首是宋代诗人周弼的《夜深》：“虚堂人静不闻更，独坐书床对夜灯。门外不知春雪霁，半峰残月一溪冰。”要求回答：1. 两诗都写了夜景，又有所不同，请具体说明。2. 两诗中均有“独坐”，而作者心境不同。试简要分析。

这是一道高考试题。按理说，难度并不大。然而，学生完成时，明显存在着解题思路上的错误。于是，今天的订正，就由诗歌的反复阅读入手。

在学生们已经可以把两首诗歌背诵下来的情况下，开始提问：

第一步，诗歌中写出了哪些不同？把你认为不同的地方全部找出来。

全班齐上阵，很快找出了一大堆儿。马玲的答案最逗，竟然发现两首诗歌的意象不完全一样。晕死，意象完全一样，那还是两首诗歌吗？

第二步，将这些不同进行归类，看看它们从属于几个不同的群类。这点小事，对高三孩子而言，自然是小菜一碟，很快，众多的不同，全部被归结到了内容与表达两大类别中。

第三步，痛下杀手，将众多不同中，意义不大，或者不能为第一个问题服务的内容“砍首示众”。全班各路大侠，一起祭出看家法宝，刀光剑影中，无关紧要的南郭先生们纷纷脑袋搬家。思维，向着精细化的方向发展。

第四步，归纳总结。询问马玲，总算明白了比较分析要从内容和表现形式两方面入手的道理。再问：下次还回答两首诗歌意象不同吗？小姑娘吐吐舌头，做了个鬼脸儿。

文言文翻译，更搞笑。语句中有“仓卒”一词，本为仓猝之意。几个孩子将其翻译成看仓库的士兵。然而，这个句子的主语偏偏是只大狗。这样的翻译，让全班笑疼了肚子。笑完了，通假字也就明白了。

7月22日 星期日

遭遇“校园恋人”

学校的东大门彻底瘫痪了，曾经伸缩自如的身体，现在死蛇一般躺在道路中央。来来往往的高三学生，只能从旁边的小门进出。

这道门，原本专为学生上学放学而设计。日常学校工作中的送往迎来，一律由南边的正门通行。然而，学生由正门出入，总是很麻烦，非上课或放学时间段，出入必须持有班主任的证明材料。于是，想要逃学外出上网的、晚间上网回来太迟了的、校外闲散人员想要进入校园内谈情说爱的，一律自动选择了翻门出入的方式。天长日久，钢铁的家伙，也被折腾得散了架。

散了架的伸缩门，其中折断的部分被学校的保安绑了一块小黑板在身上。这块黑板，一来充当起伤残躯体的支架，就如残疾人的拐杖。二来又充当起了告示牌。牌上黑底白字地写着“再发现爬门者当场罚款 50 元”的醒目文字。字，写得歪歪扭扭，语气却似乎理直气壮。

不过，当下中国的现实是，许多理直气壮的东西，却并不一定合理，有些还违法。比如这个罚款的规定，学校也好，保安也好，法律是没有赋予他们这样的权利的。再比如，教育部门中有一个响亮的口号，叫做“理直气壮地抓升学率”。这个口号，在一定范围内，甚至左右着一所学校的办学理念和学校的生存发展。可惜的是，这不过是一个荒谬的话语系统中众多无法无天的行为背后的一种极端荒诞而已。因为，任何教育的最终目的，都不是也不应该是建立在升学率的基础上。关注生命的成长意义，关注人的素养的培养，才是教育的本真意义。升学率上升到了超越人的培养的位置，成为学校工作的头等大事，显然是和教育法规相违背相抵触的。

中午在学校吃的午饭。饭后，稍微休息一会儿，便到办公室来写点豆腐块文字。经过学校图书馆后的竹林时，发现前面有一对小男女手牵手儿悠闲地散步。眼下校园中的一大怪事是，学生谈恋爱天经地义，毫不避人。需要躲避的，反而是身为教师的我们。

我的“咚咚”的脚步声惊动了这两个孩子。女孩子似乎有点害羞，想把手从男孩子的手中抽出来。男孩子似乎为了显示点什么，更用力地抓住了女孩的手。这道“靓丽的风景”，我实在无法消受，只能目不斜视、昂首挺胸、大刀阔斧地走过去。我知道，这俩孩子，都是我们这届高三的，而且应该都是文科班的，只是，我没有教过他们而已。

我曾经认为我很落伍，因为我已无法读懂眼下孩子们心中的情感。然而，刚走出大学校门的年轻教师，似乎也无法读懂这些仅仅比他们小了四五岁的孩子。教英语的玲玲老师就曾和我探究过这个问题。让她想不通的一个问题是，文科班中许多看起来漂漂亮亮的小女生，为什么就会看上那些土牛木马般的混混男生。玲玲老师点出她所发现的 13 班中的三对“情侣”中的女生，然后让我猜一猜她们在和什么样的男生谈恋爱。我从最善良的角度出发，试图为这几个女孩配上一个大体还能提得上台盘的男生。玲玲一一否定。最后，答案只落在了在我们这些成年人看来一无是处的男生身上。这三个男生，必修课考试，6门功课，至少有5门是D，平日里，除了睡觉，就是逃学。更要命的是，整个人也生得歪瓜裂枣一般。

但这样的角色，却能在校园中找到女朋友。而且，他们还彼此攀比，比谁的女朋友漂亮，谁的女朋友对自己忠诚。两年前，夏琼的班级中就曾出现过这么一个怪胎：男生成绩差得一塌糊涂，却拼命管束着女生，让她好好学习。夏琼说，那女生是他们班成绩十分优秀，人又最漂亮的。而男生，则是学体育的。学体育的男生，用一个很充足的理由要求女生：我们家多少代没有大学生，这希望就寄托在你身上了。似乎，这女生已经早已成为他的媳妇。那女生也很争气，还真的给他考取了。

我分析这种怪现象背后的逻辑事理，得出的结论是：这些无心学习的男生，其实最初并没有一个明确的恋爱目标。他们最大的特点是脸皮厚实，敢于在大家刚走到一个班集体时，给每个女生的书包中塞上一张内容相同的纸条。就如同渔夫钓鱼一般，专门等着意志薄弱者上钩。而个别女生，贪图男生的小恩小惠，管不住自己的嘴巴。于是，校园恋爱也就成了一种风尚。这样的风尚，尽管没有人提倡，但在升学率成为唯一标志的情况下，校方似乎也没有投入什么精力去加以教育，更没有专门的人，进行这方面的疏导。

7月23日 星期一

明天放假了，不应该高兴吗？

放假，还是继续补课，这是个难题。这两天，这个问题对于参与补课的绝大多数师生而言，其难解性，已经超过了哈姆雷特的那句著名的“死亡，还是生存，是个难题”。

早晨，老陆打电话给王军，试图落实放假或者继续补课的问题。王军的回答，依旧是还没有决定。然而，学校没有决定是一回事，人心散了，却是另一回事。葛优在《天下无贼》中有句很有名的台词，说的是“人心散了，队伍不好带了”。

眼下的学校现状，或许正可以借用这个句子作为诠释。

孩子们的心确实散了。持续 20 天的补课，半天也没有休息，这份高强度，已经超过了正常上课。当 24 日即将到来的时刻，一股无名的兴奋，开始在教室里弥散，并很快酝酿成一种香甜甜、醉醺醺的奇特氛围。在这样的氛围下，一切教学活动，都成了事倍功半的无效劳作。

上午，继续赏析状物散文。7 班和 13 班的教室里，始终都有一种类似老鼠在悄悄活动的声响，从四面八方汇集到我的耳朵中。我纳闷：今天是否是“作天阴”①，怎么如此反常？7 班的赵娜得意扬扬地告诉我：明天就放假了，难道不应该高兴吗？我不禁哑然。是啊，明天放假了，不应该高兴吗？

我却无法休息。这 15 天的假期中，我还要赶出几个已经答应别人的稿件，还要外出开几天的会。

7月24日 星期二

释放心情

补课费发下来了，这也就标明着一个阶段的补课任务顺利完成。今天的课，孩子们无法安心上，于是，安排学生观看网络上盛传的纪录片《高三》。别人的高三生活，对眼下刚刚一只脚踏入高三大门的这群孩子而言，总有一种特殊的意义。

下载的片子清晰度不够，班级内的投影设备也有些老化，视觉效果很不理想。好在片子里的生活，都实实在在地发生在自己的身边。有个模糊的影像，也就可以联想到切实的画面。因此，片子对孩子们的触动，还是很大的。至少，他们在别人的高三生涯中，了解了自己即将走过的这“365 里路”的大体状况。

下午，提前一个小时上课，腾出最后一节课，打扫卫生。

① 方言。原指下雨前的异常天气，此处指不同于一般时间的反常举动。

整个校园内弥漫着一种类似过年的热闹氛围。放假，带来了全体师生的好心情。尽管每科都布置了大量的作业，而这些作业累加起来，长度可能超过百米跑道。

7 班的李娟放学后跑到办公室来跟我吹牛。这姑娘，平日喜欢读点闲书，思想比同时代的孩子激进许多。她由眼下的高考，谈到对未来高考及大学生活的恐惧，再谈到高考及大学就业中的危机。然后，又分析社会上各种人对高考的心态。拉拉杂杂，一聊就是一个多小时。在她看起来漫无目的的闲谈中，我感受到了一种长久压抑下渴望释放的欲望。我们的孩子就是如此，每天陷在无边题海中，或是麻木地应付，或是积极地迎战，或是想着要改变点什么，为自己换一种人生的方式。但无论哪种方式，却都是青春的真实存在，是一段无法规避的人生路程。

20 天的补课，拉开的，只是高三大幕的第一道帷帐。十多天以后，这个帷幕，将继续拉开第二道。那时，火热的夏日骄阳，或许该炙烤着万里平野了吧。没有人可以准确预知未来，但每个人却又对未来充满幻想充满希望。就是在这幻想和希望捶打出的高三小天地中，无穷尽的生命，汇集成了中国当下教育的澎湃大河。这河水中，有你有我，有一段确实存在过的挣扎与奋斗。

明天开始放假了。这个关于高三的记录，也随着放假 13 天。8 月 7 日，学生报到时，重新续上。希望这 13 天，能让大多数孩子，拥有一个轻松而美好的心情。

08

2007 忙碌的暑假（下）

朋友告诫：说“不”是需要实力的。没有足够的实力作支撑，就不要轻易说“不”。

朋友是名震教育界的大家，她的话自然有其道理。

既然不能说“不”，那么，就想方设法在接受中找寻快乐吧。

于是，我把盛夏的骄阳姑且看做一顶金色的凉帽，把汗气蒸腾的课堂看做心灵的浴室。我想，这样一来，我该能够获取一种另类的愉悦的。我可以借此消弭无法说“不”的烦闷。

2007年8月

三	8月01日	
四	8月02日	
五	8月03日	
六	8月04日	
日	8月05日	
一	8月06日	
二	8月07日	找不到的感觉
三	8月08日	代班主任
四	8月09日	陌生的来信
五	8月10日	品味精彩
六	8月11日	天竟然很蓝
日	8月12日	拨动心弦
一	8月13日	我心无恙
二	8月14日	没有了喷泉会如何？
三	8月15日	有意跑题
四	8月16日	沙里淘金
五	8月17日	高层有变
六	8月18日	寻梦南京（上）
日	8月19日	寻梦南京（下）
一	8月20日	无从下手的标点符号
二	8月21日	来自诗歌的感觉
三	8月22日	警惕伪崇高
四	8月23日	教材的滑头与无奈
五	8月24日	为了青春，干杯
六	8月25日	新生开始报到
日	8月26日	探寻文字背后的意义
一	8月27日	种子开始发芽
二	8月28日	新官上任
三	8月29日	坐在异乡的台阶上
四	8月30日	爱得我所
五	8月31日	

8月7日 星期二

找不到的感觉

第二阶段补课开始。

中午，从安徽老家往回赶，一路顺风顺水，中途转车时，也十分顺利，到家时，尚不及5点。稍事休息后，动手做饭，饭后，即奔赴学校。13班的班主任老钱，此刻正在香港、澳门旅游，9日晚才能回来。这三天时间，我要临时充当13班的班主任。

打开办公室的门，一股异样的气味扑面而来。这些被关闭在房间内13天的空气，估计是寂寞到了极限状态。一见到洞开的门，便迫不及待地窜出来。就在我一仰身躲避的空儿，它们就消失在走廊的四面八方，全不顾外面34℃的高温。

开窗，让室外的火热的风走进来。再回身，捡起地面上的几张表格，凝神细看，原来是作息时间表和补课课表。作息时间做了不少调整：第一，前阶段没有的早读课，现在正儿八经地写到了时间表上：6：40—7：10，早读；第二，课间休息时间由10分钟延长到15分钟；第三，下午上课时间由15点，提前至14：40；第四，晚自修推迟到19：30开始，依旧是22点结束。

课表安排上变化不大，最大的变化是下午增加了一节课。原本下午只安排三节正课，现在增加了最后一节自习课，由班主任看堂。

晚7点，进班。教室里坐了三十余位学生。学艺体的十来位学生，加上李延与朱训等几位擅长逃学的，都没来报到。

气温很高，教室里却并不太热。薄暮的风，从南边的窗子里张牙舞爪地扑进来，把暑气一一驱赶出了教室。前阶段成群结队的蚊虫，似乎也跟随了上届高三的老师们一起到云贵和港澳旅游去了。

缺少了活跃分子的教室，沉寂而平和。所有的手，都握着笔，在试卷或草稿纸上耕耘着。高三的紧迫，使得小别之后的重逢，全无半点诗情画意和兴奋激动。

我端坐在讲台上，只能怀揣着一份羡慕来观赏我的孩子们。他们进入角色，总是强过我的。我眼下还根本找不到学习的感觉：课，不想备；书，不想看；文章，不想写。大脑基本还在麻木状态中糊里糊涂地自由转动着，没有目标，没有方向。

>>>>>>>

8月8日 星期三

代班主任

第一天上课，就遭遇到上午的四节连堂。

补课前备课组没有碰头，彼此拎了书本走向班级时，难免要互相打听今天的授课内容。结果是有几位上新课，有几位分析试卷。我没兴趣评讲假期作业中的内容，便依据昨晚简单设计的新课课案，带着孩子们一起鉴赏钱钟书先生的议论性散文《论快乐》。

头两节课在7班。第一节课上下来半个小时，嗓子就吃不消了。于是，在介绍完了相关知识之后，把几则思考讨论题写在黑板上，安排学生依照提示，进行小组讨论，并在讨论后组织发言。

后两节课移师13班。昨天晚自修时，年级组长已通知艺体类不兼报的考生今日起单独组班，因而教室里一下空出了十来个座位。单独组合的艺体班，由上届高三留下来的一位数学老师担任班主任。这位夏老师，年过不惑，生来的好脾气，学校用他做班主任，或许是想来个以柔克刚的战术。

在13班行使代理班主任的职权，先是强调一番作息时间，再强调进入高三后的学习计划与安排，最后带着孩子们一起算账：今天是8月8日，距离2008年6月7日，还有整整10个月的时间。300天的时间，需要分成三个阶段安排。第一个100天，至关重要，夯实基础，补缺补差。第二个100天，立足综合，稳步提高。第三个100天，归纳总结，轻装迎考。鉴于这种安排，倡导全班同学在第一个100天咬紧牙关，鼓足干劲，为全面提高成绩奠定扎实基础。

一番鼓动之后，才开始学习新课。针对13班学生普遍数学成绩较弱的学情，特意为学生详细介绍钱钟书当年报考清华大学时的考试情况，顺带突出拥有拳头学科的重要意义。看得出，钱钟书的传奇经历，对文科班的孩子是很有激励作用的。

下午没课。午饭叫了盒饭，省去了回家时间，在网络上浏览文章。读了十多篇精短散文。三点多时，7班的课代表，抱了一尺多高的假期作业过来，送给我批改。晕死！这么多的练习，如果逐题批改下来，不吃不喝，半个月估计也无法完成，这不是要累杀老夫吗？但我不能不收下这些练习。即使我只是粗粗翻阅一遍，并在每张练习上写个“阅”字，也算不辜负孩子们假期十多天的辛劳。

依旧找不到做事情的感觉。于是，继续浏览网页。在西祠胡同里，读一些媒体发表的纪实文章，为以后的教学，积累吹牛的资本。

黄昏时，起身回家。经过一所学校时，忽然有《回家》的旋律，从围墙内溢出。萨克斯管乐那深情的召唤，一下子将心浸得湿漉漉的。那一刻，这世界所有的纷扰与苦痛，全部消失在缠绵悠长的乐曲声里。

音乐就是这样，常常在我们并无准备时，凭借了它神奇的力量，给我们以无穷无尽的慰藉。曾经沧桑的千年古乐，不因为振荡过古人的耳膜，就失去了对今人的震撼；漂洋过海而来的外国经典，不因为浸润过蓝色的眼球，就丧失了让黑眼睛饱含热泪的魅力。其实，只要我们用心去品读，用爱去感受，那么，即使只是一个音符的颤动，也同样可以撩拨起灵魂深处某种潜藏已久的深情。

2007年 8月9日 星期四

陌生的来信

上午依旧是四节连堂。

今天，教学任务很轻。半节课时间，组织学生阅读台湾散文家余光中的《假如我有九条命》，另一节半课，安排学生完成一套2007年高考试卷。

余光中先生的这篇文字，内容十分浅易，文章结构也很单一。如果单从鉴赏文本的角度出发，这样的课文，是无法组织起高效的学习流程的。备课时查看网络上的教案，大多数同行，都是在文章结构、主题两方面做文章，也有少数人，以仿写为教学突破口。对于这两种做法，我都没有兴趣。

于是我想，这类放在小学高年级都可以做教材的文章，放到高中阶段，我该要求孩子们掌握些什么样的知识，培养些什么样的技能呢？我给孩子们提出这样的目标：小学生读这篇文章，只要知道作者说了什么就行。初中生阅读，就需要知道作者是如何说的。高中生阅读，则必须知道这样说是否就是最好，是否还有别的方法，可以用来表达这样的内容。作者的观点，是否就是这个问题的正解。除此之外，文章中所列举的人与事，如何才能转化到自己的文章中，使每一节课，都能为自己知识库增添一定量的有价信息……我让孩子们带着这样的思考来阅读文章。希望他们能尽可能地克服阅读中跑马观花的不良习惯，养成细读文本、勤于思考的良好阅读能力。

带着这样的思考，我组织起了“浅文深读”。结果，原本预计半节课时间完成的任务，拖到了第一节课就要下课时才完成，这就影响到了后面的练习。当堂订正，是不可能了。

后一节课，学生完成练习。我在下面巡视，及时发现练习中存在的问题。我发现，这套天津高考试卷，其基础知识部分的前三道题目，两个班学生的错误率都很高。然而，我并没有去一一指出他们试卷上的错误。那样，会打断他们正在进行中的解题思路。我要用课堂的最后一刻钟时间，集中分析基础知识的前几题。

中午，依旧叫了盒饭。今天下午的任务较重，必须将承诺完成的一个主题阅读稿件的材料挑选出来，并完成初步的写作构想。实在没有充足的时间，来放松疲乏的神经。

然而，现实时常让人不满意。午饭后尚且比较安静，在网络上搜索到毕淑敏的文集，静静地读着她早期的几个中短篇小说，很快就沉浸到了20世纪70年代西部边陲的军旅生活画卷中。心，也随了故事中主人公命运的沉浮而或喜或悲。

三点多钟，想起有一个材料，需要到5楼的办公室复印。于是，从座位上懒懒地起身，再懒懒地出门，走向楼梯。在楼梯口，瞥见后面图书馆存放信函的房间窗子洞开，知道管理员今天过来分发信件，便先下楼，取了十多天的报纸，连带着领了几张稿费单、几本样刊和一份不知道什么人发来的信函。

再爬到5楼，只复印了五六张纸，复印机就开始闹情绪，总是卡纸。不敢强行操作。关机。下楼。

只这么一会儿，办公室里已经多了几位高二的新“准老师”。说是“准老师”，是因为他们还不敢肯定是否有资格由高一顺延到高二。今天下午，是等待上岗通知的时间。领到了课程表，才能确立最终的分工。

几个人唧唧喳喳，唠叨不停。我的大脑立刻成了一团糨糊，再也无法静心完成任务。干脆舍弃了原定的工作计划，幻想着晚间可以提高办事效率，一鼓作气把事情做完。

读信。信函来自苏北的一所农村中学。字迹工整娟秀，一看就知道是出自经过严格训练的中师生之手。这位名叫吴雪媛的老师，先是解释了冒昧给我来信的原因。她告诉我，因为读了《教师博览》中我所写的一篇自传性的文章，才萌生了想与我探讨如何做一名优秀语文教师的想法。然后，诉说了她在九年一贯制学校中，由小学进入初中后教学上的种种苦闷、种种思考和种种探究。最后，十分客气地希望我能给她以指点，并渴望着收到我的回信，等等。

读这样的信函，总能给我带来很多的感动。我一直以来，都对怀揣了崇高理想并乐意于为之不息奋斗的人，心存敬畏。类似这样的来自同行或在读师范大学学生的信件，我是每函必复的。

于是，满世界找信纸，却没有找到。从复印室找了几张16K白纸，用铅笔工工整整地画上边框，充作回复信函的纸笺。

和吴老师的工整娟秀相比，我的字丑陋而任性。且不管它，表达意思，总是重要于书写。说什么呢？指导别人如何教语文？如果放到5年前，我还有这样的勇气。然而现在，行走网络时间越长，读的书越多，我越是感觉到了自己的浅薄。自己的教学，尚且未能形成固有的特色，哪里还有资格去对别人的课堂，进行缺乏学理的指手画脚。所以，我只能和她谈谈一个语文教师的专业成长，谈谈我自身成长路上的点滴感悟。我希望这点浅薄的经验，能够对她未来的教师之路产生某种启迪或是暗示。

8月10日 星期五

品味精彩

佛心确实是个好东西。

《现代散文选读》中，不时遭遇到充满佛心的哲思文字。从刘亮程的《寒风吹彻》，到于坚的《云南冬天的树林》，再到林清玄的《可以预约的雪》，字里行间，总能触摸到一份柔柔的、既虚幻缥缈又实实在在的人生触须，将我静静围拥在空灵淡雅的情感氛围内，让我体察并沉溺到无边无际的只可意会无法言传的感悟与慨叹中。

与《假如我有九条命》相比，《无法预约的雪》来得真诚，来得实在，来得自然。如果说前者是人工景点中那雕凿痕迹过重的假山池沼，那么，后者就是亘古荒原中不谙人间烟火的涓涓溪流。

我对矫饰过甚的东西，向来存有一份本能的拒绝，对于自然，却存了一份溺爱般的情感。所以，尽管《无法预约的雪》仅仅是一篇课外自读文章，我却依旧将其当成必修篇目对待。我希望我的学生们，能够如我一样，品读出作品中的佛心佛性，能够在心灵深处建立起大悲大悯的情怀。

其实，《无法预约的雪》并不适宜于讲读。这种静思的内容，只适合于泡一壶香茗，伴着低缓忧伤的曲子反反复复地咏诵。每读一遍，心便安静一分。

李延与朱训，今天竟然都安安稳稳地坐在教室里。李延那刀刃般逼仄的脸上，两只大眼睛居然也闪动着青春的光芒。只凭了他的一个眼神，我忽然就谅解了他以往所有的过错。我明白了一个事实：每一朵花，确实都有它自身开放的理由。有些花开，是为了点缀春色；有些花开，是为了孕育果实；有些花，则只是为了存在而开放。

我想起了十多年前的一个学生，想起了那时意气风发的我，曾组织过的一场班集体自我表扬主题班会。那个叫孙国林的孩子，憋了三天，硬是没有找到自己的任何优点。当他嗫嚅着向我申请不参加自我表扬主题班会时，是我带着他一点点挖掘闪光点，帮助他确立尊师爱友、关心集体、诚实做人的人生目标。那个孩子，后来当兵，退伍后找了一个安定的工作，踏踏实实地生活在我曾经奋斗十余年的小县城里。

8月11日　星期六

天竟然很蓝

偶尔地抬头看天，竟发现天空中有着近几年从未有过的蔚蓝。大片大片的白云，或如新轧的棉絮，将一爿蓝色严严实实遮挡在洁白的背后；或如刚刚漂白过的生丝，在醉人的蓝色背景下，丝丝缕缕地飘逸着皎洁与轻柔。

阳光灿烂辉煌，远远近近、大大小小的丘峦、房舍、林木，全在这新秋的下午，沐浴着金色的光晕，张扬着各自独特的个性。

已经不记得上一次抬头看天是什么时候了。印象中，头顶的这方天空，白日里总是灰蒙蒙一片，日光苍白而毒辣；夜晚，则又总是黑沉沉，极少有星辰能透过高度污染后留下的云层走进我的眼球。

小朱上午曾神秘兮兮地问我，最近是否还能闻到化学工业园区那种熟悉的毒气味道。我竟想不起来这些天的空气，到底是一种什么样的存在状态。小朱说："告诉你吧，化学工业园区新上了一个项目，替代了原来的产品。我们可以换换胃口了。"

换换胃口，确实是不错的事情。即使是中毒，毁灭在单一的刺鼻气味中，似乎总比不上在两种以上的气味中消亡来得美妙。当然，如果能投入一点资金，将有害的废气包装成茉莉花香型，就更惬意。在花香阵阵的麻醉中，即使是阿Q，估计也骂不出"妈妈的"。

当然，骂"妈妈的"的人与事还是难以避免的。随着上届高三老师从云贵港澳的返回，新高二的老师人选也全部落实了下来。一批老高三们，穿插到了高二的队伍中，而有些年轻教师，则又一次被留守在了高一。我们语文组的两个同行，一位老师毕业后就一直在高一，另一位也只是高一高二的循环。这次，两位又都没有能进入高二。

这样的留守，对教师而言，是无彩可言的。然而，留守的原因，却十分复杂。除却个体学养外，各种非教育的因素，也起着很大的作用。比如学生及家长的喜好，比如分管校长的功利目的等。

>>>>>>>

8月12日 星期日

拨动心弦

别的同事一个课时完成的教学任务，我上了三个课时。不是有意磨洋工，而是觉得进程太快，则过于暴殄天物。

史铁生的《想念地坛》，如果单从高考的角度出发，那么，确实没有多少值得学习的内容。授课时，只要把握住几处关键词，以关键词带动起全文的阅读，然后针对几个重点语段，设计出一些和考纲接轨的思考题，就可以大功告成。

然而，我对这篇文章，却情有独钟。初读时，倒也没有太多感悟。随着备课的深入，发现文章中呈现出的“一死生”的宗教情怀、超然物外的佛道思想，对于始终处于发展顺境中的孩子们，可以形成十分有意义的人生启迪。于是，第一课时，我安排孩子们反复阅读，在阅读中勾画难懂词句，书写课文批注。对于有阅读障碍的部分，先是反复诵读，字斟句酌认真玩味，然后在同桌间、讨论小组内交流讨论，以领悟启迪领悟，以心灵触动心灵。这样的工作用去了我的第一个课时。

第二、三课时，进行文本细读。利用来自文本的细腻思想，拨动学生的心弦。

最让孩子们心灵产生共鸣的，是这样几个句子：

“我记得忽然我有了一种放弃的心情，仿佛我已消失，已经不在，唯一缕轻魂在园中游荡，刹那间清风朗月，如沐慈悲。于是乎我听见了那恒久而辽阔的安静。”

“人太容易在实际中走失，驻足于路上的奇观美景而忘了原本是要去哪儿。”

“一个生命的诞生，便是一次对意义的要求。”

“可你看地坛，它早已放弃昔日荣华，一天天在风雨中放弃，五百年，安静了；安静得草木葳蕤，生气盎然。土地，要你气熏烟蒸地去恭维它吗？万物，是你雕栏玉砌就可以扶持的？”

面对了这样的生命意义的拷问，面对了生存与毁灭的人生困惑，我发现，即使是朱训，也放弃了课堂上的酣眠，摆出了一副沉思的态势。

我从不幻想通过一个课时、一个文本，就解决了某种人生的重大问题。然而，我也从不放弃对每一个文本中潜藏着的足以让孩子们受用终生的那些深邃思想的挖掘整理。尽管这样的内容，不能帮助我获得平均分，不能让我的孩子们更熟练地掌握几道思考题的答案。我却觉得值得。语文教学，倘若没有了生命的思考，没有了悲悯情怀的培养，没有了乐观豁达个性的雕塑，那么，学习了再多的解题技巧，又如何能让孩子们以“人”的形象站立呢？

2007年 8月13日 星期一

我心无恙

莫名其妙地，突然就想起了薛瑞萍的《心平气和的一年级》。二十余天的随笔坚持下来，心态果真就向着“心平气和”的方向发展着。史传中所言的东坡先生“眼见天下无一个不是好人”，想来也正是建立在他年复一年的创作基础上。读与写，确实如史铁生先生所说的那样，是可以为人类创造出一个“清风朗月，如沐慈悲”的理想生存环境的，尽管这样的环境，只存在于制造者的主观心境中，无法落实到声色犬马的尘世。

上午的四节连堂，结束时，整个人已处于半瘫痪状态。由底楼登上4楼，除却腿的艰难攀爬，全无丁点儿“欲穷千里目”的雄壮与追求。好在心并不疲劳，还可以哼哼小曲，并隔了楼梯间的厚玻璃，窥探几眼云淡风轻的碧空。

然而，跟着就有“开会”这类杀风景的事情，在办公室里恭候着我的归来。备课组会议，研究下一阶段的课程安排，同时落实明天到大市参加教学培训会议的人选。

“温良恭俭让”的氛围中，副校长王军通报了前阶段补课时所作的学习情况调查反馈信息。从学生调查表体现的数据看，语文课，属于学生满意程度最差、补课效果最不理想、对补课最不重视的一门学科。学生的不满意，具体体现在以下几方面：

第一，语文课作业铺天盖地，却没有紧扣假期学习内容的专项检测试卷。

第二，语文试卷虽多，却不能做到每发必改、每改必评。

第三，各语文老师各自为政，教学进度、试卷布置等方面，都存在着因人而异的现象。

王军是我们备课组的一分子，学生所控诉的，也有他的一份。于是乎，大家自我检讨，总结前阶段经验教训，提出下阶段整改目标。在我看来，很多工作，细化上依旧存在差距。联系到7月底外出开会时所遇见的宿迁、南通等地老师介绍的各自学校的详细复习计划表，我们的工作，随意性确实过大。不过，这也不见得就是坏事情。语文，非机械化操作，对人文精神的培养，应该更有利。

到大市开会的人选，却难落实。依照通知，是全体都要参加的。可是，我们十个人，没有一个愿意去。这种浮光掠影的所谓新课程培训，实在被多年来无止无休的走过场折腾得成了罗贯中笔下那著名的“鸡肋”，除非不得不吃，实在没有人想着主动去亲近。

最终，一致推荐年龄最长的老陆作为代表，一来因为老陆只带一个班课，好调课，二来因为老陆和市教研员是同学，好让老陆出面为大家请假。老陆很委屈，宣言他一个人坚决不去参加培训。无奈，王军只好答应自己陪同老陆，后天早晨一同坐学校的小车去。

“腰缠十万贯，骑鹤下扬州”。南北朝时的风流潇洒，倘若能投入到教师培训活动上，估计应该是打破脑袋也要争着去了吧。

下午，不挪窝地写了四个小时，为河北一个同行的课堂实录作点评。写好后，发了出去。片刻就收到了回复。这位老师，新学年开学后也将远离家园，到江苏张家港发展了。这又是一位标准的教育理想主义者，怀揣着圣洁的教育之梦，四处找寻着可以播种梦想的土壤。

>>>>>>>

8月14日 星期二

没有了喷泉会如何？

人处在忙碌中时，时光的流淌就迅速了许多。

上午照例是上课，依照昨日备课组会议的要求，分析评讲暑假时布置下去的那几套综合试卷。我边在讲台上阐述解题思路，边留心视线内的孩子们卷面上的正误情况，结果，13班的基础知识部分，整体效果良好。7班前排的几个女生，却连续出现低级错误。嘉欣和叶露，竟然前4题一题不对，10道题目总计只对了一半。

我知道，这并不是说她们的语文基础知识差劲到了这个地步，可以想见的原因是，她们在做练习时，心却不知飞到哪里玩耍去了。我站在讲台上，透过她们脸上那似笑非笑的无所谓的表情，依稀就可以看到当时解题时边吃着零食、边听着MP3、边抖着双腿，信手在试卷上填下答案时的悠闲自在的图景。

学生就是这样，语文试卷得了低分数，通常很少有痛哭流涕、懊恼不已的人。而倘若是数学考了低分，则天塌地陷一般。或许他们潜意识中，语文原本就是可有可无的一门学科。

在7班，基础知识部分订正完成后，我给他们留下5分钟的时间总结思考。我则在教室里巡视，解答试卷上残留的零碎问题。

其时，教室外广场南部的喷泉，正在阳光下不断变化着喷涌的方式，将一股股洁净的水柱，送往半空。看到这喷泉，我忽然就有了一个教育嘉欣、叶露等轻视语文学习的孩子的主意。

5分钟后，我不急于继续往下评讲，而是安排全班同学透过玻璃窗观赏喷泉。我问：人们为什么要设计出喷泉呢？校园内，有了这个喷泉，与没有这喷泉，对学生的学习成绩会产生什么样的影响？

孩子们都感觉好笑。喷泉和学习成绩怎么能建立起联系呢，完全是风马牛不相及的事儿。

我再问：这喷泉十天不打开，会对我们的学习生活带来什么样的影响？一百天不打开，有没有影响？一个学期、一年不打开，会有什么样的影响？

这依旧是一个让孩子们嗤之以鼻的低幼化问题，至少在他们的眼睛里是这样。

继续追问：那么，公园里的鲜花是否开放，蓝天上是否有鸟儿飞翔，对我们的学习和生活是否产生影响？眼中所见全是俊男靓女，和全是面目狰狞的人，对我们的学习是否产生影响？

开始有孩子觉得有影响了。因为这些能够影响到他们的心情。

最后追问：饱读文学作品和一本文学书籍也没有读过，对人生是否有影响？一个月不学习语文，是否果真不会对学习与生活构成任何损伤？

我让嘉欣和叶露们回答。我知道，这几个追问，并不会就开启她们热爱语文、热爱文学的天窗。但我希望她们思考，希望她们能在未来的学习与生活中，养成用科学和文学两只脚行走的好习惯。尽管眼下的应试环境下，她们依旧酷爱依靠一只脚跳跃行进。

8月15日 星期三

有意跑题

《旧唐书·列传》第九十八篇中，介绍了一位个性鲜明、无私无畏的廉臣李藩。带领学生鉴赏试卷上节录的关于李藩事迹的几段文字时，有感于李藩关于不畏强权和节俭的两段文字，我在课堂上跑了十分钟的题：

我将美国1984年洛杉矶奥运会组织工作的内幕故事介绍给学生，让他们结合当下我国全民办奥运的现状，讨论一下奥运会的意义和价值。

我告诉孩子们，1984年的洛杉矶奥运会举办权，是在绝大多数洛杉矶市民的反对声里落实下来的。洛杉矶奥运会组委会主席，则是在主办权已经落实之后，由猎头公司在全国的生意人中物色出来。而且，这个被认为是最适合的人选，就是竭力反对在美国举办奥运会的一分子。奥申委在向组委会主席移交材料时，所有材料，仅仅用一个鞋盒端了过来。（这些信息，来自中央电视台《百年奥运》专题片）

我让孩子们比照我们的奥运与洛杉矶奥运的差异，体味奥运背后不同文化背景下的多元内涵。当然，这样的思考，无须提问和回答，只要心中有想法，能依照事理学会独立思索就行。我只想把独立思考的种子，播种到年轻的土壤中。至于是否一定会开花结果，除却种子自身的生长力外，还要看是否有风调雨顺的生长环境。

这是完全跑题的内容，与文言文阅读、文言知识积累，全没有任何关联。我知道，这样的内容，或许也只有在我的课堂，才有容身的空间。但我知道我应该将我所了解的、思考的提供给正在成长中的孩子们。

下午三点多钟，到大市接受培训的老陆回来了。询问培训精神，答曰：跑火车罢了。联系昨日高二年级的培训，小朱从大市回来后，说培训者所介绍的，根本就不可能在现实的教学中站得住脚。于是乎顿悟，我们轰轰烈烈的新课程培训，不过是在纸上勾勒最新最美的蓝图。无论是培训者还是被培训者，蓝图背后，都还有着另一份直面应试的详细作战方案。蓝图，可以在任何时候任何场合下，摆在桌面上供南来北往的人参观研究。作战方案，却以绝密的形式，保存在只有天知、地知、我知的保险柜中。

8月16日 星期四

沙里淘金

13 班的黄恩昊，连续三次来找我，想让我给他面批一篇作文。

这是一个自卑与自负糅合在一身，可怜与可嫌并存，且自暴自弃的孩子。口吃，成绩差，脾气倔，没有朋友。在 13 班中，他的存在，除了拉下各科的平均分外，就是成为李延、朱训们的活玩具与出气筒。

据他母亲介绍，这孩子的所有同辈兄弟姐妹中，很是出了些出类拔萃的人才，其中，一个比他小好几岁的表弟，就两次获得国际象棋少年组全国冠军。这，对他的成长，构成了巨大的心理压力。正是在这种事事不如人的生存空间中，他越来越内向，越来越缺乏斗志，越来越懦弱。

但我并不讨厌他，相反，对他这样的处境，还抱有一种理解和同情。我曾数次在他偶尔交上来的练笔本上跟他笔谈，帮助他剖解精神上的难题。因而，他对我，也很信任。

他这次终于认真完成了暑假中布置的一篇作文。他对自己的这篇文章很满意，觉得自己在细节描绘、整体构思、主题揭示等方面，都很有创见性。我知道，极少写作文的他，找我面批的目的，并不在于想从面批中获得什么写作学方面的知识。他只是想借这个面批，让我看到他的"才华"，看到他的"思想"。同时，他还想借此来证明点什么。

他第一次来找我时，我正在准备上课。第二次找我时，我又在赶一个稿件。我让他将作文先留下来，容我认真阅读后，再找时间和他交流，然而他似乎很是等不及，晚间，利用晚自习课间休息的时间，又推开了我办公室的门。

下午，利用课间15分钟的休息，我已仔细阅读过他的作文。这篇被他命名为《没有意义的一天》的简单记叙文，只是叙述了发生在他家小饭馆中的一个故事片段。他比较细致地描绘了一个沉溺网络的学生，在通宵上网后来到他家小饭馆中吃面条时极度疲劳的状态。因为是亲身经历，所以，细节上比较生动。

他的文章，从高中生作文的角度看，实在是幼稚简单，内容也和题目脱节，后部分的议论，更是语言杂乱，让我无法读懂。然而，这是他的心血，是他认为写得非常理想的文章。对这样的文章这样的学生，我该如何面批？

他站在我的办公桌旁。我让他将旁边的凳子拖过来坐，他不愿意，磕磕绊绊地表示，自己就喜欢站着说话。我请他先谈自己的构思，他断断续续地吃力表达着，用一些完全不联系的话语，支离破碎地阐述起自己的创作意图与创作安排。他说他想写得"无意义"，是说这沉溺网络的人的生活；说自己的文章，采用了某个小说的结构形式；说自己文章的主题不想直接表现出来，而是希望用隐蔽的手法，给读者思考的空间。当然，他的话语没有这么流畅，我是根据他的意思，加工了他的语言。

在他介绍完后，我先不评价他的文章，而是从他自己的介绍出发，表扬他的主动阅读和积极思考。我让他的自信心和荣誉感先得到应有的满足。在此铺垫的基础上，我再依照他文章中的细节，充分肯定他细节捕捉中的传神与精当。他很得意，对自己的细节描绘功夫十分自信。

说了一箩筐的优点后，我从他的作文中，提出几个问题让他回答。结果，他很难解释清楚。于是，我从写作需要先自圆其说的角度出发，和他一起探讨如何围绕题目组织材料。我不说他的作文有什么不好，而是告诉他同样的话题，如何写作更恰当。我想，我这样的安排，对他的写作能力的提升或许意义不大，但对他的写作兴趣的保存、对他自信心的守护，是很有价值的。

8月17日　星期五

高层有变

在学校中，我似乎一直是消息最为闭塞的人。上午课间休息时，夏琼与小朱在谈论什么高层动荡的问题，我第一时间想到的，是国家又召开了什么重要会议，政治局的座位又进行了重新编排。及至仔细听下去，方知道她们谈论的是教育局和学校可能出现的人事变动问题。据说，即将开始的新学期中，教育局局长、主管教学副局长、我校校长等一大批人，都要换个沙发坐一坐了。

其实，从前年暑期开始，学校就风传校长将要高升的消息。当时，一致认为会来学校接替校长职位的，是教育局分管教学的副局长。去年暑假，学校分管教学的副校长被调动到级别更高的电视大学做校长，于是，又有很多老师议论说，这位副校长是在走个过渡，单等眼下的校长一离开，副校长就会回来主持工作。

今年，新校长会是谁呢，或许，消息灵通人士早已知道了答案。我们办公室一向消息闭塞，绝大多数消息，都是小朱在别的办公室的道听途说中获取。

然而，有一个消息是确切的。下面的告示栏中已经有了公示：学校教务主任提升为副校长了。如此，学校的中层又出现了一个空缺，有此欲望的老师们，眼前又多了束希望的光芒。

我对人事的变动，向来没有关注的兴趣。在我心目中，无论谁做局长、谁做校长，我依旧是教我的书、上我的网、写我的稿。然而，现实却并非如此，　个局长、一个校长的人格魅力与情感喜好，确实足以左右一个地区一所学校的发展方向，足以操控一个区域内的生存环境。因而，我希望管理层稳定持久。在中国国情下，稳定持久的岗位，可以使管理者沉稳理智。而新岗位，则存在着太多“三把火”现象，存在着浓郁的感性氛围。

明天学生休息一天，下午的课，提前到2点开始。由于明天要到南京开会，和神交已久的一批教育在线网友聚会，探究共同发展问题。因而，午休时间放弃了休息，在网络上搜寻将要落脚的傅厚岗所在街道位置和公交线路。顺带读一点网络上的短小文章。至3点，到7班教室内，将上午在13班传授的知识点，重新演绎一番。其间，针对7班的实际，重点强化了几道作文题的谋篇技巧。

三节课后，孩子们忙不迭地收拾书本，逃离教室。回到办公室，心中突然也有了一股特别强烈的放松欲望。于是乎，上网搜索，找出联众世界，下载了游戏大厅，开始下象棋。在炮火轰鸣、刀光剑影中，让神经松弛下来。

8月18日　星期六

寻梦南京　（上）

生命的灿烂与辉煌，绝大多数情况下，只在于生命体自身的坚韧与执著。而人的生命，其意义呈现与情感宣泄，亦全在于心灵中一块理想与梦幻交结的时空。于是，人群因为了这份时空的差异，而呈现出缤纷多元的生态特征。

我心中的这份时空，或许过于阔大，以至于现实人生的酸甜苦辣，在它的威压下，只成为了一种陪衬和点缀。本质上说，我是一个寻梦人，尽管很多时候，并不能够确切知晓远方存在着一道什么样的风景，可还是心有所属，指向辽远而未知的存在或虚空。

今天，难得的休息，我却开始了一段寻梦的旅程。只是今天的梦，似乎切近而实在。

应《新语文学习》的邀请，今天到南京参加一个全部由教育在线网友组成的作者群笔会，在这个会上，将有缘结识一批神交已久却从未谋面的老朋友。

尽管报到时间被安排在下午，但因为从网络上得知有些远处的网友，在今天凌晨时分就抵达南京，所以，我一早就从家出发，前往只有一个小时车程的目的地。

找到落脚的炮兵学院招待所，很是花费了一番时间。虽然邀请函中标明了招待所的地址是傅厚岗26号，可是30路公交所停靠的傅厚岗站，却和招待所所在位置完全相反。两者间，隔了一条最繁华的中央路。我拎了个包，不急不躁地沿了路标走下去，没走100米，却发现已抵达了玄武湖边。一寻思，肯定是弄反了方向。折转身，游游荡荡地沿原路晃悠到公交站台，再继续西行。

这段路同样很短，不足百米。右手处，竟然保存着徐悲鸿故居和傅抱石故居两处建筑文物，只是两个小宅院的门都紧闭着，并没有裹挟着浓郁艺术气息的风，从缝隙中吹刮到我的脸上身上，这让我很是懊恼，为了一个获取免费艺术细胞的机会的丧失。

在绿灯的引领下，越过数十米宽的主干道，便进入一条狭窄而相对安静的小巷。前行数步，开始看见炮院招待所的广告牌。进入，登记，草草查看登记簿上的网友，发现第一位就是很早就熟悉的费晓东。这位以“费话连篇”主题帖吸引我眼球的兄弟，对古字画等很有研究，属于那种兴趣广泛、专业精深的“人精”。

查找到本次活动的组织者王三阳兄的房间号后，安顿好行李，就去敲响他的房门。开门的正是三阳兄。和他用做网络签名处的照片相比，眼前的这位老兄，外形上更像我刚工作时的一位同事。自报家门后，热情握手，一见如故。

无主题的闲聊中，陆续有网友抵达。先是来自湖北随州的“孤独的虾”，接着是费晓东从夫子庙古玩市场逛回来了，然后是神交已久的“汝水边人”王自成，其后是李君山、石磊，再后是从玄武湖游玩归来的阿常、绿柳新风、枫叶如丹。

所有网友中，我最早认识的是阿常。2004年在《新风教育》做特约编辑时，和阿常就结下了友谊。三年多来，我一直在欣赏着他的腾飞姿态，并以年轻的他为榜样，激励自己聊发少年狂，不断做点有价值的事情。

这样的闲聊，持续到中午的饭桌上。因为等候几位远道而来的网友，午饭开得很迟。我们一群人抵达饭厅时，《新语文学习》的主编诸荣会先生早已等候在这儿。大家伙图热闹，准备一桌围下来，彼此好将网民和真名对上号。然而，不断有人员增加进来，有心人一统计，中午有17位网友。如此，一桌是肯定挤不下了。一分为二。

我所在的这桌人，有来自河北唐山的快乐相伴，来自河北承德的陈永平，来自河南安阳的阿常、绿柳新风、枫叶如丹，来自江苏泗阳的李君山，江苏睢宁的石磊，加上东道主诸荣会主编等九人。

饭后，去阿常、绿柳新风的房间聊天，谈对当下教育的思考，对一些朋友快速发展的认识等，顺带聊起个人专著问题，得知阿常手头同样有一本教育评论集待嫁，于是想到礼明的手边，也有一个这样的集子，开东处似乎也有一个，加上我手头早已成型的一个，完全可以找寻一家开明的出版社，出一个系列。

聊了半个多小时，因为阿常他们坐了一夜的火车，上午又没有休息，于是告辞回房。

下午三点左右，求知人兄弟从外面打开了门，进门就吆喝：刘兄，真是缘分，我们同房了。求知人盖玉春的名字，两年多前就在教育在线论坛时常看见，一段时间内，还曾将其误解成某大虾的马甲，然而因为我很少进入教育随笔版，很长时间并没有结识这位和我所在地最近的兄弟。只因为今年突发奇想，想将高三一年的生活如实记录下来，这才在教育随笔版相逢了早已闻名的求知人。

无须寒暄，相逢时早已是兄弟，所以，一切都变得自然而随意，就如同朝夕相处那样。我有午休的习惯，侃了会儿大山，眼皮就开始打架，朦朦胧胧地睡了一会儿。而求知人似乎精力格外的旺盛，全不顾旅途劳顿，在我休息时，独一个出门遛弯“求知”去了。

待他回来，三阳兄的电话也跟了来。片刻后，三阳兄的身影也就出现在我们的房间内。又是交流，谈进入在线的经历，谈教育在线对个体成长的巨大作用，谈今日前来聚会的网友的追求与成就，兴趣正浓时，有电话追过来，三阳兄于是匆匆而去。我们也干脆跟踪出击，准备到5楼三阳兄的房间去继续聊。

敲开门时，房间里已有不少人。除了早晨已熟悉的几位外，又多了一位精神矍铄的长者。从介绍中得知，此公就是语文沙龙上“七访魏书生”主题帖的作者水易先生。

水易先生很是健谈。我们进来时，他正在介绍自己参加马拉松的故事。随后，又谈他到河南采风时关于面条的故事。房间内，他是当然的主角。谈笑风生中，一种旷达一种乐观一种纯真，一览无余地铺陈在思想的土地上。

依旧有网友陆续到达。来自江苏沭阳的王金华，江苏江阴的王益民，都给熟悉的朋友带来了意想不到的惊喜。求知人和王益民，曾在同一所学校共事，分别数年后，竟然在这样的场合相逢，其兴奋愉悦之情，可想而知。

晚餐，是今天报到中的高潮戏。所有的网友全部抵达，编辑部在家的编辑，也全部过来了。于是，三张桌子坐满了人。开始时，尚且各有各的一个座位，半小时后，整个大厅就成了一个人头攒动的大超市。这个超市，正在出售的，是高保鲜的情感水果和理想琼浆。

正是在这样的场合下，二十余位网友，终于一一对上了号。于是，我又结识了来自江阴的山月，来自徐州的西窗，来自杭州的求索等网友。

这样的欢聚，一直持续到9点来钟。从千里之外的唐山来的快乐相伴，想要看看夜幕下的南京城，一行五人，便踩着霓虹铺就的道路，边走边聊，向着新街口而去。

晚10点的南京城，正是休闲纳凉的黄金时间。头顶上的天空，在高楼大厦的裁剪与各色光柱的切割下，支离破碎成五颜六色的散件。环绕过无数座楼房、穿行过无数棵梧桐的微风，在初秋的夜色里，醉醺醺地蹒跚在如织的行人中。拎了小马扎的老者，一步三摇地在街边公园边上漫步；挈妇将雏的中年人，挺着山一样的脊梁和微微发福的肚皮，踌躇满志地向着那个叫做家的港湾稳步行进；热恋中的情侣，软骨病患者一般缠绕在一起，似乎没有了对方的支撑，前方的路，就成了永远无法抵达的岸。只有不怕疲劳的孩子，在绿地边缘的石板路上，撒开了双脚追赶着同伴，洒下无限欢笑，在这城市的缝隙。

就这样边走边聊，谈所读的书，谈自己的教学，谈专业发展与专业写作，谈成长中的困惑与追求，抵达新街口时，已是10点半。新百大厦的灯火，正在渐次熄灭。

我说，很遗憾，新百关门了，几位无法在这南京的“王府井”见识南京的繁华了。

山月却说，这有什么！我们何尝不能效法那东晋名士王子猷雪夜访戴的风雅，也来个乘兴而行，兴尽而返，又有什么遗憾？

山月的话，让我读出了一种豁达与理解。事实也正是如此，散步，本没有具体的目标。交流沟通，才是兴致的真正所在。

于是，如王子猷一般，转身返回。照例是有说有笑，洒一路欢快，在这都市的不夜天。

回到房间时，求知人已经睡熟。我没有12点前休息的习惯，将电视声音调到最小，看了会央视一套的节目。直到倦意爬上眼角，才熄灯酣眠。

8月19日 星期日

寻梦南京（下）

手机上的闹钟响起时，房间内尚处于“暗无天日”的状态。厚重的窗帘，成功地将所有光明全部隔绝在室外那属于南京的天空中，只把无边的黑暗，留给我们这些异乡人。

躺在床上，凝神静听外面的动静，只感觉四下里一片寂静。没有嘈杂的喧闹，没有刺耳的广播。昨夜那纷攘的都市，此刻似乎被笼罩在了一个巨大的消音器中。只留下脉搏的律动，震撼着清晨的时光。

求知人也已醒来，拿起床头的手机，查看时间。我从床上翻起，将窗帘拉开一道缝隙。立刻，长条状的天空下，远近高低错落的房舍，一起扑入我的眼球。

依次洗漱后，到一楼餐厅吃早餐。已有十来位早起者，正拿了碗碟在挑选食物。彼此招呼着，就近坐下，相互打听一下昨晚的行踪。阿常、绿柳们昨晚游了秦淮河，花了两小时的时间，感受了桨声灯影中江南水乡的独特韵味。求知人则先陪了求索一家三口聊天，后拜访水易先生。

早晨的食欲向来不好，简单吃了点东西后，就坐在一旁欣赏别人的好胃口。同时也等待8点开始的会议。

7：50，拿了相机去会议室。多数网友已经各自找好了座位。我向来喜欢坐后排，看见最后一个位置上李君山兄的身边空着，便立马过去坐下。

我本未对会议安排的报告寄予多大的期待，听过各种身份的人所做的各种类型的报告，观念中早已形成一种本能的抗体，似乎但凡坐在台上的人，总是要将自己的辉煌，一股脑儿告诉给台下的听众。而台下的，则全傻乎乎地作感动与投入状，似乎天生就一个故事也没有听过。

然而，今天的培训，多少有些出乎我的意料。后一个发言的严华银先生所陈述的关于“语文人”的相关意义阐释，对于我一直思考的一些教育教学问题，确实起到了很好的点拨作用。我直懊恼自己没有带纸笔去记录。倘若能及时记录下一些灵光一闪的感受，或许几篇论文就可以由此而出。

会议中途休息了两次。这段时间，成了网友们合影的黄金时节。但凡惺惺相惜者，总要趁此机会，呼朋引伴地留下彼此间友谊的见证。山月、快乐相伴建议我们昨夜同游的五人合影，四个美女坚持要我站在中间，这种彻底颠倒了绿叶烘托红花的美学常规的安排，让我这粗人很是感受了一次置身美女群中的尴尬与晕眩。

会议结束后，杂志社安排了集体合影，然后是集体聚餐。今天中午的聚餐，和昨晚又有不同，因为离别已然在即。

很少有人将注意力放在午餐上，大家的注意点，只在分别后的交流和相互帮助。当陆续有网友开始辞行踏上归乡之路后，最后的分别也就来临。于是，饭厅成为了最好的摄影外景地，六省的语文人，各自找寻着希望合影的对象，在一片闪光灯的刺目光芒下，将生命中一次无法预设的精彩，定格在了南京这片古老而年轻的土地上。

附求知人所记录的会议主要内容：

孙汉洲先生：教师教学研究的思维品质问题

1. 我们的思维要有批判性；2. 我们的思维要有深刻性；3. 我们的思维要有灵活性；4. 我们的思维要有创新性；5. 我们的思维要有发散性；6. 我们要有求异思维；7. 我们要注重思维的特殊性。

作为语文人，先生在讲解的时候，从来不忘以具体的例子来说明。用主持人的话说，叫“既高屋建瓴，又深入浅出”，这样的方式，显然不错。虽然，有些时候，他所举之例证不免与他所主张的观点，前后有自相矛盾之处。

严华银先生：

一、分享两个故事

1. 一个语文人关于教师成名的三步路：站稳你的课堂，上好你的公开课，写好你的论文。

2. 一个物理人所说的一句话：“一个人要想做成一件事，每天只要拿出10分钟。”

二、关于语文

1. 谈语文人的读书。必须读书，要会读书，要会教书。语文老师要学会自己读课文，而后思考遇到了什么问题，并试图去解决它。

2. 谈语文人的课堂。让课堂迸发出生命的活力。

课堂三要素：老师、学生和教学活动。

好课三要素：基于目标的问题，基于目标生成与解决的活动，在活动过程中学生思维的发展。

语录：

鼓掌、笑声最多的课堂，更多的时候是低效的。

阅读能力是通过阅读培养起来的，写作能力是通过写作培养起来的。

3. 语文人的一种能力：设计能力，特别是设计作业的能力。

三、关于语文的几个关键理念

1. 工具性与人文性；

2. 三维目标不是孤立的，不能分开；

3. 自主、合作、探究；

4. 如何研究？夯实基本功，加强文章研读；研究教的方法；结合理念做些案例分析；教材分析。

2007年 8月20日 星期一

无从下手的标点符号

过了两天不食人间烟火的开心日子后，清晨6点，准时睁开眼，一切又都回复到了原有轨道上。

6：50到学校，先查看信箱，看看有没有朋友的信函。北京一家报纸的两位编辑，各发了一封邮件过来，告诉我，一个主题阅读稿和一个专题写作辅导稿都已通过了终审，即将排版了。

这消息确实不错。两个稿件，加起来一万九千来字，本是我教学中用来指导学生完成文学作品阅读和新材料作文写作指导的一些自创资料。我是抱了碰运气的思想投的稿儿，没想到竟然都顺利过关。如此，也算对得起一周的劳作，对得起累死的众多脑细胞了。

7点，小朱和夏琼都来到了办公室。小朱带来了确凿的高层信息，说是我校的原一、二把手，全部进了教育局，分坐了市教育局的头两把交椅。而教育局的局长，不知高升去了何处。教育局的原二把手，外放到电视大学做校长。电大校长、原我校分管教学副校长，则回到我校，坐第一交椅。

这样的变动，对全市教师而言，或许是个福音。新局长是个很有现代教育思想的人，此前在我校校长任上，就一直对单纯应试教育有一定的抵触，反对把学生变成解题机器。然而，那时的他，上面“婆婆”太多，无法甩开膀子干一番心目中的理想事业。这一次，他或许会以自己的思想，为全市教育口带来一股新风吧。

我和夏琼，基本上属于两耳不闻窗外事的主儿，对于这种人事上的变动，听了也就听了，并无多少感慨，更无波澜从心底升起。我今天要上的课，是夏琼主备的《给语言镶上几道花边儿》，她所编写的练习中，有两题答案可能有问题，我对问题答案的关注，更胜于对谁接替谁的位置有兴趣。

7：20，开始上课，实打实的四节。不折不扣地上下来，嗓子竟然没有出现故障，连个线头松动现象都没有发生。课堂上，我很想将这次南京会议上遇到的这群勤勉而富有理想的人介绍给我的孩子们，然而，我找不到可以连接课堂与故事的链接点。于是，我只能在课间休息时，为愿意听我介绍的同学，介绍我对我的网友们的敬佩和理解。我重点谈了求知人的千帖计划，谈了水易先生的马拉松，谈了爱上教育的教育之梦，谈了从河北、河南、湖北一路风尘赶来追梦的所有语文人。我想让孩子们知道，有这么多的语文教师，在走上工作岗位后，还如饥似渴地学习知识、追求梦想。那么，眼下坐在课堂中的孩子们，又有什么理由，不去养成热爱读书、热爱人生的良好习惯呢？

四节课后，跟电脑和数码相机较上了劲。相机是两个月前买的，一直不知道如何将图片上传到帖子中。趁了午间空闲，认真研究研究。当然，说研究是好听点儿，一没有带说明书，二不懂电脑，三不识那些外语单词，只凭了胆大妄为，胡乱琢磨而已。

这一琢磨，就是几个小时。除了回家吃午饭外，其余时间都放了进来。到下午上班时，还是一张图片也没有能贴到帖子里。

好在夏琼来了。夏琼没事了就喜欢拍些花花草草的，放到电脑上。这方面的知识，她懂得很多。

夏琼看了我的操作，又到自己的电脑上实验一遍，发现相机上的图片都太大，需要处理后才可以贴到论坛。于是，她把两个数据重新设置了一下，再发送时，一次就成功了。

趁热打铁，运用刚学的技术，立刻在教育随笔版上开了个专题帖子，将一干网友的照片，一股脑儿贴上一多半。剩余一些拍摄中存在红眼问题的，只能删除。

将这些照片贴到“教育在线”上以后，开始备课。轮到我主备的课，是《小节不可随便》，介绍标点符号知识的。这个知识点，已很有几年不作为考点，而且，这种没有任何灵活性的死知识，也无法激发学生们的学习热情。如何处理这个课案，让我很是头疼。我先是试图从网络上搜索到现成的教案，结果是一个也找不到。而可以搜索到的标点符号知识，又大多和教材没有联系。

无奈中，胡乱编写一些主题词进行搜索，竟然找到一篇关于标点符号的幽默故事，立刻下载来，用做课堂的导入。我想，在笑声中获得启迪，也未尝不是一件愉悦的事。然而，这笑的内容，毕竟只是引子，可以活跃开始授课时的气氛，却无法传授真正的知识。课堂设计的关键，我依旧无法操控。

2007年 8月21日 星期二

来自诗歌的感觉

河南的阿常兄弟从信箱中发来他即将出版的诗集，嘱我写点评论性文字。我便在上课的缝隙中，抽空先阅读他的第一辑《大风起兮》。于是，一种久违的感动，溢过方块字码铸就的情感堤岸，一点点沁入我的灵魂深处。

对于诗歌，我并非彻头彻尾的门外汉。20 世纪 80 年代初，我曾以文学青年的身份，参加过校园中的“石上松”文学社团，并不懂装懂地写过不少自以为是诗歌的东西。遗憾的是，那时的我，道行还过于肤浅，自得其乐中草就的分行文字，很少能进入文学精英们的法眼。于是乎，在屡遭挫折后，转而去经营散文，写一些无病呻吟的抒情小品。竟然在同学中谋取了一点薄名。

及至工作，一个人在寂寞的乡村中厮守，诗歌也就成为了心灵的最好伙伴。那时的所谓诗歌，大多从真实的人生感触出发，去彰显年轻生命的酸甜苦辣。心的飞翔、爱的渴望，成为一个永恒的浪漫主题。

其后，成家立业。成长中，诗歌成为人生的一种点缀。在由青年而壮年的道路两侧，常青的松枝上，挂满了圣诞彩灯般的缤纷霓虹。

我的梦工厂，曾经有专业生产诗歌的流水线。理想主义的旗帜，在车间大门前飘扬了许久。

然而，我终于过了诗歌的年龄。平仄相间中的和谐与铿锵，在岁月的轨道上，被风尘碾碎，成满地尘土，铺陈着拓展向遥远的未知时空。我知道，中年只属于散文，属于铁马金戈与夕阳箫鼓共同织就的写意风情。在这幅希望与失望交互抚慰的生命画卷中，理想所绽放的每一枝嫩芽，都渴望着在春天中绽放出无与伦比的绝世风华。尽管现实大多很阴沉、很寂寥。

我在阿常的诗歌中，努力地找寻属于我的足迹。读诗，于我而言，竟然成为了一种生命的拷问。

且不管如何吧，我在行走，这是我知道的一个事实。

天，复又炎热起来。最高温度，又达到了35℃。上课再次成为减肥的最佳运动项目。老周、夏琼、小朱们，一下课就钻进办公室，一边诅咒着反常的天气，一边讨论着眼下正在教学的标点符号问题。我的教学进度慢了两个课时，跟不上他们讨论的节拍。然而，在他们的讨论中，我发现了一个不应该有的现象——迷信教材。由于标点这个章节的课是我主备，我对教材中的一些错误，进行了一定量的钻研，并在这钻研中，挖掘出了各类大大小小的知识误区近十处。这些，其实是我们日常教学中必须引起注意的。

越来越迫切地感受到时间的紧张。一方面，每天总有些时候，大脑一片空白，只无所作为地胡乱浏览，或是玩一点放松神经的小游戏。另一方面，却又被一些不得不完成的任务逼迫着，陀螺般高速旋转。这个暑假，感受着前所未有的忙碌与单调，体悟着华威先生般的虚假充实。

浮躁！这是一个不得不严肃面对的话题。

8月22日 星期三

警惕伪崇高

带领着学生分析订正一套修辞试卷时，开头还很顺利，中途时，突然进行不下去了。在这些试题的字里行间，我读出了无法接受的伪圣思想和虚假道德阐释。

且看这样一些题目：

例一，仿照下面语句的格式写两句话，要求与原句组成一个排比句，表达一个中心意思。

我们不做屋檐下唧唧喳喳的麻雀，要做搏击蓝天高瞻远瞩的雄鹰。

这道仿写，其潜在的价值观显然错误：即人的存在，需要依照世俗的成就来框定意义价值。比如屋檐下的麻雀，因为飞翔范围狭窄、飞翔高度不够，就成了平庸的代名词；而雄鹰，则被用来象征事业有成、万众瞩目。很显然，这是一道貌似积极向上，实则具有浓郁的封建等级思想的命题。

例二，仿照画线句，再造两个句子，使其构成排比句，并能突出表意重点。

没有悲剧就没有悲壮，没有悲壮，就没有崇高。

雪峰是伟大的，因为满坡掩埋着登山者的遗体。

这道仿写，其思维的荒谬，已经到了浑蛋的程度。这种典型的强加因果，将原本毫无关联的两件事情，生拉硬扯到了一起，用来构成满足利益需要的反人文理论。在这样的理论支配下，一切有价值与无价值的牺牲，全部被披上神圣与伟大的外衣。而这外衣包裹下的，恰恰是权势集团对于个体生命的藐视与侵害。做这样的仿写试题，就等于向孩子们灌输这样一种价值观：你想伟大吗，那么，你就得准备牺牲！

雪峰伟大的真正原因是什么？这样的质疑，或许没有多少意义。然而，无论从什么角度去欣赏雪峰、崇拜雪峰，我们也无法将其成因归结到登山者的累累白骨上。宝贵生命的非正常消逝，是人世间最惨痛、最黑暗的事儿。这样的生命，倘若又是建立在挑战极限、认识自然的美好目标的基础上，那，它的被毁灭，就更能激发起人们对于毁灭这种美好的力量的憎恶和无奈。现在，雪峰就是这样的毁灭者，是刽子手，怎么反而成为讴歌赞美的对象？

这让我想到了一个古老的谎言：杀一个人，是杀人犯；指挥千军万马，让万千头颅落地，就是英雄。雪峰享受的，就是这杀戮万千生命的伟绩？

例三，依据提供的语段的句式，续写一段文字。

假如生命是云，不要炫耀色彩的绚丽，也不要放浪的漂流；要化成雨，无声地洒向大地，滋润万物。

这道试题，又是伪圣思想的经典表现。试题隐含的人生意义十分明确：人，不要张扬，不要个性，不要为自己而活；人应该全心全意地为别人而存在，应该将有限的生命，投入到无限的为别人服务中去。

这显然是一种经典的“存天理、灭人欲”类的思想说教。这样的思想，将人类理想中的善，当成现实生活的目标来要求。表面上看，似乎体现了超越时空的进步意义。实际上，它漠视了个体生命中物质与精神的个性化追求，漠视了特定社会生活背景下的人类生存法则。这样一种永远难以企及的道德高度，因为其永无实现的可能，也就极有可能会成为伪善者要求别人、放纵自己的双色遮羞布。

类似这样的试题，还有很多。这些题目，大多冠冕堂皇地出现在我们的高考试卷或高考模拟试卷中。它们的存在，对人生观正在完善中的孩子们而言，其危害性并不亚于灰色或黑色思想的影响。

我不希望我的孩子们养成“口的巨人”的坏习惯，更不希望他们成为不食人间烟火的另类群体。我只希望他们脚踏实地，在平凡中拒绝平庸，在希望中构建理想。要实现这些，就必须摒弃过度拔高的道德说教。

>>>>>>>>

8月23日 星期四

教材的滑头与无奈

昨日白天的五节课，加上一个晚自修，当时还没有感觉到疲劳。今天早晨醒来时，就明显有了九分的倦意。懒散散地吃了早饭，又懒散散地来到学校，打开电脑，却不想做任何事情。

今天还是五节课，加一个晚自修，工作量和昨日等同。唯一的差异，是今天手头上没有催逼很紧的约稿。

点开一首舒缓中略带感伤的轻音乐，在低沉的鼓槌声中，品尝岁月带来的沧桑与无奈。浮躁与寂寥，开始一点点远离额角的冰霜，心也随之逐渐平和下来。于是，利用一、二两节没课的机会，开始熟悉教材中的相关内容，试图捕捉住那些潜藏在文本深处的最佳切入点和最佳课堂流程。

文本细读中，又发现了几处值得揣摩的问题，同时还发现了教材编者的滑头和无奈。教材中随处可见这样的一些话语：“有些并列词语，作者如认为停顿较大，也可以用逗号。”这种让读者猜谜的编辑手段，确实是将长久以来争执不休的一些疑难问题抛给了渴求正解的读者。然而，这样的抛却中，最终遭受伤害的，除却语文本身，又能有谁呢？

我对顿号使用中的一道例题很是怀疑，夏琼说，课本中的案例，和我的构想，两者都可以，都是正确的。这种知识的模糊性，让我这样浸淫语文二十余年的人尚且无所适从，想一想寒窗苦读中的孩子们，又如何能在我们这些庸师的昏昏之智中，获得昭昭之知？

上午第三、四节课，下午第一节，连续三节都是13班的课。三节课，完全可以结束一个并不重要的知识点的学习。过分的劳累，使我懈怠于构置最优化的课堂流程，只依照了最原始的灌输方式，将文本未曾涉及的一些必要的补充，“飞流直下三千尺”般硬性狂灌进孩子们的大脑中。

这样的疲惫状态，在下午第二节课开始后，才有了好转。体力开始一点点会聚，大脑也开始恢复灵动。于是乎，在13班三个课时完成的内容，在7班两个课时就完成了教学任务。在许多零碎的知识间，也找到了贯穿的线索。

8月24日 星期五

为了青春，干杯

上午的课，在循规蹈矩中结束。午饭后，准备适当放松一下，再休息一会儿，却接到了一个意想不到的电话。

电话是大学时同宿舍的好友宗良打过来的，他通知我，有几个外地的同学，眼下正在他那儿聚会，一会儿将到扬州游览瘦西湖，问我是否愿意到扬州和同学们聚一聚。他报了一串名字出来，这其中，有三位从毕业后就没有见过，也没联系过。

21年过去了，他们生活得都还好吗？有什么样的变化？又有什么样的故事？我非常高兴地应承下来。

忙不迭地从学校赶回家去，15分钟的路程，炽热的骄阳暴晒着裸露的额头，汗水很快就浸透了上衣。到家后，先将汗水洗透的衣服扒下，扔到洗衣机里，然后用极快的速度，冲个热水澡，换上干爽的衣服，揣上几百块钱，拎上数码相机，出门奔车站。

一路顺畅。刚到路口，就遇到公交车；到车站刚买了票，就开始检票上车。登上车后，宗良又几次打电话过来，询问我的行程，落实在扬州碰头的地点。最终，我们确定在扬州西客站候车大厅门前相见。

我们几乎是同一时间就相互认出了对方。宗良胖了不少，书生气似乎更浓了些；家科还是读书时的模样，21年的风霜，只吹大了他的肚皮，其他的竟然没有任何变化；兆虎相对变化较大，比读书时黑瘦了许多。

宗良说，树扬晕车了，宝松正陪着她和她女儿在候车大厅里休息。正说着，宝松先出来了，这家伙，比原先大了一圈，但豪爽的个性，丝毫没有变化。

变化最大的，还是女同学树扬。那张曾经无比娇艳的脸，被岁月镌刻上了数道浅浅的纹。树扬曾是我们的宣传委员，体育成绩特别优秀，每次校运会上，都能为班级争得荣誉。那时，她曾是很多男生的偶像。

一群人坐进车内。互相交换信息后，我这才知道，树扬的女儿考上了上海师范大学，她是利用假期时间，带着女儿四处走一走，既见一见老同学，也让孩子见见世面。

宝松从派出所调到市看守所做所长了，家科原先的学校交给地方后，他在油田里做了办公室主任，宗良还是在老地方做校长，兆虎在乡镇做副镇长。宝松家的孩子，在北京林业大学读书，已经是大四的学生；家科的儿子，正在读高中；宗良的儿子，今年高考考了个普通本科，自己不满意，想复读一年；兆虎家的女儿，也正在高中读书。我们这一茬人开始走进中年，我们的孩子们，正在风华正茂的年龄，为了美好未来而读书学习。

先观瞻了平山堂。这里供奉的，是东渡日本传播佛学的鉴真大和尚。平山堂依山而建，与天下大多数寺庙并无本质区别。不同处，一个是寺庙内有一尊镌刻着郭沫若题词的石碑，另一个是一座九层高的佛塔。登临这个佛塔的顶层，扬州全城的风光，一览无余。

我们这些或是肚大腰圆、或是瘦弱疲惫的中年人，全都望塔兴叹，谁也不愿意在酷热中攀爬这四五十米高的数百级阶梯。宝松害怕扫了孩子的兴，决定自己陪了树扬的女儿登塔。树扬坚决反对，让她女儿一个人往塔上攀登。于是，宝松买了票，那姑娘一个人兴致勃勃地去了，我们则在塔下的广场上叙旧。

留在我们印象中最深的记忆，是宝松、宗良与我三人所在的小组的各样故事。与部队的联欢，与女生一起到琅琊山中野炊、开舞会，晚自修后用大茶缸打散酒到宿舍中开酒会……二十多年前的往事，如酷热中蒸腾的地气，在相互启发下，一起漂浮进脑海中。

那段时光，注定了是一生中最美好的，我们再也无法拥有。我们的孩子，却正在或即将拥有它们。

下一站，是瘦西湖。陪同她母女游玩的我们，都游历过瘦西湖。对这里的花草树木与小桥流水，自然都有着老朋友一般的熟悉感和亲切感。而第一次光顾这闻名天下的景区的树扬娘俩，则对眼前的风物感叹不已，只感觉步步皆有美景，处处可见胜迹。于是，树扬不断地让家科与我为她们母女留影，同时，又让她女儿，为我们这群老同学分别拍摄了许多合影镜头。

宝松总是老大哥一样关照着我们。几处门票，都是他抢着买了。细心的他，还在景区内的一个商店中，为树扬家的姑娘，买来了扬州特产牛皮糖。

宝松和宗良劝我跟他们一起到天长去吃晚饭。我说明天上午还有四节课，不能陪他们尽兴地玩。宝松立刻打包票，说吃过晚饭后安排车子送我回来。又说老韩已从全椒赶过来，小蔡也从桐城过来，另外，还有原八三文 2 班的几个同学也从天长的各地赶过来聚会。这样的场合，我实在没有不参加的理由，于是，我们在匆匆游览了瘦西湖后，一起赶往天长。

家科中午就安排好了晚上的活动。我们的车，直接开到了天长最豪华的“金一村”。一坐定，宝松就开始联系老韩。老韩说他早已到了天长，正和 2 班的两位同学在逛大街。老韩现在在滁州市教育口很有点名气，曾参加巡回演讲团，在市内大大小小数十所学校进行过演讲。

老韩依旧读书时的模样，高高瘦瘦，热情洋溢。读书时，老韩吹得一口好笛子，写得一笔好字。办班级的黑板报，他是当然的主编兼抄写员。

小蔡最后一个到来。小蔡的变化不小，如果是在路上相逢，我肯定认不出他来。这位小我两岁的小兄弟，眼下是桐城二中的教务主任。

大伙儿围了一张大号圆桌团团坐定，边叙旧边喝酒。这样的场合中，没有人说自己不喝酒。一杯杯酒，十分迅速地见了底。在由扬州返回的路上，还声明晚上绝不喝酒的宗良，从坐到桌上开始，就没提过不喝酒的事儿，硬是与我一样，喝了满满三大杯。

我是最早离开的人。宝松安排的司机在楼下催，宝松便安排我先告辞。和一班兄弟一一握手辞别后，宝松、宗良和树扬又执意送我上车。

怀抱着宝松送我女儿的一大一小两个布绒玩具，我辞别了曾经朝夕相处三年的同学。我知道，这个世界上有很多东西经常变化，唯有用青春、朝气、纯洁编织而成的同窗情感，会穿透岁月的厚重尘埃，保持着愈久愈新的润泽光芒。

一个小时后，我抵达家门。掏出手机给宗良、宝松打电话，他们还在饭店中喧闹着。

8月25日 星期六

新生开始报到

一夜酣眠，似乎连梦都没有做。酒精和友情的双重滋养，让我踏踏实实睡足了七小时。

早晨醒来，开始有醉酒的感受。狂饮了一大杯凉开水后，吃了半碗饭，又喝了一杯牛奶，这才找到了些许清醒的感觉。

学校今天很是热闹。今天是新生报到日，尽管还不到7点，已经有不少性急的孩子，在校园内四处游逛。主楼前的广场上，几块张贴着大红色蜡纸宣传标语的广告牌，把一种喜庆的景象，点缀得温馨和暖。初秋的朝阳，热烈而温存地抚慰着校园的各个角落，洒一地金光，供新生们踩踏。

13班的孩子们，对教室外的热烈氛围，似乎丧失了关注的兴趣。反而是我动员他们，观看窗外的这道独特风光。我让他们从学弟学妹们身上，找寻自己已经消逝的身影，让他们重新感受迈进高一时的憧憬。

一个冒失的小女生，突然出现在13班的教室门前，并且响亮地喊着“报告”。我以为她有什么事情，便向她点点头。她竟然大大方方地走进了教室。我突然明白，她找不到自己的班级了，把高三13班，当成了自己的班级。我提醒她，她快速退到门外，抬头看清了门牌，然后，她很慎重地弯腰鞠躬，道歉着离开。她离开后，13班的孩子们笑弯了腰。我说，别笑她了，你们当初也同样是这样的稚嫩单纯。

高一的新生总是可爱的。刚跨入高中的大门，一切都充满了新奇。这些孩子，跳跃着行走在校园中，脸上始终洋溢着灿烂明媚的光泽。看着这群新生，我试图回忆起我的孩子们刚进入高一时的景象，遗憾的是，画面早已模糊。我甚至觉得，他们从进入高中的第一天起，就是如此的沉静、如此的缺乏活力。然而，我明白我的印象是错误的。现实中过多出现的暮气沉沉的画面，严重干扰了我对美好事物的识记能力。过去与现在的重叠中，现在的清晰遮掩了往日的模糊，只把错觉留给了我。

今天的学习任务，是压缩语段。教材详细讲解了对四类文体的文段进行压缩的操作要点和注意事项。我对教材中“描述性语段”的压缩很有点看法，我不明白这种压缩训练的价值在哪里。我跟学生打了个并不妥当的比喻，我说，将描述性文字压缩成干巴巴的三两句话，就如同将一个绝世风华的美女，晾晒成没有丁点水分的木乃伊。这种绝对杀风景的事情，比研究“回”的四种写法，更可怕。

>>>>>>>

8月26日　星期日

探寻文字背后的意义

第一节下课时，7班的李超拿了一个U盘来找我，说是昨晚突然有一种强烈的写作欲望，就信手写了篇随感，让我帮他找个网站贴出来。我打开电脑，依照一套程序，打开了他的文章。

这是一篇针对现实生活中一些不够自重的女孩而发表的感慨，文章中很有一些少年的偏激言辞。我认真阅读了一遍，发现我所熟悉的网站，都不需要这类学生气过重的帖子。于是，我告诉他，要用他的名字在网络上发帖子，需要先注册，登录后才可以贴文章。而且，文章一定要找到有读者群的论坛，否则，辛辛苦苦贴上去，要么被删了帖，要么无人回复，很快就沉了底。听了我的一番介绍，他似乎没了主意。我建议他回到班级中，向时常在一些学生论坛活动的同学打听打听，找到一个适合自己的网站，然后再注册发帖。

他很有些失望地离开了办公室。他走后，我开始琢磨，这孩子平时并不很喜欢作文，今天兴高采烈地拿了文章来，让我帮他发到网站上，他的真实目的是否就这么简单？我想到我曾多次在班级动员作文比较优秀的学生把好文章交给我，我帮助他们推荐发表。他一定也是想让我推荐他的文章！但他自己也不知道这篇文章是否够发表的水平，于是，他巧妙地借口让我把文章推荐到网站上，借机让我阅读作品。倘若够推荐水平，或有修改价值，我一定会告诉他。他想用这样的方法，来验证自己文章的价值。

这真是一个有心计的孩子。可惜，他的这篇文章，只建立在孩子的立场上看问题，愤激中，难免存在各种偏颇。

7班的又一位牛高马大的小伙子，突然对古典诗歌产生了兴趣。他的这种兴趣，总让我感觉透着一种诡秘的色彩。连着几天，一有空闲，他就向我打听古典诗歌的韵律问题。今天，又拿了一首现代诗歌，让我给他讲解诗句中隐含的意义。我正在阅读阿常的诗歌第二辑，沉浸在阿常用大漠荒烟、长河落日编织的旷放苍凉之中。突然换了胃口，读他一笔一画工整抄来的婉约风格的诗歌，一时还真找不到感觉。

我隐隐约约地感觉到，这孩子最近可能“春心荡漾”了。少男少女之间，用诗歌互相唱和，是一种多么高雅的情感传递方式呀。这可比网吧里借助污言秽语来你情我爱高明十万倍噢。然而，这是一层不能捅破的窗户纸。朦胧就朦胧吧，或许，正是这份朦胧，能给他的人生增添一种动力、一种意义。

2007年 8月27日 星期一

种子开始发芽

课间休息，我正要上楼。13 班的黄恩昊从后面追到楼梯口，结结巴巴地问我什么问题。开始没听清楚，请他重复以后，才明白他是向我咨询课外阅读的事情。他问，每天的课外阅读，应该以多大的量为基础，应该占用多少时间。

这，显然是一个没有标准答案的问题。我从这一提问中，却感受到了一种欣喜。长期灌输的阅读理念，终于在一批同学心中有了位置。从这几天陆续有同学咨询相关课外阅读的现象中，我感觉到了一种思想的崛起。

尽可能浅易地向黄恩昊解释了阅读中的因人而异，同时告诫他，阅读需要有所选择，并非杂读得越多越好。黄恩昊似懂非懂地点着头，最后还不忘向我道谢，然后，蹦蹦跳跳地走了。

学校的大屏幕上和校信通手机短信上，都发布了开学会议的通知。今天上午，学校召开班子成员会议，新校长、新副校长大约要颁布什么新的施政纲要了吧。全体教师的会议，安排在明天上午 9 时召开。我们属于有上课任务者，可以不参加会议。

这两天，随着新高一军训的全面展开，学校的人气指数也上升到了最高峰。上学，满校园的迷彩服；放学，满街满巷国防绿。朝气蓬勃的新同学，着实让高二、高三的学姐学兄们嫉妒十分。

今天的授课任务相对轻松，订正分析一套“语用”试卷。相对简单的前十题，安排了十名同学，将答案写在教室的前后黑板上。剩余的各题，每题安排三至五名同学回答。

孩子们的审题，还存在着不少问题。第一次系统接触这些语言具体运用的内容，许多同学还把握不住题目中的信息要点。不少 4 分分值的题目，只能拿 1 分。不过，这并没有使我紧张，任何学习都存在着一个过程，单纯知识性的基本训练，只要假以时日，在训练中找寻规律，问题总是容易解决的。

一道要求用比拟手法撰写公益广告词的题目，难倒了大部分孩子。连续查看了两组孩子的答案，发现多数都没有按照要求使用比拟。仔细一打听，原来孩子们从小学开始，就没有学习过比拟。再问是否学习过拟人，异口同声地回答：学过。

于是，停下练习的讲评，给他们讲授有关比拟的常识性知识，举了一堆例子。总算让大部分孩子明白了如何比拟。

让他们重新完成这道试题，这次，正确率高了许多，但还是有少数人写成了比喻。初中阶段语法知识的淡化，确实给高中教学带来了很大的影响。

>>>>>>>>

8月28日 星期二

新官上任

上午，因课未参加学校开学工作会议。两节课结束后，同事们都在办公室内议论新校长上任后的第一次会议精神。据说，新校长有感于学校五年来没有调整各项费用的现实，承诺即使借债，也要增加一线教师的福利待遇。此举，显然很得人心，也很具备中国官场特色。国内的绝大多数单位，只要是政府出钱运行的，那么，每次权力更替中，总会给职工带来一点物质的好处。

当然，天下没有免费的午餐。在提高福利待遇的同时，新官的三把火还是要燃烧的。新校长抛出了从严治校的第一个气球：即日起，强调坐班纪律，强调超周备课，强调随机检查备课、听课、作业布置与批改，强调不打招呼地推门听课，强调办公室的日常卫生等日常教学行为。对不能依照要求认真完成者，予以经济惩罚。

下午，响应新校长的号召，整个办公楼开始了轰轰烈烈的全民爱国卫生运动。隔壁的小办公室，三个人竟然清理出了足有二百斤的废弃讲义和各种练习资料。其中，不乏部分根本就未拆封的教辅资料。这些资料，由上级教育机构强行推销下来后，因为没有价值，被拒绝在学生中使用。然而，每本资料的费用，却早已通过相关途径划拨出去。

收废纸的楼上楼下地忙活着，太多的废纸，足够装满一卡车。这些小生意人异常的精明，五十斤的一捆资料，经他们的秤一称，就成了三十斤。平日精明万分的老师们，对重量的估算却没有尺度，大多也就由了收废纸者称量出的数量，卖个一二百元留作会餐费。

多余的物品清理掉之后，各办公室开始了“九光政策”：前后左右上下墙壁天花地面六面“光”，办公桌面“光”，间隔挡板玻璃“光”，杂品存放柜“光”。保管室的长鸡毛掸帚严重紧缺，拖把和抹布，更成了抢手物品。楼层卫生间内，洗拖把、洗抹布的水声，哗啦啦一下也不断绝。一盆盆清洁的水端进办公室，很快就变成了黑糊糊的泥浆，又被端入卫生间倒掉，再换成清水回来。循环往复中，走廊上异常地热闹。拎着或拖着拖把的、端着水盆的、提溜着抹布的、空手穿梭的，来来往往之中，俨然一幅大户人家即将操办一场盛大喜事的图景。84 消毒液的独特怪味，弥散在整栋楼房。

学生们也夹杂在里面瞎忙活。今天，补课结束。明后两天，开始高三第一次月考。清理考场的学生，也将多余的废纸，扔得遍地都是，引得学校的几名清洁工，过年似的争抢废纸。

这样的忙乱，直延续到傍晚 6 点来钟，办公楼才安静下来。安静下来的办公楼，表面上看，在夕阳余晖中依旧是一如既往地静静肃穆，玩着一所学府所应有的深沉。实际上，已经有许多东西，随了废纸一起，从办公室、办公楼中悄然离去。

除旧迎新，一个新学期就要开始了。

8月29日 星期三

坐在异乡的台阶上

全天监考。

上午8：20开始考试，学生却被通知，依照平日补课的作息时间，6：40进班自习。孩子们总是听话的，6：40就6：40,没有谁会去探讨一下，8点来参加考试，是否就影响到了学习成绩。

上午考语文，理科学生的考试时间是两个半小时，文科学生再加试半小时。

8：10，领了试卷进入考场，才有机会研究试卷的内容。总体看，本次语文的难度不大，但分量明显超过以往。卷面上增加了一道现代文阅读题，学生解决这道题目，大约要花费20分钟。这样一来，速度稍微慢点的，可能就完不成任务。

我所监考的，是文科考场。依照高考要求，先发必考卷，两个半小时后，发加试卷，同时收必考卷。试卷发下后，要求学生填写好姓名、考号等内容。学生们开始奋笔疾书，我则边监考，边研究试卷。

室内的气温不算高，室外的阳光也不灿烂。这样的天气，很是适合于在风景名胜地观光游历的，但我和孩子们，却只能游览枯燥乏味的文字。曹孟德手下的盖世英雄许褚，被试卷抽干了血肉，成为了仅值9分的三个选择题，可怜兮兮地躺在桌面上，任由孩子们的笔尖，在他裸露的肌肉上，勾画着模棱两可的答案。史铁生的《想念地坛》，与张籍的《秋思》一起，跨越了时空的界限，友好地结成同盟军，双方合作挖下一口口陷阱，埋设一颗颗地雷，就等着孩子们上当牺牲。依稀中，有一股杀气，从字里行间弥漫到身前身后，并进而笼罩住整个教室、整栋楼房，使天地之间，多了一层薄薄的恐怖。

转而研究阿常的《老家的麦子》，一遍遍地品读，用心，用情，直读到眼窝发热，有液体抑制不住地想要溢出。于是，乾坤大挪移，眼前开始有一望无际的麦田，金灿灿的。父亲和母亲，戴着破旧的草帽，身体弯成一张弓，在崎岖的土疙瘩上，缓缓地向前移动。他们手中的镰刀，划过一个个的圆弧，白花花的刀光，刺得太阳的眼，好痛好痛。

父母脚下的那片土地，名字叫做家园。而我此刻坐的椅子，被安放在一个叫做异乡的台阶上。我在这异乡的台阶上，正襟危坐着，父母却在家园中，永恒地耕耘，播种着被我叫做“根”的庄稼。

胡思乱想着，时间过得便很迅捷。10：48，发加试卷，跟着收必考卷。果真有少数学生，作文只完成一半。法外开恩，又给他们延长5分钟，让他们收拢全文，使作文不至于成为残篇。5分钟后，还有一个学生，依旧我行我素，想要写出完整的800字作文。教室外，收试卷的人等候着。于是，学习国民党抓壮丁的风格，强行将那张试卷绑架，全不顾试卷后面，那张要哭的脸。这一刻，突然对自己很是钦佩，为了这份冷漠与专横。

8月30日　星期四

爱得我所

依照王军的要求，试卷批改必须在今天中午12点以前完成，下午登分，汇总成绩。

昨晚加班阅卷，7本作文已批改完3本。今天上午的任务，就是完成剩余的4本。

完成前2本任务时，头脑尚且清醒，眼睛也很好使。第3本开始，眼睛就有些模糊，继而，左眼开始疼痛。于是，只能放下手头的活，到外面闲逛。

操场上，身着迷彩服的高一新生，在几个体育教师的带领下，正在学习广播体操。负责操练的军人，被晾在一边休息。一名身着全套白色运动服的男教师，用十分标准的动作，为学生们做着示范。这套被学生们糟蹋成挠痒痒一般的韵律体操，在体育教师干脆利落的动作中，不但焕发出了应有的生命力，而且还彰显出了一种无法抑制的美感。第一次发现，广播体操也如此的美！

高二已经放假，高三还在考试。偌大的校园，此刻，静穆在阳光下。连体楼群懒散散地相互观望着，试图透过天井的罅隙，偷窥见对方所有的隐私。因热胀冷缩而被挤压成碎片的花岗岩地砖，被维修工们从地面上撬出，砖块的碎片，横七竖八地零散在花台边上，留下一个个正方形或长方形的窟窿，吞噬着蓝天白云。

这就是一种周而复始的日子。流水一般的学生不断地流逝，又不断地涌来。岸边上守护堤岸的礁石，在水流的冲刷下，先是被磨掉棱角，接着被抚平粗糙，日久天长，每一道裂纹、每一个斑点处，都被岁月的泥沙淤积成滑腻腻的苔藓。

上楼，回归使命。

好作文实在不多。虚情假意、满纸荒唐言的，却占大多数。于是乎想到昨晚和一名年轻教师的争论。那年轻人执意要将一篇对教育和教师“大不敬”的文章宣判死刑，理由是它过于灰暗，没有光明的色彩。我质疑他是用道德来批改作文，还是用写作技能来批改作文；也质疑他写作应该鼓励学生说真话，还是说虚假的漂亮言辞。他似乎对我的质疑嗤之以鼻，又有年轻教师随声附和。我无言。教育的堕落，已然从源头开始，又如何幻想着孩子们能透过迷雾求得真知？

一篇篇文章，从手底缓缓爬过，如最低级的爬行生灵。独到的思维、深刻的洞察，早已在无数语文教师的手中，萎缩成一堆起评分为49分的文字垃圾。“指点江山，激扬文字，粪土当年万户侯”的豪情，眼下，就是一道1分分值的填空题，仅此而已，仅此而已！

中午，总算在规定时间内完成了规定的内容。“双规”，又一次发挥了武器的作用。

回家吃饭时，在楼梯上遇见一位高一时教过的学生。这孩子眼下在实验班中，成绩一向优异。我诧异他午饭后不休息，哪来这么好的精神应对下午的考试。他羞涩地笑：激动，睡不着，下午不是要放假了吗？

一丝悲凉，漾上心头。仅明天一个上午的休息，就让他如此地激动？

午饭后，稍事休息，再赶到办公室累计分数。分管校长、教研组长已经在埋头奋战。至下午3点半，全部工作完成。王子与娟子老师，在隔壁大办公室登分，夏琼等几位，在资料室分试卷，我偷会儿懒，在办公室听音乐，浏览网页。

高二的分管校长推门进来，给小朱布置新学期的第一道指令：从第二周开始，每周都要安排一次时长60分钟的周练，利用晚自习的第一节课完成。如此，既可以使所有的学生必须到校上晚自修，又可以天天有考试，使“分数”与“名次”这两根弦永不放松。

这样的任务，让我突然就有了逃离的念头。我想到了鲁迅先生笔下的“非人间的浓黑的悲凉”。唉，“誓将去汝，适彼乐土。乐土乐土，爰得我所？”

09 硝烟初起

2007

开会与接受各种检查，是学期初永恒的主题。开会，便会有各种数据和指标；接受检查，同样会有各种数据和指标。今日的校园，数据和指标是绝对的权威。任何生命，都只是臣服在数据和指标之下的附庸。局长、校长如此，老师们如此，学生和家长们亦如此。我希望做一个不如此的特例，可惜，生存的威压，至多只给了我腹诽的能力和机会。

2007年9月

六	9月01日	高二也疯狂
日	9月02日	第一次备课组会议
一	9月03日	校长在哭穷
二	9月04日	一天三会
三	9月05日	乐观的理由
四	9月06日	开学典礼
五	9月07日	第二十二条军规
六	9月08日	我本懦夫
日	9月09日	
一	9月10日	今天教师节
二	9月11日	人在何方
三	9月12日	数据，还是数据
四	9月13日	当苏轼遭遇考点时
五	9月14日	培训杂思
六	9月15日	周末很充实
日	9月16日	
一	9月17日	督导组要来了
二	9月18日	一级备战状态
三	9月19日	督导延期三天
四	9月20日	台风过处
五	9月21日	一份调查表
六	9月22日	督导抽测
日	9月23日	
一	9月24日	梦、晨会及其他
二	9月25日	中秋无节
三	9月26日	督导序曲
四	9月27日	督导团终于来了
五	9月28日	督导进行时
六	9月29日	国庆无假期
日	9月30日	自我放假一天

9月1日 星期六 9月

高二也疯狂

新学年的第一天，周六。

依照周四的课表上课。上午第一、二节，13 班连堂课，分析前两天月考的试卷。本次测试，试题比较平稳，孩子们的成绩也基本稳定，只有王洁、尹丽两人，因累分错误和漏改，各少了 10 分。起初只看分数时，很是为她俩担心了一会儿。

7 班有 7 位男生，只考了两位数。这几个家伙，平时作业偷工减料，一直想收拾他们，这次算是抓住把柄了。课代表课间来拿试卷时，我有意将他们 7 位的试卷扣了下来。

7 个人在第三节下课时一起主动来到了办公室。本着“主动投案、从轻发落”的执法原则，我只依照手中试卷的次序，依次敲打他们几句，并为他们明确下一阶段的努力方向。连续两次垫底的曹明，语文基础实在薄弱，作文也时常走题，我要求他两个月内，集中精力主攻语基题和作文；卢荣、周宁等，上课玩小聪明，三心二意，课后练习投机取巧，我要求他们定期定量完成综合练习，并将其确立为重点检查人物。

打发走这几个“老落后”，心中颇觉好笑。这两年的修炼，对于孩子们的成绩，我已基本做到了宠辱不惊。我更关注的，是他们的人生态度与人格养成。这几个孩子，人格品德上均没有问题，唯一欠缺的，就是良好的学习习惯。这，是迫切需要纠正的。未来人生路上，需要永不停歇地主动学习，眼下没有好习惯，将来必定会受累的。

各种令人恐怖的消息，从相关的消息灵通人士处潮水般涌来。首先，本学期的晚自修，从第一天起，就延长到 22：30，由最后一节值班的老师自动顺延；其次，教育局在开学第一天，就进驻学校开始随堂听课；再次，新校长如上足发条的钟摆，一天无数趟地在教室与办公室中摆动，总让人觉得有一双眼睛，透过厚厚的墙壁，窥探着你的一举一动……

高二年级摆出了比高三更加疯狂的态势，在万米长跑刚跑下三分之一的路程时，就开始了玩命的冲刺。高二的晚自习同样被延长到22：30，早自习也定人定岗，明确分工。高二的老师们私下议论纷纷，大伙儿形成的最一致的意见是：安排几个年轻力壮的男教师，把分管校长捆绑起来，强行押送到疯人院去疗养！

晚间，第一节晚自修下课时，7班的老周将这次考试的班级排名表送到我的办公室。老周看起来很高兴。年级前400名中，7班占了35个席位，这个比例，除却两个实验班外，是最高的。但老周自己说还有不满意的地方，那就是班级的各科平均分不高。我问老周，你到底是想要有效人数，还是想要平均分。老周说，最好两个都要，既实惠，面子上又好看。

我仔细研究了排名表上的各科成绩，特别留心了上午刚批评过的7个宝贝。发现他们在年级的最好排名是406名，最差排名是年级708名。在我们这个学校，每届750名左右的考生中，能够考上本二以上高校的人数，基本保持在400名以上。这7个宝贝，要想进入高校深造，尚需花费很多心血。

9月2日　星期日

第一次备课组会议

新校长走马灯般地巡视，对极少数委靡不振的孩子起到了核威慑的功用，李延、朱训们不但不敢逃课，而且上课也不敢再睡觉。孩子们都在私下传播着一个让李延们恐惧的消息：新校长最喜欢开除人。以前在学校做副校长时，他所分管的年级，总是学校开除学生最多的。

我不知道新校长在学校行政会议与班主任会议上都念了哪些紧箍咒，只感觉孩子们普遍有了紧张感。这种紧张感，直接催生了一部分油条学生的转化，使其突然对学习有了某种临时性的热情。

7班的周宁，破天荒地主动到办公室找我，要求我将下午分析的试卷的详解借给他，他要利用晚自修时间，对自己考试中出现的问题进行认真的分析解剖。这种变化，显然是可喜的，但我不能表扬他，也不能对此有丝毫异样的感觉，所以，我就当做这事天天发生一样，很自然地将讲义递给他，同时随意地叮嘱一句。他乐颠颠地走了，说是明天上课时，将讲义放在讲台上。

备课组召开了第一次会议，研究本学期第一轮复习的流程，同时落实各种练习的选编任务。面对2008年新高考，每个人的脑子里都有一个模糊的影像，每个人却又都不明白真正的考试，会以一种什么样的形式出现。于是，关于第一轮复习中如何利用书本、如何将书本知识与高考题型结合等问题，就成为了争论的焦点。王军率先将其由南通参观学习来的经验介绍给大家，主张立足主题单元的文本特征，仔细挖掘课文中隐含的写作素材，使语文基础知识复习，与写作紧密结合，形成读写一条龙的复习纲要。老陆对这样的安排提出疑义。老陆主张打破主题单元的局限，依照文体特征，将每册课本的课文重新编组，以文体阅读鉴赏为主线，推动基础知识积累，强化阅读能力的提升。备课组长试图将两人的观点进行整合，却一时无法形成具有操作性的方案。王军征求我的看法，我依照各复习资料中常见的模块结构样式，主张将复习分解为“知识积累”“考点解剖”“经典回放”“练习巩固”“主题整合”“拓展迁移”等环节，采用整体推进的方式，将五册课本有选择地过一遍。王军原则上认可了我的提议，要求夏琼正在编写的第一册复习讲义，大体就依照这样的程序进行操作。

接着落实各册的周末大训练和周内小检测的试卷编写分工。依照新校长的规定，各学科每周均应该做到“一大两小”三次训练。周日补课时，完成一套综合练习，周一至周五，利用晚自习时间，完成两套各50分钟的专题练习。这一块工作，没有多少可以讨论的内容，最终形成的决议是，大练习不能分开命题，那样，将缺少条理性，容易形成知识点疏漏。所以，一致同意选择一套质量过硬的试题集，作为周测的材料。

依照这次会议的布置，这阶段，我很是要忙活几天了。第一次作文命题与写作导引的任务是我的，必修二的复习讲义编写任务是我的。这两样，都必须在本周内完成。

2007年 9月3日 星期一

校长在哭穷

学校突然就规范化起来。

上午上课时，教室外不时有人员在走动。有时是新校长在巡查，有时是医务室人员在检查班级卫生，有时是勤杂工在检查电棒、门窗等物品是否需要维修。新官上任三把火，这第一把火，确实把学校烧转起来了。

下午，分管文教的副市长和新局长一起来学校检查开学工作。新局长依照先前在学校做校长时的习惯，拎着黑色手提包，楼上楼下地巡查一圈儿后，又到各个办公室里打了个招呼。夏琼说，做了局长，这精神面貌就是不一样了。我接上说，这个自然，没有了升学的压力，整个人应该轻松了半边天。小朱说，现在学校校长哪是人做的啊，你看我们的分管校长，自己要崩溃了不说，还害得大家都要跟着崩溃。大家一番感慨。

晚间，半月一次的全体教师会议。新校长首先是哭穷。学校整体搬迁新建，从银行贷款一亿五千万，这笔庞大的费用，政府不接过去，学校无力偿还。眼下，学校每年需要支付银行利息五百万元，而学校每学年的总收入，不过一千余万。归还利息后，基本运转都成了问题。然而，新校长还是承诺，本学期内，借债也要提高教师的福利待遇，要保证学校小工资部分的收入，在原有基础上上调百分之三十至五十。

交代完利益后，谈责任。新校长从家长和社会反响两个角度，分析了眼下学校中存在的种种非正常现象，然后，从强化坐班纪律，倡导开源节流等视角出发，发布了他执政后的第一套整改方案。这些方案，表面上看，咄咄逼人，似乎日子将越来越难过，但对于绝大多数一线教师而言，根本构不成任何威慑。比如，早晨8点到11点、下午2点半到5点半的坐班时间，倘若能如此享受，那真是一种幸福了。

9月4日 星期二

一天三会

上午是一、四两节课。中间的二、三节，依照备课组计划，编写本届高三第一次作文训练的导写讲义，完成后，再到校长办公室打印出来。然后，在网上寻找第一轮复习所需要的相关材料，下载了几套关于知识点整合的试卷。

下午，教研组第一次会议，传达学校教务处的具体教学要求。老生常谈的内容，在不断重复中不断创新着，各种非教育的条条框框，被包裹上冠冕堂皇的理由后，一律粉墨登场。相当部分条款背后，都有霍霍磨刀声隐隐约约流出，灌入耳朵中。

不过也有不少举措，对于被动提升全体教师的素养，有很大功用。我只记下了两条很有价值的信息：第一，11 月份，学校将利用一周时间，面向全大市各兄弟学校开放。邀请兄弟学校的同行们来校自由听课。此举，意味着所有老师的所有课堂，都将成为具有探究意义的公开课。第二，12 月份，将举行校园开放周活动，允许学生家长进入学校，走进课堂，走进宿舍，走进食堂，全面了解孩子在学校学习生活的方方面面。应该说，这两点虽不是什么新招数，但对于我们这个长期缺乏活力的群体而言，确实是具有一定刺激功用的。

会议开了两节多课，结束后，备课组又一次碰头，继续探究第一轮复习的相关措施。但是一些问题，依旧没有达成共识。

晚上，继续开会。从 7 点半起，至 9 点半止。分管校长与新校长，一个如 B—52，一个如精确制导的集束炸弹，对高三阵地进行了惨无人道的轮番轰炸。这个会议，将所有属于“人”的东西全部抛却，以一种赤裸裸的欲望，将高三教师与高三教学雕塑成无数件由权力、恫吓、引诱等诸多因素熔铸成的青铜器，然后，再用话语暴力与权势暴力，把这些已然失去了生命的器物，随心所欲地摆放到想要摆放的任何一个位置上。

一切都分解成了数据。师与生，就是数据链中的标点，唯有分数，才成为教育教学的真正主角。当然，在分数之上的，还有极少数人的需要，扮演着操纵主角的导演角色。在“高三无小事”的大旗下，导演们利用手中的麦克风，轻描淡写地将一切都归纳成为了合理。麦克风中的每一个音符，俨然都代表了正道，代表了人民利益，代表了社会期待。

这就是教育的现实，就是一个国家发展强有力的后盾?!

新校长在会议上，与各班班主任签订了目标责任书。依照教育局下达的高考达线指标，2008 届我校应该为上级领导们完成最少 470 名、最高不封顶的本科升学任务。将这一指标具体分解下来，两个理化实验班必须百分百完成本二上线数，且本一达线人数不得低于百分之九十。3 班至 9 班，每班必须完成 35 个以上的本二达线指标。10 班是学校唯一的物生班，指标相对少些，必须完成 30 个。11 班开始，为文科班，依次要完成 15、15、16、13、13、8 个本二达线人数。为了实现这个目标，学校采取了班级捆绑、学科捆绑、结对教师捆绑的三“捆绑”方式。新校长承诺，若完成任务，如往年一样，给高三年级 50 万的奖金，超额部分，依照多出的人头数，渐次递增计算。如果能超过 500 人，则提供至少 90 万的奖金。

可怜的奖金，可怕的权利，可恶的机制……

无话可说。

9月5日 星期三

乐观的理由

上午第二节课，和玲玲老师一起，在老钱的办公室聊天，说到班级的指标。老钱对能否完成任务，心存忧虑。我则很是乐天。以眼下的高考看，三门功课的整体提升速度，总强于五门功课的齐头并进，只要师生一起努力，创造更大的奇迹，也未尝不能。何况，新高考实施第一年，倘若文理科的数学试卷分开命题，而文科数学侧重基础，那么，相当部分中等生，将有可能轻易突破数学课的瓶颈制约，顺利走向高校大门。

使我乐观的另一个原因是，新学期开学以来，班级整体学习气氛明显浓郁了许多，各种干扰学习的因素，正逐步萎缩，并渐趋于零。李延也已开始认真听课，并能着手做少量练习题。两个班的孩子，如任何一届高三毕业班孩子一样，开始呈现出单纯透明的天性。此刻，借用一句很俗的话，眼见的果真就没有一个差学生了。

追在身后问问题的孩子，明显增多了。高三就是高三，孩子们对于轻重缓急区分得很明白。一直倡导的“明白了百分之九十九，剩下的百分之一还是要问明白”，在高三孩子的身上，终于有了进一步的落实。

今天的连堂课，前面一节评讲昨日要求完成的“连贯”练习，后一节，引领学习“得体”这一知识点。练习分析完成后，留下了10分钟时间，供孩子们消化吸收。一部分孩子，因为某些题目的答案，与自己的存在差异，而课堂中的分析，又没有完全明白，便抓紧这个时间，把问题分解成一个个小块，一点点地追问，直到全部明白为止。后一节，学习语言的“得体”知识。为了让孩子们拥有更多的感性的第一手资料，我把生活中亲耳听到的、亲眼看见的故事介绍给孩子们，同时，还将网络上存在的关于朱军的“家父”的故事、韩乔生众多的口误一起介绍。孩子们笑得前仰后合。在笑中品味着不得体语言带来的幽默和尴尬。

笑归笑，笑过之后的练习，还是暴露出孩子们礼貌的匮乏与领悟力的不足。一道要求将书面语转换成现场口语介绍的练习中，两个班级居然有五位学生，将书面介绍中关于性别的文字，也复制到了口语介绍中。此外，十几位学生在姓名后不知道连缀称呼，对长者直呼其名。联系到现实生活中，相当多的孩子总是在背后直呼老师姓名的行为，也就可以理解他们无法正确完成这类题目的根源了。

2007年 9月6日 星期四

开学典礼

学校的各项新政，渐次地部署并落实下来。早读课迟到的现象，基本杜绝了。7：15 才开始的早读，被人为提前到了6：50后，孩子们在强权逼迫下，也就能够“自觉”地依照学校要求准点到达。以前早读课喜欢默读的，也被要求全部大声朗读。于是乎，清晨的校园，中文与英语相互纠缠着从窗口逃出，跑得满校园全是。

新校长依旧一天数次在各个教室前巡视。想睡觉的孩子，再也不敢大明大亮地趴在桌子上，而是用手托着腮，装出一副正在读书的样子，闭了眼睛养精神。相当部分老师，或许是要做出一副勤业的态势给新校长看，满走廊都是找学生谈心的。我且随他，照旧利用晨读，读自己该读的书。这几个早晨，一直阅读南京散文家诸荣会先生的散文集《秋水蒹葭》。诸先生是我的同龄人，也同样是在乡村中度过的童年、少年，读他笔下的儿时生活，就如同自己在进行生命的反思，心中时常充盈着一种浅浅的激动。

7 班插班复读的陈松，听课的状态总是很好，一副笑嘻嘻的神态，很投入。这个孩子，原本应该今年考取一个不错的本科学校的，可惜的是，一贯成绩不错的他，高考的最后一搏中，却败北了。或许挫折真的是最好的老师，经历过一次失败的他，明显比应届生投入。这次月考，他也考出了班级第四的佳绩。

眼下的学校，没有相当的关系，是不可能进来复读的。我不知道这孩子通过了什么样的路径，得以继续留在学校读书，而不像其他孩子那样，只能选择一些并不理想的补习学校。但不管如何，班级中有复读生存在，对应届生总是好事情。应届生们可以在他们身上，汲取一份逼迫着自己前进的力量。

由于下午第二节课后，学校要举行开学典礼。今天的大小校长主任们似乎格外忙碌，每一个人都行色匆匆。这种快节奏，对我似乎总形成不了多少影响力，我的生活，依旧在自己划定的轨道上，平缓甚至凝滞地滑动着。备课，读书，浏览新闻，阅读沙龙中值得一读的文章，再随手写点随心所欲的文字。开学典礼是无须我们参加的。这样的会议，需要逐个介绍学校的大小头目，然后发放各种奖学金，再就是校长作一个新学年的工作报告。一切程序，都是沿袭数年，不同处只在于台上就座的人，流水一般变换着。

下午，开学典礼举行时，我坐在办公室里。外面高音喇叭不住喧嚣着，各种信息透过玻璃窗，强硬地挤进耳朵中。于是，我听到各个班级的三好学生标兵，总是成绩最优秀的两个人。三好生、优秀学生干部也注定是那些成绩排名在前十来位的“好”孩子。同样，获得各种奖学金的，依旧是他们。我开玩笑地对夏琼说：“这个世界确实不公平，这些孩子，读书交的学费最少，还获得各种奖金、各种荣誉；而那些交了两万、三万来读书的，不但拿不到奖学金，享受不到各种荣誉称号，还随时有因为违反纪律而背上处分的可能。”

新校长的训话，大多数没有听清。他的抑扬顿挫，总是处理得火候不够。抑的时候，声音压得过低，几近私语；而扬的时候，又抬得过高，不了解者，总以为他在训斥别人。然而，有几句特别刺耳的话，还是传进了我的耳朵里：早晨，全体同学必须6：40到校，迟于6：40的，一律由班主任到校门前领人。新校长为了证明他的政策的合理性，还列举了高考成绩一直优异的南通地区作为榜样。校长说，人家南通地区，早晨6点，教室里就坐满了学生。言外之意，我们学校已经够仁慈了。

小朱不知从哪里听来的消息，说是高一年级也不甘“落后”，即日起，也要将晚自习延长到10：30了。这样的“积极性”，让我有一种毛骨悚然的感触。我跟小朱戏言：明年你们高三时，晚上肯定是11点下班了。至于早晨，极大的可能性是6点开始早读；后面，依次再放学延迟半小时，上学提前半小时，直至完全取消休息时间，实现24小时无睡眠学习状态。

小朱和夏琼一致认同我的这个论断。小朱提议将教室内的课桌设计成躺椅型，坐累了，躺下休息一会儿，再起来学习。她的观点，我坚决反对，从学校发展规划角度出发，我觉得最好的办法，是在天花板上安装膨胀螺丝，每个螺丝帽下，悬垂一根细钢丝，效仿古人的头悬梁读书法，效果肯定比小朱的躺椅要节约很多时间。

2007年 9月7日 星期五

第二十二条军规

为一家报刊编辑一份资料时，选用了一段很有意思的文字，从中可以读出眼下学校的各种新政形成与落实的全过程。这份资料，源自一本名为《第二十二条军规》的黑色幽默小说。

主人公尤萨林上尉是美国陆军第27航空队B—52轰炸机上的一名领航员兼投弹手，他渴望保住自己的性命。根据第二十二条军规规定，完成上级规定的25次战斗飞行的人就有权申请回国，但必须得到长官批准。

当尤萨林完成32次任务时，队长卡思卡特上校已经把指标提高到了40次。等他飞完44次，上校又改成50次。当他飞完51次，满以为马上就能回国了，定额又提高到60次。因为第二十二条军规规定：军人必须服从命令，即使上校违反了司令部的规定，在他飞完规定次数后还叫他飞，那他也得去，否则他就犯下违抗命令的罪行。

如此反复，永无休止。官兵们的精神已近乎崩溃，可谁也不可能停飞。听说第二十二条军规规定疯子可以获准免于飞行，他当场就决定发起疯来，但是军医说他是在白费时间，因为第二十二条军规还规定，精神失常的人不上天飞行只能由他本人提出申请。而一个人在面临真正的危险时却担心自身安全，就证明他神志清醒。于是就产生了如下逻辑：如果你疯了，只要你申请就允许你停飞。可你一旦提出申请，就证明你不是疯子，还得接着飞。

最后，尤萨林终于明白："这里面只有一个圈套……就是第二十二条军规。""我敢打赌，它根本就不存在。"尽管他确信无疑，可那又有什么用呢？问题在于每个人都认为它存在。而更糟糕的是，它没有什么实实在在的内容或条文可以让人们嘲笑、驳斥。最后，他不得不开小差逃往中立国瑞典。

并不存在却又无处不在的第二十二条军规，说到底，不过是绝对权力下双方不平等位置的必然产物。手中有权的一方，永远以真理化身的形式出现在施政者的位置上，他们不断发布政令，又不断修改上一个时辰中形成的决定。这种极端随意的规则与制度，完全撇开既有的法律法规于不顾，只凭借强权的意志，随心所欲地扭曲人性中本该恪守的道德与尊严，将治下的黎庶，全然当成没有思想、不能表达情感需要的机器。于是乎，他们充分利用起手中的权势，肆无忌惮地杜撰并强行推进着他们的所谓军规，并以这样的军规，束缚所有的思想，剥夺所有的自由。

第二十二条军规，在教育教学中，也可以推演出如下的荒谬逻辑：

第一，教师的责任，就应该让学生走向高等学府，而走向高等学府的路径之一，就是加班加点地死揪。如果你反对加班加点，那么，你就是不履行教师责任。除非你有能力证明，同样的班级，不加班加点也能考出好成绩。然而，我们不能允许你用学生做实验，所以，你必须加班加点。

第二，学生的潜力是无限的，只要你用力挤压，就一定能挤出效果。如果你不挤压学生，就说明你不尽力；如果你挤压了，学生依旧没有提高，那还是说明你挤压的力量不够。即使你用尽了吃奶的力气，只要没有成绩，还是说明你不尽力。

第三，我们不能保证耗费了时间，就一定能取得效果。但耗费了时间，我们至少心中无愧。所以，为了心中无愧，我们可以不必考虑我们的行为是否科学，只要我们在折腾自己的同时折腾学生，那么，我们就是问心无愧的教育工作者。

……

所以有以上联想，实在是因为刚刚有孩子向我传达了下午年级学生会上的一句“名言”：“进入高三，谁也不能把自己当做人，至少不能当做一个正常的人！”我们在高中生涯的最后一年，原来就是要把人变成非人，然后，将这样的非人，送入高等学校中去。立足于人的成长的教育，竟然在强权下理直气壮地变成了非人教育。这，不能不说是第二十二条军规在当下教育中的最好体现。

2007年 9月8日 星期六

我本懦夫

接连数天，天天有会。

今天是周末，原本早读是无须到校的，但新校长上任后，轻松的一句话，这份休息的权利，就彻底消失了。似乎没有人想到要问一问这样规定背后的法理依据，人们从最有尊严的角度出发，自我贴金地说来校上早读是给新校长一个面子。

面子是给了新校长了，当然，同时给予的，还有更大的权利、更多的臣服。教师之中，刁民越来越少。这是时代的进步，还是民主的可悲？敢于横眉冷对反动统治的枪口拍案而起的闻一多们，或许随着一个时代的终结，早已成了绝版的人性珍品，被高高供奉在祭台上，聊以慰藉无数被压迫的灵魂。

我本懦夫，绝不敢“以身试权”，所以，今天的早读我只有乖乖地来到学校。我同样自欺欺人地为自己找寻一个冠冕堂皇的理由：反正第一、二节有课，早来半小时，也是为学生好。既服务了学生，又满足了校长的要求，岂不是一举两得？然而，明天没有课的我，绝不会再理会那一纸课表。工作的目的，在于获得人生的幸福。倘若我的工作，已然成为人生的沉重包袱，甚至成为终结生命的杀手，那么，这样的工作，还有什么样的意义可以遵循？

本周基本上是在开会中度过的。周一全校教师会，周二年级教师会，周四开学典礼，周五年级学生会，周六高三学生家长会。现在唯一缺乏的，是全市人民大会。倘有如此号召力，我相信我们的校长们，也是绝对乐意召开如此规模的盛会的。动员一切可以动员的力量，为了完成上级部门分配的高考指标而奋斗，是当下学校工作的头等大事。为了这样的目标，又有什么样的会议不能开、不敢开呢？

7 班的老周总是大而化之，家长会也没有要求我们任课教师参加。13 班的老钱，则是一大早就打了招呼，要求我们必须参加家长见面会。下午两节课后，孩子们一起撤离教室，空巢迎候在体育馆中开大会的家长们光临自己的座位检查工作。

体育馆中，分管校长作形势分析报告，不可能涉及每个孩子具体的成绩与名次。只有在班级会议上，班主任才会把孩子各次考试的成绩如实汇报给家长，依次来激发家长们或是喜笑颜开，或是火冒三丈的“激情”。

老钱的工作就是仔细，从他接班主任后的每次稍大规模的考试，他都作了详细的统计，于是，每个家长的手头，都有了一张反映其子女历次考试成绩与名次变化的明细账。在这账目中，点滴的变化，都一览无余地呈现在与会父母的眼睛中、脑海里。

依照老钱的要求，我在17点下楼，准备进教室和家长交流，然而，老钱在讲台上正眉飞色舞地分析着形势。我在门角偷听了数分钟，只感觉他的报告似乎刚开了头，结尾还遥遥无期，于是，折回身上楼，将办公室门洞开，姜太公钓鱼般，只等家长们散会后自己找上门来。

18点许，果有两位家长自愿上钩了。一位，孩子因为某师漏改了试题，少了10分。家长不知内情，以为孩子成绩下降，很是紧张；另一位，作文跑题，正常应该在110分上下的成绩，本次只有98分。这两位孩子，后一位我比较放心，语文功底不错，前一位，基础比较薄弱，能保证三位数，已经很不容易。

9月10日 星期一

今天教师节

学生和朋友的短消息，在我日趋麻木的脑海中硬是割出了一道记忆的痕迹，让我无法忘却今日是一个可有可无的节日。

早晨照例是6点醒来，然后赖在床上10分钟，听着对门做班主任的同事家锅碗瓢盆的交响，感受着暂时做稳了奴隶的微薄愉悦。

洗漱，吃饭，路那边的实验学校依旧准时在6：25响起起床号。我对军号有一种本能的喜爱，即使天天沐着它的嘹亮吃着每天不能不吃的饭菜，也从无厌倦。

6：40，不用看钟，实验学校一准要播放又臭又长的《同一首歌》。这歌，我曾经很是喜欢过，但自从实验学校将它用来作为某种机械运转时间的代名词后，曾荡气回肠的旋律，也就变成了面目狰狞的怪兽。这怪兽，每日里张大了血盆一般的口，一边吞噬着学生的青春，一边滋养着少数人的贪婪欲望。

总是以复仇的心态，将这旋律狠狠地踏碎在下楼的四十级台阶上。心中渴望能将它碾出水来，好看一看流出的是黄汤还是血液。朝阳依旧很是灿烂地挂在楼房与街道的缝隙中，没心没肺地见证着无数孩童的疲乏和苍老。小区出口对面，街道办事处打出的大红标语，斗大的字，整齐排列成数张嘲讽的嘴巴，对着我冷笑。教师节？全社会都应该尊师重教？一个早已失去了自尊的种群，又如何能够赢得别人的尊重？

路，依旧热闹着。南来北往的，要么是背着书包的孩子，要么是遭受连坐的父母。准备今天在大小会议上讴歌赞美教师光荣神圣的大小官员们，此刻，大多依旧在温柔乡中回味着昨日酒宴的余香。

闲不住的老头老太们，在公园旁的广场上舞刀弄剑地张扬着，火红的折扇，在他们手中分分合合，丝绸破空的劲道，很有几分内家高手的神韵。这日子，似乎只有他们才活得悠闲自在。

门卫如临大敌般伫立在大门前，承诺每天迎接师生光临学校的校长，并没有将身影定格在应有的位置上。运动员进行曲依旧将难听的曲调胡乱抛洒在周边的空气中，地面上的每一根草，都随着音波的侵扰而无端地震颤。

周一，升旗仪式。

三个升旗手例行公事地完成一套规程后，一个女孩开始读一篇颇有点煽情色彩的演讲稿。大段大段的排比铺陈中，教师陡然就从别人脚下升腾到了半空里，似乎每一片飘逸的云都凝聚了政府对教师的一份热忱、一份关怀。女孩很动情，关键处不得不停下话语，用娟秀的手揩拭晶莹的泪。这样淳朴的孩子啊，我唯一能感谢你的，就是给你一句忠告：未来，只要有一线生存希望，我都虔诚地祝愿你，千万莫要走上教育的路。

第一、二节，无法规避的课，今天开始必修一教材第一单元的复习，梳理课本，总找不到感觉。两节课后，抓紧时间赶制复习用的讲学稿，在电脑上没头苍蝇般乱找，却总是遭逢那些恶狠狠地索要点数的网站。

唯一的感动，来自高二某个未知的班级。两节课的开始，都能听见这个教室中传出整齐响亮地问候：老师，节日快乐！我不知道这是班主任的策划，还是某个孩子的创举，不管如何，有这样的一份心，总让人在灰暗中感受到了一份光明。

下课时，做班主任的同事，陆续有人手捧了芬芳的鲜花，笑吟吟地从教室回到办公室。少数温柔的女教师，也收获了三两位女学生的贺卡与鲜花。向来缺乏温存的我，除了短消息外一无所获，更可悲的是，竟然连羡慕他人的欲望，也都早已随着岁月的漂白，淡化成了一张白纸。

下午，据说市里要召开高考功臣表彰大会。分到票的老师，想方设法地动员别人去接受教育，热情洋溢地把票往别人怀里塞。我依旧上课，13 班的两节连堂。只有这三尺讲台，才是生活赐予我的最高奖赏。

两节课后，休息一个小时，在电脑上收集相关资料，继续赶制讲学稿。学校的网络，速度比蜗牛快了很多，几乎就达到了龟兔友谊赛中冠军的水准。尽管如此，还是有不少页面无法打开。索性放弃，半躺在电脑椅上，架起二郎腿，逍逍遥遥地享受夹缝中的短暂松弛。

17：00，备课组例会。组长今年被钦点为省优秀教育工作者，不知躲哪里自得其乐去了。没了牵头人的群体，顿时失去了活动的目标，零零散散地各自交流点进度后，彼此说点闲话，打发着夕阳时光。

晚饭照例要吃，雷打不动的一碗米饭。吃完饭，继续到学校完成备课任务，同时等着 7 点半的教师例会。

2 班的两个女生，为夏琼送来两小盆水竹，纤纤弱弱的绿，在浅黄的办公桌上羞涩地扭捏着，像躲在桌肚下看故事书被抓住的小女生。年过不惑的夏琼，和学生们的母亲同龄，母性的温柔，使她很受小女生的欢迎。

19：20，上楼。学校开会的习惯，先到会场的老师，总可以占领后排的有利地形，越是来迟者，越要靠近正副校长和主任们就座的前排。

会议室的后排，已没有多少空位，随意找了张椅子坐下，打开特意带过来的《秋水蒹葭》，接上昨日阅读处，继续跟随诸荣会先生游历锦绣河山、品味灿烂文化。眼下，正读到文天祥在元人的大狱中坚守着人的尊严，以顽强的人性，抗衡着来自妻子儿女、兄弟、帝王的规劝一段文字，在不可为而为之的尴尬中，体察出一种精神的力量。

不知校长说了些什么内容，数分钟后，会场上就有了不安分的声音。校长于是乎勃然大怒，先是长久地沉默，然后是低沉压抑地威胁：下次再发现谁这么喜欢说话，就罚他站着说！顿时，会场一片肃静。

却突然有手机广播声，从后面的某角落播散开来，回荡在整个会场。这种近乎公然的藐视，刺激得校长怒发冲冠。然而，校长不知道是什么人敢捋虎须，只有声音源附近的人，才知道这音响来自全校最高级别的优秀人物——刚获省优秀教育工作者的组长。

校长很生气的后果，在今天这个特殊日子里，总算不太严重。会议依照既定议程，进入到第二项：表彰大会。市级以上的各类表彰，下午的全市教育工作会议上已经隆重举行过，因此，今晚表彰的，就只能是因为人缘尚可而获得的各类校级先进：最受学生欢迎的老师，优秀班主任，优秀教育工作者。

一群群人上台，从校长们手中接过红底烫金的证书，然后，再排成高低错落的一行队伍，由学校负责摄影的老师留下今生今世的证据。一番走马灯后，没有捞到奖励的教师，也就只剩下三分之一。这三分之一，要么因为去年已经捞过某个奖励，今年轮到他人坐庄；要么因为个性孤傲不合于群。至于教育教学业绩，在奖励面前，从来没有一席地盘。

发奖途中，还闹了个小插曲：或许是某工作人员不慎，将我们语文组的娟娟既评为优秀班主任，又评为校先进工作者，这，是游戏规则所不允许的。精明的校长从名单中立刻就捕捉住了这个失误，当场提出了质疑。

各种奖项发放完毕，校长重新训话。这次，借着发奖的东风，将学校中各种不如意的事一起牵出来，话越说越多、越说越重，表彰会终于演绎成为批评大会，直批斗得天昏地暗、日月无光。这种热闹，不禁勾连起 20 年前的一个故事。那时，第二个教师节，县里在人民剧场召开表彰大会，县委书记亲临会场发表热情洋溢的祝词，可惜下面的听众不买账，说废话的声音过大，终于激怒了书记。书记大人忍无可忍下拍案而起：“不要以为今天是教师节，我就不敢训你们！你们教师的素质也太差了，这样的人，怎么能享有人民的尊敬！”斯人早已逝去，这段“光彩”言论，却随了这个特定日子永恒流传了下来。

21：00余，终于散会，部分人作鸟兽散，另有一批最小的“主任”、高二年级备课组长、高一年级全体教师留下分场分时段继续开会。我是逍遥散人，属于鸟兽散群落中的一员，本想回家看看电视，跟先进们一起感受党和政府的温暖，转而想到还有不少必须完成的任务要做，只有舍弃了这份一年一度的享乐，继续撰写我的枯燥文字。

23：00，关闭电脑，伸个懒腰，起身，关灯，锁门，下楼，推车，骑车，上路，黄晕的光，将世界装点得温馨柔美。

桂花开了，一路幽香。几乎没有行人，只有我和桂花，沉醉在仲秋的夜色中。桂花是香的，我是……

9月11日 星期二

人在何方

今天“九一一”。

有形的世贸大厦，在恐怖中早已灰飞烟灭，留下了无形的压抑与倦怠，包裹起整个世界。来自敌对方的杀戮，在剥夺他人性命的同时，也剥夺着自我的肉体和灵魂。然而，这样的事，终究还是可以找寻到罪魁祸首，于是，在报复性的惩戒中，受害方又用暴力将自己定格为另一种恐怖。

我们却生活在找寻不到罪魁的精神恐怖中。似乎没有一个具体的人，应该承担制造愈来愈重的生存恐惧的罪责，但这恐惧却始终幽灵般缠绕着生活、纠葛着教育。

高一、高二不断玩弄出“新”花招，试图将所有师生全部塑造成无血无肉无情无欲的怪物。高二年级每晚必考的试卷，竟然要求必须第二天上课前完成批改。面对老师们的责问，分管校长理直气壮：你们不是还有个早读课吗？似乎，两个班级的语文卷，20分钟的早读，就可以批阅完成。高一年级则要求语文课必须每课时先解决10道试题，然后开始上课，德高望重的备课组长老邹，面对这条命令，除了扼腕喟叹，就是喟叹扼腕。

人！哪里有人?!

下午，难得不开会，集中精力批改作文。这次作文，是我命的题：在路上。我将“路”限定在“高中”这段鲜花与荒诞并存的时空中。

字里行间全是感慨。800字的作文，多数都写了千字以上。压抑太久的青春，终于在方格稿纸中找寻到了一方宣泄的空间。

放出一个又一个的高分！这样的文字，全部是心血凝注，其实，本不该用分数玷辱。

晚上，推销资料的书商请客，饮白酒4两，但愿能麻醉依旧清醒的灵魂。

9月12日 星期三

数据，还是数据

高二的高考人头数竟然也确定下来了。我们今年是470人，他们明年是490人。这个指标数，被迅速分解到各个班级，引来了一片惶恐。

晚间，我正在办公室写点杂感，两个高二班主任推门而入。我以为他们有什么事情要找我，结果两人根本无视我的存在，站在我身边旁若无人地讨论起各自班级的指标。这是两个普通理科班，每班50来人，分摊过来的指标是45人左右。也就是说，他们必须保证班级内90%的孩子走进本二以上学校，才能完成大市及本市教育主管部门分派的任务。

单纯的数字递增，倘若体现在工农业产值上，或许还可以看成国家民族繁荣富强的一种标志，遗憾的是，当这样的数字，和教育建立起姻亲后，其潜在的毒瘤，非但无法滋养一个民族的兴旺发达，反而会不断蛀蚀原本健康的肌体，使其一点点羸弱下去，直至最终病入膏肓。

有一个事实，是永远无法遮掩的：高校招生数固然每年都有一定比例的增加，但和各地无限追加的升学指标数相比，这样的增幅，显然太小太滞后。指标数增加了，紧跟着的，就是要实现它。蛋糕就这么大，要想多分一份，别人当然不会心甘情愿。于是，就必须像香港警匪片中黑社会争夺地盘一般，动用各种可以动用的手段，征服对手，获取自身最大利益。教育无法用伤残对手的方式，来实现自己的目的。那么，就只能如武侠作品中的葵花宝典，用自宫的手段，激发自身全部潜能，一方面实现天下第一的目标，另一方面牺牲所有美好、所有尊严、所有快乐。

人生为了实现目标，通常采用的手段无外乎两种：一是在正道上不屈不挠地行走，不达目的绝不停步；二是为了目的，不计任何后果，损人利己或者损人不利己都全然不顾。对于当下教育而言，老师们损人的同时，是否利己，难以辨析清楚；官员们，损人是注定的，利己似乎也同样可以肯定。

两位班主任的愁眉苦脸，和前日剧场中高考功臣的意气风发形成了鲜明比照。然而，今日的愁眉，去年、前年乃至更早时，其实也数次喜笑颜开地作为功臣登上主席台。同样，不断攀升的数字下，今年的功臣，或许下一个循环时，面前就是可怕的滑铁卢。教育永远是这样，只依照自身的发展规则运转着，强权的附加值，只能成为一时的点缀。

高二如狼！对于我们这届高三而言，一切都在高二的强力干预下，被动地改变着自身的轨道，我真无法预测，下一个循环时会遭逢什么样的生存环境了。

2007年 9月13日 星期四

当苏轼遭遇考点时

温故中，如何知新，实在是一门值得永远探究的学问。必修一的复习，已进入第四模块，不少孩子依旧没有找到在旧知识重复中归纳提升的方法，于是，很多本该由学生完成的任务，不得不在课堂上耗费时间。

今天，依照统一教学进度，该复习苏轼《赤壁赋》，从迎战高考的角度看，这篇名垂千古的文章，其博大精深的思想和炉火纯青的表达技艺，都没资格成为复习要点。复习，只定位为虚实词积累、文言句式研究、重点语句翻译和默写四个教学要点。

结合前天复习《劝学》《师说》时进行的文言虚词义项归纳，今天的重点，是文言文词类活用现象研究。我先是要求孩子们用五分钟时间，强化前阶段进行的背诵，然后再用五分钟，让他们默写课文第一、二段。我则在下面巡视。结果，背得滚瓜烂熟的课文，一旦变成文字，总无法避免错别字的骚扰，好几个孩子，要么是将“壬戌”写成“壬戊”，要么是将“扣舷”写成“扣弦”，还有一个女生，竟然将“呜呜然”错写成“乌乌然”，这种低级错误，显然都是建立在没有用心理解文句的坏习惯上。

13班的小琪，眉清目秀的小女生，看起来伶俐万分，背古文却比爬珠峰还困难。每次默写，不论什么样的文章，从来就没有出现过不丢漏句子的现象。看她每个早读竭尽全力背诵课文的认真劲儿，即使想批评她两句，也开不了口。看来，学语文果真是需要一种感觉的。

热身之后，开始进入预定复习内容。在黑板上将几个存在词类活用现象的重点语句散乱写出，然后要求各自在草稿纸上写出答案。巡视中发现，7班第一组最后四个男生，有三个解释不了“破荆州，下江陵，顺流而东也”句中“下”“东”的活用现象。一位写成“名词作状语”，一位写成“形容词活用成动词”，一位写成“形容词活用成名词”。悄悄打听一下，发现他们竟然根本不知道什么是名词，什么是形容词，更不要说方位名词、处所名词了。真不明白高中三年的文言文学习中，每次听老师说词类活用现象时，他们是如何理解问题的。

这落下的功课，该如何补上，还真成了问题。每天的时间，早已经全部占满，且这汉语知识，又枯燥无味得很。但这些问题不解决，复习就成为一种走过场，就不会取得实质性的提高。无论如何，这工作还是要做。

于是，在检查完几个典型的活用现象后，我先是就词类活用的七大类型进行总体归纳，列出纲要后，再结合每个具体的现象，从名词、动词、形容词的特征出发，带领着孩子们一点点复习词性的相关知识。我看得出，有相当部分孩子并不专心。他们大多来自市实验中学、市三中、四中，接受过这方面的知识，只有来自农村中学的学生，听新课一般吃力地理解着这点内容。

如此，复习进度受到了明显影响，本该完成两篇文言复习的教学任务，结果只完成了《赤壁赋》的前两段。没办法，只能周六不按照进度完成练习，继续上课了。

9月14日 星期五

培训杂思

上午到大市的软件学院领取全国中小学教师教育技术应用合格证，到了教育学院后，发现大门上贴着醒目的通知，说是软件学院已经从教育学院中迁出，落户到了市里新开发的大学城。没办法，打车前往，再打车回到长途西站。这么一折腾，就多花去了几十元的冤枉钱。唉，用来买两本书多有价值，却白白耗费在毫无意义的取证过程中。

坐在返回学校的城际公交车上，再一琢磨，发现不对味的地方更多：这教师的继续教育，为什么就总要用这劳民伤财的形式来完成呢？怎么就从不见国家公务员年复一年地要搞此类继续教育？也不见其他行业要完成这样的任务？再说，培训并非坏事，知识总需要更新。可为什么用来进行培训的内容，总是滞后于知识本身的更替？智能中文时代，教师的计算机培训，要花费大量精力背诵 DOS 命令；XP 时代，要执行视窗 95 的各种条令；后现代课程背景下，研究的是赞可夫课堂教学过程。这，不能不使我怀疑培训者的根本目的。

然而，你不能也不敢不参加培训，因为这样的培训，决定着你的钱袋子。你要上中职、高职、教授级高职，没有这些证书，你就没有通过初审的资格，那么，即使你学富五车，你也只能在报名表外徘徊。

一个上午的时间，就做了这么一件本无任何意义的事，回来后，已经是吃午饭时间。乘车的疲劳，带来了体能的超支，午睡醒来后，还感觉双腿无力，上四楼很是步履沉重。

课却是不能不上的。7 班的两节连堂课，继续完成《赤壁赋》《始得西山宴游记》的复习。先是继续检查默写，依旧是难以摆脱错别字现象。然后提名翻译，讲习重点语段、重点词句。昨日的种种毛病，今天并没有多大转变。句子能理顺了，也知道直译了，就是经不住三个追问。知识积累，依旧停留在表层的死记硬背上。

好在我对孩子们的能力基本不抱太大幻想，每届学生，大体情况总是如此。即使是所谓实验班，其语文理解力也确实不值得恭维。一切还是慢慢向前运行吧。

学校实行新政后，尽管天色已然比较昏暗，教室里的灯还是没有打开。我在黑板上写的字，两边前排同学看起来很是吃力。门窗反射过来的光线，明显强过教室里的光亮。检查一会儿翻译，发下一套限时 20 分钟完成的小练习。孩子们齐刷刷地伏下身，笔走龙蛇地在纸上耕耘。我知道，对不少孩子而言，唯有做练习，他们才会有一种充实的感觉。

校长依旧有事没事地在走廊上巡视。每次经过教室时，学生们都会不自觉地挺立起身躯。这正好应了《赤壁赋》中的“正襟危坐”。我先前点名一位同学翻译第三段时，这个成语翻译得还不到位。借用了校长光临时学生们的表现，我稍微点拨一下，大多数孩子立刻会心地笑了。这个词语给他们留下了深刻的印象。

9月15日 星期六

周末很充实

周六，一节课时间上课，另一节课，完成一个随堂练习。孩子们早已习惯了题海，无论水性如何，哪怕是狗刨，也能飞溅起几点浪花，聊以证明自己的存在。

其实，许许多多的练习，用老陆的话来说，根本就没有价值。然而，上级喜好这种忙碌，衷情这种忙碌中的成就感与事业心，下属自然是不能不忙、不敢不忙。做了，还要收上来批改；批改了，还要有详细的记录，有精细的试卷分析；有培优生、边缘生的学情统计。似乎有了这些，一切问题便迎刃而解。至于没有时间钻研教材，没有时间探究教法，那就不是肉眼可以发现的问题。

这周的练习，是夏琼命题，23道题目，一色的选择题。这样的试卷，对语文知识考查而言，最具备完成任务功能，也最受学生们喜欢。想想当初自己读高中时，每次历史老师发下来讲义后，都是只挑选选择题、判断题完成，留下论述题，等待着老师的订正，为此，没少挨历史老师的臭骂。眼下，全部选择题，注定可以满足一大部分如当初的我一样心态的孩子的心愿。

周末，总想放松心情。上午两节课后，不再做任何有意义的事，从网络上下载一个最简单的五子连珠游戏，边听着游戏中的音乐，边不论结果地胡乱移动着各种颜色的彩球，就这样，竟然也玩了一个多小时。这段时间内，大脑基本处于半真空状态，无边烦躁，大体消失于感官之外。

中午小憩片刻，因答应了一个远方朋友，帮他设计一个大型公开课的课案，一点刚过，便来到学校。朋友尚未上网，我且浏览网络上关于该课的各种设计。从能够发现的篇目看，大多缺乏足够的课堂吸引力，更不符合我的课堂审美要求。好不容易找到了一个名家课堂实录，细细读下来，拉杂处过多。原本一个课时可以完成的内容，被无目的地延长为两个课时。不过，名家终究是名家，如果挤压掉内在的水分，其整体框架及细节研磨，都确实值得认真玩味。

以专家的设计为母本，结合自己的相关构想，草拟出一个粗线条的授课流程后，朋友才来到网络。把相关文件通过 QQ 发送过去，再简单交流各自对文本的理解，下午上课铃也就响起来了。

下午是 13 班的两节连堂。下午课原本就难上，又是周末，又是复习，不想点方法调动调动，课堂难保不睡一大片的。我针对上午在 7 班上课中存在的几点问题，添油加醋地渲染本课时复习中存在的难度，再适当诋毁诋毁理科生的语文能力，如此，文科生的好胜心便激发了起来。趁热打铁，安排讨论小组内解决复习疑难问题，用争论代替默读，让大脑从午休的半麻木中逐步清醒过来。这么一番安排后，孩子们的情绪明显好多了，课堂也就进行得非常顺利。

两节课，边学边玩，轻轻松松中，该强化的知识点，全部落实了下来，心情也很舒畅。

晚间，放弃一切跟工作有关的事务，逛街，体味生活的美好与悠闲。或许只有这样的时刻，才能感受到存在的价值。

9月17日 星期一

督导组要来了

恐惧，总是来自自己的心灵。

据说，大市的高三督导工作检查组下周一、二将来我校。于是，学校打破了间周学习的老规矩，紧急召集全校教职员工，突击布置各项迎战任务。一时间，说不清道不明的紧张，从会议室弥散向学校的各个角落。

据消息灵通人士介绍，今年的督导检查要求之高、之严格，是前所未有的。“民间”盛传上学期的督导检查中，某市直学校因督导期间数名教师上课铃响后没有及时进入教室，该年级分管副校长被督导组当场免职，且现场就立刻提拔教务主任顶替了这个职位。姑且不论这样的传闻真实性如何，单就其可能达到的威慑功用看，绝对不下于美国佬的“斩首行动”。这种目标明确的督导检查，先将学校的管理层放在火堆上烤起来，还用得着去考虑治下的教师们吗？自然有人心甘情愿地充当助纣为虐的角色。

校长在会议上提出了一系列莫名其妙的要求：统一教学进度，统一教案，统一问题设置，统一提问方式，统一课堂及课后练习……据校长说，这种种统一，是来自南通的先进经验。校长说，南通某名校“理直气壮”地规定：同课头老师如果教学进度不一致，课外作业不一样，即视为教学事故。这规定，让我立刻想到孔子的“因材施教”。倘若孔子生活在当下，非但无成为教育家的可能，恐怕连教师的饭碗都难以保全。人家让你“一刀切”，你偏偏要搞个性，要依照学生的个性差异，实施不同的教学内容，这种标新立异之举，实在是彻头彻尾的“教学事故”。这样的事故，有个一次，影响开始变坏；有两次，说明目无领导，不听安排，大约从此就要遭遇冷落；有三次，直接可以考虑饭碗问题了。

眼下的校长们、局长们最喜欢说的一句话是：我也知道这样做违背教育规律，可是没有办法，全国都这样做，你不做，行吗？这理由乍听起来确实值得同情与认可，却经不住推敲，全国难道不是由一个个部分组合而成？人人皆如此想，则永无改变之可能。一句很经典的话是“勿以恶小而为之，勿以善小而不为”。明知是错，却一味趋同，实在是教育的耻辱。

思想永远服务于现实。“楚王好细腰，宫中多饿殍；吴王好剑客，百姓多疮瘢。”上级机关某些权力人物的喜好，在当下社会中，总直接主导着事物发展的态势。所以，且不论违背教育规律的话语是否由衷而出，单就保全职位、保全颜面的实际生存需要而言，为上级喜好而工作，实在是最保险的生存法则。

大会后，跟着数个小会。班主任会议是必不可少的，高三年级会同样不可省略。在反复强调督导检查的重要意义之后，高三各备课组继续开会，研究应对听课的具体细节：听课时应有的教学进度，听课时统一教案的编写，听课时讲练时间的操控，听课时拓展延伸的安排，等等。组长发给每人一张简案，要求讨论这个课案的可实施性。

共同研究的结果是，选择必修二第三单元的两篇文言文作为听课时的复习内容。理由很简单，文言文有可讲内容，现代文比较空洞，除了基础知识外，基本无法进行复习引导。其实，我对复习的看法是，应尽可能多地把时间交给学生，让学生自己在课文复习中积累基础知识、收集写作素材。不过，这种以学生自学为主的课堂，倘有人听课，确实不好操作。

由于必修二的课程是我主备，因而，雕琢这次督导检查课的课案的"重任"，就毫无悬念地落在我的身上。检查是两天时间，我们两天中基本上都是三节课，仅有一个课案显然不够，于是乎，王子也被赶上台来，准备第二个课案——写作指导。

9月18日 星期二

一级备战状态

空气陡然紧张起来。

似乎有很多该做的事情，都因为督导检查的到来，才发现原来没有做。班主任开始各个办公室找人，将一张张表格送到任课教师手中。边缘生帮扶记录表、学科成绩分析表、学生学科素质考核评价表……诸多表格有些需要如实填写，更多却只能依靠编造。

学校对各种可供检查的材料都提出了具体要求，尽管开学刚20天时间，听课记录上却要求不少于5次听课记录，作文本上要求不少于2次作文，所有的作业，必须全部精批细改，所有的备课，必须完善统一。

卫生打扫工作更加扎实，各项常规检查，全部上升到了红色警戒标准，校园内唯一缺少的，就是头顶钢盔、胸挎卡宾枪、脚蹬大马靴的巡逻宪兵。

王军在备课组会上开始反反复复地给我们打预防针，把所有的丑话都说在了前头，提醒我们这些语文同人好自为之，不要睁着眼睛往枪口上撞。大家都明显感觉到王军的焦躁与恍恼，可王子偏偏跟王军争辩，为了统一授课进度问题。王子坚持文科班要放慢速度，不能跟着理科班后面盲目往前赶。大家都知道王子说得有道理，然而，大家还是都批评王子。在权力面前，道理是没有立足之地的。“吾爱吾师，吾尤爱真理”只是远古的美好传说，今人更看重的，是实际利益。

一番争论后，脸红脖子粗的两个人都平静下来。意见依旧趋于统一：必须在督导检查的当天，以同样的课案，完成同样的教学内容。王子依旧不平，絮叨着诸如“赶进度谁不会，一天上一本书都可以”类的牢骚话。

王军为了缓解气氛，给大家说了他前两天在南京开会时发生的一件丑事——王军同志半夜时突然在睡梦中发怒，大声训斥某个意识形态中的“敌人”：“你这课是怎么备的?！这样的课，就能上课堂教学？你必须立刻重新备课，备好把教案送给我看，不合格，你就不要上课了！”王军的声音之大，不但惊醒了同屋而眠的另一所重点中学的分管校长，而且，让隔墙而居的人，都感受到了声波的侵扰。

这样的故事，在我们这群数年浸淫文学的人看来，黑色幽默的成分过于浓郁。这种无日无夜的恐惧，足以摧毁任何一个强健的血肉身躯，何况它面对的，还是早已不堪重负的神经。大家你望望我、我望望你，彼此摇头苦笑一声，然后各自说点无关痛痒的话语。既不试图安慰谁，也无半点嘲弄。每个人，在这故事中感受到的，其实就是自己的真实人生。想一想，有哪个高中教师，没有做过类似的梦？没有在睡梦中被无法完成的试卷、无法应付的学生、无法战胜的妖魔吓醒过呢？

准备教案，准备听课记录，准备表格，准备各种该准备或不该准备的一切……

正常的教学工作，同样需要按部就班地运行。下午第一节课，刚从一所乡村中学调入的小孟老师，在高一年级开本学期第一节公开课。小孟的课，以前听过两次，小伙子很有激情，也很善于捕捉教材知识要点。我曾私下里将其与本校年轻教师进行比较，发现我的年轻同事，很少有达到他的水准的。

他今天的课，却设计得很不理想。一篇传统的《劝学》，被肢解成了鸡零狗碎的一地垃圾。我知道，他是想贯彻高一年级的“瞄准高考，以练促讲”的教学方针，并因此被完全束缚住了手脚。所以，我在评课时几乎是毫不客气地指责他，说他这课只上出了他真实水平的三成。高一起始阶段的第一篇文言课文，就瞄准高考知识点进行逐点分解训练，学生们将来怎么可能喜欢语文、喜欢文言？

唉，一通痛快淋漓的言语之后，换来的是得罪一批人。可是，我就是看不惯糟蹋语文的现象，更看不惯有潜质的青年教师，被应试拖上个人发展的死胡同。

9月19日 星期三

督导延期三天

早晨第二节课时，老陆逛到我们办公室，告诉大家督导检查推迟到下周四、五。老陆说，他刚给市语文教研员打过电话，教研员说周二是中秋节，大家都要团圆，检查者被检查者都没有心情做事，不如延迟到节后。

老陆的话，带来的不是欢欣，而是一片埋怨。这类检查，是宜早不宜迟的，就如赶鸭子上架一样，既然必须上架，迟上就注定要遭受更多的折磨，不如早上早完事。于是，大家异口同声地谴责市教育局的老爷们朝令夕改。

老陆并不敢肯定这个消息是否千真万确，既然可以将原定时间推迟三天，那么，就存在着继续改变的可能。所以，老陆说，本消息信不信由你，但绝不是虚构。

督导检查的延迟，就意味着原先准备的课案，已不适应复习进度的要求。是重新备新案，还是将这两篇文章留下来，按照正常进度将复习推进到必修三，这是眼下迫切需要确定的一个问题。

神龙见首不见尾的组长，始终难以找到踪迹。群龙无首的结果是，大家踢翻领导闹革命，采用民意表决的形式，决定不管督导组什么时候来，都以这两篇文言的复习应付他们。有了大伙儿的一致意见，我把已经准备完成的教案拷贝到U盘，到5楼找分管校长，请他依照学校要求进一步斟酌课案。王军正埋头在一大堆的表格中，加班加点地编写着各种应该或不应该有的数据。他只草草浏览了教案，建议我增加文言翻译的语句。

督导延迟的消息很快就确定下来。市局通过校信通，将详细情况逐个通知下来。已被老陆提前打过预防针的我们，面对手机上的短消息，已然失去了骂几句大街的热情，各自漠然地打开收件箱，阅读，然后删除。

今天是超强台风韦帕在浙江沿海登陆的日子，从一早起，狂风就裹挟着暴雨，没头没脸地抽打在所有抵挡它的物体上。办公室和教室的所有门窗，一律紧紧关闭着。室外风雨飘摇，室内空气混浊。自然与社会，共同编织出一张无边无际的压力大网。

网络上的远方朋友，通过论坛短消息发来问候，关切询问台风是否构成了生活中的灾难。朋友说，浙江和苏南的许多地方，学校都停课一天，防止台风带来的意外伤害。他问我们是否给学生放了假。我苦笑一声，戏谑地给他回复一条消息：倘若天上降落的不是雨水，而是手雷和导弹，我们也会给每个学生配发三顶钢盔，然后极力鼓励他们到校学习。校长会说，不要畏惧这点困难，和高考相比，手雷和导弹又算什么呢。人家南通那边，放原子弹都照样用功学习，学生的抬头率依旧为零。朋友看了我的回复，竟无言以答。

9月20日 星期四

台风过处

一场摧枯拉朽的强台风异常迅猛地扫荡过后，西北风开始从隐藏的地洞里钻出来，打着还乡团的旗号，进行季节性的清剿。清晨的气温明显低了很多。上班的路上，顶着五六级的寒风吃力前行时，发现绝大多数行人，都穿上了春秋衣衫，这让依旧穿着衬衫的我，几乎成了另类。

清洁工正吃力地清扫着满街的断枝枯叶，满车的枯黄，在灰暗的苍穹中，显现着一种病态的生命色彩。晨练的老人少了许多，几乎都傍依在高大的建筑物下，借助了墙壁的厚重，抵抗着来自自然的侵扰。仲秋时节的第一场寒冷，提前抵达了江边的这所小城。

唯一没有变化的，还是校园。园内无高大树木，自然也就没有落叶和枯枝。满地的绿草，并不畏惧台风和初寒，照例摆出一副满不在乎的神态，冷眼旁观着天空中的云卷云舒、地面上的花开花谢。只可惜了纤弱的丹桂，刚把点点黄晕、阵阵幽香铺满校园，一天一夜下来，枝头上再无半点花的影踪。

早自习时，13 班的孩子，在嗡嗡嘤嘤地读着课文，我则捧了本散文集，边在教室后面的空余地带悠闲自在地散步，边沉浸在文字构建的世界中扬扬自得。室外，风依旧很大，窗外百米处的数株垂柳，在寒风中竭尽全力地扭摆着腰胯，体态风骚地卖弄着无限风情，只是徐娘已老，全无新春的柔嫩娇美。

突然，有如炸雷一般的吼声，从讲台位置传来："没有戴胸卡的，现在不许戴!"我诧异万分，将视线从书中移出，才发现政教处与团委的两位先生，正在讲台上虎视眈眈地扫描着萎缩在座位上的羔羊。很快，三位把胸卡放在书包中的"坏分子"被抓了起来，另一个试图偷偷将胸卡挂到胸前的投机分子，也没有能逃过先生们明察秋毫的目光，也被拎了起来。四个小女生，低眉折腰，极力表现出恐惧、委屈、怯懦的模样，似乎想以此来表明自己的忏悔。两位先生也似乎很懂得怜香惜玉，也没有过分批评她们，只是在表格上记下数据，然后扬长而去。

我的心情，一下子从散文的优美时空中回归了现实，并再也无法静心阅读下去。

课间操时，组长的踪影终于显现在办公室内。用娟娟老师的话来说，这肯定不是好事情。组长也如夜猫子，无事时似乎总不愿意接近宅院，一旦光临，则注定有些让人难以接受的事情发生。

今天，组长带来的消息是，他已经将教学进度上报给了市教研室。他所汇报的教学进度，是必修三，而非大家精心准备的必修二第三单元文言文。

组长总是在忙活着谁也不知道内容的一些大事。组长是十天前刚"任命"的省优秀教育工作者，是市劳动模范，是市名师工作室中的名师，所以，组长的忙，也就成了一种必然。

忙碌的组长，简单交代了三五句后，又行色匆匆地离开了他应该坚守的办公室，留下一张龙飞凤舞的纸条，给没有听到他的精神的教研组长，并请教研组长转告娟娟老师。

组长的决定，打了我一个措手不及。我上节课还跟学生强调督导检查时的教学安排，这么一会儿时间后，老母鸡就变成鸭子了。没办法，只好明天上课时再自我纠正了。

下午，在7班上课，将教学进度的调整跟学生做了解释，学生们暗暗发笑。我知道他们肯定在笑话这种朝令夕改背后的盲从与迎合，同时也笑话学校和老师的惶恐与紧张。我只有自嘲地陪了孩子们一起笑。

晚间，在两个班级走马灯般上辅导课。无数的小虫，雨点般从天花板上、吊灯上跌落到讲台、课桌和学生的头上。在电脑上打字的我，不时要停下手中的活儿，用劲吹走那些落入键盘缝隙中的尸体。一节课下，讲台上盖了厚厚一层半死不活的虫子。

9月21日 星期五

一份调查表

早自习时，在7班的讲台上发现了一张《班主任工作情况调查表》，感觉很有意思，就夹入书中偷了回来：

班主任工作情况调查表

调查项目	序号	项目细化	A	B	C	D	备注
日常管理	1	早读课到岗					
	2	卫生值日检查					
	3	学生迟到情况控制					
	4	校内社会实践到岗指导					

续表

调查项目	序号	项目细化	A	B	C	D	备注
日常管理	5	中午值班到位					
	6	晚自习前值班到位					
	7	晚自习值班辅导					
	8	课间操到岗					
	9	宿舍管理					
	10	问题学生教育					
班级建设	11	班级管理要求明确					
	12	班风建设					
	13	学风培养					
	14	师生关系					
	15	生生关系					
	16	励志教育					
	17	良好行为习惯培养					
	18	工作方法多样有效					
	19	班级干部作用发挥					
	20	公正公平对待每位学生					
	21	考风考纪要求					
学习指导	22	高考形势科学分析					
	23	学科间关系协调					
	24	课任老师间协调					
	25	学法指导					
	26	学习要求					
	27	本学科作业检查					
	28	其他学科作业检查					
	29	考试情况分析					
	30	学困生帮助					
	31	优等生拔尖					

续表

调查项目	序号	项目细化	A	B	C	D	备注
家长反映	32	师德表现					
	33	敬业精神					
	34	学习指导					
	35	工作态度					
	36	及时联系					

注：A（优）、B（良）、C（中）、D（差）

这是学校精细化管理方案诸多表格中的一张，与之相近的，还有“课任教师教育教学情况调查表”“边缘生转换记录表”“班主任家访记录表”“家长来访内容记录表”“学生谈话记录表”“期中试卷分析表”“期末试卷分析表”“班级工作计划”“班级工作总结”……除此之外，还有各种非教育机构要求填写的表格，比如“创建卫生城市调查表”“平安县城调查表”“消防知识问答”等。这些表格，有些要求如实填写，有些要求胡编滥造，有些则明目张胆地唆使师生说假话。

有了表格，自然就要有人填写。工作学习紧张到每秒钟都有具体任务需要完成的环境下，要让师生们静下心来认真揣摩表格内容，再客观公平地填写上相关内容，这实在是一种痴心妄想。

我不知道眼前这张“班主任工作情况调查表”究竟可以起到什么样的管理效果。倘若说是激励功能，估计无法挖掘得出；倘若说是鞭策功能，也绝不会有人因为表格数据的不尽如人意，就丢失了班主任的职位，当然，倘因而丢失了，对很多人而言，只是一件值得鸣炮庆贺的喜事。

然而，这些来自上级机关要求完成的任务，总需要用表格的形式，白纸黑字地落在档案袋中，进入了档案袋，也就是进入了政绩工程、进入了扎扎实实工作的行列。

我很庆幸自己及时摆脱了班主任的工作，不是我不喜欢这职位，实在是这职位下，我没有半点创造性劳动的快乐。我想在中秋组织一场吟诗赏月的晚会，我想在清明时节带着孩子们一起穿行在油菜花的金黄与芬芳中，我想让孩子们多举行读书会、朗诵会、联欢晚会……可是，没有人允许我这样做，上级与学校只要求班主任履行维和警察的职能，只要求各个班级在“千万别出什么乱子”的情况下，一切以提高升学指标为目标。这样的教育教学，和我心目中的那方土地相差太远，我只能逃离，且庆幸自己的逃离。

但还是有很多不想做又不得不做的事情找上头来。督导检查，要查看各班的“边缘生转化记录表”。老周、老钱俩，每人送了四五张表格过来，要求我必须在周二前完成。督导组还要检查每个教师的听课记录，高三年级据说还要至少有5个课录。每天应付备课改作业，已没有时间，又哪来时间听课？当然，解决问题的方法很多，如每学期校内检查一样，把别人的教案拿过来，摘要写点文字在听课录上，也算是一种听课吧。

下午，7班的两节课。简单梳理知识点后，学生们借助讲学稿研读书本中的细节。为了解决长期阅读带来的疲劳，中间穿插一点小练习，满足孩子们完成练习时的充实感。

课后，不想做事，从王子处找来几张已填写完成的“边缘生转化记录表”，照本宣科地“实录”下来，脑细胞似乎一个也没有消耗。

傍晚时，西边天际半遮半掩地露出几缕霞光，给台风带来的恶劣天气画上了一个小小的逗号。面对这西方的广袤天地，突然就想到了东坡居士的“回首向来萧瑟处，也无风雨也无晴”。生活或许就是这样，每日的劳碌过后，其实什么都不过是一种点缀。哪有那追逐的名向往的利？

明天，应该出太阳了吧。明天的太阳依旧会是新的。

9月22日 星期六

督导抽测

一大早，学生们就嚷嚷开来，说是下午第二节课后，要进行督导检查的调研考试。我很纳闷，督导组不是下周才来吗，怎么今天就考试？

向消息灵通人士打听后，才知道这种调研考试，并不是所有学生都参与所有学科的考查，而是每学科从每班抽10名左右的学生，在规定时间内完成一套模考试卷。上级将这样获取来的成绩，看成一个学校教学质量高下的评审尺码。难怪班主任要反复宣传其重要意义，孩子们要紧张兴奋。

我对这种抽测的可信度一直持怀疑态度。首先，学生的抽取过程本身，就存在着很大的偶然性，并不能够真实反映一个群体内的学习状态；其次，人为因素操控下的人员挑选，更存在利己为主导的功利目的；最后，田忌赛马的历史故事中呈现出的结果，并不一定就是真实的存在。鉴于这三方面因素，我只把这抽测，看成一次寻常的测验，同时提醒学生们端正心态，正常发挥应有水准即可。

然而，孩子们依旧兴奋，班主任也依旧有些紧张。从7班张贴上墙的各科人员名单看，老周显然想采用吴起的招数，语文科抽调的11名学生中，班级最后8位全部被收编在内。留下了大批精兵强将，同别的学校比拼其他四门学科的名次。稍微多个心眼儿，看一看老周自己的物理科，班级的精华，基本都被他收拢在名下。这家伙，在这用上了特权。

我对老周的排兵布阵之法很是理解。班级的后十名，数理化和英语，各门功课所能考到的分数，和优秀学生相比，总有很大差距。而语文，一方面原本分差就相对小些，另一方面，后十名中，还有三四位也就语文成绩还能供人观看。两方面因素相加，最“差”的学生，不让他们参加语文考试，又能考什么呢？

不过，老周或许也就是一个瞎聪明。老周能够想到的这种战术，其他学校同样可以想到。大家都想用劣等马同别人的优等马比赛，最终结果，多数可能还是劣等马对阵劣等马。这么多年来，无穷无尽的评比，早已将一大群人训练成依照政策“对症下药”的一流好手，大家一样的老奸巨猾，谁又能玩转得了谁？或许，最终获胜的，反而是死心眼的实在人。

今天该是周二十几了？一月一休的放假模式下，计算时间成了一个难题。9月2日开始上课后，连续奋斗至今，今天应该是周二十二吧。上帝创造世界，以7天为一个周期；学校培养栋梁，以28天为一个周期。当然，果真能信守周一至周二十六上课，周二十七、二十八两天休息的君子条约，也不失为“君小人”，可惜的是，很多时候，这样的休息周期，还会因为某些法定的节假日而向后推延，并最终不了了之，就如同当年拖欠的教师工资一样。

2007年 9月24日 星期一

梦、晨会及其他

下午，天气似乎格外的沉闷。

课堂上，带着孩子们订正一份特别重要的试卷时，发现孩子们竟然全都无精打采地消极应付着。第二组中间几排座位上的女生，全部是趴在课桌上打瞌睡，既不记笔记，也不听内容分析、过程解读。小倩竟然香甜地酣睡起来。

这样的情景，让我很是恼火。起先，还是强忍着，继续逐条分析评讲。至最后一道大题目时，实在是忍无可忍，我勃然大怒，一边责令打瞌睡的女生全部站起来听我训斥，一面发泄般惩罚她们每人将试卷内容重新抄写一遍……

就在我的愤怒即将转变为暴力惩戒时，我突然从睡梦中醒来，睁开眼看看窗外，天色已然微明。妻在身边酣眠着。摇摇头，无声地苦笑一下，试图继续进入梦乡。

大脑因为梦的触发，开始变得兴奋起来。眼睛想闭上，思想却想放飞。楼下的街道，开始有载重的车辆轰鸣着碾过，床在轰响中微微颤抖，似乎担心大地无法承载超重的车轮。

早起晨练的老人们，开始汇集成街道上的第一拨音响。赶早卖豆腐的，也开始歌唱般地吆喝。每日里歌唱的鸟，又准时在窗外的枝头上亮出嘹亮的歌喉，麻雀也准点来到窗台，唧唧喳喳地开始日复一日的早新闻播报。这些早起者，会有人也是从梦中惊醒吗？

在睡梦中遭遇各种各样的失败，似乎成了近几年的寻常事。梦，如同生活舞台的大幕，开合之际，总隐隐透露出或明或暗的一方生存空间。早已记不清睡梦中参加过多少次的考试，每次都是临交卷了，试卷上依旧一片空白。

妻开始蹑手蹑脚地起身，梳洗后，在厨房里开始一天的操劳。女儿也在闹铃声中准点跃起，一边打着哈欠，一边和她母亲招呼着。三口之家中，我总是每天最后一个起床的人，洗漱后坐到饭桌时，妻已将满碗的蛋炒饭和牛奶，摆放在固定的位置上。

6：40，固定的时间，准时下楼。路对面的实验中学，又开始播放那让人生厌的单调旋律。“重复是知识之父”的心理学铁律，在这早晨的音乐声中，竟然丝毫没有发挥强化记忆的功用，却只把灵魂中不满的痕迹，一次次加工成沟壑。

不去管它，权当鸟啼。

路上，设置成震动的手机，在口袋中一个劲儿舞蹈着，不用看，一准是政教主任打过来的。今天的升旗，由我为全校师生作关于高中学习方法的演讲，他担心我迟到，催我快点到位。

回了他一个电话，告诉他已经到达学校，那边的心，才放了下来。政教主任也是胆大，上次的班主任经验交流会上，我就很是放了一通厥词，这次，竟然还敢让我说话。不过，他也够狡猾，给我出的是命题作文，要求我在前年升旗仪式发言材料的基础上结合这两年的研究，重点给新高一、高三学生谈学习中的过渡衔接与冲刺经验。

演讲还算成功，昨日晚间改编的一首《行路难》，为演讲画上了一个精彩的句号。从升旗台上返回队列时，几位同事戏谑地鼓掌，引得高三的学生们一阵哄笑。

今天，开始必修三的复习。必修三的第一单元，以“祖国土”为主题，其文本带有太多的政治色彩，思想意义并没有多大。学习中最值得关注的，是关于景色的细节描绘。这，被我确立为复习要点。

>>>>>>>

9月25日 星期二

中秋无节

作息时间表又一次更新。上午没有任何改变，下午提前至13：50打预备，14点正式上课。与下午的提前相呼应，晚自习也跟着提前到18：20预备，18：40开始第一节课。令人恐怖的是，新作息时间表上，晚自习变成了两节课：第一节从

18：40至20：20，第二节从20：40至22：20。每节课的时间为100分钟。

这个变化，使原本150分钟的晚自习时间，一下增加至200分钟，而且，以前只有高三才延长的22点后时间，现在变成了三个年级的统一安排，这意味着从今往后的数年内，晚自习都将最早收尾于22：20，而高三，作为需要突出的重点，还有可能进一步推迟下去。

新的作息时间表立刻激起了一片咒骂，咒骂之后，是腹诽，然后是沉寂，最后是接受，学校的各种条款，在这情感的路途上走过太多次，对于师生们的这点能耐，一线教师出身的校长副校长们，太了解了：谁也不能搬起石头砸天，只管加压就是。

今天是农历八月十五，中秋佳节。日渐异化的种群，对民族节日早已丧失了应有的兴趣，更何况超负荷的劳作，使神经早已委顿，日子只成为日出日落的更替，于是乎，校园内只有一如既往的繁忙，全无丁点节日的温馨。唯一能够昭示金秋的，是环绕校园的数十株丹桂的芳香。

中午，下第四节课后回家，拖着沉重的脚步上楼，进入家门，饭菜已经在桌子上摆放整齐，五菜一汤。女儿很是诧异：今天怎么多做了两道菜？还都是自己喜欢吃的。妻说：今天过节，当然应该多吃点好东西。女儿似乎依旧纳闷：中秋节就需要吃好吃的？

独自打开一瓶1996年的郎酒，在妻子与女儿的助威声中，一鼓作气喝了三两，算是为漂泊生活点缀些许游子的色彩。

下午第一节，听课，刚毕业的一个小女孩的公开课。这个学期，学校似乎没有为年轻教师安排师傅，这女孩的课，前十多分钟尚且说得过去，后面就乱成了一锅粥，老师和学生都不知道在做什么。这也不能怪她，眼下的高校，能静下心来钻研业务的学生几乎为零，在所有人都忙着为英语四六级、计算机等级、驾驶执照等证书奋斗时，师范生们，又有谁愿意潜心研究教材教法？

第二节，昨天说好听组长的课，遗憾的是，组长从下午听课起，又失踪了。组长很少参与听课活动，这位独行侠，其特立独行已经到了令人怪异的地步。一群人相互打听，想弄明白组长到底是否开课，结果，谁都是一脑袋的糨糊。

于是有人怀疑，组长是否是担心他精心设计的好课，被我们提早上了。这样一说，大伙儿还就觉得可信，便哂笑，各自回归自己的办公室，该忙活啥就忙活啥去。

9月26日 星期三

督导序曲

暴风雨前的片刻，总是很安宁。督导组到来的前一天，校园中呈现的景致，却完全相反，四下里一片热烈：办公楼前的广场上，两块硕大的标语牌早早守护在大门两侧，一块上写着“欢迎上级领导与专家莅临我校指导”，另一块写着“强化教育管理，深化教育改革”的口号。两块牌牌都是红色蜡纸底色上闪烁着金色正楷的大字，火红而灿烂、金黄而华美。各个楼道上，清洁工手持绑了鸡毛掸的长竹竿，将连日来打扫过无数遍的走廊天花板又逐一清扫一通。明日用来作为汇报课教室的多媒体教室，一反往昔的冷静，两个班的学生，将通向多媒体教室必经的楼道、楼道内的卫生间、闲置的四个教室一起进行了彻底的清扫，每一扇窗，每一堵墙，每一个死角，都有学生负责。教务主任亲自挂帅，督阵检查。多媒体教室清扫得更为彻底，几名清洁工用掺和了84消毒液的水，一遍遍地冲洗着地面，三个大汉，忙活着悬挂横幅，电工和电脑教师们在检测话筒、电脑、投影仪等电教设施，每个人都充实得牢骚满腹。

这样的热闹，躲在办公室中“两耳不闻窗外事”的我原本是不该欣赏到的，只因为今天组长突然在下午第四节课前5分钟，打电话给我，说是“请”我到二楼多媒体教室去听他试讲，帮他找找毛病，“指导指导”，我也就果真前往“指导指导”，便顺带观赏到了这热闹喜庆的风景。遗憾的是，组长的课，刚听了3分钟，办公室的邹主任打电话给我，说有点急事要处理，我只好慌忙撤退。

办完了事，再回到多媒体教室，组长的课已经上了一半。

组长的基本功无疑非常扎实，课的整体构想也十分新颖，我虽中途没头没脑地跟上听，还是很快把握了他的设计思路。让我不满意的，是他的课容量虽大，却每个知识点都没有深入下去，华美的外形下，总有一种浅尝辄止的遗憾——“为什么”很多，“怎么样”严重缺乏。这，或许正是语文教学高耗低效的原因之一。

9月27日 星期四

督导团终于来了

督导团终于来了。随督导团一起来的，还有大市各中学（不包括本市）高三语文备课组长及本市所有中学的全体高三语文教师。

早读课时，13班的窗子外，不时有小车停靠。车上陆续下来的，我一个也不认识，想来不会是前来听课的语文同行，应该是督导团的相关人员吧。

早读课下时，刚出13班的门，就看见几张陌生的面孔，夹了公文夹由旁边的办公楼走向教室。上楼梯，又遇到几位很有官相的人，同样夹了公文夹，在楼道口前等待着什么。我知道，第一节课听课，已经成为了一种事实，于是，急忙回到办公室，取了电脑，又拿上一套课堂检测卷，立刻返回13班。我的想法是，有人听课，就依照统一要求的教学内容授课，没有人听课，则依照正常教学进度，继续复习必修三第二单元的两篇文言课文，同时完成一段课内文言语段的阅读试题。

市教研室的语文教研员，正陪同一位年长者在13、14班中间的走廊上说话，我无法猜测出他们是准备听哪个班级的课。好在我刚走上讲台，市教研员也跟着走进了教室。那位长者，则没有跟随着一起进来。

微微有点失落。市教研员听我的课次数太多，已无法激发起我授课的热情。

今天的课，虽然说是依照集体备课的要求统一进行必修三第一、二单元的知识整合，但我对集体备课时组长提供的教案不满意，感觉过于花哨，缺少复习中切实可以帮助学生提高能力的可操作内容。所以，昨晚的晚自习，我用了四个小时时间，将原课件更改了95%的内容，只留下两条纲要，其余全部替换为自己的个性化理解。这种经过自己消化加工的课堂，上起来轻松自在，学生活动也很充分，轻轻松松就解决了问题。

下课后回到办公室，同事们都在打听听课的事。每个人的脸上，都写着一种病态的兴奋。被听过课的，不知道下面一节是否还会有人听课；没有被听课的，更是十分紧张地猜测着是否有人听自己的课，又会是一个什么样的人听自己的课。然而，兴奋归兴奋，听与不听，权力全在督导组手中，永远也不会依照一个普通教师的心愿来裁决，于是乎，每个人都不得不以比平时早两分钟的时间，快速走向自己的阵地，去迎接或喜或悲的命运。

我这节课的任务很单一，继续上课时的内容，将一个专题知识点讲解透彻，并进行一定量的写作训练。有上节课做铺垫，这节课是否有人听课、有什么样的人听课，对我而言都已经是毫无意义的事情，我知道我的课，依旧会十分顺畅，也依旧会目标明确、流程合理。

教室后面没有人，由我一个人唱独角戏。唱就唱，没有观众的彩排，才更能够真实自然地呈现出原生态课堂的魅力。这节课，我以更为随意的态势，引领着孩子们闲庭信步般走过了两个单元的知识体系，将最值得关注的素材积累问题，用尽可能幽默的语言传递给孩子们，帮助他们构建起一种全新的文本运用模式。我知道，仅凭今天这两节课，肯定不会出现奇迹，但只要后面的复习中，再集中强化两至三次，那么，这个能力点，就会成为学生考场中获取胜利的一个法宝。

课间操时，有好事者逐个询问，打听两节课时间内，有多少人被听了课。结果，我们高三备课组的十位中，有七人中彩。只有王子、王军和一位女教师颇为失落地自我陶醉了两节课，全无一人前去喝彩。那位女同事不无幽默地感叹一声：太失落了！

上午的第三、四两节，是大市的高三语文复习研讨示范课。两场稻子一场打的结果，是我们从早读开始，连续五节课高速运转。示范课在学校艺术馆的二楼多媒体教室进行，能够容纳两百人的教室，基本也就满了员。

第三节，执教者是一位来自大市龙头学校的年轻教师。大市的几位教研员，曾在很多场合为这小伙子歌功颂德过，说他如何如何有才学。我对我们教研员鼎力推荐的人，一直心存怀疑，但苦于没有机会见识他们的庐山真面目，也只能半信半疑中，姑且把教研员的评价，当成一种实事求是的表述。

此番真正登台亮相，我开始愈发坚信自己的第六感官的灵验。这小伙子弄错了教学对象，把应该写在论文中的一些观点，全部搬到了课堂上，把本该讲练结合、以练促讲的文学作品阅读题型的分析归纳，完全演绎成了个人专场知识讲座。这样一节课下来，学生们似乎接受了相当多的知识信息，却没有一个可以转化成切实可行的能力。如此，只能是一种架空。

第四节，执教者是我们的组长。组长的课，昨日已经听过一遍，并在听的过程中，就发现了存在的问题。今天再听，这些问题依旧没有改变。和昨日的课的唯一不同，就是组长将自己的表演天赋发挥到了淋漓尽致的地步。不论该不该朗读，凡能发挥其诵读才华处，则情动于衷，情洒满场。组长用他扎实的语文功底，将教学流程中的不妥当处尽可能隐蔽地遮掩起来，只留下光彩照人的一面，让相当部分年轻教师陶醉沉溺。

我对听课向来挑剔。这两三年来，为了写一些课堂评论的文字，又专门拜读过不少名家的课堂。眼下，我看课堂的优劣，最关注的，只在于这节课想做什么、做了什么、想法落实了多少。我从今天的这两节课中，感受到了当下大多数课堂的一种通病：重热闹，轻技能；重好看，轻实用。比如第三节课的老师，告诉了孩子们要重视阅读中的开放式题目，却无法告诉孩子们如何解决这些开放式题目。比如第四节课的组长，告诉了孩子们课文很美、课文中的素材可以用来纳入作文中，却无法告诉孩子们如何从课文中提取素材，如何以课文为依托遣词造句、谋篇布局。这样的课，就如同一位挥舞着一条红丝带的魔术师，我们可以欣赏他不断地从红丝带中拿出各式各样的宝贝，却始终无法学习他取出宝贝的方法。如此，美固美矣，却无法真正服务于学习本身。

中午，所有听课人集中到市委招待所共进工作餐。午饭后，回到办公室稍事休息，又上网浏览几个帖子。

下午 1 点半，继续到上午听课处开会，先听两位开课老师说课，再听一位教授级高级教师评课，最后听省语文教研员做关于2008年高考的相关问题的报告。

那位年轻老师，显得很沮丧。可能是听到了不少不好的评论，5分钟的说课时间，他1分钟就完成了任务，且基本上就是做了个检讨。我们的组长，却扎扎实实地用足了5分钟，把很多课堂上没有能体现出来的内容，也尽可能完美地介绍给所有听会的人。

评课的老师并没有认真准备，但话说得很艺术。我听得出，他对两节课同样都不满意，不过他只批评第三节课的年轻人。因为那年轻人是他的部下。对我们组长的课，他反复称道的，就是一个“新”字，形式的新颖之外，似乎也不愿再多谈什么。

省教研员的讲座，主要是立足新高考与苏教版教材关系展开分析，毕竟是从事专门研究的人，看问题总比我们这些一线中摸索的人要视野广阔许多。但他也比较滑头，说话总留下很大的回旋空间，因此，一个多小时的报告中，要想从中捕捉住什么实实在在的新高考信息，那只能是痴心妄想。

下午3点半，报告结束。回到办公室，屁股还没坐稳，楼上又有人来通知，要到会议室听取督导反馈意见。

说是反馈，其实是将汇报与反馈相结合。先是由市教研员对上午听课情况进行适当点评。教研员对这次听的七节课十分地赏识，说这是多年来督导中整体效果最好的一次，说这次的七节课，全部是优质课。在说了一大通优点后，也就另外几位老师上的关于细节描写的写作指导摞出了一点异议。那个课案，是作为预备方案留给杀回马枪的督导团成员的，本不应作为统一授课内容在今天的课堂中使用。几位同事对组长设计的汇报课找不到感觉，而我在组长汇报课基础上大肆砍削后形成的课案，又是昨天半夜才完成的，无法提供给他们使用。他们干脆舍弃主力阵容，采用替补上场。

点评之后，是工作汇报。组长可能是忙着陪同省教研员了，竟然没有来参加反馈。王军把皮球踢给根本没有任何准备的我，让我把高三语文备课组的活动安排汇报一下。我只能将我自己做的一点摸索放大成全组共同的行动，据此总结出八大优点、四大困惑，云山雾罩地忽悠一通。

这边的汇报一结束，顾不得别人还有些什么内容没有展开，急急忙忙地和市教研员打个招呼，赶回办公室，准备7班的第四节课。

课，是上午在13班的复制，流水一般从开头毫无阻碍地流淌到下课。放学后，回到家已经是晚间18：35。吃饭用了10分钟，饭碗一丢，到卫生间洗把脸，立刻出家门，再赶回学校，上晚辅导。

晚上，高速运转一整天的我，却丝毫没有放松神经的机会。昨天下午，王军将本次月考的命题任务交给了我，并且要求后天上午必须把试卷送到文印室印刷出来。今天一天，根本没有时间静下来思考考试内容，我只能利用晚自习时间，想方设法完成这个重任了。

从19：00到22：30，除了下课回办公室喝水外，屁股没离凳子，就这样，也只完成了一套必考试题中的七成内容。还有一套文科加试，只能留到明天完成了。

晚自习结束后，回到办公室，把试卷中几处需要从网络上下载的内容复制到试卷上，又搜索出以前读过的关于台湾高考语文试卷的相关题目，准备将其使用到文科加试卷中，忙完这些，时间已经过了23点。关闭电脑，锁了门，回家。

夜，已很静。路上依旧有少量行人。黄晕的路灯光，将我的身影时而拉长为足可以顶天立地的巨人，时而又压缩成一个黑魆魆的墨团。我就在这不断地扭曲变化中，时而为人、时而为物地走回自己的小窝。只有这一方狭窄的空间，才可以让我真正放松疲乏的神经。

9月28日 星期五

督导进行时

并没有下雨，气温却陡然下降了五六度。早晨起床后，穿着短裤和背心到厨房，竟然感受到了凉风刺骨的寒意。想想昨天中午从饭店回到学校办公室的路上，太阳还如浴霸般炽热，烤得我汗流浃背，今天却不得不穿上厚厚的春秋衣，抗御寒风的侵袭。看来，这气候，也如我们的心情，在日复一日的折腾中，脑神经出现暂时短路，喜怒无常了。

督导团今天依旧要听课。昨晚，校信通给全校老师发布的消息，明确告诉大家高三的听课已经完成，高一和高二老师要做好迎接听课的各项准备。我们这帮昨日遭受过审判的囚徒，今天全部成了幸灾乐祸的看客，一边唯恐天下不乱地制造一点令人恐怖的谣言，一边得意扬扬地欣赏被恐吓者手捂胸口紧张兮兮的神态，全然一副做稳了奴隶的架势与派头。

早读，带了十来份作文到教室里批改。正全神贯注时，一个暗色的身影，从眼旁拂过。惊讶中抬头，原来是校长大人亲临教室。校长大人想必是见我全身心投入到讲台上的一堆纸张中，以为我在做什么违反党纪国法的事情，便微服私访，深入群众之中，借帮我巡视学生的机会，从眼睛的某个角落窥察一下我到底在忙活什么。及至发现是批改作文，那身影便云一般飘浮而去，留下一团阴影，照在我原本很好的心情上。

唉，遇到我这样的刁民，也是长官们的不幸，我一直以为我是三国中的魏延投胎的，脑后长着反骨，在我眼中，每一个生命都具有同样的价值，每一个生命都生而平等。所以，我决不会理会官场潜规则中的明示暗示，只会依旧以自己的价值判断为行动准则。

上午是第三节课，前两节，在办公室内继续完成昨日没有完成的月考试卷。反复斟酌后，还是决定尽可能地兼顾课内外两方，将文言翻译、名句默写内容定格在教材中，其余，则跳出具体的教材文本，只以文本提供的相关知识技能为依托进行命题。

第三节，楼上通知开会，在五楼小会议室听督导组的全面反馈。我一者有课，二者厌烦这种官场文章，假装没有听到通知，早早夹了书本到13班上课。

今天，继续复习第二单元的文言文，要求将《五人墓碑记》全文通译。结果，课文中至少有三处文字，理解上存在着歧义现象，很多学生梳理不通语句意义。从来不问问题的几个孩子，竟然也开了金口，这让我很意外，也很欣喜。

黄恩昊却有很多问题要问，一些最常规的文言词汇、文言语句，他也无法梳理通顺，所以，只有要求我一句句给他翻译出来。这孩子，尽管眼下开始重视起了学习，可惜基础太差，要跟上队伍，已没有多少可能。然而，这样的话，既不能跟他说，也不能跟他父母说，只能在力所能及的范围内，尽最大可能帮助他，使其在现有程度上不断提高。

李延突然就脱胎换骨了，尽管上课时依旧会有一些小动作，但已经很少睡觉，每次练习发到手上，也能有选择地做一点自己喜欢的题目。想想看，这样的转变，似乎开始于课堂上的几次提问。在依照座位顺序组织发言时，我有意识地留了些容易回答的问题让他解决，并在回答后重复他的话语，且表扬了两句。就这么点“赏识”，就扭转了他自暴自弃的态度，这让我不得不反思以前对他的放弃了。

下午，7班两节连堂，将昨日没有完成的任务继续下去。7班的这帮小子，作文一塌糊涂，却讥笑别人的仿写。为了杀一杀他们的嚣张气焰，我在一个知识点完成后，布置他们就课文中的一段景物描写，限时5分钟仿写一段文字。结果，大多数人写出来的话语，要么是没有一点缝隙的大实话，要么是不着边际的胡言乱语。我抓住几个先前神气活现的家伙，让他们诵读自己的“杰作”，几张脸顿时成了苦瓜，嘴角里流淌出的文字，就如狂风中飘浮在空中的白色垃圾，虽是一种存在，却毫无意义。这样的文字，换来的，只能是别人的哄笑。

也有不服气的主儿，在座位上小声嘀咕：你怎么不编一段给大家看看？尽让我们出丑。我岂是缺乏这点微末伎俩的角儿，张嘴就蹦出一串文字，有实有虚，有叙有议，立马镇住了这帮小子。于是乎，大家伙再次动手，修改完善先前的文字，一个个似乎面带喜色，俨然就掌握了一门应试绝技一般。

9月29日 星期六

国庆无假期

督导组走了，坏消息来了。

国庆长假经过数年的缩水，到今年，已经从议事日程中彻底消失。10月1、2日两天，属于一月一次的月假，跟国庆不沾边儿。2日晚自习正常进行，3日正常上课，4、5日两天进行高三第二次月考。所有可利用的时间，都被学校掐算得分秒不差，教学这台机器，其使用效率终于达到了最大限度。

小朱在办公室自我解嘲：校长们一定很为他们的聪明才智而沾沾自喜。他们把月考放到月假后，就可以迫使学生们即使回家休息，也不敢不像在校一样认真复习。倘若将考试放在月假前，学生们这两天时间，估计就很少看书，而只会放纵了心情玩乐。

校长们肚子里的这点小九九，老师们当然看得一清二楚。用夏琼的话来说，校长们都是从一线走出去的，他们的花招，又如何能逃过一线老师的眼睛。然而，可怕的地方也正在此，因为他们来自一线，所以，对自己曾经钻过的管理漏洞心知肚明，一旦登堂入室，成为管理者，收拾起往昔共同对抗政策的同盟者，手段的针对性就远远超过不懂行情的局外人。夏琼说，校长最好应该由外行来做，比如警察，比如工商所的管理员。

夏琼的话，让我想起20年前结识的一位校长。1988年，我由山区初中调到县城边上的一所农村初中时，那所学校的前任校长就是一位大字不识一箩筐的特殊农民。这位校长，解放战争时从死人堆里爬出来，抗美援朝时立过三等功，战争结束后，回到家乡，一边扛锄头，一边做校长，且一干就是30年。他的最大特长，就是从不过问教学事务。逢年过节，还要将一干教师，全部请到自己家中，一边喝自酿的蜂蜜酒，一边感谢大家多年来为家乡教育作出的贡献。

这位老校长倘若依旧健在的话，应该九十余岁了。属于他的时代，早已被近20年的应试模式赶出了历史舞台，只留下一份记忆，残存在他人的口角上。

下午，校秋季运动会开幕，学校要求高三年级的全体同学参加运动会的开幕式。开幕式后，运动员有运动项目时，到操场参加比赛，没有运动项目时，在班级上课。非运动员，一律在教室内上课，不得到操场观看比赛。

这样的规定，并没有激起什么反响。在现有教育背景下，任何无法解读的不合理规程，都被“一切为了高考”的大旗包裹成了鲜红夺目的正面形象。学校这么决定了，班主任这么要求了，孩子们自然也就这么遵守执行了。然而，毕竟是少了一些人，老师们不能复习新内容。于是，下午的课，各个班级都只有自习。当然，说是自习，却并没有自由的权利。课表上排定的老师，必须到班级维持秩序且解疑答难。如此，自然也就只能完成这门学科的自习任务。

我懒得上课，也没有练习给学生们做，便将第二次作文发下去，让大家互看互评。我先将本次作文中的8篇优秀习作点评一番，然后将复印件张贴到教室后面的墙壁上，再要求大家结合优秀作文，修改自己文章。这么一通安排，也就打发了时间。

不时有学生要出去参加比赛，也不时有比赛结束归来的人。或许是因为有我在场，并没有人关心比赛获取的名次，更没有人对运动员们嘘寒问暖。大多数人，认真执行着课堂活动的指令。

操场上的大喇叭，不时播报着高一、高二年级各班的广播宣传稿。那战斗口号般的激昂腔调，轻易就穿透楼房的阻隔，飘散到教室里。我的心，竟然被这语调煽动得想要逃离课堂，融入操场的热烈中了。我留心观察每一个孩子的眼神，却发现大多数人似乎完全做到了“两耳不闻窗外事，一心只读圣贤书”，对本该属于自己的一份热闹，完全采用了“全当什么也没发生”的态势，孩子们的这份定力，着实让我汗颜。我赶紧强敛心神，眼观鼻，鼻观口，口观心，心观丹田，让意念回归到课堂中。

9月30日 星期日

自我放假一天

周日，依照补课课表上课，没我的事儿，算是提早一天进入国庆假期。

早晨饱睡至7点半，醒来时，妻与女儿已各做各的一份事儿去了，家中一片寂静。半睁着眼，打开电视，收看央视的早间新闻。从国内大事到国际风云，从天气预报到公益广告，只要有画面、有声音，就统统纳入眼球和耳朵中。路那边实验中学，8点起又继续进行运动会，高音喇叭不时播报着各班学生的广播稿，有为同学取得好成绩而骄傲自豪的，有为失利同学打气鼓劲的，还有什么也不为，就希望给班级增加一篇宣传稿而为写而写的，林林总总，各种内容比新闻联播还要零碎。

虽已是9月的最后一天，气温却依旧很高，一个人在家，只穿个短裤，也全然不会感受到一丝的秋寒。今天自我放假一天，决定什么正经事也不做。洗漱完毕，吃过早饭后，关闭电视，打开电脑，玩电脑游戏，跟电脑上的国际象棋较劲。程序员为电脑游戏设计了十个等级，在初通皮毛后，直接将等级系数设置到9级，凭借着盲人瞎马的勇敢精神，屡战屡败，屡败屡战，人仰马翻全军覆没的悲剧，一次次在屏幕上轻松上演。

玩至无聊时，到卫生间打开洗衣机，将一家三口的换洗衣服通通清洗，再把冰箱中的菜取出来，按照自己的喜好，切丝切块、分门别类打点好，然后打开煤气灶，动手炒菜，体验家庭主妇的劳碌。掐指算来，做饭菜的时间似乎已很遥远，年轻时可以独办一桌酒席的才华，早已泯灭在日复一日的琐屑事务中，更拿手的面点制作，则已全然忘却，再无丁点儿的动手能力。

一切都忙活好之后，下楼，到车棚的大门上查找铁通公司的业务电话，请他们下午过来把宽带接上，国庆，也放女儿两天假，让她上网轻松轻松。

女儿总是说我做的菜比她妈妈做得好吃，这个马屁精，用这种方法来激励我的劳动热情。我才不会上当。

10 为生命默哀

2007

教育的本质，是唤醒生命。一是唤醒生命中沉睡的那些理想，二是唤醒每一个灵魂对生命的敬畏。只有清楚地认识到这一点，教育才能够完整，教学才不会畸变。遗憾的是，当生命遭遇数据和升学指标时，澎湃的热血却无法温暖冷冰冰的表格。于是，大大小小的校园中，我们都能发现，青春的花在本该盛开时凋零，青春的血在本该沸腾时冷却。

2007年10月

一	10 月 01 日	
二	10 月 02 日	
三	10 月 03 日	焰火为何而燃
四	10 月 04 日	差距咋就这么大
五	10 月 05 日	马小哈与马大哈
六	10 月 06 日	鱼渔之间
日	10 月 07 日	
一	10 月 08 日	月考成绩
二	10 月 09 日	失败也是好事
三	10 月 10 日	都是好孩子呢
四	10 月 11 日	技巧不能漠视
五	10 月 12 日	车祸，美好的生命逝去
六	10 月 13 日	天也在哭
日	10 月 14 日	
一	10 月 15 日	在无聊中寻找突破
二	10 月 16 日	语文，路在何方
三	10 月 17 日	我的一天
四	10 月 18 日	最后的送行
五	10 月 19 日	救赎之道
六	10 月 20 日	每一朵花，都有开放的理由
日	10 月 21 日	
一	10 月 22 日	升旗及其他
二	10 月 23 日	造假与守真
三	10 月 24 日	总有些事，值得深思
四	10 月 25 日	“怎么学”与“怎么教”
五	10 月 26 日	可怕的行程
六	10 月 27 日	
日	10 月 28 日	
一	10 月 29 日	谋杀语文？
二	10 月 30 日	教学风格与教学体系化
三	10 月 31 日	大脑转动与思想

10月3日 星期三

焰火为何而燃

长假中的清晨，总是十分寂寥。

一早到学校上班时，往昔车水马龙的道路，今天异常地清冷。公园里晨练的老人，似乎也享受起了假日的悠闲，竟然也不扎堆儿打太极、舞红折扇了。

在近乎空旷的街道上穿行时，总感觉胯下的自行车如荒原上的野狼，这样的联系，全无丁点逻辑可以追寻，或许也只有我这等喜爱胡思乱想的人，才会生发出如此莫名其妙的联想。然而，我却就是这么想了，并在这想法中，骑了我的“野狼”穿过五彩的假日清晨。红旗在我身旁的街道上矗立着，“欢庆国庆”的大小横幅，长长短短地守候在各级机构的大门楼上。

校园依旧是片“净土”，全不因为长假的原因，就体现出丝毫的懒散。琅琅书声，依旧伴随着共和国的朝阳，一起弥散在金秋假日的时空中。校长照例圆睁了阶级斗争的眼睛，一个教室一个教室地巡视；学生依旧上课时精神抖擞，下课时睡倒一大片；老师依旧勤勤恳恳、任劳任怨地“毁人不倦”。机械化模式下的学校教育，一切都依照着预先设定的程序有条不紊地运行着，没有病毒感染，没有停电死机。

唯一出乎意料的，是晚自习进行到9点来钟时，高二13班门前，突然炸响了两盘焰火。此起彼伏的爆炸声，回荡在四围均是楼房的天井中，使一片寂静的夜，平添了九分恐怖与狰狞。

新上任的分管教学副校长、高三分管副校长、团委书记步履匆匆地从教室前穿过，试图在案件现场将作案分子抓获。然而，这注定是徒劳，仅由一米多高的栅栏构成的围墙，挡不住任何心存邪念者的行迹。何况，点燃焰火的人，在引信点燃的刹那，就逃遁到某个未知的安全角落中，等候着用震天轰鸣扰乱静心学习的学生神经那一刻。

这似乎是我所知道的第三次晚自习燃放焰火。这种焰火，每一个价值40元左右，抵得上贫寒学生一周的伙食费。我实在无法想象做这种损人不利已事情的人大脑中都有些什么样的奇怪想法。我拿这事和女儿探讨，女儿说，不就是想引起别人的重视吗？让别人觉得他们很英雄。英雄需要这样的方式来表现，还真是眼下一部分年轻人的创造发明。

燃放焰火者自然不会是校外人士，别人再无聊，也不会跑到学校来如此折腾。唯一的可能，就是少数自己不想学习，也不愿别人认真学习的家伙。这让我想到了20年前的一个学生。那孩子成绩差不说，还时常在别人上晚自习时，用绳子拴上石头，往通往教室的电线上扔，把电线拉断，让大家都上不成晚自习。更为甚者，在初三关键时刻，他还利用一个晚自修时间，将同学们放在教室里的书一扫而空，装了两蛇皮袋，扔到学校的鱼塘里。那孩子，后来被年轻的校长暴揍了一顿，赶出了校门。

焰火造成了3分钟的混乱。3分钟后，硝烟和火药味儿还弥漫在天井和教室中，所有的高三学生又恢复到了先前的寂静中。唯有翻动书页的哗啦啦声响，如风吹树枝，飘浮在长假的校园中，飘浮在共和国的节日里。

10月4日 星期四

差距咋就这么大

月考。

上午监考，8点半至11点。

先是看一会儿书，再是将试卷重新做一遍，感觉已经度过了很是漫长的一段时间，看看手机上的数字，却才过去一个小时。

借助高大讲台的屏蔽，利用手机给外地的朋友发短消息，告诉他们我正在监考，正在无聊。做编辑的朋友，对我的“不幸”表达着“最深切的问候”；做小学教师的朋友，对我的“坚守”表达着“最崇高的敬意”。唯有同为高中教师的朋友，直到11点才给我回电："同样在监考，快结束了。"晕倒。

监考完成后，将试卷批改分工安排好，回家吃午饭。

下午继续监考，考场内无一个学生是自己班级的。利用监考时间，批阅文科班加试试卷。这次加试，题目比较简单，40分的满分，多数学生得分在30分以上。皆大欢喜的局面。

当然也有差的，竟然就有人只得6分。小学生都可以完成的内容，高三学生却一窍不通。这显然不属于智力问题。

补课期间唯一值得肯定的，是不用坐班。没课可以回家，也不用跟学生发生联系。

高二明天开始补课，今天上午，就有用功的学生，坐在教室里开始自习。这方土地上，这种自觉自愿地加班加点的孩子，不在少数。2005届时，班级内就有过一个孩子，父亲开着车来接他去吃表哥的喜酒，他却说："我要是去吃饭，就会耽误两个小时，别人就比我多学了两个小时。饭，什么时候都可以吃，这两个小时却无法补回来。"

10月5日 星期五

马小哈与马大哈

依照计划，今天应该是全天阅卷。

昨日已完成了三分之一的内容，今天的任务相对就轻松很多。我负责的，是语言实际运用题。这次试卷是我命题，题目又都是我的原创，所以，对学生可能出现的各种错误，事先都有了预设。但即使如此，还是有不少学生，"创造"出了让我目瞪口呆的答案。比如第三小题的对联，要求给"呕心沥血育肥校园沃土"对出下联，竟然有一个学生对出了"狼心狗肺践踏城市绿化"的对句。这份无知，让我无法不诧异。

第二小题的语句变换，也暴露出许多问题。最常见的一个错误，是随意丢漏关键词。比如，"公园绿化带"被写成"公园绿化"，"即将修缮完工"被写成"即将修缮"。这些"马大哈”，一律被我实施了分数制裁。

下午3点半，我的任务全部完成，闲了无事，翻看同事批改的作文。这一看还就看出了问题。我命的作文题是“那一双……的眼睛”，不少学生将其写成“那一双双……的眼睛”，竟然被一位同事全部判了高分。两篇获得70分满分的作文，构思和行文惊人的一致，一个写外公临终时的眼睛，一个换成了外婆。两文的判分也都被拔得过高。苍天啦！大地啦！这位仁兄难怪批阅速度惊人。跟他这马马虎虎的劲儿相比，学生们的那点马虎只能是马小哈了，这仁兄才算得上马大哈。只是，这样一来，由作文因素而导致的分数差异，就难以避免了。

批阅诗歌鉴赏题的老师，儿子生病，在医院吊水。他的任务今天上午才开始，这就影响到了下午的累分，并进而影响到明天的试卷订正。然而，大家都是懒虫，自己的任务完成后，都不愿意再帮别人做事，宁愿一起傻等。

高二今天开始月考。高一学生也陆续到校，明天开始月考。假期成了各地学校月考的“黄金周”。

晚上，收到校信通通知：明后两天，依照周六、周日补课课表上课，周日下午，学生在校自习，班主任看班。

10月6日　星期六

鱼渔之间

上下午各两节课，分析试卷。

上午在7班分析试卷时，试卷还没有完全批阅完。好在学生手头有试题，还不至于空口说白话。但学生不清楚自己的得失分情况，订正效果相对而言，就差了不少。

试卷的基础知识部分，这次完成得普遍不理想。习惯了简单信息筛选的学生，面对了我变化处理过的题干，大多无从下手。11道选择题，全年级只有8班的一名学生得了满分，其余，都存在着这样那样的解题缺陷。我让7班的孩子，依照我订正的答案，将自己的基础题得分填写在试卷首页，结果发现，多数人的得分，在 18 分上下。能得到 27 分的，就只有几个人。15 分以下，有十来位。

下午，试卷依照班级分好。拿了 13 班的试卷到班级订正。要求学生们先将基础部分的 11 道题目重新做一遍，允许查字典词典和各种资料。

巡视中发现，相当部分学生，仅仅满足于将答题卷上的错误答案改成从其他同学试卷上归纳来的正确选项，却并不对形成错误的词句进行认真分析归纳。这让我很生气。我抓住东张西望的晨晨，狠狠批评了一通，责令她解释她做错了的一道选词填空。她吭吭哧哧地只能说出个大概，这让我抓住把柄，又是一通狠批。

借助这个“东风”，我又将班级内语文成绩最好的几个同学一个个拎起来，让他们解释第一道字音题中“觊觎”一词的词义，结果几个孩子没有一个人能明确说出词语的大体意义。于是，又被我逐个批判一通。我趁机在全班强调，完成语文练习，一定要将知识融会贯通，不允许简单地就事论事。

随后，我干脆放弃了具体内容的分析订正，而从语文意识的角度，结合具体试题解剖分析解题的技巧与规律。我要求学生们牢记一条规则：任何命题，都有明确的目的。完成试题，就是要把命题人的目的揣摩清楚，再依照这个日的，有的放矢地回归文本，寻找解决问题的答案。比如，要准确判断文言实词题的选项，就必须了解命题人为什么要考察这个实词。其实，文言文考核的目的都很简单，就是要看考生对初中和高中阶段课文所学文言字词的积累运用能力如何。因此，面对一个待判别的文言实词，解题的第一步骤，就应该是调动知识储蓄，看这个实词，在哪篇文章中出现过，当时是作为何种意义解释的。需要明白的是，初中阶段所学的文言文，都是十分简单的。文章中的实词，大多采用的，就是该词的本义或基本义。高三阶段解题，就应该以本义或基本义为基础点。以本张试卷的第九小题来说，看到第四选项的“狱”，第一时间进入大脑的，就应该是《曹刿论战》中的“小大之狱，虽不能察”，该文中，“狱”译做“案件”，这就是它的本义。具备了这样的语文感觉，语文考试才能拿到分数，才能真正提高语文能力与语文成绩。

我不知道我的这通介绍，能多大程度扭转孩子们长期应试模式下形成的单一性思维方式，但我必须在一次次的试卷分析中，不断重复这样的意识，只有他们全部具有了语文的感觉，语文学习，才能够跳出简单机械解题的怪圈，走向语文学科应有的健康路径。

10月8日 星期一

月考成绩

月考成绩出来了，分母过大的13班，各门功课人均分，继续垫底。

自暑假期间艺体生单独组合成16班后，13班的均分就出现了危机。平行的5个文科班，原本每个班级都是50多人，其他班级的班主任，极力动员班级总分后20名的学生学习艺术体育，唯有13班，老钱尊重学生的选择，只几个学生分流了出去，其中还有3个原本中等成绩的女生。如此一来，另4个班级，每个班都只有30来人，13班却依旧是浩浩荡荡的46人，其中还有几位混世魔王，每次考试，一个人就可以把人均分拉下1分。

好在老钱脾气好，大伙儿也都好性情，垫底就垫底吧，受损失的，也就是年度考核那点奖金，除此，再没有什么能引发我们这个小团体的心灵震荡。好在13班的优秀学生相对于其他班级来看，又多出了几个人，年级前465人中，有21人，比学校划定的指标多一个名额。倘若高考中，这些同学都能够正常发挥考取本科，那么，高考的奖金，也足可以抵消量化考核中的等级差。

用了前天的两节课和今天的大半节课的时间，将试卷分析评讲完。最大的感触，是孩子们语文解题意识的匮乏。尽管每次考试后的订正，都反复强调解题技能，但依旧有大半学生，面对着早已强调过无数遍的基础知识内容，不从语感入手解题，而只依照自己的理解，肆意地曲解题干意义，并因此而答错原本应该拿分的题目。

小小、晨晨、吴珊、娟子等一批语文高手，都在这次月考中暴露出或多或少的问题。晨晨是具备考130分以上实力的，但这次33分的选择题，却只得了12分，几个最简单的判断，都出现了问题。比如“反思”与“反省”的选词填空，比如文言实词“狱”的解释，这些原本属于初中必须掌握的知识，到了高三阶段，反而变成了影响成绩的因素，这种状况，确实需要引起高度重视。吴珊的作文写跑了题，与她写作功力大体相当的人拿了60多分，她却只得了40分，仅这一项，就损失了20余分。

也有意外的惊喜。黄恩昊竟然考到了84分，这可是他进入高中以来的最好成绩了。这小子自己也很兴奋，下课后，跟在我后面，向我询问他作文所获得的46分是高分还是低分。他的问题，总是幼稚得让我发笑，但我还是把作文的各个等级告诉了他，同时鼓励他再接再厉，力争下次超过85分，虽然他的成绩，距离班级均分还差十几分。

7班的状态依旧在向着良性方向发展，这次，班级均分又有提高，一小批原本中等的同学，经过一阶段强化训练，正在向中上等行列行进。班级总体态势也很好，年级前465名中，有41人，超过学期初学校划定的指标，比隔壁的8班，多了近10人。

10月9日 星期二

失败也是好事

复习《谏太宗十思书》时，学生们发现很多语句都无法直译，很多实词的解释，不同版本的教辅资料中，也差别很大。于是，发动孩子们在文章中归纳这些有疑难的词句，将课文注释和不同版本的教辅资料放在一起进行比较分析，再结合已经积累的古汉语虚实词知识，一个堡垒一个堡垒地慢慢攻克。如此，约7成的疑难在合作探究中解决了，留下3成无法解决的，我在课堂上作为重点进行归纳整理分析，一篇文言文的纲要由此也就梳理清楚。

接着组织学生通译全文，依照座位顺序逐个进行。轮到黄恩昊时，这小子竟然口齿伶俐地完成了任务，让我不得不刮目相看。虽然我留给他的几个句子相对简单，但对于他来说，还是有难度系数的。对他的进步，我真要刮目而视了。

经历又一次失败后的13班，课堂的注意力明显提高了很多，一些不愿意发问的，也开始陆续学会质疑。郭丽的问题越来越多，这姑娘学习完全凭兴趣，一个阶段兴趣浓时，整个就是一勤奋好学的典型。

郑同的问题也多起来。小伙子这次跟头栽大了，语文只得了81分，比同桌整整少了40分。比较另两门学科，郑同的数学高1分，英语高12分。一向认为分差不会太大的语文竟然成了致命的瘸腿科目，这让他不得不紧张起来。紧张，就投入；投入，就能够发现问题；发现问题，就有了困惑，就有了解决问题的渴望。这，对他而言，坏事或许就变成了好事。

晚间，历史老师家中临时有事，请我帮他在13班看班。坐在讲台上看书，正在兴头上，口袋里的手机没完没了地振动起来。取出，看一下来电显示，只有号码，没有姓名，说明并非熟识的朋友。发条短消息过去：哪位找我？正在上辅导课，有事请发短消息。片刻后，对方回电：我是7班陈仪的父亲，打扰您了，我想打听一下陈仪这次月考的成绩。

于是，我利用讲台的遮蔽，用短消息和这位家长交流起来。我告诉他，陈仪这次的失误，主要在语文基础知识、语言实际运用和作文三个板块上。陈仪的作文能力其实很强，遇到适合的题目，能写出非常精彩的叙事性文章，按理说，本次考试的作文，非常适合她的发挥，遗憾的是，她舍弃了自己擅长的叙事，把目标锁定在自己不擅长的议论中，结果，作文只得了45分。选择题也发挥不理想，至少有三个小题不该错，却做错了。语言运用题也同样存在会做却做错的问题。将这几方面原因归结起来，她的101分，并不代表其真实能力。

听了我的介绍，陈仪父亲的一颗心放了下来，给我发来一大堆感谢的话，同时请我抽空找他女儿谈一谈。我顺口就答应下来，我本来就准备在早读时间，找这次考试中波动较大的几个同学聊一聊。

10月10日 星期三

都是好孩子呢

早读时履行承诺，找陈仪聊天。之后，又分别找了姜云、盛桥、李宁。这三个孩子，学习都十分认真，就是语文成绩始终不见起色，尤其是作文，下笔就不知所云，每次都很难拿到起评分。

姜云这次作文只得了35分，他把试卷拿给我看，我发现文章还说得过去，比他以前有了一定的进步，判分过严了，实际上，这样的文章，可以得分在50上下。盛桥对自己明显信心不足，他的最大感受，是自己各个环节都存在缺陷。李宁考出了历史最差成绩，询问原因，回答说自己也不清楚。翻翻她的试卷，同样是作文分数过低。

下早读时，走廊里遇到7班的英语老师。英语老师感慨，7班近来怎么总是很浮躁，似乎每一个人都静不下心来。我说我感觉还好呢，比高二时好了很多。英语老师是高三才接的班，并不了解他们高二时的那份自以为是、松松垮垮。一直带高三的老师，有“一代不如一代”的感觉总是很正常。他们总是在学生已经纯净到透明的六月结束一轮工作，再投入到需要不断锤炼摔打的新高三，这份落差，难免带来认知上的差异。

而如我这样从高一跟到高三，每天看着孩子们一点点长大，体味着他们成长中的起伏变化的老师，眼睛中的孩子，总体上总是向着好的方向发展着、进步着，即使其中有少量的不和谐音符，也能够以相对宽容的态度，坦然接纳。事实上，理科班的孩子，表现比文科班总要好很多了。

13班的课，经过评讲试卷时的整顿，这两天顺畅多了。傻乎乎地只出个耳朵听课的人，少了很多，而手脑并用、知其然更欲知其所以然的人，越来越多。当然，依旧有上课就睡觉、下课就精神抖擞的主儿，代表人物就是朱训。李延已经从这个队伍中解脱出来，尽管还比不上优秀学生，应有的精神风貌却发生了重要转变。

2007年 10月11日 星期四

技巧不能漠视

必修三复习至最后一个单元的《廉颇蔺相如列传》《鸿门宴》时，发现课后的几道思考题设计得特别精巧，很具有眼下倡导的开放性文本阅读的特点。于是，用一节课时间，专门研究这种新题型，试图从中探寻出某种规律性的内容。

这几道试题，第一道是要求结合语境，揣摩语句中加点词语的意思，然后提供各种版本资料中的不同解释，让学生分析，哪一种更切合文意。该题的最大好处，是既可以打破学生对教辅资料的迷信，又可以培养结合语境理解词语的能力。第二道是列举前人对相同历史人物、历史事件的不同点评，先要求学生断句，再要求学生想一想，更赞赏谁的观点，接着还要求模仿这种写法，也写一段评点。该题将基本技能和阅读鉴赏探究融合在一起，对学生综合应用各种所学知识完成分析鉴别有极大的促进作用。第三道题，探究文言虚词在语气语调中的功用。这题难度较大，更是日常教学容易忽视的内容。引导学生适当关注，很有意义。

7班的思贤，眉飞色舞地逗弄着同桌。这小子，这次月考考出了自己的最好成绩，有点得意忘形了。

停下话语，针对听课注意力不集中的现象，劈头盖脸一通批判，当然，给思贤留了三分面子，没有点名。再接上话语时，所有人的注意力便都收回到课堂上。即使窗外有鸿鹄飞过，也无人想着要射落它做成菜肴了。孩子们的学习就是如此，很多知识分不清重难点，不了解孰轻孰重。往往十分重要的内容，一分神，就滑过去了。试卷上出现了，还以为是新知识。

13班，郭丽的几个问题，难度系数都十分大，或者说都很刁钻。这姑娘，学习兴趣激发出来后，对问题的探究很有点“上穷碧落下黄泉”的感觉。这正应了我反复强调的一句话：“一个问题，懂得了百分之九十九，另外百分之一，也决不能轻易放过，必须问明白。”一一为其做解释，解释不了的，将几种版本中的不同观点提供给她，与她一起探究，形成临时性共识。

还是有胆小或不善于表达的学生，有问题不直接问我，却采用曲线救国的方式，先问其他同学，俟其他同学也无法解答，再由这不会解答的同学向我发问。这样的孩子啊，真不知考取大学后，如何面对纷繁复杂的社会。

开学已一个多月，除了应朋友邀约，写点纯粹为了稿费的文字外，再没有写出任何有价值的材料。高三的单调与劳碌，使教学退化成了一种脱离创造、脱离思考的机械操作。这样的日子，无聊之外，依旧是无聊。这让我想起了鲁迅先生的名言，稍微改动改动，何尝不可以说成“不在无聊中爆发，就在无聊中灭亡”！爆发似无可能，毁灭又不愿意。

>>>>>>>

10月12日 星期五

车祸， 美好的生命逝去

清晨，天色阴沉，无风，无阳光。大地上除了为生计而奔波的活物，再没有任何生机。

校园被一种神秘和恐怖的氛围笼罩着。前往7班上早读时，楼梯口，三位女教师神情凝重地谈论着什么似乎很重要的话题。依稀听见两句“真的？什么时候？”“昨天下晚自习……摩托车……”类的词汇，我脆弱的神经立刻告诉我，一定是有学生又出车祸了。

车祸，在我们这所2500余人的学校，似乎是一道寻常风景。几年来，有三位教师从车轮下捡回一条命，其中两位腰椎骨折，一位腿骨骨折；学生被摔断了胳膊、扭伤了腿的，更是寻常可见。我从最善良的愿望出发，希望这次依旧仅仅是皮肉之伤。

一个早读课，心中总有点嘀嘀咕咕。一种不祥的预感，侵蚀着我的心。

早读课下，夏琼给一个亲戚打电话，询问昨晚10点半后北门外是否有车祸发生，对方 1 分钟后就回了电话过来，确实发生了一起严重车祸，摩托车上的两个人当场死亡。

夏琼突然就说不出话了。这当场死亡的，是一对父子。父亲是市工业学校的一位副校长，儿子是我校高三 2 班的学生，即夏琼班级的一名学生。父亲接儿子下晚自习回家，就这么永远也回不了家了。

一股液体迅速侵蚀眼眶，心头突然就很堵很堵。该死的 10 点半！为什么我们的孩子晚间 10 点半才能离开学校返回温暖的家？为什么父母晚间 10 点半还不能舒舒服服躺在床上看电视，却要奔波于清冷的夜色之中？

无话！今日戒言！

为屈死的灵魂默哀。

>>>>>>>>

10月13日 星期六

天也在哭

远逝的生命，即使在校园内也没有激起多少涟漪。日子，依旧在考试、评讲试卷中送往迎来。

早晨，2 班的班主任到我们办公室来，找夏琼调课。夏琼不在，小朱便跟她打听车祸中丧生的孩子的相关情况。班主任很是惋惜地说："这孩子成绩很好，前两天还在班级表扬过他。而且，他还是参加省化学竞赛的选手，本来应该明天参加化学竞赛的。"

几句简单的介绍后，女班主任对我们办公室的花草发生了兴趣，转换话题和小朱讨论起金丝吊兰、紫竹、文竹的栽培技巧。我们这三个人的小办公室，是学校的花草集散中心。夏琼总喜欢买一些盆栽，逗引得一群女教师，整天价窥伺着。时常有多愁善感的，为了养死一盆花而到我们办公室倾诉半天，再想方设法从夏琼处索取一枝或一盆绿色，转移到自己的案头。

小朱顺了女班主任的话，交换起各自的花草经。我赶紧夹了讲义，逃亡到教室去。

昨日的雨，一直下到今晨，眼下依旧抽抽搭搭地落着。不是那种狂风暴雨，也不是那种“像牛毛、像花针、像细丝”般“密密斜织着”惹人怜爱的雨。这雨，唯一可比的，就是泪水。绝非号啕大哭中的泪，而是悲伤到心已死亡时无声无息跌落尘埃的泪。

心境依旧很差。将必修四的几张讲学稿一股脑儿发给学生，安排他们结合讲学稿，自我梳理第一单元的内容。

偏偏这个单元，主题名称是“我有一个梦想”。从孔子的“仁者爱人”、孟子的“民为贵，社稷次之，君为轻”，到马克思的追求、恩格斯的探索、马丁路德·金的呐喊，再至孙中山的呼告，每一个文本背后，都有洞穿历史的热情，从前路照彻到未来。这样的文字，需要青春的热血承接，需要生命的浩然罡风抚慰，然而眼下，热血只能凝固成暗红色的砖瓦，用来建筑名利的城堡。我无从以对。

10月15日 星期一

在无聊中寻找突破

日子突然变得无聊起来。

日复一日地重复着简单机械的劳作，思维便开始萎缩。教材的梳理，说到底也就是整理整理字词，归结归结文学常识、文化常识，再把应该积累应该背诵的文言文，按部就班地过个堂。这期间，创造性的成分日趋减少，学生对语文的情感，已由欣赏降格为解题，由接受熏陶蜕化为获取分数。

然而，高三就是一个充满了功利的特殊阶段，即使再无聊的内容，只要和分数挂上钩，就总能刺激疲乏的神经。于是乎，熟悉得不能再熟悉的内容，依旧在不放心中再一次接受试卷的检阅。一道道墨写的答案，在年轻的心头流水般滑过，注入讲义夹的港湾。

早晨第一节课前，几个校长级人士一人拎一个听课本，从走廊上浩浩荡荡流淌过去。一时间，许多人的心头开始了七上八下地擂鼓。这些“无事不登三宝殿”的主儿，该不会真能静下心来挨个听一遍全校老师的课吧。

我是7班的一、二节。管他有没有人听课，今天依旧是波澜不惊的复习课，照计划，该继续进行必修四的内容。

推开教室的门，教室里满桌脑袋。后面的空凳子上，没有出现听课者的身影。

守候铃声响起，才唤醒酣眠片刻的准大学生们。先说点废话，腾出时间来，让孩子们把沉重的眼皮撑起。

我总想在这乏味的日子里找寻到点滴可以打点精神的教育或非教育元素，以此为我的孩子们刺激刺激早已麻木的诸感官。今日，京城里正红红火火地召开盛会，这事关国计民生的事件，对于应该“家事、国事、天下事，事事关心”的学子而言，理论上是没有理由不关注的。但我知道，现实的环境，并不希望孩子们将注意力转移到课本之外的任何空间中，当下教育最希望拥有的，是彻头彻尾的“两耳不闻窗外事”类的呆书生，唯有这样心无旁骛者才能最大程度上成为赚分机器，才能为执政者的政绩工程添砖加瓦。我是脑后有反骨的人，于是，我野蛮抢占课堂复习时间，为孩子们介绍当下国家发展中迫切需要解决的几大难题。当然，我是语文老师，我需要通过具体生动的案例来呈现生活的本真面目，让孩子们借助我的介绍，稍微感知窗外的世界。

这样的点缀，一节课中，也就只能拥有3分钟时间。3分钟后，课堂依旧要在陈芝麻烂谷子中艰难推进。必修四第二单元“一滴眼泪中的人性”的主题统领下，是《雷雨》《巴黎圣母院》《辛德勒名单》三篇经典作品。这样的内容，作为新授课，可以设计出许多精彩；作为复习课，却难以挖掘出应该引起足够重视的知识点。于是，只要求学生掌握必要的常识，熟悉故事梗概，能将作品主题意义纳入到自己的作文中，便草草带过。

下午，13班的两节课，汲取7班的经验教训，压缩孩子们自己阅读的时间，把一些要点写在黑板上进行强化。如此一来，因自由复习而带来的倦怠感稍微减弱，课堂效率相对提高。

10月16日 星期二

语文，路在何方

老钱将我的第一节课调了去，说是第二节要听课。我便利用第一节课时间，在网络上浏览感兴趣的帖子。

一家网站上，一个关于新生代教师的文题吸引了我。点击进入，却发现依旧是一派愤青口吻。这个帖子的主人，我多少了解一点，向来喜欢弄点时髦名词，半生不熟地搅拌在自己的白米饭中，使好好的一锅饭，成为中看不中吃的玩意儿。

粗粗浏览，一笑后，转而去读他人观点，于一片叫好声的背后，捕捉住一个质疑的眼神，心中一凝。忙注目观去，原来是个生面孔。

这生面孔显然是个找抽的主，在钱塘潮一般汹涌的浪头前，竟敢手持长矛，单枪匹马地叫阵，全不顾身前身后无数人早已蓄满了口水，就等着机会给他来个免费洗礼。事实上，他也确实狼狈，论坛上只打出一个点射，就被对方的集团军海陆空联动，炸得焦头烂额，不知躲到哪个角落养伤去了。只留下胜利者们，一边清点着战利品，一边做出“宜将剩勇追穷寇”的大无畏气势。

不敢在这里待过长时间，唯恐纷飞的刀剑有意无意中斩杀了我的宝贵头颅。匆忙撤退到自己的地盘上，读点四平八稳的教学文字，跟几个无关痛痒的帖子。然后，闭目养神，等待着第二节课的到来。

今天复习第三单元“笔落惊风雨”，大唐三百年的风雨，其实又哪里是一支笔就可以惊动得了的。不过，再厚重的历史，高考这个魔棒，也能搅和得天昏地暗、日月无光；再伟大的灵魂，一旦走进应试的山口，就必须遵循“此路是我开，此树是我栽，要从此路过，留下买路财”的古训，老老实实地接受高考考点的检查。于是，李白也就是一个青莲居士的名头还值得一提，杜甫只有资格为默写中的1分服务，至于江州司马的青衫，除了用来包裹讲义外，似乎更无丁点的现实价值。

课堂上，开宗明义，确立好时间和内容。然后，先阅读讲学稿，再结合注释梳理诗歌，最后在默写翻译本上自我检测。安排妥当后，一声令下，琅琅书声平地而起。

下午，“法定”的教研组活动。连听两节课，同一篇课文《我心归去》，韩少功的散文。两位年轻同行，都比去年有了明显长进。

课后评课，有些话本想一说，跟这两节没多大关系，只是一点感慨。想想也无多少意义，我关注的，别人并不一定也关注，何必浪费大家时间。

两年多来，越来越不会上课了。语文课到底该做什么？长久思考后，依旧没有形成清晰的答案。我一直想问一问经验丰富的同行，我们为什么要上语文课？每一节课，到底需要解决点什么问题？这问题是否真有探究的必要？为什么要解决这个问题，而不是解决另一个问题？这中间有点什么样的讲究？诸如此类乱七八糟的问题，长久纠葛在我的脑海中，使我的课堂总是处于不断游离中。在这游离中，我从几个完全不同的角度，上了几堂自认为还算精彩的课。每一节课，都有一个清晰的目标，也都解决了一个具体的问题。然而，这其中，究竟哪一种课型，才是最符合语文课程本身意义的呢？我实在无法解答。

10月17日　星期三

我的一天

周三的日子，总是十二万分的充实。

早晨，7：10进班，孩子们开始背诵古诗词，我则在讲台上批改作文，至7：40结束，共批阅7篇，其中走题2篇，优秀作文1篇。

回到办公室，打开电脑，开始浏览网络新闻。一篇关于

“教育是一项公益性质的事业”的文章，深得我心。该发言，力批了“教育产业化”等荒谬，对于澄清观念、端正方向，具有一定的价值。

关注完国家大事，进入“语文沙龙”和“中学语文教育论坛”，行施版主职权，删除两个广告，推荐几篇精华文章，再把昨日关于语文教学的零碎思考，做成专题讨论帖，置放到论坛中，期待着同行们的参与探究。然后，拜读几位网络朋友的教学论文，并就其中值得商榷处提出自己的反馈意见。如此，两节课时间便匆匆而逝。

在《微型小说选刊》供职的一个朋友，又按时将最新一期杂志邮寄过来。利用课间操的空隙，编发一则短消息，向他表示感谢，内容完成了，却发现通讯录不知丢到了哪儿。翻箱倒柜好一通找寻，才在一堆讲义的夹缝中，将这隐藏的家伙抓捕归案。

9：50，离开办公室，到楼下的13班上课。继续复习“笔落惊风雨”。今天需要完成三首诗歌的复习，其中，《登高》《锦瑟》只强调默写，《琵琶行》除背诵外，强调描写手法。

必要的知识点梳理后，提名三人上黑板默写《登高》，结果，郑同将“无边落木”写成“无边落暮”，杨娟将颔联和颈联颠倒了，徐冰将“万里悲秋”写成了“万古悲秋”。这种低档次的错误，引得全班哄堂大笑。我知道，在笑人的人中，同样存在着各种不该有的错别字。

《琵琶行》无法检查默写，于是要求每个人在课文中圈画出15个可能作为考试默写内容的句子。等全体圈画完成后，再要求同桌互相出题，考名句默写。这个游戏性质的任务，其实很见语文功底。有些孩子不会判断考点，找出来让对方默写的内容，毫无意义。而有些孩子，则能够很好把握知识要点，要求对方完成的，都是历年各类试卷中的常考语句。

就这么变换着花样，引领着孩子们走过两节复习课，让单调的日子，稍微有点情趣。其中，遇见打瞌睡的，善意地扭一下耳朵，轻轻敲打敲打脑壳，换来一个印着睡痕、写着尴尬的笑脸。

下午，2点上班，在办公室内作练习。字音字形的复习题中，似乎总有无数的错误，从任何一个想象不到的组合中跳出来，明目张胆地从眼前张扬而去，让我错误地认为它是良民。对付这些小玩意，我似乎永远没有学生们神勇。他们总能在我疏忽的时候，从字的群落中，将这类异己分子搜捕出来。

在网络上接发几则短消息。湖南的一个兄弟，课堂实录要发表了，去年为他写了课评也沾了光，一同被编辑看中。徐州的一个同行，跟我探讨一个课堂教学中的细节。论坛副总版主，就专题讨论相关事宜，也连发数则消息，探究有关操作细节。这日子，大伙儿似乎都在忙碌着。

厮候到16点，阳光开始收敛光芒时，拎了一本书，一步三摇地踱往教室，把上午在13班的“演出”，了无新意地重复一次。最大的感受，是脚板儿酸楚。

放学时是17：40，18：40至22：30，还有两节晚自习张着血盆大口，等待着吞噬我的岁月。干脆省略了晚饭，独自守在办公室内，将脚抬举到超过头的位置，让浸染了疲劳和汗臭的脚部血液，倒灌进长久麻木的大脑中，或许，不经意间就发明了一种功德无量的保健方法。

上网，下棋。博一个永不屈服的英名，留一条从未取胜的纪录。

电脑突然开始离岗，去参加与蜗牛进行的百米友谊赛。蜗牛已经到达领奖台时，电脑的页面还是“犹抱琵琶半遮面”。懒得跟这窝囊废较劲，硬性关闭，眼不见心不烦。

晚自习的近四个小时，端坐讲台上修炼“糊涂神功”。臭皮囊高架在椅子上，思想却开始酣眠。有时，真的很佩服自己，数小时内，竟然能够无贪、无欲、无嗔、无怒、无喜、无忧、无我、无物，非八戒而实八戒，这份修为，实在是非做教师者所不能具备。

10月18日 星期四

最后的送行

早读下课时，在办公室门前遇见一群着全套校服的男生，其中有些孩子，手中还抱着鲜花。我疑心今天学校有什么特殊活动，向夏琼打听后，才知道今天是遭遇车祸的那孩子火化的日子，他的同班同学要去送他最后一程。

夏琼紧跟着的一句话，让我想了很多。夏琼说：从昨天开始，班级里就有学生在不停地哭。全班同学一致要求今天停课，集体前往殡仪馆参加追悼会，但学校坚决不同意。经过反复申请，校方最终答应班级派20名代表参加追悼会，其他同学在班级自习。

我想，校方所以不答应全体同学一起参加追悼会，最大可能是安全问题。50多名极度悲痛的孩子一起行动，一方面，路途上的安全难以保证，另一方面，情绪失控状态下，也容易发生一些意想不到的事情。从校方利益出发，不允许孩子们去参加追悼会，似乎有着十分充足的理由。

然而，为朝夕相处了两年甚至五年、十一年的同学送上最后一程，又实在是人之常情，也是一名学生应该具有的基本素养。这样的诀别，从小处说，可以让孩子们履行一次作为同学、朋友、兄弟的情谊，使他们的人生不因为这种礼义的丧失而形成缺陷；从大处说，则可以通过生离死别的惨痛，让年轻的生命拥有一次对人生意义的反思与拷问。我们知道，只有面对死亡的威胁，人，才能真正静下心来思考活着的价值与意义。

这看起来似乎形成了一种两难。其实，这样的问题，并非无法解决。比如，学校可以租一辆大巴车接送孩子；比如，学校可以安排该班的全体课任教师一同前往；比如，学校可以事先对孩子们进行必要的治丧礼仪教育，同时对孩子们进行必要的心理疏导等。倘若如此安排，对孩子们生命意识的培养该多么有价值啊。遗憾的是，校方从多一事不如少一事的心态出发，将这样的教育良机错失过去，且为孩子们留下了一个终身遗憾。

坐在办公室里胡思乱想之际，陶潜的“亲戚或余悲，他人亦已歌。死去何所道，托体同山阿”不经然间便漾上心头，个体生命的终结，实在是存在着太多的偶或性，从这个意义上看，“轻如鸿毛”的比喻虽然过于消极，却多少呈现了生命体存在的真实价值。鸿毛，一阵风就可以从躯体上吹落，飘荡到无人知晓的遥远世界。生命，同样如此。

然而，逝者自逝，幸存者依旧需要为了明天而劳碌，印痕终究会被岁月淡化。擦干了眼泪之后的孩子们，依旧会沉浸到书山题海之中，并在日复一日的辛劳中逐渐淡忘这已然消逝的身影，只有在一些不经意的日子，才会偶然地想起，曾经有过一个年轻的生命，伴随着自己走过一段生命的路。那时，他们一定会连带着想起，作为灵魂雕塑基地的学校，曾拒绝过他们为一位同学做最后的送行。倘若那样，我们的学校教育，岂不就成了一个反面素材？

近年来，敬畏生命的理念，被越来越多的有识之士纳入到中小学教育目标中，对生命意义的探究，对死亡意义的追寻，对舍生取义、见义勇为、贪生怕死等诸多道德品质的思索，成为学校教育环节中一个迫切需要解决的问题。轻视自己的生命，轻视他人的生命，以死亡威胁家长和老师，以死亡报复学校和社会的诸多悲惨案例，一次次用鲜血书写着教育的失败。造成这些惨剧背后的原因虽然很多，深刻挖掘下去，难道就没有学校教育中的某些内容的缺失吗？

生离死别让人哀伤，这样的哀伤，对于未尝遭遇过巨大磨难的高中生而言，其灵魂雕塑的作用将十分巨大。面对这样不得不忍痛关注的悲惨事件，我们所有的学校，还是应该从敬畏生命的角度出发，积极引导学生正视悲哀、正视人生意义，同时认真组织学生参与这样的悼亡，只有如此，才能最大限度地激发学生们对人生的思考和对现实人生的把握。

10月19日 星期五

救赎之道

看到网络上一个朋友连续在国家级语文期刊上发表数文，这才发现，暑假开始补课后，就没有写过一篇像样的文字，很多灵光一闪的东西，都因为日复一日的疲乏，先是被搁置，后来慢慢泯灭。

学校里的每个人，似乎都挣扎在过度劳累中。有人心累，有人身累，无职无权且超负荷的一线教师则是身心俱累。分管高三的副校长，竟然从住校生管理委员会处领了一床大被子，中午就在办公室的长沙发上休息，以便随时处理各种假想中可能出现的突发事故。其高度紧张的神经，早已近乎崩溃边缘。除了校长一人外，偌大校园，再无一人能享受到工作的愉快。即使是校长，也因为对更高级别的理想的期待与追求，自己把自己搁置到了亲手点燃的火盆上炙烤，在忘却自己是血肉之躯的同时，更不把别人当成血肉之躯。

在这样的环境中幻想着人文关怀的出现，自然是痴人说梦，能够解决问题的唯一办法，只能是自我救赎。

最理想的方式，自然是主动撤离。继续怀揣教育的理想之火，再一次闯入完全陌生的环境，寻找心目中能够放飞希望的空间。然而，理想的净土，在无孔不入的教育病毒面前，早已病入膏肓，即使偶有白沙，久置涅土之中，又岂能保持长期的洁白？

另一种相对理想的方式，应该是以退为进。为了那盏不熄的圣火，勇敢舍弃各种实实在在的名利，做一个超然物外、自得其乐的人。然而，现实生活的求同不存异，总能够时刻为特立独行者编织出各种各样的恶毒传言，让强行出头的椽子，在众力的作用下迅速腐烂。缺乏兼容的时代，没有淡泊者生存的土壤。

然而，这只能是一道二选一的试题，其他的答案，都无法抵达心目中的那片时空。距离 2008 高考，还有 230 余天的时间，无论如何，这段路还要继续行走下去。

一家报刊的编辑，数月前就约我写点教育时评。许是见惯了过多的荒诞，眼下竟然消逝了几年前的敏锐和犀利。总是处在麻木中的大脑，迟钝于朝令夕改自相矛盾中的各种教育新政；过于“充实”的是是非非，令我“欲辩”而“忘言”。

两年前，同事常开玩笑地对我说：“再来场反右或‘文革’，你这家伙，注定是我们学校第一号反革命。白纸黑字地写着，想抵赖都不可能。”

今天，又有同事在我们办公室内开玩笑地对我说：“真羡慕你的这份逍遥，我应该好好向你学习。”说这话的同事，是省级优秀班主任，多难缠的学生，多难缠的家长，最终都会败在他的手下，在我们学校，他是公认的“小刀手”，出手就如小李飞刀，百无虚发。

夏琼接过话头，半开玩笑、半认真地对“小刀手”说：“要达到刘老师的境界，你还欠很多年的修行啦。”

我说：“佛说，放下屠刀，立地成佛，只要你把手中的小刀子放下，立马就可以如我一样四大皆空了。”

大家哈哈一笑，然后各做各的一份事情去。

室外，深秋的阳光，透过厚重的窗帷，依旧把几缕光条，镶嵌在案头杂乱的讲义与学生作文本上。数不清的大大小小的尘埃，在光条中盲无目的地运动着，表面看来，似乎各在做着一份目标明确的工作，实际上只为了运动而运动，并在运动中求得一个心理上的平衡。

10月20日　星期六

每一朵花，都有开放的理由

13 班的小女生们，用果冻盒、冰淇淋盒与其他一些塑料容器做花盆，在朝南的阳台上，养了七八“盆”纤纤弱弱的植物，有仙人球、仙人鞭、兰草，还有我不知道名字的绿色生命。这些花草，一律属超级袖珍型，蜗居在那小小的盒中，羞羞答答地只露着个小脑袋，探头探脑地窥视着室内与室外的两个世界。

今日，其中的一株植物上，竟绽放出了一朵深蓝色的小花儿。那花盘儿也就小指甲盖大小，花茎更是瘦弱得如针孔中透过的一束光。我诧异于这乒乓球大小的一撮泥土上，竟然也能生长出生命的奇迹，不禁对这排花草格外地关注起来。

这样弱小的生命，无疑惹人怜爱、令人感动。

它注定是先天营养不良的，我想。当它作为一粒种子，和其他所有种子一起，尚且成长于苗圃中、田野里的某株植物的枝头时，它一定也曾幻想过，自己将来可能被放置到一个四季如春的大暖棚中，那里，每天有人定时给自己洒水，为自己测试温度、湿度，为自己供应各种优质的食物，而自己，则在泥土中快乐地萌发着、生长着，然后有那么一天，被人从泥土中轻轻地请出，放入细瓷的雕花盆中，再穿过田野、穿过街道、穿过车流人流，经过手与手的传递，来到某张或是古色古香，或是富丽堂皇的几案，从此，自己就在那新的家中，安安稳稳地度过青春、绽放美丽。

然而，命运偏就让它落根在了小小的冷饮盒里，这里没有梦幻中的一切，没有一个生命健康成长的所有有利因素，只有贫瘠，只有狭窄，只有白日里的人声鼎沸和夜深人静时的孤单寂寥。好在它并不在意这些，它似乎并不留心植根的这片泥土辽阔还是狭窄、富有还是清贫，它只喜欢每日里准时到来的阳光，只喜欢那几十双关注自己的眼睛，于是，它心安理得地在这逼仄的“土地”上开始了生命的旅程，沐着日复一日的书声，直至这么一个不为人知的夜晚，它凭借着惊人的力量，完成了自己最初的分娩。

这根纤巧的花儿，就这么突然间走进了我的眼球，在我上课时，它就那么静静地晒着太阳，边听着我抑扬顿挫地诵读，边想着它自己的一份心思。而我，则总是为它分神，每次走过它的身边，总禁不住放低声音、放慢脚步，唯恐惊扰了它的安宁。我想，在这个深秋的早晨，这片时空的真正主人，应该就是这株盛开的花，连同它身边那些或是浑身长着刺儿，或是瘦弱如一截绿线的伙伴们，我和我的学生们，则完全成为了入侵者。

这一朵纤弱的花，使得一个句子纠缠了我一整天：“每一朵花，都有开放的理由。”我无法知道眼前的这朵小花是在什么样的理由之下完成了生命的第一次绽放。但我知道，对花而言，开放，是它的使命，从它被埋入泥土的那一刻，这使命就成了它无法摆脱的魔咒，无论贫穷还是富有，无论显赫还是卑微，无论硕大还是渺小，只要成长，它就必须迈过这道坎儿。

这么想着时，思绪便转移到了养花的小女生们身上。13班的女生，大多出生于工农之家，与其他几个文科班相比，少了很多花枝招展的时候，少了很多锦衣玉食的生活。校园内，抛头露面的事情，极少有她们的份儿，但她们大多朴实文静、沉稳淡雅，一如这悄然开放的小小花朵，只为了一种生长的使命，就这么静悄悄地成长在人生的路径边上。或许，她们中的一些人，永远不会绽放出令人瞩目的灿烂，不会成为精品瓷器中的宠儿，但她们终究都能够呈现出自己的一份美丽，焕发出自己的一份光彩，这，我坚信。

席慕蓉曾经感慨：“就因为每一朵花只能开一次，所以，它就极为小心地绝不错一步，满树的花，就没有一朵开错了的。它们是那样慎重和认真地迎接着唯一的一次春天。”教室里的这朵小小花儿，注定没有聆听过女诗人的这段深情道白，但她却用自己的行为，诠释着人类经历无数坎坷后才形成的理性认知，从这点看，花儿一定是高明于任何一个诗人、一位哲者的。

既然每一朵花儿都绝不错一步，那么，这朵教室里绽放的小小生命，就一定是上苍特意派驻的使臣，她就是要告诉我上面的这些胡思乱想吗？

10月22日 星期一

升旗及其他

上周的“严打”，本周见到了成效。早晨的升旗仪式，教工队伍一下壮大了许多，从不参加这类活动的一些“老油条”们，也一边说着牢骚怪话，一边懒懒散散地胡乱插进队伍中，这样的情景，似乎勉强达到了校长的需要。

遗憾的是，音响出了毛病，这边，政教副主任宣布奏国歌、升国旗，那边，却是“这里早晨静悄悄”。三个升旗手不知所措地僵在旗杆下；指挥合唱的那位学生，端了两手，尴尬地定格着；两千多人傻乎乎地站立在朝阳中。停了大约2分钟，政教副主任向旗手们挥挥手，让他们进行一次“无伴奏升旗”。

旗帜飘扬在灰蒙蒙的天际之后，三个旗手例行公事地每人介绍一句自己最喜欢的话，然后由其中的一位，介绍自己的班级。由于失去了音响的帮助，那声音实在无法扩散到每一个人的耳朵中。于是乎，下面的声音越来越大，终于完全盖过了发言者竭尽全力发出的微茫的音符。

活动结束。返回办公室的途中，一位第一次参加升旗的同事感慨今天少睡了半小时。我向他打听，国家有没有法律条文规定，所有公民必须参加每周一次的升旗仪式。他信口回答：应该有。我说：既然有这样的规定，怎么从来没见电视上报道国家领导人参加每周一次的升旗仪式？同事说：我回去查查国旗法，看看有没有这样的规定。

升旗仪式后，紧跟着就是7班的两节连堂。每次，上第一节课都是紧张而匆忙。只要遇到一位发言啰唆的行政人员，学生就时常连上厕所的时间都没有，第一节课就到点了。

今天不错，没有音响，行政人员也就省去了发言，7：30不到，仪式即宣告结束。

今天的课，评讲周六完成的一套摸底试卷。这套试卷，来自徐州，依照2007年高考四个试验省份的命题形式制作。从批改情况看，试卷唯一值得强调的，是选考部分的两道大阅读。选做文学作品类阅读的，均分在12分左右；选做实用类文体作品阅读的，均分在18分左右。这种因选择的差异而带来的分数悬殊，再次印证了江苏高考改革中的先天不足。这让我立刻想到3年前写过的一篇批判“3+1+1”考试模式的文字。遗憾的是，我的批判，因人微言轻而没有引起任何权势人物的重视，其结果是2006年和2007年高考中，笑话越闹越大。

我提醒孩子们注意这种文体差异带来的分数差异，要他们留心近阶段完成各种模考练习时这一块的得失分情况，然后，确立起明确的选择目标。同时建议他们直接选做答案相对固定的实用文体阅读文段，放弃以发散性思维为主要考查形式的文学作品阅读。尽管这样不利于他们阅读鉴赏能力的提高，却有利于他们在考试中拿到分数。

下午，13班的两节课。分析试卷时，结合文科同学的特点，重点点拨诗歌鉴赏和文学作品阅读中的发散性思维训练。第一节下课时，从收发室中获得了一种满足：两家刊物的样刊，同时抵达；一张大额稿酬单，也收入囊中。回到办公室，打开电子信箱，周六寄出的一个稿件，也通过了审核。这连续的好消息，抵消了不少疲劳。

盘点暑假至今，有用没用的文字，陆续也为自己迎来了数千的收入，却始终遗憾着没有拿出一篇像样的论文，这显然是不行的。长久思考的几个系列问题，许多都是暑假中就开了头列出了纲要，现在却大多依旧斯守在文档中，等候着重见天日的时间，教育写作，似乎动力越来越不足了。

晚，又是例会，几乎没有任何价值。唯一值得关注的，是学校财政越来越艰难，银行贷不来低息贷款，正常运行又需要大量开支。于是，向教师集资，又一次提上了议事日程。校长说，市人民医院扩建时，内部集资3000万元，我们学校也向这个方向努力。

2007年 10月23日 星期二

造假与守真

省物价部门的收费检查组本周将光顾我校，对学校申报的“收费放心单位”资格进行检查，这让校长们很是紧张，于是，各班紧急行动，落实参加座谈会的家长人选，同时，依照调查表中的二十来项条款，对学生进行紧急培训。

个中的招数无须多言。眼下的学校，倘若要真想找到一所符合国家收费标准的，除非在睡梦中。无校不补课的事实背后，紧随着的自然是无校不收补课费。全社会心知肚明的事情，上头偏偏做出一份天真烂漫的样子，一边高唱着天下太平的歌谣，一边派出一批钦差，依照事先通报好的路线，一条条“检查”下去，待一路巡视结束，写一纸“眼见得天底下无一个不是好人”的通告，一项工作便由“扎扎实实地开始”而进入“扎扎实实地完成”。跟着，就可以开表彰会，发放扎着大红丝绸的铜牌。

只委屈了老师和学生，明明想做个说真话的人，却震慑于强权的威严，不得不违背了良心，在白纸上书写着荒诞的“是”“否”。写在墙壁上的大红标语“千教万教，教人求真；千学万学，学做真人”，在当下教育环境下，除了充当遮羞布，似乎再无任何的言语意义。

我知道，这种窝心的事，绝不是哪家学校、哪位校长心甘情愿的。上级的官僚们需要用这样的形式，来掩盖行政不作为的事实，下面的“小媳妇”，就只有低眉顺眼，做出一副乖巧的样儿，以此获取“婆婆”们的欢心。

然而，满目顺民的时代，绝非理想的生存环境。刁民，才是民主与自由的化身。昨日试卷中关于蔡元培的一篇文章，为我们呈现的，又何止是一种理想人格，那种思想的光芒，八十余年后，依旧灿烂如中天之日。

浙江的郭初阳老师，也在论坛上发了个专题帖，追忆20世纪二三十年代的一批普通教师。那种只为教育的单纯，让我心驰之神往之。立即将全文转载到另一个论坛上，希望更多的同行，从中汲取精神的养分。

可悲的是，竟然在那论坛上又一次见到一则不愿见到的帖子：江苏常州某重点中学一名高三学生跳楼自杀，直接原因可能是因为学校张榜公布了接受救济的贫困生名单，他因父母双双疾病缠身而榜上有名。据说，这孩子自杀前一天还请同学吃小吃，并笑着告诉同学，这是“最后的晚餐”。而在这孩子自杀前，还特意写了张纸条，塞到一个平日从不轻视他的女同学的书包中。在纸条上，他特别声明自己的死亡，和学校和老师没有任何关系。

一个通知，两个帖子，搅得我一整天烦躁不安。好在今天只有上午两节课，引导学生复习欧阳修的《秋声赋》。欧阳老夫子在《秋声赋》中表现出的自我陶醉式的絮絮叨叨，让我立刻联想到了《大话西游》中的唐僧。

晚，6：40—8：40，省第六届“中学生与社会”现场作文大赛预赛在校内举行，五百余学生主动或被动参加竞赛。这次预赛，由于主办方上周即将文题通知给各学校，致使市内两所私立高中在上周五就将题目透露给学生，要求学生充分准备。其他公立学校在周一了解情况后，唯恐吃哑巴亏，便纷纷效仿，也将题目通报给学生。现场大赛，彻底失去了“现场”性。

10月24日 星期三

总有些事，值得深思

为了落实一组约稿，一大早就登录网站，给相关网友发短消息，请他们就语文教学体系化建设问题撰写主题讨论文稿。短消息发完，习惯性地浏览主页，刺入眼中的，又是噩耗：江苏启东栟茶中学校长姚止平在前往南京开会途中遭遇车祸，不幸身亡。

在中国教育界，栟茶早已成为一则“事实中的神话”。这所凭借“三流的学生、二流的教师”而创造出超一流高考业绩的农村普通高中，在21世纪的这几个年头中，实在是占尽了高中教育的所有风头。我始终无缘亲历那片土地，切实感受神话背后是否存在着大报小刊讴歌赞美的人文精神，但对“每天早晨六点，教室中就坐满了晨读的学生”这类被反复渲染的“事迹”，始终是腹诽不已的。我总感觉，“头悬梁、锥刺股”作为一种个体行为，值得讴歌赞美，一旦成为统一行动，且在日久天长中形成集体无意识，那么，再好的成绩，都需要警惕。

然而，我终究永不会有机会向姚止平校长讨教这些问题了。任何生命，无论辉煌还是黯淡，在死亡面前，都是一律的平等。正如未生之前的荒芜与虚空。

连续不断的惨案，让我一天天懈怠起来，同时日趋厌倦于别人的指手画脚。在人生的后半段路程上，我只想依照自己的喜好，做一点适合自己个性与心情的事情。

今天，照例又该是最忙碌。四节课外加早晚自习，一天的工作时间长达11小时。

开始了必修五的复习。第一主题单元的内容是科技说明文。这个主题，在高考中也就是一根鸡肋，标准的食之无味、弃之不舍。好在数年来一成不变的命题形式，早已让备考的师生摸准了秉性，这几道选择题，完成起来也就小菜一碟而已。

13班的孩子，在主动学习方面，还是比不上7班。今天发下去的一套讲学稿，有一首强调积累的七律印丢了一个字，存在明显知识漏洞，13班的孩子们阅读时，却没有人质疑。而这首七律，属于课外补充，手头的资料上根本没有。看来，大多数人是糊里糊涂中完成积累任务，根本就没有仔细推敲。

7班则不同，下午在7班完成这任务时，立刻就有学生提出质疑。这首冷僻的明诗，我也不熟悉，下课上网搜索，才找到遗漏的那个字。第二节课立刻告诉学生，让他们在讲学稿中补上。心中还惦记着13班，想着晚自习时，要记得订正。

10月25日 星期四

“怎么学” 与 “怎么教”

原本上午13班的两节课，被老钱要去了后面的一节，于是，今天就成了最轻松的日子，一天中，只上了一头一尾的两节课。

鉴于昨日的漏字问题，第一节课上，首先就主动学习问题进行再一次的强调，苦口婆心陈述积极思考大胆质疑的学理意义与精神价值，恨不能上升到与“十七大”同等重要的位置上进行强化。

“政治学习”后，继续第二单元文言文复习。今天解决两篇课文：《项脊轩志》《长亭送别》。前一篇，在梳理字词的基础上，重点巩固叙事类文字如何精选生活中的细节，并借助细节刻画传情达意的相关知识，要求学生能够以本文为经典范文，学会写人物语言，学会用最简要的文字表达复杂思想情感。后一篇，只立足要求积累的四段唱词，同时将文本涉及的相关知识进行简要归纳。

由于开场的一通“教育”，后部分的自由复习中，对讲学稿进行质疑的同学明显多了，于是，一处有争议的虚词运用，被几个学生从讲学稿中捕捉住，提出讨论。还有人对很准确的释义也提出质疑。我让他们说说自己观点，偏偏又说不清。

高二的同事，一上午都在为了期中考试的事情折腾着。先是分管副校长通知他们参加市内统测，不用自己命题；接着是发现教学进度不一致，无法全市统考；跟着又联系外市的一所四星学校，进行两校联考。一个简单的期中考试，竟然被人为提高到了似乎关乎生死存亡的重要地位。

第四次作文命题完成。我一直想训练训练想象作文，看看我们的学生，能否在现实与想象之间，找寻到一条科学合理的纽带。第三次就准备命这方面的题目，有同事反对，说学生们只会胡说八道。然而，我终究还是担心，高中以来，我们从没有进行过这方面的专项训练，且不说是否会导致高考作文的全军覆没，单是写作知识的积累，就存在明显漏洞。这，必须弥补。

时间充裕。下午前两节课，在论坛上关注我所发起的“语文课到底该怎么样教”的主题讨论。除浙江的江奎明白了我的问题本义外，许多年轻教师，根本就没有明了讨论想探究的，是语文教学知识体系化建设的问题。于是乎，唱歌般的高调充斥了几个页面。透过这样的“抒情”，我更感觉到语文教学的尴尬与艰难，更感觉到语文学科建设的任重道远。

第三节课时，远方的一个编辑朋友发来短消息，告诉我一个短稿被他们杂志采用在12期的园丁茶座中。看了她告诉我的题目，才想起这是一篇两年前的旧稿。今年陆续将积存下来的十几篇稿子盲无目标地投了出去，竟然也发表了四五篇。打开“尚未发表的稿件”文件夹，将这篇文章移动到“07—08发表稿件”文件夹中。此时，前一个文件夹中，还有六篇教育教学类的稿件，没有找到纸媒空间。这份成绩，已足以让我自己骄傲了。相比之下，文学类的，就是彻头彻尾的失败，二十分之一不到的发表率，连文学青年的水准也无法达到。

其实，我更爱的，是文学，而非教育。

10月26日 星期五

可怕的行程

小小自己制作了一个高考倒计时牌，贴在书立上。那两寸见方的鹅黄色薄纸片儿，每天更换一次。于是，我便知道每一个日子距离彼岸的精确距离。

这是一段越来越可怕的行程。前方，未知的目标虚幻地伫立在杂花生树的堤岸，似乎袅袅娜娜，似乎亭亭玉立，似乎花枝招展。身前，却水流湍急，旋涡密布。已经筋疲力尽的选手，思想早已麻木，手脚也失去了知觉，只有生命的本能力量，机械地驱动肢体，进行竭尽全力的抗争。

在堤岸上督阵的老师们，只痛恨自己不能跳入激流中，用自己的经验，替代少数愚笨的生灵。然而，老师们也只是口的巨人，果真要献身题海，其本领大多还真不及千锤百炼中成长起来的孩子们。我常常纳闷于我的语文同事们，从不见动手写一篇文章，也从不见静下心来握一卷书册，浸淫于书香之中，却能数十年如一日地要求孩子们读书写作，并敢于把少数语文能力低下者隔三差五地请到办公室，洋洋洒洒地针对写作技法进行长时间的单个辅导。每每遇到这样的情况，我除了从心底崇拜外，还真不敢轻视了口若悬河的同行。

几乎所有的反常，都通过集体意识的作用，拥有了通行无阻的良民证；而科学合理的教育教学法，则成了过街老鼠，四下里遭逢挨打的命运。“人有多大胆，地有多高产”的时代，再一次惠顾当年率先痛斥浮夸风的教育界。最具嘲讽意味的是，大家竟然又一次视其为真理。

白日里四节课外，读了篇颇具黑色幽默特色的文章——《狗日的教师》，身为语文教师的作者，以局内人的身份，抓住教师身上长期蛰伏的奴性进行猛烈的批判。这样的文字，透过表面的浮华，试图找寻疗救的良方，其现实意义本该引起很多人的重视。可惜，同行们面对这种文字，要么置之不理，要么恶语相向，总无法解读冷嘲热讽背后的深切忧患。

下午第四节课，全体高三教师会。陆续坐进会议室后，让13班的历史老师猜一猜今天会议的主题。历史老师说，这个时候开会，除了期中考试安排外，绝对不会有其他事情。

会议确实是关于期中考试的。如果能够找到若干年前的某次期中考试动员会记录，我想，其具体精神乃至具体话语的雷同性，绝对无须怀疑。我总困惑于许多官员的办事效率，明明5分钟可以解决的问题，一旦遭遇了他们，却无论如何要将其延长至50分钟。这份变少为多的能力，确实体现出鲜明的中国特色。

让校长们尴尬的是，这次会议，竟然遭逢了意外。王军在安排了相关工作后，照例要批评训斥一些步调不一致者。没想到一个女教师主动对号入座，公然打断了王军的话，大声质问王军：“你说的这个人是不是我？我上次已经给你们就此事解释过，你们这次旧事重提，什么意思？”

这位女教师就是上次因为和同事在办公室内打架而挨处分的那位。上次打架的原因，是因为她所带班级的平均分比别人少了10分。这次，王军再提同课头老师之间分差过大问题，又捣痛了她的伤疤。于是，她在接下来的几分钟内，祥林嫂一般絮絮叨叨向全体同事痛陈自己均分过低的原因。她说她的教学进度比别人慢了，一道十几分的大题目，别人都给学生讲解过，唯独她的班级没有上到这章节……

她在台下无力地陈述着，校长几次敲打桌子，命令她停下来，但她依旧在说。我听见别的同行嘀咕着："学校要求统一教学进度，你为什么不统一？"更多的人，则以看热闹的心态，冷眼注视高坐主席台上的正副两位校长，期待着他们的进一步举动。

我的心一阵阵发凉。我更关注的，是这样几个问题：她为什么要挺身而出为自己辩解？她想维护的是什么？她为什么就不能理直气壮地坐到主席台上去，把自己的想法真实地告诉大家？校长凭什么就不允许她说话？

10月29日　星期一

谋杀语文？

突然喜欢起上课前那几分钟的嘈杂。

月假之后的周一，孩子们少了许多疲劳，多了无数话语。往日走进教室时一片酣眠的场景，今日，被无名的亢奋所替代，各式各样的嘴巴，唧唧喳喳地发出各种不同的声响。

站在讲台上，只感觉整个教室被一片嗡嗡嘤嘤包裹着，四下里全是声音，却又偏偏听不清任何一个词汇，只看见一张张兴奋的脸，或如春花般灿烂，或如夏草般葱茏，或如秋枫般艳丽。置身这氛围中，我忽然找到了一种久违的青春活力。这份活力，蒸腾在教室中，让我想到一个奢侈的词汇——幸福。

然而终究还是要上课。在铃声响起之后，我和孩子们一起，从云山雾罩中回归到现实。今天的复习篇目是一篇戏剧三首诗歌。从高考角度看，这属于非考试内容。这样的内容，在我们的教学进度表中向来没有容身之地。所以，四篇课文，总共花费5分钟时间点析，其余时间，阅读讲学稿，完成讲学稿中的基础知识练习题。

课堂立刻归于死寂。罗密欧与朱丽叶的生离死别，撼不动中国的高考体制，就只能退居分数的大幕后，让“回”的第N种写法，成为舞台上真正的主角。彭斯与冯至，在时空的两端孤独地行进。教室里，只有可怜的余光，从眼角处露出，馈赠一点尊严，给两位了不起的诗人。

我知道我在暴殄天物，我曾多次跟王军说，如果我们把这两个月的文本复习时间，用来阅读大量文学作品，学生们的语文能力，或许会有很大的提高。王军说，凡事都没有绝对化啊，或许读了两个月的书之后，高考语文成绩一塌糊涂，也说不定。

想想王军的话，也有一定道理。眼下，一方面人们竭尽全力批判高分低能，另一方面，高考语文又确实存在高能低分的荒诞。许多饱读诗书的孩子，在高考中竟然考不过肚子里没有一本文学作品的学生。面对如此现实，饱读两个月的文学著作，谁又敢保证考试就可以拿到理想的分数?

然而，漫长的高三复习，确实事倍功半。前日批改学生作文时，13班的静雯就在文章中表露出了对高三语文复习的不满。这姑娘，以讴歌语文之美为切入点，借对文学阅读的讴歌赞美，来委婉批判当前的知识点复习与教材内容梳理。她把这样的复习，称为谋杀语文。

可是，如何让复习课持久生动呢?这么多年，从未研究过这个问题。后天起，将进入知识点复习，一定多挤出点时间，在知识点的趣味性上找寻一条尽可能理想点的路径。

2007年 10月30日 星期二

教学风格与教学体系化

下午又是连堂听课，高二一节，高一一节。高二的老师，教学《唐诗宋词选修》，今天开设的是盛唐边塞诗的鉴赏。高一的老师，教学郁达夫的散文《江南的冬景》。

两位同事，一个刚从高三下来，一个新从初中上来。于是，他们的教学，也就涂抹上两种截然不同的色彩。

从2007届高三刚下来的这位，完全用高考知识点复习的手法，引导学生捕捉盛唐边塞诗的意象特征、情感特色。课堂跳跃性大，容量大。大量诗歌的引入，让学生有眼花缭乱之感。

教了十多年初中刚走上高中讲台的这位，则对基础知识等特别重视。课的起始阶段，就用大屏幕展示了二十来个生字，然后点名一一正音。接下来，分析段落，归纳主题意义和段落意义，再逐段逐句慢条斯理地分析解读。预习充分的学生，总感觉无所事事。

姑且将两位同事的教学，称为两种不同的风格。那么，这种因教师自身原因而带来的教学内容处理上的差异，再一次验证了我试图解决的课程体系化建设的重要性。一篇课文、一个知识点，在此时此地，肯定应该具有某些必须解决的问题。教学的任务，就是要通过这些问题的解决，来落实某项具体能力的培养。只有这样，语文教学才能成为有章可循的一门技艺。

两节课后，先由一位老师读一篇杂志上的文章，然后评课。同事们的习惯，依旧是少挑刺多栽花。我们这类学校，总是把应该切实做好的工作走过场，又把该“略写”的工作详细铺展开。以至于听了数年的课，却总难从别人的奉献中找寻到成功的经验，总结出失败的教训。

备课组内的集体稿费，还有几千元。开学以来，还没进行过聚餐，大家决定利用今晚全体无晚自修的机会，找个饭店“米西米西”。全体一致推荐老陆落实饭馆与具体菜肴。老陆便拨通老关系户的电话，以每人50元的标准，订妥菜肴。老陆威胁大伙儿:“6点准时到达饭店，迟到一分钟，罚酒一杯。”

18时，王子和娟娟未到。王子是前往扬州出公差，回来得迟。娟娟是最后一节课。其余一干人，在包厢里边喝茶边聊些教学上的事情。

18：15，人到齐，开始上菜。开了两瓶蓝色经典。王军和教研组长这对酒桌上的冤家，又开始相互叫板。老陆边吃边抱怨酒店的菜肴越来越差。

18：52，王军接了一个电话，一下子就让全场凉了个透：学校的一名工作人员报告，高三9班的一位女生遭遇车祸。具体伤势不明，人已送人民医院。

大伙儿立刻没有了吃饭的情趣。饭桌立马成为了“指挥所”。王军首先打电话给人民医院急诊室主任，了解是否有被车撞伤的学生送到急诊室来了。那主任不当班，还需要打电话联系当班护士。

在王军打电话的同时，政教副主任拨通了她弟弟的电话。政教副主任的弟弟是医院急诊室的大夫，如果当班，便能够及时了解详细情况。但她弟弟也不当班。

高三9班的语文老师，也拨通了班主任的电话，询问该女生是否在班级内上晚自习。班主任正在其他班级值班，只知道晚自修开始前的英语听力时间，该生不在班级。

王军在等候急诊室主任电话的间隙中，嘴里喃喃念叨：“我怎么这么倒霉？我怎么这么倒霉？”

终于，急诊室主任的电话打了过来：孩子没有生命危险，被撞部位是腿部，另外鼻子磕出了不少血。具体情况，还要通过拍片才清楚。

听说没有生命危险，王军和大伙儿都把揪着的心放了下来。然而，却也都无心拼酒了。老陆便催促上主食。

草草收场。王军、政教副主任和9班语文老师三人一起到急诊室去探望学生。其余人各做各的事情去。

2007年 10月31日 星期三

大脑转动与思想

连续的阴雨，不但浇透了大地，也浇透了季节，打湿了心情。

只是转瞬之间，高三便走过了四个月的路程。除了厚重的春秋装替换了短袖汗衫外，留下的，就只有这11万字的随笔。

日子在单调的旋律中流淌，一边倍感忙碌，一边又发现什么也没有完成。绝大多数的课堂，都仅仅是可有可无的一个符号，既无法构建知识体系，又无法提升生命意义。

教材的梳理工作终于走向了尾声。非独学生厌倦，我同样厌倦这毫无创新的重复。好在最后的收尾，因为有了帕斯卡尔、康德、罗素、张载的列席，使我在无聊的缝隙中，终于捕捉住一丝思想的光亮。于是，利用这可怜的机会，放肆地跳出书本，就丑陋人性的呈现与疗救，狂放一通厥词。

“思想——人的全部尊严就在于思想。”大脑能够转动，与拥有思想之间，遥隔着万水千山。石评梅在《痛哭和珍》一文中，感慨于“街市上灰尘中那些蠕动的东西，他们比什么都蠢，他们比什么都可怜，他们比什么都残忍，他们整个都充满了奴气”，这种强烈的鄙视，何尝不是痛不欲生之后的彻悟？每个人都有想法，每个人都为了自己的目的而不择手段地奔波劳碌，这绝对算不得思想，就如拥有大堆文凭的人并不一定就是知识分子一样。

7班前排的嘉欣和叶露，每当我跳出书本知识点而发表人生感言时，必从语文书的遮盖下取出一道数学试题进行演算。这两个小女生，成绩中上，学习的全部动力，就在于考取名牌大学。对她们而言，不能直接服务于考试的一切，都在大脑这个储藏室存货范围之外。每每看到她们因为一次数学测验的失败而无限痛苦的神情，我总会想到老栓那充满期待的眼神，想到人血馒头。年轻的生命，如果仅仅只为了分数而存在，这样的青春，实在没有多少可以作为回忆的材料。

然而，她们注定也是自以为自己很有思想的。她们会对自己抓紧了别人说闲话的时间刻苦学习的行为感到自足，她们会满足于做一个听话的好孩子，会为将来能考取一个心目中理想的学校而骄傲自豪，然后，她们还或许会拥有不菲的收入、温暖的家，她们可以对这社会上的种种现象评头论足，可以以仰视的眼光充满崇拜地面对成功者和强权。我不能说这样的人生就没有意义，但倘若果真如此，我们的未来，便只能是多了石评梅笔下的两个“灰尘中”“蠕动的东西”。

奴性，很多时候来自积习，来自洗脑。当一个荒谬被一万人当做真理强调时，荒谬必然也就成了数万人心目中的真理，尽管它实质上依旧是荒谬。全社会都用考取大学作为评价学生成败的尺码，这个尺码自然也就成为社会公认的法度。人们用这个法度来框量一切、权衡一切，框架外的，自然也就成为了另类。

有一个百思不得其解的困惑：人人都想成为哲学家的德意志，诞生了黑格尔、康德、马克思、恩格斯的德意志，怎么会将一个思想极端扭曲的希特勒扶上了总统的宝座，又怎么会容忍他带着一个国家挑战人类所有的美好和尊严？

想到了“二战”后美国一个校长的一段言论：

亲爱的老师，我是集中营的生还者，我亲眼看到人类所不应该见到的情景：毒气室由学有专长的工程师建造；儿童被学识渊博的工程师毒死；妇女和幼儿被受过大学教育的人们枪杀。看到这一切，我怀疑：教育究竟是为了什么？我的请求是：请你帮助学生成为具有人性的人。因为，只有我们的孩子具有人性的情况下，读写算的能力才有价值。

11 第一次统测 2007

“考考考，老师的法宝；分分分，学生的命根。”这个句子用在当下的高中校园中，早已成为违背生活真实的虚假命题。数据和指标一统天下的时代，分数对教师的重要意义，很大程度上远超于学生。学生们需要的只是高考的最后一搏，此前的考好考差，不过是路程中的点缀。老师则不同，每一次考试的平均分，都决定着期末奖金发放的等第。

2007年11月

四	11 月 01 日	以人观己
五	11 月 02 日	进入二轮复习
六	11 月 03 日	高三的周末
日	11 月 04 日	
一	11 月 05 日	变革中的杂思
二	11 月 06 日	偷得半日闲
三	11 月 07 日	雾里乾坤
四	11 月 08 日	立冬日杂记
五	11 月 09 日	闲里偷忙
六	11 月 10 日	绝非粗心
日	11 月 11 日	
一	11 月 12 日	犯禁
二	11 月 13 日	读书及其他
三	11 月 14 日	此梦与彼梦
四	11 月 15 日	遭遇作弊
五	11 月 16 日	
六	11 月 17 日	跟谁较劲?
日	11 月 18 日	给教育局打工
一	11 月 19 日	成绩背后的隐语
二	11 月 20 日	先喜后忧
三	11 月 21 日	请让我来帮助你
四	11 月 22 日	接受新任务
五	11 月 23 日	一些杂事
六	11 月 24 日	试卷上，那些无法容忍的错
日	11 月 25 日	
一	11 月 26 日	统测分析会
二	11 月 27 日	下乡支教
三	11 月 28 日	盛桥的作文问题
四	11 月 29 日	校长明天要赛课
五	11 月 30 日	又接新任务

11月1日 星期四

以人观己

用了一个多小时的时间，研究网络上新贴出的两个课堂实录，边看边思考着：这样的课，我眼下还能否上出？以我眼下对语文的理解，我又会如何处理这两个文本？

金霞老师的课型，是我两年前热衷的模式。这种模式，遭遇苏教必修教材，可谓如鱼得水。两年前，我以这种大密度的拓展迁移，为高一的孩子们营造了一片迥异于以往语文课的全新范式，以此吸引了相当一批原本不喜欢语文的孩子。然而，今年我开始了对这种课型的自我纠正，我想把课堂所有的活动，尽可能和文本建立起必然的联系，让文本成为教学的最重要媒介。尽管我不知这样的调整是否更切合语文教学的本质，但我还是希望回归到文本细读的教学模式中。

王自成老师的这节课，获得了河南省高中优质课大赛的第二名。从实录描绘的场景看，课堂氛围的热烈，是制胜的一个重要法宝。这课的诵读设计，有一些环节，超出我的想象。虽然我也喜欢诵读，喜欢在公开课中以诵读带动全篇文字的学习。但在细节雕琢上，我的课常常走宏阔的路径，缺少蓄势与煽情的能力。从这个课案中，我获得了不少启发。

然而，从看客的挑剔心态出发，这课似乎与我的《春江花月夜》一样，存在着热闹有余、理性不足的欠缺。倘若给我机会进行该文本的教学，我将在强化诵读的同时，砍削掉5分钟以上的诵读研磨时间，将其纳入作品意义的赏鉴探究中。我将尽可能将教师才干展示的活动替换成学生的主动发现、积极探究，那样，课堂可能会向着更科学的路径发展。

演员们总是说表演是一门遗憾的艺术，其实，教师授课同样充满着遗憾。没有好课文，对教材遗憾；有了好课文，却上不出让自己满意的课，对自己遗憾；上出了当时满意却后来又不满意的课，对学识遗憾。正是在这种无止无休的遗憾中，一方面不断修正着自己，一方面走向退休。

更可悲的是，这样的遗憾，并不会随着年龄的增长而逐步减少。相反，随着精力与智力的退化，曾经有能力达到的高度，还会随着岁月的流逝而再也难以达到。

对个体的成长而言，公开课确实是个好东西。一个人唯有置身于紧张刺激中，才可能始终保持昂扬的精神面貌。缺乏了挑战的人生，思维太容易被岁月掩埋。从这点来说，高三教学其实是教师发展的死穴。一个老师，倘若连续数年执教高三，其课堂绝对不会具有无限活力。

11月2日 星期五

进入二轮复习

第二轮复习开始。

依照期中统测的进度要求，备课组决定重点复习字音、成语、病句三个知识点。王军要求以市编复习教材为纲要，以昨日发下来的一套大8开练习卷为训练内容展开复习，务必在本月10日左右，完成这三块内容的复习。期中考前，要留下几天时间，供学生机动处理。

组长又失踪了。该落实的课件制作，由于缺乏安排而落了空。于是，今天的课，反而因为失去了束缚而天马行空般逍遥自在。多年来，字音一直是我的弱项。我的最大不足，主要体现在声调掌握的错位上，每一届高三，复习到这个知识点时，必定要经历一番死记硬背的折腾。遗憾的是，一轮结束后，一切又全部复原，不该读错的，依旧又被读错。

今天，我该如何操作？

教材上已然写明的，无须我啰唆。我能强化的，只有教材没有强调，或者轻描淡写点到，其实却很重要的那些内容。好在市编的这套资料，编者全部是老七所重点高中的一线教师，大家都拥有多年的实战经验，各种非正规战的邪门技巧异常丰富。而他们在编写资料时，也就敢将这些旁门左道的玩意儿全纳入知识框架之中，这就使得手头的这部教材，不但具有“少林易筋经”的正派武功特色，同时拥有了魔教“葵花宝典”的成分。

我，亦是多年实战中磨炼出的邪派长老。“葵花宝典”在手，自然不愁提升功力的方法。于是乎，课堂于书本之外，专一操练“逢生判对”“记少弃多”“生字词108口诀”等武林秘诀，糊弄得课堂上朗朗诵读声连成一片，孩子们边读边笑，只感觉滑稽有趣，我则在心中感谢我的同行们编资料时付出的智慧。

平心而论，单从字音这一个知识板块看，这套资料是多年来高三复习过程中使用的无数教辅中最不花哨、最具有短平快特点的。市面上的资料，以牟利为目标，题型陈旧知识点僵化。而此套资料，撰写者完全是凭着一线教师的良心，尽心竭力地为自己的学生服务，无任何利益可图。所以，但凡设例，总要既避免重复，又具有新意。

世间的事，其实大抵如此，建立在良知基础上的活动中，总能捕捉住“人”的光芒；而建立在利益基础上的行为，就只有“欲”的存在。人性与人道，实在是从事一切活动的根基。编资料如此，办学亦如此，以人的终身发展为需要的教育，自然会把人的全面素养作为核心问题；以政绩为需要的教育，当然就只落实指标。

11月3日　星期六

高三的周末

偶尔看学期初的工作安排表，才发现这周的综合练习该我命题。可惜，发现时已经是周末。

全备课组陷入无事可做的尴尬。

眼下的复习就是这样，学校对三门必考科目安排的课时过多，教学内容又很有限，只有借助无止境的练习，才能打发空旷的时间。于是，一个课时可以解决的问题，常常会被切割成两到三个课时来完成，看起来讲练结合，实际上多是缺乏思维训练的低档次重复劳作。

没有练习的连堂课，该如何处理，才能尽可能避免单调乏味？我所能想到的唯一招数，就是把课堂教学与游戏结合起来，让孩子们在游戏中体味一丁点儿的学习乐趣。

依旧是复习语音。这个知识点，离不开眼口脑的综合劳作。尽管高考中，仅仅把这鲜活生动的内容，扭曲成一道枯燥乏味的3分分值选择题，我还是从未来普通话考查的角度入手，选择一些拥有大量易错读音的文段，来检测孩子们的诵读能力。作为调节，适当穿插几则绕口令于其中，利用出洋相带来的彼此嘲弄，缓释长久压抑状态下的疲惫懈怠。

当然，练习依旧必不可少。资料上的练习，并非个个精品，有选择地挑选一部分切合地域文化特色的内容，进行跟踪强化训练，只是数十分钟的诵读之后的调剂。我们的学生，其实早已养成了在练习中获取“快乐”的能力，在他们的眼睛中，读书与思考从来算不得作业。唯有实实在在的白纸黑字，才能体验收获的成就感。

近来，校长的虎威似乎淡化了许多，13班的“四大金刚”，又开始新一轮的委靡。李延前阶段的状态，终于没有能长久地坚守下来，努力进取，总是敌不过无所事事的逍遥。于是乎，这几位开始有越来越多的课堂酣眠，除了网络游戏或者网络上的其他刺激，校园内再没有什么，可以拉开他们沉重的眼皮。

有退，自然有进。两个班级中，除此四人外，整体向上的态势越来越明显。许多早期成绩不被看好的孩子，纷纷开始了蓄积能量的总爆发。问题越来越多，问题质量越来越高。其中，最值得赞美的，是怀疑精神越来越理性。

也有不尽如人意的地方。7班的字典数量明显不足。学习语音字形而没有字典，实在如同盲人没有了拐杖，如何能正确行走在知识的道路上？另外，总还有一小部分，始终寄希望于我对各样知识和各种题目的详细讲解，不愿意自己花费精力去主动获取。这样的学习方法，尽管一直试图扭转，然而，以一人之力，要抗拒十余年的积习和其他学科中事无巨细的喂养，实在艰难。

晚，语文组全组聚餐。2007届高考奖金虽然没有发下来，

2006年库存的奖金提成，还足够应付二十余人的花销。可惜，我有晚自习，边喝酒吃菜，边不断查看手机上的时间。18：40一到，立马放下杯筷，撤离餐桌。

今晚，物理与化学两门学科测验。19：00至20：20，考物理；20：40至22：00，考化学。

周末，这就是高三的周末。

11月5日 星期一

变革中的杂思

学校似乎又有了某些新政，最明显的一条，是奖金分配开始发生了变化。然而，具体如何变，我没有听懂，对于经济上的问题，我向来是白痴级别水准。我只依稀听见，高一、高二都可以分享高考的一杯羹了。

这样的变革，总是好事情，此前的鬼怪式奖金分配方案，确实早已应该淘汰。只有高三才可以享受高考成果奖，只有高三教师才拥有外出旅游的机会的奖惩条例，多年来似乎丝毫不能激发全体成员的工作热情，反过来，一方面滋长了少数人的特权意识，另一方面又给年轻人的成长铺设了太多的陷阱。

眼下，终于要迈出这一步了。这确实是好事，尽管这样的事，有史以来就本该如此。但在牢守“规则”不愿改变的环境中，这样的打破，还是具备一定的意义。

当然，需要打破的东西，实在太多。比这更重要的许多措施，都严重制约着学校的生存与发展，却依旧在日复一日地重复实施着，甚至还被不断地升级加码，使其向着更为不合情理的路途上前进。比如，教师成长问题，教学科研问题，等等。没有高质量的教师队伍，一切劳作，便都只能高耗低效。

阅读网络上新教育团队在宝应小学所推行的“毛虫与蝴蝶”读书活动，在为宝应孩子高兴的同时，一种无法排抑的生存恐惧，也油然袭上心头。这些孩子，三五年后，就将走入高中的大门，其中绝大多数，还将走进宝应中学的大门，凭我们这儿的盲人瞎马，和人家高素质的教育团队训练下的高素质的学生集体比拼市内排名，比拼高考语文学科均分，可以说，我们现在已经开始输了，将来会输得更惨。

但，会有很多人漠视他人数年前做好的铺垫。当这一批批经过毛虫与蝴蝶团队调教的孩子，这些经过干国祥、诸向阳、魏智渊们敲打锤炼的孩子成长起来后，依旧会有很多人，从一相情愿出发，以为通过加班加点，就可以弥补先天的不足，就可以提高语文的学养。于是乎，那时的语文教学，即使不是血雨腥风，至少也难以摆脱疲于奔命的困厄。

未雨绸缪，需要的是高瞻远瞩，是教育情怀。决胜千里，需要的是精兵强将，是厉兵秣马。当一个教师的全部精力都被过重的体力劳动所侵蚀时，高耗低效，自然是司空见惯。一所学校，一旦丧失了高质量的课堂，那么，即使所有人都不吃不喝地加班加点，也依旧难以逃脱低效劳作所带来的一切后遗症。

学校凭什么生存？校长们的共性观点是生源，是升学率。我则认为，一所学校生存与发展的真正动力，来自且只有来自高素质的教师队伍。唯有高素质的教师队伍，才有高质量的课堂，才有课堂的吸引力和课后丰富多彩的活动。而这些，才能够带来活力带来吸引力，才能真正解决生源问题。

11月6日 星期二

偷得半日闲

天一放晴，气温就开始回升。

上课时，学生们依旧习惯于门窗紧闭。教室内，各种未来得及吃的早餐，散发着各式各样的香味儿，混合着女孩子们涂抹的各式化妆品的味道，添加着少数男同学奇特的臭鞋子味儿，搅和成满屋的怪异气体，流淌于这六面体的每一个缝隙。

开始进入成语知识点复习。这一块内容，上届高三在迎接市督导检查时，曾进行过认真细致的集体备课。前两天，上届高三留守下来的老师，将该课的课件发到了公用信箱中，又将相关例题印成了讲学稿，供学生们边学边练。同时，夏琼也从网络上搜集了近400条容易用错的成语，印成阅读材料，发到了学生手中。于是，这个知识点的复习，便成了按部就班的流水线操作，早读课时，诵读阅读材料；课堂上，依照讲学稿和课件，逐条分析归纳成语使用中的九大误区。

课堂上的练习，采用小学低年级的开火车方法，依照座位次序，全班参与解答。由于提前作了部署，两个班的绝大多数孩子，都认真查找了资料，练习完成的正确率很高。

高一高二明天开始期中考试，下午的教研组活动，也就暂时停止。难得一个下午没有任何教学上的事务要处理，于是，中午时便自作主张，下午逃学，在家中赶写一个专题稿件和三篇文本解读的约稿。

确实是习惯了做奴隶的命，有了充裕的时间午睡，却依旧是睡到13点半就准时醒来，揉揉眼睛，瞟一眼墙壁上的电子钟，秒针依旧是忙忙碌碌，分针依旧是悠哉游哉，时针则懒散地一动也不愿动。这世界真如同这钟表，忙的人永远忙碌，闲的人永久清闲，一旦某天出了差错，反而只能带来彼此的不适应。

坚决不起床！顺手拿起床头的遥控器，打开电视，进入眼球的，竟然是央视新闻。央视确实是劳苦大众的贴心人，总能在人们因为过度劳作与过度压力而濒临绝望时，给人们一种好日子就在前头的精神诱惑。面对央视所渲染的物华天宝、人杰地灵、歌舞升平、人寿年丰的大好局面，再冷的血，都会被鼓动得心潮澎湃、气吞霄汉，何况我本就不是懒汉，焉能在好时代中自甘堕落，浪费大好光阴！刚发的誓言，顷刻间便破碎如化工厂排放出的有毒气体。

起床，打开电脑，先完成专题稿件。关于语文体系化建设的这个主题对话系列稿，是我今年开始琢磨的一个课题。这个课题，如果能有所建树的话，对当下语文课堂中教师授课缺少体系，仅凭个人喜好处理课堂的不足，或许能有一点建设作用。

这个工作耗费了两个多小时的时间。再次阅读后，确信没有错字病句，通过信箱发给“河南教育”。然后，建立好文档，拟好标题，开始走进现代散文的意境之中。老舍先生的《北京的春节》，授课时就没有认真解读，只感觉过于平实，已到了拉杂的程度。此番仔细玩味，依旧感觉不出多少言外之意，只读出了教参的伪圣思想。看来，这就是我唯一的切入点了。

刘亮程的《寒风吹彻》，是我钟爱的篇目。阅读这个文本，总能勾起记忆中潜藏的无数故事。那无处不在的飞雪，那冷透脊髓的寒风，那永无止歇的饥饿，每一字每一句，都不但掳掠过作者的心灵，也扫荡过我的焦灼的眼睛、空乏的肚皮。这个文本，我必须也只能从生命本身出发，去探究那绝望中的一点希望。

史铁生的《想念地坛》容易切入，这个文本，授课时，曾精心探究过，当时就捕捉了不少值得深思的语段和词句，这次动笔，只需要把零碎的思路整合成整体，抓住史铁生的宗教情怀做文章，即可。

晚间，又收到一个朋友的邮件，周五就要的急稿。这姑娘始终如此，每次都如救火一般。

11月7日 星期三

雾里乾坤

早读课时，外面起了雾。今天这雾，很有点奇特。校园外的公路上，来来往往的车辆看得一清二楚，公路那边的小高层居民楼，七层以上部分也是阳光灿烂。唯独二楼至七楼这一段儿，烟云翻滚，扑朔迷离，如《西游记》中南天门内的无边神界。

最妙的是路南那座建桥用的大铁塔，身体全部消失了，只留下巨大的手臂，在云雾上端指点着江山。钢缆在吊臂上伸缩滑动，却不见下方悬垂的是何种物体。

近处的树，在烟裹雾绕中，缥缈如海市蜃楼。深秋中已然泛出枯色的柳叶儿，在雾气的洗涤下，复又焕发出一线生气。

我站在7班的讲台上，凭借了置身三楼的优势，既可以仰望云雾之上依旧喷薄的日出，又可以平视似真似幻的迷蒙，还可以俯瞰道路上来来往往的车流人流。眼前的这水墨画一般的雾景，让我的心境莫名地好起来。

于是，临下早读时，我建议7班的孩子，一起到朝南的窗口，观赏这难得的自然奇观。但此时，我犯了一个大错，因为我顺口说了一句：这样的景色，是适宜于写一篇文章、一首诗歌的。这句过于杀风景的话，立刻引来一片嘘声。有人大声吆喝："要写作文，我就不看啦！"

确实，为了写作文而观赏自然景观，那么，景观中的所有美好，就被思想切割成了碎片，就无法呈现出超越于物象之外的想象时空。非但赏美如此，世间万事，莫过于此，一旦功利目的在先，那么，本该做好的事情，也无法呈现出固有的美好了。

又是最为忙碌的周三。连堂的两节课，依旧用来复习成语。今天的复习要点，是成语运用中的语法规则与逻辑规则、成语的语体色彩、成语的近义辨析、成语的多义解析。

数名学生，对上一课时中的几个词语，依旧存在着困惑。空穴来风、美轮美奂、鬼斧神工、飞黄腾达这几个成语，经过媒体的长期误用，实在是形成了一种思维的错误定位。要想把这过错纠正过来，绝非课堂的短暂时间可以完成。利用自读时间，将这几个成语的本义，逐个为质疑的同学讲解后，看得出，依旧有人钻进了自己编织的圈套中，无法跳出。

新的作息时间表发了下来，又一次激起一片骂声。午间时间遭遇进一步的压缩，上课提前至13：40。与之相对应，晚自习提前至18：30，高三学生因为播放英语听力，18点必须进班。18：30至20：10，第一节晚自习；20：25至22：30，第二节晚自习。

学校就是奇怪，下午时间可以随了季节变化而变化，晚自习的22：30，却无论春夏秋冬，始终如一。

2007年 11月8日 星期四

立冬日杂记

活了四十多年，也没弄明白立冬是否算是冬天的开始。

姑且算是进入了冬天吧，季节总是比人更加敏感，昨日还是艳阳高照，为深秋留下一个亮丽的尾巴，今天就开始了阴风呼号。

明显有了寒意。清早出门，手背已经可以感受到风力的切割。柏油路面上，铺散着厚厚的一层叶儿。香樟的落叶，有的涂抹着病态的玫瑰红，有的干枯如戈壁上的蚌壳，全都徒劳地挣扎在冰冷的路面上；梧桐的叶，则扑簌簌如飞鸟，从树梢穿下，时而撞到行人的头上、脸上，时而追赶呼啸而过的汽车，一如顽皮的精灵，全不顾生命已然在枝头凋零。

自行车的双轮，从这铺满树叶的路上驰过。那些树叶，在重压下，发出咯咯吱吱的呻吟，让车上的我，愈发感受到一种灰暗的诗情。

寒冷的日子，是不能缩手缩脚的，越是把脑袋往脖颈处聚合，越是能感受到风的无处不在。我爽性尽量挺直腰杆，边骑车往学校赶，边在心中默默吟诵那首不朽的《春江花月夜》，却也就有了一种“春江潮水连海平”的微微暖意，弥散到躯体的四肢八骸。

13 班的晨读，强调继续依照计划分块落实相关知识点后，在讲台上批改带去的几篇作文。吴珊的文章，让我有了眼前一亮的感受。这姑娘，这次把小小说用到了想象作文中，其超越常规的想象，显然比其他同学的循规蹈矩高明了不止一个等第。这文章，有推荐发表的可能。

第一节课，被玲玲老师调走。上网看帖，读关于新教育实验的系列文字，在别人的文章中，找寻自身前进的动力。

第二、三节，继续在 13 班战斗，完成成语这一知识点的复习，同时为进入病句知识做准备。

完成练习时，依旧采用开火车的方法，让每一个人，都拥有发言与接受检查的机会。这种方法，对于治疗思想懒汉，还真有一定的作用。

自我总结时，郭丽、文妍、郑同等，都找了一些问题来咨询。这些成语，一旦脱离了具体语境，要明了它的意义，还真困难。我无法满足他们的愿望，只能要求他们回归字典、词典，在理解词语本义的基础上，再依照以往课堂所学的知识，归纳分析成语在语境中的具体意义。

下午，高一的期中考阅卷完成。隔壁办公室和对面办公室内，高一语文和高一英语老师们，唱歌一般此起彼伏地报着分数。分数似乎都很高，灌入耳朵的，都是120以上的数字。这个成绩，想来应该可以博一个皆大欢喜的结局。

高二的老师，则走马灯般四下找试卷，一边唧唧喳喳地说点阅卷中发现的问题，一边嘻嘻哈哈地相互打趣逗乐。高二的试卷，是和大市内的另一家县中联考，卷子是人家学校命题。

我是最后一节课，前三节便在同事们的“交响乐”中，无所事事地随意浏览点教学文字。人教中语论坛的两个课堂实录，都有研究的价值，其中关于课堂拓展的问题探究，正好切合我眼下的思考，于是，信手写点感受在上面，期待着能够引起真正的研究。

11月9日 星期五

闲里偷忙

开始语病知识点的复习。

学习《语言规范与创新》时，对常见语病类型已有较为系统的学习，此番再学，概念部分已无阐释的必要，于是，复习便直接从知识点运用切入，以单句结构为线，串联起课堂活动全程。

对眼下的学生而言，判断一个句子是否病句的最大障碍，在于他们初中阶段根本没有进行过相对系统的汉语知识学习。从词性到短语，从单句到复句，几乎所有知识，都是空白。这种夹生饭，现在要想做熟做可口，难度很大。

所以，我将课堂的重点，放在句子成分的定位上，让孩子们首先在大脑中为每个成分安置一个实实在在的位置，然后，让他们牢记依照此位置而设计的一个经典例句，如此，就可以依照例句模式，初步推断该类练习题中是否存在语序不当、成分残缺、搭配不当等错误。

几家报刊的稿件，全部利用前面的四个晚上完成了，下周又是期中考试，前三天自由复习，后三天监考，周日集中阅卷，整整一周的时间，不用为授课内容操劳，于是，日子突然就清闲下来。清闲的日子，总需要找点事情来填充，便将暑假里着手做的《精彩语文课》从文档中调出来，依照教材文体特性进行整合。同时，对相关的课例解说、课案点评进行梳理，补充必要内容。

高一与高二的考试，依旧进行中。据说，今天下午高一开始放月假，这个消息，让高三的孩子们很是嫉妒，然而，这样的嫉妒，最多转换为寥寥数句腹诽，绝不会激起任何外显的涟漪。高三，距离高考仅仅七个月的高三，早已把所有的个性，规划成一个目标下的同类项，更何况，所有的孩子，都对这次统测既怀有一种紧张焦躁又充满了期待和幻想，谁都觉得自己这阶段的复习有了不少收获，谁都希望能在考试中验证自己的努力，体味自己的进步。

读书，作家滕刚惠赠的《滕刚评传》，一个博士为一名刚过不惑之年的小小说家作的评传。从书本中，了解了立体的滕刚，同时也找寻到了太多的人生相同点，难怪《微型小说选刊》的陈雄编辑，总说我与滕刚"像"。这小伙子，就因为他感觉中的这份"像"，让两个八竿子打不着的人建立起了联系。网络时代，就是这么奇特。

午间，收到校信通通知："下周一至周三，学生自由复习，相关教师进班答疑，任何人不得上课。"很早就通知的事情，又用短信通知一次，足可见校长们对此事的重视。然而，愚钝的我，始终没有想明白，一次期中考试，怎么如此慎重？是否需要授课，是否需要用三天时间五个课时复习，本来应该是授课教师自己可以决定的事情，怎么需要校方如此谨而慎之？

校方对此次期中考的高度重视，让我也跟着紧张起来。当然，不是为学生的成绩紧张，关于成绩排名等诸多问题，我大抵已修炼到“跳出三界外，不在五行中”的境界，我是为万一此次考试学校整体排名不理想而紧张，倘若那样，这后面的200天，恐怕绝非一个水深火热可以比喻得了。我清楚地记得，前阶段，校长们外出取经，学到了把晚自习一分为五，所有任课教师每天晚上必须到校辅导的歪经，这歪经是否需要在本校成为经典，大概就看这次考试来决定取舍了。

11月10日 星期六

绝非粗心

周六，完成一套模拟试卷——“无锡市部分高中基础检测卷”。两节课时间完成，作文不写，只做其余90分值的试题。

上午一、二节课，7班的孩子们答卷时，我在讲台上阅读从网络上下载的滕刚系列小小说。昨日，将近20万字的《滕刚评传》读完后，从网络上搜寻到他的“个人履历表”系列，下载到桌面的文档中，留作今天及以后一段时间慢慢品味。

读滕刚的小小说，喜欢玩味其文字背后深邃的隐语意义。滕刚的几个经典作品，全属于需要反刍才能解得其中真味的一种类型。滕刚又是冷幽默的高手，善于将小人物的生存之痛利用黑色幽默的形式呈现于阔大的社会背景下，以此来体现出社会转型期来自社会底层的种种善恶情仇、利害纠葛。正是基于这两点，每每遭遇到他那看起来随意实则倾注重力的精妙文字，竟然会有如芒在背的感觉。

9点半，下课铃响，请各组组长将试卷收齐后，回到办公室，开始阅卷。校方的霸王条令，周六测试的试卷，必须要在周一上课时，批阅完成并发到学生手中。全然不知，中华人民共和国宪法赋予的公民休息权神圣不可侵犯。

选择题的难度似乎很低，51个孩子，全对6人，错一题9人，错两题20人，这样的正确率，倘若出现在高考中，很多语文成绩中等的考生，睡着了也要笑醒来。

非选择部分，前几个板块更简单。文言翻译，基本就是将课本中的词句，简单化了个妆，然后走到台前来让孩子们辨认。不过，这样的命题很好，让孩子们运用课本知识解题，比云山雾罩不知所以的那类命题，至少简洁明快得多。

然而，也有不少莫名其妙的错误，为我的枯燥阅卷增添了些许另类的情趣。首先，翻译的句子中，“主簿”一词明明是个官职，却有不少孩子将其胡乱翻译成“主要的大将”“主管账簿的大将”等。这些孩子，最基本的“三不译”竟然也忘却了。

有一些孩子，完成诗歌鉴赏时，明明题干上要求解析首联的两个核心词，却跑到颈联中，抓住两个动词阐释一通，这种行为，和当年的国民党抓丁很是相似；还有一些孩子，要求分析两首诗歌的异同，却只在“异”上做文章，完全把“同”抛弃到爪哇国去不闻不问；另有一些学生，要求写出两个关键词，他就写一个了事。

诸多不该出现的错误全部出现了，倘用一个简单的“粗心”来分析原因，显然同样“粗心”了。形成眼下这种过失的最主要原因，归结起来就是一条：高度疲劳下的精力无法集中。

下午，13 班考试时，我将 7 班试卷剩余的几个板块带过去批改，至考试结束，我的试卷也批改结束。把分数累加一下，90 分的满分，最高 81 分，最低 50 余分，这样的分数，和往届高考成绩相比略高一些。当然，这是因为试卷简单的缘故。

7 班前排的嘉欣和叶露，这次全栽了，一个 65 分，一个 50 分露头。这样的分数，对于视分数如命的她俩，无疑是一种灾难。这样也好，只有事实的惨痛，才能让她们回归到踏踏实实的学习中来，只依照自己的性子学习，其可成功处，终究不会很多。

11月12日 星期一

犯禁

两个班的试卷，终于在昨晚全部批改完。13班的孩子，选择题做得没有7班好，后面的内容，却比7班完成得漂亮。这就是文理科的差距。文科生语文理解力强，却缺乏理科生的细致，比拼死知识，注定不如理科生。

几位80分的孩子，作文大多过硬，70分的作文，在高考中应该可以拿到60余分。抓住这点，我在课堂上大做文章，为孩子们描绘出一幅语文高考成绩超140分的辉煌前景。我看得出，小小和娟子们，都增添了一份胜利的信心，眼睛中，有光芒闪动。

弃学校的禁令于不顾，利用连堂中的第一节课，对错误较多的几个知识点进行集体订正，同时，针对试卷中语段压缩错误严重的情况，要求孩子们将复习教材中关于该章节的文字提到今天的课堂上进行预习。如此，今天的课，基本上就不会再顺着校方划定的复习路线行走了。然而我明白，我的课堂，主宰应该是我和我的孩子们。了解学生需要的，是我这个授课教师，而非发号施令的校长们。我焉能眼看着几个知识漏洞不去修补，却让孩子们自己盲无目标地自由复习？考而不评，不如不考。

在走廊中巡视的校长，对来自课堂上的讲课声显然不满，他透过玻璃窗，窥探着学生课桌上的试卷，似乎想研究研究我正在进行的，到底是教学内容，还是即将要进行的期中考试卷。也不能怪校长们干预课堂，我们这样的学校，每次考试后，总会有少数同事私下里嘀咕，说某某考前在班级讲授的题目，和试卷一模一样。这样的声音，难免引来不必要的矛盾。于是乎，因噎而废食，也就成了一种选择。

想来校长的这番巡视很是不开心。晚间，校信通再次用严厉的措辞，责令所有高三教师必须在课堂噤声，除却个别答疑外，绝不允许集体讲课。口气之严厉，几近最后通牒的色彩。

我不禁莞尔，顺手把短消息删除，然后打开电脑，观看

"教育在线·新教育人"链接过来的一档访谈节目《心灵的教育》。这个由央视操作的对朱永新先生倡导的新教育实验的"新闻调查"，尽管压根就没有捕捉住新教育那种立足心灵雕塑的教育本质，但还是撩开了大幕的一角，露出了一方明朗秀美的山川。这至少给沉沉黑夜中积劳成疾的人们，带来了一星渺茫的希望之光。

"教育在线"论坛上，自然对这个访谈一边倒地叫好。好在朱永新先生异常清醒，他深知这轰轰烈烈的新教育，如果不能走进初高中，那么，小学时打下的那点底子，很快就会被应试的魔床收拾成了无情趣的鸡肋，所以，先生一边坚信高中阶段只要推行新教育的六大法宝，就一定可以获取高考的胜利，一边感叹着说自己想建一所远离应试、完全依照新教育理念办学的高中。

我在后面跟了个帖子，我说，朱老师的高中办成后，只要需要，一声令下，我将义无反顾地前往。这不是伪辞，而是教育理想，我同样渴望着能在一所超越于功利之上、只为了雕塑灵魂的学校工作。

11月13日 星期二

读书及其他

"禁课令"带来的最大好处，是可以名正言顺地坐在讲台上读书。今日，将书橱中几本与莫泊桑有关的旧书翻出，想系统研究一下莫泊桑的人生经历与创作思想，为或许会参加的一个会议作点准备，更为未来的教学做积淀。

《欧美文学简史》中，关于莫泊桑的介绍过简，好在对福楼拜的创作思想和创作风格介绍得比较详尽。我知道莫泊桑是继承了福楼拜的冷峻、写实的传统，也知道莫泊桑在福楼拜的批判现实主义的基础上，又接受了"实证主义""自然主义"的影响，研究莫泊桑，在资料不足的情况下，何不先从研究师傅福楼拜开始呢？

很有些日子没有到图书馆借书了，前几年，将图书馆中值得一看的书，大多翻阅了一遍，近两年，也没见学校再进什么有价值的书。学校图书馆中，大体是供学生阅读的通俗读物，也有不少标价吓人的盗版书籍，人模狗样地混杂在正版作品中，以比正版更漂亮的外壳，包裹着满是错误的内容。

网络上热炒的教育理论著作，只有小威廉姆·多尔的《后现代课程观》孤零零地独处于众多平庸的论著中。这书，前年就借了来，至今还没有归还。其余的教育类著作，文字多不够简练，总喜好将简单的事情弄得十分复杂，翻阅了几本后，再没有阅读的情趣。

收到一家报纸的四份样刊，仔细瞧瞧日期，吓我一跳，竟然是2008年元月的。数字的日子过起来确实快，想提前两个月，在键盘上点几下就完成了。岂不知这60天，要经历多少大大小小的事儿。

自由复习时，郭丽和吴静的问题最多。这俩姑娘，喜欢钻牛角尖儿，对于一些脱离了语境就无法区别的词句，她们非要分出个子丑寅卯来。李延前几天表现退步，总爱偷偷说几句废话，昨日被我提醒了一次，拧了拧耳朵，今天又恢复了正常。虽然不会积极主动地学习，却也能够将以往的默写练习拿出来，装模作样地背诵。

下午没课，本想躲在家中休息。上午临放学时，却接到总务主任的通知，要我下午两点半到学校来，参加一个收费检查问卷调查。学校在创建一个什么"规范收费学校"，前阶段省里的调查团已经光顾过，此次，又不知是何方神圣，大驾光临。

14：20，到办公室刚坐下，学校的电工，就进来通知，说分管后勤的副校长请参加问卷调查的老师现在就上楼去。到了楼上，进入会议室坐下。先来的几位，便侃大山。

14：30，两位陌生面孔准时出现在主席台上。他们自报家门，一位是大市纪检委的官员，一位是大市教育局纪检处的官员。两位先是开宗明义，将要求我们做的事情交代清楚，然后下发一张薄薄的纸，让我们在上面打钩。我拿到问卷一看，上面密密地列了20余项，表面上看，似乎可以依照实际情况如实填写，但抬头处的相关信息，却决定了谁都不会傻乎乎地说真话。于是，专拣有利于学校获牌的选项打钩。1分钟时间搞定。

那位教育局纪检处的官员，象征性地动员大家如实反映学校方方面面的问题，结果，只有一位同事，说了无关痛痒的几句好话，然后在冷场3分钟后，活动结束。

回到办公室，无所事事地看点课堂实录帖，聊以打发荒唐的岁月。

11月14日 星期三

此梦与彼梦

临起床时，做了一个有意思的梦：

期末，组织学生评选班级内的优秀。信手在黑板上写了15个名字，然后要求大家投票，结果，所有学生异口同声地表示，就依照老师的决定处理，老师想定谁是优秀，谁就是优秀。

学生的态度，令我勃然大怒。我似乎是从天赋人权的角度开始说教，然后谈到社会现实，谈到只有每个人都视自己的权利神圣不可侵犯，一个国家才有真正民主自由。说到激动处，我不停地用黑板揩作醒木，边噼噼啪啪地敲打着讲桌，边慷慨激昂地指手画脚……

就在我为了国家民族的未来而继续热血沸腾时，生物钟却定时将我唤醒。一切梦幻，复又归于日复一日的固定程序：起床、洗漱、吃饭、上路、早读、授课……

依旧利用早读时间批阅作文，今天的速度相对较快，半小时时间，批改了8篇，只有一篇文章较出色，其他7篇，多只是“科技+现实=未来”的模式，写不出任何新意。也难怪孩子们，过重的学业负担，早已折断了心灵飞翔的翅膀；残酷的生存压力下，又焉能有轻盈飘逸的灵魂？

这次想象作文的写作，但凡文笔优美、结构精巧的，一律把未来描绘得恐怖绝望；反过来，凡是试图表现未来生活的美好的，只会在现实生活的基础上，加上几个机器人或其他信息化产品，无论是文字，还是整体构思，都平庸乏味。两种截然对立的存在形式背后，实在是包含了太多值得反思的内容，其中，文章中呈现出的对未来生存环境的恐惧感，以及对未来世界中的美好事物日渐消失的虚无感，都绝非花季年华中所应想象的内容。唉，该做梦的年龄，却做不出美丽的梦。

回到办公室，利用等待三、四节课的空隙，阅读两位年轻学者的文字。留下最深印象的，是一个比喻句：这个句子，灰暗之中透露出一点莹润，把点点希望，留给残酷人生，留给生命。

手头的一个关于教育的随笔集，完成已近两年时间，却一直找不到出版社的投稿信箱。网络虽大，却偏偏没发现有用的信息。今天总算偶尔发现了一个出版网，点击了几十家出版机构，有接收稿件信箱的，只三家。尝试着发邮件过去，两家的信箱根本不接收邮件，屡次尝试，均是退信，能用的这家，还是一所大学的出版社。

极端郁闷，真不明白别人的书稿，都是通过什么样的途径和编辑建立起联系的。

明日开始期中统测，今天的四节课，轻松多了，不用说一句多余的话。学生对于语文，向来也很少问题，所谓的自由复习，不过是将复习过数遍的背诵篇目和文言文，再增加一次重复的次数。这样的复习，最大的价值并不在于温故知新，而是在于获取心理上的安慰。

《中国教师报》的记者茅卫东从北京来大市参加一个主题为"有效教学"的研讨会，约市内的网友小聚。从他处，或许可以捕捉一点最新的教研动态。不过，这类缺乏一线教师参与的研讨活动，大多意义不大，理论要与实践结合，离开了一线教师的积极参与，最终都只能是一阵轻风。

下午，到楼上的校办找到了最新一期的《人民教育》。这期的"教学平台"上，刊登的是四川的一位兄弟的课堂实录。这个实录，两年前就研究过，后来在《中国教师报》上又读过，前几天，整理自己编写的《精彩语文课（高中卷）》时，又阅读过，数遍阅读后，对文言文教学中的一些关节处，摸得相对清晰了。

给他发了则祝贺的短消息过去，这家伙，只吝啬地回了四个字：嘿嘿，谢谢！

2007年 11月15日 星期四

遭遇作弊

大市2008届高三第一次基础检测终于拉开了帷幕。

考试的时间，严格依照高考方案确定。上午9点至11点半，考语文必考部分。11点半至12点，考文科加试。

学生们依旧是早晨6：40就到校自修。唯一的区别，是语文和英语老师不用来看早读。这份监工的重担，由班主任自然接管过去。

早晨很是幸福地睡到7点半，才慢腾腾地起床。一切整理好，到学校时，也才8点半刚过。从教务处拿了试卷，准备到办公室坐一会儿，却在楼梯上遇到一位同事找我调监考。她让我周六下午监考政治，她帮我监考语文。

她这可是典型的赔本买卖。我今天上午的监考时间是2个半小时，周六下午的考试，是100分钟。这一调换，我就赚了50分钟。唉，要是买股票有这么好的运气，干脆辞职炒股去。

把手中的语文试卷交给了同事，我这一上午就无聊了。学生在那边艰苦奋斗，我却连试卷是个什么样儿也不知道。不知道就不知道吧，眼不见还心不烦啦，上网看看新闻，读读帖子。

翻检收藏夹中的课堂实录，找寻到几则关于小说教学的经典案例，试图从中获取一点灵感，用来雕琢我正在准备的一个课案。还真没让我失望，每个案例中，都有让我怦然心动的精彩环节。把这些个精彩消化后贯穿起来，再融合进自己的处理，应该有九成把握整理出一个出色的课案。很久不上公开课，宝刀也会生锈，何况我只是一把寻常兵器。

室外，淫雨霏霏。没有阳光的初冬，楼房似乎都缩小了一点儿。窗外的那爿天，灰蒙蒙中夹杂着凝重，如校长们心情不好时的脸。我从座位上站起身来，踱到窗口，隔着层玻璃，观赏前方道路上奔跑着的车辆，想象着方向盘后面的那一张张抽象的脸，一定比不上毕加索的画那般生动。

11点半，理科生考试结束。抓住一个以前教过的学生，询问试卷情况，回答就一个字：难！

有同事监考回来，说起试卷，同样感觉很难。同事说，有一些语文基础很好的孩子，交卷时竟然作文都没有写完。另外，诗歌鉴赏的题目，根本就无从下手。再者，试卷上的内容，和大市教研室反复通知的考查范围根本不一致。这次试卷，完全撇开了必修一到必修三这个限定范围，呈现出一种高考命题的开放色彩。正因为如此，默写最后一题的2分，绝大多数学生也写不出来。

对于这样的考法，我倒很欣赏。大市一直以来，始终强调考查书本内容，这固然可以将学生的注意力引导到书本中，但也无形中限制了学生对课外知识的涉猎，最终还是得不偿失的。

下午监考理科班的英语。一边利用学生的书包遮掩，在讲台上偷偷阅读联合国教科文组织出版的《学会生存》，一边留心座位上的学生。“关于教育”一节中，将教育区分为自发的、非限制性的教育与自觉的、制度化的教育两大类型，虽是人所共知的道理，但对减轻学校教育的压力，却有一定的意义。

由古希腊教育模式，我想到了孔子式的教育，想到了诸子百家。其实，与当下学校教育相比，古代教育才真正是素质教育。无论中外，古代教育的目标总是瞄准着学生的生存需要和发展需要两大原则展开，在这样的目标下，课程的开发、教学法的实施，都具有鲜明的针对性。

第二排的一个男生举手报告，要求借胶带纸，我把他身后一个学生的胶带拿给他用。一会儿，他又要用胶带，这次是自己回身直接拿。再过一会儿，他开始不断地使用后面同学的胶带。于是，我知道，这小子开始想歪心思了！

我继续读我的书，眼睛的余光却锁定了他。离交卷还有半小时时，他先是将草稿纸撕了一小块下来，在上面写着什么。写完后，又将双手放到桌肚下忙活片刻。等双手拿上来后，开始转身取胶带纸。取来胶带纸，却只放在手头玩弄，约两分钟后，拿着胶带纸的双手又都转移到了桌肚，片刻，左手从桌肚里绕了个弧线，从背后将胶带丢给了后面的同学。

我知道他已经自以为巧妙地完成了一套作案过程。可惜的是，他有点自作多情，后面那位同学根本没有理他。那卷胶带就那么躺在桌子上。他却依旧等待着。我走下去，将胶带拿起，打开他裹在胶带里的纸条，那上面写着一行小字：把听力以后的选择题答案给我。

我把这纸条伸到他眼皮底下晃了晃，他竟然眼皮都没有抬一下，似乎我手中的纸条，跟他没有任何关系。他是那样全神贯注地解答着题目，以至于我都怀疑我产生了幻觉。他的这份从容，让我顿时觉察出自身的渺小。我悄悄地把纸条揉作一个小小的球儿，灰溜溜放到垃圾篓里。

这以后，我见他开始奋笔疾书，几十条的选择题，一会儿也就填涂完毕。

11月17日 星期六

跟谁较劲？

昨日无监考，又不用批改试卷，于是，在家轻松一天，看看电视，上上网，翻翻杂志，逍遥自在。一天中的唯一成绩，就是将一个课评开了个头，写了一千余字。

今天，上午监考理科班的物理。带了一支笔、几张白纸。无所事事时，心之所至，便信手写点零零碎碎的感触。这次的物理试卷似乎难度很大，学生们埋头苦干，从头忙到尾，临交卷时，还有一些人没有完成。

下午的监考，被我演绎成了一场体力活儿。

下午，我手中握着考卷和《学会生存》走进文科班的第四考场时，就意识到今天别想看一个字的书：13 班的李延、朱训等四大金刚一个不缺，另有平时特别爱作弊的两个女生，也在考场内，再看属于其他班级的那二十来个孩子，其中也有我了解的人物。

发现是我监考，李延开始和后面的另一位“金刚”招呼点儿什么，朱训则和外班的一个女生眉飞色舞地进行着沟通。这俩小子，或许是觉得我平日里对他们有点慈悲，想从我这糊弄点分数，好回家交差吧。他们哪里知道，二十余年来，在我经历过的四所学校中，我始终是监考最严厉的一位。我从读书时就厌恶考试作弊的同学，工作后，更是不容忍我的学生在考试时弄虚作假。我对自我检测性质的小考从没在意过，但对于需要大家站队比较个高低轻重的事儿，却不容忍别人靠小聪明而伤害了诚实付出的人。

我决定，这场监考全程站立，既练一练我的站桩功夫，也让心存邪念的人彻底死了那份心。这份决定，让我觉得很有意思，也很开心。我想起十年前，我时常和几个年龄相近的同事在办公室里比赛站功，大家都一动不动地站立在房间中，谁最先活动了身体，谁就掏钱买食品请客。那时，纹丝不动站立一节课时间，似乎是家常便饭。

于是，我从发下试卷开始，便钉在了讲台正对着南边走道的位置上。李延与朱训，都在这走道南边一排，一个是正数第二位，一个是倒数第二位，全在我的视力锁定范围内。

身高1.75米、体重170斤的我，加上20厘米的讲台高度后，对于坐在下面座位上的考生，似乎足可以形成一种精神威压。

前半个小时，都有事情做，个个都头也不抬地忙着。半个小时后，有人开始坐不住了，先是脑袋东摇西摆，跟着，屁股上就像生了刺，坐立不安起来。我发现哪里有了情况，立刻把目光探照灯般扫过去，用光柱紧紧锁住他，直到他委顿地趴到桌子上，光柱才移开。如此，想有所行动的人，一点儿机会也找不到了。

40分钟后，有人举手，我走了过去，她问：老师，可以交卷了吗？这孩子，是艺体类兼报生，这阶段一直在外接受专职美术老师的辅导，根本就没有在校上课，对试卷上的政治内容，根本就知之了了。我把学校规定的不许提前交卷的规矩扔到了九霄云外，答应了她的要求。

其后，便陆续开始有人交卷。一个小时时，李延和另一位金刚“眉目传情”一下，一同交了卷。朱训依旧坚持在座位上，既不写一个字，也不看试卷，只把一双大眼睛，空洞地悬挂在眼眶中。

我把监察的阵地，转移到了走道的后排，距离朱训只一米之遥。这孩子，依旧这么傻傻地坐在那儿，好像和我比赛起了定力。然而，姜自然是老的辣，80分钟时，他终于从神游八极中清醒过来，在试卷上一番龙飞凤舞后，还颇有礼貌地举手，示意自己要求交卷。我向他点点头，他轻手轻脚地向着门口走去。这一刻，我竟然突然有了一种感动和一种愧疚：我在心目中把他作为一个假想敌看待，他却并没有做任何违反考试纪律的事情，而且，最后的这轻手轻脚中，分明还存有一份许多成绩优秀的学生都不具备的素养。

唉，谁让他总给人自暴自弃的感觉呢。有了聪明的脑袋而不放在学习上，在中国的教育环境下，似乎就是一个标本式的差生。

>>>>>>

11月18日　星期日

给教育局打工

给教育局打工，永远是这世界上最可悲的事情。

早晨7点半，全市的高三教师，齐聚到了学校6楼的大会议室中。二百多号人，将会议室填充得满满当当。教研室主任先是进行一番例行公事的任务安排，分管教学的副局长，再把主任强调过的重点进行第二次强调，然后大家便以学科为单位，散到学校实验楼的四个楼层中。

实验室似乎总比教室要寒冷许多。考虑到今天阅卷，肯定不如上课时暖和，我特意加了条棉毛裤，但尽管如此，还是感觉到由脚底生成的凉气，一点点地沿着骨髓往上爬。

教研员进行了简单的分工。我和其他11位老师，负责试卷的第一至第九小题，内容包括科技说明文阅读3个选择题、文言文阅读3个选择题、3个文言语句翻译、3条诗歌鉴赏简答、5个名句默写。教研员要求，小组内不再分工，每人都批改这九道题目。全市114本试卷，每人10本的工作量。

刚批改时，总是很啰唆。几道翻译与简答，被学生们“解读”出无穷尽的内容，而大市教研室提供的所谓标准答案，又存在着踩点不当的问题，学生很难依照他们的要求作答。于是，不停地讨论，不停地修正，最终形成我们自己的评判标准。这一来，耗时就很多，速度也很慢。到10点半时，才改到第三本。

教研员开始催工，周扒皮般督促着我们加快速度。他要求上午必须任务过半，但这要求似乎根本就无法实现。

今年的阅卷，大伙儿似乎自觉了很多，不像往年，说故事的人，比做事的人还多。今年，二十多人的实验室，除了翻动试卷的声音，就极少听到说话声。而即使说话，也是在研究批改的尺度，或交流看到的奇谈怪论。

11：20，教研员开始发午餐券。边发边吆喝着：教育局要求下午1点半准时阅卷，我们语文组向来任务最重，所以，任务没有过半的老师，吃完饭就要立刻返回阅卷点进行加班。任务过半的老师，最迟不得迟于1点钟，也要开始工作。其时，我手头的第四本还有十多页没有批阅。及至11点半，大伙儿都开始去食堂吃饭了，我还有几张没改。我坚持改完，再去吃饭。

吃饭时，遇到在二附中工作的同学兼前同事。这位兄弟，高中和我同班，工作时又同学校同年级，后来又前后脚来到江苏的这个小城。平时大家都忙，难得见面。今天碰了面，少不了要叙叙旧，侃侃老家那所学校中的故事。饭后，再邀他到办公室坐坐，吹吹牛皮，也就把教研员的要求抛到脑后去了。

家乡的那所重点中学，2007年高考遭遇了前所未有的惨败。这次失败，使得全县人民进一步怀疑它的教学管理与教学质量。自2003年我胜利大逃离起，这所学校陆续走了十多位中年骨干教师，引得全县百姓都在议论，说县中的好老师走得都差不多了。其他完中也抓住这个机会大作宣传。偏偏县中的校长们，不从根源上考虑问题，反而一味加大对校内教师的压力，使教师们心中始终揣着一份怨气工作，于是乎，终于在学生数达到顶峰时，升学率却滑到了谷底。

可悲的是，这失败又进一步加大了校长们对老师工作的压力。同学说，目前，这学校中，早中晚三遍上下班打卡，一天数次点名，每周都有想象不到的会议要开。管理层高高在上，年轻教师胆战心惊地工作，中老年教师满腹委屈，而几位善于钻营的人，全都谋求到了一官半职，这些人，上课没本领，整人的招数却层出不穷。

我无言。我之所以在2003年出走，原因就在于这缺乏人文意识的生存环境。然而，尽管我对几位管理者没有好感，却对生活了近十年的那片土地充满了怀念。我知道，故乡的人们，其实都是用一种恨铁不成钢的心态看待着这县中。我也衷心地希望它能走出中世纪野蛮管理的恶俗，给全县人民一份希望。

两人聊到12：45，离开办公室，各去各的“责任田”。

经过数学组的阅卷室，里面还没有什么人，几位老师在朝南的窗子下，边晒着微弱的阳光，边打着扑克。再到语文组一看，差不多都来了，全在埋头苦干。语文老师就是苦命，每次阅卷，总是分量最重，又最后一个完成。难怪网络上流传一句俗语：前辈子杀猪，这辈子教书；前辈子杀人，这辈子教语文。语文老师前世罪恶最大，这辈子自然应该最吃苦，好赎回自己的罪孽。

向大伙儿学习，立刻投入战斗……

15：30，上一趟厕所。数学组的阅卷室，已经人去楼空。学校的勤杂工，将摆放在各实验室中指点位置的牌牌收了十来块，集中放在走道口，估计，这里只缺少语文组的两块了。

17点，终于结束。教研员开始发阅卷费。从7：30—17：00,11个半小时，赚80元。用前任教育局长的话来说，肯定比纺织女工赚得多。

踏着暮色回家吃晚饭，骑了破自行车穿行在来来往往的车流中，嘴里没留神哼哼出了那首20世纪30年代的歌谣：没有钱也得吃点饭也得住间房，老板娘，怪模样。幸福不会从天降，生铁百炼也成钢。唧里格唧，唧里格唧，遇见一位好姑娘……

晚上，18点半到22点半，还有4个小时的晚自习等候着我……

>>>>>><<

11月19日 星期一

成绩背后的隐语

原本以为第一、二节的试卷分析课上，不会有试卷发到学生手中。毕竟昨日下午17时才累分结束，后面还要上机登分，登完分后，还要把各校的试卷分发下去，跟着又要把混杂在一起的试卷，依照班级分门别类地归纳。这一套事儿做下来，没有5个小时的时间，绝对不行。

然而，一早到校，试卷却已到达办公室。看来，昨晚，有不少人加了夜班。也难怪，在升学压力越来越大的当下，这种大市全市性的高三模拟考试，对各校的分管校长而言，不能不看重，不敢不看重，不得不看重，估计谁都希望能在最短时间内了解整体成绩和自己学校所在的位次。

利用升旗仪式后的十多分钟，把两个班的卷子翻阅一遍，发现分数十分集中。7班除两人得分不足90分，两人得分高于120分外，其余的47人，全部集中在91—119分之间。13班这次也创造了奇迹，90分以下，竟然只有5位，而120分以上，有4位。

两个班级中，只有13班的静雯和米捷栽了跟头，其余全部正常发挥。黄恩昊竟然考了72分，虽不及上次的分数，但也比以往好了许多。这归功于他本学期以来对作文的喜好。本次作文，他得了50分，默写也得了1分，文学作品阅读、诗歌鉴赏等主观题则一个字也没有写。

借助昨日的阅卷，我已大体了解了本套语文试卷的“特色”。由于难易度把握不够，致使一部分题目过于简单，另一部分题目过难，整套试卷丧失了应有的区分度。这样的结论不是凭空而来。昨日阅卷临近结束时，我做了一个抽样调查，找了一本30份有效试卷的答卷，对前9小题逐题进行了统计。选择题部分中，第一小题，27人正确；第二小题，20人正确；第三小题，25人正确；第四小题，10人正确；第五小题25人正确；第六小题，19人正确。这六道试题中，只有第二、第六两道题目比较理想，其余四道中，三道过于简单，一道难度过大。

本次诗歌鉴赏，满分为8分。抽样的这本，0分4人，1分11人，2分10人，3分4人，4分1人。人均得分为1分多点儿。

正是基于对试卷本身的理性分析，我对本次考试的成绩并不看重。我知道，这样的试卷，并不适宜于语文素养很好的学生。在接下来的试卷分析中，我对得分普遍高的那些题目，全部一带而过，只把课堂着眼点放到文言文翻译、文学作品阅读、语言实际运用三个方面。这三部分，才是这套试卷能提供给孩子们的最大价值。

昨日下午，市教研员就把定于本月22日公布的2008年高考新考纲中与往年不同的地方印发给了各校。今天评讲试卷时，我把这内容也传达给了孩子们。对理科班而言，新考纲对他们不会产生什么大影响，一切都还是“按过去方针办”。唯有文科班的40分加试，将十本中外名著纳入了考点中，这将逼迫着文科学生通读这些作品。当然，这是好事。

或许是鉴于高一、高二期中考的成绩，或许是鉴于高三昨夜刚出来的分数与人头数，今天晚上的全校教职工大会上，校长在上一次提出要增加教职工教学业绩奖的口头承诺后，今天通报了具体的方案。这套方案，将年级与班级的整体协调发展放到了第一重要的位置，将个人英雄主义式的跑单帮行为纳入严打行列，相对于既往的过分重视班级平均分，过分重视授课教师间的分数排名，这套方案，显然理性了很多。

11月20日 星期二

先喜后忧

让无数人牵肠挂肚的分数排名表和模拟本科线终于一同浮出了水面。据消息灵通人士介绍，本次模拟考中，全市有一千余人进入语数外三门总分的大市升学计划数内，比大市分配给市局的近九百名本二指标多了二百余人。

然而，这样的消息，并不足以让人惊喜，因为2008年江苏高考除了语数外三门功课的比拼外，选修科目的双B达标，才是真正的撒手锏。依照江苏高考方案，选修功课达不到B的孩子，即使语数外成绩再优秀，也拿不到进入本科的通行证。

偏偏这选修，成了学校的死穴。我们这所四星级老牌重点高中，文科的历史、理科的化学竟然数次斗不过市内的其他三星高中。也难怪，全市八百余名选修理化的考生中，我们学校就占了近五百人，即使其他学校的考生全部在 B 级线下，也只能是四百余人达到 B 级与 A 级，注定有一批人，只能是 C。

别的学校的孩子，又怎么会甘心作分母呢？很早前就听到这样一种风声，说是苏北的一些学校有一个明确的战斗方案——用双 B 把苏南的语数外高分孩子挤出本科队伍！在这样的思想指导下，他们减少对语数外的力量投入，转而全面提升选修科目成绩，试图通过选考科目的高达标率，把高考语数外分数拉到一个较低档位上。如此，一批选考科目合格而语数外成绩中等的孩子，就可能因为众多语数外高手双 B 不达标没有资格竞争本科而坐收政策漏洞之利。

苏北学校放出来的这股风，确实具有巨大的威慑力。倘若你不相信它，而它果真就这么做了，那么，吃亏的肯定是苏南苏中的学校，比如我们这类老牌重点；倘若你相信了它，也依照它的方法去加强选修科的力量，而它却仅仅是用这样的说法制造一个圈套，让苏南苏中的学校往里钻，它自己却铆足了劲儿死抓语数外，那么，吃亏的可能还是苏南苏中，当然，更大的可能是两败俱伤。

下午，陆续有消息传到学校，说是物理 B 级线 64 分，化学 B 级线 72 分，政治 B 级线 76 分，历史 B 级线 94 分。这历史的 B 级线，着实让人恐怖。满分 120 分的历史，考到 90 分的人，竟然连进入本二模拟人数线的资格都没有，如此发展下去，岂不会演变到只有考满分才有资格的程度吗？如果全省考生中，考满分的占了百分之六十，那又怎么办呢？

晚间，7 班的一个家长请客。这个家长，也是教师出身，和老周是十多年的同事。所以，老周也不推辞，邀请了 5 位任课教师一同前往。吃饭中的一个最重要话题，就是这双 B。老周动用了他的一些关系，把电话直打到大市教研室某负责人处，全方位打听本次模拟考的详细情况。据老周转述，这次，我校的化学科依旧不理想，达 B 人数，不到 300，也就是说，9 个理化班近 500 名学生，注定有 200 来人因化学学科成绩为 C 或者 D 而不能纳入模拟本科线。

双 B 划定后，老周班级的 36 个指标，显然无法完成了。尽管双 B 划定后，语数外总分被拉到可怜的 310 分。老周的 7 班完成不了任务，其他的平行班要想完成，难度更大。其他班级都无法完成，则学校指标注定无法完成，这就又牵连到市局的指标也注定无法完成……

恐怖的事情终于又要发生了，完不成指标怎么办？学校的法宝就是一个字——揪！预计未来三五天内，将会展开全高三教师大会，会上，分管校长一定会再次拧动手中的发条，让高三这辆老爷车能有更多的力量前进。当然，拧动发条是否就能产生力量，或许上帝都不清楚。

11月21日 星期三

请让我来帮助你

13班的投影仪出了故障，前几天告诉了老钱，老钱也找了分管电教设备的主任，可是，今天上课要用了，还是没有人来修理。其实也不是大毛病，屏幕升降开关坏了，屏幕缩在黑板顶端，无法自动降下来。

我决定自己动手，用破坏手段把升降开关盒硬性掰开，然后把线头拉出来，用小偷偷汽车的手法，将两个线头触碰，使屏幕降下来。于是，课间操结束后，我提早10分钟来到教室，钻到讲台肚下忙活起来。

费了好大的劲，终于将开关盒掰开后，线头、接线铜片等物便裸露在我的眼睛里。看着这一堆零件儿，我的手不敢动了。不是怕自己着电，而是担心留下后遗症。万一哪个孩子调皮捣蛋，跑到讲台下来忙活什么而被电了，或者其他老师晚值班时，腿伸到讲台肚里触了电，那我可是吃不了兜着走了。得，俺还是不做这修理工。于是，我把好不容易掰开的盒盖又用力按了回去。

换一种手法，直接用蛮力将屏幕拉下来！

这屏幕还真紧，没点力气还真对付不了它。我先是用一只手拉，感觉屏幕有变形的可能，又改为双手各执一端用力下拉。屏幕在我的双手作用下，边咯咯吱吱地嘟囔着，边扭动身躯跟我抗衡。讲台下的小女生们，看我拉得很费劲儿，干脆齐声喊起了“加油！加油！”似乎我正在讲台上，与屏幕展开一场拔河友谊赛。

在学生们的助威声中，终于把屏幕搞定。这家伙，拉长了那张煞白的脸，垂头丧气地贴着黑板站着。这一站，还不知要几天几夜。

在班级做的鼓动工作开始发挥成效，昨日下午，7班的盛桥灰头土脸地来找我，让我帮他分析分析这阶段语文学习中的不足。这小伙子，最近的两次考试，语文成绩都是双位数，这不能不引起他的紧张。我是向来不喜欢主动找学生谈心的，我只喜欢动员学生主动找我。我知道，我找学生时，容易引起对方心理上的压力，更容易让对方形成一种提防心态；而学生带着问题来找我，效果自然就不同了。学生们找我的前提是信任，是敞开心扉。

我当然没有武林秘籍可以传授，更没有吃了就可以得道升天的仙丹妙药，作为语文教师，我知道语文成绩的提高绝非朝夕之功，但这些我都不能跟他说。在高三阶段，我知道我能告诉孩子们的，是“只要付出，就有收获”；是“你一直基础不错，这次失误，主要因为你某方面没有处理好，近阶段你需要把学习重点放在某知识点的强化训练上”。所以，我针对盛桥的学习实际，将文言文和应试作文这两块作为这阶段的训练重点，要求他在即将进行的《史记》复习中，多注意文言实词的积累，多翻译一些经典名句，同时，利用早读课和自习课，多阅读揣摩一些高考满分作文，把优秀作文的框架搭到自己的记忆中……

13班的静雯、吴静、许天浩三个小女生，也利用晚自习前的20分钟，到办公室来找我，请我帮她们分析这次期中考试暴露出的问题，更请我帮她们制订下阶段的语文复习计划。这仨孩子，静雯的语文一向很好，毛病在于审题毛躁，时常不依照题干要求回答问题；吴静的语文成绩起伏较大，最大毛病在于文言基础薄弱，议论文写作能力较差；许天浩相对而言语文能力最差，各知识点都有待进一步强化。我针对她们各自的特点，分别从最能在短时间内体现出变化的几个知识点出发，提出近阶段的训练重点。我向来反对一味借助解题来强化知识，提倡语文学习中的“顿悟”“妙悟”，所以，我建议她们从旧知识的归纳整理入手，既研究同类知识在近几年高考中的命题形式与解答要点，又立足感性研究归纳知识间的联系，让语文知识串联成彼此链接的知识链。

子曰："不愤不启，不悱不发。"当孩子们渴望提高成绩时，我的责任，自然是努力帮助他们打开走进语文殿堂的大门。

11月22日 星期四

接受新任务

时令虽已是小雪，气温却持续攀高，连日的晴朗，使得最低气温由前阶段的4℃逐步上升至10℃。校园内，参差错落的树依旧披着浓浓的绿色，在草坪边、池塘旁、天井内悠闲舒适地晒着太阳；楼前广场上，大片大片的一串红，也同样蓬蓬勃勃地绽放着耀眼的鲜艳。

这样的日子，似乎正是读书的黄金时节，除了早晨天亮得迟、晚间天黑得早之外，秋日所有的，眼下全都拥有。

上午，老钱来到办公室，将一张纸递给我。拿过来一看，抬头处是醒目的黑体三号字：高三13班问题学生名单。题目下，是两个表格。上面一个，为语数外总分达线而政史选修中未能达到双B的学生名单及其各科成绩、总分、班名次、校名次。下面一个，是政史达双B而总分未达模拟本二线的学生名单及其各科成绩、总分、班名次、校名次。上一个表格中，有7名学生，一色的班级"精英"：王洁、郭丽、晨晨、袁静、吴天、婉容、静雯。下一表格，有4名学生，也是平日里的前20名。老钱说，上一个表格，主要是给政史老师看的；下一个表格，是给语数外老师看的。对我们语数外老师而言，抓住选考双B的学生，使他们三门功课每门提高10分以上，那么，13班完成指标就是"小菜一碟"。

能够完成指标当然是好事，这世界，没有人和奖金有仇，也没有人和成绩结怨，何况，需要付出的，仅仅是方法的指导和情感的沟通。我欣然接受老钱的任务，同时承诺在未来的六个多月中继续立足学法指导，在不过分加重学生课业负担的前提下，尽最大可能引领着孩子们由感性认知走向理性把握，让高效学习成为孩子们克敌制胜的法宝。

送走了老钱，刚准备写点文本解读的文字，玲玲老师又来找我，邀请我一起到分管校长处，就13班的班级均分问题，向校长提出交涉。13班的各科均分，是一个"历史遗留"的老大难问题。平行的文科其他班，在高二时下了不少工夫，使班级每次考试都垫底的一批学生，纷纷撤离了原组织，转而归属于学校单独成立的一个艺体班。该项工作，老钱做得最差，班级垫底的，一个未走，反是一些中等生脱离了组织，结果，从高二下学期开始，其他只留下30多个精兵强将的文科班，每次考试都在平均分上比拥有46人的13班高出一二分，这，使得13班的任课教师心中充满了不平。

我对这均分，向来没有兴趣。别人看重的所谓荣誉、名气，我也从未放在心上。一所学校内，应试环境下的名与利，说到底，都不过是以牺牲学习的快乐、牺牲青春与健康为代价，这绝不是我的追求。正是这样的原因，我一直以来从未因为这平均分问题，而和王军说过任何不满意的话语。

然而，这次是大伙儿的共同心声，是大伙儿觉得我还有点说话的资格才要求我找王军说说，为了大伙的利益，更为了玲玲老师两年后职评的需要，我权且做一次看重名利的人。

王军知晓我们的来意后，笑了。原来，老钱们昨天已经就此问题和他交流过。王军将自己的"二套方案"向我和玲玲老师做了介绍：一是用来作为所有学生学情状况了解的方案，用班级所有学生数做分母，计算班级均分。此均分，只在年级内流传。二是每个班级依照相同人数由高向低切线，然后计算平均分。此均分，交教务处作为量化考核数据。三是有职评需要的老师，职评时由年级组提供符合职评需要的统一分数，保证所有老师不因为平均分而影响职称评定。

这三套方案，应该说很合理，校方与教师都可以接受。于是，不再谈这平均分问题，转换话题，聊一聊高考新方案，数分钟后，撤退，回办公室继续自己的事情。

下午，市语文教研员连续发来几则短消息，嘱我帮忙设计一个课案。据夏琼说，大市要求下属各市局改变机关作风，教研员要送教上门。这招确实不错，对于扭转教研领域的不正之风有益处。我针对早晨教研员在我校借班上课时存在的一些不足，从文本整体感知的角度，提出了自己的一些看法，又用了半小时时间，为其设计了一个授课简案，希望能对他的课有所帮助。

>>>>>>

11月23日 星期五

一些杂事

老陆要到大市参加年度乒乓球赛，早读课下来，就找我催要作文训练题，留作周六连堂课上布置给学生。于是，从第一节课开始，便在大脑中琢磨，试图依照几年来江苏高考的作文题，揣摩出一个能切合议论文文体训练规程的“好”题目。

2004年以来，江苏高考写了山水（《山的沉稳，水的灵动》），写了生命历程（《凤头·猪肚·豹尾》），写了人生（《人与路》），写了天空（《怀想天空》），2008年，它又会写点什么？外显的，都写完了，那么，就该往内在的灵魂处发展了吧？或者，走向抽象的路径？不管写什么，有一条线是明显的——写人生感悟，写生活。

依照“写生活”的构想，在网络上找寻话题与命题，顺带阅读一些关于作文教学的文字。这么一读开去，慢慢也就跑了题，由单命题议论文，跑到二元关系型话题作文上，继而研究起“二元关系型话题作文审题指导”，研究“高中话题作文19讲”。

王子老师在第一节下课时，把一套模考试题送过来，并传组长指示，说明天的连堂课，就完成这套试卷。得了这份圣旨，我不再担心老陆的作文题了，干脆将相关的写作材料逐一下载，留做下面复习时的教学参考材料。

依照教学进度，今天该结束病句这个知识点。前几个课时，利用课件辅助教学，复习了六种类型中的前五类，还剩余

“表意不明”这最后一小块内容，用20分钟时间，借助“框式图解法”训练完成教学任务。其实，这一点中，“代词指代不明”的错误很容易辨识，难度只在于歧义句。

课堂练习巩固时，7班的李娟、赵娜、盛桥、李宁等，似乎将一周内遭遇的病句全部收集了来询问。这些问题，大多是对辅导资料所给答案的质疑，其中一两个句子，短时间内我也琢磨不透，只能集合周围同学一起讨论，集思广益解决问题。

李娟对知识点的思考，越来越钻牛角尖，上次已敲过警钟，看来效果并不理想，还需要在下周找准时机再敲一次。

一个旧稿，在《班主任》上刊了出来，样刊与稿酬同步到达。同时来的，还有《新高考》的稿酬。这两篇稿子，一个来自网络上两个案例，一个来自文本解读，都是对别人思想的颠覆。行走网络数年，学会的最大本领，就是用人文的眼光解读别人的文字。于是，时常可以在别人的得意之作背后，捕捉到强权与暴力思想。

下午，接一长途电话，对方一口听起来很受用的标准普通话，说是我的一个书评，她想用，但在网络上搜索不到那本书，希望我能提供作者的电话。那书评，是朋友邀请我写的。朋友的书，隶属于远方出版社免费出版的系列丛书，也难怪编辑们查不到书的出版商。我把实情介绍给编辑，她不无遗憾地说：查不到出版社和正式书号，书评就没办法用。

不好用就不用吧。这书评，我自己都已经忘却了。推算一下，应该还是2005年上半年的事情。真不知道这家刊物，怎么会把两年前的稿子放到今天才跟作者联系。

11月24日 星期六

试卷上，那些无法容忍的错

真不知组长从哪儿弄来的这套模拟试卷。开篇的第一个文段中，几乎就没有30字以内的文句。全篇文字，要么堆砌概念，要么故作高深，好好的中国话，硬是被糟蹋成了含混晦涩的欧化语言。我推断，这样的文字，大体上应该属于20世纪90年代后毕业的研究生们，或许属于某只“海归”。

怀揣了好奇心，上网搜索，发现这段文字，原来是个大拼盘。第一个段落，摘自该论文的内容提要，第二个段落，摘自论文开篇第二段。原本语言就差劲儿，再加上这么断章取义地拼凑，能够读懂它，还真不简单。

这种非典范性的文字，显然不应该作为阅读材料出现在试卷中。语文试卷中的文字，应该和语文一样，具有内容和形式上的多重美学价值。遗憾的是，以单纯分数检测为目的的考试机制，恰恰忽略了试卷中应该拥有的这份美学要素。

这套试卷，还有三处明显的错误。

其一，由王勃的《别薛华》设计出的选择题中，将尾联的“无论去与往，俱是梦中人”硬性解释成王勃与薛华两人相互思念，而把“后一句直抒胸臆，充分表达了作者会永远怀念友人的惜别之情”这样的分析，当做一种错误。这种一相情愿式的一元化诗文解读法，实在是语文学习中的最大忌讳，却偏偏被用来作为衡量语文水平高下的一个尺码，其中的荒谬，实在无法言说。

其二，由契诃夫短篇小说《胖子和瘦子》设计的简答题中，将小说的主题故意扭曲拔高。作品中，胖子的形象，只是用来作为瘦子的陪衬，并非作者批判的对象。命题人不顾作品中的明示，想当然地抓住“他扭过脸去不再看瘦子，光是对他伸出一只手来告别”借题发挥，将胖子的这个寻常动作，上升到贵族阶层的傲慢无礼层面上，这种怪诞阐释的方法，也实在是超出了文本自身的意义范畴与学生的理解力。

其三，语用题中，将毫无联系的内容随意组合，强加因果，为了道德说教，不惜违背常理。本卷22小题，要求“读下面这首题为‘如果’的诗，仔细揣摩内容和句式，补写出其中空缺的句子”。诗歌内容如下：“如果你是大河，________________；如果你是春色，何必为一瓣花朵的凋零而叹息；________________，何必为还没有结出果实着急；如果你就是你，那就静静地微笑沉默不语。”该题的荒诞在于，无论前面一个空中填入何种内容，其前面两句话，都无法用来跟后面句子形成类比：大河当然不会因为一朵浪花的消失而悲伤，满园春色自然不会因为一瓣花的凋零而叹息，因为这样的损失，对于整体而言实在是微不足道。然而，什么样的东西，才能不必为没有结出果实着急呢？种子？果树？对它们而言，结出果实，就是生命延续的唯一，又怎么会没有结出果实还不着急呢？

试卷上的这些不足，倘若只从汉语知识考查的角度看，似乎并不会影响学生的解答与得分；但若从人的终身发展的角度看，则显然把一种错误的文本解读方法、一种错误的价值观念借助试题的形式，强行灌输到学生的大脑中。这种硬性的洗脑，损害了年轻生命应该拥有的价值评判体系，摧残了孩子们脆弱的思想道德防线，往严重处说，完全是一种戕害——人性的戕害。

遗憾的是，这样的错，广泛存在于试卷中、教科书中、教辅资料中。它们堂而皇之地盘踞在有利地势上，居高临下地袭击着文学建立起来的良善与美好，使真善美的光芒迷失在假恶丑的黑洞中。

试卷上的这种错误，让我联想到昨日一个编辑发过来的几则信息。那位编辑告诉我，我写的几则文本解读的稿件中，最得意的那则，因为题目中涉及"宗教情怀"这几个敏感字眼，总编便枪毙了它。后来，她回去把文章中所有的"宗教"全部删除，送去再审，立刻通过。

这试卷，与这消息一样，让我不知该用什么样的表情对待它。

下午，第二节课后，13 班的迅哥儿到办公室找我，让我帮他修改一则自我介绍。这小伙子，平日里在班级闷声不响的，竟然准备报考播音主持。

我接过他递上来的这张纸，进入眼球的第一个句子，便是"路漫漫其修远兮，吾将上下而求索"，此后，才是对自我的介绍。这种先语录后正文的模式，立刻让我想到了"文革"。这样的自我介绍，当然不行。我让他下节课后再到办公室来，我利用一节课的时间，帮他修改润色发言稿。

他磨蹭着，又从口袋里取出一张纸，让我帮助讲解上面抄写的一则诗歌。我担心匆忙间出错，同样让他下节课后过来为他讲解。

迅哥儿走后，我在论坛上简单处理了几个帖子，便开始为他斟酌自我简介的内容。400 来字的简介，花费了我 20 余分钟时间，比平时写稿认真多了。那诗歌，也反反复复读了几遍，自以为读懂了意象背后的隐语，却依旧担心出错，又上网搜索，找寻他人的解读。如此一通忙活下来，一节课时间也就要结束了。

下课，他准时来到办公室。我先就诗歌解读说了自己的观点，然后把我执笔为他撰写的自我简介交给他。我对他说："我是从张扬自身文采的角度入手进行自我介绍，目的在于通过诗意的自我介绍，给评委留下博学多才的印象。当然，我写的文字，只能供你参考，你可以依照自己的特点，再进行个性化的修改。"

他客客气气地道谢，转身跑去，留下一片灿烂，在我心中。

11月26日 星期一

统测分析会

预料中的会议，终于召开了，只是比想象中迟了几天，这样也好，经过冷却后的思考，才有价值，才不盲动。

会议分四个板块：19时至20时，王军结合各组数据，对比分析本次模拟考试中暴露出的不足，然后提出下阶段的工作目标；20时至20时35分，校长从学校量化考核角度，再次强调高三工作与教师个人利益的关系；20时35分至21时，教育局分管教学的副局长从精细化管理角度强调年级组建设、班级建设、学科建设等问题；21时至22时，备课组学习2008年新考纲，同时反思前阶段存在的不足，拟订后阶段的工作计划。

王军的数据分析最是详细。教语文的人，竟然如此精通统计学，单凭这一条，就足以让我佩服。然而，太多的数据，听得我头晕脑涨。我只关注了这样几组数字：第一，不考虑选修课的双B，模拟本一线340分，模拟本二线322分；考虑双B，模拟本二线301分。这一块，我校入围378人，比教育局下达指标，亏空100余人。第二，理化类考生中，全校化学学科达B人数仅280余人，而要完成指标任务，则至少应该有360人左右达B。第三，本次模考，在大市7所老重点中，我校各科均分均处在倒数位置。其中化学、政治、历史，不但在大市名次很差，而且在市内也没有排上第一位，竟然比几所三星学校、私立学校均分还低。

数据时代，似乎唯有数据才最有说服力。面对一大堆的数据，全体高三教师似乎应该自然地就丧失了说话权：谁让你考不过别人呢？考不过别人，就说明你技不如人，技不如人，就说明你没有竭尽全力，既没有把学生当成机器，也没有把自己当成机器。

然而，当我利用坐在最后一排最边角的有利位置，扫描整个会场时，我发现，绝大多数同事，并没有因为这一连串的数据而心生悲戚，也没有谁扼腕喟叹、心怀壮烈。从每一个后脑勺顶端隐约升腾出的气息中，我仅仅读出一种无所谓的态势，当然，这态势中，同样包含着我。我总在想，数据与我何干？我只要尽力做好我的一份事儿，其他的，何必操劳。

当我思维的野马跑到教师个体这个草场中之后，下面两位的发言中，具体提了哪些要求，就都不清楚了。我的大脑中萦绕着的，总是一个飘忽不定的问题：同为教师，为什么有些学校的老师能拥有一种自豪感，能自觉维护学校的声誉，而我们却做不到呢？我始终不了解其他学校中教师的生存状况，依照想象和网络上盛传的“天下乌鸦一般黑”的真理性话语，想来众多学校中，教师都是没有话语权的。那么，在没有话语权的情况下，一个只有执行资格的人，又怎么会热爱自己的集体，并为生活在这个集体中而自豪呢？这，确实是一个值得研讨的课题。我想，或许因为其中包含着强烈的个人魅力，或许是话语权并未丧失，或许话语权部分丧失但从其他地方得到了高额补偿吧。

21时后的备课组讨论，依旧缺乏鲜明的主题，很多问题总因为观点的分歧而无法统一。后期复习，依旧缺少一个总体规划，时间分割与内容重难点切割分工，也始终停留在表面的文字材料中。如此，课堂浪费现象，将继续沿袭。

22时，在热热闹闹中结束备课组活动。今天没骑车，步行穿越几个公园回家。最大的湖滨公园内，此时已十分安静。清澈的湖水，辉映着四壁闪烁的霓虹，点缀出一份祥和安宁。

只有少量的情侣，在寒冷的冬夜，依旧偎依在湖边石椅上，似乎周围的繁华或冷寂，与他们全然无关。

沿河而设的街头公园中，两岸的店铺，多已打烊，只有门楣上的各色灯火，在微微流淌的光波中彼此挤眉弄眼地打情骂俏着。我刚跨进公园西门高大的牌坊，便听见远方传来咿咿呀呀的戏曲演唱声。前行一段路程后，在紧贴河沿的一个凉亭内，发现五位老者，正自得其乐地陶醉在自己营造的艺术氛围中。这五人，从衣着与气质看，显然都是底层劳动者。其中，坐着的三人中，两人操胡琴，一人敲云板。站在亭中的一对男女，正边唱边做着动作。他们唱的，是地方戏剧——扬剧。

走过他们身边时，我最初的感受是——这是没有观众的演出，然而，走过后再想一想，又发现我自己的荒谬了。他们自己不就是自己的观众吗？在这个凉亭充当的舞台上，他们自编自导自演着，也自己充当着观众。

人生何尝不是如此，这又让我想起晚上的会议了。

>>>>>>>>

11月27日 星期二

下乡支教

应市教研室两位语文教研员的邀请，到一所农村中学去做讲座，帮助他们开展课题研究。

其实，对于课题，我一直没有多少兴趣。我知道，眼下的课题，大多为应景式的政治任务，并非来自教师们心灵深处的探究愿望。因此，这样的研究，很难出什么真正有价值的成果。然而，由于该校的课题立项书是我一手策划，且该课题近日已通过大市教研室的审核，纳入大市“十一五”科研课题序列。笼头套在脖子上，不得不开始拉磨，只能不懂装懂，去“假冒伪劣”一次。

很久没有走出两点一线的生活圈子，每日，除了上下班途中因梧桐的落叶而感知季节的变化外，几乎就再也感受不到任何自然的气息。此番，坐在学校派来接我们的小车中，沿了乡村公路飞速前行，体验着两旁的树木远远扑入视野、又迅速隐去身姿的矫捷，呼吸着田野中新翻的泥土的气息，没来由地便有一种兴奋，从心底轻轻浮起。

这个乡，有一处旅游景点，名字很美，叫“登月湖”，前两年来观赏过。乘了游船在水面上游览，看船头如犁铧，将澄澈的湖水犁出一沟白花花的浪，那份惬意与悠闲，实在让喜爱山水风光的我痴迷陶醉。

今天是带着使命而来，自然没有了游山玩水的松弛感。然而，车在湖堤上有很长的一段路要走，透过车窗，凝视碧波荡漾的深蓝湖水，体察乡村中不曾遭受工业污染的纯净透明，感受着掠过湖面的清冽的风，大脑中的许多杂质，便被驱赶出去。

这所乡村初中的前身，是市职业高中。学校硬件设施很完善，校园也很齐整美观。同行的两位教研员，一位曾在这里工作了十余个年头，另一位，也和这里的校长是多年的朋友。

或许因为校长的女儿在我校高三实验班读书的缘故，校长对执教高三的我，表现出极大的热情。学校全套班子陆续聚合过来，逐一相互介绍后，又在校长办公室内闲聊，谈学校建设，谈市教育界的各种奇闻逸事，一节课下之后，才集中语文组全组老师，在会议室听我侃大山。

人真是怪物。迈进会议室，主席台上一坐，立马就有了“人五人六”的感觉，似乎自己果真就成了别人口中的“大师”与“专家”。

于是，开始“传经布道”，将课题研究与教师专业成长结合起来，从课题研究中的读写两点出发，引出教师专业成长中的阅读与随笔写作两个成长点。然后，再结合自己的亲身体验，结合我所熟悉的一些网友的个人成长史，从展示美好前景和眼下奋斗路径两块生发开，为我的乡村同行们描绘一幅战胜职业倦怠、体验教育快乐的美好图景。让我欣慰的是，我的发言擦亮了一些年轻教师的眼睛，我看到了他们眼睛中传递过来的光芒。乘势，我将教育在线语文沙龙和人教论坛中学语文教育论坛推荐给他们，我说，我在这两个名家荟萃的语文论坛上，等待着与他们一同发展。

2007年 11月28日 星期三

盛桥的作文问题

课间操时，盛桥来兑现他的计划，带了第一篇自主命题的作文找我点评。他所写的，是新材料作文。该类文章，最大的难点，在于从材料中捕捉鲜明的观点。一旦观点选偏了，那么，无论下多大工夫写作，也无法出精品。

遗憾的是，他恰恰就把材料理解偏了。他想要以新取胜，结果是在材料呈现的观点“群山”中，选择了最没有观赏价值的一道丘峦作为自己的着力点。这，显然犯了该类文章写作的大忌。

文章也有优点。在议论文的框架结构上，他处理得很好。论据的使用，也很精当，语言概括力强。

我先从意义确立的角度出发，帮助他再次梳理材料蕴涵着的各种意义，然后协助他归纳出其中最为显性的一个论点，在此基础上，才肯定他对文体的把握和对论据的使用。

他写这篇作文，看来花了不少时间。所以，在我针对作文点评后，他提出一个很现实的问题：下阶段的写作训练，是限时完成，还是尽可能充分地收集素材仔细推敲？

针对他的现有写作能力，我要求他不必考虑写作速度，但必须做到每完成一篇作文，就要把它打造成自己的最高水平。一次不行，就两次；两次不行，再来第三次，直至通过我的验收。

他点头认可，答应回去继续修改本篇文章，然后，微微鞠个躬，道一声“谢谢老师”，略带沉重地离开了办公室。

盛桥兑现了自己的承诺，我也该兑现我的承诺了。20天前答应两周内交付的稿件，拖到编辑来电话催讨时，才想起这档子事儿。我在电话中保证，周三一定完成作业，编辑周四早晨一上班，就可以见到我的稿件。今天就是最后期限，必须在晚间做完。

于是，除了上课外，丢下其他一切活儿，赶制作品。从下午起，至晚自习下课，耗时5个小时，把以前完成了一半的文章续写完成。晚自习后，回到办公室，通过信箱发出，再浏览一下两个网站，回几个帖子。看看到了学校锁大门的时间，撤退回家。

寒冬的夜，寂寥而清冷。先前在教室里，人多热气大，丝毫没有置身冬季的感觉，此刻，一个人骑车走在空旷的街道上，周围少了白日里喧闹的人的影踪，只见着枯黄的落叶，在微风中没头没脑地胡乱翻滚着，冬意便从脚心开始逐步攀爬到额头，再沁入五脏六腑之中。

禁不住连打几个寒战。

感冒似乎加重了，浑身发冷，干脆推车小跑一段路程，至身体开始出汗，再骑上车前行。

11月29日 星期四

校长明天要赛课

备课、授课之外，今天的主要工作，白天是分课时完成后半学期作文序列训练纲要，晚上是吃王子老师的喜酒。工作的第八个年头，王子终于在今天结束单身汉生活。

依照学期初的统一规划，记叙文与叙事性散文的训练至11月结束，接下来需要全面铺开的，是单纯议论文训练。

从网络上找寻到一部分议论文序列训练的素材，然后依照自己的整体构想，在两节课后开始搭建训练框架。看起来没多少难度的事情，真要把它做到让自己满意的程度，还真耗费了大量脑细胞，更耗费了大量的时间。忙至11点，屁股没离板凳，也才完成两个课时。看同事们陆续收拾物品回家吃午饭，我的惰性也抬了头，一边想着完成的部分已经可以对付前面两周的写作课了，后面的慢慢再做吧；一边把已经完成的两个课时的内容排好版面，到楼上校办打印出来，再复印10份，分发到备课组同事手中。

王军还没有下班，在电脑上忙活着什么。见我进去，便诉起了苦。原来，大市教育局又出了管理新招，在上次教研员赛课的基础上，又进行校长评课大赛。王军明天就要去参加比赛，今天临时抱佛脚，学习一些评课知识。

我对这评课大赛很好奇，便打听详细的操作过程。原来，先安排几名教师授课，让参赛校长们针对这几堂课写出评课文章，再由教育局组织有关专家对校长们的评课文章和口头演说进行现场打分，以此为依据，将校长们的评课水平来个三六九等的区分。

这还真是一项很有价值的活动。对于教育服务管理人员而言，学会科学合理地评价课堂，确实是必备的一项基本能力。现实生活中，相当多的管理者，多只是从自己的狭隘理解出发，随意点评教师课堂，致使学校教研活动要么流于形式，要么成为管理者的一言堂，损伤了一批有理想、有追求的老师的教研积极性。现在，借助竞赛的形式，迫使爱面子的校长们被动学习一些评课理论，为其未来的工作积累知识技能，使他们能够用科学理性的眼光看待教师的创造性劳动。这，算是一件功德。

王子的喜筵策划得很是诗意：开场就是王子的一段真情告白，然后，由主席台出发，边唱着《在水一方》边缓步走向门口，在缀满鲜花的门前，握住新娘的双手。这样的策划，不知是出自婚庆公司的手笔，还是王子本人的设计。这家伙，读大学时的诗人心性，并没有因为八年的寻常工作而被磨灭。

王子的婚礼，算得上比较铺张。五百多宾客，将原本偌大的宴会厅塞得满满的。王子和他的新娘——工业学校的计算机教师从婚礼开始那一刻，嘴就没有合上过，无法抑制的快乐，使这对新人数小时内都飘忽在云雾中。

唯一杀风景的，是众多同事都记挂着该死的晚自习辅导，酒席开始一会儿，便有同事离席去学校。好在我今晚无辅导，不必一心二用。

11月30日　星期五

又接新任务

继续感冒，似乎还有点发烧，浑身软绵绵的，上楼梯也没有了力气。更要命的，是不住地咳嗽、打喷嚏，嗓子始终痒痒的。

然而，该上的课，还是要上；该做的事，也依旧一样不少地要完成。原本查资料、备课、上课已经事儿够多了，党支部又催交学习十七大心得体会，只得在网络上四处寻找，打开几所大学的网站，从中摘录一些十七大报告中跟教育发展关系密切的内容，结合中学工作的实际，完成了不到2000字的作业。

把这事儿做完后，终于有半小时时间，阅读河南安阳柳文生兄撰写的关于教师教学用语的帖子。几年前，曾在一家期刊上，阅读过一位老师对教学用语的点评文字，从那文章中，很是学习了一些应对课堂的得体话语。今天再读文生兄列举的各类病例，一边心中对照检查，一边庆幸自己因对此关注较早，很多毛病已然纠正。

今天的课，继续文言知识点复习，依旧采用实词积累与文本阅读双线并举的方式。大市教研室组织编写的复习教材，负责编写上册的两校老师活儿做得很漂亮，负责中册的古诗文阅读的学校，则马虎了许多。实词积累不依照释义体例规范操作，而是采用解释句中加点字的方式进行罗列，这就给复习中的词义整合带来了很大的麻烦，需要不断翻检字典，补充义项，补充例句。

请上黑板翻译文句的孩子，总还存在这样那样的毛病。两个班近二十个期中考分为两位数的人，能做到“信、达、雅”并举的，不超过五个，其余，要么不知道补充省略成分，要么丢漏实词。依照高考阅卷标准，3分的句子，总是拿不到满分。看来，他们和语文高分同学之间的差距，除了知识积累有欠缺外，更主要的还是做事不够规范，对反复强调的内容，依旧引不起足够的重视。这些孩子啊，又想考试拿到高分，又不注意养成良好的学习习惯，总这么吊儿郎当，又如何实现自己的目标？

上面又有了新的任务。大市教育局要录制一套教学辅导讲座，任务交给了大市教研室。大市又把主要任务分配给了市教研室。市教研室又从各校抽调了十来位一线高三教师，每人分摊一个专题，限定在12月10日前完成6000字的备课初稿。这突然插进来的工作，一下就打乱了我的全部计划。我原准备利用本周的月假，把前阶段欠下的三个文本解读稿件赶出来，然后将为某教育期刊策划的系列专题内容确立下来，再花费几天时间，认真准备12月中旬的示范课。现在，添加上这么个不知如何操作的活儿，脑袋要大了。唯一能压缩的，只有示范课的准备时间。

晚间，教研室请客，将我们这批“受命于危难之间”的疲劳之兵集中到饭店，先由大市“名师工作室”的学科带头人介绍此次工作的相关情况，然后要求各人结合自己的特长，选择一个专题。我快速扫描一下大市教研室提供的十几个专题，没有一个是我擅长的。于是，假冒雷锋，让别人先挑，最后剩下的，属于我。结果，留给我的，是议论文的语言。

分工完成后，开始喝酒。我正发着烧，晕乎乎的，实在不想端酒杯儿。前几天一起下乡的两位教研员，却万分地热情，说是喝酒可以杀菌消毒，可以治感冒发烧。兄弟学校的同行，也推波助澜。无奈，宁伤身体，不伤感情，端杯战斗。

12 我们宣誓

2007

“你相信神灵吗？”我问。

“哪里有什么神灵。我的神灵，就是我自己。”你说。

“那么，你该向谁宣誓，保证你所说的一切，都将成为日后生活与学习的准则？”

“我向我的灵魂宣誓，也向身边所有能够监督我的亲人、老师和同学宣誓。他们，都将成为我的见证。”

“那么，你去宣誓吧，用你虔诚的心。”我说。

2007年12月

六	12月01日	
日	12月02日	
一	12月03日	让学生走上讲台
二	12月04日	忙
三	12月05日	失态的小小
四	12月06日	也说“专家”
五	12月07日	兴奋与幸福
六	12月08日	
日	12月09日	
一	12月10日	坐哪，是门学问
二	12月11日	真正的教研
三	12月12日	贵客将至前的繁忙
四	12月13日	校园开放日
五	12月14日	可怕的“习惯”
六	12月15日	工作的目的与态势
日	12月16日	
一	12月17日	眼一睁，忙竞争
二	12月18日	那雾，那路
三	12月19日	誓师大会杂感
四	12月20日	明天禁课
五	12月21日	稻草人的价值
六	12月22日	生日快乐
日	12月23日	
一	12月24日	差距与信心
二	12月25日	沉默的圣诞
三	12月26日	我们宣誓
四	12月27日	冬眠不觉晓
五	12月28日	睡过了……
六	12月29日	岁末终有岁末的样儿
日	12月30日	
一	12月31日	年终的亢奋

12月3日 星期一

让学生走上讲台

感冒似乎好了，咳嗽却厉害了，直接影响到了上课。

不能上课也有好处。我不能上课了，就安排学生讲课。反正眼下复习的是文言实词，依照学号顺序，将需要积累的词语每人两个分摊下去，让他们各显神通，或查《古代汉语词典》，或查各种教辅资料。然后，再将他们依次放到讲台上，既为同学们传授知识，也体验体验教师授课的感受。

这种安排学生授课的招数，十多年前教初中时就常用。那时，遇到一些简短的自读课文，就陆续安排给班级里语文水平很高、胆量很大、嗓门很响亮的孩子。这些孩子从领受任务之日起，常常是先把我的各种教学工具书借去，再到书店中查找相关资料，又研究一些名教师的课堂教学实录，其备课的仔细认真，远远超过我这个老师。及至上课时，他们在讲台上，我则坐在他们的座位上。这些孩子大多喜欢模仿我授课时的环节与招式，有条不紊地组织课堂上的各种活动，上到高兴处，还能把我从座位上拎起来回答问题。那时，我就凭借这样的手段，将一批孩子牢牢地拴在语文上。

带高中后，2005年前，依旧常安排学生上课。2005年以后，高考压力越来越大，学生也越来越功利化，新授课就再难推行学生授课制了，但简短的诗歌赏析、简短文言文的字词梳理，依旧安排学生操作。只是和初中生相比，高中生的热情下降了很多，课堂在他们手中，就是单纯的知识传授，缺少了精彩的活动安排，缺少了问题的思考与探究。

今天仓促间重拾此法，显然缺少了必要的铺垫，前一节课上，小老师没有必要的板书，结果速度过快，下面学生的思维跟不上，害得我不得不一边剧烈咳嗽着一边把重点部分强化一遍。吸取这一教训后，换班再操作时，让几位“授课教师”先一起到黑板上把该板书的内容写下来，然后再依次结合板书授课，效果好多了。

然而，还是有不满意处。课堂容量因为板书的耽搁而变小。于是，进一步要求，明天授课前就把需强调的内容在黑板上写好。

>>>>>>>>

12月4日 星期二

忙

日子开始忙碌起来，时间紧张到了需要按分钟规划的程度。

今日无论如何要将前往河南授课的教学简案发到组委会的信箱中，简案之外，还要说课材料，要相关的各种资料。这事儿完成后，自己用的详案也要完善起来。明天起，必须完成电视台的讲稿。在两个论坛上都请了近一个月的假，好集中精力做好这两件事。

日常的教学活动，一如既往地进行着。所有的非高三教学事务，都只能挤压休息时间完成。作文要批、试卷要做要改、会议要开、教研室和学校安排的大大小小事情，也要一样不差地落实到位。

办公用的手提电脑也夹在里面捣乱。中午接到教研员的短信，让我帮他下载几个课件。下午打开电脑，刚下载一个，电脑就中了毒，先是不断地要求我放弃 IE、使用火狐，后来干脆就任何网页也打不开。没办法，强行关机，杀毒，一口气杀了 15 个病毒后，毛病似乎并没有消失。

盛桥又拿来了第二篇作文。这份热情，不能不鼓励，再忙也得放下手中的活，为他认真分析讲解。此次作文，依旧存在审题问题，部分论述语言过于口语化。将这些不足一一点明，顺带再鼓励鼓励。

唯一可以庆幸的，是今天只有两节课。

12月5日 星期三

失态的小小

随着校园开放日的临近，学校的教研氛围逐步浓郁起来，几乎各个教研组内，都有领受了开课任务的老师，拿了自己的教案与课件，四处请人指教。

为了集中精力备战洛阳的课，我把这次开放日的授课任务转嫁到了夏琼的头上，于是，我成了本次活动中一名相对逍遥的观众。然而，这样的逍遥，也并非真的就可以摆脱了“人间烟火”，一大早儿，就有高一的老师，到办公室来邀请我去听课，说是帮他参谋参谋。只是他的运气不好，我正好有课，爱莫能助。

两节课后，找王军落实出差的具体事务，同时请他代一个班级的课。王军很慷慨，几样事情一并应承。

课堂继续由学生唱主角，我做助教。今天的内容，相对简单。依旧是“小讲师”们事先把需要讲解的两个实词写在前后黑板上，授课时依照顺序走上讲台一一解说。

一向以为小小的胆量很大，毕竟从小学起就做班干，到了高二依旧没有退居二线，但今天在讲台上讲解词语的十个学生中，最紧张的竟然是她。

一开始几句话，小小说得还算字正腔圆。说到三分之一处，声音便开始发颤，越往后，颤抖越厉害，几乎就到了无法表达意义的程度。她明显感受到了自己的失常，极力想稳定自己的情绪，可越是想控制住，就越是难以控制。

下面的同学，都惊讶地望着她。有人忍不住想笑，但又不好意思笑出声来，只好把头埋到课桌上树立着的书堆后，憋住劲儿偷乐。

好在只有两个实词，无论怎么颤抖，终于还是坚持了下来。看着小小沮丧地回到座位上，我的心隐隐有点痛：这孩子，学习之外，还需要“补钙”啊！

其他孩子的表现，与小小比，好了许多。尽管有人一口方言，有人语速过快，但总算没有再打战的。

在所有孩子讲解完成后，我把黑板上面那些由学生们辛辛苦苦列举出来的义项，又毫不手软地砍去几则难度较大的，只留下日常生活中常见常用的那些，让孩子们结合成语和课文进行积累。如此，纯记忆的内容，几乎等于零。

学生授课活动进行几天来，我的工作量轻了许多。这种纯粹以耗费时间为代价的低级劳动，倘若只由我一个人完成，那么，每天花费在查字典上的时间，将不会少于一个小时。现在，我把这些简单的劳作分配给了孩子们，他们每人解决两个实词，耗费时间不过十分钟，却既收获了知识，又培养了能力，应该算得上是一种双赢。

12月6日 星期四

也说“专家”

学校行政楼入口处，隔三岔五的，就要劳驾两块作为仪仗的告示牌，让它哥俩昂首挺胸地矗立在大门两侧。这两块牌上，一块牌不断变化，比如创卫检查团来了，就弄个“创建卫生城市人人有责”；消防安全检查团来了，则更换成“加强防患意识，消除消防隐患”。另一块牌，则是永恒的文字，大书着“热烈欢迎各位专家莅临指导”。红彤彤的蜡光纸上，一个个金光灿灿的文字，犹如一张张露着欣慰笑容的脸，热情地迎候着各位不同级别的专家。

每次看到这两个牌儿闪亮登场，全校师生便都知道又有专家惠顾指导了。

近来，这两牌儿格外地繁忙，几乎是风雨无阻地终日辛劳起来。于是，校园内便总有各样的陌生身影晃动。这些或高大魁伟、或短小精悍、或婀娜多姿、或富丽堂皇的形象，多以雄赳赳、气昂昂的飒爽英姿呈现在师生们的眼球中，大伙儿对“专家”这个词汇，便有了从抽象到形象的认知转换，亦都感觉得出，专家就是专家，确有很多过人的地方。

然而，也有腹诽甚至当众诋毁的。此种情况，大多形成于某专家恰恰是某教师的同学、朋友时。一日，某专家团例行检查时，某教师就在办公室内大放厥词，攻击某专家终日喝酒打麻将、泡娱乐场所，本质上是一个不学无术的人。其他同事便笑这老师是吃不到葡萄的狐狸，说万一哪天他也“被专家”了，就不会这么糟蹋人家专家。这同事一时性急，便口不择言，阿Q般嚷嚷着“妈妈的才专家”。

我对专家是充满了神圣感的。专家者，虽也时常挨各样的“板砖”，但总归是某行当中的人精，是有着五百年以上道行才可以修炼出来的杰出人才。所以，我虽狂生，在专家面前，却向来都是俯首帖耳的。我的祖先们早就用各种各样的方式告诫过我，听专家一席话，是胜读十年书的，我想不断进取，又想在这进取中走捷径，从投机取巧的角度而言，用听专家指示的方式，替代多年的寒窗苦读，岂不是比快餐更简捷的快速成才大法。

但天性的怯懦，又让我不敢亲近专家，再加上要命的慵懒，每每在专家讲座时，开始还能全身心投入，一时三刻后，便会慢慢地神游八荒。因而，尽管这么些年下来，已然见识了难以计数的专家，却还是一块冥顽不灵的石头，不但学业上缺乏长进，做人也日渐消极颓废。

就在我向着相反的方向逐渐退化成一具空皮囊时，却奇怪地发现，偶或有些时辰，我竟然也“被专家”了。有家期刊，把我的胡言乱语的文字，阴差阳错地安放到了专家视点的专栏中，着实让我很是惬意地过了一下专家瘾。在收到样刊的那些日子，无形中便觉得走路需要昂首挺胸，说话需要底气充盈、中气宏阔。那段时光，很多人都感受到了我的神采奕奕、容光焕发。

及至看其他期刊，发现那些文字尚且不如我的同行们，纷纷地“被专家”“被大师”之后，再行路时，心中便胆怯了九分，不过，“被专家”出来的架子，一时半会儿却难恢复旧样。这时，便有了特别的别扭，正如那在邯郸学步的小子，怎么迈步都有一种异样。也就想用爬行代替行走。刚一弯下腰来，恰又被他人发现。他人热情地握住我的手，大声地赞美我的谦逊，说我都是家了、大师了还如此谦恭谨慎，毫不居功自傲，实在是难得难得。

腰杆于是又被挺直了，赶紧客气地致谢，口中念念：“哪里哪里，我算狗屁专家，您才是真正的专家！”

>>>>>>>>

12月7日 星期五

兴奋与幸福

经历了两个月的漫长等待，孩子们终于迎来了一次难得的月假。

从早读起，就有一种无法抑制的兴奋，弥散在整个高三年级的各个角落。往昔那一张张布满倦色的脸，今天全都恢复了青春的朝气，一如东方天际中高悬的初阳，明亮而温暖。

老师们似乎也挺兴奋。能拥有两个连在一起睡懒觉的早晨，对已连续两个月没有睡过一次懒觉的人而言，其中的幸福，绝非寻常言语可以表达。然而，也有一部分老师，似乎这月假跟他们毫无关系，依旧埋着头，在电脑上耕耘着。这部分同事，因为领受了下周四的公开课任务，全都在加班加点地赶着活儿。

小朱的课件、学案大体完成了，喘口气的闲暇中，竟然和同事交流起了备课感受。小朱感慨，一次公开课，使自己原本处于混沌状态的某种思路得到了极好的梳理，形成了一个十分明晰的授课思路。同事也随之赞同，说是自己的那课，也是最初一盆糨糊，经过几天的思考，终于成了一潭清可见底的泉。

我依旧只做着我自己的那些事儿，只是也总有一种无法抑制的躁动，在四肢八脉间流淌。敢情这兴奋也会传染呀。或许，我所爱的，只是两个早晨的睡到自然醒。果真醒来后，还是有永也忙不完的事儿等着我的。

忙碌中，总有一种浮躁渴望抬头。《武林外传》中，有句台词似乎很经典：世界如此美妙，你却如此烦躁，这样不好，不好！

烦躁是说不上的，但浮躁却总难避免，浮躁则心难静，心难静则做任何事情都沉不进去，于是乎，很多可以做得很好的事儿，一旦完成了，却总是存在诸多不满意处。

能够静下来的，其实原本就该沉静。静下来，哪怕什么也不做，让心平平坦坦地行走，领略领略平凡乃至平庸的生活，也很有意思的。

静，入静，静下来，静下心来，静下心来做事……

12月10日 星期一

坐哪，是门学问

文言复习进行了近半个月，最大的感触是文句翻译开始走向了规范化，“信、达、雅”三字，在大多数孩子的练习中得到了很好的落实。

当然，依旧会存在不能尽如人意的地方。这种知识积累中的欠缺，主要表现在丢漏现象上。总有少数孩子，特别是男生，翻译文句时，莫名其妙地就少了一个实词。如此，在高考的踩点判分评卷尺码下，肯定会吃亏的。

今天，两个班共安排了18位学生在黑板上翻译语句，其中14位是男生。当他们完成练习后，我不做评讲，而是安排了36位女生，对这18个学生的翻译内容进行点评。点评时，同座位的两人构成一个评价小组，两人共同商讨，研究板演内容的正误，提出修改意见。这样的操作，我感觉有三点好处：一是同学的点评，可以对练习者形成更大的知识刺激；二是可以借助点评，衡量点评人的知识积累情况；三是在变换教学环节的过程中，使课堂呈现出某种变化，借以消弭知识点复习中存在的单调乏味状况。

本周，学校将组织一次大型的展示活动。这等大事即将来到时，晚上的会议，是肯定跑不了的。眼下，学校的全体教师会出现了一种奇怪的现象，原定19点举行的会议，老师们18：50就急急忙忙地赶往会议室。所以出现这等怪事，只因为老师们要抢占会议室的后排座位，而迟来者将不得不坐到前几排去。这对相当部分教师而言，将是一种恐怖、一种折磨。

这种自愿远离领导核心的行为背后，究竟隐藏着一种什么样的奇特心态，还真是值得心理学家们探究。每年年终总结时，很多人都喜欢在自我小结中写上“紧密团结在以某某为核心的党中央周围”，想来这“紧密团结”应该不包括开会时的坐座位。开会毕竟不等同于看戏，不等同于和领导们套近乎的机会，所以，开会时缩到后面，就可以集中精力做自己想做的事情：看看书报、改改试卷、打打瞌睡、发发短信……总之，可以连耳朵都不出，权当主席台上摆了尊菩萨。

这样的待遇，坐前排自然无法享受。坐在前排，即使心中对会议内容充满了厌倦，却担心自己的不满情绪映入发言者的眼中，便只能正襟危坐，只能装做一副全神贯注的样儿，甚至还要装模作样地记点儿笔记。而这，对于自由散漫惯了的老师们，又岂能忍受？

好在今天的会议，有几条值得高兴的事情。其一，高三的奖金开始发放。40 来位高三教师，将瓜分 60 万元的成果奖。其二，高一、高二的老师，将每人获得 1500 元的欢喜钱。其三，校长承诺以每年百分之十的幅度提高福利待遇。那 1500 元钱，竟然激起了一片掌声。

也有折腾人的消息。第一，明天起，市创建国家级卫生城市的验收检查将全面展开，学校属于必查单位，因而需要不断地打扫卫生。第二，周五将进行另一个大型检查活动，医务室发了几张答卷，要求大家完成答卷，并熟记答案。

12月11日 星期二

真正的教研

校园内突然掀起了一股实实在在的教研浪潮，从早晨第一节课起，各教研组就陆续开始组织听课活动，对后天将代表学校开设的公开课进行评头论足。于是，每当下课时，办公楼的走廊上，便全是拿凳子送凳子的学生。

语文组的几节课扎了堆，都集中在上午的第一、四两节。恰恰这两节，我都有课。便只能对邀请者说声抱歉，请他们多多海涵。

下午，教研组活动时，娟娟老师开设“小说鉴赏指导”公开课。这课，也是后天高三语文备课组的一个展示内容。

高三知识点复习，要想让课堂具有可听性，除却必要的知识传授外，更重要的，还是授课艺术。这点，绝大多数高三老师并不具备。

娟娟老师的课，同样存在着缺乏可听性的不足。整节课，由高考考纲入手，引出高考经典例题解读，继而归结出同类试题的解题思路和技巧，然后当堂练习巩固。45 分钟的教学，要么是暴风骤雨般强行灌输，要么是一问一答式提问，学生的主体精神没有得到丝毫体现，课堂也沉闷压抑。更主要的，是知识点也没有很好落实到位。

这样的设计，显然无法激发起听课同行的学习情趣。用老陆的话来说，就是无法让听课人产生这样的感觉：“原来课还可以这样上!”因而，下午第二节评课时，王军、老陆与我，都对这课的设计提出了异议。大家议论的焦点，全在于学生的活动。即如何通过合理的教学设计，使学生主动捕捉相应知识，归纳解题技巧，而不是教师一相情愿地“告诉”。

这种真刀真枪地评说，和以往的公开课后大多数人“好处极力铺陈、不足轻描淡写”的虚假教研有着本质的区别。矛头直指课堂弊端，既不强调批评时的委婉含蓄，也不顾及被评者的颜面。然而，被评价者也并不会因此而恼怒。用小朱的话来说就是：只有这样的评课，才真正有利于青年教师的快速成长。谁要想在尽可能短的时间内，成为教学上的行家里手，就必须经历这样的脱一层皮的摔打锤炼。

讨论完娟娟的课，话题又转移到其他老师的课案中。从老陆听过的几节课看，似乎都存在着一些瑕疵。这些瑕疵，要么来自教学环节的设计，要么来自教学时间的拖沓。其中，最寻常也是最大的毛病，是备课中设计的环节，课堂上无法按时完成。要疗救这个怪病，唯一的办法，就是“精兵简政”。花费再多的心血收集来的资料，不能用来激发学生学习的主动参与精神，不能落实课堂问题意识，不能让学习成为一种智力挑战，那么，都必须毫不吝惜地删除。

只是，距离后天上午的开课，仅有三十多个小时。这点儿时间，并不是所有人都可以完成一次脱胎换骨的改造。最终结果如何，完全要看个人的修为了。

12月12日 星期三

贵客将至前的繁忙

天公不作美。淅淅沥沥的小雨从昨夜一直下到今晚，依旧还没有停歇的意思。没有了阳光的冬日，无论气温高低，都有一种寒凉，从骨子里往外渗透。

昨日起便站立在办公楼前广场上的数十面彩旗，在经历了几十小时的凄风苦雨考验后，依旧能保持昂首挺胸的革命气节的，已然寥寥无几。红旗也好，绿旗也罢，大多或是壮烈牺牲于冰冷潮湿的地面，或是如异己分子般半舒半卷着，随时准备向强势的一方靠拢。

学校的勤杂工，将食堂里的方凳儿搬了几百条过来，整整齐齐地码在各楼层的过道内。两名电工，挨个教室检查日光灯。就连非学校编制的保安，也被调动起来，将传达室里里外外清扫一遍。

校长开始光顾各办公室检查卫生。但凡办公桌凌乱者，一律责成立刻整理。地面与墙壁，再次被打扮得六面光洁。

最忙碌的，依旧是准备开课的老师们。不知哪位校长发布了最高指示，要求所有开课教师必须提供详案给听课者。这详案，详细到标题该用几号字正文该用几号字的程度。

听课与评课依旧进行着。有些老师的课，已操作到第三遍；有些老师，则依旧在修改调整着自己的课件；还有些老师，依旧没有找到自己的授课感觉，课堂在他手中，仍然如大战之后的原野，到处是坎坷。

这份忙碌与热闹，却与孩子们无关。三个年级的教学都在既有轨道上按部就班地运行着。早晨，依旧有数十名孩子，因为迟于校方规定的6：40到达班级的野蛮要求，而享受到在教室外接受风雨洗礼的奖励。课内，也依旧有孩子，以战天斗地的英雄气概，在没有棉被、暖气的环境下坦然入睡。

教室的门窗全都紧闭着，前后玻璃窗上，都罩着一层白花花的水汽。爱好美术，或是爱好饲养的孩子，用手指在窗上勾勒出一群大大小小的牲畜。这些猪马牛羊，或是憨态可掬，或是张牙舞爪，将不同的个性，纷呈于受众的眼球。

17时，天便完全黑了。校园外的公路上，路灯的黄晕的光，将视线从此端一直延伸到楼房隔断处的彼端。如果目光可以穿透一切并随意拐弯的话，依照“条条大路通罗马”的先贤圣言，想来坐在讲台上的我，定可以在此时此刻免费观赏到罗马帝国的灿烂辉煌。

然而，我的目光毕竟看不了那么遥远，我能看到的，除了外面那风雨中的世界，便是教室内由20盏40瓦的日光灯伪装出的一片白亮亮的光明。这爿天地，此刻正处于“也无风雨也无晴”的潇洒中。孩子们用他们的笔，在高考模拟试卷上耕耘着自己的希望；我用我的思维，在校规无法量化的空间中放飞着自己的荒唐……

12月13日 星期四

校园开放日

晨7时，校园便热闹起来。

难得老天爷开恩，一早就派出了太阳到学校贺喜。办公楼前的广场，因为朝阳的惠顾而一改昨日的满面愁容。阳光下，每一块花岗岩，都绽放着猩红色的笑，一如旗杆下那怒放的鲜花。

几名水电工，将昨日完成的红红绿绿、大大小小的告示牌从大厅抬出，按照中间高个两侧矮个的顺序，在门前一字排开。广告公司的工作人员，抬着长长的竹梯，攀上攀下地忙碌着悬挂条幅。学校负责接待的几位工作人员，在广场上设置了临时办事处，等候着迎接兄弟学校的老师。校长、副校长及各位主任，走马灯般在校园内四处巡视。

往日里厮守在走廊里晨读的迟到者，今日或许都自觉起来。四十多个教室前的长廊中，竟空空如西藏的无人区。只有寂寞的寒风，因丧失了玩伴而孤独地四下游逛，顺手扯下几片枯叶当做纸飞机，在洁净的天井中放飞。就这，也被清洁工迅速没收了去。

7：30，市内其他学校的老师陆续骑着电动车、摩托车、自行车来到了校园。校门口的保安们忙碌起来，指点着各种车辆依照划定的停放区域依次归位。

我是13班的早读课。孩子们摇头晃脑地诵读着古文，丝毫没有因为窗外的世界而扰乱了注意力。我无所事事，便在教室里窥视外面的热闹。站在位于底楼的13班后窗处，广场及大门前所有人的活动，都被我一览无余地收归眼球。

显然有一些老师没有来得及吃早饭。他们将车子停下后，便三三两两地穿过广场，向着学校东大门方向走去。那里，有热腾腾的包子，还有煎饼、卷油条等小吃，等待着他们的光顾。

其他县市的老师，都还没有到达。这寒冬，要在一清早坐两三个小时的车赶过来听两节效果尚不可知的课，实在是一种折磨。然而，请柬收到了，又不好不捧场。这份尴尬，或许正如亲戚间的吃酒，有时心中不见得就想出这份礼儿，碍于颜面，却又不得不出。

早读下课时，转到负责接待的同事处，想看看一个熟识的朋友是否随了他们学校过来听课，结果，那学校的人，都还没有到。

正式的听课，是从第二节开始。我是上午的第一、二节课，分身乏术，只有自己在课堂上唱戏，却无法品尝别人精心准备的大餐。然而，这开放日的热闹却可以感受得到。昨日码放在走道里的数百条方凳，几分钟内就被学生们扫荡一空。浩浩荡荡的听课大军，从6楼的休息室中流出，经过办公楼走廊这条干流，在楼梯口处迅捷分解成数条支流，在相关工作人员的引领下，径直流向某个固定的目标。看来，每个教室内听课的老师都不会少。对面的高一14班，听课老师竟然已经坐到了教室外的走廊中。

第二节下课时，便开始有了戏谑和调侃。上过课的长舒一口气，没上课的开始将心提高两公分。看来，开过课的同事们自我感觉都还不错。收上来的评价表上，也基本都是90以上的分数。

第三节，是语文组娟娟老师的课。她的课，已经做了较大的修改。本该再听一听，可惜的是人太多，教室坐不下。只能放弃，外来教师优先。

第三节下课时，市教研员到办公室来闲聊，于是一起去听小朱第四节的课。小朱的课，开篇的意境营造得很是巧妙，稍微欠缺的，是诵读技巧。我想，这内容倘若交给我，我能让学生的眼中荡漾出泪花来。

忙碌了数天的开放日，下午似乎并没有多少观众。想来，远道的老师们，要四处看看。近处的老师，或许全回家准备下午上课了。校园突然就冷清了下来。唯一有别于往日、依旧可以体现开放日特色的，是停车棚内多了名执勤的保安。原本可以自由停放的自行车，今天被告知必须排列整齐。

这次开放日，对于磨课起到了良好的推进作用，倘能坚持下去，是可以快速提高年轻教师的备课水平的。另外，开课也促进了新课程精神的落实与推广。听课老师们最大的感受就是课型都很新颖。

当然，这样的活动，学校也投入了不少。后来听说，午餐是学校花了血本的。往日的市内教研活动，都是发一张餐券在学生食堂就餐。今天，几百名外校老师和本校的大小官员们一起开到了锦绣园大酒店，办了几十桌。可惜的是，开课的老师们，却全作鸟兽散，各自回家了。

2007年 12月14日 星期五

可怕的“习惯”

洛阳的会议，因为主办方利益问题没有得到很好的落实而遭遇延期。这样也好，老老实实待在学校中，不用麻烦一堆人来为自己劳碌。

开放日结束了，一切又回归了老样子。早晨在7班看早读时，偶然瞥见对面高二教学楼的楼梯上慢腾腾地上来一位身着鹅黄色羽绒服的迟到者。我有心看一看这孩子是否能够享受昨日的免站待遇，便隔了明亮的玻璃窗观察他的一举一动。

这孩子慢悠悠地从楼梯步入走廊，又慢悠悠地走过邻班的教室，来到自己教室门前时，他的班主任正坐在讲台上写着什么。依照我的想象，这时的他，应该站在教室门前喊一声“报告”，然后等待班主任的裁决。然而现实竟然出乎我的预料。他踱到教室门前时，并没有将身体转向室内，而是在眼角的余光瞥见讲台上的班主任之后，立刻下意识地向走廊边上撤出一步，跟着迅速转过身来，背对教室，面朝南方，贴着走廊上充当护栏的矮墙站稳了身体。接着，他从肩膀上取下书包，熟练地塞到矮墙与不锈钢扶手间的那段空间中，再从里面取出一本书，双手捧住，开始了一个人的晨读。

他的这一系列动作，做得那么熟练、那么自然，似乎一切原本就该如此，不如此反而不正常一般。我讶异于这孩子的这种“自觉”，更诧异于这种极端“自觉”的生存环境。我想，这样的“自觉”，一定犹如马戏团中的驯兽一般，是必须经历一个“反对——抗争——失败——接受——成为习惯——认为应该”的发展过程的。当原本反对的事物最终发展为“认为应该”时，狮子、老虎等野性自由的草原、森林之王，便退化成为为了几片牛肉干而任劳任怨表演的奴隶。

朝阳已经升起，淡淡的阳光好奇地跑到这孩子的身上，聆听着他的晨读。班主任大约也意识到了他的存在，抬起头来向外瞥了一眼，然后站起身来，开始在教室内巡视，一圈，两圈……

7：40，下课铃响。班主任出门，扬长而去；孩子进门，坦然而入。似乎这个早晨、这个班级，根本就没有发生过一个学生迟到的故事。

回到办公室，脑海中还折腾着这个迟到的故事。其实，这位班主任处理迟到学生的手法，我以前也常用。

当我们远离教育的本真时，我们恰恰最认为自己在教育学生。

12月15日 星期六

工作的目的与态势

偶然间，听见一个消息，说是高三年级某班的班主任与某任课教师间因为学生问卷调查问题产生了矛盾，致使两人互相不答理。遇到不得不说的事情，也只挑选对方不在办公室时，放一张纸条到办公桌上。

我听到这个消息时，说这话的老师正摇头晃脑地感慨着。一旁的小朱，不住声地念叨着："量化啊，量化啊，都是量化考核惹的祸。"

当然是量化考核惹的祸。学校本学期开始实行捆绑式奖金分配制度。每个老师的奖金，和备课组的统测成绩、班级各学科的均分都联系在一起；但同时，教务处又要依照每次考试后的班级均分，为科任教师量化打分，并也把这量化的分数纳入奖金分配计划中。这种既强调整体的一荣俱荣、一损俱损，又强调单兵作战能力的策略，使得同学科间、同班级间的老师们，既要结成统一战线，又要在统一战线内钩心斗角、各显神通，于是乎，矛盾自然难免。

然而，量化之外，又有更深层的祸根值得挖掘。

其一，是奖惩背后的人性问题。国人最擅长的，就是让辖下黎庶窝里斗。这样的争斗一旦形成，则许多能量内耗在挖空心思的算计他人身上，对于该关注的整体权益问题，自然就忽视了。而争斗各方，为了增强自己的力量，则难免要寻找靠山，于是便有一些人，自动站到统治者利益一方，为了该集团的利益说话办事。

其二，是利益之外的人格问题。有人曾感言，这个世界上最无法对付的，是没有缺点的人。所谓没有缺点，并非果真就是完人，而是没有明显的人格缺陷，比如贪财好色等。一个官员，倘若既不贪财好色、也不徇私枉法好大喜功，那么，钻营歪门邪道的人，就很难在他身上找到突破口。同样道理，如果一所学校的老师们，都把金钱看得很淡很淡，那么，有限的两三千元奖金，也自然不会激发出工作的热情，不会产生同事间的矛盾。那样，校长们也就自然无法一呼百应。

当然，校长们原本也都是教师，即使做了校长，也依旧还是教师。校长们需要的，是考试成绩，是升学率这个硬指标。为了这个目标，他们在自身殚精竭虑的同时，自然希望治下的所有人也同样如此。

只是要求与现实总存在差距，倘若没有了差距，也就不会有要求存在。问题的关键是，身为教师的我们，到底该为了什么而工作呢？仅仅为了完成数据指标，为了完成指标任务拿到奖金？果真如此，当众多眼球都盯着一个可怜的蛋糕时，又怎么会没有争斗呢？

所以，要解决这种无聊的纷争，更重要的方法，还是教育理想的确立。当眼前呈现的，是惨痛的教育现实，心中追求的，是光明的教育理想时，一个人的心，就会投放到更为广阔的世界中，会为了改变种种不尽如人意处而努力奋斗，会暂时忘却柴米油盐，会目标所在、义无反顾。那样的人生，才能够拥有一份别样的精彩。

12月17日 星期一

眼一睁，忙竞争

晨会上，校长用最概括的话语，为全校师生描绘了一幅他心目中最理想的教育图景：“眼一睁，忙竞争！”听之不禁莞尔。

对面临着巨大升学指标压力的校长而言，所有的师生都能够“眼一睁，忙竞争”，那该是一幅多么单纯、多么执著、多么令人心驰神往的境界呀。在那样的生存环境下，每个人都有且仅有一个念头，每个人都不会在“竞争”之外，再有其他的七情六欲，不会有明争暗斗，不会有消极懈怠，不会有……有什么呢？想象不出了。

又是一周的开始。气温依旧持续保持在4℃—10℃，天气也持续保持着不阴不阳的状况。前几天“大会战”带来的教研热度，似乎因为缺少阳光的抚慰而渐冷下去。“忙竞争”的氛围，到目前为止，还仅仅是荡漾在校长们的心田中，不曾波及师生们心中日趋麻木的那潭深渊。

然而，也有一种潜流，在无法察觉中缓慢而执著地运行着。高三理科班的墙壁上，开始陆续出现一些名牌大学的提前招生通知。本地老师们也越来越多地接到亲朋好友打过来的电话，拜托他们为自己的孩子谋得一个推荐名额，却不知这样的好事，又有几个普通教师能够染指。

高一、高二都利用这个双休日进行了月考。整个上午，就看见这两个年级的老师们为了试卷和分数唧唧喳喳个不停。下午时，小朱传来捷报，说是全年级均分很是理想，超额完成分管校长下达的“最高指示”的要求。我和夏琼不约而同地用一个句子为他们祝贺：“国内外形势一派大好！”

高三的月考，还没有听到任何风声。没有风声，绝不会意味着取消了月考，而只能说明本次月考所用试卷，将不需要本校老师命题。对于高三而言，组织一次月考的难度，就如同街头小混混组织一次斗殴一样，倘若想进行，随时随地都可以展开，完全不必考虑行为本身的意义与价值。

依照教学计划，本周该进行的，是文言虚词、文言句式的复习。关于文言虚词，需要突出理解基础上的记忆。没有了死记硬背做铺垫，就不会有文段理解中的灵活应用。对这个知识点的复习，我将继续违抗备课组的统一安排，依旧延缓教学进度，15 个虚词，用三节课引导复习，再用一节课练习巩固。

由零散的感性认识升华到系统的理性认识，需要的是“悟”的过程。这个过程，既离不开教师的点拨，又不需要过分的阐释。如何把握这其中的尺度，将是我本周教学的核心。对学生而言，如何借助教师的点拨和适当练习的巩固而揣摩出独到的体验，是学习的关键。

>>>>>>>>

12 月 18 日 星期二

那雾，那路

早晨出门时，突然发现外面的有形世界消失了，只剩下无穷的声音，无所依托地弥散在湿漉漉的半空。

这样的日子，是适宜于回忆的。雾朦胧，则心朦胧；心朦胧，则情朦胧。

18 年前的雾，有时也会这样大，然而，有时也轻薄点儿，只是水汽似乎更重。

那时，我在城东的一所农村初中教书，却不住校，每天都要骑着自行车上下班，单趟路程是 7 公里。

这 7 公里的路程中，有 5 公里是乡村砂石路。晴天时，只要有车驰过，则车后注定掀起一股混浊的泥沙长龙，把我没头没脑地笼罩于其中。雨天，则泥浆如天女散花般飞溅，能给所有的衣服，染上灰黄色的各种图案。

能够抵抗这种灰尘或泥浆的唯一方法，就是用我的自行车挡住汽车的路，迫使它在经过我身边时，保持一种蜗牛爬行的速度，那样，风沙与浆液就都会因为我的英勇无畏而退避三舍。

于是，我便常用这样的方式，为自己寻找一段洁净的路程。好在那时年轻，且每次行走，都是七八个小伙子同行，司机们即使恼怒得恨不得把我们的祖宗八代骂个遍，却也只敢在腹腔中暗自操作，并不敢停下车来，和我们理论。

然而，我却没有办法对付这浓雾弥漫的日子。有雾的早晨，骑车在砂石路上行走，除了胆战心惊外，再没有任何方案可以施行。路中间基本是不敢行走的，你永远不可能知道对面何时会突然就冲出一辆自行车来。那“居高临下，势如破竹”的闯劲儿，可以征服一切胆敢在公路上大胆行动的人或车。

当然，依旧会有汽车开过。好在这样的天气中，汽车都成了脑门上装了电喇叭的乌龟，叫声忒大，速度却极慢。不过依旧有灰尘，只是灰尘都不往高处飞，全部被压在离地面一尺来高的一截空间中，肉眼看不清楚它们。能知道它们的存在的，只有鞋子和裤脚。每次从大雾中穿行而过，到学校时，两只裤脚的前面一半儿和鞋面儿上，都被强行套上厚厚一层黄盔甲。用刀片轻轻一剥，便可以揭下一层皮，就像剥黄鼠狼的皮一样。

那时，也还有比雾更讨厌的，那就是冷热不均。冬日里，刚出门时，寒风总是刮得让人恨不能给耳朵安装个拉链，出门前就取下来装口袋里。骑到一半时，开始感觉暖和。再往前，身上便开始出汗。每次到学校，注定湿透了内衣。好在年轻就是良药，这样的折腾，也基本不会闹出毛病。全不像现在，怕冷怕热的，还总感冒。

那段路，一走就是7年。7年中，无数的课，就在车轮飞转中备出来。更引以为骄傲的，是函授本科的所有考试内容，都是在路途中解决。常常是右手握着车把，左手拿着书，边前行边背诵，把这7公里的路，当成一张长长的书桌。

眼下，却再也找不到这种读书的感觉了。日复一日穿行在城市的街巷中，看车如流水人如蚁群，汽车的尾气和人的欲望，把有限的进取心污染成比长江水还要混浊的液体。这液体，缓慢而近乎凝滞地从岁月的额角滑过，使满头黑发，枯萎成稀疏瘦弱的羸苗。我知道，再不自救的话，生命总有一天，会成为荒漠。

2007年 12月19日 星期三

誓师大会杂感

“东方吹，战鼓擂，现在世界上，究竟谁怕谁……”

能勾连起这份联想的，是会议——高二年级的动员大会、誓师大会。我非高二族类，本无资格参加这种豪情满怀、热情洋溢的会议。所有的感受，都来自高二年级的老师们会后的只言片语。

依照校方的安排，今明两天，高二与高一要分别召开一次由本年级全体师生共同参加的决战期末动员大会。凭着长幼有序的资质，高二年级获得了率先动员的权利，便在今天下午的第三节课下，把全年级师生聚集到体育馆的篮球场中，召开了一次高二年级的空前盛会。

会后老师们的议论，使我对议程有了大体的了解。大约先是分管校长做了一番鼓动后，由班主任代表、教师代表、学生代表分别发言。然后，班级与班级间展开挑战和应战，最后由校长进行总结。据说这样的一番宣传后，整个会场便开始沸腾起来。

借助老师们的描绘，再结合大脑皮层下储藏的相关记忆，我已能够在脑海中勾勒出整个会议的过程与氛围。其实，这样的画面，如我这般年龄的人，并不陌生。一者，大量的战争影片中，每次大战前夕，人民军队中，都会进行这样的宣传动员。而每次动员的结果，都会有英勇无畏的将领，争着抢过主攻任务，然后率领手下的士兵，冒着枪林弹雨冲上敌人阵地，并在无数生命毁灭之后，把红旗插上对方的碉堡顶端。二者，“文革”时期，工业学大庆，农业学大寨，每年中，总少不了大量的会战场面。每次会战前，也总少不了这样的挑战与应战。

只是这样的会战场景，走到学校教育中来，却还是第一次听说。战场上的挑战，比赛的是杀敌人数；工地上的挑战，竞争的是工程质量或产品数量；那么，学校中的挑战，竞赛的是什么呢？比赛谁读的书多，谁写的随笔多，谁做的好事多；还是比赛谁考的分数高，谁晚上睡得晚，谁名次升得快？倘若竞赛的是谁发展更全面，谁人格更健全，那么，这样的竞赛显然应该肯定。若竞赛的是谁更能自虐，谁更能扼杀个性成为分奴，那么，这样的竞赛，其价值又在何处？所以，挑战与应战，原本是需要明确一个目标后，才好展开的。

然而，校方更看重的，似乎是“眼一睁，忙竞争”的氛围。至于氛围背后的“人”，关注的却并不够。这样一来，似乎本末就有点倒置了。也正因为这本末倒置，才有了高二年级老师们口中的“扇阴风，点鬼火”一说，似乎这会议并没有煽动起真正的学习热情，而只是将一种并不需要的东西鼓动了起来。这就如把人放在火上烤一样，外表是最容易热起来的，但骨子里却总是最后才热。而骨子里热时，外面的肉，却已经都成了焦煳的烤肉。

高二的事情，本轮不到我发表感言。恰恰晚间阅读一本纯文学期刊时，读到一篇题为《野马行动》的短篇小说。这小说通过三位新闻工作者在年终时分赶制新闻稿完成新闻指标的故事，将现实生活中的某种荒诞诙谐地表现了出来。不知怎么，这故事让我立刻联想到了今天的动员大会。新闻都可以有指标的年代，升学率有指标，也就丝毫不奇怪了。

12月20日 星期四

明天禁课

一大早儿，校信通便发了两条短消息到手机上。两条都是“好”消息。第一条，通知高三年级全体课任教师，课间操期间前往年级组长处领取11月份的周六周日补课费；第二条，通知高三年级全体教师周五全天任何人不得以任何借口上课，务必将月考前的这一天时间完全交给学生自由处理。

夏琼把这两条消息读给小朱听时，小朱正忙着查看月考成绩表上的学生分数。听到夏琼的汇报，小朱头也不抬，便续上一句：违者严惩不贷！

夏琼接过话题，说："对，一定要严惩，罚你永远不上课。让你想上课想得发狂。"

我接过话来："不允许上课多愉快，还有谁这么想上课呀。"

夏琼说："才不，他们理科老师，不上课还不急出毛病来。你看他们数学老师，有点儿时间都抢过去上课，哪节课不上50分钟都过不了瘾。"

夏琼的话，让我和小朱都忍不住笑起来。想想也是，理科的老师，怎么就有那么多的东西要上。像7班的老周，哪节课如果不早上两分钟，再拖堂5分钟，似乎那天就会天塌地陷似的。他们的这份工作热情，使我这类铃声一响立马下课的人，显得多么渺小、多么不尽职。我只愿意每周上4天休息3天，或者每月的课，10天上课，20天读书自学，那样才逍遥自在。

遗憾的是，收到的通知中只规定明日不许上课，今天的课却依旧要上。所以，说说笑笑之后，还是要走进课堂，贩卖我的古代汉语知识。

今天，开始进入文言翻译这一最重要的环节。前面半个月的实词、虚词、文言句式等零散知识的积累，目的正是为了文段阅读中的翻译与理解。由于前天下午同备课组的一位老师开设公开课，讲授的正是这一模块的知识，我提前把她的课件复制了过来，又结合自己的理解作了一定的调整，因此，今天的课，也就节省了很多的气力，只跟着课件中的知识体系，将文言文翻译的几个注意点梳理一遍，再结合刚刚复习的知识，随堂检测两段课外文段的翻译。

练习巩固时，抽查了几个人的答案，效果差强人意。文句翻译中最大的欠缺，一是定语后置句的把握不够，二是省略句的成分补充不够到位。而这些，恰恰都是高考中的得分点儿。

年末的浮躁与考试前的兴奋，使学生们的思维开始出现了短路现象，总有一些并无什么难度的知识被理解错。这一点，在7班表现得尤其严重。期中考试时，7班考得过好了，这次的月考，总预感到他们要摔跟头。骄傲，永远是学习的最大敌人，更何况一个并没有资本骄傲的人，因为偶尔的机缘而闪了几次光芒。

12月21日 星期五

稻草人的价值

不用上课的日子总是惬意的。

孩子们的习惯，考前复习以背诵课文为主。自2008年考纲划定了40篇必背篇目后，这初中26篇、高中14篇经典性的古诗文，就成了他们打发早读课时间和自由复习时间的最好物件。然而，这样的背诵，很多时候都仅仅停留在视觉的感知之上，其目标也大多只为了对付那8分的名句默写。至于将背诵的内容转换成自己作文中的内容，却只有少部分人能够做到。尽管这样的融会贯通，是一直以来重点强调的。

当我端坐在教室的讲台上，以老虎打盹的态势半眯着眼睛修炼时，王军在外面的走廊上正巡视着各个班级。我想，今天肯定够他忙活的，每堂课上课后，都要出来转一圈儿，也是一件麻烦人的事情。其实，是否需要上课，完全可以由老师们依照需要灵活处理，一旦统一起来，效果并不一定就如想象的那么理想。更何况，这样的硬性规定，对于缺乏自觉性和计划性的一批学生来说，反而会因为缺少了教师的引领而使复习活动陷入盲目无序的状态。

孩子们有的开始摇头晃脑地背诵；有的取出文言文翻译的教辅资料，研究那上面的译文；也有人将以前的试卷取出来，随意地翻看一些题目。唯一相同的，是没有一个人在自由复习中发现了需要讨论探究的问题。这也不奇怪，语文学习中，能学出问题的，总是极少数。语文的问题，全部来自思想，不愿意思考的脑袋，自然发现不了值得深思的问题。我们的学生，一门心思想着的，就是分数和名次，就是解题的方法与技巧，至于更深层次的意义探究，倘若不能和考试建立起直接的联系，谁又愿意花费时间去揣度呢。

学生们没有问题，我也就成了大庙里的菩萨，只成了“不能少”的一个摆设。当然，这“不能少”也并非果真就不可或缺，就如同插在庄稼地里的稻草人，如果没有了它，鸟雀们也不见得就会在农田里开派对。校长和农夫的心态应该是相同的，姑且相信有了这些摆设，就可以对学生或鸟雀形成一种精神上的威压，使他们忌惮于某种有形的存在，来“自觉”遵循某种应该遵照执行的规程。

门窗紧闭的教室，充满了温暖和“人气”。苏轼在面对西湖的锦绣风光时，感叹“暖风熏得游人醉”，其实，更能让人醉的，不是那裹挟着良辰美景的春风，而是冬日教室里的混合气体。这气体的营养成分是那样的丰富，每一个 45 分钟，都可以催开孩子们脸颊上的两朵桃花。唯一的遗憾，是这些花儿普遍缺乏水分。

外出赶考的美术生们，结束了两个多月的“无组织”生活，终于返回了大本营。他们实在是落下了太多的功课，真不知道如何才能弥补上来。4.2 万考生云集南京参加美术专业统考的壮观场面背后，注定隐含了太多的失望。从自私之心出发，唯愿我的这几个弟子，能够得偿心愿。

12月22日 星期六

生日快乐

小时候，曾认真研究过“万岁”这个词汇。同伴们深信不疑的一点是：伟大领袖可以活一万岁。

读高中后，在一个酷爱阅读的同学的摘抄本上，读到“自信人生二百年，会当水击三千里”时，早已知晓人的寿命总是有限的，没有人会活到一万岁，然而，退而求其次，却也相信自己的人生可以拥有一二百年的历程。

再后来，不知在哪个版本的《毛泽东传》中，知道老人家的农历生日，竟然和我一样，都属于一个伴随着严冬开始的日子，便又想，或许应该如老人家一样，拥有八十余年的生命，同时拥有一段轰轰烈烈的生活，也就足够了。

就这么一边胡思乱想、一边浑浑噩噩地一路走下来。三十而立，却什么也没能立下；四十不惑，偏偏越过越是困惑。回首身后，除却空空荡荡，连一阵风也难以追寻。

今天，当我坐在讲台上，一边监考一边想着自己的一份心思时，妹妹、弟弟们发来的手机短信，宣告了我43岁的结束。“1222”，四年中有三年属于冬至日的特殊日子，原本代表着最漫长的一次黑暗。庆幸的是，我赶上的，却是那特殊一年。冬至日之后的22日，白日由此而变得越来越长。这白日，在我看来，就是一种希望的光芒。

午饭时，在老家的母亲打来电话，提醒我，今天是我的生日。母亲又安排侄女、侄儿在电话那头，为我齐声祝福。那一刻，突然就有一种感动涌上心头，为了这无法割舍的一份亲情。

依照上午监考结束后的阅卷分工，我、老陆、王军和语文教研组长四个人负责作文。老陆正在参加市里的两会，下午要和市长对话，所以，只安排他三本的任务。我们则每人七本。此次作文批阅，组长要求60分以上的人数，要达到百分之十；56分至60分的人数，达到百分之三十；49分至55分的人数，达到百分之三十。这样的大规模放水，据说可以提高学生的写作兴趣。

然而，实际批阅中，分数还是上不去。这篇题为“支撑”的作文，依旧有不少学生跑题。最有代表性的跑题方式，是在中心论点确立之后，便将主要笔墨转移到了“支撑”的主语上，比如“信念”“理想”“尊严”等。更多的学生，虽然不跑题，但文章从头到尾全是熟面孔，激不起任何阅读的情趣。

只有少部分孩子，知道在自己的文章中，尽最大努力展示才华。他们的文章，要么在形式上出新，要么在素材上出新，要么在情感上求真。每每在一大堆平庸之作中，突然闪现出这么几粒明珠，让我的眼睛为之陡然增辉。

当我为这些文质兼美的文字打下60余分之后，那些跑题的、或是满纸荒唐言的作文，就实在没有资格获得及格以上的分数。我一直对高考作文批阅持抨击态度，那种盲目抬高起评分的行为，表面上看，起到了保护学生写作积极性的作用，实际上，却是对饱读诗书者的极大不公。在这种评价体系的背后，能读出的，实在是“打土豪，分田地”的暴力色彩和懒汉心态。

2007年 12月24日 星期一

差距与信心

对大多数孩子而言，今天一整天，都是在期待与失望交织的氛围中度过的。

早读课刚下，7 班的课代表就风风火火地跑来拿试卷，说是全班同学都等不及了，想知道自己这次考试是进还是退。然而，语文试卷还没有改完。老陆带了两本试卷去参加政协会议，本以为可以抽空改出来，结果因为一些琐屑的事务纠葛，一个数字也没画，这就使得统分、拆分试卷等工作，都受到了影响。

没有试卷，评析课也就无法正常开展。第一、二节在 7 班上课时，便直接从作文点析入手。7 班的作文一向薄弱，在平行的几个班级中，算是文思最为枯竭的一个群体。大多数孩子，从小到大没认真读过一本长篇小说。平日里，也极少阅读文艺类期刊。对他们而言，写作文，实在是一件极为痛苦的事情。

但高考不相信痛苦。高考需要的，是强迫公鸡生蛋的野蛮精神。没有生活，没有情感，那就在技巧上去找分数，去通过文字游戏迷惑阅卷者，从而获取相对满意的成绩。可惜的是，任何技巧，无论如何还是摆脱不了情感的制约。心灵中的畏惧，首先就击垮了写作的自信。

作文谈了一节课，第二节课，还是不能不谈具体的试卷内容。便选择一些死题目，从语用题、文言文入手。这次的试卷，语用题中出现了两道新题型，少数学生答题时不关注题干要求，出现了不应该的失误。这，需要重点强调。

第三节课时，试卷的批改、登分工作完成。几个人到资料室去，将各考场试卷依照班级分开。我边分试卷边留心各班的作文情况，发现这次考试中，6 班、9 班的作文特别出色，几篇 70 分作文和 66 分以上的高分作文，大多来自这两个班级。而 7 班，55 分以上的文章，就极少见到。这，让我感到了一种威压。估计这次的均分，要摔大跟头了。

分完试卷，到王子那里查看各班均分，果不出所料，期中考试时名列平行班第一的7班，这次掉到了第五的位置。6班、9班的均分都是108分，7班仅仅106分，少了两分。

看完了分数，再把6、7两班的试卷拿过来翻阅。发现6班65分以上作文有7份，其中两个满分，一个69分，一个67分，一个66分，两个65分。7班除李娟为70分外，其余全部在60分以下。全班51人中，39人得分在55分以下，其中最低得分34分。

唯一值得欣慰的，是这阶段重点抓的几个孩子，成绩终于都上来了。盛桥得了115分，姜云得了109分，从来没有及格过的李超，破天荒地得了105分；一直垫底的曹明，也得了100分。

研究完了7班，再看13班的试卷。毕竟是文科班，绝大多数孩子的语文成绩都已基本稳定在各自的水准内，没有出现大失误，也没有大的飞跃。这样也好，波澜不惊。

只有李云出乎我的意料。向来语文成绩在两位数与三位数上下晃悠的她，这次竟然考出了124分，且总分名列班级第一，年级22。这确实让我惊喜，又让我感慨。三门功课的竞争，起落实在少了某种定数。要知道，她从高一到高三这么多次考试，从来也没有进入过前十名呀。此次，这么一发力，就跑到了最前的位置。“应该充分利用这个典型，为全体确立信心。”我想。

12月25日 星期二

沉默的圣诞

12月25日，西方国家的圣诞节。这个日子，西方世界该是一片欢乐的海洋吧。

我不知道高三的孩子们，还有没有谁在昨夜将长袜挂在床头，等候着收获圣诞老人的礼物。今年的这个平安夜，想来不应该有孩子依旧能够如此浪漫。校方昨晚装入孩子们长袜中的礼物，实在是超乎寻常的沉重。

每一次考试之后，学校总会有点新的花招诞生。这不，昨日的成绩刚出来，晚上的班主任会议上，就一致通过了一条决定：周日下午14：40至16：40，学生必须到班级内自习，任何人不得以任何借口请假。

随着这条规矩的出笼，高三年级学生的所有空余时间终于被全部剥夺。孩子们别说是利用这最后的半天自由来补充睡眠，或者是到书店中读点课外书籍，到影剧院看场电影，就是洗澡、理发，也没有了时间。教育走到了这一步，已绝对拥有了申报吉尼斯世界纪录的实力和制造永动机的水平。

这样的政策，却并没有在学生中激起多大的反响。完全可以想象出来的一个镜头是：当各位班主任在班级的讲台上宣布命令时，无数双眼睛，最多也只会和书本脱离5秒钟的亲密接触，然后便又齐刷刷地回归到题海之中。

沉默，只能够存在沉默。这样的沉默，既不会爆发，也不会灭亡。当教育终于借助“未来”这一神圣的理由而把鲜活的生命揉捏成泥偶，当“为中华之崛起而读书”退化成为了分数而读书，为了父母老师而读书，甚至为了读书而读书后，除却沉默，孩子们还能拥有什么样的表情态势呢？

这样的沉默，对人性，对人生，却并无任何益处。小而言之，是消磨了学习的热情与主动性；大而言之，是磨灭了个性中的桀骜与主见，使生命趋向奴化。

当然，并不会是所有的人，都反对奴化。在部分缺乏远见的官员的心目中，奴化后的人民，才是最忠厚善良、最勤劳淳朴的人民。这样的人民，自身利益无论遭受多大的损害，都会以一种主动或被动的牺牲精神，坦然接受本不该接受的一切人为灾难。至于敢于维护自身权益、敢于在法律框架内凭借一己之力抗衡强权侵犯的人，则大多被冠以刁民的称号。这点，从媒体上众多新闻用语中，也隐约可以感知，比如重庆那位坚决不拆迁的仁兄，不是就享受到了“史上最牛的钉子户”的光荣称谓吗？中华文化环境下，“钉子户”从来都象征着野蛮、不讲道理、不守公共秩序的行为。

回到校方的管理政策上来，在高考压力越来越大的背景下，学校的生存与发展，肯定离不开升学率这一强大后盾。然而，升学率固然重要，身心发展却更是学校教育的关键。退一步说，即使学生果真不够自觉，确实需要将他们网罗到学校中，使其永久处于别人的监管之下，那么，这样的政策，也应该有一个听证过程的。教育，需要的是理性，是符合规律的行为，哪里有只依靠延长时间来取胜的道理。

12月26日　星期三

我们宣誓

依照市教研室的通知，今天应该到附中听课。然而，今天四节课，无法调课，只能放弃。

进入高三以来，再没有到外校参加过一次教研活动。每天三四节课的羁绊，不但使身体始终处于疲乏状态，更使教学研究陷入停滞之中。唯一能聊作宽慰的，是网络上信马由缰的阅读。

依照年级组的统一部署，今天下午第二节课后，将在体育馆举行高三年级宣誓大会。校长要求全体教师必须参加，我刚好也想见识见识这洗脑的场面，便在铃声响起后，欣欣然赶到会场。

会场入口处，置放着两块醒目的标语牌，红底黄字，十分喜庆。夏琼与娟娟眼尖，刚跨上台阶，就发现了标语中的一个错别字儿：独占鳌头的“鳌”，被标牌制作者错写为“熬”。

然而，这样的错，竟然暗合了今天这个会议的主题。宣誓及动员大会，试图实现的目的之一，就是要鼓动起学生“熬”的精神。校方希望学生们比拼的，也正是看谁能“熬”。这么一理解，“独占鳌头”反而就应该写为“独占熬头”——看看谁是全年级最能熬夜、最能熬时间的人。

进入体育馆。主席台上方，是高悬的横幅标语：苦战一个月，誓夺“二模”成绩新突破。16个班级的学生，在体育老师的组织下，在划定区间内组织成一个个方阵。所有学生的手中，都捏着一张红纸条。我知道，那纸条上，印着各班的誓词。

全体就绪后，王军宣布会议议程。第一，各班级宣誓；第二，学生代表发言；第三，教师代表发言；第四，校长讲话。

第一个宣誓的班级是高三9班。领誓的，是个男生。原本就很抒情的誓词，经50来个嗓子齐声发出后，果真也就营造出了某种需要的氛围。这样的头一开，接下来的班级，大多也就热锅里的炒豆一般，噼噼啪啪一番爆响，青春的热情全部被鼓动了起来。

这样的宣誓，却无法让我激动。非但不激动，反而有一种恐惧，从声音的缝隙中透过耳膜，强行侵入心底。其中，某个班级领誓女生那撕破了喉咙的呐喊，竟然完全唤起了我残存的“文革”记忆。没来由的，我开始神游八极，眼前依稀就出现了一些非正常的集会镜头，诸如纳粹屠戮犹太人的宣言，黑帮械斗前的鼓动等。

唯一涉及健康成长，论及生命意义的誓词，来自最不被看好的艺体班。在分数就是一切的学习环境下，或许只有这些孩子，才有一份心情关注文化课之外的灿烂世界。其他15个班，800多个嗓子呐喊出的主题竟然就是特别单纯的一个旋律——全力以赴，在“二模”中考出最理想成绩。

宣誓之后，学生代表的发言竟然成了本次会议中最理性的声音。教师代表与校长的鼓动，实在是超越了学校教育的范畴，进入了李阳疯狂英语或者另一名李姓人物的伪功法宣传的层次。这，不能不让我恐慌。

晚间，在两个班级进行晚辅导时，我越发恐慌起来。洗脑之后的孩子们呈现出的病态的亢奋，让我意识到必须给他们泼点冷水。我打破了晚自习从不讲课的习惯，就科学合理复习问题着力强调。我说:“对于我们高三同学而言，激情固然需要，但我们更需要的，是科学合理的复习计划与复习方法。我相信，即使学校不鼓动，我们中的绝大多数人，也早已将自己的作息时间划分成以秒为单位。所以，现在我们已无须再盲目的延长学习时间，无须再压缩不该压缩的休息、娱乐时间。我们真正需要的，是依照我们的原定计划，有条不紊地走下去。任何同学，都应该扎扎实实地落实自己的计划，应该摒弃一切干扰来执行自己的完整复习计划。任何因为校方的鼓动而冲昏头脑，不再依照既定计划按部就班复习的人，最终都必然要承担失败的痛楚。”

12月27日 星期四

冬眠不觉晓

没有阳光的冬日，似乎更像冬日。

天与地，长久铺展着一片灰暗、肃杀、苍凉的脸色。那份灰白与凝重，既如辛苦劳累一年，最终却一分钱也没有领到的农民工兄弟的那份神色；又如患上了严重抑郁症的央视主持人小崔，总是耷拉着眼皮，提不起精神。

前些日子连着下了两次霜。路旁的垂柳、路边的草坪，突然间就完成了由青春少妇向垂垂老妪的过渡，再也没有了往日那妩媚的青绿，只余下鸡皮枯发，无奈又无助地回忆着曾经的葱茏。

这份阴阳怪气的天，唯一值得褒扬的，是气温始终保持在5℃之上。教室里的气温，更是至少在10℃以上。在教室里睡觉，不用盖被子也不会冻感冒。

李延等四大金刚，自秋季开始，就提前进入了冬眠。昨日的宣誓，也并没有将他们的学习热情从酣睡中唤醒。李延的学习，就如外面的天气，阴晴转换中，基本没有多少规律可以追寻。朱训则每天只做两件事：看小说，睡觉。另一位，则连小说也懒得阅读，每天只把肥大的脑袋印在课桌上，那一头乱糟糟的头发，和那副越来越横向里发展的躯干，活脱脱就成了20世纪80年代农村题材电影中最经典的懒汉形象。通常情况下，这几位倘若不是因为迟到而被老钱罚站在门外，那么，从早读课开始，他们一准是照例完成着日复一日的酣睡事业。倘若将其拨醒，他们脸上也会带着一种愧疚的神色，怯生生地望老师一眼，然后歪七扭八地坐起身来。而当老师刚一转身，那脑袋立刻就又伏到课桌上。

今天的睡觉队伍竟然扩大了。除这几个活宝外，刚刚在月考中由三十而冲至第七的邹超、由十八而升至第六的静雯、由三十五而升至十一的吴静，竟然也都在读书的过程中陆续踏入梦乡。这几位姑娘，显然是在宣誓的强刺激下，昨夜不知忙活到什么时候才睡觉，今天的疲倦，自然难免。这，正是我昨日深以为忧的。她们显然打乱了自己的复习计划，在激情的驱动下，走向了盲目。

一个月时间的文言文强化训练终于接近尾声，上课时，抽查一部分学生的文段翻译，整体效果良好。但依旧有一些不尽如人意之处，最大障碍还是实词理解部分。比如，晨晨在翻译文句时，将“诏”译成“召集”，将“劝农耕”中的“劝”译成“劝说”。此外，省略句的补充，还是没有引起足够的重视。

网络上，陆续有朋友开始盘点2007的收成。一家网站上，一位年轻教师，将自己一年来发表的五十余篇长长短短的文字逐一列出，引来了数十帖的喝彩。也有不服气的，推出成长论坛中的两位写手，说他们才是真正的高手，言外之意很明显，大有指责这年轻教师两三寸水起波涛的意思。

我知道，自去年起，真正的一批高手，已然淡出了论坛。这些人，再也不会为了发表几篇文字而沾沾自喜，也不会因为别人的几句抬举而忘乎所以。眼下，他们都躲在某块天地中默默地著书立说。

我的2007显然无须盘点。文字已没有意义，除了稿费单上的数额，能够激发出短暂的幸福或牢骚外，一切都平淡如本该如此。笔底的锋芒与棱角，在日复一日的刺激中渐趋圆润，抨击类的文字，再没有出现只言片语。几个集子也都依旧处在风雨飘摇中，不知究竟何时才能落成铅字。这个年头留下的唯一经验，就是执著并不能解决任何实际问题，许多的光荣，并非来自坚守，而是来自迎合。

流年似水，2008年需要的，是新的栏杆。没有新的目标、新的刺激，思维终将一点点沙化。

12月28日 星期五

睡过了……

一夜的噩梦，似乎每个梦中，自己都是任人宰割的羔羊，除了无谓的奔逃，就再没有任何的希望，更没有任何的快乐。

从又一次被虐杀中惊醒时，时间还不到6点。透过窗帘的缝隙外望，那一线天空就如从楼顶上悬挂下来的一段灰毛线，轻飘飘，软绵绵，挂不住任何一个有分量的希望。

在枕头上用力摇晃几下脑袋，想把睡意和梦一起抛离，却奇妙地感觉到脑袋中有一个大链球，随了我的每一下摇动，刷地一下荡到左侧，又刷地一下荡到右侧。这链球是那样的沉重，以至于连接脑袋和肩膀的那根轴承都承担不起，竟然随着转动而发出咯吱吱的哀鸣。这症状，显然是润滑油干涸了。唉，世界性的油荒，已经波及了我的脖子。

现在起床，似乎太早了点。往被窝中缩一缩，再睡。

这一睡，就睡过了点儿。再次醒来时，墙上的电子钟已经指向7点。“早读是肯定赶不上了，而第一、二节又没有课，不如继续睡觉，横竖已经迟到了，不如爽性更迟一些再去。”这么一想，心安理得地再次闭上眼睛。

8点，起床，洗漱完毕，吃了早餐，不慌不忙地骑车到学校。路边上，各家店铺有的打开了门，有的依旧铁将军守卫着。晨练的老头老太们开始陆续回家，有人一手提着宝剑一手拎一捆蔬菜，迈着京剧中老生的四方步，一步一顿地溜达着；有人则急匆匆一路小跑，似乎家中正有什么紧要的事情，等着他们赶回去办理。

各样的大小车辆，依照各自的块头和力气，在城市的道路上有规则地奔跑着。最野蛮的，永远是那装载沙石的十轮大卡车。即使是挂着0001号牌照的奥迪，在没有警车开道的情况下，看见它，也只能乖乖地退到一边。

此时的路上，最缺少的一个群类，是孩子。孩子们早在两个小时前，就已经披星戴月赶到了校园。当然，同样缺少的，还有一个与孩子紧密相关的另类种群——教师。除了我因为故意迟到而逍遥于上班大军的行列中，我的非班主任同事们，也多工作了一个多小时，而班主任，则和孩子们一样实实在在工作两个小时了。

办公室里无人，小朱和夏琼都上课去了。我先把电脑打开，然后才开始处理今天应该完成的一些任务：把第七、八次作文打印出来分发给同事，将要讲析的几段文言系统梳理一遍，阅读今日的网络焦点新闻……

裤子口袋中的手机突然震动起来，掏出来一看，居然是王军发出的聚餐通知：

高三年级组定于12月31日（周一）晚5：30在巴黎春天大酒店共迎新年，恭请光临。王军

“嘿嘿，学生们宣过誓鼓了劲，也该给老师们加加油了。”我独自念叨着。

课间操时，高一高二的老师们开始谈论高三年级的这个聚餐。有消息灵通人士告诉同事们，说市内的几所私立中学，都是组织全校老师集体团拜的。公办学校中，规模相对小点的二附中，也是全体教职员工一起参与迎新年活动。这样的消息，让许多人不满起来。想想也是，大家都在竭尽全力地卖命，怎么高三就可以高人一等呢？虽然谁都不在乎这一顿饭，却在意学校对自己的一份尊重。知识分子需要的，通常绝不是金钱或物质利益，而是一种存在的尊严，一种价值的体现。

高三的同事们，却丝毫没有高人一等的感觉。有人将这样的聚餐称为鸿门宴。当然，这鸿门宴绝不会有安全上的担忧，却无法避免“吃了人家嘴短”的尴尬。更何况，校方是否“项庄舞剑，意在沛公”，答案等于司马昭之心。

这样的议论，也就是图个嘴上快乐。“牢骚太甚”的背后，能够把压抑的愤懑宣泄出去，倒是可以实现“防肠断”的健身目的。日子并不因为有牢骚而出现丝毫变更，工作量也不因为牢骚的“甚”与“消”而改变。一通牢骚之后，大伙儿依旧拾掇起书本，提早5分钟走向班级。

下午，又不过简单地重复上午的话语和故事，然后，再蔓延到晚上、明天、后天……

12月29日 星期六

岁末终有岁末的样儿

尽管高三的日历牌上只有倒计时的天数而没有新年，窗外世界的热闹与热情，还是波及了高三年级。

栅栏外的公路上，不时有元旦特价商品宣传车鸣放着大喇叭，吵吵嚷嚷地一路踱过去；各式的商品促销传单，也红红绿绿地飘入自行车、电动车、摩托车车篓中；车厢上喷涂着“中国邮政”四个绿色大字的运输车，每天将两麻袋的贺卡转移到图书馆的信函分发室内；高一、高二年级的元旦文艺会演的排练，也不断撩拨着每个脑袋中残存的非学习激情。

便有少数异己分子开始动摇起来。先是13班的金刚们，利用老钱到大市教研室参加教研活动的大好机会，开始了胜利大逃亡。后来是相当一部分动摇分子，步了金刚们的脚印，在第三节自习课上一起私奔到化纤体育馆，去观看高一、高二年级的迎新文艺会演。留在教室内坚守阵地的，却也没有如前几日宣誓誓词中所言说的那样“人在阵地在”，除却极少数立场坚定旗帜鲜明者，大多也不过曹营中的徐庶，身体虽在教室，心却乘了“嫦娥”飞船，不知环绕什么飞行去了。

学校最强大的竞争对手，那所私立远大高中，竟然从今天下午起开始放假。原本就该休的两天月假，加上元旦一天的法定假日，足足可以休息三天。这消息终于让我们的学生回过了味儿来，掐指一算，遭遇了元旦这个假期，不但原本该休的两天月假被取消了，就是一天的元旦法定假，还因为晚自习的正常进行而打了折扣。

有胆大的学生，开始找有关人员理论，试图为自己找寻到某种权利。然而，有关人士以一句最无可辩驳的话，轻而易举地就击溃了胆大妄为者的心理防线。这句极具杀伤力的话语是——你是愿意休息这三天，然后漫长的几十年时间内都没有休息日；还是愿意这次只休息一天，以后几十年时间内每个双休日都能够休息？这是一个没有读书的孩子都能算过来的账，似乎真理得无可挑剔。对此，谁还有理由索要休息权呢？

听孩子们向我转述这至理名言时，我立刻想到了许多工厂厂门前的一幅大标语："今天工作不努力，明天努力找工作。"这样的话语，倘若撇开具体国情不谈，而将其置放在法制环境下，确实是一种极具警戒性的忠言，然而，一旦和具体实际相结合，却又窗户纸一般禁不住一指的攻击。

论坛上的小学同行们开始预告三天假期的活动安排了，一家语文论坛还决定在今晚组织一次网络联谊活动。我说，对不起，我晚上有晚辅导。对方惊讶万分："人到中年了，还带什么家教啊，难得休息，放松放松吧。"

我苦笑："谁告诉你说我带家教了？我晚上要到班级值班，我们的学生没有放假，都在学校艰苦奋斗呢！"

对方更惊讶了："啊？你们有没有人性啊，国家法定假，也不让学生休息，还要补课呀。变态，严重变态！"

"变态？高三无形、无态、无嗔、无怨、无欲、无娱，早已超脱到了更高境界。哪是你等凡夫俗子可以比拟的。"我不得不教育对方。

"也是！也是！失敬！失敬！高三老师'毁'人不倦，早有耳闻啦。您老就继续您的革命大业吧，小的们自娱自乐了，不带您老玩了。"对方一通贫嘴，让我除了自谑式的苦笑，再说不出什么。

12月31日 星期一

年终的亢奋

年末的最后一天，手机日历上说是星期一，一周的第一天。对我们而言，却实在不知道今天是星期几，姑且算做是星期二十九吧，记忆中，至少有四周时间没有休息了。

因为明天放假，而放假的前一天，当然是周末。所以，我们的高三日历上，今天也是周末。年末与周末同行，负负得正，来年或许就是个好年成。

拖了一个月的文言文复习，今天终于要结尾了。收官之课，没有丝毫的意义，一个课时用来复习《史记》上的最后一篇课文《淮阴侯列传》，另一个课时，用来检测高中部分必须背诵的十四篇古诗文。依照备课组统一要求，后者的50条填空，错3条就算不达标。

上下午各两节课。上午的第一、二节，毕竟距离放假遥远了许多，7班的孩子，尚且能集中精力完成教学任务。下午在13班，效果就差多了。课前与课间，突然消失了睡觉的身影，每个人都热情洋溢、兴高采烈地胡乱抓几个同学就开始了个人专场演说。这种人人争做主角的局面，很快就带来了教室内的纷乱，以至于上课的铃声，完全被淹没在喧哗之中。

好在文科班的孩子记忆力好，第二课时的默写，入静后完成得比7班有效许多。金刚们自然完成不了这个作业，李延装模作样地拿着一支笔，笔尖在某个空格内一停留就是十分钟，朱训则照旧阅读着小说，整日酣睡的那位，依旧将硕大的脑袋和乱草般的头发一起置放在课桌上。这三位，我也不强迫他们为了获得试卷上的几分而绞尽脑汁死记硬背了。对他们而言，获取分数早已不是目标，而学校又无法给他们提供其他生存技能的培训，那么，学校的唯一价值，就是不让他们成为危害他人的人。

15：20，完成了默写任务的少数孩子，开始动手收拾讲桌上的书本和文具，准备着5分钟后的下课。这种焦躁，立刻就影响到了其他人，于是，不论是否写完了作业，多数人都重新拾起了课间的亢奋，就等待着下课铃响起的那一瞬间。

照例是拖延了2分钟的时间之后，15：27，下课铃声才在翘首期盼中姗姗到来。随着我的一声“下课”，一分钟内，教室便成了空巢。

我回到办公室，受孩子们的传染，竟然也亢奋起来，什么事也不想做，干脆上网玩网络上最低级的五子连珠游戏，顺带浏览每日必须登录的语文沙龙和中学语文教育论坛。又给网络上的朋友发送数十条拜年和祝福的短消息。

17：15，锁好办公室，到停车棚中推出车子，赶往巴黎春天大酒店。

当我踏上酒店第一级台阶时，手机上的时间正好是17：30。酒店大厅门前，一对新人正身着婚纱、手持鲜花迎接着来宾。我唯恐新人误将我当成了贺喜的宾客，便以目不斜视为身份标签，匆忙踅进店堂内。

竟然有二十来位同事提前到了。女士们坐在摆满了餐具的桌子旁说着闲话，男士们则散在两个包厢内，一桌扑克，一桌麻将，边玩边嘻嘻哈哈地相互逗乐。

迎新聚餐正式开始时，是18：30，校长致辞后，七桌同时端杯，六十多个杯子底儿和桌面碰撞发出的叮当声，瞬间就掀起了一股迎新的热潮。

菜肴算得上丰盛。毛蟹、海参、鹿排、内蒙古小肥羊等舶来品与硝肉、火腿粽、长江刀鱼等地方特产杂然相间。烟酒也够档次，苏烟配洋河蓝色经典。

教育局局长第一个开始挨桌敬酒。局长是前任校长，所有的人都熟识，自然也就少了客套，多了“执法”。局长依照各人酒量的大小，或是要求某人干杯，或是要求某人喝下去一半。我虽然并不能喝多少酒，但却恶名远扬，教育局并兄弟学校中许多人都认为我乃酒仙，从未醉过酒。自然，我属于必须干杯的角色。

局长之后，是校长、副校长、各科室主任。这样的轮番轰炸，在集体活动中威力最大。我所在的这桌中，物理组占了7位。少不得相互间还要“礼尚往来”。如此，五瓶酒一个小时不到，就彻底报销。

局长校长们敬完了酒，同事之间也开始了大串联。有人去回敬局长校长们，有人则只找寻自己对得上路数的单兵会战。狡猾之徒，也开始了浑水摸鱼，将凉白开冒充了蓝色经典，四处找人干杯儿。

这或许称得上是进入高三来唯一的一次整体放松。难得的没有了升学率、班级指标、平均分的束缚，没有了批评与训斥，只留下其乐融融的一团和气，氤氲在酒菜和香烟烟雾袅绕的2007最后一个夜晚。

2008会是如何，此时，鬼才去管他。且把今宵放浪过，笑举茶杯做酒盅。

01

期末总动员 2008

上一届高三时，一个孩子对我说：“老师，您说的一切我都明白，但我更知道，考不取大学我就什么也没有了。为了考取大学，我宁愿做一台考试机器。”

这是一段让我疼痛了三年的话。这句话的背后，隐含着多么丰富的生存潜台词！每想到这段话，我又不自觉地联想到一位班主任教育学生的话。班主任说：“什么叫好学生？考取大学的就是好学生。考不取大学，你就是雷锋，也不是好学生。”

2008年1月

二	1 月 01 日	
三	1 月 02 日	两份收费清单
四	1 月 03 日	如果能洗脑就好了
五	1 月 04 日	态度与能力
六	1 月 05 日	两张稿费单
日	1 月 06 日	
一	1 月 07 日	约法三章
二	1 月 08 日	多样触动
三	1 月 09 日	有规矩则成方圆
四	1 月 10 日	大鱼和小鱼
五	1 月 11 日	红海洋
六	1 月 12 日	期末考试目标
日	1 月 13 日	
一	1 月 14 日	在思考中成长
二	1 月 15 日	雪天的快乐
三	1 月 16 日	惩戒中的学问
四	1 月 17 日	书到结尾……
五	1 月 18 日	遭贼记
六	1 月 19 日	玩对联
日	1 月 20 日	幸福的辩证法
一	1 月 21 日	今天我休息
二	1 月 22 日	笼子与学生
三	1 月 23 日	花儿健康地开
四	1 月 24 日	家长的求助
五	1 月 25 日	每个孩子都是一幅画
六	1 月 26 日	师生同考
日	1 月 27 日	
一	1 月 28 日	
二	1 月 29 日	
三	1 月 30 日	
四	1 月 31 日	

1月2日 星期三

两份收费清单

2008 的阳光，并不比 2007 的灿烂。

所有的日子，依旧如门前的小河，一边敞开胸怀，无所顾忌地接纳着各种乱七八糟的水源；一边缓慢而坦然地流逝着。

清晨，推开 7 班的教室门时，意外地发现班主任老周正菩萨般端坐在讲台边。他面前的讲桌上，赫然摆放着足有两寸厚的百元大钞。而老周则在全神贯注地清点着旁边的一堆各种面额的零钞。

凑到老周身边，悄悄打听这笔费用的出处。老周将案头的两张纸推到我的眼皮底下，于是乎，得以在 2008 年的第一工作时间内，了解了本学期高三学生的书本费开销情况：

收费清单一：

2007—2008 学年第一学期高三年级代办费清单

书　　名	单价（元）
全国优秀作文选（2007. 1）	4. 00
2007 年英语听力风暴	8. 00
2008 年数学一轮复习（通用篇）	28. 00
英语导学（9 ）	9. 50
英语（10）	7. 01
英语导学（10）	10. 00
练习本（10 本）	5. 50
外语本（2 本）	1. 10
作文本（2 本）	1. 40
磁带（9. 10. 11）	13. 50

续表

书　　名	单价（元）
英语新课程优化试卷	33.00
英语（11）	6.80
英语导学（11）	10.00
招生考试报	25.00
期中调研测试费	12.00
英语词汇表	20.00
英语口语测试纲要	5.00
全国优秀作文选（2007.2）	4.00
高三语文复习讲与练（上中下）	36.00
贺年卡	1.80
期末调研测试费	12.00
2008年英语听力风暴	16.00
学生综合素质报告书	2.00
校刊校报费	3.00
文印试卷印制代办费（含月考）	95.36
答题卡	3.50
合计	373.47

注：学期初收高三学生每生书本、讲义等代办费94元，实际用373.47元，透支279.47元，免收4.47元，实收275元。

收费清单二：

2007—2008学年第一学期高三人文书店教辅书费用

书　　名	单价（元）
语文零距离试卷	26.00
2008年数学凤凰台全真试卷	15.00
英语世纪金榜全程复习方略	39.00
2008年数学一轮复习（专用篇）	12.00

续表

书　　名	单价（元）
化学学业水平测试基础过关	36.00
化学直通考点100练	20.00
合计	148×0.85=125.80

在这些众多条目中，哪些是必不可少的，我不知道。但我知道，有些资料，来自某些权力机构或权威人士的硬性摊派。还有些教辅资料，完全可以由课任教师自己完成。

>>>>>>>

1月3日 星期四

如果能洗脑就好了

复习扩展语句时，进一步感受到了写作能力匮乏给7班带来的尴尬。

扩展语句的基本策略，是在现有主干的基础上，通过扩展附加成分、扩展修辞、扩展表现手法三个步骤，实现语句由实而虚、由干瘪而生动、由肤浅而深刻的转换。这个知识点，需要以灵活多变的句式为基础，以富有个性化的表达为依托，只有如此，才能在面对题干要求时，拟写出合乎要求的内容来。

实际授课中，尽管每个环节开始时，都采用课件引领的方式，先通过列举事例阐述解题技巧，再通过模拟操作强化巩固。然而，PPT上展示的例子，一旦挪移到了生活用语中，很多孩子思维的顽固性便立刻呈现出来。这种思维的僵化状态，实在是前所未见。每每看到那些让人哭笑不得的答案，我只能感叹自身的无能。

有一道题目，要求用比喻的修辞格，将关于春天的描绘扩展为一组排比句。任务布置后，我在走道里巡视，一眼就瞧见了两个学生，写出来的是拟人句。用手指敲敲他俩的脑袋，再指指比喻两个字。这二位，自嘲地笑着，用手摸着脑袋，嘴里迸出一个短语：看错了。

又一道题目，要求将一句描写黄昏时分西方天际景象的句子扩展成30字以上的内容。嘉欣提起笔来就写，我从走廊里巡视一圈过来，她已大体完成了任务。我拿过来一看，白纸黑字地写着：

傍晚时分，吃过晚饭后，我不想看书，便一个人闲逛到学校西边的小山包上，找个无人处坐下，静静地欣赏西天的落日。只见无数洁白的云朵，众星捧月般簇拥着巨大的夕阳，似乎想要拉住它不让它落入地平线下。太阳却用力挣扎着，把一张圆圆的脸憋得通红。

我安排嘉欣把完成的扩展读给同学们听，然后，请大家讨论这个扩展可以获得多少分数，并阐述理由。结果，相当多的孩子，对这样的扩展赞不绝口，认为可以获得满分。联想到这些孩子平日里作文时总是在前因后果上大做文章，不能把笔墨突出到重点内容上的弊病，我又将巡视中发现的类似的扩展内容拎出一些，再组织讨论，然后，要求孩子们就嘉欣所扩展的句子，从表达方式上逐句分析。终于，一部分孩子开始明白这段扩展中存在的问题。最后，我再安排写作能力很强的李娟朗读她的扩展，让孩子们比较描写与叙述的区别。至此，大部分人才好像明白了过来。

于是，继续练习。这次换成情景型扩展，关键词是“黄昏·我·海风”，采用替换法，先要求以“海风”为重点扩展，再要求以“我”为重点扩展，最后要求以“黄昏”为重点扩展。刚刚似乎明白的问题，片刻后，又有人开始犯浑，提起笔来，又是前因后果的叙述。对这几个孩子，真恨不得用一根撬棒把他的脑壳撬开，拿到卫生间里，用水龙头冲洗冲洗，把里面的糨糊彻底根除。可惜，我缺乏华佗的开颅术，只能用手虚作打人状，借这动作告知他的错误。

7班的错误，在13班就极少发生。文科班的孩子，语言表达方面的能力，总是比理科班高出许多。这个知识点，如果依照备课组的统一进度操作，7班肯定是夹生饭。看来，我又要违背将令延长课时了。

1月4日 星期五

态度与能力

上午原本很是悠闲的，只13班第三节一节课。

计划中，剩下来的三节课，第一节课用来浏览网络新闻，同时把两个论坛上的新帖子读一读，捕捉一些新鲜信息。第二节用来完成备课组分配的近期备课任务，将高考作文讲义整理好，再打印出来，然后把前面的16页交到文印室。第四节则用来阅读从阅览室里借来的《小说月报》，了解一下这几个月来短篇小说的流变情况。

然而，论坛上的几个新帖，吸引了我的眼球。这几个帖子，一是南开大学徐江先生针对中学语文教学若干问题的系列批判帖；二是关于一则课例的研讨帖；三是关于国学热与季羡林热背后的精神重构或精神迷失的争论帖。这三个帖子的内容，都是我平日感兴趣的话题，免不了要细心研讨一番。读与思一结合，时间不知不觉中便流走了，等到想要备课时，课间操的铃声已然响起。如此，第二节课的任务，只能顺延到第四节课，至于小说阅读，只好另外安排时间了。

今天是扩展语句的最后一个课时。主要是借助课件，以随堂练习的形式，强化该知识点的理解运用。由于前面的三个课时中，13班的表现一直比较出色，今天的训练，也就在完成任务的基础上，着重强调文辞的典雅优美。这，对大多数女同学而言，也没有多少难度系数。

学校中，最能感受到期末氛围的，莫过于文印室。当我拿着打印好的作文阅读材料来到二楼教务处开单时，教务员竟然九分婉转、十分客气地拒绝了我。教务员说，这些天文印室的试卷已经堆成了小山，眼下根据教务处的统一安排，一个备课组一天只能印刷一套资料。高三语文备课组上午第一节课时，已经开单印刷了一套江南某市的高考模拟试卷，因而今天也就不能再开出印刷通知。

教务员的拒绝，倒也切合我心。我实在是不喜欢借助铺天盖地的讲义来训练学生。我总觉得，任何一个成熟的教师，都应该将自己的主要精力投放在课堂教学效率的提高上，课余时间，则应该尽可能减少无谓的重复训练。数年前，我就放出过两个厥词：只有无能的老师，才依靠加班加点来获取成绩。只有平庸的老师，才依靠题海战术来谋求分数。今天，我依旧坚持这样的观点，尽管我的观点，注定要遭遇无数同行的反对，因为一个共性的心态是：做了，总比不做要好；多做，总比少做要好。

从教务处出来，想着不能无功而返，于是绕进老陆办公的督导室，将待印材料交给老陆，请老陆明天一早就开出单子，送到文印室去。这招，乃是我的一箭双雕术，既可以借助老陆的身份，实现资料印刷的目的，更借助老陆，证明我已不折不扣完成了上级交给的光荣任务。不是有句话这样说吗：做好做坏是能力问题，做不做是态度问题。我们的民族意识中，没有能力不是错，态度不端正，不能紧跟上级，才是十恶不赦。

1月5日　星期六

两张稿费单

收到收发室托人带过来的两张稿费单时，第一时间内升腾起的情感，是无奈和苦涩。

两张单据，来自两家刊物。一家是有着数十年声誉的名牌语文期刊，另一家是顺应时代潮流而新近诞生的教辅刊物。前者，发表的是一篇近五千字的文本解读稿；后者，发表的是一篇一千来字的文言文阅读试题。前者的稿酬是50元，后者的稿酬是100元。

现实就是如此荒谬，虽然说写稿的目的并非单一为了稿酬，但这样的倒挂，也着实让潜心于教育理论探究的人心寒。联想到前些日子，在一家核心刊物上的八千余字的文稿只获得100元稿酬，再联系到另几家老牌语文刊物，竟然明目张胆地发来信函，索要数百元的稿件刊载费，我真无法想象，这些刊物还凭什么来维系曾经拥有的辉煌。

是老刊物订户越来越少，影响到了杂志的生存？还是新刊物定位准确，迎合了读者的需求？一家期刊的经营，并非如发出去的箭那般无法回头、无法更改，老刊物为什么不可以适当改变一部分栏目，使内容更贴近现实的需要呢？生存困难了，便压低作者稿酬。稿酬低了，又收不到优质稿件。没有了优质稿件，又丧失了读者。丧失了读者，又进一步引发生存危机。如此循环往复的怪圈，文化人尽管多是书呆子，但也肯定是明白其中玄机的。

这围绕着稿费单而生成出的胡思乱想，竟然让我联想到了当下的学校教育。我们这类老牌的重点中学，是否也和老牌杂志存在着某种相似？而一旁虎视眈眈的私立中学，是否也如新期刊一样？私立学校凭借了高薪金的优势，将越来越多的优秀教师吸引过去；又凭借个体老板经营的灵活性，随时修正着自己的办学目标。这两方面的优势结合起来，势必要不断压缩老牌重点学校的生存空间。面对这样的压力，公立重点学校应该如何应对，才能寻找到自己的出路？用减少薪金待遇的方法，来减少资金开销，就如杂志用减少稿酬标准的方式一样？这样的结果，无异于饮鸩止渴，最终必然是要自食苦果的。

1月7日 星期一

约法三章

周六完成的综合练习，收上来批阅后，心头便憋了一股火。这帮猴崽子，高考必考的十四篇文言文，背诵了几个学期，近阶段又特意反复强调，竟然还有一部分人，八个填空只能完成四个。看来，确实如年轻教师所说的那样，一个教师太仁慈，学生就敢于把本该用在这门学科上的时间，全部挪用到厉害老师的功课上去。

慈不掌兵，对付猴崽子，看来，我也得装扮成凶神恶煞。

开始上课，首先就是订规矩：

第一，五天后，检查这十四篇课文的背诵默写，再有不能正确书写者，享受错一个字抄写课文一遍的奖赏。

第二，卷面上的文字让人无法辨认的，一律将试卷进行整体誊写，直到能做到横平竖直，才算通过验收。

第三，当天复习的知识点，教材上附带的拓展练习，必须抓紧时间完成。如果其他功课作业过多，也必须保证该知识点的练习材料，在知识点复习结束一周时间内完成。

三条规矩中，第一条属于补缺补差，绝大多数孩子，只要利用好早读课时间，用心去阅读教材，便不会有问题。第二条，有规矩则个个可以做到，这在历届学生身上，都验证过。第三条，也是每天半小时可以解决的问题。

规矩订完，再评讲试卷。

本套试卷，主要问题出在文言翻译、语用题第四小题和作文上，其中，文言文翻译问题最大。前一个月的训练，效果并不理想，字字落实的翻译意识，依旧没有刻入所有孩子的脑袋瓜里。还是有少数孩子，满足于在大体读懂文句意义的基础上意译。将他们翻译后的句子，和评分标准相对照，则该踩的得分点，基本都没有落实到位。看起来洋洋洒洒，似乎都翻译出来了，结果却是零分。

尽管我知道，文言文只要能读懂意义，明了古人的思想及文章创作技法，就达到了学习的目的。然而，现有高考评判标准下，谁不把“回”的四种写法准确掌握住，谁就可能因这一分的差距，而错失一次选择人生的机会。这样的教条，让我确实没有权利撇开阅卷标准而只依照学习目的来要求孩子们。

作文的问题，还是老毛病：语言贫乏。稍微让我欣慰的是，这次作文，总算有六七篇文字，能将这几天学习的语句扩展知识灵活运用到了文章中。我抓住这几个闪光点大肆渲染，并请写得最出彩的余进上台，将作文朗诵给全班同学听。余进的这篇文章，所有论据均取材于教材，却又避免了老生常谈的内容，读来很有新鲜感。

一直是作文老大难的姜云，这次竟然也写出了几处十分精彩的语段。我把他的这几段文字，逐句分析给全班同学，让他们品味如此安排语言的妙处。这个安排，其实是我的一箭三雕：一是给姜云鼓劲儿，二是让姜云自己明白怎样写才能写出好文章，三是给全班树立一种意识——只要用心，谁都可以写出好文字。

1月8日 星期二

多样触动

昨儿下午到大市的电视节目制作室录制作文讲座视频时，才透过摄像机发现自己原来存在着很多毛病：普通话不过关，习惯性的左肩高右肩低，站立姿态不端正，音色不浑厚……

这一堆的毛病，终于让我有了片刻的沮丧。沮丧之后，便在心里寻找自我安慰：妈妈的，孙子才普通话过关，左右肩一般高，站如松，音色浑厚呢！毛泽东不是说不好普通话吗，我比他说的好多了。这么一想，立马轻松了许多，一个人站在空旷的演播大厅中，对了前方的屏幕，慷慨激昂地演说起来，似乎空气中的每一个分子，都成为了聆听我的教诲的学生。

这么一激动，今天上课时，嗓子就有了疼痛的感觉。第一节时尚可勉力保持正常音量，第四节时，就如电力不足的录音机，嘶嘶啦啦地，把原本平直的语言，扭曲成了麻花儿。

更可气的，依旧是7班的那批猴崽子。昨日刚强调过的，今天依旧有人没当回事儿。订正教材中的十余道扩展题时，十多位孩子的书本上，空荡荡地没有留下任何痕迹。虽然泰戈尔老人说过“天空没有留下鸟的痕迹，但我已飞过”这样的名言，但没有留下痕迹的书本，是否可以证明猴崽子们已经“飞”过，我实在是持怀疑态度。

痛下杀手，将不能完成计划者，一个个拎起来，让他们现场办公，解决问题。很多人的胸中，却总也挖不出一个“竹笋”。于是，小恩小惠与白色恐怖并行，先不在今天处理他们，而是再给他们一天时间，明晨早自习期间，将该知识点的练习完整捧到我面前给我验收，能通过者，既往不咎，否则，严惩不贷。

在网络上发现了一位课堂教学全国一等奖的老师的博客，进去踩了踩，发现课堂并没有多少特色，至少并不比我认识的一批朋友高明。倘若再轻狂点，也可以说并不比我高明多少。然而，他的文本解读写得明显比我好，这个好，主要体现为他读的书比我多，写文章时，可以信手引用、旁征博引，这就不但增强了知识含量，也增加了可读性。

对于教师而言，读书，确实是提升自我、完善生命的最佳路径。可惜的是，浮躁的生活，似乎让我与书的距离越来越远。高深的理论著作读不进去，寻常的文字，又没兴趣读，只满足于嚼别人嚼过的文字，从中零碎地吸收并不充足的营养。年轻时对书的痴迷，眼下竟全部消失了。

暑假时认识的一位河南朋友姚晓静，在日前公布的2007《读书周刊》推动读书十大人物评选活动中榜上有名。《中国教育报》2008年1月3日第7版专门介绍了她的事迹。这位文静瘦弱的女同胞，同样是凭借着丰富的阅读，锤炼出一手清新雅致、意蕴悠长的好文字。读她的文字，每每感受到的，除了思想的认同，更有灵魂的触动。

1月9日 星期三

有规矩则成方圆

有了规矩后，局面就是不同。

早晨进入7班教室时，百分之九十以上的孩子，已经开始背诵文言文，这与往常我不进教室就没有人读语文的怪现象，形成了巨大反差。

早读课下，我前脚刚进办公室，后面呼啦啦跟进来十来位，全是昨日没能按时完成巩固练习的。每个人都十分自觉地将需要检查的两份作业翻开到有检查内容的那页。我逐个翻阅，同时打听昨日用在补语文作业上的时间。结果，基本都是用了一个小时左右，便完成了这四十来道的语句扩展题。也就是说，倘若不是前面几天处于和语文绝缘的地步，那么，每天只要花一刻钟，就可以将这些任务及时完成。

这批孩子，学习成绩在班级和学校内，都处于中等水准，基本介于本一、本二录取档次之间。如姜云、张弛、周宁等，每次语文成绩都在两位数和三位数之间晃悠着。他们之所以无法进入更优秀者的行列，最大毛病就在于学习缺乏计划性，不知道每天依照计划各门功课齐头并进。我边检查，边批评教育他们，要求他们在以后这一百四十余天的复习中，必须保证每天都用10分钟的时间，及时消化当天复习的内容，然后再用20分钟时间，完成该知识点的巩固练习。这帮猴崽子自知理亏，除了点头外，别无二话。我也见好就收，把他们全部赶回去上第一节课。

13班的女孩儿就乖巧多了，开火车回答，一排排推进下去，个个都完成了任务，差别只在质量的高低上。

13班的课，慢了两课时。7班已开始压缩语段，13班的试卷分析还没有结束，而我还想把试卷上的作文，也当堂完成了。便在前一节课赶了点进度，第二节课安排作文。

吸取了7班作文中的教训，先把可能出现的问题明示给孩子们，然后再要求他们先简单讨论，相互启发，开启思路，再开始写作。如此，时间已不够。允许他们利用今天晚自修的时间完成，明天早读课下交卷，迎来一片欢欣。

孩子们在下面开始奋笔疾书时，我打开电脑，点击了一个课堂实录，开始研究。这个实录，虽是名家在演绎，但课型结构并没有处理好，结果导致整节课大多处于跟着课文跑的状态中，教学活动始终只停留在文字欣赏的层面上，没有能够透过鉴赏进入表情达意的研讨揣摩中，这就使教学效率打了不少折扣。

眼下，越是研究"名师"们的课堂，越是感叹于人生的需要机遇。实在是见识过太多的精彩家常课，其中相当部分的质量都丝毫不逊色于那些国家级公开课。唯一的遗憾，只在于这些珍珠因为没有机会呈现光芒而只能蒙尘。

晚自习辅导时，7班沿袭了早读时的自觉，竟然整堂课都在忙活语文。一些孩子在补前面的欠账，另一些开始结合今天的复习内容，完成压缩语段的相关练习，还有一些，在阅读精美散文。

我在讲台上批阅作文。发现问题作文，则立刻到该生的座位旁，为其面批，分析得失，讲述技法。盛桥这次的作文，竟然创作了一个相声段子，很是让我意外。细细读下来，还很有点幽默感。我也到他的座位边上，对他的构思进行肯定，顺带再帮他分析相声段子中存在的不足，提出修改要求。嘉欣的作文，又跑了题。我请她把自己的构思说给我听，她说的还真头头是道，但就是想表达的意思，作为读者的我根本无法直接阅读出来。

陈文的文章，也是跑题。这孩子，太追求语言的唯美和诗意，把个议论文写得充满了抒情色彩。如此，本该鲜明呈现的论点，也被隐藏到了意象的描绘背后。读他的文字，美固然是美了，却美得不对味儿。

这样的面批，很是耗费时间。加上晚自修时教室里一片寂静，我只能把声音从嗓子里缓缓释放出来。如此，十多篇文章点拨下来，竟然比上课还要劳累。

>>>>>>>>

1月10日 星期四

大鱼和小鱼

连续几日的大雾，似乎将大脑也封锁在了迷蒙中，只依稀听得见外面世界的缤纷喧哗，却看不到前方的路途上，到底有什么样的未来在守望着我。

媒体上总是报道高速公路上连环撞车的惨案，当已然十分疲乏的我们，也被动地奔驰在人生的高速公路上，我实在不知迷雾中的前方，是否有暂时领先的同行者，因为某个故障而抛锚在不该抛锚的位置，倘若那样，一定也会有连环追尾，将无数个希望毁灭在上帝看不清的蔽障中。

长江边上的隆冬，最低气温持续在零上5℃。浓雾把天与地一起洗得惨白。倘若不是微带寒凉的风，总爱无聊地追赶爱俏的女孩，撩拨她们的秀发，掀起她们的围巾，引得女孩们惊慌失措的大呼小叫外，世界就只能算是正处在一场梦境中。

读帖，一个网友讲述了一则寓言：

海洋里的小鱼儿在自由地游戏着，突然闯来一尾大鱼，张大了嘴巴，贪婪地吞噬着这些小鱼。一只小鱼被追得实在无力逃命了，干脆停下来，调转身躯，对大鱼抗议说：这不公平，为什么只能是你吃我，不能是我吃你？大鱼很是豁达地笑了，说：没关系，我可以给你公平，请你来吃我吧。小鱼听了大鱼的话，立刻鼓起勇气，张大嘴巴，向着大鱼的肚子咬去。

结果，大鱼的一片鳞卡在了小鱼的嘴巴上，小鱼不但没有吃下大鱼，还把自己弄伤了。

大鱼看着小鱼，说：我已经给你公平了，现在，该我咬你了。

小鱼立刻成了大鱼肚子里的美餐。

世界就是这样，从来就没有绝对的公平，也从来没有绝对的不公平。动物有动物的丛林法则，植物有植物的生长法则，人类有人类的生存法则。一个网友说：一棵麦子永远不会妨碍另一棵麦子成为麦子，在麦子的世界里，从来没有那些人间的法则。在人间，你做了部长，我便只能做副部长，或者其他，或者最好什么也别做；但在麦子的世界里，你做了麦子，我还是可以做同样或者不同的麦子，绝不会有谁因了别人比自己更加修长茂盛而生闲气。这位网友的心地显然过于善良，其实，麦子生长在庄稼地里，就如人生活在地球上一样，也难免有磕磕碰碰，也难免要争阳光、夺水分，抢肥料。在我们的眼睛中，它们似乎每一个都那么君子，就如在它们的眼睛中，我们每一个都是君子一样。

新一轮的事务又铺天盖地地压了过来，这阶段，又要忙碌了。大脑却总是抛锚，时常在电脑前呆坐，连个文题都要思考很长时间。几篇教学论文的轮廓，已隐隐约约地飘浮在半空中，真不知哪里找寻时间，使它们变换成实实在在的文字。

真的渴望休假了。有多少事，等着假期中完成。

2008年 1月11日 星期五

红海洋

一夜风雨。

早晨到校后，发现高三楼竟然成了红海洋。各个班级内的东西北三面墙壁上，都张贴上了醒目的标语。只有朝南的一面，因为全部是塑钢窗的缘故，侥幸保持了本色。

这些标语，除了大红蜡纸的底色上打印着黄色楷体字这一相同点外，其余内容全不相同。7班的黑板右侧，是学生们撰写的警句："成功者绝不会放弃，放弃者绝不会成功。"左侧，是节录的名言："黑发不知勤学早，白首方悔读书迟。"标语和黑板之间的告示牌，也充当起了誓言牌的作用，7班的誓词，同样红底黄字地闪耀着：

誓词

高考，指日可待；"二模"，迫在眉睫；昨天成败，已成历史；未来胜负，在于行动。把握现在，珍惜此时，奋战30天，拼搏一个月。我们只能全力以赴，我们必须竭尽全力。我们向五班挑战双B，向六班挑战总分，爱拼才会赢，我们能成功，我们定成功。

后面的黑板上方，深蓝底色的方形电子钟的两侧，同样是两幅标语。左侧是"奋发有为"，右侧是"追求卓越"。和其他标语不同的是，这两幅标语为横幅。

北面，两扇巨大的塑钢窗之间，仅有的一尺余宽的墙壁上，也覆盖上一幅不伦不类的标语："海纳百川，有容乃大；壁立千仞，无欲则刚。"

和7班的标语相比，13班的内容，显然具有了鲜明的文科班特色：

进门右手处的黑板北侧，是一个新制的牌匾，浅黄色的底色上，红色字体打印出的是——"我的目标：选修课争双B，语数外夺高分。"与之对应，黑板南侧的告示牌上，誓词也代替了往日的课程表、作息时间表等。13班的誓词，也是红底黄字，不过没有7班的好斗精神，带有文科班阴盛阳衰的阴柔特色：

誓词

在期末备考中，分秒必争，毫厘必夺，追逐梦想，永不言弃。我坚信，在布满荆棘的道路上，唯有信念和坚持才能开辟出康庄大道。让我们用时间作弦，用笔作弓，为“二模”、为高考、为我们的人生理想奏出完善、强劲的音符。

北面，和7班相同位置上的标语内容是：“成功者绝不会放弃，放弃者绝不会成功。”

教室后方墙壁上，一条至少4米长的横幅，粘贴在距离天花板约40厘米的墙壁上：“别驻足，梦想要不停追逐；别认输，熬过黑夜才有日出。”

13班没有后黑板，其他班级用来出黑板报的后黑板处，张贴的是两张地图：一张是中华人民共和国地图，一张是世界地图。两张地图中间，是一个圆形橘黄色电子钟。钟的表盘内，一只棕色卡通熊，永远地挎着篮子，在草地上摘着蘑菇。

红海洋给我的视觉神经带来了直接的威压，更使我的心灵因时刻处于一种高尚精神的监督中而倍感恐怖。我总感觉，那身前身后的夺目的红色，俨然就是数不清的前贤往圣，而那耀眼的黄，则正是他们洞察秋毫的眼睛，他们就这么永恒地端坐在教室里，一边听着我上课，一边絮絮叨叨地讲述着古往今来的崇高故事。

课间，我把这份感觉说给小朱听，小朱颇有同感地说：我看到你们高三教室里红彤彤的标语，只想到两个词——抢劫，杀人。

夏琼接过话头，教育小朱：这你就不懂了吧，这就叫强行洗脑。“文革”时期，全国上下哪里不是这样？

2008年 1月12日 星期六

期末考试目标

13班的墙壁上，今天又多了一些玩意儿。

电子钟下方、两张地图中间，长出了44张统一规格的自带胶鹅黄标签纸，每张纸上，都有一个孩子的期末考试目标。44张纸，整整齐齐地码成11行，如11级台阶，从地面铺展到上方的大红标语。我利用孩子们放声读书的机会，凑上前细看：

置身11级台阶最上方的，赫然是“四大金刚”的奋斗目标。李延的目标是语文100，数学60，英语60，选修科目双B；朱训的目标是班级30名，年级500名，选修双B；另两位，一个和李延相同，一个是力争班级20名，年级450名，选修双B。

下面的10级台阶，呈现出的是无规则排列。小小的目标，是语数外班级前三名，校名次前100名，选修双A；静雯的目标，是语数外班级前15名，校名次前350名，选修双B。其他孩子，也一律将选修课的最低标准，锁定在双B，而语数外总分，则多依照目前的排名确定，但没有人将自己的奋斗目标确立在年级500名之后。

这44张小黄纸片儿，原本并不能激发出我的联想与想象，但将它们与红海洋结合起来后，就让我生成出了某种错觉。我不由自主地想到了宗教活动中的祭台：上方的红标语，就是端坐高台上的泥塑佛像；小黄纸片儿，则是善男信女敬献的祭品。无论是主动还是被动，孩子们在往墙壁上张贴这张纸时，心中多少还是存在着一份虔敬的。

对于“李延朱训们”而言，这目标卡片是否能成为回归学习的灵符，我不知道，但可以相信的一点是，李延和另一位“金刚”，今天早读课竟然没有睡觉，而是取出印有文言背诵篇目的讲义，似乎很认真地默读着。这确实是好现象。李延这孩子，除了厌倦学习外，并没有其他品质上的欠缺，倘若真能由此而认真学习，即使将来考不取本科，去读专科或高职，也不失为一种积极应对生活的生存方式。

终于降温了。天气预报难得慷慨地告诉人们：今天下午到明天白天阴有小雨夹雪或小雪。东北风5至6级、阵风7级，气温3℃至零下2℃。

这雪能不能降下来，谁也说不准。在这长江边上的小城，下雪已成为了百姓生活中的一种期待，就像追星族期待大牌明星，孩子们期待高分，鲁迅期待金色的沙滩、一望无际的碧绿西瓜地一样。

周末，学校的“法定”考试日。今天完成2008年普通高等学校招生全国统一考试（江苏卷）模拟试卷（三）。针对复习进度与班级学生的实有学情，规定孩子们舍弃两处阅读以便完成作文。7班的孩子，知道自己的作文差，需要强化，一声不响地接受了任务。13班的女生们，则是一片故作的惊讶，似乎有了作文任务，就再也无法在规定时间内完成规定内容。女孩子喜欢大惊小怪，我才懒得去听她们的抱怨。我说：理科班的同学，都能在规定时间内完成任务，语文成绩一向优秀的文科生，难道还比不过理科生？

下面的抗议声立刻消失了。文科生，谁会觉得自己语文能力比理科生还低呢。

于是，老老实实地奋笔疾书。除了屁股下的铁椅子不时咯咯吱吱哼唱两句，就只有胶带纸粘贴错别字时发出的嘶嘶啦啦声，弥散在温暖的空间中。

室外，寒风呼啸。门窗紧闭的教室内，每一扇窗上的玻璃，竟然都热得汗流浃背。难道它们都被红海洋与目标卡片感动得热血沸腾了吗？

2008年 1月14日 星期一

在思考中成长

连续几次强化训练后，孩子们的写作能力有了一定的提升，昨日批改了13班的两套作文，《眼光》一文的优秀率非常高。文体上，散文、杂文、小小说等都占据了一定的分量；内容上，或是体悟历史，或是洞察现实，字里行间也都拥有相当的思想深度。更难得的是，整体语言表达精练精当，开头结尾快捷有力。这，让我很是欣慰。

下午，评讲上周六综合练习卷时，先评讲作文。我将两次作文总体状况分析后，特意将两次作文中的大多数学生的作文开头提出来，读给大家听，让他们比较这些开头的优缺点，然后从中品味良好开端的重要作用。看得出，大多数孩子从这样的直观比较中，又加深了对开头技法的印象。

作文之外的许多知识点，就无法高兴起来了。文言翻译中，字字落实问题比上周稍有改观，但有效利用试卷上的注释与选择题题干中的相关信息来服务于文句翻译的解题意识，尚未得到很好地养成。较新题型的语言实际运用题，错误很多。其中，图文转换的那道题目，描述画面和阐述内涵的4分中，两个班级内，0分7人，1分19人，2分33人，3分28人，4分9人。

另一道拟写公益广告词的题目，由于题干中特别强调使用整句，而相当一部分孩子没有注意到这个限制，结果，两班中，0分的占了三分之一。

上周六完成的这套练习卷，很有几处具备鲜明民主政治思想的内容。例如这图文转换，画面的主角只是两只母鸡和各自下的蛋。其中一只母鸡扬扬得意地捧着一块高产奖的奖牌，身旁是一条直线码上去的十来个鸡蛋；另一只母鸡则伏在窝里正在生蛋，身后是满满两大筐鸡蛋。这两筐实实在在的鸡蛋的高度，显然没有前者高。

评讲这道试题时，我稍微拓展了一点。我由获奖母鸡的弄虚作假而推及为该母鸡颁奖的机构，进而引领孩子们认识到，正是因为颁奖机构的昏庸或腐败，才形成了投机取巧者名利双收、任劳任怨者一无所有的荣誉怪圈。在此基础上，又联系到“形象工程”，联系到“投其所好”与“上行下效”。最后，又将目光转移到漫画的作者身上，我对孩子们说：在这个世界上，知识分子应该也必然要充当起整个社会的良心。读书，目的不仅仅是为了生存，更是为了睁开眼睛看世界，为了拥有一颗善良而敏感的心。

13班的孩子中，最喜欢听我分析生活现象的，是徐冰。他总是随着我的话语，一边不断点头认同，一边很是认真地将脑袋尽量前伸，似乎每向前一厘米，也就和真理接近了一小步。这孩子，喜欢读五花八门的书，对文史哲的东西充满了兴趣。

另一个兴趣很浓厚的孩子，是黄恩昊。这孩子虽然口头表达欠缺，却对政治、经济、军事、历史等知识，有一种超常规的偏好。他的思维总是过于另类，和同学也没有多少共同语言，或许，他只是从驳杂的知识中寻找一种精神的慰藉吧。

小小、杨娟、娟子等，也都喜欢进行这样的思考。一年多的强势灌输，我已使孩子们大体养成了从人道、人性的立场出发看待社会现象的良好习惯，尽管思想品德课上还有许多空乏的大道理在影响着他们的话语系统。

1月15日 星期二

雪天的快乐

雪，是从天亮以后开始下的。

当我眼睛盯着墙壁上的电子钟，在不得不起床的时间跃出热被窝时，雪已经在窗外等候了许久。雪知道我喜欢它，几十年来始终如一的喜欢，所以，它来到这个世界，就希望立刻和我见面。它用手拍打我的屋顶，用脚踹我的房门，用身体撞击我的窗玻璃。它想唤醒我，让我在它的纯洁世界里捡拾久已丧失的童心。

打开窗子，抓一把洁白的雪，轻轻地握住。雪怕痒，在我的手心中咯吱吱地笑着，蜷缩成了一个小小的团儿。只得松了手，让它重新躺回窗台，或许，只有无遮掩的世界，才是它最好的栖息地。

路上的行人，很少有穿戴雨披或打伞的。男人们有的敞着脑袋在风雪中潇洒地行走，有的用个帽子包住头，弓腰缩脖地蹒跚而去；女人们则多用厚实的围巾，将头与脸包裹得如基地组织成员。骑车族与开车族，都是同样的小心翼翼。不时有“哐当”一声，从某个电动车亲吻地面处发出。倒在地上的骑车人也并不恼怒，从雪地上爬起来，有的连身上的雪也不掸一掸，就又跨上车子扬长而去。

十字路口处，在我前面骑车的一个小伙子一个不留神，人与车一起滑出一米多去。小伙子爱面子，十分迅捷地从地上爬起来，推上车就跑。全不顾原本放在车篓中的一个保温杯，已孤零零地躺在雪地上。人行道上的一个老太太，扯开嗓子吆喝，才使这茶杯和主人重新亲切会见。

早读已经开始，校园内一片寂静祥和。紧闭的门窗，将几千副嗓子发出的晨读声，禁闭在四十多个立方体中。据说是在大市里开人大会议的校长，竟然正在学校的楼道里巡视。

紧赶几步，在校长抵达13班窗外之前走进教室，然后把门关严。室内外便成了隶属两个不同星球的世界。外面银装素裹的自然世界与室内琅琅书声的知识世界，碰撞出窗玻璃上淋漓的水滴，如一道人造挂帘，遮挡住外面窥视的眼睛。

欢腾是从早读课下开始的。走出教室的孩子们，抓起飘落在栏杆上、走廊内的雪，先是同学间爆发内战，相互攻击，然后多党合作，枪口一致对外，高二与高三遥隔着近30米的天井，组织起立体交叉火力，双方开战。无数的雪球，有的如地对空导弹，有的如空对空导弹，有的则是空对地导弹，似乎并没有明确的定点铲除的目标，只向着前方的辽阔空间狂轰滥炸过去。每有一个雪球，能跨过30米的空间，落入对方的走廊，便有无数的叫好声，从双方阵地共同传出。那声音，足以将红海洋撼动。

“就为了这难得的狂欢，也应该下这么一场雪！”夏琼在办公室内感慨。

13班前的雪，似乎并没有少多少。到底是女孩子占大多数，缺乏了男生的野性与力气。然而，她们依旧很是兴奋，似乎也很幸福。我走进课堂时，她们每个人的脸上，都挂着灿烂的笑，一扫往日的倦怠与疲乏。

再下课时，走出教室，便发现外面连接高三与高一的四层过道中，分别都站了一位团委或政教处的工作人员。楼梯上，几位班主任也步履匆忙地往教室赶。于是，再没有欢呼声透过密密的雪传入办公室。偶尔一露的青春尊容，复又被强势捺入教室中的书堆背后。

非礼勿动?

>>>>>>>>

1月16日 星期三

惩戒中的学问

仿句知识点的复习结束后，剩余的半小时检查高中14篇文言诗文的默写。这项本该元旦前就完成的任务，由于孩子们的课业负担过重而一拖再拖，眼看着期末考试还有10天时间，而初中的25篇默写篇目还需要检测。只能见缝插针，以默写推动背诵。

新增加的内容，还存在很大的问题。三分之一的学生，《氓》这首诗歌还不能很好地背诵。此外，《离骚》和《逍遥游》的背诵，也多有丢漏句现象。由于前些日子和孩子们共同制定过关于背诵的相关惩罚措施，此次默写，看得出不少人很是紧张。

下课时，不少孩子没有能完成任务。如何才能既敦促他们在最短时间内完成背诵任务，又免遭共同制定的抄写课文的惩罚？我站在讲台上，快速运转着我的大脑。我实在没有这份罚抄课文的情趣，但没有核威慑，就无法打击惰性，连带着就可能使部分学生因为高考中8分的默写不过关而多年心血付诸东流。这，又让我不能不硬起心肠，在数理化的枪林弹雨中抢夺一点学习空间，来完成这并非意义重大的记忆工作。

我想到了一个自认为很好的方法。于是，我宣布：从今天起至周日，凡默写中存在丢漏或错别字者，可以在任何时间，到办公室申请订正。然后，在我的监督下，完成指定篇目的抽样默写。这套默写试卷，我保存到周日晚自习期间批改，届时再有错别字和丢漏现象，将严格执行既定惩罚措施。

所以做这样的决定，不过是想给孩子们四天时间，将未能及时完成的学习任务补起来，同时，也使他们能依据今天的默写目标明确地突出背诵的重点。我知道，尽管如此，肯定还有人无法百分百完成任务。那时，少不得要抓一两个典型，象征性地惩戒一番。

高一、高二的期末考试没有几天了，许多科目已开始停课自由复习。市里的几家网站上，又开始了每个期末必将进行的口水战。公办学校的老师们指斥私立学校老师为了高额奖金而监考“放水”，私立学校的老师批评公办学校老师阅卷时抬高自己打压他人；四星级学校说三星或普通学校老师阅卷时故意把作文分数压得极低，使名校优生的作文优势无法体现；三星或普通校老师说四星校老师批改作文时分差太大，故意用主观性极强的写作，来打击普通校学生的写作积极性。唇枪舌剑的背后，每一个云山雾罩的网名下，总隐藏着一个赤裸裸的“钱”字。也难怪，期末的统测，总是和年终奖金紧密结合的。私立学校倘若某个学科的均分能排列全市第一，与排名第二的同行间，相差的就是近两万的收入。公立学校，也牵涉到几千元的红包。校长就在校会上明确宣布过，任何学科倘若不能拿到全市第一，年终奖就是鸭蛋；拿到全市第一，与第二名平均分差达不到指定数值，奖金还是为零。

2007届的高三奖金，也终于伴随着漫天飞雪一起降临。下午，随处可见三三两两聚在一起谈论奖金的同事，神秘兮兮地议论着各自拿到手的数额。据小朱说，本届最高奖金为1.3万余，最低为7千。真不知这6千的差额，是足以激发出教师们的工作热情，还是必然挫伤一部分同行的积极性。说到底，奖金这玩意儿，也永远是把双刃剑。

1月17日 星期四

书到结尾……

书到结尾渐渐松，人的进取心似乎也同样如此。年终岁末时分，惰性犹如添加了过量的发酵粉，一味疯狂地增长，填满了脑袋中所有的缝隙。

冬雪后，气温明显低了很多。没有暖气的办公室，除了暖水瓶内温度能在零度之上，其余空间总充满了阴森冷湿的寒凉。办公楼的中央空调依旧冬眠着，走廊里四处闲逛的风，只要遇到敞开的门，就立刻溜进来，暗访组成员一般这里看看那里翻翻。

办公桌面凉如冰块，俯身其上，冷意便透过手臂侵入五脏六腑。这样的环境下，不想读书、不想备课、不想改作文、不想上网、不想写稿……

课却终究还是要上的。今天的内容比较繁杂：编写手机短信、贺卡词、临别赠言、颁奖词、串联词、解说词、画外音。这些玩意儿，说起来容易做起来难，技能养成的关键，全在一个“悟”字。课堂上，我三言两语点拨之后，将绝大多数时间交给孩子们，让他们结合生活经验，重点把握短信、临别赠言与画外音。

嘉欣这阶段投放在语文上的时间明显多了，听课时，眼神也有了光芒，脸上始终挂着笑。这姑娘，不摔得头破血流，是绝不会自动转弯的。叛逆年龄的孩子，总以为不听从老师的教诲，就能体现出与众不同的个性，却忽略了老师们也都年轻过。

一堂课内，给了她一次发言和一次板演的机会，完成得都很出色。适当肯定了两句，褒扬其解题思路的清晰。她颇有点得意，独自在座位上暗笑。

整顿后的7班，这阶段的氛围比期中考后的半个多月好了许多。几个向来轻视语文的男生，也开始加班加点完成分项训练试题。作文能力也开始稳步提高。真希望期末统测时，能有一个理想的成绩进一步刺激他们的学习兴奋点。

高一、高二的期末复习已进行了一个星期。语文组的同行们总结出了一条应对理科的策略——将原本应该进行的课内点拨训练课外看书颠倒为课内看书课外练习，如此，便能将学生的课外时间瓜分一些到语文中。即便如此，学生们每天用在语文学习上的时间，依旧不会超过半小时。小朱感叹："我还是过于心慈手软了。"我说："那说明你人性未泯，可喜可贺。"

下午第三节课时，发生一件怪事：

在学校内开书店的书商，竟然到办公室找小朱讨要寒假作业的电子文本。从他和小朱的交谈中，我了解到学生的寒假作业竟然是由学校安排老师命题，然后交给书商去印制，回来再卖给学生。这种反常现象背后是否存在着猫腻，大脑健全的人都会形成自己的判断。得知真相的小朱气得浑身发抖：自己辛辛苦苦编制的试卷，就这么莫名其妙地成了别人的生财工具，校方却一点儿说法也没有。这，如何让人心情舒畅地工作？

1月18日 星期五

遭贼记

清晨起床时，无论如何也找不到放在客厅沙发上的羽绒服和牛仔裤。立刻意识到：昨夜遭贼了。

等待"110"到来的期间，听得楼下传来喧哗。妻急忙出门，从2楼楼梯处捡回了两件羽绒服、一条牛仔裤、一个钱包——都是我家的物品。

衣服和钱包内的六百多元菜金钱，全部消失了踪影，挂在裤带上的钥匙还在，钱包内的身份证、购物卡、医保卡、会员卡也还在。看来，这是一个只偷盗现金的过路贼。

检查家中的其他物品，丢在客厅茶几上的手机还在，床头柜上的数码相机还在，卧室手提包内的一千多元现金，也还在。做贼心虚，看来这家伙捅开门锁后，拎了衣服便出了门。

平生第一次遭贼，非但没有生气，想想反觉得很搞笑。几个大活人睡在家中，有贼进屋，竟然一个都没发现，可见睡得多么香沉。而这香沉，一者可以理解为体质好，睡眠质量高；二者也可以理解成工作过于疲劳。

妻用“破财免灾”自我安慰，和楼梯上的一帮老太婆探讨着小偷进屋的方法，设想着各种可能。一个老太太告诉妻，201 室也被盗了，也是丢失了几百元现金。而前两天，院子里还丢失了几辆电动车。

把家里的一干事务交给妻处理，骑上自行车赶到学校上课。

今天的主要内容，是拟写广告词。在孩子们通读教材之后，先从央视几则公益广告片入手，强调公益广告的“新”与“美”。然后，针对现实生活中无处不在的商品广告，从正反两面挑选代表性作品进行批判赏析，借此强化对知识点的理解。

主要教学环节完成后，要求孩子们从身边物品上寻找精彩广告语。结果，在前两天刚张贴到红海洋缝隙中的几则宣传画下，孩子们发现了几则“脑轻松”商品广告。其一：轻松一点，胜人一筹。其二：孩子读书轻松，父母更轻松。其三：增强记忆，消除疲劳，提高学习效率。组织孩子们比较这三则广告语的优劣，最终一致认为第一则语带双关，容易记忆，广告效果最佳。

课间，7 班的十几个孩子蜂拥而来，申请订正上次的默写内容。打开语文组小会议室的门，将他们放进去，任其一个字一个字地慢慢纠正。有的孩子订正得很快，两分钟后，就将完成的试卷交回。我问：“有把握全对了吗？”并不回答。我便将他的试卷拿过来慢慢研究，轻易就发现了两个错别字：一处是“贰”上加了一撇，另一处是用了别字。这孩子吓得立刻将试卷赎回，又跑到对面订正去了。

隔壁的同行看到这么多学生进进出出，跑过来瞧热闹。同行说：“想不到如此儒雅的人，也对学生实行‘法西斯政策’！”我立刻反驳：“到我这儿来的所有孩子，没有一个是被逼迫着来的，他们可都是自觉自愿主动来纠正错误噢。我这是在全力培养一种主动学习的精神啦。谁像你啊，动辄就罚学生抄写课文。”

我用来威胁学生的抄写课文，就是跟这位仁兄学习的。这位仁兄，外号小刀手，向以严厉著称，再有棱角的学生，他也能一刀一刀将所有的锋芒全部削去。

下午两节课后，是连续两个会。先是全校教师会，跟着是高三教师会。第一个会，从年终考核说起，至安全问题结束。我家的失窃，成了安全问题的最好案例。第二个会，则从近期复习安排，说到考试后的补课，再说到这阶段的早晚值班。其中，王军谈论最多的，还是来自社会方方面面的期待与压力。他说，教育局机关已三次来人找其谈话，针对“一模考”的不足，提出“二模考”的要求。王军只能将来自上面的压力分解到教师身上，再由教师转嫁到学生身上。

学生的压力又会转嫁到哪里呢，王军没说，不过我揣测，这压力自然又反作用到教师与父母身上，而父母又将这压力再施加回学校。于是，一个怪圈轻松造就。在这个怪圈中，人人都是受虐者，人人又都是施虐者。

1月19日 星期六

玩对联

昨日的“两会”结束后，新的课程表和早自习值班表便发到了案头。新课表的最大特色，是连堂课。全天的八节课，被分解成四个连堂，分摊给四门学科。另一门无课的学科当天轮休。用王军的话来说，就是年终岁末，家家都有一些事情要处理，就用这轮休的一天逛街购物，其他时间好集中精力完成期末冲刺和后期补课任务。

早自习也做了调整。校方考虑到轮休日要求语文、英语老师顶风冒雪地特意赶到学校里来上个早读，实在无法体现革命的人道主义精神，也不利于和谐社会的建设，于是法外开恩，慷慨地将早读进行合并，允许语文、英语老师一个早读负责两个班级。这样，5 天一个循环中，可以有两个早晨享受睡懒觉的恩典。

今天是新课表施行的第一天，我的课程表上，早读之外，

一、二节是7班的连堂，三、四节是13班的连堂。这将意味着，我的双脚必须从早晨7：15开始，一直支撑着我庞大的身躯直至中午11：40。这份革命的重担，相信接受多年教育的双脚是完全可以胜任的。毕竟，我也是特殊材料做成的人。

今天的学习任务，说轻不轻说重不重，以赏玩对联为主，通过对联欣赏与创作，了解楹联相关知识，学会依照题干要求完成各种类别对联的拟写和修改。

针对两个班级的不同学情，7班的课，我以鉴赏为主。教学中，主要借助精心挑选的古代谐趣幽默联的赏玩，引领孩子们了解对联拟写中的各项具体要求，学会判别楹联品位的高低，把握楹联对句的具体规则。在此基础上，再现场拟写几个上联，请孩子们对出下联。

我出的第一个上联，是针对班级学习实际而言的，内容是：

必修选修，此彼如何得兼顾

第二个上联是嵌名联，里面镶嵌了五个孩子的名字：

玉晶天成，秋月晓辉同庆伟

第三个上联是数字联：

一台机两只手三尺几案四季耕耘五谷由此出

这三个上联，对于初次接触楹联的理科生而言，实在是高难度。所以要孩子们对这样的句子，除了想看看他们对简单规则的了解程度外，更主要的目的，是借助直观联语告诉他们：对联，就是生活中寻常事物的提炼，没有丝毫神秘色彩。任何时间、任何地点，只要愿意，都可以拟写出像样的对联来。

我把这三个上联一点点解剖，引领他们一步步贴近目标。在集思广益的基础上，对出了一、三两个下联：

其一：主业副业，轻重终须分清晰

其三：万里路千卷书百年生涯十载寒窗六艺终须知

孩子们吵闹着要求我对出第二联，我说我也对不出来，他们便得意地起哄，似乎对不出来也成了一种光荣。

13班则以联句应对为主，我从《楹联大全》中挑选一些具有代表性的行业联、春联、广告联，只把上联提供给孩子们，然后组织他们以四人为一小组，通过集体斟酌，拟写出下联。

文科班的孩子，语言感觉总是明显好于理科生，一些常规性质的对联，在他们手下基本不用花费多少力气，就可以对出十分理想的下联。课时教学任务完成后，为了激趣，我故意将古代流传下来的一个绝对抛出来，让他们研究讨论：

纱布糊窗，个个孔明诸葛亮

一时间，教室成了大竹林，唧唧喳喳，莺歌燕语，好不热闹。

我把一旁的高脚椅子端到讲台上，稳稳地坐下，看他们兴奋地忙活。一句京剧唱腔不知从哪个角落跑到了嘴角：我正在城楼观风景……

>>>>>>>

1月20日 星期日

幸福的辩证法

办公室突然热闹起来，每一个课间，都有十来个学生匆匆忙忙赶过来，从试卷堆中找出自己的答卷，然后拿到对面的资料室去订正几条，再在上课铃响前把试卷送还原处。

这样的忙碌，却也别有一番情趣。对我而言，省去了逐篇逐句查看错别字的简单劳作，可以腾出时间处理其他事务；对学生而言，则即使需要记忆的内容，在短时间内得到了强化，又使自尊心不因为惩戒而损伤。

7班的几个孩子，几个来回之后，竟然将自己的默写试卷弄丢了。他们便主动申请全部重新默写。我也法外开恩，特批他们几位将试卷带回家，什么时候默写完成了，什么时候送过来给我检查。这种“优待”，其实是一种有意识的“放水”。我知道，他们已经在背诵上下了一番工夫，欠缺的是，他们的背诵仅仅是死记硬背，缺乏必要的理解作支撑，故而许多文字拿捏不准。要想诊治默写中的错别字，就必须让他们在具体的动笔过程中，及时查找课本。这，课间几分钟在办公室内显然无法做到。

今儿依旧是上午四节连堂。依照既定教学计划，今天结束市编复习资料上册“语言实际运用”知识点的全部内容。该知识点剩余三个小节中，有难度的只是“图文转换”。这是2007高考的一个热点题型，17套2007高考试卷中，有5个省份通过各种方式对此进行了考查。

照例是孩子们自由阅读、思考、讨论。等他们的自主学习结束后，我先是补充教材中没有的一种图表——柱状图，然后再将教材中的一道高考题进行转换，更换掉题干中的答题点，将原本编写短讯的题目要求，更改为依照图表内容给相关部门提出合理化建议。这一更动，目的是培养孩子们多向思维能力，促使他们养成练习时灵活变更题干以获取更多信息的技能。

小雨夹雪没完没了地延续了一周多时间，每天中的最高气温与最低气温趋于相等。外地相当多的学校已开始放假，教学论坛上的帖子越来越少，严寒不但冻僵了手脚也冻僵了脑细胞。人教论坛中，一位版主发了个专题帖，询问同行们寒假中将阅读哪些书籍。下面的十几个回帖，每个老师都罗列了至少两部以上的国内外教育学名著。我实在找不到阅读的感觉，跟了个实话实说的帖子：这个寒假，与书绝缘，只享受亲情友情。

早晨第三节课间，应对前来订正试卷的孩子的同时，打开QQ，查询一个稿子的刊用情况。浙江温州的一个同行给我留言，询问我寒假中的安排。我快速回复 条信息：腊月27下午放假，腊月28返回老家，正月初六回来补课。这个假期，除了放松，什么也不去做。

这位兄弟成心挤对我，竟然立刻回复 条：我腊月24开结束会议，正月初十开学，跟你相比，我感到很幸福。

>>>>>>>>

1月21日 星期一

今天我休息

大寒，一年中最寒冷的季节终于在风雨交加中来临。

很幸福的是，今天休息。

早晨睡到9点半，醒来时，三只胖乎乎的麻雀，正头挨着头在窗台上召开着什么重要会议。其中相对瘦长的那只，一副正二品大员的模样，紧拢着双翅，小脑袋一上一下地起伏着，俨然是在作着某个形势分析报告。另两只短胖些的，一只很是稳重地立在那儿，微歪着脑袋，全神贯注地凝听着；另一只则有些顽皮，两只小脚不停地前后跳跃，还时不时抖一抖全身的羽毛，甩一甩茸茸的头发。

麻雀们的警惕性十分高，那位雀领导率先发现了窗内窥视的眼睛，于是，它不知发布了一道什么样的命令，三只雀儿忽地振翅，只一闪便到了对面那栋楼房的人家窗台上。

这让我很是不好意思，虽然麻雀们没打招呼就占据了我家的窗台做会议室，但这绝不是麻雀的错。在麻雀的印象中，每天的这个时候，窗子内是绝不会有活体动物存在的。麻雀们不知眼下已迫近寒假，窗内的大活体动物也有了可以偷懒的调休时间。它们只是依照老习惯，继续到自以为很是安全的场所研究重大决策问题。

为了这无心之过，我很想向麻雀解释解释，告诉它们，我高考时外语只考了13分，基本就是文盲水准，所以，它们说了什么，我压根一个单词也没有听懂。然而，眼下的社会现实告诉我，倘若我果真这么解释，那么只能表明我不但听见了麻雀的谈话内容，而且完全听懂了它们的全部言语，洞察了它们的全部秘密。

还是什么也不解释为好。

起床，再不管麻雀们心中会如何看我。看做君子也好，看做奸细也罢，完全是它们的自由。伏尔泰说：我不同意你说的话，但我誓死捍卫你说话的权利。换到当下环境中，也可以说成：我不希望你怀疑我，但我誓死捍卫你怀疑的权利。

洗漱，吃饭，上网。

5篇约稿，两篇已拖了半个多月，还是不想动手。写作的兴奋期已过，眼下，发表文字再也勾不起丁点的愉悦，仅仅当成一个任务。

妻从信件收发室带回来的《河南教育》样刊上，我的一则短论前很搞笑地被冠上“专家观点”的栏目标识。时常在报刊上享受专家待遇，实际生活中却普通得胜过西游四人组中的沙和尚。这让我颇有点不平，于是，上网搜索教师招聘信息，想找一个更加理想的工作场所。

2008年最新招聘信息上，还真有几个好学校。最好的两家，都是无锡的县中。这两所学校所在地，一个是全国百强县的前3，一个是前15。优越的生存环境，使他们拥有了太强势的挑选资格。两家一律要求研究生学历。这让我等原始学历专科的人，实在除了惭愧再没有别的想法。

另一家在皇城内，要求并不太高，但事项烦琐，更有择优录用一条，足以将无数眼球吓退。我好歹有点自知之明，不去蹚这趟浑水。

美梦总如肥皂泡，经不起碰撞。看来，还是老老实实做普通人吧。阿Q说，妈妈的才是专家。

在这个寒冷的日子里，普通人该做点什么呢？当然是娱乐。

关闭论坛，点开联众世界，玩游戏。

>>>>>>>

1月22日 星期二

笼子与学生

一个故事：

上帝想拯救一只被囚在笼中的画眉：“你愿意到天堂去吗？”画眉不解：“为什么呢？”上帝说：“天堂宽敞明亮，不愁吃喝。”画眉不屑地说：“我现在也很好啊。吃喝拉撒全由主人包办，风吹不着雨淋不着。”上帝说：“可是天堂自由呀，你可以自由自在地飞翔。”于是画眉答应了。一年后，上帝突然想起了画眉，便去看它，问道：“啊，我的孩子，你过得还好吗？”画眉答道：“感谢上帝，我活得还好。”接着又长叹一声：“唉，这里什么都好，只是这笼子太大了，怎么飞也飞不到边。”

苏州的芳芳老师，在她的教育博客中对这笼子进行剖析，洋洋洒洒写了数千言。我不愿意过于宽泛地评价事物，只喜欢把日常所见的种种正常或非正常现象，同我正在从事的教学工作联系起来思考。于是，很自然的，我便由这故事而联想到了学校与学生。

对于眼下的高中教育而言，故事里的天堂，无疑就是充满了诱惑充满了憧憬的大学校园；眼下“吃喝拉撒全由主人包办”的笼子，则显然象征了高中阶段的生活；画眉鸟自然是学生；上帝却绝非只是具体的某一个，而是老师、父母、校长、社会等方方面面的综合体。

和故事不同的是，现实生活中，画眉鸟总是不安分于“吃喝拉撒全由主人包办”的笼子，他们总有一种打破笼子自由飞翔的欲望。于是，“综合体”上帝总是这样拯救试图飞出笼子的画眉鸟：孩子，眼下的生存压力越来越大，没有大学文凭，你根本无法在社会上立足。为了将来几十年的快乐，你必须咬紧牙关，在高中的笼子里安安静静地读书。你看，我为你提供了多么好的生存条件啊，吃喝拉撒全替你包办了。你别的什么也不用想，只要一门心思放在读书上。眼下虽然吃点苦，只要你考上了大学，你就轻松了。到了大学里，你不用早早起床，不用看书到凌晨两点，你可以拥有愉快的双休，可以邀请三朋五友逛街、爬山，可以参加学校的舞会，可以结交天南海北的朋友。大学，才是读书人的天堂，在那里，你可以自由自在地飞翔。

现实版画眉鸟听了综合体上帝的话，便安安静静地厮守在笼子中，享受起“吃喝拉撒全由主人包办”的笼子。同时，他们的心，也开始了长久的期待，期待着进入天堂后的自由自在的飞翔。谁也没有注意到的是：缺乏必要飞翔训练的画眉，翅膀已严重退化。

塞了满脑袋的笼子推开教室前门时，第一感觉就是打开了鸟笼的门。我一头扎进去，回身把笼子门闭合。于是，一方规则的六边体笼子，便迎接了我的加盟。

既定知识点的复习已告一段落，今天的两节连堂课，从应对考试的角度探究作文。上课前首先声明，今天所讲的内容，只适宜于少数作文基础过差、每次考试作文分都达不到及格线的一部分人。至于其他具备了一定写作能力者，只需批判吸收课堂上的部分内容。

今天所言说的所谓“方法”，基本可以归纳到武林正道所不齿的邪门歪道路径中。稍有武侠知识的人都知道，能够速成的武功，绝不是少林易筋经。正道功力，全部来自日积月累，故而厚重博大。眼下，距离期末统测还有四天时间，唯有“吸星大法”“葵花宝典”类，才可以临时应对。

下课后，7班的李娟跟到办公室，她说：“我怎么觉得你读的两篇文章，除了一大堆华丽词语和名家名言外，就找不到什么具体可感的真情实感呀。这样的文章，高考中能行吗？”

“那你觉得应该如何写好高考作文呢？”我问她。

“我觉得，作文还是应该从真实生活出发，写出自己的真实情感，并不一定需要那些华美的词句和名家名言。不过，我看高考满分作文，相当多的文章，也都不是谈自己的真情实感的，只是罗列一些古代人的故事。我真糊涂了，文章到底应该怎么样写呢？”她困惑地说。

“高考作文和日常写作并不相同。近些年来，受一些高考满分作文的影响，整个中学生作文走向了虚空，不会也不愿意表现真实生活。这是写作的悲哀。写文章，还是应该立足真情实感。这样说吧，作文和写作，原来是一回事，现在，出了高考满分作文这一怪胎，把中学生写作引到了一条歧路上。你有很好的写作功底，还是应该坚持用自己的笔反映自己的情感。毕竟，只有真情才能打动读者。”我也不知道我想表达的是什么。

高考满分作文，又一个漂亮的笼子。

>>>>>>>

1月23日　星期三

花儿健康地开

天放晴后，气温开始下降。

“教育在线·语文沙龙”里，多了几篇关于“雪”的文字，有写南国的雪，有写北疆的雪。有的雪纷纷扬扬，如泼如撒；有的雪羞羞涩涩，扭扭捏捏。仔细玩味，却在每一瓣雪花背后，都读出一份浓郁的乡愁。

是的，乡愁，剪不断理还乱的乡愁，从遥远的先秦一直弥漫到今天的乡愁。近些年，教育吉卜赛人越来越多。行走各大教育论坛，随处可见四海为家的教育寻梦者。这些人，大多怀揣着崇高的教育理想，四处漂泊，渴望找寻一片教育净土，供灵魂安静地生长。然而，无论他们漂往何方，在这岁末年终，在这瑞雪纷降的季节，总会有一根心弦，被雪花儿纤弱的手指拨响，“铮”的一声，激荡起一片生命的涟漪。

漂泊，只为了寻梦；同样，扎根，或许依旧是为了寻梦。其实，每个生命的运行，都紧紧围绕着“梦”的圆心，画着半径或长或短的圆。人与人的差异，仅仅体现为“梦”的不同。

孩子们的梦，切近而又遥远。从眼下看，期末统测的理想分数，就是他们最美的梦。高三是段有梦又无梦的路程，一次次实实在在的分数，将少年时曾经有过的清华北大的梦击得粉碎，只留下现实的惨淡光芒，映照着前方若有若无的朦胧。绝大多数孩子，把这依稀的朦胧，当成重新定位后的梦，飞蛾扑火般竭尽全力冲上前去……

寻梦，撑一支长篙，向青草更青处漫溯。

课间休息时，7 班的余晶晶跟到办公室，拿出一个作文本，请我指点她最近写的几篇文章。她这几篇作文，多为情感随笔，心之所至，率性而作。我对其中的一篇随想很是欣赏。这篇关于这几天高三生活的感悟类文字，将日常生活与深刻思考相结合，既写出了高三生活的紧张充实，又批判了僵化管理制度对青春的束缚，体现出相当的思想深度。

其中一段文字，描绘了楼梯口的高考倒计时牌下一尊可爱的雪人。极力渲染雪人的风采及其给自己带来的快乐之后，用看似随意的笔墨，顺势带出了这样几段文字：

“我走进教室，向同学打听这雪人的创造者，我想感谢他，至少在内心里默默感谢他。谢谢他在如此紧张的时刻，依旧能牺牲自己的宝贵时间，给同学们带来幸福与快乐。

同学对我说：你不用打听了，你到外面走廊里看一看，被罚站在走廊上喝凉风的，就是你要感谢的人。

我很诧异，堆雪人和罚站有什么关联吗？

同学惊奇地看着我，像看外星人：他们班主任值班时抓住了堆雪人的他。班主任说，眼看就要期末统考，离高考也不过130天，竟然还有闲心堆雪人，实在是不想好了。班主任要求他站在走廊上好好反思。”

我充分肯定了余晶晶随笔中体现出的思想价值，对她的文笔进行褒扬。她始终笑嘻嘻地听着我的话，不时插上两句解释。

余晶晶离开办公室后，我却有了新的感慨。这姑娘，是跟着我从高一一路走过来的。刚进高一时，她因为中考失利，没能进入实验班，连续几篇随笔，都流露出极端的悲观失望情绪，时常感叹人生没有意义，只有死亡才是最好的归宿。她的文字，让我很是为她担心，于是，我在她的每篇随笔后，都长篇大论地跟上一些关于人生、关于平凡、关于生命意义的话语。后来，她终于渐渐适应了高中生活，学习成绩也有了很大提高。那种悲观的文字，慢慢也就消失了。

眼下的余晶晶，乐观而自信，扎实学习的同时，还主动加大自己的随笔写作量。她用写随笔来磨砺文笔，也用随笔来反思和提升自我。

从这孩子身上，我获取了一定的教育经验。

>>>>>>>

1月24日 星期四

家长的求助

第三节课开始5分钟，我在13班强调完今明两天的复习要点后，刚端来凳子在讲台上坐下，门外，一个同事隔了玻璃窗招手，示意我出去。

打开门，只见同事领了一位陌生中年男子站在门边。见到我，同事只说了句“一个家长找你”，便转身离开。

那男子第一句就是：“您好，你是9班语文老师吧？我是9班严萍的舅舅。”

他报出来的名字，我没听清。但“9班”这两个字，还是清楚地分辨出来。

我急忙解释，告诉他我不带9班的课。他便向我打听9班的语文老师。我颇费了一番力气，才想起9班语文老师就是刚刚带他过来的同事。

听了我的解释，他急忙改口，一迭声地说："不是9班，是7班，是7班。我是7班严萍的舅舅。"

这次我听清楚了，我的脑海中立刻浮现出一个朴实羞涩的小女孩的形象。

严萍舅舅说："严萍经常在家里提到你，说他们的语文老师如何如何有思想，课也上得如何精彩。"

这马屁的话，听着确实比批评的语言舒服，难怪官员们不论自己几斤几两，都喜欢听歌功颂德的话。

严萍舅舅接着说："前天晚上，严萍给她妈妈写了一封信，一直写到凌晨两点多钟。她的主要意思，是学习压力太大，实在受不了了，想放弃。再有，她和同桌之间的关系也一直不好，感觉其他同学也都有意孤立自己。如此，她觉得实在学不下去。她父母都是农村人，读到严萍的信，没了主意，打电话把我从外地叫回来。我听她妈妈说，严萍不愿意找班主任交流，但很愿意跟你说说自己的想法。只是这孩子太内向，有一次，她已经走到你办公室门口了，又跑了回去。"

严萍舅舅的话，让我有些意外。在我印象中，严萍始终脸上挂着温和的笑，实在没看出有如此重的心思。

严萍舅舅继续介绍："我读了她的信，信的第一句就是'语文老师说过，人与人之间的情感交流，最理性的方式是写信。所以，信中的想法，都是理性思考后的产物。'这孩子，内心承受了过大的压力，如果不能及时疏导，可能后果会很严重。所以，我今天一早赶过来找你，希望你能抽时间和严萍交流交流，帮助我们疏导一下孩子的心理。严萍很信任你，你说的，她一定能听进去。当然，你不能告诉她写信的事，你是老师，肯定知道如何表达。"

送走了严萍舅舅，我却陷入了沉思。眼见得越来越多的孩子，在高考这道坎前身心疲惫，意志消沉，而我们的政府和教育机构，依旧义正词严地高呼"理直气壮地抓升学率"。这样的"抓"，果真能提高国民素质，造福民族未来吗？这让我不得不联想到两天前思考的笼子问题。

朱永新先生倡导的新教育实验，将"享受当下教育"作为一种口号提出。这个口号的背后，是人性的当下释放，而不是寄希望于遥远的未来。人之为人，倘若每一个当下都充满了苦难，那么，这样的生活，又有什么样的价值可以追寻？

几乎所有的宗教，都告诫人们：当下的灾难，源自往昔的罪恶。只有潜行修炼，历经千难万险，才能修得来生的幸福。这种“来生说”，实在是虚幻缥缈，横竖都是一生，为何不追求今生的幸福安宁呢？

这么思着想着，不觉地便迎来了下课铃声。

且不管今生来生，当下，我需要找个合理的借口，找严萍交流交流。这，是我的责任。

1月25日 星期五

每个孩子都是一幅画

留心观察严萍，这才发现，她确实是一副忧心忡忡的模样，脸上常挂的那份淡淡的笑，不知跑哪儿去了。

把一套模考试卷连同答案及评分标准一起发下去，一部分孩子便拿起笔做起了题目，另一部分则依照自己原有的复习计划，或是背诵初中部分的课文，或是将以前的旧讲义翻拣出来，在字音、成语等知识点上下工夫。

严萍右手托着脑袋，左手插在口袋里，只结合答案及评分标准读试卷。坐在讲台上观察，看不出她是否真的读进了那些文字，只看见她的近视眼镜懒洋洋地挂在鼻尖上。

大约是通览了整个试卷后，她的左手从口袋中取了出来，右手也拿起了笔，开始做题。严萍做作业时，是把眼镜取下来的。看来，她的近视度不高。

我还没有找寻到和严萍交流的理由。期末，每个孩子的时间都很宝贵，倘若我贸然找她谈心，了解她的学习及思想情况，可能效果适得其反。

我把观察严萍的眼光转向其他孩子，研究他们看书时的习惯动作和神态。这无意间的行为，竟然为我打开了一幅妙趣横生的写生长卷：

嘉欣有课桌不用，将身体转到与课桌成90度角的位置，将试卷放在膝盖上阅读。她的脑袋，熟睡般软绵绵地悬挂在脖子上，让我不得不疑心她的读书质量。

赵娜抱了个大大的方枕在怀里，那方枕的一半露在桌面上。赵娜便将脑袋端端正正地镶嵌在方枕上，眼睛紧贴着讲义，一点点地阅读。只在需要翻页时，才将手拿上来一用。

李娟将一沓书抱在怀中，她大约正在背课文，双唇不停启合着，脑袋微微摇晃。有时，还拿起笔，在桌面上摊开的讲义中勾勾画画。

周宁的腰部似乎安装了个小马达，整个身体有规则地颤动着，好像要用这颤动作节拍，协助完成背诵工作。

王伟犹如南极企鹅般将双肩紧紧收拢，腰板却挺得笔直。微动的唇，告诉我他也在背诵课文。

于磊双手抬着一支笔，组成一个微型单杠，支撑起自己的下巴；盖玉一边看着书，一边用手飞快地转动着一支签字笔；盛桥每过3分钟，就要把右手的笔放到桌面上，楚留香一样下意识地摸一摸自己的鼻子，然后再俯下身继续书写。

……

正在讲台上暗自得意地偷窥时，口袋中的手机震动起来。取出手机，在讲桌肚下打开短信，原来是校信通发来通知，告知今晚晚自习已作了调整，全部由语文、英语老师到岗值班。同时还告知，考试期间的临时值班表已发各办公室，各任课教师务必看清自己的值班时间，不得出现课堂上没有教师值班的状况。违反者，将视为教学事故。

一点好心情立刻又破裂成数不清的碎片。

1月26日 星期六

师生同考

高三上学期的大幕，闭合于一场罕见的暴雪中。

雪，从昨晚晚自习期间开始下起。昨夜下晚自习时，地面上还只有少数地方胡乱撒着白色的雪粒。今晨醒来，窗外的楼房顶上，已是厚厚的一层积雪。到北面的厨房吃早餐时，发现窗台上的积雪，厚度已在10厘米以上。这样大的雪，1983年以后，还是第一次见到。

今天必须到校。依照教育局的通知，全市年龄在45周岁以下的高中授课教师，必须参加高三期末统测。也就是说，我必须在上午9点前，赶到学校5楼会议室，参加这莫名其妙的师生同考。

8点半出门，骑上自行车，在厚厚的积雪中缓缓前行。我喜欢挑选没被碾压的路边行走。看我的车轮如犁铧，将混沌的白雪生硬地劈出两款黑黑的、窄窄的沟壑；听雪花在轮下唧唧呱呱地嘟囔，心头便油然而滋生出一种君临天下的霸道之气。似乎这漫天的飞雪飘落下来铺展在道路上，就是为了迎迓我的碾踏，而我，就是这飞雪的当然君王。

一家店铺前，一只小小的京巴狗显然生来就没见过这满世界的白色，它躲藏在门角，对着飞雪有一声没一声地吠着，大约是借自己的声音来武装自己的狗胆。一条黄色的中华家园犬，则显然见多识广，一头钻进街边公园的草坪上，时而撒着欢地奔跑，时而追逐着自己的尾巴转圈儿。

路上的车辆与行人明显少了很多。不怕冷的孩子，三三两两的，在路边打着雪仗。主街道上，一株香樟显然遭遇了车祸，被拦腰折断，上半截躯体躺在非机动车道上，下半截皮开肉绽地裸露在大雪中，伤口处大多已包裹上白雪的绷带。

平常15分钟的路，这趟走了半小时。进入办公室时，已是9点整。语文组的几个办公室，空寂地欣赏着窗外的雪景。拿了笔，上楼，同事们已经开始聚精会神地答卷。

首先写作文。“平衡”这个命题，在大雪纷飞的时节，还是很好切入的。半小时内一气呵成后，回到文学作品阅读。第一道题目，就难倒了我：“小草生机勃勃”的表现手法？向同事们打听，没人知道。

其余内容，倒是中规中矩。全是高考题型范围内四平八稳的知识点考查。1 小时 50 分，交卷。

大市教研室来了电话，原定的集中阅卷，因高速公路封路而被迫取消。各市四星级高中的试卷，纳入市内其他普通高中试卷中，在市内集中批阅。完成分数统计之后将成绩上传到指定信箱中即可。向分管校长询问，得知市内的集中阅卷，定于 29 日上午 7 点半在二中举行。

这消息，让夏琼很是高兴。夏琼原本就最厌烦外出阅卷：一则长途跋涉晕车，二则总有些学校的老师投机取巧，让人看了生气。

我同样很高兴。学校因为我们要外出而没有排监考。现在，外出取消，又不用监考，这两天半的时间，可以享受极端的逍遥了。

下午，自在的我，拎了数码相机，冒雪出门拍雪景时，收到校信通的几条短消息。其中，有通知高一高二补课时间延迟的，有通知领取相关费用的，最后一条，是通知临时取消晚自习。

学校，终于在暴雪面前实行了一次革命的人道主义。

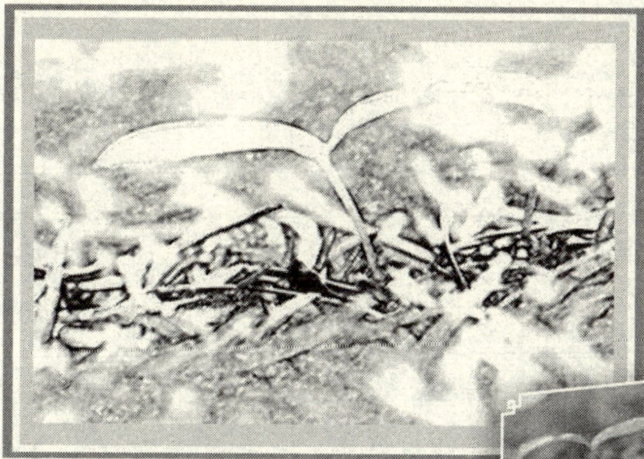

02

希望在早春

2008

早春有什么？

早春依旧是寒凝大地，依旧是万木萧疏。早春的田野，该荒芜处依旧裸露着昨岁的残枝败叶，该繁荣处却草未吐绿、柳未发芽、花未育蕾。

但一切都在肉眼看不见的地方孕育着：根在舒展，干在吸纳，枝在呼唤。早春的日子，山终会变得朗润，水终会变得丰腴，太阳的脸也终会满布红晕。正如朱自清先生所歌唱的那样，一切都会睡醒！

2008年2月

五	2月01日	
六	2月02日	
日	2月03日	
一	2月04日	
二	2月05日	
三	2月06日	
四	2月07日	
五	2月08日	
六	2月09日	
日	2月10日	
一	2月11日	
二	2月12日	
三	2月13日	
四	2月14日	一切并不都是新的
五	2月15日	没完没了的数据
六	2月16日	考错了？！
日	2月17日	今天还算很充实
一	2月18日	成绩分析与我的工作量
二	2月19日	我可怜的教学之“道”
三	2月20日	老周的兴奋
四	2月21日	元宵节的另类“风景”
五	2月22日	百日会战宣誓
六	2月23日	杂思中的牢骚与妙悟
日	2月24日	
一	2月25日	杂乱的星期一
二	2月26日	孩子给予的感动
三	2月27日	低档错误与修补
四	2月28日	目标与动力
五	2月29日	民主与独裁

2月14日 星期四 高考倒计时114天

一切并不都是新的

新的学期开始了。新学期开始后最大的特色，在于每个班级黑板旁，都多了一个高考倒计时牌。于是，我得以清楚地知晓我所存在的每一天距离2008年高考的准确时间。

年前那场暴雪的残余，依旧在小城的背阴处顽强坚守着最后的寒凉。初春，却已沐着和煦的风，铺铺展展而来。

所有的阳光可以抚慰的角落——向阳的坡地、街头的公园、公路的绿化隔离带上，积雪融尽后，野草已轰轰烈烈地绽放出新春的第一束嫩绿。不远处的长江，在浸淫了上中游太多的雪水之后，裹挟着滚滚东流的巨大渴望，一路风尘一路高歌地呼啸而来呼啸而去，只把微微润湿的空气，氤氲在小城的四面八方。

这个时节，小城苏醒了，苏醒在7天的春节长假之后，苏醒在50年未遇的雪灾之后，苏醒在"大地微微暖气吹"的立春之后，苏醒在孩子们上学路上的清脆车铃声中。

不知是计划失误，还是有意为之，这学期学校的年后补课，比市内的其他几所高中都迟了3天。当二中、二附中的孩子们顶着初五早晨千家万户接财神那铺天盖地的爆竹声匆忙赶往学校，开始新学年的第一天功课时，我校师生依旧还舒适地躺在热被窝中，等着财神的惠顾赐福。

这似乎凭空多出来的3个休息日，一方面给孩子们带来了精神上的极度欢愉，另一方面，却又将一种潜意识中的恐惧，悄悄置埋到了难以名状的氛围中，使得学校、老师、家长及孩子们，都没来由地平添了一丝担忧，好像这72个小时的时光流逝，完全可以把数年辛苦经营的学习江山冲塌。

于是，初八的补课，从早读开始，就铆足了劲。

所有的作息时间、所有的课表，都沿袭着年前的安排。早读依旧从6：40开始，上下午依旧各四节课。唯一的轻松点，是晚自习可以在22：10结束。

早读与上午前两节，都是13班的课。走进教室，环顾一圈后，站在讲台上忍不住地笑。十来天的海吃猛睡，绝大多数孩子的脸，都比以前大了一圈，在新棉衣的映衬下，胖乎乎得很是有趣。

好在我没长胖。这个寒假，除了忙于生病，再没做任何事情。原本计划中的几项任务，全部被持续的高烧蒸成了水蒸气，飘荡到无法寻找的角落。

当我把笑的内容告诉孩子们时，13班的小女生们紧张万分。这个年龄的女生，比成绩还在意的，大约就是身材。我赶紧安慰：不用紧张，不要着急，下面这一百多天的决战，足以落实减肥20斤的目标。高考过后，保证个个都是窈窕淑女。

今天的学习任务，两课时完成“修辞手法的应用”的知识点复习。这个知识点，上学期学习选修教材《语言规范与创新》时，已做过系统复习。今天，属于炒剩饭。

授课之前，先提几个问题：

第一，今天是高考倒计时多少天？

第二，这学期的早读课，该如何安排？

第三，这学期的晚自习，该如何安排？

第一个白痴问题，几乎所有的孩子，都能一口报出倒计时114天这个数字。后两个问题，则各有各的想法。我只提两点建议：首先，早读课绝不能只翻来覆去地背诵几篇古文，要适当兼顾字词句等基础知识和优秀阅读作品；其次，晚自习要兼顾知识点训练和综合试卷训练。依照我的设想，每周四个早自习，应该用一个早晨复习背诵的内容；用另一个早晨复习以前印发的“容易读错的字”“容易写错的字”“容易误用的成语”等基础知识部分的内容；再用一个早晨阅读精美短文；最后一个早晨机动处理。如此，方可在确保时间合理高效利用的同时，也确保各知识点都处于不断反复强化的积累消化过程中。

孩子们大多乐于接受我的建议。对他们而言，依照老师制订的方案按部就班地学习，早已成为一种习惯。

课间操时，7班的余晶晶拿了一沓作文到办公室找我，让我逐篇点评她假期中写的这些文章。这姑娘，有点贪图数量，几篇作文的审题，都存在一定的欠缺。我在通览全部文字后，一篇篇比较分析，既找优点，也谈缺点。她对审题中存在的问题，还是有些模糊，便和我分辩，试图证明自己的作文内容，是紧扣材料题旨展开的。我很欣赏她的这种认真与自信，但还是想方设法从多方面找寻证据来证明她材料运用中的不足。

李宁也在第四节下课时，拿了上学期期末考试卷上的作文，把我拦在走廊上，让我分析她作文中存在的问题。李宁的作文，问题更多，表面看来，处处围绕中心话题展开，实际上，却又处处游离于话题之外。给她讲解了十来分钟，她依旧没有明白，只认为自己的作文，就是扣住命题展开。我只能答应她，从网络上搜寻一些该主题的优秀作文来供她比较阅读。

2月15日 星期五 高考倒计时113天

没完没了的数据

依照补课课表，今天本无课，轮休。

校信通却不让我休息，一遍遍地将各样开会通知发到手机上。先是要开学校开学工作会议，然后是高三全体教师大会，再接着是全校教研组长备课组长会议，最后是高三年级备课组长联席会议。这连续不断的会，把我赶写稿件的计划彻底摧毁。

第一个会，开始于上午9时。

校长先是连珠炮般一通拜年辞，把所有的喜庆和祝福，一股脑抛向与会的所有教职工。客气之后，开始谈工作。校长把新学期的工作目标归结成大纲性的四条：和谐的人际关系，温馨的人文环境，向上的精神面貌，积极主动的工作热情。然后，校长围绕这几条开始详细阐释。

我向来喜欢利用开会时间打瞌睡，本想充分利用今天的会议时间，好好修炼修炼我的“枯木禅”。然而，偏偏今天校长心情好，不时弄出几句笑话，逗弄得爱笑的女教师们又是鼓掌又是开怀大笑。我便在一半清醒、一半睡眠的状态下，大体领悟了会议的主要内容。

第二个会，下午3点召开，和开学工作会议相比，这个会，无论是内容上还是风格上都有了明显的差异。

高三工作会议，照例由分管高三的副校长王军主持。王军首先阐述这次会议召开的必要性与紧迫性。王军说："这个会，原本应该年前召开，因为大雪的缘故，我们被迫推迟了。但人家二中和二附中都在年前完成了一系列的分析总结会。二附中的教学质量分析会，一直开到大年二十九才结束。和兄弟学校相比，我们已经处于被动和落后状态，所以，我们必须利用新学期的开始，及时完成这个质量分析会，使全体高三老师明了目前的处境和未来的工作目标。"

阐明意义之后，王军开始读各种数据。王军的手上，有厚厚一沓表格。这些表格，有些内容，属于"二模"与"三模"各方面信息的比较；有些内容，属于市内兄弟学校间各种信息的比较；有些内容，属于大市老七所四星级重点高中的相关信息比较；还有些内容，属于上级机关要求与学校实际完成数据的比较。

天性愚钝的我，实在弄不明白众多数据背后到底隐含着哪些有价信息。所以，我只关心几组信息：其一，这次模拟本科切线，我校本一上线人数388人，本二模拟上线人数576人。这两个数据，都远远高于"二模"。其二，这次"三模"考试，我们的最大竞争对手——私立远大高中摔了大跟头，不仅语数外三门学科出现大滑坡，原本占尽优势的历史学科，也被我校远远扔到了身后。和"二模"相比，私立远大高中的模拟本科人数下降了80人。其三，大市内老七所四星高中在模拟上线人数中所占比例越来越小，一批三星或无星学校，大有反超老重点的苗头。其四，7班的模拟上线人数，比教育局下达的指标数少2人，13班模拟上线人数，比教育局下达的指标超6人。7班的成绩，在理科班中最好，13班的成绩，在文科班中也处于上流。

按理说，这样的成绩，对我们学校而言，已经达到了一种极致。整个高三，计划内生源380人，择校生和借读生360人，以740人的总生源，要想达到兄弟市高三平行40多个班级2000多人的绝对数，只能是痴心妄想。然而，社会及政府部门的相关人员，依旧不满意于我们这样的龙头学校目前的状况。依照社会及政府大院中相关人员的理解，我们的学生，大多是择优录取而来。二中、师大二附中等学校的学生，全部是我们挑剩下来的。现在，人家学校竟然还有一百多人达线，我们学校自然应该是百分百的达线率才算达标。

社会和政府部门不满意，自然就要对学校施加压力。压力传达到学校，自然要转化到师生身上。所以，王军在读完一堆数据后，又为全体高三老师读了一封据说是学生的来信。在这封来信中，这个学生要求老师们早到班，晚回家，要尽可能泡在教室里，时刻备询。王军说，学生有这样的要求，我们做教师的，就应该尽可能地满足。因此，新学期将在上学期的基础上，继续延长教师在校工作时间，原本每天早晨7：15开始的早读课，提前至6：50开始。每个早读分解成6：50—7：15、7：15—7：40两个时间段，分别安排语文、外语、政治、历史老师跟班备询。

王军的话，激起了文科老师的强烈不满，理科老师则幸灾乐祸地嘲笑坐在身边的文科老师。

王军发言用了一个半小时。发言结束后，主席台上的校长，又把上午会议上的一些话语，再次重复给大家。会议室内的同事们，有的东倒西歪地打着瞌睡，有的看似正襟危坐全神贯注，思绪却不知放飞到了何处。我百无聊赖，回首望天，但见窗外的夕阳余晖，把一层病态的红晕，涂抹在辽阔而高远的天际。远处林立的输变电铁塔，静穆在这红晕中，就如威武的壮汉，被化妆师强行涂抹上了满脸的胭脂。

“明天补课停止。明后两天，参加大市调研考试。”会议结束时，王军通知大家。

2月16日 星期六 高考倒计时112天

考错了？！

老陆对今天的考试无论如何也想不通。老陆说：这样的考试，完全是在错误的时间，用错误的方式，进行一次错误的行动。这个考试，是大市教育部门极端不自信的标志。

老陆的话里，隐含着这样一些信息：经过十余天的寒假休息后，学生们还没有从假期的松弛状态中紧张起来，很多知识考前没有得到很好的复习。如此状况下，考试既不能检测学生的学业水平，也无法客观公正反映教师的教学状况。这样的考试，完全是为考试而考试，考得自然毫无价值。

老陆想不通的，我同样也想不通。依照教育局年前下发的寒假放假通知，今天还应该是在假期中，怎么就可以组织起大市 7 个县市区的高三调研考试呢？难不成高三“法定”的必须补课，不补课反而违反教学规律？

然而，考试是不以老陆的意志为转移的，更不会以我的意志为转移。所以，我能够做的事情，就是老老实实地在规定时间内到教务处取来试卷，然后依照监考规则提前 10 分钟进入教室。考试前 5 分钟，通知学生将手头与语文学科有关的所有资料一律送到讲台上集中存放。

这次考试所用的试卷，来自省内教育最为发达的一个大市。该市年前因为大雪灾而取消了期末统测，便利用开学前两天的时间，补上这不得不举行的全大市统考。我们大市的教育机构，可能是认为自己命题考出来的成绩缺乏可比性，在期末已经进行了全大市统测的基础上，又主动申请参加了人家大市的统测。大约只有这样获得的成绩，才能让相关人员弄明白自己的家底，好针对具体情况适时调整最后一百天的工作策略吧。

监考的前半个小时，端坐讲台上研究试卷。这套试卷，开篇处的文学作品阅读题第二题命题存在一定问题，学生理解起来有难度。文言文相对简单。默写内容刁钻。试卷上的选考内容，题目和文段配错了对，论述类文体的标题下，跟着的却是实用类文段。语言实际运用题难度过大，考点虽寻常，但所选内容过于冷僻，几个基础题，我做起来也是似是而非，拿不定答案。命题作文“微澜”审题有一定难度。依照经验，感觉该套试卷完成下来，学生均分不会很高。可以肯定的是，绝对达不到年前统测的 115 的分值。

半小时后，研究完试卷，便有无聊感袭上心头。于是，从讲台上踱到教室后，研究墙壁上的中国地图。首先把江苏各大市所在位置一一对上号，然后开始研究周边省份的风景名胜，再研究今年暑假可能要前往开会的温州交通路线。华东区大小城市通览一遍后，开始依照记忆中的残余名词，北上内蒙古寻找呼伦贝尔大草原，西进新疆探访帕米尔高原，南下海南查看海口到三亚的铁道线……

当我在勐龙边境上徜徉，试图破获国际贩毒集团的运毒路线时，第二排最后一名男生以为我“公务繁忙”顾及不到他，便开始把眼光滑向第三排最后一名男生的试卷。他的目光，蜥蜴舌头般极为神速地探出，百分之一秒内，便将对方答案粘牢在瞳仁内，然后迅捷收回。当我的目光跟踪锁定他的举动时，他摆出一副正襟危坐的架势，目光紧盯在自己的试卷上，口中还念念有词，好像正绞尽脑汁苦思冥想着。数秒钟后，他拿起0.5毫米黑色签字笔，毅然决然地将自己答题卡上的一个选择答案画去，重新填写上另外一个字母。这套动作，他做得那么流畅自然，似乎刚刚纠正过的答案，完全来自他的顿悟和洞察。

我不禁哑然而笑。二十多年的教师做下来，孩子们自认为巧妙的作弊招数，又怎能逃过我的眼睛。我用长时间的凝视提醒他：我已发现了你的作弊，请你依靠自身力量完成考试。他似乎有点尴尬，干脆伏到桌子上打起了瞌睡。

两个半小时的考试，考场内的大多数孩子是在一个半小时左右完成作文外的其他内容，然后用一个小时时间写作文。但这个作文的审题，让许多孩子很是费了一番心思。7班的一个男生，面对答题卷上的作文方格纸，足足思考了二十分钟，才开始动笔写下第一行文字。这长时间的思考，使他后面的半个小时始终处在了手忙脚乱状况中。

10点半，理科考生考试结束后，高组长在教务处装订试卷处召集备课组老师开了个临时工作会议。高组长决定下午2点全组集中到5楼会议室批改试卷，今天务必要完成批改任务。

于是，下午和晚上，便完全沉浸到试卷批阅中。

2008年

2月17日 星期日 高考倒计时111天

今天还算很充实

昨日加班加点完成了阅卷任务，也就赢来了今天早晨的酣眠时间。醒来时，妻与女儿已各做各的一份事去，家中静悄悄一片安静祥和的氛围。

先把电脑打开，然后才去洗漱做饭。利用吃早饭的时间，浏览网络上的各色新闻后，照例进入教育在线语文沙龙和人教论坛中学语文教育论坛这两块自留地，打点自己的庄稼。或许大多数同行，都还没有从假期的松散中恢复，论坛上的帖子很少，原创论文更少。点开几篇文本解读文章大略阅读后，回几句无关痛痒的话，算是尽了一下版主的义务。

今天我无法悠闲。元月份时答应一位编辑的三篇文本解读稿，明天就是最后交稿期限，目前却只完成其中一篇的写作提纲。另一位编辑的作文指导稿件，也需要在近两日内交稿。于是，打理完论坛上的新帖后，开始进入阅读状态，从网络上搜索出围绕所需阐释的三篇课文的大量资料，一篇篇地阅读，并在阅读中不断筛选相关信息。这样的工作，耗去了我两个多小时的时间。这两个多小时内，我大体明了了他人对这三个文本的认知状况，也基本找寻到了自己的写作切入点。

10点半，正准备动手打字，女儿却从学校回来了。高三在读的女儿，回到家的第一句话就是“今天的试卷多难噢”。今天考数学，学文科的女儿，最怕的就是数学学科。160分的总分，她能够达到的标准，从来都在140分以下。

我戏谑地问：“能及格吗？”

女儿认真地回答：“不知道。”

“怎么会不知道呢？做的时候思路是否清晰，应该是知道的啊！”

“又没有答案，我哪里知道自己做得对不对。大概或许也许差不多能及格吧。”女儿也幽了一默。女儿高三以来成绩一直在提高，精神状态也一直不错。昨天的语文试卷，也打破了一直以来在120—130分徘徊的局面，终于达到了133分。

为了让女儿早点吃午饭，中午多休息一会儿。我关闭了电脑，开始淘米、洗菜、做饭。赶稿件的工作，只有留给晚上完成了。

11：20，妻下班回到家中时，四菜一汤已在餐桌上“严阵以待”。一声开饭令，三口人围桌而坐。妻自然也关心女儿的数学考试，把我问过的问题，又重新演绎一遍。

下午的监考，是第二场。16时开始，17：40结束。理科考场，化学学科考试。这个考场内，有6名孩子来自7班。化学学科一直是我们这届高三的瓶颈学科，数次模考，该学科的达B人数最多也没有超过400人。这，显然无法跟市里下达的升学指标相适应。

孩子们也被化学折磨怕了。以7班为例，第一次模考，市里下达的36个高考指标，实际只完成28人。其中重要原因，就是很多语数外达线的孩子，化学没能拿到B，进不了统计范围内。

当我拿着试卷，走进考场时，考场内的孩子们，正全神贯注地阅读着各式各样的化学方面的书籍或资料。这种考试前的紧张，在语文科考试前是从来不曾有过的。我让他们把书全部收起，提前发下试卷，让他们能多拥有5分钟的考试时间。我知道，理科考试，每次都有一些孩子因时间不够用而无法完成应该完成的内容。

晚间的赶稿，开始于19时整。19时之前，先在网络上下了一盘棋，活动活动大脑。19时起，强迫自己投入到文本营造的世界中，跟随作品中的人物或喜或悲，体察人物言行背后蕴涵的独特精神。最初的文字，相对还比较困难，半小时后，理顺了思路，也沉浸到了需要的氛围之中。罗密欧与朱丽叶的感情纠葛、周国平的直面苦难、罗素的人生哲学，一起在大脑中酝酿成掺杂了鲜明个性的理解方式。

22：40，女儿下晚自习回来时，前两个文本的阐释已经完成。零点时，终于完成最后一个文本的解读。从电脑椅上站起身来，活动活动腰杆。重新坐下，通过信箱将稿件发给编辑。5个小时，8000字。智能ABC输入法，限制了我的速度。

明天正式开学了。前几天的开学工作会议上，校长就特别强调，明天是开学第一天，又是周一，全体教师必须到校参加早晨的升旗仪式。我决定参加明天的升旗。毕竟是新学期的第一次，总要给校长这个面子的。

>>>>>>>

2月18日 星期一 高考倒计时110天

成绩分析与我的工作量

初春的清晨，尽管空气中还流淌着些微的寒凉，但掠过长江而来的东南风已不再刺骨。它们拂过楼房，吹过树丛，荡过草地，用无处不在的触须，撩拨起大地储存已久的温暖期待。

地平线下的朝阳，在派遣了大批彩云打点前站后，也开始了出场前的最后准备。天空被朝霞打扫得澄澈透亮。长江南岸的连绵丘峦，水墨画般铺展在云下的天际中。

运动员进行曲的旋律，弥散在校园的各个角落。几处喷泉，伴随着音乐声，此起彼伏地攀比着升腾的高度。孩子们从门窗紧闭的教室里缓缓流出，如严重缺氧的鱼，并无多少的神采与活力。

列队，进场，升国旗，唱国歌，几千个嗓子发出的声音，盖不住操场外公路上汽车的鸣笛。这个理论上的新学年第一天，在连续数日的补课和考试折磨下，全然没有一派簇新的景象。

校长的新年贺词热情洋溢，每一个音符，都如一记鼓，敲响在旗杆上那空旷的云天。我最是欣赏校长文稿中的排比句。这些句子堆叠在初春的清晨里，就如幼芽在破土而出，又如积雪消融为清泉，滴响在幽静的深涧。

难得的人丁兴旺。以往宽宽松松排成两行的教职工队伍，今日竟然涨到了三排。尽管并没有多少人张开嘴巴跟着国歌的旋律放声高歌，也没有多少人竖起耳朵捕捉校长发言中的相关信息。人们只在可有可无之间，以身体的到位来表明对权力的服从。

今天的课，了无新意。前日的考试卷，需要在今天用两个课时进行评讲。这套试卷，7 班的成绩有所下降。其中最大的毛病，还是出在作文中。全班作文的均分，只达批阅时预定的达标线。60 分以上作文，只有两篇。另外，8 分的默写，半数人没有拿到 5 分。18 分的语言运用，也是多数人只拿到个位数的分数。

13 班则两极分化严重。一批语文基础较好的孩子，都拿了 120 以上的分数。晨晨第一次跳出 120 分的队伍，考出了她个人最好成绩 133 分。吴珊也考出了个人最好成绩 129 分。小小 126 分。而另外一批中等生，则由原本应该拥有的 110 以上分数而退至 100 分以上。从试卷卷面得失分情况看，主要问题和 7 班保持着一致。徐冰竟然没能在规定时间内完成作文。70 分的作文，仅仅得了 30 分。

唯一值得特别记录一笔的，是 13 班的叶凌月。这姑娘从跟我学语文开始，每次考试的分数，似乎就从没有达到过年级均分。这次，她破例考出了 118 分。对她而言，这实在是一个了不起的飞跃。为了她的这个飞跃，我很想在班级公开表扬她，却又担心措辞不当，适得其反，反而伤害了她。于是，只能以一种平常心态，权且将这分数当成她原本就应该拥有。稍后抽空在单独和她交流时肯定她的进步，那样或许更好。

王军不知从哪里学来的招数。这个学期的上午第四节课，全部被他安排为随堂检测。今天的第四节，是数学学科统一测验。我的任务，是在 13 班监考。这是写在课表上的监考任务，属于每周的这个时刻都必须遵守执行。这个招式，无形中又增加了一个课时的工作量。

这学期的课表，比上学期差了很多。大半的课，被安排在下午。周一、周三、周五，下午第一节都有课。这就使得午睡成了一个梦。

附录这学期的课表、作息时间表如下，算是对高三语文科学化教学的一种缅怀。

表一：

		一	二	三	四	五	六
早	1			三（7）		三（7）	三（13）
读	2		三（7）	三（13）	三（7）	三（13）	三（7）

续表

		一	二	三	四	五	六
上午	1	三（7）					
	2	三（7）					
	3			三（13）	三（13）	三（13）	三（7）
	4	三（13）	三（7）				三（7）
下午	5	三（13）		三（13）		三（7）	三（13）
	6	三（13）			三（13）	三（7）	三（13）
	7			三（7）			
	8	备课组活动		三（7）	三（7）		

表二：

时　　间	内　　容
6：00	起　　床
6：10—6：25	早 锻 炼
6：25—6：40	早　　饭
6：40	学生到校
6：50—7：15	第一节早读
7：15—7：40	第二节早读
7：50—8：35	第一节课
8：45—9：30	第二节课
9：30—9：55	课 间 操
9：55—10：40	第三节课
10：50—11：40（课前眼保健操）	第四节课
11：40	午　　饭
12：05—13：20	午休、班主任值班

续表

时　间	内　容
13：30	大 预 备
13：40—14：25	第五节课
14：35—15：25（课前眼保健操）	第六节课
15：25—15：40	课间活动
15：40—16：25	第七节课
16：35—17：20	第八节课
17：30	晚　饭
18：00—18：30	英语听力
18：30—20：10	晚自习第一节课
20：25—22：30	晚自习第二节课
23：00—23：30	值班班主任监督学生熄灯休息

2月19日　星期二　高考倒计时109天

我可怜的教学之“道”

早读之后，在办公室厮守了三节课，只为了最后一节的小测验。

三节课的时间，似乎什么事也没有做。脑袋里乱纷纷的，如一团糨糊与一盆胶水搅拌在一起。

我常以自己的感受，来推想孩子们的精神状况。昨日的晨会，加上五节课，再加上一个备课组活动，明显透支了体力。

今日的精神便委靡许多。读书，眼睛盯着字，字却不往大脑中进。这样的劳作，基本就是无用功。孩子们比我更辛苦。他们每天从6：40开始，一直要忙碌到晚间23：30以后才能休息。这样的高强度，精力又如何能得到最大限度的集中？

今天的测验，很是无聊。说到底，就是为了测验而测验，为了完成课表上的测验课任务而测验。45分钟的时间，要完成50道语音选择题的判断。每道题目4个选项，每个选项4组词语。如此累计算来，一节课中，学生们需要判断读音正误的词汇，共计800个。也就是说，每分钟内，必须判断出13个词语的读音。每4秒钟解决一个词语。

这种大容量的练习，势必使得孩子们在完成练习时，只将关注点投放到题目需要解决的问题中。面对字音，却无法将字形和字义联系起来。这也就使学习活动，脱离了举一反三、触类旁通的正确轨道。

即使这样的测验，对学习的益处趋向于零，但依照本学期学校规范管理的相关要求，同备课组内必须保持教学内容、考查内容的一致，否则就是教学事故。所以，连同我在内的几个心有异端想法的同事，全都自然选择了遵章守纪的做法。

有时，我真不得不从心底崇拜我的学生。就这样的语音练习，竟然有孩子在短暂的时间内，不但以全对的成绩完成了规定内容，而且把试卷上剩余的十几道题目也解决了。当然，也有孩子错误百出。下午批改时，发现大多数孩子的正确率在80%上下浮动。这个成绩，倒是符合命题质量要求。

下午，教研组活动。第一周的事务自然很多。教研组长首先落实本学期公开课人员，然后传达学校教研组长、备课组长联席会议上相关部门制定的教学常规要求。本学期，学校的教学管理又添新花样。一是进一步加强学生评课制，把学生对教师的评价提高到了美国U—2飞机都无法达到的高度；二是在作业布置、批改，作文篇数，备课要求等诸多方面进一步程式化，使原本创造性的教育教学活动，规范成为机械化流水线操作程序。

去年的此刻，也是在这样的会议上，我曾向王军开火。针对他宣读的学校诸多管理策略提出质疑。今年，我再无这样的兴趣。我的激情，已经消磨在过于繁重琐屑的低级体力劳作中；我的教育良知，也为弥散在全社会的教育病毒所侵蚀，成了密布砂眼的筛网，无法网罗教育教学的纯真。

我选择沉默。鲁迅先生说：不在沉默中爆发，就在沉默中灭亡。我既不想爆发，也不愿意灭亡。好在这不是客观选择题，不是非此即彼的标准答案。我在爆发和灭亡之外，找寻到一条阳奉阴违我行我素的路径。在这条路上，我可以在重镣下舞蹈，在沉疴中挣扎。我的目标，就是在我能力所能达到的范围内，既解放自己，也解放学生。让学习成为一种快乐，是我永恒的追求。

前几天在一个班级监考时，看到教室后面的红标语——我们能够做的事情只有一件：吃苦。我很反感这样的口号。享受学习，享受生活，是我的教育之梦。为了明日的幸福，当下就必须承受苦难，这实在是一种荒谬的宗教观。朱永新先生倡导的新教育运动，不就是要扭转这种病态的价值，这才把“享受当下的幸福”确立为教育教学的根本目标吗。我们的教育，最需要培养的，应该是学习中的快乐，绝不是学习中的痛苦。痛苦，容易滋生仇恨。而仇恨，则会将终身学习的良好习惯彻底摧毁。

2月20日 星期三 高考倒计时108天

老周的兴奋

上周的考试成绩终于有了结果。和上学期期末统测相比，学校的模拟本二人数又有新的突破，净值增加了20人。这是进入高三以来的第四次增加，这个增加，使市局下达的指标，已成脚下基石。于是，上上下下一片欢欣。

取得突破的根本原因，在化学学科。这次的化学考试，达B的人数，创了历次统考的新高。

7班的班主任老周很是兴奋。一大早，老周就在教室外的走廊上，拉了我和英语老师交流班级模拟达线人员情况。7班这次化学学科40多人达B。这些化学达B的孩子中，只有1人语数外总分没有达到295分的模拟本二分数线。依照这个数字，7 班已超额完成了市局下达的升学指标。

听老周介绍，这次也还是有班级没完成任务。两个理化班，高一高二时受了“奶伤”，化学学科的元气一直没能恢复。尽管这次全线飘红，它们班级的达 B 人数，依旧无法突破 30 人。这就使得语数外三门学科的全部努力，都不得不付之东流。

老周决定进一步扩大战果。老周说，从眼前局势看，决定我们 7 班最终本二上线人数的关键，全在化学一门学科。所以，我们要集中精力，做好化学学科的后勤保障工作。要人出人，要课给课。老周要求我让出一两个课时给化学。老周说，你的课堂效率高，少上两节也不影响成绩。把课时让给化学，至少可以保证我们班级多上两个本科。

老周的提议，我很是乐于接受。眼下的课时，与我而言也确实是多。有限的知识点复习，实在消耗不了这么多的时间。过去的一个多学期中，我每周用来给学生自由练习的时间，已经不少于三个课时。而这些练习，其实压缩一下，一个课时也同样可以强化重难点。

早读课下，刚回到办公室。13 班的老钱，也拿了一沓纸，推开了办公室的门。老钱把一张表格递到我手上。表格上印制的，正是这次调研考试的各班总体情况信息反馈。从表上可以看出，13 班这次依旧保持了超额完成指标的良好态势。高三以来的四次模考，13 班每次都超额完成预定指标数。这，不但给老钱和我们这些任课教师以信心，更给孩子们以进一步前进的动力。

老钱不愧是有着二十多年教龄的政治教师，在教科书上经历了太多的风风雨雨后，他大体也修炼成了波澜不惊的秉性。超额几个指标的成绩，并没有给他太多的欣喜。他只是例行公事般交代几句，随后匆忙离去。

我对数据的兴趣依旧不大。不过，完成指标数的现实，同样让我高兴。我知道，这种完成，虽然并不代表未来高考的胜利。但它可以暂时缓解来自社会方方面面的压力，使疲于奔命的我们，能在考试与数据的缝隙中获得短暂的喘息时间。

夏琼把 7 班取得的成绩，归结为老周的运气好。夏琼说，16 个班主任中，管理最为松散的，莫过于老周。同样，16 个班级的课任教师中，7 班的老师们也抓得相对宽松，至少语文老师课外教学时间的投入，就在同课老师中最少。

夏琼的话，除了运气一说我不认同，其他的全然接受。依照我的理解，或许正是因为这份外显松散的管理模式，才给了孩子们更多的自由学习时间，使他们得以在紧张学习之余，能比其他班级孩子多一些总结回顾的机会。再者，相对少的作业，也使他们拥有了相对多的休息，而休息的充分，又使大脑能处于清醒与兴奋状态。这，自然比晕天晕地中一味以消耗时间为标准的野蛮学习法要强。

可惜，绝大多数人不会认同我的观点。我们这个民族向来崇尚“天道酬勤”，推崇“头悬梁，锥刺股”。普遍心态下，是刻苦学习的价值取向，而非快乐学习的目标追求。正是基于这样的传统认知，我们只要成绩不如意，率先想到的，就只能是延长时间。似乎除此之外，再没有一条可以走向成功的捷径。

2月21日 星期四 高考倒计时107天

元宵节的另类“风景”

到7班上第二节早读课时，大脑还没有完全从疲劳状态中恢复过来。昨日的两节早读，四节正课，再加4个小时的晚自习，又一次透支了体力。腰肌劳损的老毛病，依旧无止无休地折腾着我。胆囊也凑热闹般又一次开始了时断时续的疼痛。

我端了椅子，在讲台上坐下，而不是像往常那样在走道内巡视。坐在讲台上的我，大脑竟然空洞得了无一物。我知道，这样的空洞，绝非参透人生后在大彻大悟中实现的空灵境界，而是一种“锈死”——每一个细胞，都被一种说不清道不明的物质牢牢锁定在某个角落，无法转动也无法分裂。就如一个原本应该生龙活虎的人，被无数根铁链锁在老虎凳上。唯一的不同，是我连痛苦也没有。除却麻木，再没有任何意识。

远处，时断时续的爆竹声，随意地炸响在元宵节的清晨。教室外，不时有人影晃动而过。大约有时是其他班级的学生上厕所，有时是校长副校长们检查老师到岗情况吧。我竟然无视于他们的鲜活存在，而仅仅看见飘忽的身影。至于这身影背后的定义，想也没想。

把我从混沌中刺激醒来的，是对面高二教学楼某个班级。不知什么时候，那班的走廊两面，竟然凭空生长出22个男生。其中，17个人面对高三方向，一个挨着一个，伏在走廊护栏上写着什么；另5个背向高三，趴在教室墙壁上奋笔疾书。不用说，这些家伙，一定是没有能够按时完成老师的作业，此刻，正在接受惩罚。

这幅图景，首先让我联想到的，竟然是海子的那首名诗——《面朝大海，春暖花开》。此时，正是春暖花开时节。孩子们所面对的，虽不是自然的大海，却是知识的海洋。在这知识海洋面前，心灵该如何春暖花开呢？

当然，还有另一种不安，悄然滋生于心头。这种不安，起源于对教育的反思。当一个班级近半数的学生无法按时完成作业时，身为教师的我们，为什么不能从自身寻找原因，而只迁怒于无法完成任务的学生呢？教育需要惩戒，教育的惩戒目的，是为了鞭策懈怠，打击堕落。倘若孩子们已然尽力，或者已然以超越了常规的努力奋进在成长的道路上，那么，惩戒就成为了一种伤害。

这么一展开联想，大脑也就如拖拉机发动机一般，由慢而快渐次转动起来，虽然速度依旧赶不上往昔，却也能勉强行驶，只是马力不够，载不了重物，也犁不了农田。

这22个孩子，至早读下课时，依旧没能回归到课堂中。罚他们补作业的年轻女教师，陪伴他们站在走廊上，大概是既为了答疑解难，也为了监督管理。

回到办公室，打开电脑，走进论坛。这些孩子很快就被我抛到了九霄云外。我的注意点，被几个探讨课堂教学法的帖子吸引住。一则《林黛玉进贾府》的课堂教学设计，复又勾连起我对语文学科体系化建设的思考。于是，在这个帖子后面跟一段话，表达自己的观点，然后围绕这个帖子，构思一篇阐述课堂的文字。

正沉浸在飘忽的思维时空中寻找词句时，小朱过来询问关于学科规范化管理条例拟订的事。这让我想起，组长是把这任务交给我完成的。急忙放下手头的活，新建一个文档，开始编"故事"。连带着，把这个学期的高三作文训练计划也一并完成。

附：

高三语文教学规范

一、高三语文课堂教学规范

1. 以课堂为成绩提升的主阵地，精心雕琢每一节课，精心构置每一个问题，使所有教学活动，都切实服务于知识的积累和能力的提升。

2. 在面向全体学生的同时，针对临界生和学困生的具体学情，有的放矢地开展各种帮扶活动，使课堂成为所有学生成长的台阶。

3. 保证练习的质量，在精练精讲中落实教学目标，使旧知识复习与个体素养提高融为一体。

4. 强化方法积累。分项复习与综合复习中，始终以技能传授为主要教学目标。

5. 统一教学进度，统一作文训练，统一试卷批改，在保证教学任务落实到位的前提下，能针对班级教学实际，目标明确地创造性工作。

6. 服从大局，遵守备课组教学计划安排，按时按质按量完成备课组布置的各项工作任务。

7. 资源共享，方法共享，成果共享。

二、学生语文学科学习规范

1. 在教师指导下，制订出切实可行的复习计划，确保每天学习任务完成后，所学知识都能得到及时消化。

2. 精心分配早读内容，使名句名篇背诵、字词句等基础知识识记积累、精美文章阅读等旧知识处于不断重复强化的状态中。

3. 认真对待每一次练习或考试，把所有练习或考试都当做高考，以严肃认真的态度应对所有问题。有头脑地练，有准备地练，有反思地练。

4. 注重交流。学习上遇到的困难，能及时得到老师的帮助。

5. 注重积累。练习过的内容，要能够有序地整理成册，再安排时间适时回顾，确保考过的内容再次出现时不丢分。

6. 主动学习。针对薄弱环节，以一种积极主动的心态投入学习与练习中。有计划地完成补缺补差工作。多向老师请教问题。

7. 关注细节，每分必争。在书写、规范用语、科学答题等考试细节上，养成良好的行为习惯。

高三语文备课组

2008 年 2 月 21 日

2007—2008 学年度第二学期高三作文训练计划

训练目标：

1. 瞄准高考，服务考生，为全面提高写作水平和作文得分率而行动。

2. 培养扎实文风，训练在生活中寻找素材的能力，养成严谨求实的文风。

3. 立足学情实际，锤炼擅长文体，打造精品文章，使每一次写作，都成为一次提升。

训练周计划：

1. 2—4 周，以并举式话题作文训练为主要内容，继续立足议论文写作常规要求，以学会辩证分析问题论证问题为训练重点。

2. 5—8 周，以散文创作训练为主要内容，重点培养叙事性散文、议论性散文的常规写作能力。同时，指导学生学习依照作文命题判断写作文体和写作内容的相关技法。

3. 9—11 周，以新材料作文训练为主要内容，重点训练依照材料科学合理地确立话题的能力。在此基础上，巩固复习此前所学的相关文体写作知识。

4. 12—15 周，以命题作文训练为主要内容，采用主题突破法，分主题、分专项展开。

具体时间与训练内容：

1. 自第二周起，每周完成一篇作文的写作任务（综合考试时除外）。作文统一安排在周四或周五完成。

2. 每周训练内容，在当周周一的备课组会议上讨论通过。

批改要求：

1. 有针对性地详批，面向边缘生，服务学困生。

2. 在下次作文写作前，完成前一次作文的整体批改、评讲。

3. 每次作文，精心挑选优秀作文一二篇，由备课组汇总后，复印张贴。

高三语文备课组

2008 年 2 月 21 日

2月22日 星期五 高考倒计时106天

百日会战宣誓

几天前，校信通就开始不断地发布信息，通知全校师生参加今天下午两节课后在办公楼前广场上举行的开学典礼。今天一早，当我走进13班组织早读时，总务处的电工、木工、水暖工、清洁工们，已经开始忙着悬挂条幅、清扫地面、摆放宣传牌匾、布置桌凳。这份忙乱，使得正常的早读课也遭到骚扰。13班里，好奇心重的孩子，总把眼光飘到窗外，试图从几个忙碌的大汉身上，找寻到什么超越课堂的兴奋点。

临近下课时，老钱从教室外走进来，把一张桃红色的32K纸交给我，说是请我抽个时间对班级学生宣誓活动进行培训。我拿起这纸片，映入眼帘的，是一首对口朗诵诗歌：

(合) 我们以青春的名义宣誓：
(男)：珍惜一百天，让飞翔的梦想在六月张开翅膀；
(女)：奋斗一百天，让青春的智慧在六月发出光芒；
(男)：坚持一百天，让父母和恩师在六月畅想期望；
(女)：把握一百天，让火热的年华在六月谱写华章。
(男)：黑暗，遮不住喷薄的旭日；
(女)：泥土，封不住破土的种子；
(男)：河堤，挡不住奔腾的河流；
(女)：困难，敌不过闪光的希望。
(合)：我们是骄傲的Y中学子，
(合)：我们决心续写母校荣光，
(男)：确保过双B，强化语数外，
(女)：希望永存，奋斗不止。
(男)：十年寒窗磨一剑，今日剑出鞘；
(女)：百日历练结硕果，明朝见分晓。
(合)：让我们苦战一百天，
(合)：逐鹿考场，不屈飞翔！
(合)：成就梦想，创造辉煌！

老钱说，这是王军创作的高三百日誓师大会誓词，今天下午的会议，主要就是动员高三学生决战最后一百天，以一种昂扬向上的精神面貌迎接最后的冲刺。

我口头上答应了老钱的安排，心底却在嘀咕：宣誓这事儿，前阶段已经宣过一次，还训练什么，又不能读出什么花来！

前两节依旧无课。想起教育在线总版主大潮河兄发过来的书稿《一个人的教育史记》尚未读完，于是，打开电子书稿继续阅读。大潮河兄嘱我为他的这部书稿写点评价，这个任务，我准备利用今晚完成，因此，必须在今天完成全部书稿的阅读。

课间操时，收到《现代教育报》编辑雷玲的电子邮件。雷编辑通知，我的8000字长文《和青年教师谈备课》，被收录到她主编的《个性化备课》（语文卷）一书中。该书已由教育科学出版社正式出版，样书已于今日寄出，请我注意查收。这个消息，让我很是开心。

第三节课时，电工们开始调试广播。尽管他们把广播的音量调节得很小，然而，总有控制不住的旋律，穿过玻璃窗闯入教室。先是《义勇军进行曲》，跟着是《国际歌》，然后又是《运动员进行曲》。这些音乐，伴随着我的典型例题分析，一起灌入孩子们的大脑中，给枯燥的知识点复习，平添了一种不伦不类的点缀。

下午第一、二节是7班的课。一节课读讲结合，完成语言实际运用最后一个知识点的复习，另一节课进行拓展训练。7班的孩子，没有受到即将举行的宣誓活动的影响，听课状态依旧很好。

拓展训练时，依照学号顺序，安排了36名学生讲解相关试题的解题思路。大多数孩子，都能从题干要求出发，准确把握题目要点。只有两个孩子，思路上出现偏差。我把他俩的偏差点提出来，供全体同学思考。

15：25，《铃儿响叮当》的下课乐曲准时在校园中弥散。办公楼前的几个大音箱同时开始播放《运动员进行曲》。这嘹亮的声响，使所有试图拖堂的老师不得不紧急刹车，撤出阵地。

三个年级的学生，每人搬着自己的椅子，陆陆续续走向楼前广场。体育组的老师们，有的扯开嗓子吆喝着，有的把哨子吹得地动山摇。主持会议的政教处主任，充分利用掌握话筒的优势，一会儿大声指挥学生们按照指定位置就座，一会儿要求老师们从楼内大厅里取凳子，到广场最西边列队就座。

两节课站下来，腰部有些吃不消。于是，我把办公室的门反锁上，躺在电脑椅上休息。好在会场就在办公室下，扬声器里发出的所有声音，在办公室内都可以清清楚楚地听见。

政教主任宣布开学典礼开始后，首先是全体起立，唱国歌。礼毕之后，政教主任宣布了会议的三个主要议程：表彰首届校园之星，高三年级百日会战宣誓，校园质量月相关工作布置。

首届校园之星评选，是一项动意很好的活动，然而，不知是学校吝啬，还是什么原因，全校46个班级上报的200多人，只批了60人。这就使活动打了折扣。在我看来，这样的评选，数量不宜过少。当名额被控制在每个班级最多两人时，绝大多数同学也就会因为希望的渺茫而放弃对目标的追求。

高三年级百日会战宣誓，是会议的重头戏。全体学生在一男一女两位领誓人的带领下宣读完誓言后，先是高三教师代表发言，然后是学生代表发言，再是分管高三的副校长王军发言，最后是校长发言。这四个发言，或站在教师立场上，为学生摇旗呐喊，向学生承诺服务；或是站在学生立场上，从感恩父母报答老师的角度表示决心；或是立足人生理想前途，用光明未来召唤孩子们全力以赴奋勇向前。

我对王军的发言稿最为欣赏。平心而论，这样的稿子我写不出来。王军的稿子，不但文采斐然，而且鼓动性极强。作为听众，你不得不在他的大量排比铺陈面前一点点接受他的观点。我想，孩子们听了王军的演说后，一定会长久保留在记忆中。

校长关于校园质量月的各种规章制度要求，如一记勾拳，把孩子们刚刚被煽起的热情火焰击碎在初春的夕阳余晖中。且不论这些管理措施是否合理合法，单是在这样的场合下宣布，就会让年轻的心，生长出一份莫名的抵触。

教育，需要选择恰当的时机。开会，也同样如此。

2008年 2月23日 星期六 高考倒计时105天

杂思中的牢骚与妙悟

最高气温飙升至17℃后，楼房背阴处的最后一点残雪，终于走出了人们的视野。雪化处，留下黑糊糊脏兮兮的一片空地。似乎这份污垢，本就是从天上伴随着雪花而来。

两节早读课后，回到办公室。夏琼发表感慨：看到年级总课表上把一些理科老师安排成上午四节连堂，就想把课表摧毁。难怪夏琼感叹，周六补课，谁不想一个上午完成教学任务，留下下午时间睡睡觉、洗洗澡、理理发？年级组在编排课表时，有意无意中忽视了文科老师到校上早读课的事实，竟然把相当部分文科老师的补课安排在上午三、四节和下午一、二节，这就意味着文科老师周六时必须从早晨6：50，到下午15：25都耗在学校里。这，显然是一种不公平。

这种看起来稀松平常的小事，其中蕴藏的道理，却不容漠视。教学之类以创造性劳动为动力源的工作，倘若不能使工作者心情舒畅，那么，工作的质量注定要打上折扣。遗憾的是，现实生活中，总有一些人不明白这个道理。

我附和着夏琼的话题，趁机发了一通牢骚。这种牢骚，只图排遣心头的郁闷，并不希望改变实际。牢骚之后，夏琼去上第一、二节课，我则守在办公室里，等候第三、四节。

今天的网络上，一组很有思想力度的文章吸引了我。这组文章，来自《南风窗》。组稿以战争文学为主题，全方位分析了国产战争电影的伦理道德取向、国家与民众战争观等宏观问题。这些文字，和我2006年9月发表在《人民教育》上的课堂实录拥有相同的主题。只是我仅具有从感性认知出发理解战争的能力，而《南方窗》的各位记者，则从民族文化和民族心理的角度入手，通过理性剖析深挖思想意识形态中的根源。他们的深度，让我由衷敬佩，更使我对以往教学中积累的战争观有了相对明晰的理解。

我将这组文章一一转贴到人教论坛中学语文教育论坛和教

育在线语文沙龙中，期望有更多的同行，能如我一样从这些文章中汲取思想的营养。我期望所有的语文老师，都能在教学实践中不断完善自己的人生观和价值观，能把教学活动当成自我成长的最好台阶。那样，我们的语文，才真正有希望。

下午，学校分两阶段召开高三学生家长会。14 时，在体育馆开大会，由王军给各位家长汇报两次模考的总体情况，同时针对最后的百日冲刺，向家长提出相关要求。15 时 30 分，家长们进入孩子所在班级，听班主任介绍班级工作中的相关事务，同时和课任教师交流，了解孩子的具体学习状况。

在家长会召开的同时，学校又把全校学生集合到昨天开会的位置，安排学生聆听一位淮安籍农民演说家的爱国主义专题报告。

老钱与老周都没有安排我到班级和家长见面，于是，我守株待兔般等候在办公室，准备迎接家长来访。这就使得我有机会感受农民演说家的激情和偏执。

这位演说家的话题，从神舟五号开始。由航天英雄谈到发奋学习立志报国，又由立志报国谈到感恩父母报答老师，随后，又介绍几位留学海外学成归国的优秀科学家。他的演说，全部由高分贝的呐喊担纲，每每不过三五分钟，就有一次声震长空的振臂高呼。他的这种高呼，极好地鼓动起学生们的兴奋点。使得每次振臂之后，都有如潮的掌声与其呼应。

我很想认识一下这位演说者，便走到办公室的窗子旁俯视会场。我发现大多数学生并没有真正投入到他的演说内容中，相当数量的孩子，膝盖上摊着课本，边听演说边做着练习。只在需要鼓掌处，才把笔放到书本上，双手象征性地击打几下。

这位演说者确实有值得敬重的地方。我发现，他是站在学生们面前演讲，而不是如一般作报告者那样端坐在主席台上。他的这份站立姿态，使坐在他身后主席台上主持会议的副校长和主任们显得十分尴尬。其次，他的演讲不用讲稿，那大段大段的排比句和大量的数据，完全从记忆深处自然流淌而出。这也比照稿宣读的报告高明无数倍。

当然，他演讲的内容，很多地方我是不认同的。演讲者过多站立在狭隘民族主义的立场上看待世界评价问题，这就使大多数观点沾染上过重的意识形态色彩，缺乏人文精神和普世性道德价值。我把他的演讲，和早晨所读的组稿相比较，越发加深了对《南风窗》这组文章的理性认知。

在办公室里边听演说边等候，最终并没有等来7班与13班的任何一位家长。反而是其他班级的几位家长过来找相关老师找不着，向我打听老师的电话号码。我便临时充当起“114”。

>>>>>>>>

2月25日 星期一 高考倒计时103天

杂乱的星期一

黑色星期一。

昨夜开始的降雨，清晨依旧没有停歇。气温下降了很多。前些天脱下的冬衣，重新又披挂上身。

骑着自行车上路，正赶上小学上学的高峰时段。汽车、摩托车、电动车、自行车、三轮车汇集成两条相向流淌的河，夹杂不清地纠缠在铺满积水的街道上。

交警尚未上班。无序之中，每一个行使者，都依照着自己的理解，穿行在车与车的缝隙间。令人惊叹的是，这种看似混乱的局面中，却也并没有多少磕磕碰碰的事情发生。

到校时，距离第一节上课还有20分钟。利用这段时间，重新熟悉今天即将开始的诗歌鉴赏专题复习的相关内容。这一块知识，向来是语知复习中的难点，也是高考答题中的难点。

大市教研室组织部分四星级学校教学骨干编写的复习资料上，关于诗歌鉴赏的知识点阐释十分详尽。这就使得教学中可以腾出大量时间，用以结合具体例题梳理解题方法和解题步骤。不过，这种梳理，必须建立在通读复习资料，并大体做到融会贯通、举一反三的基础之上。因而，今天这第一、二课时的学习任务，就是以阅读资料、圈画重难点、批注资料内容为主。

这样的阅读，对少数读进去并展开思考的学生而言，其意义是巨大的。然而，更多的孩子，缺乏这种主动思考的精神。

所以，上这种阅读课，我必须精心设置阅读环节。我需要把学生阅读分解成可以保证他们注意力集中的几个时间块，然后在这几块时间区域内，穿插上我的提醒与解析。如此，才可以使阅读收到实效。

尽管有了这样的安排，实际操作时，还是有个别孩子读不进去。7班的周宁，一页书没读完，便躲藏到课桌上巍峨耸立的书山后打瞌睡。这孩子，用他自己的话说，就是天生没有语文细胞。

高考与成长，却都不会考虑他是否有语文细胞。学习，多数情况下，是建立在被动获取的基础上。所以，我在多数学生完成阅读任务后，先提问周宁两个问题：

1. 李白的《静夜思》是一首什么题材的诗歌？根据是什么？

2.《静夜思》中采用了哪几种表现手法？

这两个简单的问题，其答题模式在刚刚安排阅读的复习资料上有完整范例，包括一些解题专用术语。然而，周宁只忙着睡觉了，根本就没阅读，自然也不会明了。于是，他依照自己的理解，支支吾吾地给出了一个令全班同学哄堂大笑的答案：这是一首思乡诗，李白自己在诗歌中说的……

我抓住他的这个错误，借题发挥，狠狠批评了他。这小子最大的优点，就是勇于承认错误。只要抓住了他的把柄，怎么批，都不会犯驴脾气。

这通批评，起到了敲山震虎的功用，其他几个阅读不专心的孩子，再不敢三心二意地阅读，复习资料上开始增加了一些红红黑黑的着重号。

课间操时，李宁和嘉欣一起到办公室找我，让我帮忙看三篇作文。这三篇文章，是李宁主动完成的。

我认真阅读了每一个句子后，结合我的理解，给她俩谈了谈从生活真实中选取素材的相关技法。李宁对自己文章的立意还存在一点疑惑。我干脆从网络上搜寻出该命题的详细写作指导材料，让她俩坐下身慢慢阅读。

第三节难得无课。想到下午第四节的备课组活动，需要落实本学期的作文系列训练计划，便从电脑中将上周完成的计划提出来，进一步润色，然后到5楼的校长办公室中打印10份。

又考虑到本周要开始写作第一篇作文，上学期的作文纸已用完，需要重新印刷。再从5楼跑到2楼的教务处，请教务员开资料印刷单。教务员说，副校长规定，所有的文印单，必须有命题人、审稿人、考试日期等内容，否则不得开单，违者罚款100元。我说我是印作文纸，又不是考试，哪来的这些玩意。教务员犹豫半天，终于提起笔开出单子。我用两个手指捏着这纸条，就如捏了一道圣命，雄赳赳气昂昂地走到文印室，把单子交给文印员。那文印员接过单子一看，说上面的数字开错了。应该开成16K×6，却开成了使用3次。她的意思，是让我回到教务处重新开一张。我假装糊涂，丢下单子，仓皇逃离。

楼上楼下转一圈儿，第四节课也就要到了。第四节，在13班监考数学。学生考试，我总得找点事情做。于是到图书馆，看看是否有新的期刊可以阅读。在报刊分发室，发现了江苏教育报刊社寄过来的样刊。正好，这节课可以学习上面的文章。

下午，在13班重复上午7班的教学内容。针对文科班的特点，将文科生容易理解的部分内容，替换成该类题型的审题指导与解题思路分析。这么一变化，课堂上我说的东西就增多了一半。连堂课进行到一多半时，嗓子终于开始罢工。

第四节备课组活动时，组长又外出开会了，老陆也不在学校。剩余8个人，针对近阶段教学安排随意聊了聊。教学进度上，还是没有形成统一。这让王军很生气。

晚间，照例是开会。尽管下雨，尽管降温，会议还是风雨无阻地召开。三个议程：先是请周六给学生作报告的那位农民演说家，为全体老师谈一谈人民教师的职责与使命；然后是教学副校长宣读学校规范化管理条例；最后是校长就规范月活动中教师行为规范若干事项提出具体要求。

这会，从19时整点召开，至21时余结束。所有内容，概括起来，一句话：死命地揪！

可怜了我的肚子。下午第四节备课组活动后，来不及回家吃晚饭，本以为会议时间不长，散会再回家吃饭也不太迟。

2月26日 星期二 高考倒计时102天

孩子给予的感动

幸福的周二。

相对于4节正课1节监考1节备课组活动另加整晚会议的黑色星期一而言，全天只有1节监考的周二，无疑是天堂，是喜庆，是幸福。

人逢喜事精神爽，这幸福的日子里，又有孩子锦上添花，给我更大的精神享受。

在7班上早读时，沿着教室内的走道转了一圈，再走到后排时，李超小声叫住我，跟我说了句什么。我没听清，俯下身凑到他面前向他询问。他靠近我的耳朵说："你衣服后面在墙壁上蹭了一块白灰，很难看。我帮你掸掉。"

我立刻背向他站直了身体，让他的动作隐藏在我的身体遮盖中。他轻轻掸了几下后，又找出一张纸巾，认真地擦了擦，这才在桌肚下轻轻拍了拍手，示意我完成了任务。我转过身，轻声说了句"谢谢"，然后装作一副什么事也没发生的样儿，继续沿着走道巡视孩子们的晨读。

李超这孩子，生长在一个建筑商的家庭。他的父亲通过多年打拼，早已拥有了千万资财。这份家业，使李超的学习完全处于没有多少压力的状态中，成绩大体总停留在后五位上。好在这孩子并不骄奢，对老师、对同学都特别有礼貌。

李超的这轻轻一掸，撩拨起了我心头的涟漪。经过这么多年的磨炼，我虽已基本达到成绩好成绩差一视同仁对待的境界，但对学生的品德差异，却十分敏感。我在很多场合都公开承认自己不是一名好老师。我对自暴自弃的人，存在着一种难以抑制的轻蔑。其中特别看不上官宦及富豪子弟的自我放纵、骄横跋扈。所以，跟我学习的孩子，如果自己不求上进，品德上再存在某些问题，那么，我绝没有兴趣视其为我的学生。

李超却不是这样的孩子。李超虽没有其他孩子用功，却也一步一个脚印地向前行走着。在这行走中，他同样渴望拥有优秀的成绩，同样渴望获得老师的重视。所以，他会把课余完成的作文拿到办公室找我批改，会在任何时候遇见我都热情地招呼，会以超常的细心，发现我衣服上的灰尘，并主动将其掸去……

我却没有他这么热情。我虽不讨厌他，甚至很欣赏他的个性，却没有如他一般，主动帮助他掸落学习中的尘埃。单就这一点，他就值得我学习了。

这么一想，我开始有了愧疚，非独对李超，也对所有需要我帮助的孩子。不过这愧疚，丝毫没有冲淡我的幸福感。我如阿Q一般，很快就找到自我解脱、自我宽慰的理由。在走道中再走上两圈后，心态复又趋回正常。

早读结束，回到办公室。充分利用全天无正课的机会，放纵一下心情。爬上论坛，点开河南三位教师朋友的帖子，边欣赏他们的成长经验，边为自己打气加油。

这三位，一位是省作家协会会员，一位是全国教育学会会员、全国语文教育研究中心会员、全国优秀语文教师、全国十佳课改新星，一位是大市语文教研员。三个人，都比我年轻许多，却都在语文教育教学领域内凭借自己的刻苦勤奋，开辟出一片崭新的天地。从他们身上，我感受到了一种奋斗的希望。

三个人的主题帖，五十余页，每页三十帖。我只挑选自己感兴趣的读。三节课下来，也只读了三分之一。

第四节，语文统一小测验，书商刚刚送来的试卷，题目还很新颖。孩子们完成速度很快。巡视中发现，错误也很多。

下午，继续上午的读帖。认真研究其中一位的一个课堂实录，从他的课堂结构中，发现了和我课堂基本一致的框架结构模式。这让我对自己的课堂，更加充满自信。

2月27日 星期三 高考倒计时101天

低档错误与修补

利用早读的50分钟，将13班的小测验试卷批改出来。超出我想象的是，一道特别简单的填空题，竟然成了最大的失分点。

这是诗歌鉴赏训练第一小题的第一问：从体裁上看，这是一首（　　）诗。

本为五言绝句的诗歌体裁，被孩子们演绎出五六种答案。有孩子说是怀乡诗，有孩子说是羁旅诗；有孩子说是抒情诗，有孩子说是写景诗；有孩子说是五言律诗，有孩子说是五言绝句。这其中，回答正确的人数，占三分之一多一点儿。说成律诗的，占三分之一稍弱点儿。

我诧异于这个简单知识点上竟然有如此大的漏洞，赶紧把7班的试卷也拿过来批改。依照我的想象，7班孩子相对认真些，关于体裁区别的小知识，他们应该了然于胸。出乎我的意料，7班竟和13班的情况大体相当。更有一个学生，空格内填写的是“四言绝句”。

高二时学习了整本《唐诗宋词选修》。律诗、绝句这两个名词，也无数次出现在课堂上、试卷中。即将参加高考的孩子们，竟然连常见诗歌体裁都区别不了，这让我不能不紧张。我实在不清楚，还有多少知识点漏洞有待我去弥补。这些漏洞，凭经验猜想不出。唯一能发觉的方法，只有练习。我终于明白了很多老师为何喜欢无止无休地考试的原因。

回到办公室，和夏琼谈起这道题的错误率，夏琼居然丝毫不奇怪。夏琼说：“实验班的学生，也有一半左右的孩子做错了这个填空。”夏琼把实验班孩子的错误类型列举出来，和我的两个班级如出一辙。

跑到隔壁打听这道题的正确率。一位同事气愤地说：“我正要上班去骂这些狗东西，高三还犯这么低档的错误，还参加什么高考。”我和夏琼连忙劝他消消气。我们把自己班的情况和他做了交流。大家都有了一种危机感。

第三节课在13班订正试卷时，我先把出现各种离奇错误的同学从座位上叫起，让他们介绍诗歌的分类标准和类型。晨晨依旧把“体裁”混同于“题材”，杨娟也依旧把绝句当做律诗，娟子也还是说不出体裁的具体分类……这些孩子，依旧从错误的认知出发，或是混淆了“体裁”与“题材”，或是分不清“律诗”与“绝句”。他们的回答，让我又好气又好笑。

请他们一一坐下后，开始“补课”。先谈分类标准，然后谈依照不同标准区分出的不同类型。我说：“体裁就如同人的体貌特征，属于外显的形式，一眼就可以辨识；题材如人的身份，需要研究他的言谈举止、气质修养才能分辨。一首诗歌站在球场上，你远远看去，只见每句5字，上下4行，就应该知道，这是五绝。如果它是每句5字，上下8行，那就是五律。绝句是4层楼，律诗通常是8层楼，律诗和绝句都是火柴盒结构，上下一般齐整。体裁和内容没任何关系，不论诗歌表现的是什么内容，只要是4行20字的格律诗，就是绝句；8行40字的格律诗，就是律诗……”

我不得不将这些19岁的高三学生当成小学三年级的孩童。处于学习高原期的高三学生，接受问题的能力，有时并不见得高于小学生。

这么一通解释后，依旧担心少数孩子没有明白“体裁”与“题材”的本质差异，又从教科书中列举十来首诗歌，让全班学生回答它们分别属于什么体裁什么题材。看所有孩子的眼光不再迷茫，这才敢放下心来，进入到今天的知识点复习中。

今天起，原本周三的晚自习辅导，被调到周四。年级组又出新招，每周二、周三晚，用以物理、化学学科专场考试。也就是说，理化两门学科，每周除了上午第四节课有一次小测验，周日上午有一个综合练习外，一周内又增加了一个第三次综合考试。这种大剂量的考试，无异于集团轰炸，或许，能让一部分边缘生在熟能生巧中顺利通过双B这道关卡。当然，这其中的负面效用，也肯定不小。

现实就是这样，当我们面对人生的某道关隘时，最被受众认同的通过方式，就是斩将杀敌、浴血夺关。我们从审美心态上拒绝智取和放弃，因为那样无法呈现悲壮和英勇，无法呈现人力的抗争。尽管智取可能代价最小，放弃可能另辟蹊径，却无法满足我们早已埋藏在集体意识中的悲剧情结。

2月28日 星期四 高考倒计时100天

目标与动力

7班的后墙上，原本杂乱地写满练习题的黑板，终于在一夜之间诞生出整版的表格。

这表格分成四栏，每栏中，有“姓名”“目标”“班校名次”“达标情况”“物化”“达标情况”六个小项。“姓名”下，全班51个孩子，依照学号顺序，整齐排列着。“目标”下，大多填写的是“本一”，只有8个孩子，填写了“本二”。“班、校名次”下，陈松填写的是班级前2年级前60，嘉欣填的是班级前16年级前273，赵娜填的是班级前10年级前200，盛桥填的是班级前20年级前300，周宁填的是班级前25年级前300，李娟填的是班级前10年级前150，李超填的是班级前35年级前440……

“物化”小项下，是各自的选修奋斗目标。半数孩子锁定了双A。另有一些瞄准一A一B。高二拿了4A的张浩，对自己要求更高，目标双A+。只有4人选定了双B这道底线。

7班的这个表格板报，非原创产品。上学期期中考过后，6班的黑板上，就有了这表格。每次从6班窗外经过，我都留心一下黑板上这片白花花的世界。我很想探明这表格背后，带来的是动力，是威压，还是无动于衷。

日子流淌得飞快。教学楼前的倒计时牌、班级内的红海洋、黑板上的奋斗目标表格、课桌上的誓词，共同会聚成一股无法遏制的洪流，冲荡着黯淡青春最后一道鲜活堤坝。100天的倒计时，不但带来了气温的回升，更带来了内心的焦躁与亢奋。

无数的试卷，从四面八方汇集过来。免费赠阅的，集体订购的，书商推销的，上级摊派的……这些试卷，一张压一张，一本压一本，从老师的案头移到学生的课桌，又由学生课桌，再返回老师的案头。

依旧有新来的资料。图书馆打来电话，告知某语文期刊社主编的《高考语文核按钮》货已发到，让各高三语文教师安排学生领取。这电话让我很恼火：什么时候了，还这么没完没了地订资料。手头已经有几本资料没有认真使用。再订，多数还是不认真用，真不知是谁做的决定。

夏琼和教研组长也同样恼火。教研组长声言拒领资料。

高考，使孩子们变得单纯、幼稚、可爱。

我的语文课代表，一位高高大大的女生，开始如小学低年级孩子般每天把重要信息填写在自己的左手面上。那手面，总是被红色水笔写上 4 到 5 行。诸如“完成数学综训 3”“语文答案”等，每天都处于变化中。

一向腼腆的李宁，为了提高作文成绩，开始一趟趟跑办公室。开学这几天听她说的话，超过了前面两年半时间。

7 班的秋月也开始主动增加作文训练量。课间操时，她拿了作文本笑嘻嘻地推开办公室的门，让我点评她写的命题作文《那个冬天》。

在我阅读时，她站在一边检讨似的介绍自己的思路。秋月说，这篇作文，写下来就感觉过于平面化，有点跑题，但又不知道该从什么样的角度入手，使材料走向深刻，走向立体。

秋月的感觉是正确的。她的这篇作文，冬天只被当做一个背景材料使用，文章重点是通过对父女间情感的描绘讴歌父爱的伟大。这，显然偏离话题。

我要求她分析品味文题中“冬天”的多层意义，然后要求她重新写作本文。在写作中，要能由自然界的冬天的叙写引发出对生命中的冬天的介绍与思考。她似乎明白了我的要求，兴冲冲地跑出办公室。

下午，王军转来市教研室通知，说是 3 月 2 日、2 日两天，在南京举办 2008 年高考语文学科最新信息发布会，要求备课组派两名老师参加。王军安排我和高组长一起走一趟，附加条件是我们必须自己把课务安排妥当，不能出现课堂上无人的“教学事故”。

我接过通知，留心上面罗列的所谓专家，发现全是南京市内一些高校和名高中的教授和特级教师。这些先生，每年三四月份，都要到很多地方讲学，谈他们对当年高考的形式分析。高考，显然早已成为他们发家致富的一条捷径。

这个会议通知，让我联想起教育改革的艰难。教育的最大顽疾，还是在教育本身。教育体制内，实在有太多有头有脸的人物，坐享着高考这块蛋糕背后的巨大利益，要让这些先生自己割自己的肉，来养活天下学子。这种献身精神，除了佛祖，又有几许人物能够拥有？

2月29日　星期五　高考倒计时99天

民主与独裁

早读时，校长突然深入教室，认认真真地在高三绝大多数班级内巡视一圈。

刚看见校长走进7班教室，我还以为有什么事情要安排，便从后排迎上前去。校长却连连摆手，只说没事，随便看看。

看着校长的眼光很仔细地在教室内扫描，我突然醒悟过来：校长是“微服私访”，到班级中检查“质量月”的班级常规工作落实情况。具体而言，就是检查各班的教室卫生、学生的书籍整理排放、学生垃圾处理等细节问题。

校长转了一圈，出门后，又转回身，将我叫出门。校长说，这次申报特级教师，你怎么没有报名？

我很想向校长解释，我是一个脑后有反骨、身上无光环的人，工作这么多年，从来没有受到过体制内的表彰，抨击教育时弊的文字倒是攒下几箩筐。然而，这样的话，无法说出口。我只用年限问题遮掩过去。校长似乎有些遗憾地摇摇头，走了。

校长刚走，支部书记的电话跟着就来了。书记通知，上午第一节课下，到5楼会议室开个支部短会，选举1名优秀党员。

我已习惯于在这样的选举中投上弃权票，用一种消极的心态来迎对可能的合理或可能的荒谬。在荣誉和权力地位建立起紧密关联的社会大背景下，消极，或许就是一种无可奈何中的生存法则。当然，这样的消极，我不想应用在自身的专业成长中。

第二节课时，高组长打来电话，说是忙于整理特级评审材料，无法脱身参加会议。我能理解高组长此时的忙碌，他不去参加会议，是一种应该。

王军也派不出别的人前往南京参加会议。同事们大多不愿意丢下自己的教学任务，去应付这种或许根本就没有意义的会议。我只得做一次孤家寡人独行客，只身下金陵。

上下午合起来上了三节课后，带了一支笔和一个练习本上了路。其实，我很喜欢外出开会。一次会议，只要有两小时的内容能吸引我，给我以思维的启迪，那么，这样的活动在我看来就有了一定的意义。

古城南京的交通状况依旧不好。17 点到达长途车站后，便坐上公交赶往南京师大。然而，在下班高峰期乘公交，跟骑在蜗牛背上赶集没多少区别。等我下了公交，再一路打听着到达南京师大时，已是 19：20。疲劳的我，只想早点找个房间安顿下来，洗个热水澡，好好休息休息。

领了餐券，先吃了晚餐。然后到会务组等待安排住宿。会务组却迟迟安排不下房间。一会说是要等司机过来，送我们到某酒店住；一会儿又拉郎配一般，将等待分配房间的老师东一个西一个安插到各个住宿点。等到把我的房间安排好时，时间已经过了 21 时。

扔下从会务组领取的资料袋，第一时间内放水洗澡。洗完后，躺到床上，打开电视，先看 CCTV 奥运频道，然后转到教育频道，正好看见玫瑰在《西部教育》栏目中做专访，便忍着电视机吱吱啦啦的噪音，欣赏玫瑰的教育理想和教育激情。

玫瑰所举的教学案例，都是我熟悉的。和落实在文字上的东西相比，玫瑰在专访中表达出来的，相对肤浅和感性了些。这或许是因为受众的不同，或许是因为氛围的差异。然而，无论如何，玫瑰用她的真诚与学识，点燃了许许多多孩子的心灵之灯。仅有这点，她也就很值得我学习了。

03

走过高原期

2008

我说："高原期反应是每一个同学都会遭遇的学习现象，只是有的人反应强烈，有的人反应平缓。这一时期，需要的就是挺住，坚持下去，过了这阶段，一切都会云开雾散、天地澄明。"

"那么，有没有什么办法，让这高原期尽快过去？"你问。

"当然有呀，放松神经，放慢脚步，匀速前进，不因别人的步伐而乱了自己的阵脚。这样，很快就能进入轻松前行的境界。"

"哦，那我就放心了。"你说。

2008年3月

六	3月01日	接受培训
日	3月02日	淘到几本旧书
一	3月03日	我的“高考信息发布会”
二	3月04日	危机迫来
三	3月05日	我的治病秘籍
四	3月06日	与疾病和屏幕较劲儿
五	3月07日	那些规范条例呀
六	3月08日	读书与组稿
日	3月09日	
一	3月10日	两种改革
二	3月11日	我的课题研究
三	3月12日	播火者朱永新
四	3月13日	生命，不能原地踏步
五	3月14日	动静之间
六	3月15日	考场也有风景
日	3月16日	
一	3月17日	我的“作文指导四步法”
二	3月18日	从时政中寻找信息
三	3月19日	月考成绩
四	3月20日	三种态势
五	3月21日	三篇优秀作文
六	3月22日	读书的态势
日	3月23日	
一	3月24日	“偶遇”李零
二	3月25日	遭遇摊派
三	3月26日	“百校行”来了
四	3月27日	“法西斯”遭遇“马小哈”
五	3月28日	春的层次
六	3月29日	一切需要对话
日	3月30日	
一	3月31日	我的坏心眼

3月1日 星期六 高考倒计时98天

接受培训

早晨，依旧是6：20准时醒来。从床上坐起，拉开窗帘，窥视楼下的南师大校园。园内一片安静，没有汽车的鸣笛声，没有行人的喧哗声，甚至没有悠扬的鸟鸣声。城市中的鸟们，似乎已在经年的生活中养成了早9晚5的起居习惯。

重新合拢窗帘，躺回被窝中，闭上眼睛迷迷糊糊地睡到8点。起床后洗漱完毕，和同房间的老师一起到餐厅吃早餐时，发现大多数老师都已就餐结束，只留下许许多多的碗碟，散布在二十余张餐桌上。同行们看来都如我一般的苦命，难得有个睡懒觉的时间，还是早早就醒来了。只是他们比我勤快，醒了也就起了床。

早餐后，离9点的会议开始时间还有一段空闲。拿了笔记本和笔，在南师大校园中闲逛。发现了几所庙宇般的建筑。这些建筑，表面上看不像楼房，却比三层楼还要高。房间的跨度十分大。我的第一感觉，就是这样的房子，和故宫太和殿很有几分相似。只是它青砖青瓦，古拙陈旧，缺少了太和殿的金碧辉煌罢了。

我们听报告的场所，是南师大金陵女子学院贻芳报告厅。这个报告厅的路对面，有一尊黄铜雕像。我向来好奇心重，跑过去研究底座上的文字，这才得知纪念的是二战中一位著名女性——原金陵女子大学教授、美国学者明妮·魏特琳女士。魏特琳女士在南京大屠杀期间，以金陵女大为避难所，保护了一万余名中国妇女。

面对这样的学者，我不得不心怀崇敬。我总以为，学者的最大价值，就是充当起一个民族的精神脊梁。倘若一个国家、一个民族的学者们全部抛弃了人道精神，舍却了人文情怀，只把眼光瞄准了名誉、地位、金钱，那么，这个国家和民族，就绝不会再有令人瞩目的社会文明产生。

9点整，报告准时进行。教授们传播的知识，对于刚参加工作的年轻教师，肯定具有极强的指导意义。然而，对于我这样身经数战的老兵油子，其功效就打了许多折扣。只有一位教授关于高考作文的讲座，给了我不少启迪。凭这，我也就感到不虚此行了。

上下午合起来，听了四位教授的讲座。会场内的秩序一直不好。一些操北方口音的老师，在会议室内颇为放肆地说着闲话，还不时出来进去地折腾。我知道，他们想用这样的方式来表达自身对会议的不满。然而，这样做却也把自己送到了不太光彩的位置。

晚间，一个人溜溜达达，从南师大直逛到新街口。在新街口的过街地道内，总也找不到前往新百的出口。地面地下跑了几个来回，终于走进了新百的店堂。毫无目的地楼上楼下逛一圈，又转到中央商场。跑了两个楼层，无聊感袭上心头。干脆下楼，到附近的书店去。

这次的目标非常明确：看一看教育理论书籍，找找一直想买而没有买到的几本欧美教育理论著作。

进了大众书局，依照楼层指示图，直奔4楼。在书海中转悠十多分钟，才在无数架教辅资料的包围圈中，找到了两架教育理论著作。依照书脊上的作者名字一本本细看，见到许多熟悉的名字：吴非、铁皮鼓、王开东、李镇西、王晓春、万玮、窦桂梅、闫学、张文质……遗憾的是，我想买的西方教育理论著作，一本也没有。

闫学的书，以前没有读过。抽出一本，站在书架边上翻阅。这本书，和看云的一本书主题相同，都是对教育理论著作的个性化解读。这类解读经典的书籍，倘没有既往名头的支撑，大约是难以公开出版的。

在书店泡了一个小时，又翻阅了吴非、张文质的两本专著。21：40，带着一丝遗憾，离开书店，打辆车，回到南师大。同室的老师尚未回来。洗了澡，打开电视。在江苏综合频道，找到一个不知名字的国外教育电影，从半中腰看起来。

3月2日 星期日 高考倒计时97天

淘到几本旧书

今天听会的人明显多了起来，贻芳报告厅里座无虚席。

今天来听会的人，都是冲着报告人的特殊身份来的。今天作报告的，是高考命题组组长。既然这次会议的主题是“语文高考最新信息发布”，那么，唯一有资格发布“最新信息”的，自然是命题组组长。

遗憾的是，组长并没有发布什么最新信息，而是结合高考考纲，逐点解读了考纲要点内容，同时结合前两年的高考阅卷，谈了各考点应试中的注意事项。按理说，这样的内容，对于指导学生准确答题，最大限度抓取考试分数，有一定的指导价值。但老师们可能是期望值过高，总幻想着能有一点具有轰动效应的卖点新闻，好带回去传达给同事们，所以，对这样的技能传播，明显缺少耐心。于是，一个小时后，陆续有人开始退场。

我倒是在命题组组长的报告中，理顺了回校后即将准备的一个知识点问题。这样的理顺，使我很有成就感。因而，也就能静下心来听完全部内容。

11时，我手提着资料袋，走出了南师大的校门。出门不远，发现一家古旧书店。想碰一碰运气，淘几本物美价廉的好书，便暂时放弃乘车回家的使命，一头扎进书堆中。

这里还真有一些好书。可惜的是，原本成套的作品，在这里却多是“妻离子散”。《周国平文选》只有5、6两集，一套关于东方思想与西方人文精神比较分析的作品，也只有下集。一部关于孔子思想与西方基督教义比较的书，本想买下，翻阅中却发现这书后竟然贴有图书馆存放卡片的小纸袋。书中也被人用笔画下了很多符号。这使对书有点洁癖的我很不满，立刻扔下不买。

一堆红红绿绿的昔日畅销书中，竟然隐藏了一本砖头般厚重的《陶行知文集》。我喜出望外，立刻拿在手中。这书还是1997年的版本，躺在旧书堆已不知几年时光。

陆续又发现了几本跟教育教学有关的书，一一码到眼皮下，唯恐被他人抢先买了去。等到实在找不到想买的作品后，这才捧了书，到收款台前结账。这些旧书，价钱可不低。一本原价4元的旧书，竟然要15元才出售。摸摸口袋，除却车票钱，一张老人头票拿不回这些书。复又将三本不成套的书放回架中，只留下5本“砖头”:《陶行知文集》《阅读障碍与阅读困难——给教师的解释》《从混沌到有序——人与自然的新对话》《唐诗分类研究》和《周国平文集》(第五集)。

手中提了这重实实的一小捆书，心似乎也就踏实了许多。一路摇摇晃晃，闲庭信步般逛到儿童医院站台，然后乘上公交车返家。

珠江路的一个站点，上来四位老者。从座位上起身，给年龄最长的一位让座。那老人一连声地道谢，反让我很是尴尬。我总不至于向他解释，说我是教师，应该尊老爱幼。

原本坐我身边的那漂漂亮亮的女孩儿，这会眼光空洞到了无物状态。她如置身茫茫大漠一般，全然感受不到身边世界的存在。只有口中的口香糖，叽叽咕咕地唠叨着一些谁也听不懂的话语。这女孩，应该有十六七岁吧，看装束和气质，不是学生，也不是淳朴的打工妹。

晚自习正常上班，7班的语文课代表把上周的作文和试卷一股脑儿交给我。她的手背上，竟然没有写字。看来，周日总还多少体现出了与平时授课不同的特点。

从18：30坐到此刻的22：15，疲劳感开始袭上心头，还有15分钟需要坚持。坚持过后，会有一个短暂的休息。明天天亮后，又会有新的疲劳在心头在脑际在身体的每一个细胞上重新铺展开，然后借助风借助阳光借助空气，迅速弥散到整个校园整个世界，让所有跟教育沾边或不沾边的人和事物，全都笼罩在恒久的疲劳阴影中。

3月3日 星期一 高考倒计时96天

我的“高考信息发布会”

“我们是订正试卷，还是继续开吹?”第二节课前，我问7班的学生。

“继续说高考信息!”7班学生异口同声地回答。

上一节课，就高考作文中的相关信息，将前日听来的东西转手倒卖给孩子们，吊起了他们的口味。这节课，依照统一的教学进度，本该评讲周六的那套试卷，但我想进一步强化日常学习活动中的常规要求，便利用传达高考信息的机会，连蒙带骗地渲染渲染正确解题思路在高考中的重要意义，顺带把文言文翻译中的直译、诗歌鉴赏中的信息点落实、作文中的规范书写一并强调。

“那好，我们继续聊高考信息。”我呵呵一笑。一个小小的选择题，就调动起了孩子们的兴趣。

于是，依照南师大吴教授的讲稿提纲，结合高考试卷的知识结构形式，分块介绍选材特点、命题思路、解题要点等问题。依旧重点强调写作中的诸多注意事项。

由于7班相当一部分孩子书写不规范，卷面视觉效果较差，我特意把吴教授所言说的高考阅卷使卷面的优缺点放大这一问题作为一个重要话题来强调。这种煽动性的“放大”，对那些随手乱画已成习惯的孩子，很有威慑力。我看得出，他们明显紧张起来。我要的，就是这个效果。不紧张，就不会有改进；有了紧张，才有了改变的动力。

课间操时，王子一路吆喝着进入我们的办公室：“早读课又有重大调整，快来瞧一瞧看一看啦……”

王子从手中的一沓表格中，抽出两张，分发给我和夏琼。拿到手中仔细一看，原来是化学课也开始走入了早读行列。夏琼说，难怪一早看见8班的化学老师手中捏着一张纸边看边摇头，原来是开始享受早读待遇了。

早读课由语文、英语的二分天下，变成现在的语文、英语、政治、历史、地理、化学六国割据局面。对语文、英语教师而言，是一种福音。至少，我的课表上，周四的早读消失了。如此，我就可以名正言顺地享受理科教师 8 点钟上班的滋味。

其实，这样的安排是否科学合理，很难考究出结果。从眼下的学校实际看，要打破化学学科这一瓶颈的束缚，使全年级各学科处于均衡发展的状态，除却加班加点外，更应该思考的，可能还是精讲精练。然而，要做到课堂和课后练习的“精”，实在非朝夕之间可以顿悟。迫不得已的情况下，采用无限制增加工作时间的方法来提高产量，也是生产力水平低下的现实环境下唯一能被管理者采纳的方法。

有了新课表，旧课表也就完成了使命。我把旧课表从玻璃挡板上一把扯下，揉成一个小球，轻抛向门边的垃圾篓。小纸球在半空中划出一个弧线，准确落入垃圾篓中，发出“啪”的一声。可惜的是，我只能扔掉无用的课表，无法扔掉过重的课业负担。早读的课表再变，今天的四节正课，一节监考不会变；下午第四节的备课组活动不会变；晚上的教师例会不会变。此外，无处不在却又无迹可循的压抑感，也不会变。

下午在 13 班，针对文科特点，将在 7 班说过的信息，重新编排了告诉给 13 班的孩子。这一说，又是扎扎实实的两节课。与 7 班不同，高考最新信息，依旧无法激起“李延朱训们”的兴趣。对四大金刚而言，高考信息还不如学校小店店门上张贴的广告有价值。这四个孩子，与读书学习是彻底绝缘了。

同事们对所谓高考最新信息的关注，显然不如孩子们。备课组活动时，我将自认为最重要的信息汇报给同事时，大伙儿基本上就是在说说笑笑中消化了我所说的内容。我相信，绝对有一些不该忽略的信息，并没有进入同事的大脑中。这种忽略，有时需要付出沉痛的代价。

3月4日　星期二　高考倒计时95天

危机迫来

上午，在“人教论坛”和“语文沙龙”里各读了一篇课堂实录，又读了几篇教学随笔，心中的压力又增加了许多。一方面，挣扎在日趋沉重的课务负担下的我，整日处于疲乏之中，没有充裕的时间读书，没有清醒的大脑思考，只在浑浑噩噩中，日复一日重复着简单机械的体力劳作。另一方面，一批年轻教师，借助网络的力量，以一种前所未有的加速度发展着。这种发展速度的迅猛，果真就达到了“士别三日，当刮目相看”的程度。以我之停滞，应对他人之飞速前行，我还能有多少资本，可以置身于教育理想主义者的行列？

这不是矫情，也不是心血来潮后的一时感喟。生命进入中年，体力和精力都打了折扣，记忆力和注意力更退化许多。再加上没有充裕的时间读书，原先的老本总会吃光。

于是想到早读课时的阅读状态。学生读书的同时，我捧了《从混沌到有序》，想用30分钟的时间，啃下序、前言和第一章。然而，书本上的文字，总不愿意主动走进大脑。每一个字，都需要用皮鞭抽打，才心不甘情不愿地挪到脑海中。这样的阅读，使书本上的信息成了僵死的文字组合，很难融入生活体验中，更难以消化为成长的营养。

果真老了吗？我不相信。疲劳却是真实可信的。大脑在极度疲劳中运转的速度，大约只勉强达到0.5转/小时。每一个脑细胞上，都被我们所忠诚的教育事业链接上了一座喜马拉雅山。我就如拉磨的驴，用我的大脑拉动着无数山脉，挣扎在微茫的光明中。前方，朦胧中的七彩，到底是高天中的虹，还是描龙画凤的厚障壁，我不知道。

然而，日子依旧忙碌，并不因为我的疲乏而有丝毫改变。9点上班后，北京一家报纸的编辑发来信息，索要年前约下的那篇稿件；河南一家杂志的专栏稿件还没有动笔；发给广西某出版社的书稿，没能列入出版计划；教师专业成长组稿，今天开始正式进行；周六的试卷，需要抽样批改；今天上午第四节的考试，需要把试卷先统览一遍；两个班的作文，昨天收了上来，本周五前必须批改完成；第四节考试的试卷，必须明天上午上课前完成全部内容的批阅……

三月的长空，依旧是云淡风轻。却有淡淡的忧伤，从网友的文字中，渗入我的灵魂。我在跟帖中说："生命的全部价值，概括起来也很简单：我活过，并且，身后的每个脚印，都是用心灵走出来了。"我说这话，是因为我想到了周日晚上观看的电视节目《我们》。那期的《我们》，用诗歌和散文，从多角度阐释了这个世界上最为宝贵的生命。我牢记着一位母亲的话：生命中没有彩排，每一天都是现场直播。

是的，生命永恒存在于现场直播状态之中，无法删除无法链接无法假唱无法使用替身。只能竭尽所能，朝着既定的目标前行。脚下的每一步，都是为了自己而走，无须喝彩无须鲜花，只要脚底和大地的摩擦，只要摩擦之中不摔倒的身影。

下午，听年轻老师的公开课——"祖国啊，我亲爱的祖国"，高组长评课时说，这老师采用的是我的"刘派诗歌教学法"。我却并不认同。授课的激情之外，我更渴望传达一种思想，一种只属于我的理解而非教参语言的思想。这，我不敢苛求年轻人同样如此。

把郭初阳的同题实录搜出来，再读。虽依旧不太接受他的解读，却感动于他的执著与忠诚。倘若中国语文教师皆人人如此，那么，未来社会的公民，又怎么会唯唯诺诺于权贵？唉，授课之路，总需要用灵魂做导引。个中滋味，若没有对教学艺术的爱的追求，又怎愿意历尽苦难，痴情不改？

今天竟然有一件好事发生：一家出版社的编辑，对我的一个书稿产生了点兴趣。不过，我知道他这兴趣，很快就会被扼杀掉。因为我的书稿，就如苏东坡的肚皮，里面装满了不合时宜。

3月5日　星期三　高考倒计时94天

我的治病秘籍

3月5日，一个曾经十分辉煌的日子。

当功利充满了社会的每一个角落之后，崇高的精神，自然也就成为了一种稀缺一种另类。今天的孩子，懂得雷锋的，似乎已经不多。

然而，这却是一个清洗过我大脑的人物，是一个凝聚了全民族美好幻想的人物。他以平民英雄的无私，为20世纪60年代编织了一段异常精彩的梦。至今，他的精神血液，依旧流淌在无数人的生命里。

45年后的今天，我依旧能够想起雷锋，想起这个曾经被无限放大的普通士兵。作家韩石山在评价痞子王朔时说："我厌恶王朔，因为他是一个正常文化时代知识分子群体的耻辱。我喜欢王朔，因为他是一个非正常文化时代知识分子群体的克星。"我把这话套用过来，解释我牢记雷锋的动因。那应该就是："我喜欢雷锋，因为他是正常社会生活状态中的道德标杆。我不喜欢雷锋，因为他是非正常社会环境下遮掩丑陋的漂亮面罩。"

又一次生病。

嗓子里总好像被钢丝刷来回拉了几趟，有一种说不清道不明的难受。偏偏今天还是四节课，四节以知识点讲析为主的课。

早晨6：50进教室，边声嘶力竭地咳嗽边批改昨天的试卷。昨夜，将催要的稿件赶了出来，试卷却被冷落了。今天上午第三节要评讲，不得不利用早读课来赶这份"嫁妆"。

这套试卷的难度不是很大，文言文、诗歌鉴赏和名句默写都很简单，语言实际运用的5个小题，也都是四平八稳的常规题型。尽管如此，各知识板块中，依旧暴露出一些典型错误。其中，语言实际运用中的仿写题问题最多。相当一部分孩子，模仿造句时，不能很好地处理前后分句间的逻辑联系，闹出了不少文字笑话。

对教师而言，批改试卷实在是一件标准的体力活。孩子们千奇百怪的错误，很少具有触动思维触须的功用。我一直坚信，最好的试卷批改方式，应该是当堂完成当堂集体订正。只有这样，孩子们才能及时修正自己的解题思路，才能对相关知识留下深刻印象。可惜，我的这种观点，恰恰是某些校长竭力反对的。在相当一部分的学校管理者看来，只有把学生试卷收上来批改，老师才能掌握学生的错误，才能在教学中有的放矢地展开教学。

50分钟的早读，批改半个班级的试卷。剩余的四分之三，留在第一、二节课继续。好在夏琼和小朱前两节都有课，留下我一个人安安静静地完成手中的工作。如此，忙到课间操时，13班的试卷全部批完，7班的试卷批改出一半。7班是下午三、四节的课，还有上午的第四节和下午的第二节可以继续批改。

这样一忙活，似乎病也没了，也不咳嗽了。等放下手中的红笔，站起身来倒一杯白开水吃药时，刚刚出门去游山玩水的病痛和咳嗽，又全部跑了回来。这样的身体状况，让我不得不对自己的高尚品质充满了敬意：不愧是接受了数十年教育的老革命，身上的疾病细胞都浸透了对教育事业的忠诚因素，懂得工作时间不得打扰的道理。

时令已是惊蛰，气温一天天升高，下午的课越来越难上。记得小时候，长辈们总是告诫我，惊蛰一过，蛇虫蚂蚁都从冬眠中醒来，万物都要开始新的生命。然而，这个自然界的普适真理，遭遇到当下教育，便失去了灵光。想是醒来的动物，把瞌睡虫全部塞进了人类的大脑，否则，教室里的孩子，怎么突然就“春眠不觉晓”了呢。

最喜欢打瞌睡的，还是嘉欣、赵娜、周宁，这仨孩子，只要让他们自由读书，一准立刻进入梦乡。遇到这样的情景，我总喜欢在别人不察觉的情况下，轻轻敲敲他们的脑袋，让他们自己清醒过来。其实，依照我的理解，疲乏时睡一会儿，并不见得是天大的事情。这会儿休息了，养好了精神，使醒来后的时间发挥出最大的效率，对学习而言或许还有点益处。然而，这样的想法，却不能付诸实践，倘若那样，复习课中就难保不会出现更多的酣眠者。

13班的邹超却是个特例。这个大瞌睡虫，现在竟然每日精神抖擞地忙活起来。自从上学期的一次统测杀入班级前5名的行列，邹超就如换了个人，再没在课堂上睡过觉。这希望的力量，就是如此强大，强大到足以唤醒一切蛰伏的精神。

3月6日 星期四 高考倒计时93天

与疾病和屏幕较劲儿

即将到来的三八节，让女同胞们很是兴奋。兴奋的根源，是学校要组织她们出去旅游。据说，目的地是风景如画的皖南。

学校似乎也在极力造势。校信通上，不时发布信息，一会儿让女教师们登记出行意愿，一会又通知她们课间到会议室开会。这份对女士的恩宠，撩拨得大老爷们心里痒痒的，却无处表达。

我的心并不痒痒，嗓子却痒痒得要命，比昨日咳嗽得更严重，头也晕沉沉的，肚子也开始莫名其妙地痛。

好在今天只有三节课，而且分散在上午的第三节，下午的第二节、第四节。这使我有了相对充沛的体能，来应付45分钟的站立。今天，我要带领孩子们把握诗歌语言鉴赏的命题特点和解题思路，这个知识点，在高考诗歌鉴赏中，属于常考类型。

备课组的同事，制作了内容十分详细的精彩课件，这为我提供了极大的方便。我把45分钟切割成三个板块，先针对该知识点进行整体导学点拨，然后安排阅读复习资料上的详细阐释，最后利用课件，将历年高考中同类问题的提问角度、答题程序一一解剖，使孩子们了解该类题的共性特征。当然，这样的了解，决不会有多少新鲜感。该掌握的，从进入高一就已经着手训练。如诗歌中的“炼字”，完全可以用千锤百炼来修饰。

下午第四节在7班上课时，出了点小意外。7班的投影屏幕上的电动装置坏了，无论怎样按动开关，屏幕就是不下来。孩子们在下面建议把屏幕硬拉下来。拉就拉，上个学期，在13班已野蛮操作过一次，有了开头，还在乎第二次吗。端过一张椅子，爬上去，两手用力，和电动机较劲儿。那电机一边“突突突”地颤抖，一边拼命反抗。但它终究没有我的力气大，只能拉了一张惨白的脸，有气无力地悬挂在半空中。

下课时，这蛮力拉下来的屏幕，无论如何也缩不回它的铁壳中，我也不再管它，等老周明天找电教中心的老师来收拾残局吧。我用两个手指夹了复习教材，正准备潇洒而去，秋月火急火燎地追到教室门前。

我停下脚步，等着听她发问。

秋月似乎有些不好意思地开了口：“上次的作文，我还是不会写。这冬天，怎么才能和自己的生活联系起来呢？除了初中时生了一次病，我觉得我的生活和冬天无论如何也联系不起来。”

这姑娘，原来还在为前些天的作文烦恼。她当时答应重新写后再交给我看，数天下来，未完成任务，难怪有点不自然。

我说，你高一时成绩很好，高二有个阶段，成绩一直下滑，当时你在随笔中很是苦恼，写了不少灰心丧气的话。你觉得，那段经历，是否就如冬天一样，让心感到彻骨的寒凉？那不就是一种冬天吗？现在，你的成绩进入了班级前十的行列，自信心也重新回到了身上，这是否就如同走过了冬天，进入了温暖的春天？

听了我这几句话，秋月笑了。说了声谢谢，转身跑回教室。

我回到办公室，打开电脑，处理信箱中的邮件。查看了教师专业成长文集征稿信箱中的几篇稿件后，又回复了四位稿件走题的老师。因晚上有晚自习，便在学校随便吃点，省了来回跑的时间。

从阅览室借了两本《名人传记》杂志，留作晚自习时阅读。这两本杂志，一本的封面标题中，有关于鲁迅与周作人分道扬镳的内幕介绍，一本的封面标题上，有对当下文坛人物的点评。这都是我感兴趣的内容。

3月7日 星期五 高考倒计时92天

那些规范条例呀

罗杰·豪歇尔在《反潮流》一书的导言中，说过这样一段话："他们寻求包罗万象的图式，普适的统一框架，在这些框架中，所有存在的事物都可以被表明是系统地，即逻辑地或因果地相互连接着的。他们寻求广泛的结构，这结构中不应为'自然发生'或'自动发展'留下空隙，在那里所发生的一切，都应至少在原则上完全可以用不变的普遍定律来解释。"

这段文字，原本是用来阐释前现代社会西方科学的奠基者们对自然定律的普适性和永恒性所作的探索。我却将其和当下教育建立起一种线性关联。因为我从这段文字中，读出了当下学校教育管理中的"反潮流"特性。

现代教育的核心，是打造独具个性的人，是把每一个原本同样无知的人，塑造成各具灵性的生命。这一教育的本原目标，其内在的哲学原理，应该是非对称、非线性、非均衡。也就是说，教育就是要把原本同样的白纸，描绘成缤纷多元的图画，而非加工成流水线上相同的印刷品。

正是在这一点上，我感受到了教育的危机。因为缤纷多元的图画，需要由缤纷多元的思想做基石，而不是以整齐划一的规范为台阶。而当下教育管理的基本思想，恰恰是如罗杰·豪歇尔所说的那样："他们寻求广泛的结构，这结构中不应为'自然发生'或'自动发展'留下空隙，在那里所发生的一切，都应至少在原则上完全可以用不变的普遍定律来解释。"

我的这通胡乱感慨，是建立在学校新近推广的一项"革新"措施基础上的。校园规范月开展以来，规范学生常规行为的同时，也对学生学习和教师教学进行了硬性规范。全校各班的墙壁上，都粘贴了数张"学习规范"。这些规范，从内容上看，有《中学生日常行为规范》，有"××中学学生学习规范"，有"语文学科学习规范""数学学科学习规范""英语学科学习规范"等。从篇幅上看，多为16K纸满页。

我向来认为，教育管理中的各项条例，应该和企业管理有极大区别。因为教育面对的，是各具个性的人，不是流水线上统一规格的产品。成功的教育，就是要让每个人的个性都得到极端的张扬，每个人的才干都得到极大的发挥。只有如此，人性的多元才能得到体现，世界的美好才能得到展示。遗憾的是，眼下的各类学校在实施教学管理时，总喜爱采用大机器时代的量化管理策略，来把所有的人“规范”为整齐划一的、可以批量生产的“产品”。

退一步说，就算这些写在纸上的规范条例，果真能起到规范行为的作用，这么多的条例加在一起，也不会有哪个学生花费数天时间去背诵它。更何况，教学活动本身就缺乏一种刚性制度，绝大多数情况下，需要顺应着学情的变化而不断修正。倘若真的把一切都“规范”了，效果恐怕只能是适得其反。

好在这些玩意儿，也就仅仅是贴在墙上。并没有哪个老师，严格地依照了上面的条款，每天花费时间逐条检查落实情况。也没有哪个学生，每天花费一点时间，依照各学科条例，逐条反省一天的学习生活。如此，就允许它姑妄存之，权作一道风景吧，孩子们终究会一天天走向高考走向成熟的，最终，他们注定可以走出一份别人无法规划的生活天地。

3月8日 星期六 高考倒计时91天

读书与组稿

早晨6：40下楼时，一位在政府机关工作的女邻居，已经从车库中推出电动车准备上路。初见她时，很是诧异：哪有机关工作人员这么早起床的。转而一想，立刻释然。今天是三八节，敢情人家是赶早到单位集中外出旅游。

一路上见到的，多数是女同胞。大多收拾得鲜鲜亮亮，脸上的神情，也不似日常上班途中的木然，而是挂着欣慰和愉悦的浅笑。

来到学校时，发现办公楼前惯常停放车辆的地方，一辆小车也没有。没有小车，则表明校长们都没有来上班。不知何时，校长们多养成了乘学校小车上下班的习惯。要检查他们是否准时到岗，只要看车辆，就行。

校长们没来，校园内的气氛也并没有发生变化。该到位的老师们，照样认认真真地在各自的岗位上履行着职责。这个地球，离开了任何人，确实都还会转动。

没有太阳。天气预报说今天有雨。

我依旧利用早读时间读《从混沌到有序》，今天加快了阅读速度，对纯自然科学介绍类的段落，干脆就跳过去。大脑中留下的，只有一些零碎的概念。这些概念，至少在目前情况下，还很少能和我的教育教学建立联系。

学校的旅游，安排在下周月假时间。所以，今天的女教师们，完全有资格享受男女平等的权利。该来上课的，一个不落地全部到岗。好在有少数乖巧的孩子，还记得这是一个女性的节日，便在早读课下课期间，持了鲜花送给自己喜爱的老师。这些鲜花，点缀得三八这个节日，温情而柔美。

雨，开始淅淅沥沥地滑落。室外的空气，氤氲出一种淡淡的腥味。第一节课的铃声响起后，办公室内又只剩下守在电脑前的我。

打开“3721”，搜索有关教师专业成长的文章。接到为一家出版社主持一本教师专业成长的作品集的出版任务后，便开始留心策划具体的征稿方案。这类书籍，市场上已有不少。如何使7月份就要求面世的这部作品具有鲜明的特征，实在需要花费不少心思。出版社希望我能在各大教育网站广泛约稿。我对自己不了解的人，多少存有一点警惕，不想招来太多无关痛痒的作品。所以，我只约我知晓的人。

征稿信箱中，已经有了一些信函。最让我高兴的，是当下中学教育界一位最负盛名的先生，不但发来了应征稿件，而且还两易其稿。另有一批活跃于各大报刊的兄弟，也给了面子，寄来了他们的大作。阅读他们的文字，我能够感受到春天的温暖。

三、四节课，依照既定计划，备课组统一完成无锡模考试卷。在遵守计划的前提下，我玩了点小手段：放弃了两段现代文阅读，只要求孩子们训练试卷二、三两部分。这样一来，一节课时间练习，一节课时间纠正思路。我认为，这样的试卷评讲，最有效果。

临近第四节下课时间，口袋里的手机不断振动。我知道，是老周打来的电话。老周班上的一位学生家长，安排在中午时间请老师们吃饭。我下午有课，晚上又有教研组聚餐，对这中午的宴请，实在没有兴趣参加。老周唯恐有同事缺席，辜负了家长的一份盛情，就打电话一个个地催促。

家长的宴请，总不如组内的聚餐舒服。最让我受不了的，是家长的盛情劝酒。我这人天生笨嘴拙舌，遇到能言善辩的家长，三言两语就能解除了我的戒备。

勉力喝了二两酒，竟然有了三分醉意。看看时间已过13点，赶紧辞席，赶往学校。

一口气灌下两杯白开水，把胃里的白酒稀释。稍事休息，夹了试卷到13班。依旧是一节做一节讲。

这套无锡卷，文言文的难度系数依旧不高。从学生完成情况看，18分的内容，大多得分在16分左右。默写的8分，也容易拿满分。唯一的难点，在语用题中的关键词概括。

晚间，教研组聚餐时，再不敢喝酒。同事们知晓我一贯的风格，也不强行要求。如此，顺其自然，却也十分舒畅。

雨，似乎停止于觥筹交错之际。从饭店出来时，湿漉漉的路灯光，铺洒在湿漉漉的路面上，前方的路，如镶嵌了满地珠宝，光华耀眼。微寒的风，轻轻地穿过楼房的缝隙，抚过我的脸颊。不经意间，苏轼的几句词，从脑海中一晃而过："料峭春风吹酒醒，微冷，山头斜照却相迎，回首向来萧瑟处，归去，也无风雨也无晴。"

3月10日 星期一 高考倒计时89天

两种改革

近来，对语文教学体系化建设和有效课堂建构这两方面问题特别有兴趣，读教学论文，看教学实录，都喜欢从这两个角度入手评价。这种认知上的转变，说不清内部原因，也无法找寻到确切的外来影响力。只知道大脑中隐隐约约地存在着一种力量，牵引着我向着这个方向寻找探究。

站在当下教学理念立场上，看以前所发表的一些教学论文，有些文字便显得很可笑。这种可笑，却又是成长道路上必然要遭遇的一段风景。其实，是否原先的观点就是错误，现在的观点就是正确，还真说不清楚。也许，一段时间后，还会有新的想法产生。那时，大约又该笑话今天的追求了。

昨日，窝在电脑前一整天，完成了计划中的两篇论文，都是探究有效课堂建设的主题。课堂上的有效，实在是一门博大精深的学问。越是深入进去，越是感受到其内涵的无限深邃。倘能有半年的休闲时间，集中精力阅读一些书籍，再理论和实践相结合钻研下去，或许有可能摸着点皮毛吧。眼下，我只好在外围小打小敲着，做点试探性质的窥视。

即使未能登堂入室，也还是从中感受到了快乐。于我而言，消解高三教学生活中所有无聊的最好法宝，就是思考和写作。独坐电脑前，将大脑中凌乱的碎片一点点聚合，然后挤牙膏般慢慢挤成一条细细的线，再让这细线逐步扩散开，濡染成一段段整齐的文字，这实在有一种无法言说的成就感。这份成就感，和喜欢体育的人酣畅淋漓地打一场球，喜爱流行色的人买了一件心仪已久的服饰一样，足以从中感受到生活的有意义。

天越来越暖和。终于无法忍受穿棉衣的燥热，让夹克衫替代了冬装。不过，毛病也跟着就来了。胆囊总是特别娇惯，稍有点受凉，便针刺般疼起来。怕吃药，便用自创的气功疗法治疗。把丹田中的气提到胆囊处，让气流按摩刺痛的部位，效果还很明显，一会儿时间，就恢复了正常。

温暖带来的另一个变化，是课堂注意力的分散。嘉欣这几天又犯了老毛病，上课时常常发呆。别人都在努力集中精神阅读复习资料上的知识点，她却目光停留在课桌上斜放着的一本化学资料的封面上，一盯就是数分钟。直到我用手指轻轻敲打她的脑袋，这才如梦初醒般收回视线，开始阅读。

我知道，嘉欣这样的孩子，绝不会只存在于我的课堂。备课组活动时，我刚一提到孩子们的这种表现，其他同事立刻乱纷纷地接上话题，对孩子们好一通控诉。在老师们的思想中，还有 89 天就要高考的学生，应该是整日里一副“雄赳赳，气昂昂”的架势，才能在气势上压倒高考。每日里没睡醒的样儿，心理上就先输了。

备课组活动时，王军在忙着算账。这学期，学校改革学期考绩奖的发放方式，把奖金发放权下放到了各个年级组。据王军说，三个年级的算法并不相同。高三年级准备放弃学校多年来沿用的以班级均分高低划定奖金等第的做法，代之以依照历次考试指标完成数情况进行分配。王军的这个做法，比原先的平均分要相对合理。

由奖金问题谈到了考核成绩，我又开始发谬论。我对学校施行的量化考核，向来是深恶痛绝，从不放过任何攻击的机会。我说：“量化考核的目的，应该以激励为主。考核的前提，应该是老师们首先知晓各项考核细则，并能够依照自己一个学期的工作实绩，自我计算出应该获得的分数和奖金等级。只有这样，量化才有价值。如果一种量化，拿了最高等级的奖金，却不知道为什么获得；拿了最低等级奖金，也不知道哪些地方被扣了分数。那么，这样的量化，就既无法使获得最高等级奖金的老师因奖励而鼓足了干劲，更无法推动最低等级奖金获得者。相反，它只能使低等级奖金获得者心生怨愤。”

我知道我说的话，王军听了心里不会高兴。不过我不说，我也不高兴。更重要的是，面对了不合理，总要有人做这出头椽子。我是驴脾气，又不求进步，自然是不平则鸣。

3月11日 星期二 高考倒计时88天

我的课题研究

昨天就计划好了：利用今天全天只有一节正课的良机，把两篇写了一半的文章重新拾起来，尽量完成其中的一篇。

早读自然不能写文章。依旧是边在教室里督促学生读书，边阅读《从混沌到有序》。25分钟时间，只啃下十多页。思维很容易被文字放飞出去，而一飞出去，就很难收回。近来读书总是这样，见到一些稍有价值的句子，便要将其与教育建立联系，试图从中捕捉到某种可以抵达教育内核的意义。这么一琢磨，速度便慢了很多。加之又没有大块的完整时间集中阅读，获取的信息难免支离破碎。

一下早读，到办公室打开电脑，先是到“语文沙龙”和“人教中语论坛”例行阅读新帖。特别值得一读的，并没有几篇。草草浏览之后，回了几句鼓励性的话，退出论坛。随后，登录信箱查看邮件。个人信箱中，两家书商发来了专集出版意向书，其中都有一些条款，我无法接受。干脆删除了这两封邮件，打消了《睁开眼睛看教育》书稿的出版念头，且待暑假时重新润色，再找出版社。“大夏书系—新教育”专用投稿信箱中，新增了4篇文章。一一打开阅读，依旧是不满意。全部是刚开了头就忙着收尾，根本没有可读性。眼下，喜欢写的老师多，能写的却不多。

兴味索然地退出互联网，打开文件夹，准备续写“网络环境下语文教学”的论文。却接到教务处打来的电话，要我火速将“十一五”课题研究中期总结材料交过去。前些天在南京时，教务员就打电话要过这东西，我并没有放在心上，现在，教务处要汇总材料送到教研室，我却一个字也没有写。

急忙下到2楼，从教务员的电脑中调出其他同事的总结材料，看他们都写了些什么内容。两三个文件夹一看，我心中有了底。原来，就是将开题来的研究成果收集收集，集中放置在一个文件夹中。再简单介绍介绍研究中的一些步骤安排情况。

向教务员要了他的信箱网址，答应一个小时后将材料完整发给他。重新回到办公室，开始做这件“火烧眉毛”的事情。我所开设的“主体实践性阅读”课题，是前两年自己摸索出的一种阅读教学模式。实打实的个人原创。在这条教研路上，我已做好了前期的所有工作。构建了自己的理论框架，设计了多方面的子课题，撰写了一定的文章，开设了数节特色鲜明的“主体实践性阅读课”。现在我要做的，就是把博客中的文字，一篇篇建成 Word 文件，然后分门别类建立文件夹，再把几个文件夹压缩成一个 Winrar 文件。

围绕这个课题，已经取得的成果有这样一些：

1. 《主体实践性阅读条件下文本资源的开发》一文，发表于《中学语文》杂志。

2.《主体实践性阅读的理论阐释》一文，获 2007 年“人教杯”中学语文课程改革研讨会论文评比二等奖。

3. 《一个人的遭遇》教学实录，发表于《人民教育》杂志。

4.《贵在一个“新”字》教学实录，发表于《好课是这样炼成的》，该书由华东师范大学出版社出版。

5.《春江花月夜》课堂实录，先后发表于《中国教师报》《中学语文教学》《新语文学习》三家报刊。

6. 另有几篇实录，收录到教学论文集《跟语文一起散步》中。

下一步准备完成的文章至少有以下 4 篇：

1.《主体实践性阅读的课堂建构》

2.《主体实践性阅读条件下的教师功能定位》

3.《主体实践性阅读条件下的文言教学新路径》

4.《主体实践性阅读条件下的学生情智发展》

将材料整理完，发到教务员信箱中，已是课间操时间。有同事带来收发室的口信，让我去取稿费单。下楼取汇款单的同时，顺带取回了《教育时报》的一期样报。拆开信封，将报纸上的文章逐篇阅读，了解了解近阶段的报纸用稿取向。于是，半个小时又从指缝间悄然逝去。

在我读报时，夏琼接了个内线电话。放下电话，夏琼宣布：“下午第二节课集体听课，地点是高三 4 班。”

呜呼，我的计划，彻底泡汤了。上午最后一节要考试。下午一节听课，听课后自然要有一节评课。两个班的试卷，还要在明天第三节课前批改出来。我哪里还能有时间写我的教学论文哦。

3月12日 星期三 高考倒计时87天

播火者朱永新

QQ登录框中养眼的绿色背景提醒我，植树节到了！只是，这样的节日，似乎和校园沾不上任何关系。

王军决定在周四至周六进行月考。由于女教师们周六周日要到黄山旅游，学校决定本周放月假。据小道消息说，大校长是决定让孩子们休息两天的，王军不同意，王军说高三学生哪里有时间休息两天，周日一天休息已经是一种奢侈。

王军的月考安排很奇特：

周四上午正常上课，周四下午理科班考试，文科班正常上课。周四晚自习正常。

周五早晨9点考语文，但学生必须在6：40以前准时到校上早读。周五下午考数学，晚自习考英语。

周六上午，理科班到医院参加高考体检，文科班7点半考政治，9点半考历史。周六下午，理科班放假，文科班到医院参加体检。

班主任们把考试、体检及放假的消息告诉学生时，学生们并没有体现出多少兴奋。高三的孩子，似乎已修炼到了无嗔无喜的境界，再不会像高一时那样因放假而欢声雷动因不放假而怨声载道了。

我却没有孩子们的修为好。我对无端占用我的休息时间，向来心存怨气。刚好在博客主页上读到朱永新老师的政协会议提案，倡议用法律形式规范教师工作量。我便将朱老师的提案大声读给夏琼和小朱听，然后又将其推荐给大办公室的同事们。我想让所有同事都意识到，学校是无权占用我们的休息时间的。学校作为教育人的场所，最应该讲究法律。学校都可以把国家法律弃置在一边，只凭借长官意志行事，我们又怎么能奢望自己生活在一个法制时代？

为了让更多的人了解朱老师的主张，我将他的提案复制到人教中语论坛中。我知道，朱老师就是播火者，他的提案或许不能从根本上改变当下病态的教育，但却可以将一粒民主权利的种子，播散到普通教育工作者的心中。

朱老师的提案中，有一个十分有趣的词汇：高考重灾区。作为教育人，朱老师对高考带来的负面影响的警惕程度，远远高于绝大多数教育行政管理者。

我遗憾于自己就生活在朱老师所说的高考重灾区中。洪灾、雪灾，可以激发出全国人民战天斗地的热情，可以增强民族凝聚力。高考灾，可以激发出什么呢？高考重灾区绝不会收到香港同胞澳门同胞台湾同胞和海外华人的捐款捐物，不会引起国际社会的广泛同情，只会招引来非重灾区的人们学习取经，然后把这营造灾难的经验，迅捷推广到全国各地。

权且存留朱老师的提案于此，作为生活在高考重灾区中人们的一点微茫希望：

朱永新：关于保障教师休息权的建议（征求意见稿）

事由

按照劳动法规定，职工每天工作时间不超过8个小时，每周不超过40小时。但事实是，大多数教师的工作时间远远超过了劳动法的规定。在高考重灾区，多数教师过着两头不见天日的生活，经常是早上六点多甚至五点多就赶往学校，晚上10点以后才披星戴月地回家。至于双休日基本上形同虚设，不少高中实行月假制度，即一个月仅休息一天。寒暑假基本上就没有了。如果说对学生来说，这只是人生当中一段难熬的经历的话，对于教师而言，则注定是生无所息，休息匮乏将伴随其职业生涯始终，因此这个问题已经严重到了非解决不可的地步了。

哪些事情吞噬了教师的时间？升学压力首当其冲。应试教育日益演化为体力战，拼时间是最主要的策略。不但晚自习延长，不少地方还加了早自习。补课已经蔓延到了几乎所有的时间段，教师几乎无法休息。除应付升学压力之外，教师还要应对各级各类的名目繁多的检查，花大量的时间去背教案，炮制各种各样的记录。寒暑假中仅有的几天缝隙，也会很快被各种在职培训所填满，越来越多的教师产生职业倦怠甚至心理疾病，而教师的问题必然会对学生产生影响，最终影响中国教育。

教师的休息权事实上受到了严重的侵害，而且并没有得到合理的补偿。

教师休息权被侵犯所带来的后果是严重的。工作时间的无限延长，至少带来以下恶果：

1. 教育教学品质的持续下降。工作时间延长或许提高了成绩，但是教师教育教学的品质却往往因此大幅度下降。因为教师缺乏足够的闲暇来充实自己，更新知识，甚至缺乏足够的时间来思考。被延长的时间往往用来做一些机械的操练。教师的生长性受到损害，影响了长期发展。

2. 导致职业倦怠。到今天，还有多少人愿意真正地坚守讲台？文武之道，一张一弛，没有张弛的生活让教师感受不到真正的职业愉悦，在疲倦中坚守。八九十年代，教师中还有几次大逃亡，到现在，迫于就业压力，不少教师选择了忍受，选择了在倦怠与恐吓中度过职业生涯。

3. 影响了教师的私人生活。许多教师的私人空间已经无限萎缩了，没有时间照顾小孩和老人，也没有更多的时间与爱人在一起，这种生活对教师的心理影响很大。而教师如果心理缺乏健康，学生焉能受到健康的教育？

因此，建议以立法的形式（其实已经有劳动法了），保障教师的休息权。有的地方（比如成都）已经对学生的上学时间进行了强行规定。这种强制规定可以涉及平时上学放学时间，双休日以及寒暑假。

如果这种规定得到了确实的执行，不但能够保障教师的休息权，而且有利于减轻应试教育的压力，使越来越多的学校把注意力放到提高教学效率，即教学的科技含量上来，从而有助于教学品质的提升，更有助于保障学生的身心健康。

有人会说，即使保障了教师的休息权，仍然无法解放学生，他们仍然会上各种补习班。但是问题在于，教师的休息权得到保障，是否去补习班兼课就是教师的个人选择了，这种个人选择应该受到尊重。

建议办理部门：教育部、劳动人事部

2008年

3月13日 星期四 高考倒计时86天

生命，不能原地踏步

似乎前几日的风雨，尚且能从枝头上扯下无数的黄叶，将其肆无忌惮地铺陈在路面上。今日，上班途中偶尔抬头旁顾，发现河畔的垂柳枝条，竟然已绽满了鼓胀胀的新芽。那份嫩绿中夹杂着鹅黄的鲜艳，一下就撩拨起我对于春天的全部渴望。

有微风轻轻荡过，枝条在摇曳，如一簇崭新的理想。徐志摩说，那河畔的金柳，是夕阳中的新娘。在我看来，黄昏中新娘般的金柳，注定是过于美艳过于招摇，哪里能赶得上清晨凉风中忸怩着的羞涩的新枝。

很有些日子，没有正正经经地欣赏过头顶的天空。仲春的天际，同样飘浮着令我沉醉的感动：云在悠悠地流，光在缓缓地泻，霞在慢慢地染。

人家院落中的一株梅花，正在春风中舒展着婀娜的腰肢。那种悠长绵软的细香，将半条街渲染得蓬蓬勃勃、生机盎然。而小巷深处的那株桃花，更是竭尽全力拥抱着春天的温暖。每一页粉红的花瓣儿，都书写着幸福与惬意。

自然界的春天，真的又一次光临了大地。无论我是否做好了准备，它都这么轻轻巧巧地潜入我的眼睛和心灵中。

我却总是迟钝，渐渐迟钝在日复一日烦琐平庸的劳作中。我对一道简答题的关注程度，已经超过了对晨曦中鸟儿歌喉的喜爱；对一首诗歌命题角度的思考，更是替代了对文字背后那崇高而痛苦灵魂的体察与感动。

海子说："从明天起，做个幸福的人，喂马，劈柴，周游世界。从明天起，关心粮食和蔬菜。我有一所房子，面朝大海，春暖花开……"我是该从明天起，关注小草，关心白云，留意春暖花开呢，还是直接从今天开始？或者，依旧重复既往的一切，一任潮起潮落、云卷云舒，只在熟练教书匠的位置上，年复一年地重复着过去的故事？

坐地日行八万里。永恒的运动，使所有的生命不可逆地奔跑在前行道路上。这条路上，有人目光呆滞步履蹒跚，有人心事重重眉头紧锁；有人高歌猛进笑傲征途，有人神清气爽迤逦而行；有人提心吊胆亦步亦趋，有人闲庭信步洒脱不羁……

我似乎不属于上列任何一种类型。我最希望拥有的行走方式，不属于李太白的狂放，不属于杜工部的拘谨，不属于辛稼轩的铁马金戈。我只希望能如东坡那样，在清风明月中品尝物与我皆两忘的豁达，在料峭春风中感悟一蓑烟雨任平生的洒脱。我愿意眼见得天下无一人不是好人，期冀身后的每一步，都镌刻着一个清晰而真实的脚印。

阳光满路。身影在朝阳中拉长成巨人。似乎只要从自行车上跨下，然后堂堂正正地站立，就是一尊顶天立地的形象。好在我知晓，影子就是影子，永远不能等同于真实的生命。

梧桐枝条上悬挂的铃铛儿，开始爆裂在春天的温暖中。对梧桐而言，这或许就是一种播撒生命的方式吧。缺乏生物学知识的我，对这悬铃却只有畏惧。这四处飘浮的绒毛，刺激得皮肤异常瘙痒。更有甚者，遇见一两粒不识趣的，强行扑到眼睛上，除了泪流满面，再无丁点办法。我无权将这恼人的铃铛儿驱逐出春的行列。我知道，每一个生命，都有在春天里自由成长的权利。

春意正浓。春天带来的一切，都最终会酝酿出浓郁的夏、灿烂的秋、深邃的冬。四季正是在这样的循环往复中，重叠着生命的价值。而个体的人生，却只持有一张单程车票，春天之后，就再不会有另一个春，等候在遥远的未来。人生的每一步每一天，都是绝无仅有的唯一……

就这么遐想着，撒一路春思，我进入了校园，开始我一天的工作。我应该想方设法过好这绝无仅有的每一天了。生命，不能原地踏步。

3月14日 星期五 高考倒计时85天

动静之间

两个半小时的监考。

统览整套试卷之后，心中颇有些烦躁。周一集体备课时，已说定要组合一套试卷，结合当下复习重难点取舍题目，然而，今天发到学生手头的，却是一张完整的全国大联考卷。

这套试卷，文言文题目比较适中，古代诗文欣赏与背诵，也符合学生的学情需要。但三段现代文阅读，则基本无意义。其中，散文阅读部分，从选文到命题，全都体现一种意义的含糊和命题的非理性。第 1 和第 2 小题，解题思路雷同，答案基本一致。第 3 小题提问莫名其妙，根本无从下手解答。只有第 4 小题，姑且能够找到答题切口。

由这试卷，顺带就联想到了以前遭遇过的类似命题。于是，将一张多余试卷取过来，充当稿纸，动手拟写一篇关于试卷有效命题的文字提纲。

忙完这事儿后，偶尔发现紧闭的北面窗子外，有学生在操场上上体育课。

便开始欣赏起学生的游戏。

田径场的塑胶跑道上，大约是两个班级的女生，在自由活动。其中，约 30 个女孩，以每列 3 人的组合方式，围绕着一名扮演老鹰的同学和另一位扮演小鸡的同学，形成三层圆圈。

这个游戏的规则，是由圆心位置的“老鹰”竭尽全力追捕那位“小鸡”。“小鸡”则灵活地四处奔逃。当“小鸡”就要被“老鹰”追捕住时，可以迅速站到某个 3 人行列的最前面，“老鹰”就不能再抓捕她，而要改捉该列最后那位女生。而一旦某只“小鸡”被“老鹰”捉住，她就升格成了“老鹰”，再去捉另一个替代自己的人。

游戏开始后，只见满场都是追逐的身影。女孩子灵活性与敏捷性不如男生，加上又总是在嘻嘻哈哈地笑闹着，所以，被捉住的概率总是很高。于是乎，“老鹰”和“小鸡”不断变换。刚刚还是被追逐的对象，片刻又成了追逐别人的“鹰”。

每每有一人被捉，其他女孩就笑做一团。那份开心，似乎可以消融掉世界上的一切烦恼郁愤。

另有4个女孩，在玩一个似乎很幼稚的游戏。先是两两配对儿，背对背互相背对方。然后一人伏下身子做牛马，另一人骑到她的身上，做出一副快马加鞭样。完成这个动作后，双方再互换身份，先前的牛马变成骑士，骑士成了牛马。

我实在看不出这游戏中包含了什么样的意义，但她们却玩得很投入，很开心，很幸福。受她们的感染，我也跟着觉得这游戏有了某种特殊的意义，似乎十七八岁的年龄，就该和这样的游戏为伴。

我在考场内不禁笑了。

好在考场内的孩子，个个都在奋笔疾书，没有人关注我的举动——哦，不，有一个孩子在窥察着我。这个窥视我的考生，也是一个女孩，一个白白净净漂漂亮亮的女孩。

凭经验，我知道这个女孩有了作弊的念头。考场上，考生的眼光，最能反映他内心的真实世界。我从前面讲台上轻轻踱过她的座位，眼睛的余光捕捉到了她桌子肚中的一本小册子——《古诗文名句名篇背诵手册》。

我在其他考生依旧全神贯注答题时，轻轻地从桌肚里取出这小册子，随手翻了翻，又轻轻地原样放回。然后，对着女孩意味深长地笑一笑后，踱到另一侧的走道中。

那女孩明白了我的意思，自己把小册子从桌肚里拿出，放到了座位旁的地面上，随后便俯下身应付试卷上的题目，再不用眼光锁定我的行动。

我便继续欣赏操场上生命的灿烂与奔放，并开始放飞思绪，揣摩这灿烂与奔放背后的自由和生命张力。我把考场内的静、操场上的动，看成一幅水乳交融的生命太极图。这图案，表象单纯，实则浑厚绵渺。一旦运转，则无生有、虚生实、一生二、二生三、三生万象……

2008年 3月15日 星期六 高考倒计时84天

考场也有风景

监考艺体生，是件既幸福又痛苦的事儿。

今天考试的科目是英语。对艺体生来说，这门学科与数学学科一样，属于“眼不见心不烦，眼一见心就烦”的科目。

考试前，就有老师告诉我，艺体生考场难监考，作弊学生比较多。这我却并不畏惧。我最大的本事，就是监考时锻炼身体。只要身体没什么毛病，基本都是保持站桩姿态，“巍然屹立”于讲台上。想在我的火眼金睛下找到作弊机会，除非是我念在上苍有好生之德的善举而故意“放水”。

当我夹着试卷踏入考场时，艺体生们正在表演“大闹天宫”。其他考场上一人一座的安静守候考试铃声的景象，在这里变幻成为一堆人攒聚在后门口大呼小叫地疯狂。我曾经教过的几个孩子，了解我以前的脾气，看见走进教室的是我，立刻兔子般窜到自己的位置上坐下。其他一些孩子，也跟着迅捷回到自己的课桌。唯有两个看起来很帅气的男生，一步三摇晃着“横”到了他们的课桌边儿，放着手不用，故意用脚扒拉着钢管椅子，让哐啷啷的声响，作为自己另类的名片。

我心中暗笑：这号角色，也就现在神气。等试卷发到手，看我怎么看死你。想作弊，门都没有。

然而，我却错误估计了形式。当我把答题卡逐一发完，试卷还没有开始发时，这两位已经操起2B铅笔，开始猛涂答题卡上的选项框。及至考前5分钟开始分发试卷时，两位已经“做完”了全部选择题，并收拾床铺一般整理好桌面，开始伏案而眠。

20分钟的英语听力，似乎成为了他们的催眠曲儿。他俩一动不动地伏着，静如冬眠的龟。受他俩的影响，又有几个孩子，在听力进行到三分之一内容时，也开始“冬眠”。

听力结束，考场一片安静。醒着的孩子，似乎很认真地思考着，书写着；睡着的孩子，似乎很认真地静伏着，酣眠着。

30分钟时，一个牛高马大的男生，双手捂着肚子，痛楚万分地挪到讲台前，很是羞涩地告诉我，他肚子突然难受起来，必须上厕所。

我向来尊重人权，何况吃喝拉撒是上帝都允许的事情，自然更是立马答应他的申请。他的肚子似乎立刻好了不少，挺直了腰杆就走出了考场。我只道他还有归来的时间，谁知却是“黄鹤一去不复返”了。

又过两分钟，就在我的眼光滑向窗外的一秒钟时间内，后门哐当一声响，一道身影倏地从考场内消逝。这离去的身影，我认识。他以前在13班，后来艺体生单独设班时，才从13班出来。而且，他的母亲，就在学校做保洁工作。高一时起，他母亲就每节课都在教室外检查一次他的出勤情况。

随后，一串男生鱼贯而出。将他们的试卷逐一翻阅，发现相同之处是，除选择题外一个字母也不写。我开始佩服起这些孩子。看来，随着时代的进步，现在的孩子已经“进步”到了懒得作弊的发展阶段。这份“修养”，着实出乎我的意料。

不到一个小时，原本20人的考场，只剩余了9人。其中7名女生，2名男生。

只有9名考生的考场，安静如外太空的某个星球。这9个孩子，也并不一味地奋笔疾书，而是写两笔，停下来玩一会儿，再写两笔。最前排一个很像章子怡的女生，从小熊文具袋中悄悄地取出一个小镜子，细细欣赏起自己的容貌。后排一个女生，干脆在试卷上画起人物素描。我担心她侵犯我的肖像权，踱过去看时，发现她画的是前面一张空桌上贴着的一个大头像。

我知道这余下的9名孩子，也都是懒得作弊的角儿。也就放弃了站桩练功，转而阅读教室后面张贴的地图和各种表格。我所在的考场，是高三15班，一个选修历史、地理的文科班。该班的35名学生，雄心壮志都不小。墙壁上张贴的奋斗目标上，几乎一色都是重点本科。我了解的实际情况是，15班的本二指标数是13人。

这9名孩子，都是好性子。不吵不闹也不认真做题，只这么干耗着，守候着考试结束的哨声。我也是好性子，伴随着他们坚守在考场中，听任时光从教室门前连绵不断地呼啸而去。

2008年 3月17日 星期一 高考倒计时82天

我的“作文指导四步法”

试卷没有批改出来。今天的课，一节用来复习诗歌鉴赏的第三知识点——鉴赏诗歌语言，另一节用来指导命题作文“花开花落”的写作。

当我拎着教案跨上讲台时，很多孩子早已做好了评讲试卷的准备。宣布上课内容后，教室里好一阵忙乱：有人从课桌上林立的书籍中抽出教材；有人俯下身子，从脚旁的书箱中翻找课本；有人跑下座位，到储物柜中拿书。

相关知识点，前面几个课时已经系统复习。今天，结合练习题，采用讲练结合的方式，巩固理解该知识点的命题特征、答题思路与答题步骤。这是一种完全在划定路线上行走的课堂流程，在这个流程中，只要能够熟练掌握相关技法，就不会出现答题中的分数丢失。

课堂上，提问了十多个孩子，整体效果不错，该掌握的技术性问题，都得到了落实。至于对诗歌的个性化解读，那只能是他们未来学习中需要解决的事情了。

另一节的作文指导课，先从情感征服入手。抓着大多数孩子面对作文时的畏难情绪，我随手拿起讲台上的《班主任之友》，打开其中的一篇文章，向孩子们介绍音乐教师出身的李迪的教育随笔写作情况。我把李迪的主动写作，积极思考和她已有成绩紧密联系在一起，让孩子们明了写作对于人生雕塑的重要意义。如此，没有人反对写作文了。

由此铺垫，跟着表扬上一篇作文整体写作中呈现出的良好状态，让孩子们发现自身隐藏的成功因素，顺带表扬了一批构思精巧、文章可读性强的孩子。这样，写作的自信心也基本确立。

第三步，帮助孩子们审题。从题目结构、题目中可能拥有的隐藏信息分析等角度，梳理出数条可以把握的线索。再明确写作中可能出现的各种误区。

第四步，将精心收集的几篇范文诵读给孩子们听。这个环节，我玩了点花招：先读两篇同题作文，然后让学生们点评。

等孩子们点评之后，再告诉他们这只是初中二年级学生的寻常习作。这就使身处高三的孩子们受到了很大的触动。

这个环节结束后，我再诵读两篇高三学生的作文。这次不让他们猜谜了，事先就告诉他们作者的年级。这两篇作文，辞藻华美，文采飞扬，灵活使用了多种修辞手法，同时化用了大量学习过的古代诗词。

看得出，后两篇文字，对孩子们的触动十分大。同龄人的成绩，最容易激发出年轻人的好胜心，虽然他们不可能一下就达到别人的高度，但也足以将自身的潜能调动起来。我想，这次作文交上来后，批改或许可能是一种享受吧。

下午和晚上，接连遭遇两个“出乎意料”：先是最后一节课的备课组活动因王军和高组长外出开会而取消，后是晚上铁定的政治学习一直没有接到校信通的开会通知。这着实是令人高兴的事情。不用开那种极端无聊的会议，就可以有时间趴在网络上，做点自己感兴趣的事儿。

我感兴趣的，自然是读有价值的帖子。我需要每天从别人的思想中找寻自己需要的养料。今天读到的最有价值的文字，来自一位熟识的朋友。他针对当下名师走穴中所开设的公开课求大、求美、求全的弊端提出质疑和批判，其观点深得我心。

另在随意浏览中，知晓又一位网友的个人文集公开出版了。

初看到这条信息时，心中竟然没有了波澜。两年前对书稿出版的强烈渴望，随着阅读与思考的深入，逐渐复归于平常心态中。观点在不断地修正，方法在不断更新，一切都还未定型，实在没必要匆忙做出结论。

越来越感觉到思想的浅薄。对课堂，对教育理论，对教育情怀，实在都还存在着太多需要提高需要完善的地方。已经走过的路，曾经很是自豪很是骄傲，回首时却发现，和条条通往理想的高速路相比，不过是尘土飞扬的寻常乡道。

我的生命之花，注定只适宜于静穆开放。来过，走过，并用自己的方式真实地绽放过，就是生命的全部价值。

2008年 3月18日 星期二 高考倒计时81天

从时政中寻找信息

充分利用全天无正课的机会，认认真真关心了一次时政。

早读结束后，便依照QQ新闻中的相关链接，进入了一个关于两会信息发布的专有页面。先是陆续查看了本届政府已经上任的一些官员的资料，后进入网民给总理提建议的板块，观赏全国人民给政府总理上谏的各色问题。随后，又顺着链接阅读了已然卸任和即将卸任的三位高层官员的众多故事，感受铁娘子吴仪、铁面审计长李金华的独特魅力。

这么信马由缰地阅读，心中竟然滋生起一种很是复杂的念头：以我迟钝的政治嗅觉，尚且知道上届政府内阁中最有魄力的铁腕官员，就是吴、李二位，那么，为什么最有能力的人，不能继续连任，为国为民做更多的事情，反而留下一些并无多少建树的人，仍旧端居上层呢？

然而，这不是我该研究的问题，所以，思考了片刻后，也就放下这个念头，开始留心起今天上午10：30即将举行的记者招待会。

网站上，关于这次记者招待会的相关报道帖子，已占据了很大的页面。尽管距离会议开始还有一个多小时的时间，但各路记者似乎已经充分酝酿好了进入角色的感情，只等着从政府总理步入会场的第一刻起，就发动排山倒海的信息攻势。我把这个页面最小化后，一边随意浏览其他信息，一边不时点开它，查看最新动态。如此，当我第四节课准备到7班监考时，我便得以及时学习了总理回答凤凰卫视记者的一大段精彩言论。我把这段言论复制下来，决定一会儿读给7班的孩子听。少做一道题目关系不大，多了解一点国家大政方针，对他们即将参加的高考，以及高考后的志愿选择、未来的人生规划，都有参考价值。

我把总理的话读给孩子们听时，孩子们并没有什么感触。或许，在他们的意识中，总理的地位，总是赶不上高考重要的。我对总理言论中关于“公平正义”这个词汇特别有兴趣，便把这个词语推荐给孩子们，让他们就此推测近两三年内的国家热门词汇。如此，时政也就和高考结合了起来。这样一来，孩子们开始有了兴趣。

今天用做知识点检测的试卷，是开学以来最乱的。高组长外出开会，王军也不知在忙些什么，周一的备课组活动没能进行，也就无法统一今天测验的内容。于是乎，有人做诗歌鉴赏练习题，有人做综合试卷；有人要求以综合练习二为训练内容，有人要求以综合练习三为测验题目。写在纸上贴在墙上的教学行为规范，此时完全成为一张废纸。

当高组长从外地打来电话，逐个通知大伙儿今天应该使用的检测内容时，每个人都已依照自己的教学进度，挑选好了用做测验的试卷。我和夏琼统一行动，继续使用上周周测的试卷。这套综合卷，命题质量比上周用做月考的全国大联考卷好了很多。各道试题切口小而目的明确，与近阶段反复强化训练的解题技能很是适宜。

我高估了孩子们的解题速度，本想完成古诗文阅读、名句默写、语言实际运用、选考四个板块的内容，结果到了下课铃响，多数孩子只完成了前三块内容。在我反复动员下，没完成规定内容的孩子们，才心不甘情不愿地把试卷交上来。从监考巡视中，我发现这套试卷的正确率很高。

3月19日　星期三　高考倒计时80天

月考成绩

或许，我真该依照校长们的要求，好好反思反思我的工作。刚出来的月考成绩表上，7班的平均分竟然由前几次的第一、第二，掉落到理科班最后一名。虽然这次考试的试卷命题质量太差，虽然这阶段我加大了课余作业量和试卷评讲力度，虽然我也知道这莫名其妙的试卷并不能展示7班学生的真实语文能力，然而，成绩排名表就明目张胆地躺在老周的桌子上，对班主任而言，再没有任何说法，能比白纸黑字的数据更有说服力。

老周似乎很是生气。当然，老周很生气的后果，对学生而言就是要承受一场暴风雨的洗礼。对我而言，则是一两句唠叨。当我走进7班教室，准备进行今天的随堂测验时，老周正脸红脖子粗地训诫着他的“士兵”。老周唾沫四溅地说：“有些同学，整日里一副睡不醒的样子，成绩一次比一次差。我真不明白，还有80天就高考了，你还不清醒，要等到什么时候再醒过来？每个人都好好看看自己的成绩，好好反思自己这阶段的学习态度！……”

老周絮叨着，见我走上了讲台，悻悻然拿起讲桌上的书，走出教室。

我接上老周的话，从这次考试的班级均分切入，又唐僧般唠叨了几句。孩子们个个灰头土脸，似乎分数的不尽如人意，全部是他们的罪过。

看着他们的表情，我赶紧刹住车，把话题转到4月2日即将开始的大市第四次模考中。我说，这次考好考差都无关紧要，重要的，是我们如何总结经验，把下面的路走好。我把试卷上的两句名句默写内容穿插到这里，我说，对待这次考试，我们应该如《论语·上微》所言的那样，往者不可谏，来着犹可追。正如刘禹锡所说，千淘万漉虽辛苦，吹尽狂沙始到金。哪有永远的一帆风顺？

这么一说，孩子们松弛了不少，我也松弛了不少。我一松弛，立马就把反思的事情给忘却了。于是乎，又得意扬扬如考了第一名一般，带着孩子们走入语文殿堂中。

也有一点阴影，笼罩在我的心头。这个阴影，来自嘉欣。这姑娘此次成绩只为两位数，更重要的是，评讲试卷时，她将自暴自弃的神态写满了清秀的脸，摆出一副我就不订正看你能怎么样的态势。当然，我知道，她不是在跟我较劲儿，她是和自己的成绩较劲。这孩子，这副古怪脾气，总是不利于健康成长的。

13班却还不错，虽然有“四大金刚”掺杂在其中，每个人都比平均分少了二三十分，但班级总体态势依旧很好。全班总均分竟然比7班还高了1分。我对连续两次考试成绩突破100分的叶凌月特意提出了表扬，我说，在高三的最后冲刺阶段，凌月是全班跑得速度最快的人。当然，我没提她先前的薄弱，也没具体介绍她现在的分数。

前几天被我罚站的徐冰，这次是老老实实听课了。上次评讲试卷时，他竟然忙着赶写数学作业。这次，他的语文成绩和“四大金刚”几乎齐头并进。针对徐冰所摔的这个跟头，我旁敲侧击：任何一门学科，都是一个有生命有情感的物。你对不起它，轻视它，它注定也要对不起你，轻视你！徐冰知道我在提醒他，在课堂上对着我连连点头。

3月20日 星期四 高考倒计时79天

三种态势

今日春分。

高一年级顺应节气的名称，终于也在今天分好了文理班。新的高一，汲取了我们这届高三的惨痛教训，大幅度削减理化组合，扩大理生、政史两种组合规模。

针对学校校情而言，这样的决定或许是正确的。我们这届高三，实在是吃化学学科的苦头太多。在距离高考还有七十来天的关键时期，还有相当数量的孩子，为了化学学科是否能够通过B而终日忧愁。现在，高一年级让相当部分中等成绩的孩子绕开这个学习道路上的拦路虎，转而选择相对容易学习的生物、政治、历史，确实有利于整体升学率的进一步提高。

高一轰轰烈烈忙分班的同时，高二也热热闹闹地忙于备战4月8日进行的学业水平等级考核。高二将语数外的课全部停下，集中火力攻克四门选考学科。高二对这次备考的重视程度，比我们去年又高了很多。

不担任班主任的小朱突然成了一个闲人。早晨，我和夏琼上了两节早读回来，小朱还没有来上班，而当我们结束最后一节课回到办公室时，她又早已回了家。为了这神仙一般逍遥的日子，小朱这两天乐得整天合不拢嘴。高二年级只安排小朱他们帮助选考学科老师监监考，除此之外，再没有什么教育教学事务要做。

看着小朱的幸福生活，夏琼和我满怀妒忌地给她泼冷水："等着吧你，这边小高考一结束，看你还不和我们一样，每天四五节课的死命忙活。"

小朱却摆出一副今朝有酒今朝醉的态势，哼着小调儿，悠悠闲闲地逛出门去。临出门甩下一句："管他，能快活一天，就是一天！"

恨得我和夏琼牙根痒痒，却无计可施。

高三的战车，却似乎放慢了前行的速度。匆忙组织的这次月考结束后，王军一没有组织全高三教师会议，分析此次考试动态；二没有要求未完成指标班级召开小会，研讨提升人头数的具体方案。而是以一种全然当做没有进行月考的架势，听任八百余名师生平缓流淌在时间的河流中。

这让我很是诧异。书到结尾，本应该高潮迭起，怎么反而渐趋平缓了呢？揣摩再三，得出一个结论：王军肯定是在为大市的"四模"蓄势。"四模"成绩的好坏，将直接决定最后两个月日子质量的好坏！

且不管他，向小朱同志学习，趁着好日子，能放松心情，就放松放松吧。何况，即使是眼下的稍稍松懈，也还是有那么多的事情等待着我：比如上周的作文还没有批改完，这周的作文，又已躺在案头；比如昨天的试卷还没有批改完，周六的综合试卷又已经发到了手上；比如教育局的课题开题报告还没有写好，教研室的命题任务又强行摊派了下来；比如昨日刚完成一篇关于考场作文的应试技巧点拨的文字，今天又接到制作散文鉴赏复习课课件的任务……

还有个人专业发展，依旧丝毫不敢懈怠。无论工作如何忙碌，每天读几篇有价值的文章，写一点有价值的文字，总还是日程表上永不更改的条目。

晚间，在教室里上晚自习时，口袋中的手机忽然震动起来，打开短消息，得知是一位网友奉命主编一本散文选，嘱我提供两篇文字。这却难倒了我：以前的文字，已被我自己收编成集，自然不能一女二嫁。而这一年多，疲于应付日渐病态的教学，大脑整日处于麻木状态，连发牢骚的文字都懒得写，哪里还有什么精美散文可以问世。

然而，承蒙他抬举，总得完成其嘱咐。便打开文件夹，想从以前的几篇半拉子文章中挑选两篇，将其续完整。于是先是找到冬天里某个时候信手打出的一个半截稿子，试图重新连接上搁浅数月的思绪。

遗憾的是，在感叹先前文字的同时，再也找不到足以与之珠联璧合的内容。枯坐电脑前半小时，写出数行，删除；再写数行，还是删除。

换成另一个半截文章，结果依旧如此。

3月21日 星期五 高考倒计时78天

三篇优秀作文

一朵花开放在枝头时，总会吸引关注的目光。一粒新芽孕育时，却很少有人欣赏。然而，所有怒放的鲜花，都必然要经历由新芽而蓓蕾的过程，虽然在这个孕育与成长的过程中，无论是否有掌声是否有呵护，花儿都只依照生命的本能，坚强倔强地持续，但是，倘若多一些激励多一些赏识，或许，这花便能呈现出特别的茁壮，特别的灿烂。

这点感慨，来自今天在7班上的一节作文评讲课。今天上台朗诵自己作品的，是三位男生，三位长期以来在作文方面默默无闻的男生。今天的这三篇作文，无论是构思立意，还是遣词造句，都达到了相当的高度。将见闻、学识与思想完美组合成一个充满情趣极富可读性的混合体。

他们的作文，获得了全班同学的认同。大家的掌声，就是最好的分数。我在每一篇作文朗诵之后，都进行了简短的点析，高度评价他们的写作技能和思想深度。最后，我强调：

“写文章就是作秀，就是自我展览，就是要把自己最优秀、最辉煌的一面呈现在读者面前。三位同学的作文，很好地落实了这一条原则。他们的作文，或是将自己对古典名著的全方位了解，借助凝练精当的语言表现出来，其故事新编内容新颖，主题明确，细节传神。或是将世界大事通过荒诞剧的形式展现出来，在表面的荒谬中，蕴藏着丰厚的时政知识和地理知识。或是凭借富有气势的语言和精当的论据，营造出环环相扣，层层深入的论证格局。这三篇文章，扬己之长，避己之短，达到了考场作文的较高境界。”

说这通话时，我眼角的余光关注着这三位作者。我发现，与其他同学相比，他们的注意力更加集中，眼神也格外明亮。

我的这个总结陈词，存在着很多故意拔高的内容。我很清晰地记得，自己今天所以能写点文字，起点处就在于读初中时的一篇作文。在那批林批孔批周公的年代，我的一个大批判稿不知得到了什么神灵点拨，写出了超越老师想象的水平。老师不但安排我在讲台上朗读自己的文章，还让我在全校大会上读自己的文章。正是从那时开始，我喜欢上了写作文，喜欢上了通过文章来表达自己的思想情感。我想，或许今天的这个褒扬，也能使孩子们如当年的我一样，从此开始热爱上写作。倘若那样，我多说点鼓励赞赏的话，又有什么不可以的呢。更何况，我的表扬，不但可以激励这三个孩子，还可以通过榜样的力量，激发起其他孩子的好胜心。

当然，我也没有忘记对全体同学提出表扬。本次作文，无论是 7 班还是 13 班，都诞生了许多篇高分文章。这让我看到了所有孩子的写作潜力。我抓住这潜力好好发挥一通，我想让所有孩子都明白一条：没有人天生就会写文章，也没有人天生就缺乏文学细胞。只要用心体验用心写作，谁都可以创作出令读者眼睛发亮的作品。

晚间，我想做一件锦上添花的事儿。花了一个小时时间，我把三个孩子的作文全部打到电脑上，将其当做示范例文，编进一个主题作文导写训练稿件中。我想，如果这几篇文章再能公开发表出来，那么，其激励价值将更大。对中学生而言，还有什么样的作文分数，能胜过文章变成铅字？

3月22日 星期六 高考倒计时77天

读书的态势

春天来临时，楼下大花坛里的迎春花、玉兰花、桃花、杏花渐次绽放出五颜六色的姿容。于是，不用上班的白日，便喜欢坐在朝南的阳台上，手握一卷，边赏花，边晒太阳，边读书。

懒散地半躺在高高大大的老板椅上，一任我的眼球，在黑黑的文字上轻轻划过。我感觉我正如一个窝在窑洞前一边晒着太阳，一边很是悠闲地听着村头老槐树上的鸟雀唧唧喳喳唱歌的西北老农，是那般的自得与满足。

小区内的白天，大多数时候总是很静，静到只能听见阳光从玻璃的缝隙中挤进身体时发出的些微声响。空气中那些灵灵巧巧的微尘，在我的书上放肆地跳跃着。它们的脚，踩痛了文字背后那老老少少、贤贤愚愚们的心音。

这样的时候，特别适宜于读那些三教九流的杂书。从《龙文鞭影》《朱子家训》到《厚黑学大全》，从《希腊神话故事》《圣经》到《胡荣华转战东南录》《摄影入门》，但凡是由文字组合而成的思想、观念与技法，都适宜于沐浴着春日暖阳一一涉略。

这种懒散的阅读，本无一定之规。故而无须刻意揣摩，无须反复咀嚼，只让一行行的文字，汇集成温润的水，静悄悄流过思维的河床。河水洗涤着深深浅浅的意识，滋养着堤岸上或是茁壮或是羸弱的花花草草。我的心，在这样的时刻，一如宁静澄澈的山涧，从上到下通透明朗。

晚间的读书，则是另一种情致。

红袖添香夜读书，实在是古人的一个高明的障眼法。有红袖在侧，读书，则冷落美人；不读，又冷落了书本，看起来是“二美并”，其实只能是美人与书一起被唐突了。

所以，夜读是不适宜“红袖添香”的。夜读只适宜一份宁静、一份祥和、一份超然、一份忘我。一盏灯，一支笔，一杯香茗，是夜读的最好搭档。除此，再无须其他点缀。

夜读的书比较讲究。深夜流淌着的，注定是深沉的痛、执著的思、永恒的爱，因此，夜读只适宜亲近那些凝注了万千心血、捻断了无数须髯的经典之作。只有这样的文字，才能在沉沉黑夜中劈开一款狭长的光谷，让理智和深情，一并从静思、从倾诉、从张扬的个性、从飞翔的思想、从任何一个想象不到的角落出发，穿过蛮荒与蒙昧的遮蔽，注入等候了多时、渴望了许久的心田。那一刻，思接千载，视通万里。

夜读是一种探视和倾听。岁月的风尘，编织成了尘俗的罗网，将崇高与伟大、执著与真纯，包裹在平凡、平庸甚至荒谬的世象背后，令我艰于思考探究，无法找寻生命的真实意义。这样的日子，我需要点拨，需要教诲，需要站在前贤的肩膀上眺望远方。于是，我只能心怀虔诚，神情肃穆地走进经典，探望那些苍颜白发的智者，向他们表达深深的敬意，并俯下身去，认真凝听他们的谆谆教导。

夜读又是一种对话与探究。张载将一副过于沉重的担子压在了读书人的肩头，他倡导"为天地立心，为生民立命，为往圣继绝学，为万世开太平"而读书学习。这份神圣的使命，纵使穷尽一生也未必能实现其中之一，然而，这却丝毫不妨碍我拉开遮蔽千年的历史帷幕，坦然走进先贤的会客厅中，以平等的身份、求真的信念，提出我的困惑，表达我的思考，陈述我的见识。我相信，没有哪位先哲会讥讽我学养浅薄见识孤陋。孔夫子会领我漫步于沂水之滨，沐三月春光，谈为学之道；太史公会敞开心扉，向我诉说人生的失意和抗争的艰难。我也会与施耐庵一起研究潘金莲形象背后的女权意义，与伍尔芙共同探讨墙上斑点遮盖的无聊人生。顾城说，黑夜给了我黑色的眼睛，我却用它寻找光明。我只愿将这句子改为，夜读给了我闪光的思想，我愿用它燃亮人生。

夜读更是一种打破和重塑。书桌上的一点灯火，在夜读中，被思想放大成熔金锻铁的炉火。书本中每一行有价值的汉字，则如作者手中斩钉截铁的利剑，将我旁逸斜出的念头一一斩断，投入炉中。每一个沉寂的夜晚，我都可以在文字的缝隙中，听到思维被强行宰割发出的痛苦呻吟。这些思维啊，是我多年感性经验的积淀，是我多年摸索探究的结晶，如今却在这夜读中，支离破碎，满地狼藉。我如置身火海的那只鸟儿，无助甚至无望地挣扎于消融与坚守之间。直到有那么一天，利剑终于剖开了坚硬的思维外壳，一个崭新的思想，从炉火中扑腾着翅膀，冲向蓝天。我知道，我的生命已经在这样的夜读中重塑。这个世界，从此少了一点虚幻，多了一份真实。

当然，也有一些书，是可以边嗑着瓜子、边聊着闲天、边信手翻阅的，这便是所谓的快餐文化。喧嚣的时代，物质的欲望烘干了情感的琼浆，切身的利益掩盖了人性的光芒。当每一个灵魂都在日趋干涸的心田中艰难跋涉时，总还会有一种饥渴，伴生在乏味的旅程。于是，精明的商人，便用味精甚至鸦片勾兑出一盘盘过分鲜香的心灵鸡汤，并将它们摆放在每一个最能吸引眼球的路口，招徕着面黄肌瘦、营养匮乏的行人。

对于这样的文字，我却始终保持着高度的警觉。我总担心人工合成的味素会摧毁了我敏感的味觉神经，总顾虑过分粉饰的美好会迷惑了我捕捉真相的眼睛。但我并不拒绝偶尔品尝，因为我要知道，我的孩子们偏好的这道“美食”，具有多少份额的养分、多大限度的能量。为了孩子们的成长，我应该也需要这样的阅读。

至于另一类被称为文化垃圾的东西，则显然需要一种不屑一顾的姿态了。偶尔见了，撇一撇嘴，翻翻白眼，作一副清高样，也并无甚不妥。倘若一不小心，冒失地跌入其中，却也要立刻翻身爬起，找一洗浴之所，收拾掉全身晦气，再燃起一炷檀香，听任那股正气从每一个毛孔中进入身躯，驱赶走脑髓里被污浊的细胞。

值得庆幸的是，类似快餐文化甚或文化垃圾，实在无法和我建立大使级外交关系。我有黑夜恩赐的点点星火引路，有白天结识的芸芸众生相伴，实在已感受到了太多的美好与幸福。

3月24日 星期一 高考倒计时75天

“偶遇” 李零

似乎又是做了一夜的怪梦，醒来后，却一个也没记住。唯一的感受，是疲劳。整个一上午，眼睛总睁不开，一副三年没睡觉的样子。

人没精神，上课也就失去了情趣。这周开始的现代散文鉴赏复习，本属于所有知识点中最为烦琐的一块。昨日不上班，在家中花费了半天时间，大量阅读该知识点的相关教辅文字后，原想制作几个课时的教学课件。动手操作过程中，才发现难度很大：首先是选文过长，难以纳入课件中。其次是即使使用文档链接，题目和文章相关内容也很难对应在屏幕上。再次，命题缺乏规范性，无法梳理出较多共性化的知识。最后，相同一种问题的解题思路缺乏规范性，各省份高考答案差异很大。于是，完成一个总纲性质的课件之后，再无坚持完成任务的勇气和信心。且留待今天的备课组会议上再讨论具体的授课方法吧。

课间操时，上网查找可供作为阅读材料的名家散文，意外发现了一家网站上有李零先生的杂文集《放虎归山》修订本。本不知李零先生为何方神圣，前几日论坛上有一位同行发帖批评其某些言论，读后，觉得先生观点很合我心，于是便对作者留了心。

点开相关页面，初读序言，便找到一种感觉。李零先生言："我们不但不知道也不想知道动物自身的善恶美丑，还按我们的想象给他们乱派角色，什么蝴蝶漂亮，孔雀美丽，猴子聪明，狐狸狡诈，蛇蝎狠毒，虎狼凶残，猪驴蠢笨，牛马勤劳，甚至就连猫狗都有忠奸。我们从小就受童话洗脑，对这一套早已心安理得，态度之蛮横超过最老牌的帝国主义。我怀疑，人类对同类的歧视，所谓'非我族类，其心必异'，一定要把对方置于'禽兽'或'畜生'的地位（'亚圣'孟子已用这样的话骂人），恐怕正是此类偏见的推广。"

这样信手写来的文字，并无多少深奥的意义，却一针见血，矛头直指人性中最想遮掩的那部分丑陋。由是，立刻想到昨晚和高组长的交流。高组长感叹特级评选中的非公平性因素时，充满了无可奈何。其实，在必须以情感作支撑物的所谓民主评议活动中，从来不会有真正的公允。很多时候，一件事情尚未展开，结果便已经存在于多数人的心中。因为人们无须关注当事人的成绩与贡献，考虑的首先是利己，是关系亲疏。

如此读读想想，一节课却也没有读下几个页面。只好先将李零先生的文章地址复制下来，留作空时慢慢阅读。第四节课，依旧要到13班监考数学的。

下午，13班的连堂。上课前，课代表刚将三期《作文导报》发到同学们的手上。我走上讲台时，相当一部分孩子阅读的兴致正浓。于是，放弃预期授课计划，将第一节课改做阅读，让他们专心研究这些报纸。有些孩子对我的决定似乎不太相信，以为我又如以往那样捉弄他们，便笑吟吟地看着我，等候着我解开谜底。直到我从一旁端过椅子，在讲台上金刀大马地坐下，也开始阅读附赠给语文教师的这一份时，他们才相信了我的安排。

和暖的春风，从洞开的门窗中悠悠吹来，空气中夹杂着各种花草的淡淡清香。其他教室内，同事们用各种各样的腔调，抑扬顿挫地传授着五花八门的学科知识。我的教室内，却只有报纸翻动发出的哗哗声响。

杨娟喜欢做摘抄，看见自己喜欢的句子，便拿出摘抄本，工工整整地转移过去。小小喜欢做批注，用红色水笔在报纸上随心所欲地写下各种感慨。徐冰边读报边在报纸上写着什么，还不时笑一笑，似乎有什么特别有趣的文字撩拨着他的触觉神经。“四大金刚”中，也有一位认认真真读起了报纸，另三位则继续酣眠——这三个孩子，高二时的学业测试成绩全部是D，眼下也不再准备参加今年的补考，干脆就彻底放弃了继续学习的权利，只守候一张毕业证书了。

3月25日 星期二 高考倒计时74天

遭遇摊派

图书馆打来电话，通知领取新到的复习资料。向王军询问，得知是某高考专家主编的《冲刺60天》。从王军处拿了一本，随手翻阅后发现，这套标价38元的材料，其内容并无任何新鲜之处，不过是网络上随处可以搜寻到的资料的合编。

前阶段，刚被上面某权力人士强行摊派了一套同主题的辅导资料。再往前，还被迫接受了另两位专家级人士主编的两套资料。这些强制性摊派材料，连同省市相关教研部门指令性下发的资料，会聚成了数股赤裸裸的欲望，贪婪地盘剥着学生的腰包。

高三大半年，发到学生手上的资料有多少，一时半会儿还真难统计出来。真正派上用场的，却寥寥无几。单就语文学科而言，高二时就为高三年级订下的两本文言语段资料，都只是象征性地用了一两次；高三时订下的一套所谓模拟综合卷，也只使用过一次；《百日冲刺》使用过一次。真正坚持使用的，只有大市教研室组织编写的《高考讲与练》。

眼下的这本资料，注定又是不会在课堂上使用的。王军说，这书前半部分的知识点概括比较好，特别是每天一篇的写作指南很有价值。这是实情，不过一本书买了来，只使用前半部分，总让人感觉很不舒服。

当然，这样的摊派，绝不会仅仅是语文一门学科，也绝不会只是一位专家。所以，另有一套所有学科《最后一卷》，又理直气壮地分摊到了学生头上。当然，这玩意儿多数情况下还是不会被使用。办公室对面的资料室里，至今还堆放着数捆四五年前的资料，整扎整扎地码放着，包装都没有打开过。

这位摊派资料的专家，让我想起了2005年夏的一件事情。当时，这位专家在报纸上撰文为某高考重灾区摇旗呐喊，宣称他们的“死揪”模式，是“改变千家万户命运”的行为，是值得全国教育界学习的榜样。高考是否改变了千家万户的命运，我不知道，但从这套资料中，从该专家四处讲学大谈特谈高考新题型新形式的行为中，我至少可以肯定地说，专家自己的命运早已得到了改变——名气越来越大，口袋越来越鼓。高考养育了这些专家，却将一种重度病症传播给了教育。

我实在无法向学生开口，更无法面对纯真的孩子，闭上眼睛宣传这本资料的意义和价值，于是，我把这事儿当成一阵从耳边轻轻刮过的风。但我知道，即使我不通知学生，还是会有人安排学生将资料领来，再逐个分发下去的，随后，就会在某个适合的时间，再要求孩子们将钱交齐，去填塞专家的腰包。

由此资料，便想到了教育改革，想到了叫嚷了多年的素质教育。当下环境中，仅仅把教育改革的希望寄托在自上而下的行政命令上，或者寄托在专家学者的呼吁呐喊上，绝不是从根本上改革惨淡现实的最重要路径。能真正解放教育的，最终还是教师。

下午连续两节听课。一节是高组长因评选特级教师而上的示范课，另一节是一位年轻教师的校内公开课。两节课听下来，最大的感触是累。不是身累，而是心累。我感觉，我的同事们总是把教学活动过分拘泥在对教材的认识与赏析之上，缺少了利用教材传授知识培养能力的教学理念。所以，他们的课，难以摆脱教材的束缚，难以站在教材之上看教材，因之也就无法合理利用教材引领学生掌握知识塑造灵魂。这些，归根结底还是“教教材”与“用教材教”的问题。

由这两节课，进而想到教育情怀，想到教师的专业成长。手头正在组稿的“大夏书系—新教育”教师专业成长文集中，数十位优秀教师的成长故事，无一不是建立在读书、思考、写作的基础之上。编辑这样的稿件，本身就是一个不断被教育，被感动，被强迫奋进的过程，正是在这样的过程中，我一步步认识到自身存在的缺陷，逐步明了未来教育之路的漫长，所以，也才越发感受到读书学习的重要意义。我想，做一名好教师，一名拥有自己的教育情怀，教育理想，教育技能的好教师，实在是一件艰难的事儿。

3月26日 星期三 高考倒计时73天

“百校行”来了

本周周一的例会上，校长针对去年大市教育局“精细化管理百校行”摄影活动中暴露出的各种问题，声色俱厉地责成有关部门定期整改，同时面向全体教职工宣布：无论什么人，因个人行为而影响到学校声誉，一定要予以严厉处分。校长说，据可靠消息，今年的“百校行”活动又已拉开序幕，我们必须全力以赴，将去年造成的恶劣影响彻底消除，重塑学校新形象。

今天，“百校行”果真就来了。

上午第四节课进行到25分钟时，该强调的信息点都已落实到位，余下时间交给学生自己理解消化，并完成相应的巩固练习。站在讲台上的我，无意间将视线扫向南边窗子，便发现三个大汉，正在办公楼前的广场上边缓慢行走边指手画脚地说着什么。其中一个大汉手持微型摄像机，对着教学楼、楼前广场花坛、花坛旁的喷泉、亭阁等不停歇地拍摄。

大门前，几名保安着装齐整地肃立着，似乎是恭候着这几位“大爷”的出门。另有一位保安，置身于教师车棚附近的道路边上，指点着回家做饭的老师们推车而行。看来，“百校行”在我校的活动已即将画上句号。

就在三个大汉距离校门还有不到10米的距离时，学校的一位年轻教师从校门外雄赳赳气昂昂地步入校园。以我推测，这位年轻教师一定是到外面的小饭馆中吃午饭，现在午饭结束返回学校。

见到这位年轻教师，三个大汉旋即停下脚步，将摄像机对准了他一阵猛拍。这段镜头，涵盖了从年轻教师步入大门到越过宽阔的广场走进办公楼的全过程。

“这小伙子要倒霉了!”我立刻有了这样的意识。

三个大汉拍摄完小伙子入校的全部过程后，扬长而去。

等我在教室内巡视一圈，查看了十多个孩子的解题思路，再次透过窗子外望时，大门前的景象立刻验证了我先前的意识：已回到办公室的那年轻老师，此刻竟然垂头丧气地立正在大门前，他的对面，是一只手背在身后，另一只手不停挥舞着的校长。不用说，这倒霉蛋注定是被校长勒令回到校门口罚站的。

这样的景象，让我心头一凉。我立刻离开窗口，再不向那方向投去第二眼。

中午放学时，保安们依旧如临大敌般守卫在校门前。监督教师推车行走的那位，也同样坚守在自己的岗位上。推了笨重的摩托车行走着的两位同事，边走边愤愤不平地絮叨：“摩托车也要推着走，校长的小汽车是否也推着出校门?”另一位说：“校长的小汽车肯定不用推着出门，因为校长的车是公家的车，校长开车出校门是处理公务。你这是私家车，是办私事……”

这充满黑色幽默的话，竟然使我的嘴角绽开了一丝笑意。然而，依旧保持立正姿态矗立在校门前的那年轻教师，却如一把锋利的刀，一下子便将这淡淡的笑意从我的脸上刮去，并进而割破了我的面皮，暴露出神圣包装之内的渺小与悲惨。

一位不了解情况的老师，看见门前的年轻教师，还充满热情地招呼：“你好，团委安排你们值班?”那年轻人无法解释，只能尴尬地笑一笑，留下一个模糊答案，给询问者。

我没敢抬头看他，推了车从他面前经过时，全当身旁除了和煦的阳光，就只有温馨的春风在轻轻荡漾。我在心里琢磨，倘若是我，会这么规规矩矩地站在这里吗？注定不会。尊严，有时比饭碗更为重要。再换个角度想：倘若是我，会被规定站在这里吗？依旧注定不会。人的尊严，需要用自身的形象来维护。一个人拥有了为了尊严而不惜舍弃一切的勇气和决心，也就顺理成章地拥有了尊严。这，就是生存的辩证法。

补记：数日后，和同事闲聊时，得知这年轻教师被罚原因是放学时拒绝推车出门，并因此和保安发生冲突。如此，他注定有错了。然而，这样的错，是否应该享受罚站的惩戒，我依旧持否定观点。

3月27日 星期四 高考倒计时72天

“法西斯” 遭遇 “马小哈”

昨日在7班的课堂上，实行了一次“法西斯”——严令周二练习中必背篇目名句默写依旧有错的学生按照规定抄写对应课文。今天，从早读下课，就陆续有人将抄写好的课文送到办公室供我检查。

这些理科生，总以一种应付的心态对待古诗文背诵。在相当多孩子的心目中，与其花费那么多的时间背古文，还不如多做两道数学题目。曾经就有孩子公开宣言，说是放弃默写分数，然后从数学上把这损失找回来。

我却不允许这种放弃行为的存在，所以，我用法西斯手段，通过残酷镇压的方式来扑灭这“想当然”的“自由”火种。我在上个学期，就和两个班级的孩子订立了“背诵惩罚条例”，先是给他们一个月的时间做准备，一个月后，只要考试时出现必背篇目不会写的事儿，就坚决按照错一字抄写课文两遍的方式进行惩戒。

先前的数次考试，遭遇到的丢分项总是来自必背篇目之外。这样的丢分，我可以接受，毕竟课外名句无边无际，谁也不可能全部掌握。但这次小练习不同，这次的8个句子，全部来自必背篇目，而且还都是名句。对一名从初中就开始文言古诗文学习的学生而言，至今不能将初一教材中的《〈论语〉六则》默写出来，这是无论如何都不可原谅的。我可以不在意试卷上的分数，却不能不在意这份对古代典籍的藐视。一个没有古诗文底蕴的学生，将来总难成为富有生活情趣、富含人文精神的人。

但我还是有点“心太软”。当叶露拿着她的抄写本，请求我批准她少抄几遍课文时，我还是立刻答应了她。她将《〈离骚〉节选》中的一句话全部写错，按规矩应该抄写课文26遍。我说：“你觉得你应该抄写几遍课文呢？”叶露说：“五遍！”“五遍就五遍，关键是你要能背诵它。”

“你怎么会把这个句子全部写错？”我问。

“这篇课文，我还没有背。”她似乎有点不好意思地解释。

我恨不得照着她的脑袋就是一巴掌。从高一学习这篇课文起，就要求背诵，到现在两年时间下来，竟然一次也没有背诵过。这是什么样的学生啊。

比叶露更有意思的，是秋月。这姑娘粗枝大叶惯了，如果默写不出错，那倒是个奇迹。以往的数次默写中，她不是将“锲而不舍”写成“切而不舍”，就是将“留取丹心照汗青”写成“留取丹心照汉清”。这次，她既没有默写出《〈离骚〉节选》中的名句，又将“默而识之”写成了“莫之知之”。

从她手上接过抄写本，我不得不留心细读。这一读，立刻就发现了问题。《〈离骚〉节选》中的那个名句，依旧被抄错了。上一节的第一句和这一节的第二句，被她组合成了一个句子。中间的四个句子，神奇失踪。

我指出她的错误后，她颇尴尬地笑。边笑边说：“昨晚背这篇课文时，总感觉别扭，我还纳闷呢。原来少了几句。”

她从我手上抓过抄写本，飞快离去，也没允许我检查下面的内容。

课间操后，她又拿着抄写本过来。这次，她将《〈离骚〉节选》中的句子补写了上去。往下读，我又发现“莫之知之”被订正成了“默之知之”。我问：“《论语》上的这句，应该怎么说?”

她拿起自己的抄写本一看，又笑了：“抄错了，应该是‘默而知之’。”我没有留意她的发音，以为她发现了“知”的误写。她拿起本子，又是飞快离去，继续订正抄写中的错误。

又一节下课，她又笑嘻嘻地走进办公室。再看她的抄写本，这次是“默而知之”了。我不得不被她气得大笑起来：“秋月啊，秋月，你可真行啊。你在哪本书上读到的这个‘默而知之’?”

她莫名其妙地看着我：“还有哪儿不对吗?我都检查过了，还请晓辉帮我检查了一遍啦。”

“这‘默而识之’什么时候更改成了‘默而知之’?你是怎么检查的哦。”我无奈地摇摇头。

“这个该死的晓辉。我还特意问她怎么写，她告诉我就是‘知识’的‘知’。”

“看来你还想把晓辉拉过来爆揍一通啦，我看，应该掐掐你的眼睛皮才是。”

秋月依旧是笑：“这次，估计这个句子我一辈子都不会写错了。”

3月28日 星期五 高考倒计时71天

春的层次

晨读课上，偶然间将视线投入窗外，一个名词立刻扑入了心头：层次。

是的，层次。窗外校园内的春，此刻正层次分明地铺展在我的眼球里。

最深的层次，属于雪松。四季的风，吹黑了雪松曾经鲜嫩的肌肤，此刻，它们宛如一排饱经沧桑的老兵，坚守在校园的围墙边。那暗黑色的面容，凝重而深沉。见惯了风云变幻的它，着实已修炼到了宠辱不惊的境界。新春的血液，再难撩拨起它的张扬。

第二个层次，是香樟。春日的香樟，似乎每片叶子都点缀着隐隐约约的红晕。和雪松的墨绿相比，香樟是草绿中泛着暗红。一株株的香樟簇居在一起，恰如一群挤在墙根儿边晒太阳边闲聊的婆婆。青春已从它们的脸庞上走过，现在，只有这份暗红，还记得曾经的美丽。

第三个层次，归于一排竹子。此时的竹子，断然不可用“翠”来修饰。每一杆竹，都在前两个层次的映衬下，呈现出一种病态的黄绿。校园中的这些竹，尽管每日都厮守在教室的窗外，却从没有认真聆听过先贤的教导。一个个臃臃肿肿，猥猥琐琐，全无半点东坡与板桥笔下墨竹的傲气和精神。

第四个层次，为垂柳。多情最是新柳，春临处，参差披覆。数日前嫩黄的新芽，此时已成长为翠绿的叶儿。微风中，无数的枝条轻轻摆荡，袅袅婷婷，摇曳多姿。这新生的生命，对世界拥有了太多的好奇。任何的风吹草动，都足以激发出它全部的热忱。

第五个层次，当然是鹅黄与翠绿夹杂的迎春。这些蓬蓬勃勃的小矮个儿，全不畏惧身边那些牛高马大的家伙。它们只依照了自己的个性，自由舒展着手脚。它们靠紧团结，凝心聚力，依靠集体的力量，争夺太阳的光辉。

第六个层次，属于娇艳的桃花。桃花不多，零散地分布在人工湖的周边，夹杂在高高低低的乔木灌木之中。这些桃花，全都矜持地绽放着自己的美丽，既不张狂，也不羞涩，却把一个温暖的春，渲染得灿烂温馨。

“满园春色关不住。”不错的，春之脚步没有任何行政命令可以制约。这六个层次的春色，在三月的朝阳下，只依照自己的口令款款而行，无论是否有诗人在为它歌唱，也无论是否有批评家在对它指指点点。

正如春的光临无法阻挡，大市的最后一次模考，也如期而至。年级组的“旧制”：考前三天严禁授课，把时间交给学生，让他们自由复习。然而，校长和王军终究都还是不放心，担心孩子们不会复习。校长联合王军共下指令，让各备课组拟定三天复习纲要，指导学生合理利用自习时间，确保本次战役的辉煌胜利。

这道命令，从明天起必须开始执行。今天的课，需要抢点进度，对散文阅读中的“分析归纳能力”这一知识点进行总体梳理，拎出常见考题，归结出常规解题思路。上午在 13 班的课很是顺畅，毕竟是第三节的黄金时段，不饿不困，精力集中。下午在 7 班的一、二节，则艰难许多。安排研读教材时，有几个学生一会儿便合上了眼睛。

我干脆打断他们的阅读，出一个对联给他们提提神。我说，我有一个上联，看看大伙能否对出一个精彩的下联。我把上联写在黑板上：抬起脑袋看人。

孩子们不知我的葫芦里卖的什么药儿，全都抬起头看着我。有的开始编写下联。

我把打瞌睡的孩子逐个请起来，让他们对我的上联。有人对的是“睁开眼睛走路”，有人对的是“打开心窗交流”。我故意对他们的下联表示不满，我说你们的下联，都没有我的原创理想，不过我不能告诉你们下联，你们真想知道下联，可以下课偷偷地找我打听。

这个决定让很多孩子不满意，多数人嚷嚷着反对，要求公布下联。于是，我做出无奈神色，把下联写在黑板上：闭上眼睛读书。

学生一片嘘声。

我说，你们别不服，我这个对联，来自咱们刚才的阅读，有具体情境作支撑。咱们班上，就有几位同学闭上眼睛读书。他们为了让我感觉到他们的醒着，闭着眼睛小睡两分钟，就抬起脑袋看看我，似乎在告诉我他没有睡着。见我发现了他，便又低下脑袋闭上眼睛“读书”了。你们说，我这个下联，是不是比刚才几位同学的好？

孩子们哄堂大笑。几位睡觉的学生，也跟着笑。笑完了，我宣布：继续读书。

2008年

3月29日 星期六 高考倒计时70天

一切需要对话

明天英语口语测试，今天的早读，全部交给了英语老师，于是，本该6：50到校的我，8：30才来到学校。

周六的校园，总比平日安静了许多。高三昨日已下了禁课令，整栋教学楼没有一点声响。高二忙着备战学业水平测试，每天大考接着小考，也没有一个班级在上课。唯一反常的是，今天的高一，似乎也在进行统一的考试。刚完成文理分科的高一，难不成从分班后的第一周，就开始了瞄准高考的冲刺？

一直对过早分班很感冒，可惜，我没权力干涉。三年前写的评论，也没有哪家报刊采纳。或许，分班本就是一种应该？或许，多数人都觉得瞄准高考是天经地义？但我知道，新课程的精神实质，是学生的终身发展需要，绝不是简单的高考。

上下午的四节课，说的话加起来不超过100句。走上讲台，先摘要宣读高组长拟写的“三天自由复习纲要”，将文言背诵、诗歌鉴赏、文言直译、作文等知识板块扼要强调，然后就书写问题略作要求，最后重申默写的惩罚措施。2分钟时间，完成复习引导。剩余时间，全部交给学生自由处理。

孩子们开始自由复习后，我便如一尊菩萨，端居在讲台上，耐心守候着遭遇难题的孩子。等待着用我的智慧，为孩子们点破迷津，指点他们渡过学习上的难关。

然而，只有极个别的孩子，会在病句分析、成语运用等选择题上产生疑问，拿了资料到讲台上询问。更多的孩子，只是埋头于手中的资料，或是背课文，或是随意地浏览。此番景象，让我好生失落。看来，孩子们早就在修炼中悟得“求人不如求己”的道理，参透了“自力更生为主，争取外援为辅”的禅机。

也罢，没有问题打扰，我就读我的书吧。

《从混沌到有序》啃了将近一个月时间，收获却并没有多少。零散的阅读，使文字的意义难以会聚成超越总体之和的新见解。然而，还是要硬着头皮阅读下去，并努力使其和教育建立必然联系。

今天阅读的这几十页，探究的主题为“实验对话”。在伊·普利戈金的笔下，人类进行的一切实践活动，都应该是人与自然的一种对话。这种对话关系的确立，使自然不再只被动存在于人的随意性操控中，而是代之以一种积极的、能动的建设。

这一块的内容，引申到教育领域，就是要求一切教育改革，必须建立在人与教育规律的对话基础上。所有一相情愿的改革，如果不能和教育规律进行必要的对话，那么，就很难获得教育规律的认同，最终也就难以真正改变教育现状。想一想这些年进行的各样教育改革，名词越来越多，效果却不见显现。显然是缺乏对话的结果。没有了对话，就丧失了尊重和敬畏。没有了敬畏，就容易滋生野蛮。尽管出发点可能并不是很坏，结果却总是难如人意。

3月31日 星期一 高考倒计时68天

我的坏心眼

明日开始的“四模”，似乎并没能引起孩子们足够的兴奋。大清早儿的第一节课，就有许多孩子保持着惯常的慵懒姿态，半匍匐在课桌上书写或看书。课桌上，整齐排列的书籍，形成一道遮蔽视线的天然屏障，让我无法知晓他们到底是在读书，还是在打瞌睡。

我并不去干涉一部分孩子的学习姿态。这些孩子，语文基础比较扎实，对文学阅读也有一定的情趣。他们学习疲劳时睡一会，我觉得和割麦时刀钝了磨一磨，并无本质差异，都是一种积极的调剂。对于这样的小憩，我权当什么也没看见，只随了它。

然而，我却不允许另一部分孩子在我的课堂上睡觉——那种利用语文课堂养精神，在数理化课堂上生龙活虎的家伙，不享受我赋予的课堂休息权。语文课堂的特权，只有喜爱语文的人才有资格享受。数理化课堂上的精神，只能在数理化课堂上自我培养，语文课不提供这样的空间。

当我把学生依照与语文的亲疏关系划分为两个阵营之后，心头不禁为自己这坏主意而暗自开心。我丝毫不为自己的偏见而羞愧，也不为缺乏优秀教师的博爱精神而懊恼，相反，我得意于这种坏念头将给语文爱好者带来的呵护。

课间操时，监考表发了下来。首先关心语文学科监考的是文科考场还是理科考场。文科考场的 3 小时，着实过于恐怖。庆幸的是，这次监考理科班第 11 考场。

再看下午场的数学，监考的是文科第 2 考场。又是一个短监考。

于是心头竟荡漾出一丝窃喜，似乎没安排监考加试科目，就是买彩票中了奖，就是走路捡到了钞票。好在我本善良，在为自己翻身得解放暗自欢喜的同时，依旧想到查看另有哪一些人陷入了水深火热之中，进而再查看有没有人中了头彩，两次都监考加试学科。我想代表某种力量，去安慰这些可怜的人。

现实却让我失望。竟然没有任何一个人享受到两场都有加试的“恩赐”。我的同情心顷刻间就被击破成飘忽的幻影。

破就破吧，没了同情心更好，可以心安理得地享受监考两个半小时的待遇，就像校长们享受从不监考的待遇一样。

向山东王艳芳老师讨要的教育随笔专著终于拿到手，厚厚的三百多页文字，记录了一个音乐教师一年工作的点点滴滴。打开阅读，清新的文字扑面而来。网名一叶兰舟的王艳芳，是三年多前在新风论坛时结识的朋友，其时，她的文字才刚起步。现在，专著竟然由教育科学出版社公开出版发行了。网络对生命的雕塑力之强大，着实让我不得不心生敬畏。

由王艳芳而想到薛瑞萍，想到李迪，想到许丹红，想到其他已经出版专著的普通一线小学教师，这些混迹于普通生活中的教育理想主义者，一旦找寻到了适宜于自己快速成长的路径，其蓬勃的生长力，确实可以激发生命的最大潜能。跟她们相比，我似乎总缺少持之以恒的耐力，缺乏挑战极限超越自我的激情。我总是过分满足于随遇而安，满足于蝇头小利的诱惑。

看来，成长绝不和年龄成正比。要想实现真正的专业成长，需要的，还是恒心，还是思考与学习。

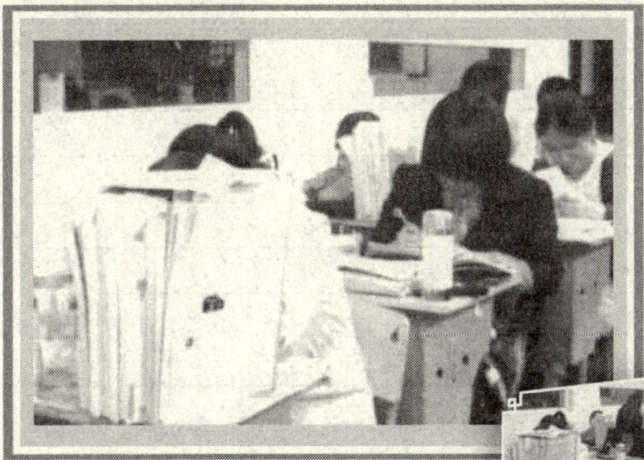

04

黎明前的黑暗

2008

“为什么黎明前的天空最为黑暗？”你问。

“那是因为太阳即将升起，灿烂的光辉将普照大地。”我笑着回答。

“哦，要享受明亮的阳光，就无法避开这段黑暗？”

“是的，只有经历过黑暗，才能更珍惜光明，更感受到光明的价值。”

“那么，处在这最黑暗的阶段，我该为即将到来的黎明作好哪些准备？”你执著地问。

“不必刻意去追求，也不必特意去准备。你要做的，就是调整好心态，敞开心怀，迎接朝阳的到来。”

2008年4月

二	4月01日	见证“奇迹”
三	4月02日	集中阅卷
四	4月03日	坚决抗旨
五	4月04日	徐冰的意见与我的申诉
六	4月05日	屏蔽纷扰
日	4月06日	我的《答网友问》
一	4月07日	在二附中“受训”
二	4月08日	有趣与无趣
三	4月09日	质量分析会
四	4月10日	班情分析与下步策略
五	4月11日	理想犹在
六	4月12日	依旧“自作多情”
日	4月13日	
一	4月14日	没来由的杂感
二	4月15日	教学，应以学生的接受力为基础
三	4月16日	小说中的人性挖掘
四	4月17日	督导组又要来了
五	4月18日	老钱的倒霉与媒体的变态
六	4月19日	那些“闲书”“闲话”
日	4月20日	
一	4月21日	关于“和谐”
二	4月22日	叙事文本如何教
三	4月23日	遮住课堂的那层纱
四	4月24日	“月亮”告诉我
五	4月25日	校园来了洋博士
六	4月26日	值得警惕的
日	4月27日	
一	4月28日	又闻槐花香
二	4月29日	我们的冲刺规划
三	4月30日	来自隔壁的讨论声

4月1日 星期二 高考倒计时67天

见证“奇迹”

上下午各有一场监考。

上午监考语文时，带了纸笔，准备把题目做一遍。分发时，才知道考场没有多余试卷。于是，两个半小时的时光，除了东张西望，便尽可能保持大脑真空状态，给脑细胞提供一个自由活动的机会。

我所监考的考场，一色的理化班学生。在他们的心目中，语文是最应该淘汰最没有价值的一门学科，然而，这个鸡肋却被高考熬成了不得不喝的一道汤药，这就迫使大多数孩子不得不以应对数理化的方法迎战语文，试图在大剂量的语文练习中提高考试分数。

可是，试卷总会在某些出乎意料的地方，用开玩笑的态度捉弄这些孩子。今天的试题，显然就有一些难以下手的内容，逗弄得考场内的不少人抓耳挠腮。前90分的基础题耗去了多数人105分钟以上的时间，只留下不足45分钟，给那不得少于800字的作文。

偏偏这次的作文，压根就是一道缺乏逻辑支撑的伪命题——“非走不可的弯路”。要在短短的一节课时间内，完成这个伪命题作文由审题到构思到谋篇布局的各样工作，即使写作高手，也难为如此急就之章。这就迫使得时刻担心交卷时间的考生，只能草率上马，哪怕离题万里，也要一挥而就，保证在规定时间内完成规定字数。于是乎，最后半个小时的考试，完全成了书写速度大奖赛。

高一时教过一个学期的一位女生，竟然只留下30分钟时间写作文。这30分钟，没有1分钟留给审题，留给构思。小女生从看到题目起，便下手写作，写一两行，停下来思考片刻，再写一两行，然后再思考。如此紧赶慢赶，竟然在考试结束信号响起时，完成了800字。在讲台上窥视她写作的我，目瞪口呆。这孩子太了不起了，整个就是七步成诗的曹子建转世！换作整天爬格子的我，半小时也难写出一篇文字的。

装订试卷时，再次接到教务处的通知：明天早晨6：15，在宿舍区门前跟车到学校，6：30出发到兄弟县的县中参加模考统一阅卷。

下午，监考文科第二考场的数学。文科第一、二考场，集中了文科班的精华。这些孩子，学习上或许没有理科生那么刻苦，考风考纪却大多没有问题。我汲取上午傻站两个半小时的教训，偷带了一本教育书籍进入考场。

对于文科生来说，下午的考试根本就是一种精神摧残。前一个小时的基础题，大家尚且能够埋头钻研。后一个小时的三道大题目，多数孩子根本就无从下手。草稿纸画了一张又一张，却始终找寻不到解决问题的思路。考场内的27人，只有三五人把卷面的空白处写满。更多的孩子，只在一两道题目下留下一个半拉子工程，其余，干脆来个“一张白纸，没有负担，好写最新最美的文字，好画最新最美的图画”。

可悲的教育模式！数学对于文科生而言，最终的价值大约只是购物时的简单计算，可眼下，成千上万的孩子却必须耗费最大量的时间来同它战斗，只为了敲门砖上的那个分数。如果我们能改革这样的考试模式，降低文科学生的数学难度，让他们腾出大量时间阅读文史哲经典作品，对培养他们的人文精神该多么有益。

>>>>>>>

4月2日　星期三　高考倒计时66天

集中阅卷

在麦苗和油菜花编织而成的黄绿错综的大毡子上，河流和公路用酣畅的线条，切割着春天的梦。树林、村落和林立的高压电线铁塔，浮雕般凸显在辽阔无垠的里下河平原，以站立的身姿，迎接着和煦的风。

这是寒食节前一天，奉大市教育局教研室之命，乘车奔赴

250里以外的兄弟县集中批阅高三“四模”试卷。

尽管昨夜又是纠缠于各种各样的梦境之中，清晨的乡村景致还是唤醒了我沉睡的思维。在丘陵地区生活了四十余年的我，对于平原拥有一种特别的偏好。我总以为，平原开阔敞亮、豁达大气，全不像丘陵的遮遮掩掩、羞羞答答，一副没见过世面的小家子气。我爱平原上一览无余的坦荡情怀，爱平原一泻千里的浓郁青春。

驾驶员以140码的速度，驾着别克商务车蛇行在满载着各种物品的大型卡车的缝隙中，迫使我的眼睛只敢停留在窗外的田野上。密闭的车窗，割断了嗅觉器官和春日的馨香的亲密接触，却无法剥夺眼球对色香味的掠夺。我感觉我的视线，就如越放越长的风筝线，一头拴着我的思维，一头放飞在整个平原。

抵达目的地时，正是小城最热闹的上班高峰。驾驶员在带着我们跑错了一所学校之后，终于在路人指点下找到了县中阅卷点。路程最远的我们，竟然是第一个到达。

利用等候其他学校老师的间隙，到县中的高一部找寻久已闻名的网上朋友、《语文课》的作者铁皮鼓。向一楼办公室的一位老师打听消息时，这位仁兄万分困惑地望着我，似乎并不认识大名鼎鼎的铁皮鼓。继续2楼3楼打听下来，终于得知铁皮鼓已移师小学部的新教育实验学校。

万分扫兴之余，给铁皮鼓发去短消息，通知他有人要拜访他。铁皮鼓片刻后便有了回信，说他下午将在小学高年级学段上一节课，邀请我过去听课。然而，几分钟后，他又通知最好是傍晚5点去参加他们的教研活动。我最终放弃了中午去拜访他的念头，决定傍晚溜号去参加他们的会议，见识见识网络上声名远扬的务实教研。

放下铁皮鼓，再等候半个多小时，终于在9：40时，大市语文教研员宣布开会。教研员先谈意义，再谈措施，最后是分工。我一如既往地批阅作文。

“非走不可的弯路”这一作文命题，实在是将荒谬推向了极致。24位批阅作文的老师，讨论了半个多小时，也无法给这个题目确立一个明确的意义。每个人都骂这题目浑蛋，却又必须依照这浑蛋题目中的浑蛋逻辑，去评价学生们文字中的“不得不”体现的虚伪和荒诞。

最终还是由教研员敲定了一个评分标准：能围绕着“弯

路”展开写作，却没有扣住“非走不可”这个限定的，为4类卷，得分在40— 49分。能围绕着“弯路”展开材料，又能体现出“非走不可”这一意义的，为3类卷，得分在50—58分。能在作品中揭示出“非走不可”的意义价值，并能扣着“非走不可”展开事理分析的，为2类卷，得分在59— 64分。能把这样的分析上升到哲学思辨的层面上，辩证分析弯路和“非走不可”间的逻辑关系，文章语言顺畅，立意鲜明，观点正确的，为1类卷，得分为65—70分。这个标准，得到了集体认可。

然而，具体批阅时立刻发现，教研员的标准给了等于没给：最重要的原因，是学生对“弯路”的理解大多数都脱离了具体题目的语境限制，误将“弯路”等同于“挫折”“坎坷”。于是乎，无数遭遇磨难坎坷的祖先，又全部被孩子们从坟墓中拉出来示众——司马迁为了写《史记》，就“非走”腐刑这条弯路“不可”；韩信为了成为大将军，就必须经历胯下之辱这条弯路……

这样的文字，从上午10点开始轰炸我的脑细胞，到下午16时，我的可怜的大脑，差点就被这荒谬逻辑强行洗脑，准备接受孩子们的胡说八道了。幸好铁皮鼓及时发来短信，约我过去参加会议，便跟同组的伙伴招呼一声，借了上厕所的机会，溜出阅卷地，溜到新教育实验小学。

穿过一栋书香四溢的教学楼，踏进连体楼三楼的走廊时，最先看到的，是一位很有名气的女士。我和她没有任何交情，只是在他们的主题活动帖中常见到其照片，知道这个集体中有这样一位教育理想主义者。

又经过几个教室，在一间比较大的办公室内，看到了一个熟悉的面孔——《破译教育的密码》的作者干国祥，走进房间去，自我介绍一番，唤起了他大脑中残存的记忆。一旁的另一位中年男士听了我的介绍，追问我是哪个“刘祥”，我很想说我是世界冠军，可惜那小伙子天天在广告里出现，人人都认识他的尊容，于是，只能老老实实承认，我是厮混于语文沙龙的那个叫做刘祥的家伙。

这位男士立刻乐了，热情地伸出手来，同时自我介绍曰“诸向阳”。晕了，又是一个小学语文教学领域正在崛起的大腕，一个神交已久的朋友。

彼此寒暄一番，铁皮鼓从另一端的走廊走了过来。迎上前去，握手招呼，实在找不到丝毫的陌生。

为了不影响其他老师办公，四人来到干国祥的小办公室闲聊。和网络上的形象相同，干国祥依旧是话题中心，铁皮鼓依旧喜欢沉默，诸向阳则介于两者之间。

17 点整，随着铁皮鼓到他们的小会议室旁听会议。今天的会，主题是干国祥解读《新教育读写月报》上的两篇文章。干国祥的解读，体现了他一贯的风格，旁征博引，条分缕析，准备得相当充分。以至于暮色降临时分，才醒悟到早已过了放学时间。

在佩服干国祥的丰富知识的同时，心中竟然滋生出了一种淡淡的失望。这种失望，我想应该是源自没有遭遇到我所渴望相逢的观点对决。一个多小时时间，成了干国祥的独角戏，这总是不过瘾的。

晚上，教研员安排了加班，19 点半至 22 点。实际工作至 21 点时，许多人都嚷嚷起来，说是大脑已经彻底麻木，加上灯光也比较昏暗，于是教研员宣布休息，明天早上 8 点继续战斗。

4月3日 星期四 高考倒计时65天

坚决抗旨

早晨，到皇冠大酒店的一楼餐厅就餐时，意外遇见了朱永新先生。

和平时网络上见到的朱老师相比，现实版的朱老师略瘦一些。为了不认错人，我小心翼翼凑上前去，冒昧地就是一句："请问，您是朱永新先生吗？"得到朱老师的肯定回答后，这才自我介绍。

昨日从铁皮鼓处得知，朱老师将乘凌晨 4 点的火车到达，前来参加今天新教育开放周的一个活动。朱老师以为我也是专程赶过来参加新教育活动的新教育学校成员，很是热情地询问我旅程情况。我赶紧解释。

不敢过多打扰朱老师就餐，问候几句，立刻撤出，从餐桌上取了碟子，挑选喜欢的食物，开始自己的早餐。

早餐后，立刻赶到阅卷点，继续昨日的工作。

学生的作文，绝不会因为一夜时间的流逝而产生变化，该跑题的依旧跑题，该胡言乱语的依旧胡言乱语。这样的文字，没有耗费多少时间，就又一次麻醉了我的大脑。于是，各色的文章，就在我的半清醒状态下被判决了分数。

当然，也偶或遭遇一些灵光一闪的文字。每每这个时候，大脑中的某个幸福细胞便绽放成灿烂的花。手中的笔，也对应着生出 6 字头的数字。

12 点，终于完成了分配给我的任务。

教研员安排，午餐后不再休息，立刻投入扫尾工作。没有完成任务的，抓紧时间完成自己的事儿；已经完成任务的，帮助主观题部分的阅卷老师累加小分。

于是，12：40，投入累加小分的工作中。至 14 时，大多数老师完成了各自的任务。

教研员依照各校的阅卷教师数，确定了需要累分的试卷序号后，各校开始累加卷面分数。此时，麻木的大脑，对分数已不在敏感，每一张试卷的分数，都需要经过反复几遍的心算，才敢把最终的数字，写在对应的栏目。

新的问题却在这时出现了。闲下来无事可做的老师，翻阅试卷时发现默写题批改存在严重问题——整本整本的试卷，错别字没能发现。

发现错误的老师，向教研员提出了抗议。教研员研究了几本试卷后，发布最新指示：全体老师依照累分的试卷序号，重新批改默写题。

一片混乱。已经累加完成的分数，因为默写题分数的变化跟着变化。每一处更动分数处，都需要签上更动者的姓名。

这么一折腾，等全部任务完成，也就到了 15 点半。

教研员又安排各阅卷组代表，针对各道试题的评卷标准和常见错误进行专题介绍。这个安排，又耗用半个小时。

16 时，终于可以闲下来了。同来阅卷的六个人中，夏琼等四位年轻教师到机房统分登分，我和老陆休息。老陆建议到校外走走，便离开阅卷点，到小城闲逛。

17时，回到校门口，接我们的车子已经停在那儿等候着。坐上车，和驾驶员说点闲话，等候“夏琼们”完成任务。

当我们终于离开阅卷点而返回时，暮色已经悄然铺展到四面八方。一天的劳累之后，很少晕车的我，竟然在车行十分钟之后就开始晕车。

夏琼和娟娟老师性子急，在车上便开始将原本混合装订的试卷，依照班级区分开。我老老实实地守在开了一条缝的车窗旁，一边感受着凉风吹拂下的清凉刺激，一边压制着心头的难受。这么静静地休息半个多小时，待他们把全部试卷分完，我的难受感才消除一半。

拿过试卷，在车顶灯的昏暗光线下一一翻阅，发现13班明显有进步，120分以上的高分段人数不少。7班则和上一次月考差不多，形势依旧很危急。

老陆在车上接了个电话，然后询问我们：“年级组长请我们吃晚饭，愿不愿意参加？”

“吃晚饭还有不愿意的？当然参加。”王子说。

“如果吃过饭再请你改卷子呢，还愿不愿意参加？”老陆慢条斯理地说。

“说梦话哦，坚决不干！”五个人异口同声地反对。

老陆说，组长打电话来，让我们晚上加班，把没有带去参加集中阅卷的那部分借读生的试卷突击出来，教育局等着要分数。

“留在学校的四个人这两天做什么事了？为什么要等我们回来改卷？”一个反对的声音。

“这些人也太懂得享受了，几十份试卷还要留着我们回来改，他们没有手啊。亏他们想得出来。”又一个反对的声音。

“好意思说，我都不好意思听。我们忙了十几个小时，这晚上还要我们加班，真把我们当机器了。谁爱去谁去，我坚决回家休息。”再一个反对声音。

“好，敲定！大家都回家休息，明天到校上班。”老陆拍板，“组长再打电话来，我就说大家都累病了。”

组长却没再打电话给老陆。组长不打，王军打。王军不好意思催老陆，却好意思催王子。王军让王子转告我们，晚上有晚自习的一定要到岗。尽管晚自习已经开始，我们却还在路上。

王军的电话，惹了众怒。六人形成决议，不管有没有晚自习，今天谁也不到学校去。“他高兴怎么处理就怎么处理，我们是坚决不服从这样的安排。”

>>>>>>>

4月4日 星期五 高考倒计时64天

徐冰的意见与我的申诉

早读时没有看见王军查岗，下早读后，才听夏琼说，一大早她就和王军发生了冲突。冲突原因当然还是昨晚的阅卷和晚自习辅导。王军说教育局的人守在学校里要成绩，他最后只能临时找几个老师帮忙，把试卷批改出来。王军还说，你们这些人一点大局意识也没有，该自己完成的工作也不能完成，晚自习随意缺勤。

夏琼对王军的这通怪话非常感冒。夏琼只扔下一句话：“你要这样说，那么，我们没有对话的共同语言。”

王军生气与否，似乎对我不构成任何影响。我向来是不会依照别人眼色行事的主儿，做事只一个标准：该还是不该。出于私人交情，再苦再累，我或许都能帮这样的忙；出于行政命令，再轻松，也不会有任何商量的余地。

所以，我只当什么事也没有发生，只当昨日和前日、大前日直至向前无数年的所有日子一样，都仅仅是朝起太阳升、暮时夕阳斜的简单循环。我照例上网浏览帖子，照例备课，照例要求必背篇目出错的学生接受惩罚。

13班的邹超抄写课文的速度之快，完全超出了我的想象。当我第三节下课宣布兑现考试前的惩戒条例时，她立刻拿了抄写完成的《蜀道难》，第一个“销案”。她不无得意地说，考试之后发现写了错别字，她就提前把这首诗歌抄写了两遍。这次，她语文考了120分，数学也考了将近120分，这个成绩，已经足以跻身班级前10的行列了。

下午，默写出现错误的孩子，陆续到办公室来“销案”。

经过这次强化，这一两篇古诗文，他们大约不会再出现错误了。

临放晚学时，13班的徐冰也来到办公室。我以为他也来送抄写的古诗文，一问询，才知道他是来提意见的。徐冰认为，我在今天的课堂上犯了错误，不应该表扬班级的进步，更不应该倡导轻松快乐的学习。他说："班级的整体学习氛围是不够理想的，很多女生整天嘻嘻哈哈，取得一点成绩就骄傲自满，不能以严肃认真的态度对待艰苦的学习，不能以负责任的心态迎接这即将到来的高考。"

这小子，敢直截了当表达自己的观点，对错且不论，这份胆识在现在的学生中已经不多。我虽认为他的言论很幼稚，但也没必要斥责他，而是针对他提出的问题，逐一进行分析。

我说，凭什么你喜欢严肃的学习氛围，就要求别人也严肃？其他同学课间休息时说说笑笑，放松课堂上绷紧的神经，这有什么不对呢？为什么学习就一定要一本正经，要头悬梁锥刺股？快乐学习有什么不好？

我又说，你没有权力要求别人围绕着你转动，没有权力要求别人顺应你的学习习惯而谨言慎行，没有权力要求别人时刻关注你的喜怒哀乐。你生活在这个集体中，可以用自己的行动影响别人，却没有权力要求别人为了你的更好生存发展而创造条件。你只有适应这个环境，这个环境永远不会转过来适应你。

我接着说，倡导快乐学习，是我的教育理想，你可以不接受我的倡导，却无权干涉我在其他同学中倡导这种学习方式。就如同你有权给我提出建议一样，我也有权维护自己的观点。我不会因为你的建议就轻易放弃了我的探索。你应该明白一点，这个世界，绝不会为了你的存在而转动，每个人，都只依照自己的轨道运转……

在集束炸弹的轰炸之后，我转而抚慰说，你近阶段的成绩出现了起色，这很好，说明你这阶段的复习对了路，你的努力收到了成效。下面这60天，你需要做的，是以一种积极的心态顺应班集体的学习氛围，并在自己的能力范围内尽量带动集体向着勤奋刻苦的方向努力。绝不能把自己排斥在班集体之外，过分高看自己轻视他人。

如此一番之后，徐冰絮絮叨叨地说着一些感谢类的话，辞别而去。这小子，和我一样，思想总是偏激。

2008年

4月5日 星期六 高考倒计时63天

屏蔽纷扰

“四模”成绩出来后，整个高三被一种莫名的恐惧包围起来。学生中纷纷传言，说是多少多少的人选考科目达不到双B，学校最后这60天还不知会以一种什么样的疯狂态势“死揪”。老师中，也在纷传着选考科目的败绩：历史均分低于私立远大高中10分，政治学科均分低于二中，地理学科均分低于师大二附中。

失败的阴影，织成一张遮天蔽日的网，笼罩在高三的天空。尽管最后的分数线尚未划定，各选考科目的B级分数线也未落实，但大多数人还是以一种未卜先知的预言家身份，发布着各种各样的“新闻”。

王军尚未开口，各种传闻也就无法得到证实。我疲于应对身体的不适，加上对于分数名次等数据由来已久的淡漠，干脆拒绝接受这些杂乱的信息，只躲在自己编织的茧中，独享一份超然物外的安宁。

我的茧子里，向来只有可怜的几样物件：精华文章、主体探究帖子、教育教学专著、热点问题论战。潜入这幽静的山谷，便屏蔽了身边的纷扰，进入另一个世界。这个世界，多了点理想，少了些世俗；多了些价值，少了点无聊。

教师专业发展文集的稿件初选基本完成，中旬前完成定稿和书稿编辑工作已无大碍。这事儿牵扯到众多老师，容不得偷工减料。好在这几天教学任务相对轻松，高二年级的学业水平测试，冲淡了高考迫近的巨大压力。只要抓紧这有限的三天时间，就能确保后期工作如期完成。

尽管刚刚结束模考，但依照“四模”前的备课组统一计划，今天的连堂课，依旧要做试卷。今天的试卷，来自南京调研统测。我照例是采用一个小时练习，半个小时分析评讲的方法，而不采用教育局规定的“凡考必改”政策。我把试卷的必考部分确定为练习主要内容，把依照语境或成语推断文言实词意义作为训练重点。另外，针对“四模”中部分学生解题速度过慢的问题，强化解题速度。

这张试卷难度系数偏低。一节课时间，速度快的孩子就完成了指定训练内容，开始做其他资料上的练习题。至规定完成任务时间，所有孩子都严阵以待，等着我的解题思路点析。我把该强调的要点逐个强化一番后，又对试卷上的作文题进行审题点拨。

在我分析完试卷，安排孩子们消化解题思路时，口袋中的手机震动起来，很顽强。我坚决不答理它，它就坚持着震动。便从后门溜出教室，按下接听键。

电话是7班一个学生的家长打过来的，并无特别的事，首先是询问“四模”的排名情况，然后是咨询孩子的语文成绩在学校中的位次，再后是请我对她的孩子多加关照。我万分诚恳地解答了她的问题，答应了她的要求。我在心里说，关照所有孩子，为了他们的健康成长而努力工作，本就是我的责任。

晚间，这样的电话又接到一个。而办公室里，夏琼也在接待来访的家长。每次考试后的两天，总是我们的家长接待日。过了这两天，就极少再有家长过来咨询问题。家长们比教师更关心分数和名次。

4月6日　星期日　高考倒计时62天

我的《答网友问》

周日，受中国语文发展论坛国风文学版邀约，和论坛部分网友就语文教育教学问题进行对话，借助该活动，也整理一下自己的思想。现将问答内容整理如下：

问：刘老师你好，你有在农村中学任教的经历，请问你目前对农村中小学教育的看法是什么样子的呢？

答：我对当下整个国家的教育，持不乐观态度。教育的大环境在经历了数十年的反复之后，并没有走向尊重教育科学尊重教师成长的良性轨道，相反，却越来越走向功利和附庸于政治的路径。在这个背景下，农村中小学教育中暴露出来的问题更多。

首先，农村中小学教育在目标界定上，至今依旧缺乏一个准确定位。眼下，全国学校一个目标——考大学。这就使得农村中小学教育从起点处开始，就不得不背上和城市优质资源学校相同的重负。

这个目标，使农村中小学教育不得不超越自身可以承受的压力而饮鸩止渴般毁灭性的教育学生、使用教师。农村中小学教师待遇普遍偏低，生活环境和生存压力过大，总体教育教学素养难如人意。农村中小学的教师培训基本不能满足真正教育教学发展的需要。虽然双基验收，使大多数农村中小学的硬件建设得到了改善，但良性的教育软环境并没有随之建立。

另外，农村中小学校由于经费普遍紧张，教师外出观摩学习，进行业务进修等各项开支都无法保障，相当多学校尚未开通网络，教师进取心稍差者，常常就安于一本教参打天下的教学环境而不思改变。这种自我懈怠的状况，也客观存在于当下大多数农村中小学。

当然，数百万农村中小学教师中藏龙卧虎，注定有一批未来中国教育的脊梁型的人物，暂时蛰伏在芸芸众生中。但他们绝不会一朝之内突然崛起，而是过去、现在和将来都在积聚着能量。这些人，通常在校园内和生活中都是“另类”，是别人无法接受的怪人。为此，他们可能会失去很多世俗的利益，会因为坚守自己的理想而得罪一批无所作为的人，会遭遇排挤甚至打压，但他们终究会凭借了自己的努力，最终在教育教学领域走出一片自己的天空。

问：刘老师，就你的成长经验，你对刚步入教育一线，尤其是农村教育教学第一线的朋友们有什么建议呢？

答：简而言之，就是“心中有梦，手中有书，脑中有思，脚下有路”。首先，必要的教育情怀，必要的出类拔萃之心，是成就事业的基础。没有梦的青春，注定不会五彩斑斓。只有心中有梦，才会为了梦而努力，为了梦而钻研。其次，教育是高速路上奔驰的车，书就是它不可或缺的燃料。年轻教师要想迅速成长，就需要借助书籍中他人的成功经验，为自己搭建高瞻远瞩的台阶。第三，做个有思想的人，是从平凡岁月中走出不平凡路径的唯一法宝。唯有思想，才能使灵魂高贵，才能知道自己该做什么该如何努力。第四，选好自己的道路，并在这条路上坚持走下去，无论前方有多少坎坷，只要它有利于我们的成长，就义无反顾。

问：刘老师，介绍一下你的语文教学的基本思想。（我们才出来不久的往往是跟着课本走，把课本上的文章说了就算完成工作了，哎，我私下里以为这样的办法是要不得的呢，就是在教学的基本思想方面没找到参照啊）

答：这个话题比较大，而且也存在许多变量。目前，我在语文教学上主要进行以下几方面的探索：

第一，是我自己的课题“主体实践性阅读教学”。我把阅读课的课堂流程切分为“走进文本—走进作者—走进生活—走进文化—走进灵魂”五个板块，使日常教学活动建立在积累知识、培养能力、构建文化、雕琢心灵这一总体教学目标之上。这种做法的目的，就是努力扭转“教教材”中存在的不足，代之以“用教材教”。

第二，是正在着手探究中的“有效课堂建构”和“教材知识体系化”建设。语文教学中，同一文本授课时总有一些必须传授的知识，如何将这些知识串联起来，使之成为一个贯穿中小学12年的知识体系，以此来推进各学段教学的有效和高效，是很值得研究的一个课题。

第三，是语文学习的趣味性。我一直主张，学习的最高境界就是好玩，就是游戏。课堂要吸引学生，就必须让学生体会到学习的快乐。如何建立起真正的快乐学习，同样是我迫切希望解决的问题。

问：刘老师，现在的学生的状况，有很多朋友都在议论，请问，你眼中最为理想的学生是什么样子的？

答：我是一个教育理想主义者，是一个尽最大努力追求教育真理的人，却从来不是常规意义上的优秀教师。我向来对自暴自弃的孩子，存在一种心理上的拒绝。所以，我眼中理想的学生，就应该是具有相对豁达的情怀，能拥有一颗爱心，有明确的人生目标，并为了目标的实现而发奋努力的人。当然，他应该拥有比较理想的学业成绩，但绝不会为了分数而舍弃生活的快乐。他不会为了参加一次可有可无的考试，就放弃了父母的生日聚会；不会为了一次名次的下降，就感受不到阳光的温暖。

另外，他一定要兴趣广泛。他应该会修理自己的自行车，会做简单的家务，热爱经典，勤于反思，积极参加公益活动。

简单说吧，《恰同学少年》中的那群学生，就是我心目中最为理想的学生。

问：刘老师有农村工作的经历，而我目前正在农村工作，我们的共同语言可能多一些，请问你对自己当年在农村的工作经历有何感想？在你的成长历程中，这一段经历，对你有着怎样的影响？你又为何选择了离开，而不是坚守？

答：回忆永远是一面筛子，筛去了琐屑，留下了温馨。我一直想把刚参加工作那两年的山村教师生活写成文字，却又一次次放下，因为我总感觉那两年的时光过于透明，就如希望的肥皂泡，只适合于留在记忆深处，让它永久辉映五彩斑斓的梦幻。一旦将其解构，或许就是一无所有。

最值得欣慰的，是那时的青春充满了活力充满了理想。穷山僻壤之中，十多位同龄年轻人，连对象都找不到，却整日里忧国忧民。每一个早晨，都是早早起床，集体向着群山的方向奔跑，然后在农家的打谷场上，跟随一位会武术的教师学习拳脚和剑。每一个黄昏，都或是聚集在河堤，边欣赏“一道残阳铺水中”的壮美，边畅谈国家大事；或是在篮球场上驰骋，让汗水把年轻洗刷得分外单纯。周日，三五成群，到大山的怀抱中寻找自然之趣，走访散居山麓的农家，听老农说各种传奇故事。

应该说，正是工作之初的这段自由自在的生活，奠定了我钟爱自然和自由的思想，也使我乐意于倾向道家清静无为的价值境界。

每个人的青春岁月，都会为中年、老年奠定价值基石。我的乡村教学经历，价值不在专业成长上，而在心灵的净化。山乡之中，毕竟少了很多纷争少了很多功名富贵的追逐。

我从不想把自己塑造成一个道德的高标，更何况，我对乡村教育的作用，本就是“多一个不多、少一个不少”，因而也就谈不上坚守。校园和军营一样，铁打的校园，流水的师生，此起彼伏，本就是发展运行的规律。

就我个人而言，最现实的问题是，乡村教师找对象困难，成家更困难，所以，必须离开乡村。其次，我们那个地区，每年都有大量的师范毕业生分配到各校工作，学校不会因为缺少了我就开不起课程，因此，我没有坚守乡村的意义。第三，当时县中的校长看中了我的课堂教学，他们主动跟教育局要了我。对我而言，这是获取个人更大发展的机遇，毕竟县中教师外出参观学习的机会多，而县中本身也聚集了一批优秀教师，这有利于我的专业成长。

问：刘老师如何看待语文教师的专业化与专业成长呢？现在说专业成长的朋友很多，就是在具体概念上，不是很明晰啊。

答：专业成长，非独教师，每一个承担社会工作的人，都面临着这个问题。信息化的时代，要求每个公民都能拥有与时代发展相匹配的知识技能，承担育人重任的教师，更是需要向学生传授最新最有价值的知识，这就是专业成长的迫切要求。

专业成长或许没有具体的概念阐释，无法采用下定义或做诠释的说明手法来准确定性，但这是一种生存和发展趋势。比如，微机教师如果不读书不研究微机发展情况，在21世纪的今天，还只能教一些DOS命令式的操作技能，那么，这样的教学有什么意义呢。同样，语文教师也需要这样的学习成长。

受华东师大出版社大夏书系和新教育研究中心的委托，我正在编辑一部教师专业成长文集。在这个集子里，我收集了数十位教师的成长案例与成长反思。虽然每个人的具体道路存在差异，但有几点是相同的。那就是读书、思考、专业写作。读教育教学专著，读国内外教育经典文献，思考各种教育教学问题，坚持写教育教学反思文字，是教师专业成长的必由之路。

问：你认为语文教师在写作方面主要应该写点什么好呢？

答：语文教师首先是教师，其次是杂家。作为教师，当然要能够撰写教育教学探究方面的文字，这样的写作，可以使自己的课堂得到及时的梳理，可以使自己的教学思想得到及时的反思。作为杂家，或者说是最接近文学的人，也应该多写一些文学作品。文学让心灵丰盈，一个热爱文学的人，总会拥有比常人更加细腻的情感，总能更深刻地体味到人生的美好。“感时花溅泪，恨别鸟惊心”这样的诗人情怀，只应该属于热爱文学的语文人。

问：刘老师指导校园文学社吗？请问，你如何看待校园文学呢？

答：5年前刚到这所学校时，我就倡导组建文学社。遗憾的是，在高考升学率决定一切的大环境下，别说文学社，学生看课外书都要遭受各种惩罚。

没有文学的青春，注定是没有色彩的。校园文学的价值，就在于用文学开启体察世界的大门，让无法亲历生活的孩子，借助文学的门，发现人世的真善美和假恶丑。可以说，文学和科学，是生命行走必不可少的两条腿。其中科学这条腿，由当下教育提供营养。而文学这条腿，只有依靠校园文学来强化。不容乐观的是，眼下绝大多数学校，校园文学都仅仅是一种装饰和点缀，并不能承担起雕塑灵魂的重要作用。"玩文学"的现象比较严重。

这就又要说到《恰同学少年》这个电视剧中的故事了，如果没有蔡和森倡导的读书会，就不会有后来的新民学会，不会有后来的湖南共产主义小组。虽然蔡和森、毛泽东的读书会并非只是文学社团，但它最初肯定还是以阅读书籍为起点的。

问：请问刘老师，我们平常的作文和文学创作有什么联系和区别呢？

答：这是一个让全国语文教师倍感尴尬的话题。文学是心灵的产物，理论上说，学生作文也应该如此，遗憾的是，我们绝大多数情况下，都将作文当成一种不得不完成的任务来操作，于是，作文也就成了和分数紧密关联的一种得分手段，而非灵魂与情感的宣泄物。

但这是非正常的，倘若我们能将平日作文训练变成学生的自觉行为，变成主动的创作，那么，作文和文学创作也就没有多少区别。

问：许多同学都喜欢畅销的书，或者打着畅销旗号的书，比如魔幻故事、鬼故事，请问刘老师，你如何看待这类现象呢？

答：任何现象的背后，都有一方生存这种现象的土壤。黑格尔所说的"存在的就是合理的"，或许强调的就是这种土壤的意义。读书和饮食一样，像我这样的人，从小吃中餐长大，几十年的时光，已经养成了接受中餐的习惯，西餐再好，也吃不惯。同样，吃西餐长大的人，对于中餐，也难以适应。

我是读《烈火金刚》《敌后武工队》《苦菜花》这样的文字长大的，对于魔幻故事，不适应了。而我们的学生，从小开始，就在这样的作品中启蒙，走到书店里翻阅的，也还是这样的作品，他们也早已习惯了这些我们看不懂的文字。我们看他们的阅读，就如他们看我们的阅读一样，双方都难接受对方。

阅读对灵魂的影响是非常重要的。终日沉溺在网络游戏暴力杀戮中的孩子，对生命的价值就不会尊重。同样，如果孩子们阅读的书，只能够颠覆固有价值取向，使灵魂走向自私走向狭隘，那么，就需要疏导，需要引领。当然，最好的引领方式，还是师生共同探讨，甚至辩论。要想孩子们告别魔幻亲近经典，任何强权都不会发生作用。唯一有价值的，就是用经典征服他们的灵魂。

问：许多同学说，写有报酬的文章可以，写没有报酬的文章就坚决不干，这样的观念好不好呢？

答：唯利是图固然不好，讲究利益获取也不见得就是什么坏事。君子爱财，取之有道。比如我，我写稿也要看报刊的稿酬标准，一篇稿子完成后，当然先给稿酬标准高的刊物。

至于孩子们没有报酬的文章坚决不写，可以探讨探讨"报酬"的内涵。实在的物质是一种报酬，自我收获也是一种报酬，通过写文章来整理自己的思想，本身就是文字给自己的最好报酬。

所以，很多老师坚持每天写教学随笔，虽没有物质上的报酬，精神上的成长绝非可怜的稿酬可以买到。

问：现在的诗（这几个问题主要是针对非古典汉语诗歌的），刘老师喜欢称呼为现代汉语诗，新诗，汉语诗，现代诗，现代汉诗，汉诗，白话诗，诗歌，还是别的什么称谓呢？

答：诗歌分类，存在分类标准问题，新诗是从体裁上说的，现代诗歌则是从主题上分类。标准不同，类别就不同，称谓自然也就不同。这就如我，学生称我老师，同事直呼我的名字，给我投稿的人称我编辑，报刊编辑又称我为作者。没有一个可以放之四海而皆准的固定称谓。

问：课本上只有少量的诗歌作品，请问刘老师，我们在课堂内外学习的时候，是不是只学习这些课本里的具体的诗歌作品就可以了呢？

答：很多年前就有人说过，没有诗歌的青春是苍白的。年轻总是和诗歌联系在一起。我相信，中学生不会拒绝诗歌的，只要你不强迫他背诵，不强迫他把诗歌变成考试题目，他就会喜欢，就会自己阅读一些教师想不到的诗歌。

当然，如果我们能定期或不定期提供一些优秀诗歌给他们，效果也会很好。

问：你认为现在的诗的基本概念是什么样子的呢？现在的诗，怎样开展教育教学才好呢？你有没有最喜欢的诗人或作品？你创作诗作品吗？你认为最为理想的诗作品是什么样子的呢？谢谢。

答：这几个问题一起说吧。任何时代的诗歌，都应该是心灵的自然流淌，没有了喷薄的情感作支撑的诗歌，只能是文字游戏。半年前，一个朋友的诗集要出版，嘱我写几篇诗评。我读他的诗，眼前立刻就有了黄河故道上孤独跋涉的朋友形象，包括他在那片土地上留下的每一个深深浅浅的脚印。我认为，这样的诗作，就是成功的，就是值得读者阅读的。

诗歌教学，重在情感体验，重在作者、读者、文本三者间的对话和共鸣。所以，诗歌教学最好的方法，就是在反复诵读中，找寻到三者间情感的契合点。

我不太喜欢儿女情长的文字，一直以来就欣赏金戈铁马，欣赏豪壮。所以，凡能体现出一种生命的张扬与人生的大气的诗歌，都是我所喜欢的。

年轻时，也编过一些顺口溜，但实在上不了台盘。

问：我是从事语文教育只有3年的小孩子。很多东西似懂非懂。感觉语文教育，累。很难把平时的讲课和考试联系起来(不是我想联系，是现在学生，家长，学校领导更关心考试成绩)。你在这方面有什么经验之谈?

答：语文教学成为考试的附庸，想不累都不行。如果说有经验的话，那就是有效教学。这方面的问题，可以查看一些有效教学方面的文章，相信会给你帮助的。

问：我是一名小学语文教师，也是一名对语文研究情有独钟的语文教育人。当下，语文教育领域可谓繁花灿烂，层出不穷的语文教育理念在很多的时候丢失了语文教学的本质，尤其是我们民族的本色。一些特级教师的课堂让我们这些处在一线的教师们感到语文教学很难，很难把握语文教学的方向了。

在小学，比如窦桂梅老师的课堂，她凭借个人深厚的语文功底和全面的教学基本功，将语文课堂演绎得淋漓尽致。但是，透过她的课堂，我们却发现在基层的语文都像她那样上的话，我们的学生都不再是学生了。在中学，语文教学可以上得深一些，在小学，我们能不能像窦桂梅老师一样去上语文呢?

答：就我所知，您已经是一位很有建树的老师了。公开课和日常教学，是两条道上的车。公开课传达的，是一种理念。公开课因为仅仅是一个单一文本的解读，没有学段目标的制约，没有单元教学重难点的规范，所以，教学中可以天马行空，只依照自己的解读来带动课堂。但日常教学不行，日常教学必须遵循课程教学目标，每个文本必须有固定的训练重难点。

4月7日 星期一 高考倒计时61天

在二附中 “受训”

对大多数孩子而言，今天是值得兴奋的。因为今天上午第四节课起，他们将因为高二年级学业水平测试而放假两天半。

孩子们放假，身为教师的我却享受不到这个待遇，非但享受不到，而且因为要到二附中监考，还要忍受每天骑车长途跋涉的折磨。

在小城生活了5年，却始终不清楚去二附中的路该怎么走。以往每次参加教研活动，都是学校的车来回接送，除了依稀记得二附中坐落在当年伍子胥逃难时几陷绝境的那条河的西岸，再没有其他印象。

下午5点半的培训，2点半即出门上路，心中有两点是明白的：第一，一路西行，找到那条河，再沿着河堤走，肯定能找到目的地。第二，一个小时的时间，绝对够用。

结果却是出乎意料的顺利。当我沿着一条宽阔的大路轻而易举就到达二附中时，实在想象不出以往乘了学校的车怎么总要拐几个弯才能到达，这明明就是一条直达的城市主干道。唯一的理由，大约只能归结为每次行走的那条路虽然弯道不少，但没有红绿灯，行人也少，车子行走起来更为便畅吧。如此看来，弯道的益处，总还有超过直道的时候。

例行的培训被二附中的校长折腾得烦琐而可憎。事后了解才知道，二附中在前些日子的信息技术考试中刚刚闯了大祸——因考前没有进行必要的强调，几位计算机房的老师为某校提前一刻钟开考，结果导致迟到两分钟的一名考生因计算机程序设定问题而无法参加考试，该考生家长将电话打到教育厅，投诉二附中。目前，这事还没有处理完。考试就是如此，从没有人因为它而立功受奖，遭受处分的却一拨接一拨。

二附中的校长，原是一家特大型企业的教育处处长。一开口说话，企业管理者的特征立刻暴露无遗。两句话之后，我对二附中原先建立的好感便彻底消除，内心中取而代之的，是对二附中同人的深切同情——一名能把考试培训会也演变成批斗大会的校长，他的管理能力、他的教育情怀实在让我无法恭维。更何况他面对的，还有一半是不属于他治下的我们。

由此便想到管理能力和管理者素养，想到当下教育大环境中的长官意志和随意性，想到了“高考重灾区”，想到了人文情怀，想到了正在着手操作的教师专业成长文集。对于教育而言，我们并不一定就缺少多少有教育理想有教学才华的一线教师，真正的教育灾害，恰恰多数来自教育管理者。

培训会结束后，二附中的老师向我打听学校高三放假情况，这才得知，二附中虽然设置了考场，但高三却没有因此而放假。二附中利用其经济实力，在附近的一家大型企业租了几个会议室，将高三学生全部集中过去上大课，由老师依照课程特点开展专题讲座。这个举动，一旦被我们学校的头儿知道，肯定又要急出一身汗了。兄弟学校如此抓紧，身为老大的我们竟然放了两天半的假，多么令人恐慌的事哦。

>>>>>>>

4月8日　星期二　高考倒计时60天

有趣与无趣

雨，从天亮时分开始下起，早饭时，楼下的街道已成小河。

原本提前45分钟的考点点名时间，又被二附中的校长提前10分钟。如此，10：45才开始的考试，就需要在9：50之前到达考务办公室。

在家中磨蹭到8：40，外面的雨竟然停了。趁着这阵雨留下的缝隙，赶紧出门。

雨后的小城，空气中弥散着淡淡的土腥味儿，往日四处飘浮的杨花，也被雨水打湿了毛茸茸的翅膀，只能灰溜溜地躺在泥水里，再无调皮捣蛋的能力。

正是朝九晚五族的上班高峰期，各式小车在没有红绿灯的路段上尽其所能地撒野。体育场上方的那爿天，昨日的风筝全都收敛了张扬的个性，萎缩在主人家的某个角落。

骑着一辆破旧自行车的我，惬意于这雨后早晨的清新爽朗，便全不顾身前身后流淌的车河，只在非机动车道上悠闲地“漫步”，独享这人流中的荒寂和充盈。我知道，这条路上，不会有任何一个认识我的人存在，尽管我在这儿已生活了5年，但我依旧并将永远会是别人口中“从外省引进的人才”，而非这片土地上可以被人认识的鲜活的人。

好在我善于自得其乐。两只在路边积水里撒欢的京巴狗，一名身材婀娜的美女；一片狭长而碧绿的草坪，几滴枝条嫩叶上悬垂的水珠；一个穿了硕大雨披，坐在妈妈的车后椅上，双手揽着妈妈的腰，将小脑袋用力前伸着，试图靠近妈妈说点什么开心的事的“小不点儿”，几位拎着菜篮，把我前方的非机动车道当成了公园里遛弯的人行道的老太太……在这赶着去监考的路途上，一切都构成了我寻找快乐的风景。

好雨识趣。在我终于为了一路上的景致而开心浅薄地陶醉时，蒙蒙雨丝开始为我洗涤颜面和心境。一粒粒针尖大小的雨芒，鼓槌般轻轻敲击在我的额头和面颊上，使我清醒于自己此行的使命。

于是，很是杀风景地骑车快逃，在道旁香樟伞形冠盖的遮蔽下，碾碎一地胡思乱想，奔入二附中。雨也紧跟着大起来，豆大的雨点，砸在钢化玻璃的车棚顶上，噼噼啪啪如除夕夜零点时的爆竹。

在考务办公室坐定，傻乎乎等候点名的开始，然后倾耳聆听一附中校长的训话，然后和搭档一起领了试卷走向考场。雨是越发得大，楼房的下水管道已满足不了暴雨亲近大地的渴望。无数的水帘从楼顶直接铺陈下来，形成了无数道瀑布，宣传标语一般悬挂在考场外。

考场内的孩子都很规矩。窗外的风声、雨声，并没有和读书声一起，营造成“声声入耳”的学习内驱力，所以也就无法干扰孩子们对试卷的关注。0.5毫米黑色签字笔和电子扫描专用答题纸亲吻发出的声响，透过窗外惊天动地的风雨声，弥散在整个校园。

缺德的考场布置者，只在考场中放置了一张凳子。不忍心看那瓷娃娃一样的搭档小松树般的站立姿态，便只有发扬男士风度，将座位慷慨献出。心里想，倘若是一位亭亭玉立的美女，就让她继续“亭亭玉立”，也算成人之美。好在75分钟过起来总是很快，心中背诵几首唐诗，肚子里瞎编几句歪词，那边的交卷铃声就已响起。

午饭，二附中食堂提供了。米饭如果纳入枪膛，一粒粒足可以射穿坦克。据说是鸡汤的那盆水质菜肴，亦不知是鸡骨头的第几轮洗澡水，清爽爽的，全没有丁点油腻和混浊。

不想来回奔波，干脆找个网吧上网打发时间。在一群网络游戏迷中看教育网站上的帖子，这份另类却也构成了网吧中一道独特景致。

又一次弄错了监考时间，15：25 的点名，被我错成了 14：55。提前的这半个小时，正好用来看天、看云、看林立的各色树木，看来来往往的人。雨已停歇，天空依旧阴沉。大团的墨云在西南风的推动下，狂躁地翻滚着涌向东北方的天际……

下午，将上午的日子复印一遍，两张纸上唯一的差异，只是背景色。晚间却有事可做，教师专业成长文集终于可以定稿，比原计划定稿时间提前两天。下面的日子，需要的是文字上的雕琢。

4月9日 星期三 高考倒计时59天

质量分析会

上午监考结束，已是12点，回到家吃午饭时，央视一套的《今日说法》已经进入尾声。打开手机，查看有无远方朋友的信息，却接到短信通知，学校晚上召开高三文科班教师会。这会，从“四模”成绩出来那天起，所有人都知道要开，只不了解具体的时间罢了。

轻松一下午。网络上四处看看之后，打开联众世界，边嗑着瓜子，边听着音乐，边下棋。从不计较输赢的结果，棋艺越来越臭，连输数盘，焦头烂额。

晚19时，动身去学校。15分钟的路，被我拖延成20分钟。我对校方占用教师休息时间开会的做法，向来很反感，却又缺乏奋起抗争的勇气，便只能消极怠工，出人不出心，左耳朵进右耳朵出。

照例是王军主持会议。王军的特色是用数据说话，于是，王军便从“一模”开始报各种数字，历数“一模”“二模”“三模”“四模”中本校文科班的达线人数沉浮情况。通报完本校，又通报二中、二附中、私立远大高中等校的“四模”情况。消息向来闭塞的我，终于知道本次“四模”考试全市总人头又有了明显上升，二中、二附中都超额完成了教育局下达的指标数，且超过部分数据分别达到56人、46人，私立远大高中也超指标数33人，唯有我们比规定指标数少了22人。王军把这个22人的差距逐班分解下来，理科的10个班级，两个完成任务，7个超任务，只有9班没有达标，累计理科班超额完成指标数18人。文理累计计算，则文科实际亏空40人。

这40人的亏空，着实让王军和大校长很是恼火，前几次模考、统考都很优秀的文科，突然摔了这么大的跟头，让他们感受到了一种无形的压力。校长们有了压力，自然要转嫁给一线教师，所以，王军在分析完数据后，开始发表见解。王军的见解，归纳起来就一句话：文科班教师必须向理科班教师学习，全身心投入到最后的冲刺中。

大校长在王军之后发言。大校长的每一句话，都用高分贝的声音发出，于是乎，会场的气氛就陡然紧张起来。尽管我想保持一贯的听会作风，但这刺耳的声音在经过耳膜时，还是留下了道道划痕，让我浸润了教育理想的思想连带着受到了损伤。

抢在大校长宣布散会之前，我开始说话。尽管我知道在我谋生的这个空间中，向来没有教师发表观点的习惯，但我还是要说。我对这个会议的主题意义及可能产生的后果都想发表看法。我说，我对这次会议的结果很担忧，在距离高考仅仅剩余五十余天的时间内，倘若我们文科班的老师一起把压力转嫁给孩子们，那么，他们将无法承载这份重负，他们会因为过重的学业压力而崩溃，会因为身心的极度疲乏而懈怠而麻木而精神恍惚。如此，看起来老师们是行动了，实际效果却得不偿失。

我接着说，我希望今天的会议，是研究问题的会议，而非批评和检讨的会议。我希望会议能在学科协调、学法指导等方面达成共识，而非在精神压力上形成统一。

我的发言显然出乎大校长的意料之外，但得到了其他同事的支持。于是，会议出现了一个拐点，开始研究学科协调问题，研究学科作业量问题，研究学习方法指导问题。陆续也有其他同事开始发表观点。如此，真正的质量分析会才正式开始。这样一来，会议时间便延长了近一个小时。

终于散会。大校长要求各班级在两天内继续召开质量分析会，要切实调动一切可以调动的力量，为三周后的“五模”造势。大校长说，文科各班必须在“五模”中打翻身仗，否则，期末奖金就需要重新考虑，很有可能是文科减半发放。

走出会议室那狭窄的门，每一个参加会议的人都长叹一声。

4月10日 星期四 高考倒计时58天

班情分析与下步策略

课间操时，正手忙脚乱地翻找一套试卷的答案，老钱走进办公室，通知我下午第四节召开13班质量分析会。老钱知道我下午第四节7班有课，让我把课务安排好，务必准时参加会议。

接到老钱通知，便下楼找老周，老周听说要调课，颇有点意外惊喜的感觉。老周说，你把下午第四节给数学，明天上午第二节的数学你也不用去上，安排给化学吧。老周一直要我让课时给化学，一直没有成功，现在终于有了这样的机会，立刻抓住不放。

有人帮我上课，当然是幸福的事情，其他同事争要课时，我却总感觉课时太多，很多节课完全就是磨洋工。就这么一点知识，每周八节课实在浪费，如果从精讲精练的角度处理课堂，有五节就足够用了。

第三节，13班的课，继续复习散文鉴赏。今天的主题是该知识点最后一个复习点——散文探究题型解析。在引领着孩子们借助复习资料整理试题命题特点和答题技巧时，发现小小立刻拿出了一个小笔记本儿，把归纳出的解题步骤认认真真地记录下来。小小的这种做法，一直是复习中要求做到的，但其他孩子都没有能坚持下来。绝大多数孩子总是满足于做题目，始终轻视解题思路的整理，为此，也不知摔了多少跟头，却依旧不愿接受教训。

对小小的做法再次提出表扬后，其他孩子便开始找自己的记录本。于是把课停下来，让孩子们自己结合复习资料上的几道经典命题，把常规解题思路整理出来。这样一来，一节课也就完成了 3 个小题的训练。其中，评价文学人物一题，安排孩子们以此为例，学习评价李白、辛弃疾、陶渊明、司马迁等。

下午，依旧是 13 班的一节课，不想再展开新知识点的复习，便用来阅读。孩子们手头又积累了数张报纸，课余没时间阅读，只有利用课堂进行。

小小、娟子等语文成绩较好的女生，读报的本领也比一般同学高明。同一份报纸，她们知道哪些值得重点关注，哪些只要略作浏览。而小琪等孩子，则实实在在地按照版面顺序一点点阅读。只得打断她们的阅读，把阅读中的注意事项灌输给她们。对小琪们，我开始有了一点愧疚，高一、高二时过多注重了整体学习氛围的营造，却忽略了对学困孩子的精细指导。现在才开始这样的补差工作，时间上实在是太紧了。

下午第四节的班级质量分析会上，小琪等孩子也成了问题研究的一个关键。这会一开始又出现了跑偏，老钱上来就做检讨，先检讨班级工作，再检讨政治学科教学。老钱发言后，我立刻抢过说话权，把话题引向 13 班的学情分析上。我把 13 班的孩子分成三块：一块是以小小、娟子等为代表的学业成绩优秀的孩子，一块是以“四大金刚”为代表的彻底不学习者，再一块就是诸如小琪等中等或中等偏下成绩的孩子。我说，对小小、娟子这些孩子，课任教师无须花费太多精力；对于“四大金刚”，课任教师同样无须花费多少精力；如此，我们就可以集中力量帮助班级内的近 20 名中等生。只要这批孩子进步了，就可以带动起全班的进步，就可以营造出良好的学习氛围，甚至可以感化“四大金刚”。反之，如果这些孩子体味不到进步的快乐，心中没有希望，那么，无论课任教师多么忙碌，都不会收到良好的效果。

我这么随意一说，也就把几个人的注意力转移到了对孩子们学习心理和学业潜能的分析上。尽管王军还不时把话题转向两门选修课的达 B 人数上，但都被同事们轻易拉回了话题。这样一来，会议再没有了火药味和压抑感，五门学科畅所欲言，互相探讨，教学研究的氛围渐浓。

大伙儿慢慢达成了共识：在最后这五十余天中，必须在继续强化数学学科重要地位的基础上，把各学科均衡发展放到重要位置来抓。数学学科的试卷，要定人定题，加强针对性，坚决避免题海战术，其他学科要在保证每天知识及时复习的同时，严控作业量，把更多时间交给孩子们，让他们有时间消化当天所学知识，同时有时间复习以往知识。

最后，王军对可能出现的教学问题强调了几点。王军要求玲玲老师必须把主要精力放到高三教学中，不能因为高一教学而冲淡了高三工作。要求政治与历史学科必须将知识框架整理清楚印发给学生。王军的这个强调，虽然说的是大实话，却显然是一个败笔，这样的话，给玲玲、老钱和历史老师的感受，肯定是不被信任。用人不疑，疑人不用，古来用兵之道。老师们又不是傻瓜，怎么会这点轻重都分不清呢。

唉，以王军的聪颖，怎么会不明白这点我都明白的道理，他也是被上头的压力折腾得五荤六素的，处事乱了阵脚。

4月11日 星期五 高考倒计时57天

理想犹在

昨日的担忧，今日便兑了现。上午第一节无课，玲玲老师到办公室找我诉苦，说王军怎么对自己不信任啊，自己怎么会这点轻重都分不清呢。我劝玲玲别想太多，这根本就不是信任不信任的问题，王军仅仅是想善意提醒你突出重点，换而言之，他实在是希望你能把100%的精力都放到高三，但他又开不了这个口，只能用提醒你重点关注高三的方式来委婉表达这个意思。

玲玲听了我的解释，心情好了许多，便针对13班的具体学情，和我聊各个学生的学习状态和发展潜质。从玲玲的话语中，我捕捉到了一种成功的渴望。玲玲太想在这第一届高三教学中获取成功。

玲玲走后，历史老师也逛过来闲聊几句。历史老师在13班所感受到的压力，比他在12班承受的力度要小了很多。毕竟这次13班只比指标少了1人，12班则只完成指标数的45%。历史老师说，通过两天的思考，他开始对学生学习的主动性有了新的认识，意识到只有加强督促加强检查，才能真正强化文科班的学习。以往他过于相信学生的自觉性了，结果，很多该做的事没能及时做好。

老钱也过来找我。老钱找我不是为了闲聊，是为了调课。老钱要到大市教育局开会，要我下午第三节帮他看班。

应承下老钱的安排后，开始查看信箱中的邮件。一位网友发来文稿，还附加上了一大段人生感叹。这位网友原本十分优秀，教学业绩出类拔萃。尽管如此，还是因为在工作中遭遇了一些不如意而产生了情绪波动。我从自己曾经撰写过的一篇文字出发，说了点可能根本就没有任何用处的宽慰话。我想，再优秀的人，也会因工作压力而出现焦躁情绪，也需要宽慰需要关注。我能做的，只有遥遥祝福。我希望所有富有教育情怀的同行们永远幸福安康，无忧无虑。

网络上也有好消息传来，四川一位兄弟的书稿——《唐诗的江山》终于正式出版了。至此，屈指算来，已有十多位网络上的朋友出版了个人的专著。这些朋友，在充满坎坷与艰辛的教育旅程中，一边挣扎于日渐沉重的镣铐束缚，一边依旧以如火的热情高歌猛进于教育理想中，正是他们的榜样力量，才推动着我踉踉跄跄地在后面艰难跟进。

我的《睁开眼睛看教育》似乎也依稀有了点眉目，下午收到了某编辑的邮件，说是等着我的答复。我纳闷于他的等待，只得打电话过去咨询，原来，他数天前给我发来邮件，讨论书稿出版中的一些细节，我却压根就没有见到这邮件，想来可能是他那边发送失败的缘故。

我依旧盲目自信于《睁开眼睛看教育》中的唤醒功用，绝不接受任何自费性质的出版方式。我相信，既然数家编辑部都认为书稿质量过硬，就绝不会因为主题的批判性而使书稿长久蒙尘的，我需要的，就是等待，等待宽松环境的来临，等待言论自由时代的慷慨惠顾。

下午，7 班的连堂。重复昨日在 13 班的复习要点，只是在内容上针对理科生的特点进行了调整。抓住探究类试题解答中强调多元解读强调结合民族心理和人文精神解读的特征，给孩子们补充了一些关于民族心理和人文精神的迁移知识。我总是担心理科孩子人文素养的严重匮乏，总希望在课堂上尽可能多地灌输些这方面的零散信息。我知道这些孩子中，绝大多数人将来都要和科学技术建立起各种各样的联系。倘若有一些孩子出类拔萃，成为国家科技领域的尖兵，那么，人文精神的底蕴对于他的人生价值取向的指导意义实在太重要了。我总是记着一位普通美国学校校长的话："拥有丰富知识却缺乏人文精神的人，比无知者更可怕。"竭尽所能培养学生的人文思想，是作为语文教师的我的最重要的教育使命。我总以为，教师应该是同时具有"铁肩担道义，妙手著文章"两种品质的复合型人才，绝不能只是一个知识的传声筒。

4月12日 星期六 高考倒计时56天

依旧 "自作多情"

写下日期，便意识到这是一个特殊的日子。81 年前的今天，一场腥风血雨陡起上海滩。强权集团利用手中的枪杆子，将不同政见者赶进了监狱赶上了断头台。以此为起点，国民党统治集团便和独裁挂上了钩，"五四"以来的民主、自由的希望之光，因暴力淫威完全熄灭。

81 年后的今日，岁月的光华早已淡化了所有的血痕。桃红柳绿之中，忘却已成为最好的疗伤圣药，把一个民族的苦难轻描淡写地从记忆中抹去，只留下教科书中淡淡的一笔，依稀勾起多愁善感者的浅唱低吟。而大多数者，看到的、想到的，则仅仅是清明小长假之后的无边柳色、厚重春光。

春意盎然中的周六，高三的学生们不仅注定不会有享受自然的权利，也不会有缅怀先烈的情怀。等待高三孩子们的，照例是一套综合练习。今天某大市“二模”试卷的大阅读材料，刚好涉及民主与自由的话题。便在一个小时的指定训练时间之后，将文段阅读和“四·一二”这个特殊日子结合起来，就人文精神中的民主与自由两大核心问题，和孩子们进行交流沟通。这种看似跑题的试卷分析订正，实在寄托了我对孩子们太多的担忧。总是担心孩子们成了读书机器，总想让他们的灵魂更多地接受民主自由精神的滋润。在我的意识中，语文教学的铁肩，必须承担起这种磨砺精神的传道重任。

大多数孩子，喜欢听我天马行空地“布道”。书本之外的世界，他们没有时间睁开眼睛去看，便只有借助了老师的“复制”间接了解。当然，我厌恶洗脑，我只提出需要思考的问题，只希望把理性观察世界的意识灌输给年轻的灵魂，绝不会强迫孩子们接受他们无法接受的观点。

侃这样的大山，当然不能满足孩子们的现实愿望。所以，谈意识形态，还需要以谈经济基础为依托。今天的连堂训练，重点依旧是强化必考部分的解题思维能力。和前阶段稍有不同的是，本次将重心由古诗文阅读鉴赏转移到了文学作品阅读。

在两个班级，采用了两种不同的训练法。7班由解题能力训练入手，重点放在训练之后的思路纠偏；13班则先引导阅读，针对各种题型强化解题思路，然后才动手实际演练。所以如此安排，实在是因为13班除了十多位出类拔萃者外，更多孩子还徘徊在语文知识能力的大门之外。与其让他们盲目上阵，不如先告知取胜的方式方法，引导他们依照规范解决问题。

尽管如此，还是有问题。问题的焦点，在于这套试卷背后的能力要求。和常规高考解题思路相比，这套试卷对解题的格式要求更严格，一道6分分值的简答，倘若依照历年高考同类题的解答步骤进行操作，那么，实际得分只能是三分之一。

课间和夏琼、小朱聊起大阅读的解题思路，便又扯起了“前辈子杀人，这辈子教语文”的话题。当语文阅读成了除了命题者便再无人能答出满分答案的“怪物”时，语文早已就成了一个彻头彻尾的怪胎。这个怪胎，一方面制定着日趋怪异的标准，另一方面又因为要求的无法实现而催生出盲目的打破和放弃。

13班的黄恩昊推门进入办公室，磕磕绊绊地表达着他的意思：他对陶渊明的诗歌有了点兴趣，但却找不到陶翁的

《归园田居》，想请我帮他找一找。这孩子，总是用我无法理解的思维方式对待学习，对他，我只想到一个词——另类。当然，另类不见得是贬义，却实实在在也不是褒义。

还是满足他的要求，上网帮他搜索，找到他想拥有的五首诗作。黄恩昊立刻很是欢喜地将这些文字抄到一张白纸上。我问黄恩昊抄写这诗歌作什么用途，他说前阶段看一篇作文，文章中引用了其中的两句话，感觉很好，就想把诗歌都找到背下来，下次写作文时好用。

这孩子，哪有这样先定诗歌再写作文的作文法啊。我想，他更多的愿望，还是想引起我对他的注意吧。毕竟他每次考试，160分的试卷只能得五六十分，他注定以为我会因此而轻视了他，便用这样的方式，来告诉我他其实很好学很勤奋。他哪里知道，我并不因为他的成绩差而轻视了他，我只希望他能做一个懂得尊严懂得尽力完成任务的人。如此而已。

4月14日 星期一 高考倒计时54天

没来由的杂感

流淌的时光，以永不停歇的重复，将每天的24小时拉扯得平庸而悠长。于是，每一周的开始，似乎都仅仅是上一周的延续和复制。

然而，日子的意义，绝不是日历牌上的永恒的数字变换，更不是学生试卷上此起彼伏的分数。此日与彼日的差异，更多体现在大脑中信息的不断更新。阅读，唯有阅读，才能将每一天都镌刻上独具特色的符号，让曾经的所有岁月，都因为文字的浸润而呈现出摇曳多姿的色彩。

一个朋友说，读书，像呼吸一样的自然。这份境界，我达不到。我能体察到的，是阅读对心灵的擦拭。当如水的文字清凉地流过眼球，便会有一种澄明，由睫毛和瞳孔渗入灵魂，让灵台因充盈而豁达。

这些没来由的杂感，起源于夹着教案走向教室那几十步路程。按照教学进度，今天应该开始的，是小说阅读。然而，原本云淡风轻的心，突然就莫名地厌倦了文学作品阅读中的种种解题技能。于是，两节课的连堂，将教材中众多信息筛选之后，便只用第一课时抓住小小说的题目展开，结合高考试题的命题特点，分析题目中应该涵盖的多层意义，解析题目对于故事主题和情节的纲要性质。另一个多出来的课时，扔给学生自由阅读：读报纸，读作文选，读微型小说选刊，读精美散文。我总感觉语文除了阅读需要花费大量的时间外，授课，实在用不着每天两节的连堂。

学生们总会有各种稀奇古怪的问题和千变万化的姿态，在阅读中呈现。李娟不知读到了什么，要和我探究宋江的反叛诗；秋月只喜欢和考试有关的资料，她提出的问题，就是“为什么资料上说这个词语只能做状语，不能做谓语”；小眼睛的盖雨，总让我弄不清是在假寐，还是在读书；嘉欣和叶露，依旧还是激发不出阅读的兴趣，只专心致志于永远做不完的习题……

终于还是忍不住，叫停了孩子们的无主题交响，就小小说创作中的相关问题，向他们灌输文学对生活的干预。给他们列举了滕刚的一些精妙之作，又给他们剖析了几位流行写手的心灵鸡汤。这么说着时，心中隐隐还想起了高考，想起了高考中万一大阅读题出现的是小小说，可能会是当下的哪路神仙的作品。只希望命题人能慧眼识珠，切莫让过分香浓的鸡汤迷幻了考生的心灵。

下午和晚上，依旧有会要开。备课组的会，研究的依旧是教学进度和教学内容。学校的会，却无边无际，漫无目的。校长先是带领着大伙儿学习市教育局新近颁发的《师德建设条例》，各大条款中，印象最深的，是教师不得利用职务之便，向学生强行摊派各种教辅资料。这便让我立刻想到下午备课组会上王军无可奈何的几句话。王军说，大市教育局又强行摊派下来一本教辅资料，局长牵头编写，谁也无法推辞，大家领取发给学生吧，多少总会有点用处。王军还说，教育学会的那套资料，也要想办法用起来。这么多摊派的资料不用，最后没办法向学生收费。

校长接着介绍高三模考的整体情况。校长介绍的这些，似乎并不是所有人都渴望知道，于是乎，下面就有窸窸窣窣的声响飘浮。校长也就勃然大怒，校长声明：以后开会再有教师在下面说话，就毫不客气地公开点名，并罚说话教师到会议室最后站着听会！会场立刻死一般安静。

校长再介绍今年的招生政策。校长说今年的形势大好，长期以来的 16 轨终于可以在今年达到 20。校长要求老师们抓住一切机会宣传学校这一年来的巨大变化，要通过各种途径，把学校的招生政策传遍全市的各个角落。

校长带着我们学习这些内容时，我正在阅读《读写月报·新教育》中的一篇文字——《文化，在制度管不着的地方起作用》。我前些日子曾心血来潮，想将这篇文章复印了送给每一位学校管理者阅读。我对作者的这段整句十分感兴趣：

文化，在制度管不着的地方起作用，在制度止步的地方掘进，它会把“团队精神”渗透到管理者意想不到的每一个细节中。

制度是刚性的，是有边界的，大多做“负面清单”，往往规定哪些不能做；

文化是柔性的，是无边界的，大多做“正面清单”，常常倡导哪些应该做。

制度只在有监督的地方起作用，是他律，须慎众；

文化在无监督的地方也起作用，是自律，须慎独。

制度是“纲”，纲举目张；

文化是魂，万流归海。

制度具有强制性，强调执行力，是外源性的，是“要我做”；

文化没有强制性，强调感染力，是内源性的，是“我要做”。

……

我把这段文字，和学校的常规管理相对照，便读出了学校发展中的“短”来。

大会结束，继续开会。高一年级召开班主任会议，高二年级接着召开班主任和备课组长会，高三年级召开理科班任课教师会。高一年级的会 20 分钟后在 5 楼第一会议室举行，高二年级的会立刻移师 5 楼第二会议室，高三原场地坚守，全体与会老师向前四排集中……

理科的会，比文科温馨很多。这次模考中，理科是胜利者，应该享受这样的荣耀。当然，该敲的警钟，依旧会敲响；该报给大家听的各种数据，也依旧要一个个地报。

>>>>>>>>

4月15日 星期二 高考倒计时53天

教学，应以学生的接受力为基础

除上午第四节的监考外，全天无课，想到已很长时间没有研读教学期刊，便在早读后开始赏玩刚收到的2008年第2期《语文教学研究》，于是得以亲近徐江先生的《从全国教学大赛获奖教学看语文教育的悲剧》。读后，感触良多。既为徐江先生不屈不挠的批判精神所感动，也为当下语文教学的现状而悲伤。平心而论，被一些语文人称为“闯入语文学科教学园地中的一匹狼”的徐江先生，尽管对语文学科教学的种种颠覆性观点中，大多存在着一些有失偏颇的言论，但他的思考，对于语文学科建设，还是有着十分重要的建设意义的。

徐江先生把由《伟大的悲剧》课案而暴露出的语文教学的悲剧概括为以下几条：

1. “字词检测”走过场——弱化了语文基本功训练。

2. “概括情节”——不懂“时”“空”内涵而作出空泛归纳。

3. “解读‘悲剧’”——没有悲情的解读。

4. “品味伟大”——没有“品位”的“品味”。

5. “拓展延伸”——拙劣的“续貂”。

徐江先生的这五点批判，从基础知识积累与训练、故事情节归纳分析、作品情感意境鉴赏、主题意义品味、文本价值拓展延伸五方面入手展开，基本涵盖了常规语文教学的所有环节。也就是说，这个被评委们确立为代表了当下语文教学极高水准的《伟大的悲剧》课案，在徐江先生的眼睛中，完全就是一个外表华美而实则千疮百孔的教学怪胎。

徐江先生的批判，是否真的抓住了语文学科教学的要害，找到了疗救当下语文教学的必由路径呢？就我的理解力看，感觉以下几方面都还存在着值得商榷的内容。

一、关于基本功训练

《伟大的悲剧》课案的授课人用2分钟的时间梳理教材中的字词，对此教学环节，徐江先生是不认同的。徐先生认为，这篇课文中存在着20多个重点词，教师只有带领学生准确认识这些词语的音形义，扫除文字障碍，才能在接下来的教学环节中带领学生深入理解文本。倘若文字关都无法逾越，那么，文本理解也就只能是一种空想。

为了论证自己的观点，徐江先生列举了此后的审美解读中师生“讲不出如何悲壮地覆没”以及教师教学中对“遗孀”一处细节赏析的忽略这两处教学细节，并针对后一处细节中凝聚的丰厚情感展开剖析。在此基础上，徐江先生得出结论：“我认为与其作这种可悲的解读，还不如用宝贵的时间资源老老实实、认认真真地把上述重点词讲清楚，至少学生在语言基本功方面能够得到实惠。况且此路一通，而后边的解读也就顺畅了。”（引文选自徐江先生《从全国教学大赛获奖教学看语文教育的悲剧》，下同）

徐江先生对基础知识的关注，我很赞赏。诚如徐江先生所言，众多词语都不理解，又怎么能正确解读出文本意义呢。然而，就此课案而言，徐江先生可能忽略了几个必须关注的细节，以至于自己的批判失去了应有的威力：

首先，徐江先生忽略了公开课的教学特点。公开课教学承载的使命，类似于时装发布会上的最新服饰展示。要在有限的45分钟内，尽可能多地展示各种设计理念，就必须最大限度压缩各具体服饰的展示时间，不可能只抓住几款样式一点点地演绎一点点地解剖。如徐江先生所言，在课堂上将这20余个字词逐个解读，从正音入手，然后进行字形辨析，再查字典了解字词的本义、基本义、比喻义、引申义，最后再分析它们的语境意义，归结这些词语中凝注的主观情感。如此一来，授课时间至少也在10分钟以上。这个教学环节拥有了充裕的教学时间，势必就压缩了更主要的文本赏析与解读时间。

其次，徐江先生忽略了初中教学与小学低年级教学的差异。走过小学低年级的识字教学这段路程之后，从小学高年级起，教师就应该将字词等基础知识的积累与应用这一任务交给学生，培养学生课前预习中自觉预习课文梳理字词的阅读习惯。对初一学生而言，利用工具书解决阅读中的字词障碍，实在是一种必须具备的基本学习能力。当学生们已经具有了这样的能力之后，教师课堂教学是否还必须对字词等进行细致强化呢？倘若遇到生字词，就必须在课堂上一点点详细阐释，那么，学习一篇《林黛玉进贾府》，单是词语解读，没有三个课时估计也拿不下。一篇课文又该学习多少课时？徐先生把自己的批判建立在学生完全是第一次接触课文的假想状态下，这是不符合中学教学实情的。所以，徐先生的这点批判并不能站住脚。

最后，徐江先生将审美解读中“讲不出如何悲壮地覆没”的原因归结为字词检测走过场。这显然有意夸大了字词疏通对于文本解读的作用。字词的梳理，对阅读具有一定的帮助作用，却绝对不是影响解读的最重要因素。换个角度看，如果教师授课时带领学生用20分钟详解字词，学生是否就能准确解读出文本意义了呢？答案当然是否定的。

至于徐江先生对“遗孀”一词的赏读，实际上远远超越了常规字词检测训练的框架，也就是说，教师即使在字词检测这个环节中带领学生学习“遗孀”这个词汇，也不会如徐江先生这样条分缕析。我们知道，任何词语的理解，都是必须结合具体语境来展开的。新课开始时的字词学习，属于简单的识记，而非词语含义的赏析。只有在进入文本解读之后，重要词语的理解才会被纳入教学环节之中。在这点上，徐江先生混淆了教学流程，自己也没有分清类似“遗孀”一词的掌握，到底是应该放在新课起始阶段的字词识记中，还是应该放在具体课文赏读的教学环节中。

鉴于徐江先生的这三方面疏忽，他的批判也就明显地脱离了具体教学情状、脱离了学情实际，犯了逻辑推理混乱的毛病。因而，其批判也就无法成立。

但这不是说徐江先生的批判就完全没有价值。实际情况是，一线家常课中确实存在着轻视基础知识的状况。正是从这点出发，我们欣赏徐江先生的批判，因为他为我们敲响了警钟。

二、关于概括情节

徐江先生这一环节中展开的批判，我认为抓住了问题要害，点中了授课教师该环节处理中的死穴。然而，徐江先生在批判中措辞有失公允。另外，徐江先生自己提供的答案，也和自己所作的分析存在一定的脱节。

《伟大的悲剧》课案中，确实存在着情节梳理过于粗糙的弊端。尽管教师在活动开始时就特意介绍了概括故事梗概的方法——“抓住重要信息进行筛选，对于记叙性的文章来说，重点信息就是‘时间’‘地点’‘人物’‘事件’”。但在实际授课过程中，教师对自己强调的内容不但没有进行强化落实，而且还在学生依照教师的强调梳理时间时，用一个错误的追问“所有的事情都是发生在这一天吗”生硬终止了学生的概括。正是教师的这个打断，使接下来的概括，完全演变成了一种毫无智力挑战的伪对话。看起来师生有问有答，课堂热热闹闹，实际根本无法实现借助文本内容归纳而训练分析概括能力的教学目的。这一点，恰恰是眼下语文教学中的通病。

对于授课教师在这一教学环节中暴露出的问题，徐江先生将其原因归纳为“无论是老师还是学生都忽略了这个时间表”“与这个时间表相对应，还忽略了事件的空间点”。并进而得出“这位获奖者不懂‘时’‘空’的内涵”的结论。徐江先生的这几句话，我想，听课的学生是不愿意接受的。学生会说我们根本就没有忽略时间表，所以没有说出，只是因为老师没有让我们说而已。当然，授课教师是无法反驳徐江先生的，确实是因为授课教师的打断，才使得学生们丧失了依照时间表和空间点来勾画轨迹图的机会。

那么，正确的情节归纳法，应该是什么样的呢？徐江先生用自己的条分缕析，为我们做了演示。徐江先生的这个分析，显然比授课教师要高明许多。至少，在这样的分析中，不但梳理清楚了故事梗概，更将一种学习的技能传授给了孩子们。我想，依照这样的方式训练下的孩子，肯定能很好掌握叙事类文本的情节归纳技法。

然而，徐江先生在强有力的分析之后所列举的“富有情感的概括”，和自己的分析还是出现了不够吻合的地方。也就是说，徐江先生在批判孩子们概括出的情节过于“干巴巴”的同时，自己概括的故事情节，也并没有能够符合他所倡导的“轨迹图”。从徐江先生的文字中，我们可以发现，他所列举的众多时间众多地点，具体落实到了他自己归纳出的故事情节上，也打了很多的折扣，只出现了两个具体时间和两个地点。

和学生的归纳相比，徐江先生的概括除了增添了少量细节外，其组合成的文字，也并不能反映出他自己洋洋数百言的情节解读赏析的观点。从这点上看，分析和具体归纳之间，总是存在着一定的差异。这个差异，在学识丰富的徐江先生身上尚且体现得如此明显，那么，对授课教师、对初一年级的学生来说，归纳出的文字不够完美，似乎也就不应该树立为批判目标了。

当然，挑徐江先生的这点毛病，并不是说授课教师的课堂操作就可以概念化、简单化、随意化；相反，正是在徐江先生所着力批判的内容上，授课教师确实没能发挥进一步的科学引领的功用。倘若教师能在学生归纳出全文内容后，带领着学生依照文章中的时间线索和地点线索，采用徐江先生梳理情节的方法对这众多时间和众多地点上附加的文本意义适当挖掘，那么，对于进一步理解文本，对于学会依照时间与空间顺序整理情节和归结主题，肯定很有价值。对此，不能不说教学是一门遗憾的艺术。

三、关于“解读悲剧”

徐江先生认为，授课者虽然确立了“理解为什么称之为悲剧”这一教学目标，但在实际教学活动中，却并未引导学生认识为什么把这一事件称之为悲剧。授课者仅仅是将文本中厚重的悲剧氛围简单归结成“失败之悲”“死亡之悲”两个显见的浅层意义，却未能真正走进文本的内核，品味到文字背后深邃的隐语意义。

徐江先生的这个观点，无疑是正确的。受个人学识的制约，不同的读者面对相同文本时，绝对不会解读出完全一模一样的意义来。以年轻的初中授课教师的个体文学修为，要达到徐江先生对文本意义的认知高度，绝非读两本书写几篇文章就可以实现。所以，授课教师的文本解读，难免要受制于教学参考书，受制于可以找到的各种解读资料。

正是基于这样的认知，我对徐江先生在文章中的深度解读完全认同，且心存敬佩。徐江先生所倡导的“悲剧”中的“两难的不可选择性”，在我看来确实是捕捉到了文本的意义关键。

然而，正如我完全相信徐江先生的解读是深刻的，有价值的；我也完全相信，还会有人从这个文本中解读出比徐江先生的见解更精彩的意义来。《伟大的悲剧》中的悲剧意义发掘，绝不会终止于徐江先生的观点。

如此，也就出现了一个问题，既然文本解读可以因为解读者自身学养的不同而存在差异，为什么授课教师就一定要依照徐江先生的解读方式来阐释文本的悲剧意义呢？更何况授课者面对的是初中一年级的孩子。授课者是否有必要在课堂上如徐江先生所分析的这样，引领着孩子对教材如此深挖下去呢？

我们知道，人的主观认识能力，是随了社会经验的逐步积累而日趋提升的。当学生们的理解力尚未达到一定的高度时，教师教学完全可以采用两种不同的方式来传授知识：一种是且不论学生能够接受多少，先灌输进去再说，留给他们日后慢慢消化；另一种是暂且只将学生能够理解的告诉他们，其他暂时无法理解的，留给认知力提升之后再告诉他们。这两种方法孰优孰劣，本就缺乏定论。授课教师面对初中一年级的孩子解读悲剧，让孩子们通过悲剧了解生命的可贵。实现了这样的目标，不也就达到教学目的了吗，有什么必要非要一步到位，将文本意义挖掘到大学教授才能理解的程度呢。

在这一点上，徐江先生显然混淆了个体解读者和文本学习引领者这两种身份，把对教师个体解读的能力要求掺杂到了教师教学行为的活动中。退一步说，即使必须用这样的解读方式来授课，也还是应该尊重他人的解读权利，怎么能只用自己的解读作为蓝本，要求别人都如自己一样地理解文本的意义呢。正如读者愿意从《丑小鸭》中解读出通过努力来改变命运这样的主题意义一样，谁也不能因为自己反对这个意义，就硬性规定别人必须接受并传播自己解读出的血统论的观点——尽管这样的解读可能更有意义，更接近文本内核。

四、关于“品味伟大”

从整节课的时间安排上可以看出，这个耗时20分钟的环节，显然是授课者精心构设的教学重点。可以武断地说，授课教师正是为了突出强调这个环节，才极力压缩了前四个环节的教学时间，导致了前四个环节的轻描淡写、大而化之。

徐江先生认为，在这个重点环节中，“执教者与学生的对话‘品味’境界有待提升。教师对文本、对学生、对教学基本上没有‘觉解’。”“这位获奖者与他的学生都没有明白这个问题，他们的解读不是理性的。”

在徐江先生看来，授课教师和学生双边活动中所品味的

"牺牲自我""无私博爱""献身科学"，都不应该被列入赏析的重点。因为这些内容，都是建立在没有"觉解"和非理性的基础上的。徐江先生所倡导的建立在"觉解"和"理性的"解读基础上的"伟大"是什么呢？从先生的文字中可以知道，"是一种行动，是人类探究未知的连续的行动，是一种整体的前后相继相衔的连续行动。"

没有读到徐江先生的这篇文字之前，该文本的亿万读者能依照徐江先生的解读模式而获得和先生相同的解读感悟的，估计实在不会占多数。读了先生的文章，再回头思考，该文本中也确实存在着如先生所言的这份"伟大"。然而，这种伟大，绝不会只是"伟大的悲剧"这个短语中的唯一定语内涵。授课教师和学生们归纳出来的三条，尽管比徐江先生归纳的要肤浅一些，直白一些，尽管他们仅仅是"孤立地品味某个人行动里表现出来的人的品质"，而不是品味"行动"。却也不能因为自己的深刻，就否认了其他解读的意义。

说到这儿，又要回到第三点的话题中了。徐江先生的解读，较之于师生课堂上的实际活动，哪一种更符合初中一年级学生的接受力呢？在学生接受力许可的范畴内，充分利用文本的主题意义，对学生进行一定的人生观价值观教育，即使这样的教育没有达到某种深度，但只要能实现了关注生命意义，关注终身发展需要的目标，又有什么不可以呢？一步到位固然很理想，倘若这样的一步到位，超越了受体的理解能力，那么，可能反不如浅易一点，平白一点有用。

至于学生所说的"其实斯科特在这时候可以完全不接受为阿蒙森作证的要求，他甚至完全可以把挪威的国旗拔掉，换上英国的国旗，但斯科特没有这么做，这体现了他们诚实的高尚品质"，这实在是一种遗憾。面对这种认知缺陷，徐江先生批判这位授课者"竟然不告诉学生这是'完全不可以的'！"徐江先生这份人文情怀，很值得敬佩。授课教师确实承担着纠正思想偏差的责任，不能在课堂上履行这样的责任，也确实应该批评。但这种荒谬的思想，并非教师传播，也并非教育所传播，而是整个社会文化影响的结果。整个社会处于一种极端自我的大环境中，又怎么能把这责任也强加给授课教师呢。

五、关于拓展延伸

课堂结束时的拓展延伸，本质上看，应该是课堂的自然延续。这个环节，要么用来训练基本技能，要么用来检测课堂所学，要么借助互文性阅读，在比照中深化对课文的理解。

《伟大的悲剧》课案的拓展延伸中，授课教师先是要求学生思考“为这些我们敬仰的英雄立一块墓碑，你会在上面写些什么?”跟着又转换成“请你写一段文字以表达你对这些英雄的敬佩或追思”。这两句话中，无论是完成哪一个任务，对语文学习而言，都意义不大。

所以，徐江先生称这个拓展延伸为“拙劣的续貂”。不过徐江先生这个环节的批判，有点脱离教学目标了。徐江先生把矛头对准了师生活动中没有写出墓碑特点这一靶子，并通过列举自己写作的墓碑，来展示有价值的拓展延伸应走的路径。这样的批判，显然没有多少价值。毕竟这个文本本身和墓碑没有任何关联，这节课的所有教学内容，也跟墓碑这种文体的掌握没有任何关系。徐江先生应该批判的，是教师拓展延伸设计的随意性，而不应该批判他错误安排中细节上的问题。换个角度思考，即使后面的拓展，果真能依照徐江先生的设计形式写出两则有个性特色的墓碑，这样的拓展就能算是好的教学设计吗?

4月16日 星期三 高考倒计时52天

小说中的人性挖掘

继续复习小说阅读的相关知识点。今天的学习重点，落在小说环境描写的作用与小说人物形象塑造两方面。

先用几分钟时间，强化上一课时对小说题目意义分析技法的理解，然后，针对小说阅读中的分析归纳特点进行简要提示，再给孩子们10分钟时间阅读教材。

这些必要的铺垫结束后，开始研究该知识点的命题特点及答题策略。环境描写的作用，主要依照教材中的几道例题分析，逐点概括。通过师生间的活动，共概括出了8个答题点：

渲染气氛，为后面的内容做铺垫；交代人物身份，表现人物性格；烘托人物形象；衬托人物心理；交代人物活动场所；展开、推动故事情节；象征和暗示；解释原因。把这些内容一一写在黑板上，并强调要记录在书头或笔记本中。

人物形象分析，放到具体文段阅读中展开。教材中的四篇微型小说，《两个鸡蛋》和学生的生活结合比较紧密，《烛心》以前训练过，相对而言，《市长和女儿》《一个女市长的遗愿》两篇比较阅读素材，和孩子们存在一定的阅读距离。

教材后面的命题，质量太差，很少能够触及文本的灵魂。干脆抛开这些题目，只要求孩子们阅读作品，总体上进行思考。把知识点复习课，改成了小说欣赏，把人物形象分析，纳入作品鉴赏这个总体目标中展开。

四篇作品通读后，组织思考：这几篇小说，品位上有无高下之分？哪些作品可以让你感受到生活的真实意义和价值？《两个鸡蛋》中的人生取向是否代表了人生的发展趋势？两篇关于市长的小说，有哪些相同点，又有哪些不同点？

在讨论小组活动之后，稍微提问几个理解力较强的孩子，看看他们能否读出小说故事深处的隐语意义。孩子们的思考多比较浅易，能捕捉住表象背后的浅层象征意义已较困难，更难以读出作者潜意识中的思维不足。

干脆就跳出命题和解题，就当下文学作品的鉴赏方式进行专题讲座。先让孩子们思考《两个鸡蛋》中作者确立的人生之路是什么，再组织他们评价这种通过读书来实现跳出大山的人生追求中，是否包含了一种消极的逃避。这样的质疑，显然出乎孩子们的意料，我看见很多孩子眼睛中写满了困惑。他们的心中一定在琢磨，白纸黑字的东西，也可以怀疑吗？这，正是我的教学目标所在，我就是要通过具体的文字，告诉孩子们，即使是写在书本上的故事，也并不见得就是真理，就代表了真实的价值走向。阅读文学，必须以自己的心充当量器，要能够并敢于丈量它的长短，辨识它的优劣。

在挖掘完这个文本的深层意义之后，把解读目标锁定到两篇市长主题的小小说上，这个环节，重点扣住“人性—官位”这组概念来展开。讲析之初，先提问一个看起来很简单的问题：真善美中，哪一种品德最重要？很多孩子不假思索地回答：善。我否定了他们的观点，把“真”抬到了无上地位进行强化。我先引用了陶行知的“千教万教教人求真，千学万学学做真人”，又引用了前些日子在网络上看到的一句“为了真，宁愿舍弃部分的善”。

接着，针对人性中的真善美和官场潜规则中的假大空展开比较，借助文本《市长和女儿》，分析官场语言的特点，把握这种语言背后的人性的隐藏与丢失。然后再品味《一个女市长的遗愿》中母性和官德的和谐。最后把两个文本放在一起，探究两篇小说背后的人性问题。如此，孩子们对小说的认识较之先前深入了一些。我想，这应该就是实现了维果茨基的“最近发展区”理论中对学习的要求了吧。

这样一路神侃下去，孩子们的兴趣基本上被调动起来了。趁热打铁，发下一张拓展阅读试卷，里面有同事挑选的两篇小小说。安排孩子们只读作品，暂不关注题目。这两篇作品，后一篇属于典型的心灵鸡汤。我希望借助鉴赏，让他们明白这类文字对心灵的隐性损伤。

>>>>>>>>

4月17日 星期四 高考倒计时51天

督导组又要来了

大市的督导检查组又要来了，随消息一起来的，还有人心的骚乱。

王军说，学期初大市教育局曾制定政策，舍弃全面开花式的督导检查，代之以学校申请制——由希望开展督导检查的学校向教育局提出书面申请，教育局才派遣检查组深入该学校全面督导。教育局显然过高估计了督导检查对于学校建设的意义和作用，这种姜太公钓鱼的手法运用的结果，是没有任何一家学校向他们提出申请。于是，教育局终于在两个月的守株待兔之后，耐不住这份寂寞，开始主动电话联系相关学校。没想到的是，这种“委身下嫁”，依旧遭到了各学校的抵制。我们的大校长就直接回话，拒绝接受他们的督导。

然而，该来的终究还是会来。尽管不受欢迎，总还是要履行某种看来不得不履行的职责。这个督导的日子，终于被大市教育局强行指定在下周三。

督导组既然决定了来，学校就不能不停下一些事务，来迎接督导组的大驾。于是，一周内的最重要活动，就是落实各年级各备课组的教学进度，并在此基础上通过备课组的专题活动，确立督导之日的具体课务。依照往年的惯例，督导检查时，同备课组必须教学进度统一，这个统一，使原本针对不同班级学情而灵活机动处理教学课时的松散式课堂模式，遭遇到了强力的干预。

王军对语文学科就很头疼。依照正常教学进度，下周该推进到实用类文本阅读这个知识点的复习。然而，由于文理科教学内容的差异，目前备课组内还有几位老师尚未开始小说阅读鉴赏这个知识点的复习，另有两三位老师的小说阅读鉴赏复习已接近尾声。

老陆建议督导日统一进行小说阅读。老陆把老教材中的《荷花淀》找出来，要夏琼将其制作成课件，说是督导那天，就以《荷花淀》为母本，统一开展小说阅读指导。老陆的意见首先就遭到我的反对，眼下的知识点复习，已不同于平日教学中的赏析课。一个课时只围绕一篇文章展开分析，显然不符合常规复习规则，让人一看就透着虚假。

王军的意思是统一上作文课。我还是存在疑问。上次督导检查，大伙儿就是统一的作文课，这次又是作文。总给人感觉课时安排不够合理，哪来的这么多的作文辅导内容呢。

依照我的想法，管他什么督导，该怎么上就怎么上，该上什么内容就上什么内容。督导组倘若连近阶段高三复习进度都无法把握，那他们说的一切意见，也都没有价值。教学，服务于课堂的需要，服务于学生的需要，就是不该服务于督导检查的需要。我知道我的想法过于天真，没有人会认同，干脆缄默不说。

无法形成结论的结果，是眼下的教学继续依照既有节拍展开。今天推进到小说鉴赏评价环节，授课重点落在如何评价作品人物这个考点。指导学习时，首先强调评价人物和归纳人物个性间的差异，把评价中的读者意识提到一定的地位进行强化，然后针对具体作品分条归结解题注意事项和要领。讨论到小说《午后的故事》主题意义时，连着提问十多位学生，得出的结论大体一致。我感觉不满意，便从各个角度点析，我说，小说在整个大环境冷漠自私的基础上，借一个老者的形象，为社会增添了一点亮色。李娟开始反驳我的观点，她认为恰恰是老者的形象，使作品呈现了更深层次的悲哀。面对了邪恶，那么多的年轻人壮年人都躲在一旁充当看客，只让一个花甲老人出面，这其中的悲剧氛围，值得所有人细细品味。老人的这点亮色，恰如诗歌鉴赏中的乐景，他的出现，加深了作品的悲凉。我对李娟的解读很是欣赏，承认她的解读合情合理，当然，也并不就因此而放弃我的解读。我感慨，有李娟这样的学生，是教师的幸运。只有具备质疑精神的学生，才能促进教师在专业化发展道路上永不止歇地行走。教学相长，此之谓也。

4月18日　星期五　高考倒计时50天

老钱的倒霉与媒体的变态

“老班①倒霉了，大市电视台‘今日生活’栏目的记者到班级采访他，因为‘四模’李延、朱训他们没有参加考试……”下午第三节下课后，13班的几个孩子偷偷告诉我这个消息。

“没有考试有什么值得大惊小怪的，学生不想参加考试，又不能把他们绑来强迫他们考。”我说，“再说，这几个活宝早就自我放弃，课也不上，好几周不见人影儿，还参加什么考试。为什么非要强迫他们读书呢。每个人有每个人的路，只要不走歪了，什么样的路，都通向人生的终点。”

“什么呀，不是他们不参加考试，是老班因为他们旷课太多违纪太多，让他们停课在家反省，结果耽误了考试。现在他们告老班非法剥夺他们的考试权。”几个孩子唧唧喳喳地说。

原来如此。这么一来，老钱确实是把自己放到了被动位置

① 学生对班主任的昵称。

上了。

孩子们要我说说对这件事的看法，我实在没兴趣对当下教育再发表什么见解，便以没有调查就没有发言权为借口搪塞过去。不过，我对媒体的兴奋点，却产生了兴趣。

对媒体而言，抓住一两个典型的反向教育案例大做文章，似乎已是由来已久的铁律。前两年关于“禽兽教师”的报道中，以一两个败类为缘起，骂遍了天下教师。今年，这类事件少了，又冒出了师生恋这样的新鲜事儿，再次引发所有媒体的狂热追逐。似乎只有这些负面的消息，才能满足天下苍生对待教育的病态化情感关注。

教育中的弊端确实所在皆是，然而，教育的种种弊病，根源绝非在教师处。撇开了事件的本质，只从居于弱者位置的教师身上寻找教育批判的素材，固然可以挖出教师群体中隐藏的各种非教育性甚至反教育性的顽疾，有利于在浅层次上疗救这个群体，但头痛医头的行为背后，是否也存在了某种“迁怒”或“捏软柿子”的心态呢。人们总习惯于把各种教育问题归结到教师身上：乱收费是为了教师发福利，体罚学生是教师性格存在缺陷，不允许学生参加考试是为了教师的奖金……诸如此类种种信口开河的背后，体现的实在是见识的浅薄和灵魂的浮躁。

如果没有政府机构对教育的粗暴干涉，如果没有权力机构对教育政绩的无厌追逐，如果没有相关官员的升迁欲望，如果没有教育经费的长期匮乏，如果没有生存和就业的巨大压力，上列现象是否还会频频发生呢？

美国《时代》周刊创始人卢斯先生一直秉持这样一种新闻理念——笃信公众有权知道一切的原则。卢斯先生所阐释的新闻责任是“勇敢地、及时地站在世界暴风骤雨般的新闻前沿，卓有成效地将有意义的报道渗透进有活力、有教养、自由的人民心中。”我们的媒体，是否是从笃信公众有权知道一切的原则出发，能真正透过表象挖掘出问题的实质呢？我对此持怀疑态度。无数的“曝光”，总是在细枝末节上闪耀力量的光环，根源处的病源灶，却被虚假的语言伪饰得冠冕堂皇义正词严。于是乎，每一个偶发的教育事故之后，只会有具体的当事人在一片谩骂与痛斥声中潦草结束曾经的理想，极少有本该承担责任的权力人物遭受质疑。我们的媒体，总是善于及时止步，停留在“一切”隐蔽的暗室门外。

想起了两年前在学校班主任经验交流会上的“荒谬”言辞。那次，政教部门钦定我在会议上发言，我开口的第一句就让很多人慌了神。因为我第一句话就是——做班主任的第一要素，是先学会自保，其次才开展工作！我的这话，显然有违时代倡导的奉献精神，有违班主任工作经验交流的宗旨。但我说的是实话，是每一个班主任都应该关注的话。自保，就是要在法律许可的范围内开展工作，就是要尊重孩子们的生存权利和学习权利，就是要撇开为了量化数据和领导意识而工作的思维方式，在民主与宽容的氛围中解决各种教育矛盾，排遣各种认知纠纷。自保不是无所事事，消极应对；而是积极建设，开辟天地。

4月19日 星期六 高考倒计时49天

那些“闲书”“闲话”

老陆传来最新消息：大市的督导检查组终于在一片拒绝声中终止了对我校的“督导”。老陆是校督导室的主任，又是大市督导组的特邀督导大员，这个消息自然千真万确。

没有了督导的日子是幸福的，课堂依旧成了自己可以做主的一方责任田，教材依旧成了自己可以主宰的一根魔杖。不用再为了僵死的统一去加快或延缓教学进度，不用再为了“权定”（嘿嘿，生造名词，相对于“法定”而言）的作业数量而布置一些毫无意义的练习……

年级组将周六、周日的补课课表做了重新安排。即日起，周六、周日的补课，统一规定为：周六上午一、二节语文考试，三、四节班主任看班自习；周六下午一、二节数学考试，两节课后理科班进行后进生单个辅导，文科班进行全体辅导；周日上午选考科目考试；周日下午英语学科统一测验。王军说，这样的安排，是和高考考试时间安排相一致，有利于调整学生的思维状态和适应力。

这样的安排，表面上看，减轻了语数外三门学科老师的工作量，实际上，却通过把原本可以用来上课、讲读习题的时间全部划给考试的举措，加大了课后工作量。每周两个班的试卷，要想在周一上课前批改出来，想不占用休息时间都不行。如此，劳动付出了，补课费却不用支付。

当然，得与失总是相辅相成。阅卷的痛苦，需要在监考中获得一定量的补偿。好在这样的考试，不需要过分强调考风考纪。于是，我得以利用这两节课安安静静地读书。

今天握在手中的，是一本闲书——《读库 0800》，没多少大文章，全是那些零零碎碎的文字，如春日里满地的野草，随心所欲地生长在普通人视线难以达到的田脚沟沿。然而，正是这样一些缓缓流淌的词汇，一点点拨响灵魂中最为敏感的那根弦，让我暂时忘却了很多光天化日之下追逐的梦幻，沉浸到了一种虚空澄澈的境界。

这都是一些什么样的言说？又都是一些什么样的言说方式？

“所谓解放，是一个庞杂混乱、众声喧哗的社会被格式化、被整合、被融入统一的宏大主题的过程；所谓解放，是由千千万万的个人命运和方方面面的生活细节的改变组成。”——这是田晓青在《城市记忆·解放》中对“解放”的精彩阐释。

“就像中药材的提纯一样，每个男人的生命中也都需要经历一个去躁、去火的过程，经过时间的淘洗，这些老男人焕发出了一些味道和质感……每个人都渴望找到的穿透平凡现实的力量和勇气，也许就蕴涵在庸庸碌碌的生活中，而并不是超越在现实之外。”——这是张立宪在《读库 0700》后记中对如我一般生于 20 世纪 60 年代的男人的定义和定位。

“如今，国人的环保意识日渐增强，许多森林被保护起来，禁止捕猎，禁止采摘。但是，那些停止采伐的林区，工人们便转战到了柬埔寨，几年时间，那里的森林覆盖率由百分之三十七降到不到百分之十；中国曾经与朝鲜有过木材换粮食的贸易，也是几年时间不到，那边就秃了好几座山。巴布亚新几内亚的天堂雨林中被盗伐的木材，许多都流向了中国……”——这是张立宪在《森林之歌》中对我们极具“特色”的环保事业的一段感叹。

这里的每一句话，都没有出众的修辞，没有惊人的故事，然而，它就是具有极强的穿透力，可以揭开早已形成定势的思维遮盖物，把沉睡于某个未知角落的一份意识唤醒……

两节课下时，啃下八十余页，在书上折出个记号，轻轻放在讲桌上，开始收试卷。规定的训练内容，多数人完成了任务，少数人留下一定量的空白，留作未来书写最新最美的图画。

寄希望于晚自修，白日里便远离试卷，开始浏览论坛。近来论坛上烽烟陡起，为了央视新闻中天天播报的两件事情，不同政见者开始了口舌上的争雄。可惜一方过于抒情，另一方过于尖刻，初一交锋，抒情者便受伤而逃，只留下若干口水，泼洒在阳光照耀不到的角落。

关于徐江先生的那篇课例批判文字，几家论坛上都出现了怪现象，并没有见识过文本和课案的同行们，超常齐整地讴歌徐江先生的建树。这种盲动，让我很是担忧。便做恶人，专一刺破一个个气球。惹来满地滚动的眼球，或是冷峻或是嫉恨。我却依旧懵懂，只坚守一个观念——这个世界，没有绝对真理。任何言说，都需要怀揣谨慎之念平视。

4月21日 星期一 高考倒计时47天

关于“和谐”

上周六完成的苏北四市联考试卷中，选考部分的两个文段整合起来，正好是一篇以“和谐”为话题的话题作文。这一发现，让评讲试卷中的我很是兴奋，立刻抛开正在评析中的具体试题，围绕这两个文本展开了深度解读。

论述类文本选用的是2008年3月6日《新华日报》刊发的贾梦雨的文章《用什么支撑我们的精神大厦》。在这篇短论中，作者从三个方面分析了“精神亚健康”弥漫的原因：全球化浪潮汹涌澎湃，拉远了人们之间的距离，造成了新的疏离；全社会消费思潮迅速膨胀，大众在不知不觉中被消费主义的狂欢所陶醉，被牵着鼻子走，无法脱身，身不由己；人们过分重视外在的所谓成功，渐渐迷失于“身外之物”中而不可自拔。

针对这种精神亚健康，作者倡导用理想和激情支撑起自己的精神大厦，倡导内心的真正强大，倡导一种超然、泰然的境界，倡导责任感，倡导文化的多元。

我抓住这一文本中的“消费主义”和“成功学”两大病症，从“享受当下的幸福”这一视角出发，对其中蕴涵的反人文要素进行分析解剖，并在此基础上，把理想和激情上升到一定的高度进行讴歌。这些超越于试题之上的思想灌输，孩子们总是很有兴趣。

实用类文本选用的，是新华网 2007 年 8 月 6 日发表的《深情的问候——国务院总理温家宝看望季羡林纪实》。这个文本中，让我产生浓厚兴趣的，是季先生的一句话——“我们讲和谐，不仅要人与人和谐，人与自然和谐，还要人内心和谐。”我把这句话和前一个文本中的“精神大厦”联系起来，立刻发现这里的“内心和谐”，完全可以等同于前文所倡导的“理想”“激情”等精神。

于是，我让孩子们把这两个文段的文字再次阅读，同时思考：如果我们用“和谐”为话题写一篇作文，这两则材料中，有哪些内容可以纳入写作范畴之内。

聪颖的郭丽立刻抓住了季羡林老先生的话语。郭丽说：“这句话正好可以用做议论文的三个分论点，第一个分论点围绕人与人之间需要和谐这个话题展开，第二个分论点强调人与自然需要和谐，第三个分论点突出人的内心和谐的重要意义。”郭丽的话，很多同学都认同。

我开始追问：“三个分论点中，哪一个最重要呢？”

几种答案都开始出现，认为内心和谐最为重要的居多。

“为什么内心和谐最为重要呢？”我继续追问。

“只有内心和谐了，才能处理好人与人之间的关系，才能用平和的心态对待自然万物。”几个孩子的观点汇集起来，形成上面这样很有哲理的话。

依旧追问：“这三个层次中，详略应该如何安排？”

七嘴八舌的回答中，意见大体统一——前两个稍微简略点儿，内心和谐详写。

还是追问：“内心和谐这一部分，可以从哪几个角度写呢？”

暂时静场。孩子们开始思考。

提问一排学生，答案丰富多彩。

我说："从《用什么支撑我们的精神大厦》一文的4—6段中，能否找到这个层次的写作路径?"

许多孩子开始再一次阅读这篇短文。答案很快也就出来了：先列举一些内心失衡的现象，简要分析其形成原因，在此基础上，突出理想、激情、责任感等对于建构内心和谐的重要意义。

经过这一番点拨，一篇文章的雏形在孩子们的大脑中诞生了。我调侃道："这样写下去，还需要折腾古人吗？古人该安息了吧。"

许多孩子咧开嘴笑了起来。"让古人安息"是近阶段作文训练中挂在嘴边上的一个短语。我总是抓住各种机会强化这个短语，目的就是要让孩子们养成"写生活""写真情实感"的文风，用以取代一个观点几个古人的八股样式。

课堂的剩余时间，不再安排其他内容，只要求孩子们进入这篇文章的构思谋篇。"你可以不动手去做具体的文章，但大脑中一定要建立起一个完整的框架。当然，最好是能抽时间形成文字。"我这节试卷评讲课的最后一句话，是一道模糊作业，只看孩子们的学习自觉性和主动性了。

4月22日 星期二 高考倒计时46天

叙事文本如何教

叙事类文本的教学，似乎已成为当下教学研究中的一个盲区。太多的同行，满足于事件本身的认识与欣赏，整节课都围绕着教材中的人物、故事情节、细节刻画等内容，条分缕析，设计出一个又一个连环套般的问题，把学生一点点引入教材表层意义认知的死胡同中。这样的课堂，教师授课累，学生听课累，倘若再有一大批同行坐在教室里听课，则又多了一群跟着累的人。

下午，连着听了两节校内公开课，最大的感受，就是这个“累”字。年轻的同行在教学《一滴眼泪换一滴水》这个文本时，整节课都围绕着一个无关轻重的环节精雕细琢，使课堂完全演变成文本内容的附庸，似乎语文教学的最终目标，仅仅是为了了解作者在文本中叙述了一些什么样的细节。至于怎么样叙述这些细节，为什么叙述这些细节等探究语文技能的环节，反而被抛到了九霄云外。

评课时，多数同事依旧从老好人观点出发，说点无关痛痒的话，便完成了对于一节公开课的赏鉴。我这好为人师的毛病又一次被这样的教研所刺激，便在不该发言时抢过话头，全不顾他人的反对，开始了针对叙事类文本教学方法的阐释。

我说：“我不针对今天的具体课案发表什么观点，只针对当下语文界叙事类文本教学中存在的‘教教材’现象，谈谈如何变‘教教材’为‘用教材教’。语文教师在面对一篇叙事类文本时，首先应该建立起来的意识，必须是‘我用这个文本，实现什么样的教学目标’。是依托文本，学习细节刻画的手法，还是利用文本学习选材组材的能力？是想在强化基础知识的同时，突出教材中的人文精神挖掘，还是针对文本中的精彩语段，训练仿写技能？只有先建立起这种服务于语文能力的整体教学框架，语文课才有可能摆脱跟着课文跑的弊病，使教学成为真正有效的语文活动。”

我接着说：“面对一篇叙事类文本，我觉得语文教师应该至少解决三个问题：这个文本叙述了什么？怎么样叙述的？为什么要这样叙述？这三个问题中，第一个‘是什么’的问题，只能是课堂的前奏，是为了后面两个环节的顺利开展而不得不进行的铺垫。这种以认知教材内容为落脚点的学习过程，训练培养的仅仅是较低档次的理解能力和分析能力，课堂切莫把这个环节当成了至关重要的部分来抓。叙事类文本，情节结构通常相对简单，高中学生是可以读懂字面意义的。教师的功能，是立足文本内涵的鉴赏评价，策划具有一定深度的思考探究问题。这些问题，必须建立在思考的基础上，必须为了落实某种技能服务。课堂上的每一个‘是什么’之后，必须跟着‘怎么样’‘为什么’，如此，才能使学生的思维真正进入活跃状态中，才可以迫使学生一步步走进文本意义中，研究文本内容，挖掘文本表达技巧，探究文本与社会生活的关系……”

话匣子一拉开，似乎就有了刹不住车的感觉。谈完具体的教学流程之后，我又把话题拉到了公开课对语文教师专业成长的意义上。我说："公开课是磨炼一个教师的最好方式。要想快速成长为一名优秀教师，就必须充分利用公开课的桥梁作用。课前精心雕琢，课后认真反思。倘若我们每一个同事，都做到每一次公开课后就形成一篇关于该类文本教学反思的文章，那么，五六次公开课后，教学技能就会有较大的提高。那样，上课就不再是一种疲劳，不再是一种手忙脚乱，而会成为一种享受。享受课堂，享受语文教学的过程，应该是我们语文人的最大乐趣。"

同事们可能没有想到我会侃这么一堆玩意儿，大家都不说话，瞪着眼睛盯着我。我权当什么也没有看见，该说的绝不留下半句，一口气狂轰滥炸之后，宣布发言结束。

教研组长说："你对我们的要求太高了！"

我心里说：这是常识性的观点，哪里是什么高标准呀。我真心希望我的年轻同事们，都能把语文教学当成一门艺术来追求，如果他们能在三五年内都成长为省内外知名的语文人，那该是多美妙的事情。

我始终还是坚守一个观点：无论做什么，既然做了，就要尽力做成精品。授课如此，做教师也是如此。否则，一生忙碌，却总在课堂之外乱转，找不到入门的路径，岂不是最大的人生悲哀。

4月23日 星期三 高考倒计时45天

遮住课堂的那层纱

周二的小练习批改出来后，问题跟着就来了。

由字音、成语、病句和文言翻译四块内容组合而成的这个随堂练习卷中，只有字音部分的正确率能达到80%以上，成语题多数人只能有一半正确，病句题多数人有一半以上的错误。文言翻译又不能做到字字落实，文言句式特点也不能准确体现——一句话，前阶段复习时重点强调的解题要素，又开始出现了遗忘。

当然，这样的遗忘，注定是学习中的必然。一劳永逸的事情固然也有，但绝不会存在于学习中。充分利用这次小测验中暴露出的问题，拧紧孩子们心头的那根弦，是今天试卷点评中必须要做的一件事儿。

把试卷发下去后，先让孩子们分项研究自己的得分，再要求他们计算自己的正确率，然后思考形成错题的原因，同时回顾近阶段对这几个知识点的复习安排。这样的一通布置，目的只是希望孩子们能在紧张的复习中合理规划学习过程，确保旧知识能在遗忘之前得到及时强化。

分析完试卷，开始今天的新课。今天是小说鉴赏最后一个课时，解决小说鉴赏中的探究性命题这个知识点。该知识点由于2007年各省份的高考试卷中都没有对应题型可供参考，只能依照我的理解，从人物形象探究、作者情感态度探究、作品主题意义探究、作品表达技巧探究四大板块展开。好在有散文探究题的铺垫，每种题型的解题思路大体相当，倒也不用花费太多精力。

提供给孩子们的三个训练文本中，小小说《火驹》的主题意义比较隐晦，这篇以展现理想和现实冲突为核心意义的千字文，对孩子们的灵魂雕塑具有十分重要的意义。于是，解题之前，先带领他们赏析作品，并由这一作品为切口，将探究要点拓展到理想与行动的矛盾人生中，顺带为孩子们列举了当代社会中几位为了理想而不惜殒身请命的英烈。我知道，这样的拓展，总是孩子们最欢迎的事儿。年轻的心需要的，除却分数，更有生活与生命。

语文沙龙里，一位署名“血刀门上”的网友贴出了一个搞怪版的《十五的月亮》课堂实录。该实录中，授课教师从借助注释、读懂词意开始进入新课，在反反复复的诵读中，带领着孩子一点点走进歌词营造的意境氛围中，逐句品味了歌词内容和蕴涵的情感。同时，还针对诵读中的断句技巧、语调把握技巧等进行必要的指点。这一教学环节结束后，课堂围绕展开想象、读出词情这一教学目标具体展开文本赏读，阅读，想象训练，口头表达与书面写作相结合，并在此基础上，通过互文印证手法，引导学生走进歌词作者的内心世界……

这一实录，熟悉小语课堂的老师立刻就能看出，它完全套用小语名师王崧舟的代表作《长相思》，只在不得不替换具体内容处，才用《十五的月亮》的歌词替代纳兰容若《长相思》的内容。然而，这个实录通篇读下来，却流畅生动，情趣盎然。初读这个帖子时，以为就是一个简单的抄袭之作。及至读了几位网友的点评，才醒悟过来，原来这搞怪的背后，是一种批判一种探究。是啊，为什么两篇不同的文章，可以用一个相同的模式套作下来？为什么教学流程中的具体话语都可以不做变动，就可以用彼文本的教学技法而展开此文本的教学？倘若这样的教法可以成立，那么文本的特性又从何体现？两个文本中蕴涵的意义或许存在某种相同，但两篇文章的文体特征明显是存在差异的，为什么教学中体现不出来呢？语文课堂，到底该强化什么？

现象背后，总有意义存在。和语文组的几个同事就这个案例进行探讨时，大家都是一头雾水。虽然每个人都知道这其中肯定包含了某种尚未熟悉的教学意义，但又都无法解读出其中玄机。在这样的时刻，便开始感受到专家引领的重要意义了。没有了必要的引领，只依靠自己在黑暗中的摸索，对我而言，实在是一种痛楚。

语文研究的路，确实太漫长。面对这个文本，我又一次发现了自身学养的匮乏。这其中到底包含了哪些信息？我还有哪些问题没有纳入思考范围？不得而知。只能继续关注他人的探究，或许，这就是一个揭开语文课堂教学神秘面纱的极好切口吧。

\>>>>>>>

4月24日 星期四 高考倒计时44天

“月亮”告诉我

为了解开昨日所读的《十五的月亮》“课堂实录”带来的

谜团，昨夜和今天，利用课余时间特意翻阅了原本准备暑假时系统阅读的《语文科课程论基础》。

王荣生先生在《语文科课程论基础》中，将“教教材”与“用教材教”划归两种不同的“语文教学内容”和“教学内容的不同产生方式”。王先生认为，语文教学内容可以分为“课程内容”“教材内容”“教学内容”三个层次。“课程内容”主要包含“学生需要学习的事实、概念、原理、技能、策略、态度”等要素，立足于解决语文学科“教什么”的问题；“教材内容”主要指“为了有效传递课程内容诸要素而组织的文字与非文字材料”，侧重解决“用什么去教”的问题；“教学内容”从教师方面出发，指教师在教学实践中“呈现的种种材料及所传递的信息”，解决“实际教什么”的问题。

从王荣生先生的这个分类出发，对比研究《十五的月亮》和《长相思》两个课案，我发现，形成怪诞现象的原因还是能够找到的：王崧舟先生的课，美则美矣，却依旧是建立在“教材内容”赏析这一传统的教学技法之上，没能摆脱“教教材”的窠臼。他的课，注重了对教材中选文意义的理解赏鉴，注重了课堂教学向课堂外、教材外的拓展延伸，却忽视了“学生需要学习的事实、概念、原理、技能、策略、态度”等课程要素的落实。也就是说，王崧舟先生在《长相思》中精心组织的教学环节，其最终指向的并不是《长相思》这个具体的文本，而是这个文本中包含的某种具有共性特征的抽象意义；关注的是作品中反映出来的生活，而非“利用生活化的场景或调用学生的生活经验，帮助学生来学习语文”。

正是“抽象意义”和“生活”这两点原因，导致了《长相思》的课案可以完全挪用到《十五的月亮》这首现代歌词上。因为这两个文本，虽然体裁不同，章法不同，语言不同，情感基调不同，但它们反映的主题意义，却都指向“戍边”“思乡”这两个抽象意义。既然课堂都是以这两个意义的理解和赏析为主体，那么，当然也就可以在教学流程上等量代换，甚至可以在具体语言上也能直接移用。

理解了这一点后，又一个问题就暴露出来了：非独《十五的月亮》可以这样直接模仿，历朝历代的边塞诗歌、闺怨诗歌，只要主题意义相同，便都可以如此套作。而这样批量生产出的课案，在当下语文教学大环境下，每一个都依旧会激发出课堂上的阵阵掌声，都可以赢得观赏者的喝彩。

那么，如何才能使《长相思》不被盗版为《十五的月亮》呢？从王荣生先生的“课程内容”出发，应该就是立足《长相思》这个具体的文本，研究它的语言组合特征，研究每个词语背后承担的独特意义，研究“语言场”中蕴藏的独一无二的文本信息。具体而言，就是要在教学过程中，研究纳兰容若的“思乡”如何表达，探究这样表达的好处，思考不这样表达时可能存在的其他表达方式。这样一来，《长相思》才只能属于纳兰容若，而不会被另外的人盗版了去。

解开了这个谜团，心中却并不轻松，反而有一种异样的沉重，一点点压迫下来。我想，如果每一节课都果真立足课程内容而展开后，我们的语文，是否会因此而失去许多情趣呢？以王崧舟先生而言，他几十年来探究而得的“诗意语文”，是否会因此而消解了“诗意”？以我而言，我的“主体实践性阅读”，是否会因此而不得不取消了“走向生活”“走向文化”“走向心灵”呢？我相信立足“课程内容”的课堂，不会以牺牲语文学科的美育因素为代价，但在具体的实践过程中，要实现双赢，需要经历多少的摸索与失败呀。

湖北宜昌的语文教研员李祖贵兄前阶段曾告诫我：目前很多人苦苦琢磨很长时间也解决不了的教学困惑，在王荣生先生的《语文科课程论基础》早就思考探究过，并已形成了具有指导价值的理论。遗憾的是，浮躁的时代，使我们难以静下心来认真阅读。所以，我们便总会走弯路，总会耗费许多本无须耗费的精力，去研究别人已经研究过的课题，探究别人已经形成文字的困惑。《十五的月亮》这个“课堂实录”，让我对李祖贵兄的忠告有了新的理解。

>>>>>>>

4月25日 星期五 高考倒计时43天

校园来了洋博士

昨日，校园内来了一位“洋志愿者”，于是，平淡的生活，便因之而有了些许情趣。

整个楼层开始流淌起欢畅的英语。这位来自英国剑桥的女博士，似乎是个爽朗健谈的人，坐在办公室内，便听见一串串抑扬顿挫的话语，从她置身的英语组办公室飞流直下，将无数欢乐的浪花飞溅到四面八方。英语组的老师，也全都成了假洋鬼子，满口叽里咕噜的洋文，替代了往日的服饰研究、花草栽培。

其他教研组的人，心头便有了点儿异样的感觉。会几句英语的，也就凑到英语组，先是做一会儿听众，然后在他人话语的间隙中，偶或插上一两个问句，算是拥有了一次和外国友人交流的人生经历。如我这般的英语盲，便只能利用上课或上厕所的时间，在经过英语组门前时，将眼光迅捷滑入办公室内，在洋博士的高鼻梁蓝眼睛上荡两个秋千，然后悻悻然迈着碎步，飘到该去的那份空间。

学生们也很兴奋。他们的消息总是很灵通，很多孩子都在议论这个外教期中考试后就要开始在高一或者高二年级上课。于是，高一、高二的学生，各自幻想着这老外就是来给自己的班级上课的外教，心中就多了一份美好的期待。高三的孩子们则心中很是不平，一边嫉妒学弟学妹们的运气，一边作出一副无所谓的态势，说上几句“外国人也是人”一类的阿Q般话语，然后继续沉浸到题海之中。

洋博士很热情很有礼貌，楼道中无论碰见老师还是学生，都是“HELLO”“HELLO”地招呼着。学生们的英语口语都足够应付平素的交际，大方点儿的孩子，便停下脚步，和洋博士进行几句简单的交流。非英语组的老师们就逊色多了，年轻点的，还能应付一些常规交际；年长者在简单问候之后，对老外连珠炮般的话语，只有傻乎乎微笑的能力。

下午第二节课后，高三年级开始拍毕业照。老周打电话催我下楼时，谎称已经轮到了7班，要我直接从4楼跳下，以最快速度赶到操场。我知道这家伙所说的时间中至少也有十分钟的“水分”，但还是立刻停了手头的事务，前往教学楼后的足球场。

洋博士竟然也在足球场上。四五位高三孩子围着她，和她进行着某个主题对话。7班的严萍、建亚、李宁等，站在这几个孩子的身后一步外，摆出一副随时上前对话的架势。却终归还是有点扭捏，迈不出这最后的一步。

轮到7班整队准备拍照时，这三个姑娘才兴高采烈地回来。甫一插进队伍中，便开始炫耀，说是刚才和外教说话了。身边的一位女生不假思索地问："用中文还是用英文？"建亚得意地回答："当然是英文，人家又不会汉语。"那位女生不识相地追问："她说的英语，你们能听懂吗？"兴奋中的建亚，没有在意同学追问中的不友好成分，依旧高兴地回答："能，怎么不能，她说得比较慢，基本上都能听懂，比平时听力带上的英语好听多了。"

为了在这个集体照中留下光辉灿烂的一笔，13班的女生中，很有一些人做了精心准备。玲玲老师说："郭丽看起来就是搞艺术的，看人家那打扮，多有艺术气质。""岂止郭丽，看看从16班回来的那些艺术生，就是和普通学生不一样。"另一个老师观察得更仔细。

确实，上学期抽到16班去的几位艺术生，全都跑回13班参加毕业合影。这几个孩子，经过半年多的专业训练，原先的质朴懦弱几近消失，取而代之的，是十分阳光的活力和灿烂。我想，除了艺术本身对灵魂的雕塑作用外，更主要的，还应该是原本文化课成绩很差的她们，在艺体班这个集体中，找回了自信，找到了另一种绽放生命之花的方式。

阳光过于明丽。铺满绿草的足球场上，一切生命都在阳光曝晒下蒸腾着暮春特有的慵懒与舒畅。拍完照片的孩子，懒懒散散地返回教室；尚未轮到的班级，则是一派百鸟齐鸣的热闹场景。此刻，一定不会有孩子还在记挂着尚未做完的练习题，因为摄像机需要定格的，是青春岁月中的一段记忆一段历史，绝不是一道练习一个分数。

五位校长坚守在固定的位置上，有始有终地参加了16个班级的合影。大校长永远居中，左右手各是一位资深副校长，另两位资历较浅的副校长则处于两位资深副校长的外围。各班级的班主任和授课教师，在这个核心之外的任意处胡乱找个位置落座。我向来不入流，喜欢敲边鼓，便在教师这一排的最边处坐下。我的身边，是填入教师行列中的学生。

以前在安徽老家学校时，每次集体照，居中的首席位置，都属于该班的班主任。校长副校长们，一律围绕在班主任的两边。曾和同事们探讨这样安排座位的目的，一位副校长说："这种以班主任为核心的座次编排法，体现的是校园文化建设中班级以班主任为核心的管理理念。对一个具体班级而言，最高管理者是班主任，校长副校长不过是拍照时邀请来的嘉宾，岂有喧宾夺主的道理呢。”我很认同这位同事的话，我觉得，这个看起来属于小节的问题，其实包含着独特的玄机。管理是一门学问，这个学问通常并不体现在文件和会议上，而是体现在一些看起来无关紧要的细节上。唯有细节，才可以发现真实，才可以洞悉秘密。我们的校长们，都应该在这些细节上多加留心。

>>>>>>>>

4月26日 星期六 高考倒计时42天

值得警惕的

第一节课时，在教室里监考，高三年级组利用校信通连发了12条短消息过来，把口袋中的手机，折腾成了上足发条的跳蛙，扑腾腾跳个不停。

利用讲台的遮蔽，取出手机，查看信息，原来都是一些关于“五一”前后日常教学工作的安排与部署。诸如：“五一”放假一天，但不能让学生们白白虚度这24小时，应该给他们布置一些作业等“语重心长”的叮嘱；“五一”晚上的晚自习正常进行的细节；“五一”之后两天自由复习迎考的禁课令；5月4—6日的适应性考试等。能想到的都提前作了安排。看得出，在这最后的40天中，高三工作需要以小时为计算单位处理各项教学事务了。

这些信息，与我相关的，大约也就是“五一”那天的晚自习。第二轮复习已基本结束，仅剩余选考部分的论述类文本阅读和实用类文本阅读两个知识点。这两个知识点，都是2008高考新增题型，前面没有可供借鉴的知识体系，也没有必要的命题思路和解题技巧探究类参考资料。针对这一模块知识的复习，备课组也无法达成共识，基本观点是结合大市的几次模考试卷中的具体题目，重点强化“信息筛选”中的一些注意事项。

将这些无用的信息一一删除，专心研究今天的试卷。大阅读的散文很有意思，探究的是童话作品在成年世界中的现实意义。这个文本，作者观点颇有偏颇之处，为了突出童话对心灵的建设作用，生硬地将其他种类的阅读全部套上功利的外衣。在作者呈现的信息中，似乎除了阅读童话，其他阅读要么是试图用读书钳制他人的思想，要么是追求个体的功利，要么是为了读书而读书。表面看来，通过这样的对比，阅读童话的价值得到了彰显。实际上，稍动脑筋就可以发现，大前提一相情愿，结论自然也就不可靠。

其他题目相对平稳，命题也很规范，完成的难度不大。基础知识部分，成语和病句题陷阱较多，稍不留神，肯定会一头栽进去。沿着走道巡视一番，发现三道基础题全错的有三四位，全对的也只有三四位，更多的，或是成语或是病句，总有一题拿不到分数。

80 分钟时，多数孩子已经完成了作文之外的所有题目。利用交卷前的 20 分钟，将大阅读的四道题目逐题梳理一遍，把命题中的陷阱一一标注清楚，然后指导孩子们依照得分点归结自己的答案。这样的安排，在我看来至少有两个好处：首先可以及时纠正解题思路上的偏差，其次可以省却批阅这种主观题的痛苦。一举两得，何乐不为。

下课铃响后，收齐试卷，从教室撤离。偶然间瞥见一个班级的告示栏上新换了誓词。红彤彤的底色上，“良辰美景须珍惜，敢与雄鸡争朝晖”这一行豪言壮语突然跃入我的眼球，撞得瞳孔一阵晕眩。黑板上方那大大的倒计时牌赶紧过来道歉，以时间紧任务重为理由。

回到办公室，呆坐数分钟，揣摩这誓词背后的隐语意义。隔壁办公室内，一位班主任正不屈不挠地批判着一位默写存在错误的学生。另一位班主任则祥林嫂般第 N 遍重复关于他班级中一位存在严重心理障碍的孩子数次离家出走的故事。各种声响交织着灌入耳朵中，让我无处可逃。

干脆什么也不做，上网玩最低级别的五子连珠网络游戏，玩到无聊时，周边的各种声响也随着上课铃声而渐趋平寂。于是开始进入几个教育网站闲逛，试图找寻一两个新课案或新论文。

几个论坛上，围绕支持或反对抵制“家乐福”这一敏感问题的争论已持续数日，今天出现的若干帖子中，支持派已由思想争鸣而演变成了人身攻击。反对派则摆出一副慈悲宽厚的态势，一边继续慢条斯理地陈述观点，一边以退为进坚守反击。

不再关注这类帖子，转而欣赏学术争鸣文章。名为《窦桂梅的语文教学“三个超越”之解读》的文章，从语文学科两性建设的角度，对玫瑰的课案进行了学理解读，其中关于“超越教材”的一些言说，正好可以采用王荣生先生的课程观进行解构。玫瑰的课，在超越教材这个环节上越走越远、越走越深，这种积极探究的背后，值得警惕的，是“课程内容”的缺失。

4月28日 星期一 高考倒计时40天

又闻槐花香

中午放学时，骑着自行车刚一跨过校门东首新近落成的一座桥，便闻到了一股特别熟悉又特别陌生的香味儿。那味道，弥散在很有限的一方空气中，馥郁而清新、芬芳而甘醇。

这是一种很久没有闻到过的花香，这份花香，少年时代肯定是常常品味得到的！我的大脑中一下就冒出了这两个判断。油菜花香？不像，油菜花的香味比这浓烈，何况这附近也没有油菜田。茉莉花香？似乎有点像，但我少年时代并不知晓茉莉。我对茉莉的认识，只来自成年后品尝的茉莉花茶。

我骑在车子上缓缓而行，眼睛四处搜索。终于，在河畔茂密的树丛中，捕捉到了一株歪斜着躯干的杂树。这树大大小小的枝条上，此时正点缀着无数串白白的小花。

“洋槐！”我几乎要叫出声来。

是的，洋槐，学名为刺槐的一种杂木。难怪我觉得这香味特别熟悉，这是我童年和少年时代的朋友啊。

童年时，我所生活的皖东地区，速生的杨柳类林木还很稀少。农家院落前前后后生长的，多是楝树、桑树、刺槐和国槐。这些树，都是农家孩子最好的玩伴。

最喜欢的，是桑树。因为桑树有红红的或黑紫的桑葚。桑葚成熟时节，一群孩子便整天黏在树下，或是爬到树干上摘，或是用竹竿敲，或是抱着树干摇，总要想方设法折腾几粒下来，填进肚子里，才能获得一种精神与物质的双向满足。

其次喜欢的，便是洋槐。洋槐花开时，那香味儿对我们的吸引力不大，吸引我们的，是这花可以当做水果吃。洋槐刺多，树没法爬，只能用长竹竿敲。敲下一大串，拿到水里洗去花朵上沾染的尘土，就可以将花一粒粒摘下来，放到嘴里慢慢地嚼。那滋味，香香的，甜甜的，香中有甜，甜中有香，非常受用。只遗憾的是，这花儿不能吃多，吃多了准拉肚子。

另两种树，没有可以解馋的物品馈赠给我们，却可以敞开躯干，供我们嬉戏。国槐的韧性很强，大大小小的枝杈，都是我们追逐游戏的极佳场地。楝树则将果实奉献给我们，充做弹弓的子弹，被我们用来打麻雀，或者打想瞄准射击的一切东西。

洋槐除了花可以食用外，夏日里，人们还可以捋下它的叶儿晒干了，卖给供销社。至今也没弄明白，供销社收购洋槐叶儿到底有什么用途。只听大人们说过，洋槐叶似乎可以用来制造化肥。

那时的干洋槐叶儿是3分钱一斤。大约七八岁时，少不更事的我，看中了供销社里出售的一种小橡皮球，价钱是3元2角7分。我便整日里缠着祖母，要求买一只回来玩。祖母没办法，只好答应了我。于是，祖母便在每个中午午饭后收工的那片刻时间，带了大麻袋到外面去捋洋槐叶。也不知捋了多少个中午，终于凑够了这三元多钱，给我买回了神往已久的一只草绿色小橡皮球。凭着这个球，我很是做了一个阶段的孩子王。伙伴中只要有表现不好，或者我不满意的，就剥夺他玩球的资格。

那只小球消失于何时，无处可以考证。连同小球一起消失的，似乎总有很多东西，其中，洋槐应该就是一分子吧。当我走入高中之后，印象中，房前屋后就开始是“214杨”、水杉、松柏等树木的天下。及至成年后，满目所见更都是香樟、梧桐、冬青等风景林木。可以锯下来制成扁担的桑树、枣树、槐树，可以打成家具的楝树、桃树等，慢慢都退出了曾经生活了无数年的农家村舍，大约全成了藏身蛮荒之处的弃儿。

此后，逛超市看见销售的蜂蜜标签上，有署名“槐花蜜”的，心中常常会以“假冒”为其定性。槐树已无，何来的槐花，更何来的槐花蜜？槐花的香甜，似乎就这样淡出了我的生活，如同童年少年淡出我的生活一样。

今天，竟然在这小城的河堤上，见到了久违的洋槐，闻到了久违的槐花香，在我，实在是一种惊喜一种欣慰。我知道，在这满布着风景林木的河边公园中，这株孑然而立的洋槐，绝不会是园林工人有意移植的结果，唯一的可能，是某只无法考证的鸟儿，在吞噬了洋槐的种子后，不讲卫生地随地大小便，便把一粒坚韧的生命，抛洒到了这块本没有它立足之处的土地上。当然，园林工人也有他们的功劳，没有在这生命出生之际，因为它的丑陋多刺而扼杀了它，也算是体现了上苍的好生之德了。

满眼的绿色中，刺槐高举着散发着芳香的白色花朵，孤独而坚贞地完成着一个生命特有的绽放。却把一连串的思绪，送给了人到中年的我。那一刻，我突然从刺槐身上看到了自己的身影：身于乡野，浑身带刺，却自得其乐地生长，开花，这不就是如我这样一类人的生命写照吗？

4月29日 星期二 高考倒计时39天

我们的冲刺规划

高二年级的学业水平测试成绩出来后，整个高二一片欢欣。全年级参加考试的700余人，达4A的有280余人。高二年级的老师们，用很是自豪的口吻对我们这些正在高三鏖战的同事宣布这个消息时，总喜欢同时附带补充交代一句话：你们去年才110个4A，今年是你们的双倍还拐弯！

这么好的成绩，当然值得骄傲。高三的老师作为局外人，总是相对清醒点儿，便打听其他同类学校的4A情况。于是有消息灵通者通报说，邻市的四星级高中同样是700多考生，却有近500人达到4A。高三同事们便得出结论：不是高二太强大，原来是今年试卷太容易，各门功课得90分的人太多。大家也就用这信息来回复高二年级的人，借此打击打击他们的嚣张气焰。

这一轮的苦日子终于快熬出头了。昨日的备课组会议上，大伙儿已着手研究最后这38天的教学日程安排。除去五一的一天假，除去5月2、3日这两天的自由复习迎考，除去5月4—6日的“五模”考试，5月留给我们的，只有24天。高组长把这24天分解成前14后10两个阶段，制定了前阶段回归知识点中基础知识复习，后阶段强化作文的冲刺方针，我则针对周六试卷练习中暴露出的一些问题，提议将基础知识复习进一步细化到文言翻译、诗歌鉴赏答题技巧、文学作品阅读技巧等应试规范上，反对花费过多时间梳理成语、病句、默写。我的观点是，这些知识范围过于宽泛，花费了过多精力，效果却并不能显现出来。

作文训练上，我和高组长的观点有不一致的地方。高组长建议各位同事安排学生背诵一定量的范文，留作考试时模仿借鉴。我则建议依照热点主题，让学生们自己创作，然后在此基础上反复雕琢，力争打造出自己的5—10篇精品作文。我的理由是，这样的文章，属于考生独创，不会因内容或情节的雷同而被判抄袭、套作，且因为是自己的文字，是自己反复修改完善的作品，考生会留下异常深刻的印象。即使高考考查的主题和他训练的文字不相符，对于该类文体的写作，他也会因心中有底而不至于手忙脚乱。

老陆、王军、夏琼等，都认同前14天的安排，但在默写的强化训练上，存在分歧。大家一方面认同高组长的观点，认为默写还需要进一步强化，一方面又认同我的观点，认为对默写的强化，也只应该停留在名句名篇的基础上，不能过于钻牛角尖。尤其是课外名句，实在不能让学生们花费过多时间。

其实，我之所以反对最后冲刺阶段继续强化默写，实在是因为此前半月时，夏琼、娟娟们，已经依照王军的要求，整理出一套“天天默写卷”。16开的纸，每天一张，20个句子，10分钟时间完成。夏琼说，这套默写如果能全部正确默写出来，高考课内名句就绝不会出现问题了。夏琼的话，一点儿也不夸大，每天20句，即使只练20天，也就有了400个句子。

初高中必背的40篇课文，累加起来，也不过这么多句。

对于后10天，多反对背诵范文。大伙认为，还是应该立足文体意识的培训，通过主题作文集中强化训练，使孩子们大脑中建立起几套固有的作文模式。王军把有关作文训练的具体工作安排给我。我则请王子帮忙操作。我的意见是完成至少8个主题的作文经典例文的收集整理印刷。每个主题精选6篇文章：议论文、记叙文、散文各两篇。如此，可以有48篇优秀作文作为学生写作的参考案例。这，对写作能力较差的孩子，或许会有一定的借鉴作用。

这样的意见统一后，对于最后阶段的资料使用，备课组也作了具体的研究。大市摊派来的一本复习资料和一套《最后一卷》，此时正好派上了用场。复习资料用在前14天的基础知识强化巩固上，《最后一卷》用在后10天的作文训练中。老陆的观点是，强化作文，同时必须落实基础题的训练，越是最后，越要保证训练量，要确保学生处于手熟状态中。

大政方针既定，这最后的日子，便成了照章办事的程序化过程。这样的过程，教师注定开始走向轻松。忙碌了一年之后，高三这本书终于接近了尾声。此刻，需要的不再是昏天黑地的鏖战，仅仅是按部就班的运行。教师如此，学生也如此。

今天，照例只有一节监考课，其余时间，悠闲自在地整理编撰的教师专业发展的书稿。终于完成了初稿的校对，狠心删除了两篇文字上有欠缺的稿子。编辑这个书稿的过程中，获得的一个最感性的认识是，大凡优秀的、出类拔萃的教师，其文稿在语言运用方面，基本不存在需要修改调整的地方，至于错别字，更是几乎为零。而普通教师的来稿中，错别字、病句就特别多。很多稿件，即使想把语句梳理通畅，也无法做到。仅凭这一点，我就知道了名师所以成名的原因。没有认真的精神，一个人怎么能够成就一番事业呢。

4月30日 星期三 高考倒计时38天

来自隔壁的讨论声

早读之后，有两节课的空闲，准备继续读《周国平文集》，却被隔壁办公室的对话吸引了注意力。

话题的核心是上学期的量化考核奖。参与对话的，主要是其他学科在隔壁串门的几个老师。办公室内的主人，似乎只是听众。

一位女教师似乎很是愤怒，正絮絮叨叨地说着一大堆的话，大致意思是自己上个学期只领了四千多元的奖金，比相同课时数的另一位物理老师少了几百元。这位老师对比了自己和那位物理老师之间的种种差异，比如两人虽然同代某个班级的课，但自己的学科贡献率并不比物理学科差，而自己的另一个班级每次考试都完成了学校划定的指标数，物理老师的另一个班则每次都没有完成指标数，等等。

这位女同事的话，得到了所有人的响应。听众们全都表现出对自己奖金的不满。代一个班课的老师，抱怨自己课时虽只是别人一半，但备课数量并不减少一节，不应该只领了不到四千元的奖金；代两个班的抱怨自己工作量是别人双倍，奖金却只比一个班老师多千把块钱；执教实验班的抱怨自己备课工作量消耗太大，奖金却并不比别人高；执教差班的老师抱怨自己教这么差的学生，精神上受到诸多摧残，奖金却还没有别人高……

我在这边先是几声暗笑，为我此前的预言的再一次言中而暗自得意。然而，很快就有一种淡淡的悲凉从某个未知角落流出，并迅速溢满心房。我不希望我的预言总是兑现，我希望学校的管理能真正走向科学与规范，能真正服务于教育教学，能为我们尤其是为我自己的发展创设一个理想的生存空间。可惜，这样的希望，总是落空。

三年前，我就在学校的一次会议上大放厥词，攻击量化考核是教育教学中的万恶之源。两个月前，我又在一次备课组会议上，对王军直陈我对量化考核的看法。当时，多数同事反对我的观点，他们认为只有量化才能激励斗志、奖优罚劣、奖勤罚懒。我解释说，量化考核本来并没有什么过错，错就错在我们实行的量化考核，在考核标准的制定、考核数据的获取、考核过程的操作、考核结果的认定等一系列程序中，都存在着过多的主观性、随意性。更重要的是，考核一方面看重数据，另一方面却又不尊重数据，其结果是每个个体的量化考核结果，都不能建立在自己主观努力的基础上，如此一来，这样的考核还有什么意义，又怎么能激励斗志？获得一等奖的老师，并不会因为获得了最高奖金，就在下一个学期中表现更加突出；获得末等奖的老师，也不会因此而在下个学期鼓足干劲，争取获得更高级别的奖金。因为无论是哪种类型的同事，大家都是在莫名其妙中领取的奖金，并不知道自己好在何处，差在哪里，这又如何在下个学期内扬长避短力争上游呢？

现在，隔壁办公室的议论，证明了我这通言说的正确，但这样的正确，除却可悲，再无任何意义。我始终不明白的是，很多看起来非常简单的道理，为什么落实到某些政策或制度上，却会有那么多的荒诞被裹挟了进去。往大处看，比如省里的高考制度，稍微有点大脑就应该知道按比例划分等级只能加大竞争力度，只能加重学生负担，为什么不能采用比例和及格线双轨并行呢。往小处说，学校的量化考核，为什么不能将优良中差落实到具体分值段上，让所有老师都能够依照考核条款及对应分值，准确计算出自己的考核等级和奖金标准呢。那样，每个人都知道自己可以通过什么样的努力，在哪些方面获得对应的分数，心中明明白白一本账，还会有多少不平与愤懑要宣泄呢。

现实却就是这样，总用一些无法解读的信息，将荒唐坚持到底。荒唐的背后，并非无知，而是一种根深蒂固的权力意识。权力之下，一切都拥有了弹性，一切都成了可以依据人的主观意愿而转换的柔性物质。对权力而言，透明的数据原本就是一种灾难。我想，对于各种荒诞的唯一解释，只能如此。

隔壁的讨论声终于渐渐淡出我的思想，我也从愤世嫉俗中逐渐找回凡庸的本身。前几天，论坛上一个篇名“谁不曾愤青”的帖子，非常过瘾地解剖了历朝历代的人心，读帖时，曾一边摸着被割得鲜血淋漓的创口，一边大呼痛快。今天看来，早过了不惑的我，还是难逃“愤青”的底色。唉，几十年总是白活，骨头太硬，棱角太分明，便总难打造成八面玲珑的宠物。

05 最后的冲刺

2008

“现在，我的信心满满的，就像奥运选手，只等着起跑的发令枪声。”你自豪地说。

“是的，我看着你一路跑下来，越跑越轻松。我真为你高兴。”

“您看，我还有哪些需要注意的问题？”

“细节决定成败，态度决定一切。两句老套的话，却永远是考场上的至理名言。”我郑重地说，“我只希望你能在考场上正常发挥，把高考只看做生命路程中必不可少的一步路。千万不要过分放大它的价值。”

2008年5月

四	5月01日	虾趣
五	5月02日	自由复习日
六	5月03日	过错了日子
日	5月04日	“五模” 进行时
一	5月05日	网上阅卷
二	5月06日	在实验室监考
三	5月07日	那些不得不关注的细节
四	5月08日	考试后遗症
五	5月09日	无处申冤的分数错判
六	5月10日	解题的顺序与速度
日	5月11日	
一	5月12日	四川地震了
二	5月13日	巨大的悲伤
三	5月14日	盛怒之下
四	5月15日	献出一点爱心
五	5月16日	南下苏州
六	5月17日	审校书稿
日	5月18日	做回落汤鸡
一	5月19日	国家哀悼日
二	5月20日	不息的，依旧是折腾
三	5月21日	细节突破
四	5月22日	第N次强调
五	5月23日	再一次重复
六	5月24日	考出来的郁闷
日	5月25日	
一	5月26日	我读《那一刻地动山摇》
二	5月27日	教育的责任在于唤醒
三	5月28日	高考作文的那点事儿
四	5月29日	最后一课
五	5月30日	作文，从严还是从宽？
六	5月31日	

5月1日 星期四 高考倒计时37天

虾趣

2008届高三的最后一个休息日，终于搭乘了“五一”法定假日的班车姗姗而来。

尽管依旧很早醒来，心情却是十分愉快，鸟雀的歌咏成了这个暮春最好的音乐，尘俗的喧嚣也化为生活的美妙旋律。

躺在床上看完了央视一套的“朝闻快报”后，妻也从市场上买菜归来，将几十只张牙舞爪的龙虾倒在盆中。这些顶盔披甲的家伙，焦躁不安地不停爬动着，大大小小的爪儿，将盆底抓得沙沙响。或许从离开只属于自己种群的那片世界时起，它们便洞察了自身的悲剧命运，然而，它们不甘于束手待毙，便用这不停歇的行动，来反抗命运的虚无。

难得有个睡懒觉机会的女儿，9点钟起床后，见到了龙虾，自是兴奋十分，龙虾是她最爱的美食。早些年，每个暑假回到乡村老家，都免不了四处寻找钓龙虾的沟渠，用自己的劳动获取餐桌上的美味。现在，一来成了大姑娘，不再愿意顶着中午的烈日满世界疯跑；二来沟渠大多坍圮，有限的池塘中也基本绝了龙虾的身影。于是，钓龙虾和吃龙虾都成了一种奢侈。

我对这玩意儿却没有任何的喜好。三十多年前，每当秋收时节，收割过的稻田里，每一个稻捆儿下面，都可以轻松捡起数斤。我和弟弟妹妹一起，曾创造下一块田中抓了两桶半龙虾的纪录。桶是挑水用的大木桶，每只可以装水60斤。那时，没人愿意花费很多的油盐来烹调这全身硬壳的家伙，捕捉它们的目的，似乎更多只存在于过程的乐趣中，而绝非口腹的享受。

在沟渠里钓龙虾，是件十分有趣的事儿。龙虾很呆，更馋，特别容易钓。钓龙虾不需要任何特殊设备，只要从野地里找几根藤条，或从家中柴火垛上找些细竹竿，就可以充当钓竿。钓线也没有讲究，普通棉线即可。将棉线一头拴在藤条或竹竿上，另一头，拴上从垃圾堆里挖出来的大蚯蚓，然后将蚯蚓与线一起抛入水中，就算完成了所有的前期准备。

龙虾吃钩时，总是拉了食物转身就走。守在岸上的我们，只要看见原本软绵绵躺在水面上的线变成了直线，就知道龙虾上钩了。这时，不必立刻起钓，因为龙虾还没有完全咬紧食物。稍候数秒，再提起钓竿，龙虾就稳稳地被活捉。通常，被提到远离水面很远的地方时，龙虾还双爪紧抓着蚯蚓往嘴里送。

钓龙虾不必一人一杆钓钩，可以沿了河渠，一排放置十余杆。龙虾不像鱼那样精明灵活，放下钓钩后，人就可以跑到一旁的树荫下休息或做游戏，只要不时伸头望一望水中的线，就可以了。哪根线直了，走过去提起来，把龙虾抓住，再把钓钩放回，就可以继续玩。

没有蚯蚓时，其他可食的物品都可以作为钓饵。很多伙伴喜欢杀死青蛙，用青蛙腿做钓饵，我从小就害怕青蛙、蛤蟆之类的活物，就用猪肉做钓饵，效果也一样。有时，没有青蛙可捉，又没有猪肉，也可以将刚刚钓上来的龙虾屠杀，剥下虾仁做钓饵。我还尝试过用菜园中的四季豆做钓饵，同样可以钓出龙虾。

农家孩子收拾龙虾的最好方法，是利用烧火煮饭的机会将鲜活的龙虾烤成熟食。方法十分简单：先从尾部抽去肠子，然后扔进火光熊熊的灶膛里，三五分钟后，龙虾就从外到内都熟了。这时，用烧火的火叉将其拨出，再用一把稻草，将滚烫的熟龙虾包住，拿到外面的树荫下，提住最先冷却的两只大钳，往坚硬的地面上轻轻敲击数下，最外层的坚硬的壳便同里面的肉分离开来。扔掉外壳，里面白花花的虾仁，就是极好的零食。

我至今没有品尝过这样烧烤出的龙虾，小时候，不知怎么染上了不食肉类的习惯，各种动物的肉中，只对鱼肉有兴趣，除此，再不愿意吃其他肉食。为此，我丧失了太多的口福。

中午，当我在餐桌上把小时候捕捉龙虾的种种乐趣渲染给女儿听时，从小便在无边无际的作业中成长起来的女儿，对这种无忧无虑的野性生活除了充满向往外，多少也为自己曾经在假期中拥有过这样的生活片段而欣慰。当然，更让女儿羡慕的，是那时的孩子，竟然没有课外作业，不用周六周日补课，不用上晚自习。那样的生活，对眼下的学生而言，无疑就是天堂境界。

女儿一边羡慕着不可能拥有的生活模式，一边津津有味地对付着面前一大盆红彤彤香喷喷的龙虾。她的面前，虾壳儿很快就堆积成了小丘。读高三的女儿，也是难得有时间这么悠闲地对付一顿饭，双手齐上阵，口中还不时念叨着“好吃，真好吃”。

妻只象征性地吃了两个，我依旧保持革命传统，只吃素菜。

>>>>>>>>

5月2日 星期五 高考倒计时36天

自由复习日

早读课进班时，老周正站在讲台上数钞票。老周的面前，是厚厚几沓百元大钞。老周说，这是2008届高三的最后一次收费，费用中包含了后期补课、后期资料印刷及摊派书籍等诸多种类。具体到每个学生，是480元。

女儿昨天曾提到过这笔费用，我给她的回答是由我负责，无须她关心。我决定拒交摊派书籍那部分的费用，只接受那些必须支付的合理收费。

根据年级组的统一要求，今天只能看堂，不能上课，所以，今天名义上叫做补课，实际上就是把学生圈在学校里看书。这种“圈养”模式，现在已成为众多学校最喜采用的招数，用一些管理者的话来说，这样的管理，就是精细化管理。

上午只13班一节课，把一套盐城市“二模”试卷及详细评分细则一并发给学生，让他们针对评分细则，研究答题的常规要求。然后，我便端坐讲台，守株待兔般等候着“答疑解难”。13班的孩子，除了郭丽、吴静、邹超三人喜欢问些五花八门的问题外，其他人都是闷葫芦。

孩子们研究完试卷后，开始各做各的一份事儿。一部分人依旧不屈不挠地背诵名句名篇，另一部分开始阅读《冲刺60

天》或《作文导报》，还有一部分翻检出以前的旧试卷，研究起曾经做过的各道习题。我不清楚每个人具体的复习计划，只能任由他们沿着既定的轨道运行。

13 班的黑板右侧部分，一尺见方的高考倒计时牌下，是美术字体书写而成的醒目的“战斗口号”。老钱采用了每周一句口号的鼓动形式，试图用这些举头可见的话语，激励出全班的战斗热情。今天，倒计时牌下写的是“把握有限，收获永远”。老钱不愧是文科出身，拟写的口号总是多了点诗意，少了点裸露。这样的口号，和另一个班级的“拼高考前分分秒秒，搏高考后一生命运”相比，多多少少淡化了高考的价值。这种淡化，有利于缓解孩子们内心的巨大压力。

整节课没有一个问题出现。没有问题的复习，说不清是幸运还是不幸。仅就高考而言，该说的话都已反复说了多次，该强调的解题思路也都强调了数遍，用这些千锤百炼的经验应对千篇一律的试题，确实也不该再有多少弄不明白的题目。然而，如果需要透过文字的表象而深入到思考的内核，那么，即使是最普通的一个病句题，也该包含着多少可以深入探究的知识。我知道，“然”与“所以然”的背后，是两种完全不同的学习思维，更是两种截然不同的考试思想。

下午，7 班的连堂课，依旧重复上午的要求。第一节的阅读尚且比较顺利，第二节时，便有一些孩子开始躁动不安。理科班的学生，过分习惯于拿起笔杆子做练习题，让他们安安静静地读两节课的书，实在是一种无法言说的折磨。终于有孩子舍弃了阅读，转而投入到永远也做不完的练习中。

也有既不想阅读，也不想做练习的，便装模作样地将书摊开了放在膝盖上，双手却在桌肚里玩起了小游戏。嘉欣属于那种一个小挂件也能玩弄一节课的孩子，此刻，她用一把小指甲剪儿，在自己的指甲上精心雕琢着，似乎她的指甲上镌刻着 2008 高考的标准答案。这孩子，心理年龄和生理年龄严重不对等。她的心理年龄，估计还停留在小学中年级。

当她感觉到了我的目光，抬起那又大又亮的眼睛注视我时，嘴角漾出一丝羞愧的笑意。便将指甲剪儿放入桌肚内，把膝盖上的书放回桌面，开始一本正经地阅读。她读得太“仔细”，10 分钟都没有翻动一页教材。这孩子呀。

5月3日 星期六 高考倒计时35天

过错了日子

一早到校时，早读刚开始两分钟。记忆中，周六的早读第一节是13班。便不上楼，径直奔向目的地。然而，玲玲老师却已经在班级内辅导了。看见我站在门口，她向我晃动四根手指，我这才知道，今天依照周四课表补课。

于是上三楼，前往7班。7班的英语教师竟然也在班级内。“这家伙，也和我一样弄错补课安排了。”我心里说，站在门前等着她出来，然后将她驱逐出境。

她很纳闷：“第一节是你的课?”

我说：“当然是我的，你是隔壁6班，怎么学雷锋，帮我看班了啊。”

她侧身看看旁边的6班。6班的化学老师正在教室里辅导。

“你解放了，化学老师帮你看班了。现在可以去休息休息，下节课过来接班。”我戏谑着。

她便提了手提包，袅袅婷婷地走了。

我在教室里转了几圈后，突然醒过味了：“周四早读，我没有辅导啊。7班的第一节，本就是英语，是我弄错了，反而把正主儿驱赶走了。”我一个人偷偷乐起来。

错则错矣，将错就错，坚持把第一节早读完成。第二节知错改错，不再到13班抢夺阵地，回到办公室上网。

夏琼竟然也早早在办公室内上网了。一打听，原来她也是跑到教室里辅导，被其他老师驱逐出来的。周四的早读，没有语文老师的任务，此时到校的，都是糊涂蛋。

既然依照周四课表进班辅导，上午就只有13班的1节课。7班的课，则在下午最后一节。今天的复习要点，是文言翻译中的字字落实和省略成分补充。此外，作文中的错别字，也是一个需要突出强调的要点知识。

上课伊始，先发三张主题作文讲义。这套讲义，以“细节”和“生命”为主题，各主题精选了6篇作文，依照议论文、记叙文、散文的体裁类别进行编排，每类体裁2篇。讲义发下去后，针对江苏4年来高考的命题特征略作分析，把主题作文阅读思考与训练上升到高考制胜法宝的高度进行强调。然后要求每个孩子依照自身的写作习惯，认真研读这两个主题内的同体裁文章，学习别人的章法结构。

明确阅读要点后，让孩子们把讲义放下，先听我介绍本次"五模"考试的相关细节。我主要针对近期复习中存在的几个细节问题再一次强化解题过程。对文言翻译中的省略成分补充，唠唠叨叨说了又说。然后，要求所有孩子完成作文时必须有两分钟的检查时间，专门用来检查错别字和病句。我说，写作过程中，拿不准的字坚决不写；没把握的人名、地名坚决不写；背诵得不是很熟悉的名言名句坚决不写。不写，不会丢什么分数；写了，就是自找麻烦。倘若一处引用，姓名上错了两个字，引用中再错三个字，5分就轻而易举丢失了。不引用这句，代之以自己的说理，却绝不会丢失这5分……

这些老生常谈的东西，尽管已经把孩子们的耳朵都磨出了老茧，但总还有人一上阵就犯糊涂。所以只有反复地说。这就如电视上的脑白金广告，虽然让人厌烦到恨不能把电视机砸了的程度，深刻印象却牢牢建立了。高三的复习，更多时候就是在做这样的事儿。

该叮嘱的都叮嘱了一遍后，让孩子们自由阅读。愿意读讲义的，就读讲义；不愿意读的，就依照自己的复习计划按部就班地往下推进。我双手捧了一本《中国纪事》，一边在走道里永动机般匀速运动着，一边心情沉重地阅读书本中的故事：1944年，衡阳城下，2万国民党政府军被11万日寇包围，双方展开殊死搏杀。4个月后，城内守军弹尽粮绝，悲壮突围。整个战役，我方死亡6000人，日寇死亡19000人……

阅读这则故事时，特别希望有人能将这段历史写成剧本拍成电视剧。这段血腥历史，对于体现正面战场的悲壮惨烈具有举足轻重的典型意义。然而，这种以正面讴歌国民党军队的英勇顽强为主题的影视作品，目前除了《血战台儿庄》《七七事变》外，实在是太少太少。这会儿，我只遗憾于自身的无能，既不熟悉这段历史，又不具备创作影视剧本的才干。

下午最后一节在7班时，老周还把我的时间强占了5分钟过去。他要用我的课堂复习时间，给学生们介绍明日"五模"的考场安排和作息时间。我强烈抗议："你这家伙，自己的课舍不得用，怎么跑来占我的时间?”老周嘿嘿一笑：“上我的物理课时，还没有开班主任会。现在，刚开过会，只有现在布置。不多用你时间，就2分钟。”

孩子们都在下面暗笑起来。

5月4日 星期日 高考倒计时34天

“五模” 进行时

“五模”开始了。

“五模”使用的试卷，是江南四个大市的联考卷。这次模考，采用全仿真操作程序，一切依照高考标准进行。

第一场的语文，依照高考的考试时间，应该是9点开考。王军用校信通通知所有监考老师，必须在7点半之前到达学校6楼大会议室，参加考前培训。王军带领同事们依次学习了监考守则、考生守则、金属探测仪的使用说明、电子阅卷知识等系列文件之后，又针对双人监考中可能出现的一些细节问题，进行了预防性提醒。王军强调，使用金属探测仪检查时，一定要认真仔细，要重点检查考生的后腰、腋窝、手腕、脚踝这几个重点部位。其中，脚踝处尤其需要留心。王军说，从前两年的高考情况看，携带手机进入考场的考生，多数都是把手机藏在袜筒里。

8：25，培训结束。8：30，各考场的两名监考教师一起到考务室领取试卷，然后直奔考场。女教师开始组织考生进场，并用金属探测仪检查考生是否携带通信工具；男教师则负责维持考场内的秩序。和我搭档的女教师严格执行王军的命令，手持金属探测器从前心到后背、从腋窝到脚踝逐一检查。好在学生都很自觉，没有发现任何违规物品。

8：45，开始分发答题卡。这次使用的答题卡，纸质较高考答卷稍薄，比平时用的答卷却厚实了许多。一边发卡，一边向学生宣传，告诉他们，答题卡不得折叠，不得污损，不得做任何与答题无关的标记。

8：50，拆分试卷袋。8：55，分发试卷。学生们的习惯，拿到试卷就开始答题，这是高考不允许的。便让所有孩子放下手中的笔，利用这5分钟的时间通览试卷。

9点整，考试铃响。考场内的空气立刻紧张起来。孩子们第一时间内将前面两道选择题的答案勾画在试卷上，然后或是先完成名句默写，或是依照题号顺序逐题向下推进。

每个孩子都进入了状态，我也就无所事事了。我开始端坐讲台上思考一些可有可无的问题。考试前，我要求孩子们完成选考的文段时，一定要用2分钟的时间阅读文段下面的主观题题干，借此推定自己应该选做的题目。现在，面对着开考前这5分钟的空白，我突然醒悟到，这段空闲不就是用来比较选考文段的最佳时间吗。利用这5分钟，先阅读题目，再浏览文段，时间应该正好够用。

随后，我又想到了答题的次序。第一步完成名句默写，应该是完成试卷最理想的步骤。一者，考试刚开始，大脑比较清醒；二者，时间比较充裕，可以保证书写得工整；三者，即使有一个句子记不起来了，还可以在整个考试过程中随时回忆。或许就能等到灵光一闪的机会。

思考着这些问题时，我的眼睛不停地在考场中巡视着。我发现，有一些孩子先把一些主观题的答案写在试卷上，然后再誊到答题卷中。这样做，是否应该提倡呢？优点肯定有，二次誊写时，可以注意到语句的通畅，可以保证卷面的整洁。然而，在考试时间比较紧张的情况下，倘若不进行这样的重复劳作，不是可以节省出一些时间，用来更完善地思考问题吗。两方面比较，我觉得还是不做这样的重复劳动为好。

杂七杂八地琢磨点儿问题，时间过得也就不算太慢。10：30,起身在考场内巡视一圈，发现大多数考生已开始写作文。今天的作文题目，是《做一个幸福的人》。这个题目，猛一看似乎很好写，仔细推敲，却发现很难写出精彩。

我所监考的23考场是理化考场，7班的盛桥和另一名孩子在这个考场中。俩孩子的作文都写得十分艰难。当我宣布距离考试结束还有15分钟时，两人都只完成了600来字。盛桥似乎不想再往下写了，在接近700字处停下了笔。我想知道他是否依照我在考前的要求，对试卷进行通篇的检查，纠正错别字和病句，便留心他的举动。发现他确实依照我说的那样，一题题开始了检查。文言文翻译处，他使用了一次胶带纸。作文上，使用了两次胶带纸。我心里想，如果这是订正出了三个错别字，就是找回了3分。作文字数不足800，扣2分，订正3个错别字，得3分。两相比较，这样还有点赚头。

下午，继续监考，理化班的数学，又是150分钟的漫长过程。这次学乖了，带了一支笔到考场中。考生做题目，我便在草稿纸上信手涂鸦。想到上班路途中经过的一小块麦田，窝窝囊囊地萎缩在城乡结合部的角落里。麦子却全然不顾脚下土地的命运变迁，依旧蓬蓬勃勃地生长。便感觉自己就是一株生长在异乡的麦子。于是，绞尽脑汁拼凑出几行文字：

我是一株生长在异乡的麦子

我是骑着自行车经过这片麦田的，
我看见，大片的麦子正在抽穗。
初夏的阳光泼泼洒洒，
在楼房的缝隙中，
把麦子拉扯成亭亭玉立的影像。

麦田的四周，全是房屋和道路，
高高的吊塔，把完整的天空，
切割得支离破碎。
麦子和高楼一起静静地生长，
楼房从无到有，从斑斓到苍白；
麦子由绿变青，由青泛黄。

每一株麦子，都渴望长大，
就像，每一缕微风，都渴望飞翔。
长大了的麦子，开始拥有希望的触须，
麦子的触须很美，根根向上。

麦子的家园，正被城市大口大口地吞噬，
明年的此刻，麦子定将流离失所。
今天的麦子，依旧不屈不挠地孕育，
麦子就是麦子，没有了这方水土，

还可以在异乡茁壮成长。

我也是一株漂泊到异乡的麦子，
曾经的家园，被愚妄和专制，
枯槁成一地苍凉。
我便跻身在楼房与楼房的行距中，
完成我的发芽、分蘖与抽穗，
不羡慕乔木的伟岸，
不嫉妒蓓蕾的芬芳，
只希望悄然自在地走完我的路程，
在麦子的家族中，
守望着其他的麦穗，
等待着共同的枯黄。

就这么点儿文字，陪伴我走过了两个半小时的监考。时常是苦思数分钟挤出两个词汇，一落在纸上，停留不到10秒，便又被几道横线删除。我知道，我的诗心早已随着青春一起萎缩。

数学试卷似乎很难，讲台下的考生，完成一道题目，竟然和我挤出一行诗句一样。反复强调不得污损的答题卡，被许多孩子涂抹成了难看的黑脸。长长短短地删除线条，昭告的是思维的枯竭与知识的匮乏。

5月5日 星期一 高考倒计时33天

网上阅卷

早晨7点半，准时到学校微机室参加网上阅卷，第一次感受到高科技带来的便捷、高效和压力。

尽管我是一只久经考验的网虫，每天都趴在网络上生活，然而我对网上阅卷，却还是充满了好奇。在座位上一坐定，我就开始捣鼓电脑上的各个图标，试图抢先观赏扫描进入电脑中的试卷，会呈现出一种什么样的变化。我清楚地记得南京高考最新信息发布会上南师大的一位教授说过的一句话。他说，网上阅卷对卷面的要求更高，它将使优点与缺点同步放大。

然而，阅卷培训尚未开始，屏幕上的相关图标打开后，还没有可以进入操作程序的密码，只好老老实实地等候着网络工程师的指点。利用这份等候的空隙，大伙儿便聊这套网上阅卷系统。有知情人告诉大家说，4 月底刚组装完成的这套设备，单是软件就花费了数十万元。加上一百台电脑、桌椅等设备，教育局和我们学校共花费了一百余万元。于是，就有老师感触，说没必要每个县市都拥有这样一套设备，一个大市有一套也就够用了。

8 点，教研员完成了责任分工后，所有人依照各自的工作类别，在对应的电脑上入座。工程师开始培训。遵照他口述的步骤，轻松进入界面，打开第一份作文，我立刻相信了南师大教授的话。

眼前的这份作文，所有的字，都挤在方格的中间偏右部分，且全部是一顺歪向右侧。字体被屏幕放大后，笔顺间所有的瑕疵一览无余。更严重的是，扫描后的文字，似乎每一笔都是书写在吸水性极强的宣纸上，笔顺紧密处，完全是一团墨黑，根本无法辨认字形。这让我立刻想到了 13 班几个女生的字，平日总是拥挤成一个小团儿，这要是上了屏幕，注定都只能是黑墨团了，阅卷老师怎么可能辨认出具体内容。

试阅几篇后，开始正式工作。被媒体炒作得热热闹闹的错别字，在网上阅卷中很少有老师关注。一来，电脑屏幕上，只在 800 字的位置处，有一个赋分框，无法在卷面上清楚标注出错别字的应扣分数。二来，圈画错别字需要点击工具栏上的相关图标，每圈一个错字，就要花费几秒钟的时间，而统计错别字还需要上下拉动屏幕，显然影响到阅卷速度。

大约工作了 50 分钟不到的时间，教研员开始公布第一次阅卷进度。作文这一项，最快的已经批改 42 份，最慢的 12 份。教研员表扬了速度最快的这位老师，说他批改出的 42 份作文的赋分曲线图，和整个作文阅卷组的总曲线图最为吻合。教研员的言外之意，就是说这个老师不但速度快，而且质量高。我一向以为自己批改作文的速度够快了，此刻却才完成 24 份。这位批改了 42 份的同行，平均每份试卷在他眼睛中只停留了 50 秒时间，他是怎么推敲分数的呢。

下一段的工作节奏显然加快了，大多数同事，都将作文阅卷速度保持在每小时35— 40份。批改一段时间后，我和教研组长、高组长、夏琼等，一起将批阅历史记录调出来，大伙儿发现，每个人阅卷速度最快的时候，两篇作文之间的批阅时间都是间隔不到20秒。用回评功能把这些20秒内打出分数的文章重新调出来看，又发现存在三个共性特征：第一，书写过差；第二，开头明显拉杂；第三，整篇作文关键词不清晰。于是，大伙儿边议论边“集体备课”，在电脑屏幕前就研究出了最后冲刺阶段的作文训练重点。

王子是个有心人，特意带了数码相机到阅卷室。我们备课组负责作文批改的6个同事，凡看到字迹过于模糊、卷面过于难看或是视觉效果特别舒适的，都用王子的相机拍下来，留作分析试卷时给学生观赏。大家决定用事实说话，教育那些长期“鬼画符”的孩子。

对面几个批改主观题的女教师，两个人负责一个小题，每人的阅卷量都是1700份。每批改一会儿，她们就互相通报各自的进度。她们的数字，总是成百成百地增长。两个半小时，速度快点的就超过了1000份。这让批改作文的我们好生羡慕。

11点半，教研员宣布收工。所有阅卷老师和后勤服务人员，一起到学校食堂就餐。教研员同时宣布，由于时间紧任务重，所有人吃完饭后，必须立刻回到阅卷点展开工作。

盘点一个上午的工作量，我的阅卷份数为134。打出的最高分数为68分，最低分数为30分。查看总监控台的曲线图，发现我打出的分数中，45至50分之间、58至68分之间数额较高，相对保险的50至55分则比他人要少。这正符合我的阅卷特点，我一向主张拉开作文分数的档次，不要只在起评分上下几分范围内波动。好在我的总均分处于教研员划定的49至53分的范围内，教研员也没有话说。

午饭吃得较快，回到办公室，打开电脑，查检邮件，并上论坛打点几个新帖。估计大多数人都回到阅卷点时，锁了办公室的门，前往战场继续战斗。

下午的效果明显不如上午。老师们大多有午睡的习惯，丢下饭碗，生物钟就会开始工作。所以，电脑前很多老师都是睡眼蒙眬地工作。这样一来，效率大打折扣。一份作文有时在屏幕上能停留十几分钟。

然而，每个人250篇的阅卷任务，必须按时完成。于是，打盹的时间，只有用清醒时的飞速操作弥补。下午的阅卷，很少再关注细节。鼠标在屏幕上快速拖动，只看关键词是否切题，是否在文章中反复出现。一旦符合了这两条，55 分以上的分数就迅速填入赋分栏中。

整个下午，只经历了两段较慢阅卷时间。这两段时间，都是因为连续遇到几篇写得比较出彩的作文。好作文在阅卷老师的屏幕上停留的时间总是比较长。这些作文，因为赋分过高，容易引起别人注意，必须反复斟酌，给出准确分数。我在连续打出 63、65、67、68 分之后，终于打出了本次阅卷中唯一的一个 70 分。

我从王子处取来数码相机，把这篇满分作文分四次拍摄保存下来。

下午 17 时，当电脑屏幕上出现“已无可阅试卷”这 6 个可爱的宋体 4 号字时，终于可以直起腰来长舒一口气。这时，最大的感受，是腰要断裂了。

5月6日　星期二　高考倒计时32天

在实验室监考

今天继续痛苦，又是上下午两场监考。

上午，理科班的物理。我所监考的 24 考场，在学校实验楼的一楼化学实验室一室。和我一起监考的，正好是一位高三化学老师。

化学实验室内，24 张操作台全都三年没有洗脸的样子，可怜兮兮地趴在灰头土脸的水磨石地面上。教室的后门处，贴墙排列着几张同样脏兮兮的药品柜。柜子里摆放着大大小小的数百个瓶子。这些瓶子里，多半是半瓶半瓶的粉末状物质，另外一小部分，则是一些酸类液体。

化学老师问我：“这里的味道不好闻吧？”化学老师不问我，我也正想问他。整个实验室内除了霉味外，还四处弥散着刺鼻的化学药品的气味。

我诧异于实验室的脏乱，便问化学老师："这个实验室，你们一个学期过来做几次实验？"

化学老师的回答，让我的眼珠差点滑落到地面上。化学老师说："自从实行高考新方案以来，一次也没有来过。"

我知道，新的高考改革就是从我们这届开始的。也就是说，我们这届2008届学生，从2005年迈入高中校门开始高中化学学习以来，近三年时间内，竟然没有到实验室中做过一次化学实验。

化学老师又说："以前的高考，实验是考试内容，每学期还要过来做几次实验。现在，高考没有了这方面的要求，谁也想不起来做实验了。"

化学老师随口说的这几句话，成了我打发监考的漫长时间的最好消遣。我人虽坐在讲台上，思维却始终陷在这事里面无法拔出。我想，我们这些一次实验也没有做过的学生，将来肯定有人一辈子离不开实验室。中学阶段的这段荒废，不知在未来的人生中需要耗费多少时间才能补上这落下的课。教育的功利性，实在危害不浅。

考生们都很老实，一个个埋头奋笔疾书。选择题、填空题、作图题、计算题，每一道题目和对应的分数紧密相伴着。我很想知道物理试卷上是否有实验类的题目，便利用巡视的机会瞥几眼试题，遗憾的是，我没有发现。

下午，监考化学。这次是理科班22考场，地点在4楼的物理电学实验室中。

物理电学实验室里，有28张操作台。每个操作台上，都有仪表、插座、按钮等一应物品。和化学实验室相比，这里光线充足，也没有刺鼻的气味，桌面和地面也都干净不少。

然而，留心操作台上的那些电器设备，问题也就来了。这28张台子上，没有哪一张台子的物品是完好无缺的。有些台子上，固定多项插座的螺栓被人卸了下去，插座被暴力推进了台子内部，只留下几个两寸见方的黑洞，像倾诉的嘴。有些台子上的几排插孔，金属器件不知旅游去了何方，留下的一个个圆溜溜的洞孔，正如刚刚经受过一阵排枪的扫射。还有些台子上，被人用水彩笔描绘出五花八门的图案。这些图案，越过电压表、电流表等玻璃外罩，蔓延向操作台的四面八方。

这次，和我一起监考的不是物理教师，所以，我无从知道他们三年来在这里做过多少次电学实验。不过我知道，这个实验室是经常使用的。每次全市老师集中批改试卷时，这里都要用做阅卷点；每次三个年级月考时，这里都是考场；高三年级每周六、周日下午的补缺补差班上课，这里也都是首选的教室。使用的人多了，损坏严重，也就难免。不过，我又想，这样的损坏，估计是无法再用来做实验的。如此推想，这里的本初用途可能也没有发挥过作用。

化学试卷的难度好像不大。100 分钟的考试时间中，多数孩子 80 分钟就解决了战斗。余下的 20 分钟，有的开始伏案休息，有的百无聊赖，便用手拧操作台上的螺栓，或用笔捅台面上的那些插孔。这些孩子的行为，让我想到了著名的破窗理论。面对千疮百孔的操作台，换作我，估计也会在潜意识支配下，做些揿揿按钮、拧拧螺帽的事儿。

16：40，考试终了哨声响起，为期两天半的“五模”终于画上了句号。这次考试，单从体力消耗来说，是历次模考中最大的一次。监考时间长，阅卷强度大，无形的压力更大。真不知所有成绩出来后，会有一个什么样的结果等候着我们。

5月7日 星期三 高考倒计时31天

那些不得不关注的细节

由于理化生政史地六门课的老师集中阅卷，今天的课，也就全部交给了语数外。

早读课时，把“五模”评分标准及参考答案发给学生。孩子们立刻拿出昨日晚自习时高组长发下去的答题卷，进行自我评分。受孩子们的感染，为了确保每个人都能针对自己的写作实际，大体评估出整张试卷的分值，我也对作文自评的标准进行详细解读。

然而，或许是多数孩子对自己的文章缺乏精确判断能力，或许是他们更愿意相信老师的判断，多数孩子总是让我阅读他们的作文，并为其给出具体的分数。如此一来，整个早读课，我成了评分机器。两个班级三分之一的作文，在我眼里流淌而过。

13 班的作文，总体上符合要求。视线所及范围内，只有一篇文章偏离题意。其他文字，依照本次作文批改的赋分尺度，都应该得分 56 分以上。邹超的作文，如果是我批改的话，得分至少应该是 65 分。郭丽的作文，应该是 58 分上下。静雯的作文，应该是 61 分左右。吴珊的作文比较唯美，语言相对含蓄，这让我有点为难。我实在不知道批改她作文的老师是否会认真品味她的文字。我给她的作文划定在 56—63 分的范围内。我说，如果阅卷老师用 2 分钟以上的时间认真读完你的作文，那么，你的分数就会突破 60 分；如果阅卷老师只在 20 秒内打出你的分数，那么，分数可能就不很理想。

7 班的作文就逊色了许多。陈文的文章，开篇几句话，就把主题引入了歧路。尽管后面的主体部分又强行拉了回来，得分却绝对不会超过 53 分。李娟的文章，依旧过于含蓄。表明中心的关键句，全都收藏在大段文字的内部。每次大型考试，她的作文分数总是忽上忽下。满分拿过，45 分也拿过。陈松的作文，主框架是正确了，具体文字和框架间却无法建立有机联系。同样一句话，明明换一种说法可以拿到很高的分数，他却偏偏不那样说。

一见到嘉欣的作文，我就笑了。这丫头的作文，竟然是我批改的。嘉欣放着几大文体不写，偏偏要编写自己并不擅长的小小说，结果，900 多字，只叙述了一个很老套很贫乏的故事。我记得我当时给她作文的分数只在 50 分上下。

早读课下，准备上第一节课时，教务处负责数据统计分析的老师将各班的语文成绩表送了上来，表格上连带着数学学科的分数。

我把 7 班的成绩表带到班级，先让孩子们把自己估算出的分数写在试卷上，然后将实际得分和估算分数进行对比。我发现，孩子们的估分很有意思。实际得分在 115 分以上的，多数自估分数偏低几分；实际得分为两位数的，多数高估几分。

7 班的大多数孩子要求我公开报分。理科班的学生，对语文分数看重度本不太高，即使考的分数不理想，也并不引为羞愧。同时，他们不但想知道自己的分数，更想了解别人和自己之间的分差。这点，和文科生截然不同。

我便将每个人的分数逐个报给他们，每每听到超过120分的分数，一些男生就发出夸张的啧啧赞叹声。7班本次考试成绩很是有趣，一些原本语文基础较好的，得分都只在110分上下。120分以上的6位，全是往常110分以下的主儿。比如叶露，以往多是双位数。

报完成绩，省略了平常的试卷评讲，只把电子阅卷中的暴露出的诸多问题，一点点介绍给孩子们，让他们了解这些问题中隐藏的巨大杀伤力。吓得很多孩子，拿出自己的试卷，一个劲儿向我打听他的书写是否过关。

课间操时，13班的孩子不知怎么知道了我这儿有了成绩表，先是吴静、郭丽俩跑来看分数。她们回班后一宣传，半个班的女生陆续都跑到办公室来了。每个人都不只查看自己的成绩，还要关注自己在班级的位次，关注以往和自己成绩相当的那些同学的起伏变化。这，在以往的历次考试中从未有过。

第三节是13班的课。我进班时，绝大多数孩子已经知道了自己的分数。当我询问要不要报语文和数学两门课分数时，几乎遭到全体学生的一致反对。有孩子在下面嘀咕：语文成绩还能报一报，数学成绩丢死人了。

是的，文科班的数学成绩确实不能和理科班比。理科班多数孩子的数学成绩在130分以上，文科班则多数在110分以下。“四大金刚”中的一位，数学成绩是个位数。数学，早已成为文科生永恒的痛。

省却了这个过程，直接进入电子阅卷情况介绍。郭丽等女生在我介绍相关情况时，夸张地惊叹着。她们实在不能接受30秒内打出作文分数的事实。我说，你不接受也得接受。高考阅卷还不如这样，那些研究生们，比一线老师马虎多了。所以，高考考场作文，必须尽快切题，必须保证线索的清晰。

下午，开始最后冲刺阶段的要点点析复习。有了前两轮复习做底子，最后这三十天，只准备依照大市教育局摊派下来的《突破重难点》一书中的几大知识板块，将病句、古诗文阅读、语言实际运用、写作等四类容易抓分的内容提纲挈领地梳理。我跟孩子们宣布，每节课上，我只用5至10分钟时间强化要点，剩余时间，一律交给孩子们自由处理。可以依照我提供的思路复习眼前知识，也可以依照自己的复习计划，在自己薄弱环节上多作钻研。

>>>>>>>>

5月8日　星期四　高考倒计时30天

考试后遗症

“五模”成绩全部出来了，理科班兴高采烈，文科班警钟长鸣。

三个政史班中，13班第一次在达线人数上垫底。人数少的原因，是13班前25名中，有12人选考科目达不到B，不能纳入指标范围。另两个班，则分别只是4人、8人。

这样的状况，老钱着急，任课教师着急，那些没有过关的孩子更着急。这么多人着急的结果，是班级内到处是愁眉苦脸的形象，整体气氛明显压抑。

我喜欢活跃的学习氛围，便给孩子们鼓气。我说：这次考试失败，未尝不是一件好事，毕竟还有一个月的时间，记忆性的课程，还可以尽快赶上去。而且，我知道你们考试有个习惯，这次考差了，下次就一定会考得很好。大伙儿看看，我们下次参加的就是高考啊。这次考得不好，高考时考出最好成绩，这多好啊。如果这次考好了，下次却栽了跟头，那才是真正的失败哦。当然，下次的成绩不会凭空而来，它既需要我们的努力，更需要我们科学合理地安排学科复习时间。我们必须继续立足基础学科的稳扎稳打，同时强化选考科目的背诵理解。如此，才有资本迎接一个月后的胜利。

听了我的鼓动，不少孩子眉眼舒展开来。我见达到了效果，这才开始进入今天的复习。

今天的要点，是病句修改。教辅资料中，将这一块内容分解成三个模块。我没有太多的时间纠缠这把握性不大的知识点，于是只扣住近几年高考命题中的常见类别，目标明晰地展开突破。我要求孩子们集中精力研究这几个问题：语序不当中的定状语位置不当，搭配不当中的主宾不搭配、修饰语和中心语不搭配，成分残缺中的缺少介词，成分赘余中的词义重复，表意不明中的主客颠倒，等等。每一个点，只用两分钟时间概要梳理。

其实我也知道，这样的复习，对语文基础比较好的孩子而言，没有任何意义。所以，我要求这些孩子，在我梳理知识框架时，用耳朵听一听，同时开动大脑思考思考，把记忆中的旧有知识激活起来。其余时间，则听任他们依照自己的学习进度完成复习内容。

13 班的这种方法，却不能在 7 班使用。7 班的孩子，语文基础相对薄弱，必须在最基本的知识上反复锤炼，才能获得相应的成绩。因此，在 7 班上课，就采用读讲练结合的方式，每节课先挑选精要内容讲解几分钟，然后组织阅读这一块的知识，跟着再用一定的练习强化这些知识。

嘉欣终于开始全神贯注地听课。阅读和练习时，也不再玩小物件。嘉欣的课桌上，用透明胶带纸粘了一个大大的“懒”字。那红色水笔浓墨重彩涂抹出的正楷字上，又用黑色水笔打了一个更大的叉。我想，嘉欣一定是用这特殊的座右铭来警戒自己。这次模考，嘉欣的成绩不错。数学已达到了 135 分，语文和英语也都有明显进步。更主要的是，以往总是 C 的选考科目，也终于考出较高分数，估计这次应该是 B 或者 A 了。

几个考出 120 分以上分数的孩子，自信心和兴趣一起被激发出来，听课时的状态有了明显改变。获语文数学双科最高分的小男生，以前常常利用小眼睛的优势，在需要阅读教材时闭上眼睛休息。现在，终于可以在他的鼻子上方那片空间中捕捉到两粒闪闪发光的黑色晶体。

下午，几个同事在办公室闲聊时，很自然地就将话题引到各班的平均分上。教研组长说，这次 3 班的均分达到了 113 分，超过了一个实验班。3 班是和 7 班一样的普通班，7 班的均分和全校均分相同，都是 109 分，比 3 班少了 4 分。

依照校方量化考核的标准，实验班的语文均分应该高于普通班均分 10 分以上，数学 25 分以上。现在看来，这两个目标都很难实现。实验班里并非都是天才，他们的突出之处多在于勤奋。当绝大多数孩子都竭尽全力学习时，两者间的差距自然就越来越小。

2008年

5月9日 星期五 高考倒计时29天

无处申冤的分数错判

第二节课时，教务员将“五模”详细分数表送到了各任课教师手中。粗看一遍，便发现了问题：文学作品阅读题批改过于教条，没能依照文本实际灵活掌控答案内容。其中最后一道6分分值的开放式问题，三分之一孩子是零分。其余也多是1分、2分。13班最高分5分，且只有一人；7班最高分4分，也只有两人。整个大阅读满分20分，能得到10分以上者寥寥无几。7班的黄星只得了2分。

作文的分数也压得过低。很多应该划入2类卷的文章，给出的却只是三类卷的分值。邹超的作文，只得了53分，比应得分数少了10分以上。

这样的分数，给任课教师带来了巨大的麻烦。夏琼所带的实验班，学生都喜欢较真，题目被扣了分数，就到办公室来找老师问清楚丢分原因。面对这些错判的分数，夏琼既没有办法解释出道理，又不好指责阅卷老师不负责任。只有鸡蛋里面挑骨头，找些能够搪塞过去的理由，让孩子们接受事实。

其实，这样的尴尬局面，每次大型考试之后都会出现。但凡全市语文教师集中在一起阅卷，这样的错似乎就无法避免。因为总有几位批改作文的“资深”教师，阅卷的8个小时中，至少有4个小时在处理跟阅卷无关的事务，另外4个小时，则一边跟别人聊着闲话，一边飞速打出作文分数。他们给出的分数，少则47、48分，多则53、54分。如果仅从曲线图上看，可能和整体图例吻合度最高。只是，有多少优秀作文“蒙冤受屈”，多少灵感“惨遭屠戮”，无法考证。

当我把详细分数表带入课堂，组织孩子们标注试卷上各项分值，并依此裁定最后20余天的复习重点时，13班的一群女生很是生了一回气。邹超面对过低的作文分数无法撒气，便拿了默写题让我找她的扣分点儿。她的默写扣了2分，卷面上却只能找到一个错字。我只能嘿嘿一笑：“你的运气太差，尽遭遇‘杀手’。”

也有一些倒霉蛋，分数被多扣了不说，还被我抓住了批评的理由。我说："你看你的字，好好一道题目，全被这臭字糟蹋了。人家老师给你分数，就算对得起你了，换了我，看也不看，就给你零分。你冤死了都没有地方告状。"

下午第四节，王军召集全体班主任和语数外教师开会。王军照例是先通报数字。王军说，倘若参照江南四市划定的模拟录取线，那么，我市达线人数将是大市教育局下达指标的两倍。排除双B因素，也有1500名以上的孩子超过模拟本科线。

"然而，"王军说，"在全市各校都取得良好成绩的同时，我们应该看到潜在的危机。我们线上的人数，只比指标数高了90来个。二中则完成了指标的2.8倍，二附中完成了指标的3.2倍。私立远大高中也完成了指标数的1.8倍。从超额部分的比例看，我们学校成绩最差。"

王军接着说：由于我们前一阶段的重点突破，我们的双B难题终于解决。现在，从新的高考形式出发，我们应该将重点回归到语数外上面。语数外总分每提高1分，我们就可以多几个上线人数。我们的目标，不是一类重点，不是选考双A+，对大多数学生来说，只要能保证选考双B，那么，语数外就是决定他们能否考取大学的关键。

在阐述一大通意义之后，王军宣布：刚实行一周的周六周日补课课表重新调整，周六早自习课表不变，早自习下至9点，安排教师看班辅导。9点到11点半，语文综合训练。下午，15点至17点，数学综合训练。同时，下午2点起，语文老师集中阅卷。数学考试结束后，数学老师集中阅卷。两科老师的晚餐，由年级组负责。必须确保当天完成试卷批改任务。周日早自习课表不变，上午的四节课，选考科目依照正常计划开展工作。周日下午15时至17时，英语学科综合训练，结束后，英语教师集中阅卷。

随着王军宣布的新安排，年级组长将新补课课表传到了每一位与会者的手中。我自然首先关心自己的课：周六，早晨6:50—7:15，13班早读；7:15—7:40，7班早读；7:50—8:30,13班自习辅导；8:30—9:00，文科加试考试；9:00—11:30,语文综合试卷考试；14点，阅卷。乖乖，周六全天，除了中午休息时间外，就卖给学校为"奴"了。

"好在只有三周时间，而且下周六还要请假，到苏州参加书稿审校会议。”我暗自嘀咕。

>>>>>>>

5月10日 星期六 高考倒计时28天

解题的顺序与速度

早读课进班时，13 班的孩子正沉溺在一种说不清道不明的复杂情感中。一窗之隔的室外广场上，高一年级的远足活动正在举行授旗仪式。800 多个学弟学妹，身着统一的校服，兴高采烈地用青春的名义宣誓：保证在这次总行程 25 公里的励志活动中，不怕苦，不怕累，保护环境，团结互助……

室外的阳光和活力，撩拨起 13 班孩子们心中蛰伏已久的愿望。他们的眼睛，为飞扬的旗帜所吸引，就再不愿只停留于死气沉沉的讲义上面。然而，黑板上方醒目的高考倒计时牌，却又如一只充满魔力的手，拉扯着他们的心回归到教室内。于是，孩子们只能一边神往一边嫉妒一边怨愤一边无可奈何地收回视线，并用念经般的诵读，抗拒窗外的吸引。

13 班的孩子，在高中阶段是没有参加过这类集体活动的。高一时，除了军训和元旦文艺晚会，他们再没开展过任何走出校门的社会活动。高二时，以往每年都举行的 18 岁成人宣誓仪式也莫名其妙地消失了踪影。进入高三后，更是连元旦晚会也被取缔。在他们的生活中，除了每次大考后的成绩分析会，加上高三的两次模考宣誓，似乎再没有什么能留在记忆中的活动。

面对他们的羡慕和无奈，我雪上加霜地调侃：“想不想也举行一次这样的活动？”

“想！”异口同声地回答。

“想，就在高考后也组织一次。”我说。

“唉——”一片叹息。

我知道，高考后，几家欢乐几家愁，谁还有心情组织集体活动。

高一的学生呼喊着嘹亮的口号出了校门后，校园内复又安静下来。孩子们也很快收回了心。于是，教室内刮起一阵琅琅书声。

今天这一个上午，全部要消耗在13班。让孩子们自由阅读至8：20，然后开始发答题卡。这次的答题卡，作文纸采用了和高考相同尺码的大方格。这增大的方格，几乎就是原来的两倍。我提出要求：每个人必须尽可能写正楷字，必须尽量把字写得大一些，拉开笔画间的距离。

8：25，发下试卷。大多数孩子拿起笔就准备做题目。我急忙吆喝打住。我说：依照高考规则，发下试卷到开考，有5分钟的时间。这5分钟，我们应该做点什么事？

性急的立刻接上话茬儿：应该阅读试卷前几道选择题，并思考出答案。这样，开始答题时，就省出了时间。

也有人说：应该什么也不想，放松神经。

我依照前几天监考时的思考，打断七嘴八舌的议论：这5分钟，正好可以用来对比阅读选考的两个文段。在题目难易度相等的情况下，确立实用类文本为首选语段，然后阅读文段，研究形成答案的信息点清晰度。

接着，进一步强调：开考后，要在第一时间内完成默写内容。一是此时大脑清醒，时间也宽裕，可以把字书写得很正规。二是遇到一时想不起来的句子，还可以在考试过程中随时思考。或许就可以在灵光一闪中想出答案。

8：30，下达开考令后，我特意留心刚强调的步骤，有多少人没有遵照执行。结果发现三分之一的孩子没能从默写开始，而是依照老习惯以题号为序往下做。立刻叫停，重申步骤。

9：30，在考场巡视一周，察看所有孩子的解题进度。大多数孩子，正好完成62分的试题量。还有几个速度快的，已经完成了74分的内容。几个语文基础较差的，刚完成语用和古诗文两部分52分的试题。

10点，再次巡视一周。此时，应该是绝大多数孩子完成作文之外的所有内容，并开始进入作文构思。我要求孩子们用10—15分钟时间，在大脑中或者草稿纸上列出写作提纲，然后才开始写作。我发现，这一环节开始做得不错，但15分钟后，还是有不少孩子没有能整理出写作思路，面对着作文纸，无从下笔。如此，他们的作文就危险了。

11点，发下加试卷，同时开始收答题卷时，果然有一部分孩子没能按时完成作文。最慢的孩子，才写了400余字。这要是高考，一准完蛋了。

下午集中阅卷时，再次感受到作文的杀伤力。最初批改的一本作文，大半文章跑题。极少数孩子，依旧分不清文体，写出来的作文，既非议论也非记叙。此外，选材陈旧、构思俗套的文章比比皆是。很少有作文可以打出60分的。

第三本是文科班的作文，质量明显高了许多。切题快，开篇新，语言美，分数立刻飙升一大截儿。这本作文的平均分，至少要高出第一本4分以上。“这样才正常！文科作文就是要成为拳头产品。”我在心中说。

一起批改作文的老陆、夏琼，边批改边唠叨着学生文字的拙劣。批阅其他题目的老师也参与进来。大伙儿干脆研讨起最后20天的作文冲刺训练问题。形成的共识是，必须加强审题指导和选材指导。要尽最大可能促使多数学生拿到起评分数。

5月12日 星期一 高考倒计时26天

四川地震了

原本准备用一节课时间分析试卷，实际操作时，却是足足的两节课。

由于第一小题的字音完成不够理想，第一课时的一半时间，被用来查字典总结几个常见多音多义字：应、差、兴、累、和、落、漂、叨。我要求孩子们将这些多音多义字中的常用词语归类整理在笔记本上，并利用这阶段的早读课反复记忆，直至完全掌握。这一任务完成后，才围绕试卷上错误较多的文言翻译、主观简答、语言实际运用三个知识板块，从规范答题的角度展开思路梳理。这些内容，以前早已强调无数遍，这次重复，不过是为了把记忆痕迹涂抹得更加清晰一点儿。

第二课时，结合学生手头的作文，集中讲析新材料作文的审题。我从2006年全国卷作文切入，引导孩子们认识该类作文中的主客体关系。随后，以本次考试中的作文材料为例，分别从主体角度、客体角度、第三人角度引领孩子们一点点分析材料，捕捉材料中最为显性的意义表达方式。一部分孩子这才恍然大悟，似乎开始明白了该类文字的审题切口。

课间操休息时，大校长推开我们办公室的门，询问文科班的学生学习心态。我说文科班的学生目前学习心态还算平稳，学生精神压力不是很大。大校长深有同感。大校长喃喃自语："文科班的学生怎么一点儿也紧张不起来呢？这些孩子，看自己的成绩在班级内还算不错，就满足了，就没有想到自己是置身在一堆差生之中。"我从大校长的话语中，听出了他的担忧。大校长希望文科生能够在最后冲刺中紧张起来，因为大校长认为只有紧张了才能激发出文科生的全部干劲，才能确保文科各班顺利完成升学指标。

大校长对文科班的担忧，让我想到了他对理科班的另一种忧愁。理科班，尤其是实验班的孩子，绝大多数都如上足了发条的钟表，处于超负荷的运转中。对于这些孩子，校方和老师们最大的担忧，是孩子们脆弱的神经是否能承受住最后这20余天的重压。

下午，13班连堂，重复上午在7班的内容。

第一节下课时，回到办公室，登录"教育在线"。网站醒目位置上，赫然出现"四川发生强烈地震"的标题，急忙点开网页，查看具体内容，然而，所见信息十分含糊。立刻拿出手机，给远在四川的几个朋友打电话询问具体情状，打了数个号码，却都是没有任何信号。我立刻意识到，四川那边的地震灾情可能十分严重，否则不会信号全部中断。无可奈何之际，发几则短信过去，姑且等候信号恢复后的回复。

怀揣着惴惴不安的心，将第二节作文讲评课应付下来，回到办公室立刻登录新浪，查看即时新闻。网页上关于四川汶川地震的消息已铺天盖地。房屋倒塌、人员死亡的惨景，开始切割我的灵魂，我便带着一种无法抑制的悲痛，开始一个帖子一个帖子地阅读，泪水也开始在眼眶中一点点会聚。脑海中只飘浮着一个相同的词汇：生命！生命!!

第四节，照例是备课组活动。此时，满脑袋依旧是地震的惨状。简要交流了教学进度后，同事们也都把话题锁定在地震上。

晚间，校方的例会却并没有任何四川地震的信息。校长照例是从新高一招生谈到高二学业水平测试的优异成绩，从高二18岁成人仪式的圆满成功谈到高一远足活动的良好社会影响，从高三多次模考的成绩稳步提高谈到今年高考计划指标的实现可能。总之，校长的话语中，令人欣喜的信息占据了绝大多数。

校长在主席台上做报告时，我焦急地等待着四川那边朋友的信息。终于，远在四川宜宾的一位朋友率先发回了消息，告诉我全家安康，这让我的情绪稍微安定了些。然而，在成都的几个朋友，还是全无消息。在重庆的朋友，也是毫无音信。我只能在心里为他们默默祈祷。

学校大会结束后，王军又召开全体高三教师会议。这个会议，基本重复的是上周五的内容。我实在没有心情听那成串的数字。此刻，我只关心地震带来的伤亡数据，我只希望地震中受到伤害的人员越少越好。

5月13日 星期二 高考倒计时25天

巨大的悲伤

早晨一开机，便收到了成都朋友夏琨的短信，得知他一切安好，心中甚慰。

到校后立刻打开电脑，登录“教育在线”，率先读到的帖子，是成都网友李镇西的《放心，我还活着》，从他的文字中，得知成都市内并无大碍，为成都朋友庆幸的同时，心头的压抑感稍有减轻。

然而，新浪新闻中的信息，却立刻又使我的心绪跌至底谷。都江堰聚源中学那一排泥水中的遗骸，那遗骸裸露的脚，都如一根根芒刺，直刺我脆弱的心。眼见得昨日还无限鲜活的生命，今日就成了地膜包裹中的冰冷尸骨，我的眼泪不禁盈满了眼眶。

网络上开始有各种各样的言论。刘墉先生博客中的一篇探究教学楼为什么容易倒塌的文字，从最善良的角度阐述了教学楼设计中一种无法避免的先天潜在危险。刘墉先生说，教学楼因为采光的需要，其墙壁体现出一种多米诺骨牌式的排列形式，这样，一旦地震摇动方向和教室走向相一致，就极容易拉倒楼房。

无课，也没心情做各种具体事情，只在各大门户网站上浏览，每刷新一次页面，都有一些令人揪心的新信息：都江堰中医院的一幢六层住院大楼倒塌了，里面有数百病人；北川中学垮塌了，一千多孩子被埋在废墟中；震中汶川县以及邻近的茂县，交通彻底中断，没有人知道那边会有多少伤亡……

教育在线上，夏琨、小狐等地震灾区的朋友，在余震不断的情况下，依旧将自己亲历大震的过程用专帖记录下来。熟识的朋友们纷纷跟帖，或表示慰问，或表示关切。也有极个别没心没肺的，在这样的时刻依旧口没遮拦地说两句胡话，立刻就引来一片指责。面对灾难，面对生命的无辜消逝，绝大多数网友的心情是异常沉重的。

下午，旷工半天，在家中看央视的直播。屏幕上撕心裂肺的痛哭、茫然无助的眼神、家破人亡的惨烈，如一把把大锯，将我的心拉扯得鲜血淋漓。我既无法承受这过于惨重的悲痛，又控制不住内心的关注之情，只能一边流着泪，一边随了记者的镜头，一起见证这天地间浓黑的哀伤。

我想到了必修课本中周国平先生的《直面苦难》，想到了自然暴力面前生命的渺小与脆弱，想到了个体生命在历史长河中的微茫与飘忽。面对这样的灾难，作为人类的我们，无法建立起崇高的意志，无法确立高贵的理想，我们只能承受，只能在瓦砾下血泊中孤独地爬起，带着无限的惊恐，战战兢兢地呼唤亲人。我们无法反抗，无法用我们的精神反作用于这客观存在的灾难。

然而，我依旧是悲伤，依旧是压抑。我知道，尽管人定胜天是一种永远无法实现也不该实现的理想，但生命的价值却应该是大于天的。

生命，鲜活的生命，蓬勃的生命，仅仅是一瞬，就可能永远消逝。苟活者，除了应该珍惜，还能要求什么呢？

>>>>>>>>

5月14日 星期三 高考倒计时24天

威怒之下

早读之后，先用一节课时间批改完昨日小测验的试卷。随后便登录互联网，查看最新地震灾害报告新闻。死亡人数已由昨日的九千余人增加至一万二千多人。我知道，这个数字是远远小于实际死亡人数的，因为震中的汶川没有包含在其中。

各种各样的信息愈发多了起来，诸如总理手臂划伤、空降第15军准备强行伞降、北川中学千余师生遇难等消息，让我一次次泪流满面。更为触目惊心的，是那些遇难孩子的图片，它们让我心底中最后一点的坚硬也化做了液体。我实在无法连续查阅这些页面，只能在情绪相对平稳之后，再进入相关链接，了解我所渴望了解的最新救援情况。

极端的情感压抑，使得心脏有了隐隐的刺痛。不敢继续读下去，便回到教育网站上，看一些相对轻松的帖子。

无论心情如何，课依旧要上。13班的第三节课，强打精神继续复习相关知识点。沉溺在高三的最后搏杀中的孩子们，对四川地震的了解仅仅停留在名词的知晓上，他们不了解苦难、不了解死亡、不了解生离死别的惨痛，所以，他们依旧如寻常日子一般轻松自在地做着该做的一份事儿。我也不想让他们心情受到影响，几次准备开口介绍灾区情况，又几次忍住了。

第四节课时，高二年级的几个孩子主动找到政教处，责问政教处主任怎么还不发动捐款。他们说，四川发生了这么大的灾难，我们虽然不能前往救灾，总还可以通过捐款，给灾区人民一定的帮助。希望学校立刻组织捐款。政教处承诺，下午就在全校发出倡议。

中午，新闻上见到了更多的图片，心情愈发沉痛。

下午进7班上课时，果然就看到了前后黑板旁都张贴了政教处与团委的捐款倡议书。我决定放弃今天的复习计划，将汶川地震的相关信息告诉给我的两耳不闻窗外事的孩子们。我从地震爆发开始说起，然后介绍死亡的数据，介绍几所学校的灭顶之灾，介绍地震中那些家破人亡生离死别的人间惨剧。我的眼泪忍不住地流了下来，我看见，几个女生也开始用面巾纸擦拭眼睛。

然而，一个让我无法忍受的现象出现在教室的最后一排：人高马大的余靖，此刻竟然笑嘻嘻地歪斜着身体，试图和隔了两个座位的一位神情肃穆的同学说点什么。我注视了他一眼，他全然没有发现，依旧是笑，笑！

我压抑了三天的情感突然爆发了！我停下了介绍，以歇斯底里的怒吼，将最野蛮的咒骂倾泻到余靖头上。我说："面对了人类的巨大灾难，面对了这么多生命的无辜消逝，你竟然还能笑得出来，还能用这样一种心态来凝听他人的灾难，你这样的人，简直就是畜生！猪狗不如！你这样的人，即使进入了大学，即使将来拥有了名利地位，都绝不是一个真正的人！培养你这样的人进入大学，是学校的耻辱，国家的耻辱！"

我愤激之下，口不择言，完全如神经失常的狂暴雄狮。孩子们全部傻呆呆地看着我，他们没有我这三天的情感体验，无法了解我心头积聚的过多悲伤。

5月15日 星期四 高考倒计时23天

献出一点爱心

校内募捐活动轰轰烈烈地开展起来。

几乎是所有的孩子，都呈现出了空前的热情。13班一位成绩平平的男生，第一个跑到团支书处，将自己皮夹中的钱一股脑儿掏空。其余孩子也不甘示弱，几乎就是片刻时间，团支书的面前就堆了一堆面额不等的钞票。中午时，有学生跟我说，班级里最少的捐了10元，最多捐了100元。绝大多数孩子，都是20元。仅仅是课间10分钟，全班就累计收到捐款840元。

10班的一个贫困生，每学期都依靠学校的减免学费才能读到高三。班级募捐时，却毫不犹豫地捐出50元。10班班主任在我们办公室谈起这个孩子时说："我真想拦着她，让她量力而捐，但又怕伤害了她的自尊。只能听任她捐出最后这阶段的生活费。"

艺体班的孩子，更是呈现出一种非正常心态的"热心"。这些孩子，平时多是吊儿郎当。没有单独成班时，全是各班的老大难。此刻，面对捐款，首先就有一个男生在班级内狂吼：低于20元的，不要上来丢人！于是，所有孩子中没有人的捐款低于20元。

尽管学校安排了募捐，高一、高二的一些热血青年，还是感觉没有能尽到一名高中生的社会责任。课间操时，便有数位学生一起到6楼的校长室，向校长申请利用中午时间到闹市区募捐。校长感动于孩子们的这份公民意识，不但欣然同意，并立刻和公安取得联系，同时，还安排校团委抓紧时间为学生们印刷出500张红底黑字的募捐倡议，并由校办一一加盖学校公章，用以证明募捐者的身份。

学生们动起来了，教师这块却还没有动静。有些教师也沉不住气了，见人便打听学校对教师捐款的安排。然而，大家都不知道校方到底是依照惯例直接从工资中扣除，还是自由捐款。学生中已经在纷传党员教师每人捐款500元，校长室却始终还没有发出话来。

我决定在捐款之外，再去献血。准备好了第四节课去鼓楼广场的义务献血车处，第三节课下，却临时接到了一个任务。一通忙活，做完手中的活儿，已是12点。下午还有两节课等着我。献血的事，就只有留给明天上午的第四节课了。

今天的复习要点，是语用题中的压缩语段。这一块的知识，连续两次综合训练中都有涉及，完成情况也都不太理想。我将这一知识点确立为必须突破的一个重要得分口，备课时作了充分准备。因而，下午的两节课进行得十分顺畅。该知识点中的前两大类别中的8个小类，全部在讲练结合中得到了较好的落实。少数理解不到位的孩子，也在巡视中得到了个别指点。

昨日被我痛骂的余靖，委顿了许多。半伏在课桌上，很逆反的样子。我知道，他用这样的方式来表达对我的藐视。经过一夜的沉淀，我已认识到了自己昨天的错误，但还是无法原谅他那时的嬉笑。所以，我尽管知道自己不对，也依旧不向他道歉。他可以不原谅我，可以永远记恨我，但他必须学会尊重生命，尊重那些已经消逝了的灵魂。

5月16日 星期五 高考倒计时22天

南下苏州

一周前就接到华东师大出版社和新教育研究院的通知，本月17、18日两天至苏州参加“大夏书系·新教育”丛书初稿审校会议。具体负责的网友大潮河兄反复叮嘱，一定要准时前往，不能因为个人原因影响了整套丛书的出版。

这套丛书，3月开始征稿，4月初完成稿件初审，5月“二审”定稿，6月完成校样，7月中旬的新教育年会前必须正式出版。据大潮河介绍，年会筹备组准备专门策划一个首发式活动。

为了准时参加明后两天的会议，我必须今天下午乘车到苏州。从网络上查询，知道今天最后一班赴苏州的车是15：30。于是，先是找一位同事，将下午第二节语文调到上午第一节。再请另一位同事，帮我上下午第一节的课。下周二下午，我再上她的课。这样一来，上午第一、三两节课上完后，我就可以回家准备出行的物品了。

今天的学习任务，是完成仿写内容的复习。这个知识点，在现有高考模式下，已非重点，且历次考试中，该类题目的得分率都很高，所以，尽管内容很多，也只安排一个课时。我先用15分钟进行知识框架梳理，然后半个小时让孩子们阅读辅助资料，巩固既有认知。

第二节课无课，继续关注网络上各式各样的灾区信息。新浪首页上，关于抗震救灾的主题文字和图片越来越多，灾区人在大难面前演绎出的荡气回肠的故事，又一次令我泪水模糊。

第四节上课后10分钟，我提前离开学校。我要利用这半个小时，完成我的义务献血计划。

当我背着电脑包骑着自行车抵达鼓楼前的义务献血车时，我发现这里很是冷清。想起昨日北京一位朋友诉说为了献血而排了4个小时的队，我的心中隐隐有了点不安：小城市的市民，难道素质注定不如首都群众？

我登上献血车，向两位正在聊天的白大褂陈述我的献血计划。一位年龄稍长的女医生微笑着询问我的血型。我很是自豪地对她宣言："我是AB型血，正是灾区最需要的血型。"女医生和另外一位年轻医生一起笑了："对不起，我们目前只接受A型血。"我很纳闷："不是说灾区紧缺AB型血吗？"女医生说："我们还没有接到往灾区调集血浆的通知，目前的义务献血，只是满足本市的用血需要。"

献不上血，只好怏怏而归。回到家中，和妻说起此事，妻感到很滑稽，便笑着对我说："你把献血证带着，到苏州再献也可以啊。"我想也是，便在收拾行李时，将无偿献血证揣进包中，准备至苏州有机会再献。反正总是一腔热血，献给哪里都一样是为了救人。

午饭后，略作休息，便踏上征程。近些日子体质一直不好，坐上车时间不长，就有了晕车的感觉，豆大的汗珠从额头滚落下来，全身衣服湿透。我只好强打精神，伏在前排座位的靠背上，用意志抵抗着肉体的煎熬。

车近无锡时，口袋里的手机震动起来。号码很陌生。打开信息，才知道是2005届一位学生发来的短信。这位在重庆某大学读书的女生，告诉我一个十分悲痛的信息：2005届我班高考分数最高的那位男生，在13日的一次余震中罹难于成都。无限悲哀。

到苏州时，已是18时。从车站出来后，人如虚脱一般。再不想坐车，便穿过街边公园，从车站闲逛到落脚的如家快捷旅店。路上，大潮河几次电话询问我的踪迹。

踏入如家快捷旅店大堂时，一行数人已都在大厅等候着我。大潮河为我一一做了介绍。我总算将网络上久已熟悉的一些朋友和生活中的真身对上了号。匆忙登记后，也没去房间，一行人便在网友村夫的引领下一起去找饭馆吃饭。在“狮子林”旁的一个名为“老妈家常菜馆”的普通饭馆中，大伙落了座，先是利用等候饭菜的间隙，彼此说点闲话，谈点网络上的故事。每个人都很自在随意，宛如生活中多年相交的朋友。

这顿饭一直吃到21点半才结束。一路闲聊着回到旅店，似乎谈兴正至酣劲，于是一群人又全都集中到了大潮河和我的房间，继续聊教育在线上的故事。

其间，村夫接了一个电话后，告诉我说，麦子听说我来苏州了，一会儿要过来拜访我。这让我很是感动。大约最多十分钟，麦子果然就来到了如家快捷酒店。看见麦子来访，其他人纷纷回到自己的房间。

想象中的麦子，和眼前的麦子相比，似乎并无多少差异。唯一的不吻合，是现实版的麦子的身高。读她那一系列精美文字时，我将其定位为小巧秀气的类型。现实版的麦子，秀气不减丝毫，却是一副时装模特的身材。这位四次获得课堂教学竞赛全国一等奖的年轻老师，言谈中全无半点的张扬，朴实得犹如刚参加工作的新教师。我知道她是基督徒，看来，恬退隐忍的宗教美德已浸润了她的里里外外。

22：20，担心麦子回去的安全，催促她返回苏州新区。送走麦子后，我到隔壁房间继续参加聊天，大潮河则到火车站去接山东威海赶过来的网友紫色茉莉。

当晚，休息时已是24：25。

5月17日 星期六 高考倒计时21天

审校书稿

中学语文教师似乎都没有睡懒觉的福气，尽管昨夜睡得极迟，早晨6点左右，还是准时醒来了。

醒来了，也无事可做，便打开电视，看早间新闻。抗震救灾的直播依旧在持续进行着。我和大潮河边看边感慨。

7点半，一行人到酒店的早餐厅吃了自助餐。8点，打了两辆出租至两岸咖啡。今明两天，我们将在这咖啡馆中苦斗，共同商讨并修改书稿。

村夫已提前到了，咖啡馆却还未开门营业。大伙便商量着先去逛街。村夫和一位正在走廊上打扫卫生的老者协商，是否让我们先进咖啡馆休息，因为我们要在这里包一个包厢工作两天时间。那老者知道这是笔值得一做的生意，也就答应了村夫。于是，大伙鱼贯而入，找了个大包厢，便开始工作。

先是由华东师大出版社北京分社的两位编辑谈整个丛书的编辑思路，随后，每册书的主编又介绍了自己书的编辑思想和读者定位，之后两位编辑又结合分册主编的思想提出针对该本作品的具体编辑要求，其后村夫传达了朱永新主编对这套丛书的要求，最后，大伙共商书稿体例。明确了这些内容后，我们开始各做各的一份事儿。

依照讨论结果，今天上午的工作重点很明确：针对文稿字数过多的问题，着手压缩文字，大刀阔斧砍文章。

我所负责的教师专业成长书稿初稿，近25万字，计83篇。是我花费了一个月的时间，从应征的近千篇作品中挑选而得。现在，我必须把这25万字的内容，砍削到16万字左右。

电脑明显不够用。6个分册主编中，只有我和大潮河带了电脑。华东师大出版社两位编辑也只带了一台。加上村夫的一台。9个人用4台机子。负责班主任分册的两位网友，便借了村夫的电脑。负责学校管理分册的两位网友，则和两位出版社编辑共用一台电脑，边商量该书稿的体例和选文问题，边在电脑上操作。

我转移到包厢外的大厅中，找个安静的角落开始工作。

要在现有稿件的基础上砍削三分之一文字，实在是一件痛苦的事情。且不论这些文章，多数都经过了作者数遍的修改，有些还是我特意约来的稿件，文字间的差异已经不大，主题立意也大体相当。单是要在通览的基础上决定取舍，一个上午的时间也是不够用的。

然而，编辑的指令就是最高指示，通过不了他们这道关，书稿就不可能进入出版程序。没有哪家出版社愿意做赔钱买卖。于是便凭借了原有印象，在快速浏览的基础上，一鼓作气，先删除了20篇业绩相对逊色的同行的作品。此后，便开始压缩那些名教师的篇幅较长的文章。其中，一位网友的万字文章，硬是被我一点点挤压到了5千字。

这样的工作很是耗费时间。似乎并没有做多少事儿，午饭时间就到了。村夫说，新教育的特点，是厉行节约，除了第一顿饭，其余只能吃快餐。大伙全不反对，本来嘛，就没有人为了吃饭而跑到苏州来。

午饭后闲聊半小时，然后继续工作。下午，两位编辑、村夫以及另四位网友，重点讨论解决学校管理分册和班主任分册的选文与体例问题。我和大潮河则集中精力研究教师生活分册的文章。在确立了该书保留篇目后，我继续进行专业成长书稿的再压缩。终于删除至55篇。

晚上依旧点快餐，然后继续工作。又在反复斟酌的基础上删掉两篇。同时对其他各篇的文字进行深度润色。工作至10点半时，服务员过来催促结账。大潮河说，我们还要在这里工作两个小时，临走时再结账吧。服务员笑了，什么时间了，还工作两小时？大潮河看看自己的手表，吃惊地说，都10点半了？还以为不到9点呢。

大潮河拿出皮夹，结了账。一天的花费，共计800余元。出门后，大伙一致决定散步回去。于是乎，离开咖啡馆，徒步穿过苏州最繁华的步行街——观前街。

回到旅馆后，继续工作，至凌晨2：45方才休息。

5月18日 星期日 高考倒计时20天

做回落汤鸡

经过昨日一天的辛苦，除学校管理分册外，另三部书稿都已初具模型。村夫开恩，通知今天上午8点半开始工作。如此，早晨便多了半小时的休息时间。

依旧是6点左右醒来，依旧是躺在床上看电视。8点到餐厅吃早餐，8点半打车至两岸咖啡，坐定后，各自通报工作进度。

学校管理分册的主编甘肃网友祁团购买的是上午10点的火车票，祁团是从抗震救灾前线请假过来参加这个编辑会的，下周一，他还要重返甘南的地震灾区，参加县教育局的震后重建工作。

大伙儿便由咖啡馆出来，以苏州干将路上的干将牌坊为背景合影留念。先是请咖啡馆女服务员为我们9个人照了集体照，然后自由组合留影。20分钟后，祁团告辞众人，独自踏上返回甘肃的路。

我们继续工作。我买的是下午两点的车票，所以，11点半时，我催促大潮河安排午餐。12点开始吃饭。饭后收拾好电脑等物品，休息至12：50，起身告辞。

正午的苏州，竟然阴暗得如同黎明。眼见得一场大雨就要到来。我因来苏州前答应女儿买点土特产回去，便不打车，步行穿越观前街。

刚出两岸咖啡没有200米，雨便落了下来。越往前走，雨下得越大。我怕耽误了车次，只能冒着雨，在各店铺的门廊下穿行。在观前街上的中华名小吃糕点店里，买了50元的糕点。

从糕点店出来，雨更大了。衣服反正已经湿了，干脆“何妨吟笑且徐行”。便不再从门廊下行走，而是昂首阔步于空荡荡的步行街心。

出了步行街，在主干道上一个公交亭旁等公交车。此时，已是大雨如注。可怜的路边车棚，根本无法遮挡街道上四处乱窜的风。候车的人，全都如我一样成了落汤鸡。好不容易等来了到汽车北站的公交。车行不久，口袋里的手机震动起来。我因一只手提着电脑，另一只手抓着车顶吊环，腾不出手看信息。

车到北站站台时，雨势更大。道路已经成了河流。下了车，四处无遮无拦。担心电脑进水，将其抱在怀中，弯着腰小跑而行。进入通往候车室的长廊时，从头到脚往下淋水。

候车室里也是人满为患，找不到任何一个空位。只能找一个相对安静的角落，将电脑放下。取出手机看短信，分别是大潮河与麦子的。大潮河叮嘱我路上注意安全，麦子则是询问我何时返回，说她下午没有补课，想约我和大潮河喝茶。

给大潮河与麦子回了短信，告诉他们冒雨步行姑苏城的感受。

班车竟然晚点了。等候检票时，遇一异常魁梧的少数民族，拎着一个大纸箱，也在相同的窗口等候检票。我莫名地紧张起来。昨夜上网浏览新闻，得知好几个地方的公交发生爆炸案件。我很疑心这壮汉是否属于恐怖分子，对他手中的大纸箱充满了恐惧。我只能在心里祈祷上帝，希望这壮汉和我不是一个车次。

壮汉果真不和我一个车次。但我乘坐的班车上，同样有西北少数民族人，而且不止 1 个。其中一个少数民族占了我的座位。我硬着头皮请他回到自己的座位上，他竟然也就回去了，并没有表现出多少的蛮横。

车一上路，我又开始头晕眼花，又是汗流如注。沿途是否风雨交加，我全不知晓。只把脑袋伏在前排座位的靠背上，半睡半醒地支撑着。

16：45，终于到了大市的长途西站。买了转车的票，登上回家的车，17：30 抵达市长途北站。再乘上公交，17：50 踏入家门。

妻和女儿都还在学校。我给大潮河和麦子发了短消息，告知我已平安抵家。然后做了点水泡饭。

18：25，离开家门，到学校上晚自习。我在苏州的这两天，高三年级又进行了一次模拟考试。办公室内，高组长与王子正忙着在电脑上登分。夏琼、娟娟等忙着按班级分试卷。

晚自习时，学生催着要看成绩，我便回到办公室，将已经分好的试卷拿到教室。我先简单翻了翻，发现选择题得分过低，诗歌鉴赏题也有一定的难度，作文上问题不小。了解这些情况后，我将试卷发了下去，并与几个分数较低的孩子进行了交流。

下自习，回到家里，洗漱之后躺在床上看新闻。尽管劳累了一天，也不能不关注灾区。再一次为灾区泪流满面。

2008年 5月19日 星期一 高考倒计时19天

国家哀悼日

今天，三天哀悼日的第一天。

清晨的太阳依旧灿烂明媚。朝晖中的小城，全然没有因为千里外的悲惨而更改了自己的运行轨迹。树仍旧在绿，车仍旧在跑，上学的孩子依旧在匆匆忙忙地赶路。

进入校门时，第一眼便瞥见办公楼前广场上空那只升了一半的国旗。国旗神情肃穆地低垂在凉冰冰的不锈钢旗杆上。看着这第一次为平民降下的旗帜，我的心里立刻漾起一股无法言说的情感，只感觉眼角开始湿润。

到办公室片刻，校园内的近百个广播便开始一起播放进行曲。因为昨日晚自习期间接到了教育局紧急通知，所以，今天全体学生都自觉地穿上了整套校服。各班同学从教室出来时，一反往日的嬉闹喧哗，全部是神情肃穆地前往固定地点整队入场。

教师列队处，参加升旗的人也比平时多了很多。一位从不参加集体活动的老师，面对同事的质疑，神情凝重地说："今天不参加升旗，还能算人吗？"

容纳了两千多人的操场，一片寂静。

政教副主任宣布升旗仪式开始，三名旗手将国旗升至旗杆顶部，副主任开始宣读国务院令：

国务院公告

为表达全国各族人民对四川汶川大地震遇难同胞的深切哀悼，国务院决定，2008年5月19日至21日为全国哀悼日。在此期间，全国和各驻外机构下半旗志哀，停止公共娱乐活动，外交部和我国驻外使领馆设立吊唁簿。5月19日14时28分起，全国人民默哀3分钟，届时汽车、火车、舰船鸣笛，防空警报鸣响。

宣读完毕后，政教副主任发布降半旗令，旗手将国旗缓缓降至旗杆的三分之二位置。那一刻，时光凝固成了不朽。我相信，所有的师生，都会在心里为死难同胞默哀。

降半旗仪式结束后，政教副主任宣布：请团委副书记发言。

团委副书记主要是为学生介绍抗震救灾中的感人故事。副书记开始还能控制住自己的情绪，两分钟后，便情绪失控，边哭边读。然而，没有任何人讥笑她。

团委副书记的发言结束后，副主任便宣布升旗仪式结束。副书记第一个离开操场，我看见她边走边不断拭泪。

一、二节上课，分析周六试卷。重点评讲作文。第三节继续修改稿件。第四节监考。

下午第一节，14：20上课，因8分钟后为举国默哀时间，便给孩子们谈一谈默哀的意义。我说，为普通平民的死亡而举国默哀，体现的是国家对生命的尊重，体现的是众生平等的民主理念。这次举国哀悼，是我国民主进程中的一件大事，是人民赢得主人地位的一件大事。人民终于在死亡上享受到了和君主同样的权利，无论如何，这都是有价值的……

6分钟后，教室里的广播响起，要求全体授课教师至教室后排站立。全体学生起立。我从来没有见过孩子们这样听话，这样齐整地服从命令。连一向吊儿郎当的四大金刚，也都个个神情肃穆地保持着立正姿态。

凄凉的警报声，在同一时刻铺满九百六十万平方公里。不和谐的是，外面依旧有汽车在奔驰着，并且没有鸣笛。

默哀开始。教室里先是有低低的抽泣声弥散，渐渐地，这声音越来越大，发展成数个女生无法抑制的痛哭。3分钟默哀结束后，这些女孩子依旧无法控制自己的情绪。我也不说话，只在教室后面静默着。孩子们也都静穆着。只有抽泣声在教室回荡……

第二节课，孩子们情绪稳定后，才开始评讲试卷。我主要针对55分以下作文，逐一指点。

第三节，上网浏览新闻。天安门广场上数万人默哀后的呐喊，让我看到了我们民族的希望——血，终于热了！

第四节开会，研究最后复习计划，布置小练习任务，强调最后数天作文复习中的注意点。王军和高组长一起，将所有任务细分，每个人都领了一份或几份具体的事儿。我的任务，依旧是作文。我要在最后这阶段，设计一套作文复习讲义，一份考前作文辅导资料，一套小练习试卷。

晚间，把这三天的随笔补完整后，继续看新闻，继续被万众一心的场面感动得热泪盈眶。

最后，擦干激动的泪，继续订正书稿。

5月20日 星期二 高考倒计时18天

不息的，依旧是折腾

夜被鲜血和泪水浸泡之后，也就变得悲伤而寂寥。我不知道阳光隐去之后的世界，和废墟下那无边无际的黑暗相比，是否具有相同的恐怖。然而，尘世间毕竟还有星光，还有或远或近的点点灯火，还有可以自由支配的手脚，那废墟下，除却执著的等待，再不会有蓓蕾悄悄绽放。

一个朋友对我说：这一刻，我为自己的贫穷而惭愧。面对巨大的灾难，我除了以感伤的心，为四川默默祝福，实在无力为他们撑起一方呵护生命的房舍。

我又何尝没有这样的感触，悲哀、悲悯、祈福、捐款之外，连献血的愿望都无法实现。我只能在沉寂的暗夜守候着荧屏上呈现的悲凉，期望那些废墟下的生命，都能奇迹般回到阳光中。

夜夜守候，夜夜等待，夜夜祈祷，夜夜盼望……

第一节早自习没有我的课，进入办公室，依旧是关注最新的即时播报。两个帖子一读，双眼便抑制不住地模糊。第二节早自习铃声响起时，心头正为昨日天安门广场上林立的拳头而感动，忍不住多看了几眼。

拿了一沓早读材料前往7班时，校长正虎视眈眈地守候在教室门前。校长看着我，脸上阴云密布。我看着校长，心中没有任何异样的感觉，坦荡荡拖着沉重的脚，从校长身旁，昏昏然而入教室。我从不为早读迟到而愧疚，因为我知道，早读辅导，不过是一种义务，并非责任。

孩子们照例是诵读他们的“圣贤书”，千里之外的悲惨，击不透高考的铜墙铁壁。他们对作文答卷上分数变化的重视，绝对超过了对灾区伤亡人数的关注程度。所以，早读课上，陆续有孩子拿出周六测验中的作文，让我帮助分析文字的得失。

建亚又是编故事。上次的故事，得了48分，这次更惨，只30分。我说：“编故事并不是你的擅长，为什么不写议论文或议论性散文呢？”建亚说：“议论文我也写不好，每次都是五十几分。”我笑了：“每次都是五十几分，总比每次四十几甚至三十几要高不少分吧。写作不是短期行为，不可能朝夕之间就提高了成绩，然而，两相比较，还是能找到相对拿手点的文体。倘若能在保证五十几分的基础上，注意语言的雕琢，接近六十分也不是没有可能。”

嘉欣整张试卷只得了九十余分，比班级最好成绩少了40分。或许只有面对了失败，她才会觉察到语文成绩的糟糕吧。此刻，她拿了试卷，让我一题题地帮她分析得失。我实在没这么富裕的时间，只有从她试卷丢分最严重的三个板块上，指点她如何做好最后十余天的冲刺复习。

全天无课，除了关心新闻播报外，便集中精力编写一套最后冲刺的作文讲座材料。最后十天，作文教学方面能够做的，无外乎审题、立意、切题、开头等写作细节。先是从网上搜索大量审题指导类的文字，逐一阅读后，筛选出最切合学生实际的几条纲要，分别从新材料作文、话题作文、命题作文三部分点拨审题中的“重点突破法”，让大多数写作水平一般的孩子，能在确保基础分的前提下，依靠主题意义的明确性争取获得发展等级分数。

立意方面，去年写过这类的指导文章，从文件夹中翻检出来，结合当下的命题可能，改头换面后贡献出来，作为交给孩子们的一个法宝。我对自己20年经验总结而出的文字，难免有点过分自信。我幻想，如果孩子们能真正领悟我所渴望传递给他们的技能，那么，就绝不会在高考中出现立意平庸的不足。

另一个强调重点是文体。每次批改作文，总会发现一些文体不清的文章。照例又是翻检旧作，找出适合于学生阅读的文字，加工成阅读材料。我只想让孩子们掌握两种文体。一种是以《谈骨气》为代表的经典议论文，一种是以《背影》为代表的散文。我以这两篇文章为例，条分缕析地剖析不同文体下的文章框架构建。我想让孩子们知道，很多作文，完全可以用这类固有框架套作而出。

下午，将整理好的材料交付文印室印刷时，被告知高三语文今日已印四套资料。文印室的工作人员还算客气，让我明天再来。面对文印室内小山一般的讲义，我竟然有了一种羞愧。我的思维跳跃到了森林资源上。我知道我们每天印制的这些玩意，五分之四都是基本没有价值的重复劳作。我们只是用这些小山来填充我们不自信的灵魂，并在这种填充中寻求一种心理上的自我慰藉。然而，每一次练习之后，我都听得见原始森林内那些经历了数百年风雨的老树们哀伤叹息的声音。

5月21日　星期四　高考倒计时17天

细节突破

昨日的周练习中，又暴露出新的问题：5 道成语题的正确率已经达到了 80% 以上，5 道病句题的正确率却不足 60%。此外，文言翻译中，一直在强调的字字落实仍然没有得到很好贯彻，特殊文言句式也没有在翻译中得到较好体现。

我便将今天的两节连堂，确立为文言语段翻译复习课。我以周练习中的四个语段为复习大纲，将文言翻译中的三个注意点和九种技巧融合进四个语段 10 个句子的翻译点评中。

由第一文段中的“表”一词的翻译，我重点强化文言实词翻译中的“旧词推知”。90% 以上的孩子，没有在文句中翻译出“上表奏请”的意义，而是只依照语句大致意思，很随意地将它译成“授官”“任命”等。我让孩子们将记忆里初一以来所有文言课文中学习过的“表”字都找出来，研究它的常规意义，让他们了解，高考对文言实词的考查，通常侧重的只是它的基本意义。尽管这样的强调，已经重复过N次，一旦进入实际操作，总还是有一批学生不用心推敲。

由第一文段的“侧目”，我重点强化直译基础上的意译。这次练习中，多数学生从直译原则出发，将侧目翻译成“斜着眼睛看”，也有一部分学生意译成“害怕”。这两种翻译，都漠视了文句后半句的转折意义，因而也就出现了错误。分析这个句子时，我侧重抓住前后两个分句间的逻辑关系，让学生们推敲该词的最佳对应词语。当孩子们明白了转折意义后，这个问题的解决也就相对容易了。

由第二文段的“方委以书记”，侧重强调倒装句的语序。这个句子，多数学生忽视了介宾短语后置的句式特征，翻译时也就无法将“以”的意义体现到语句中。而该处的句式，恰恰是一个得分点。

我把练习中暴露出的问题归纳后，针对这些问题概括出文言翻译32字方针：

字字落实，关注语境。

立足语法，推定词义。

留心省略，注意倒装。

标点齐整，逻辑严密。

这一教学环节完成后，我将第二轮知识点复习时强调的文言知识重新梳理了一遍，把文言翻译九字真言逐一写在黑板上，让孩子们思考每个字背后的解题要点。在孩子们七嘴八舌地乱说一通后，我强调：

“留”，就是保留。凡是古今意义相同的词，以及古代的专有名词、国号、年号、官职、器具、人名、地名等，翻译时可保留不变。例如：“庆历四年春，滕子京谪守巴陵郡。”译成现代汉语时，“庆历四年”“滕子京”“巴陵郡”三个名词，均照录不翻译。

“删”，就是删除。删掉无须译出的文言虚词，以及同义复合或偏义复合用法中赘余的实词。比如“沛公之参乘樊哙者也”，译成现代汉语为“沛公的侍卫樊哙”。句中的“者也”是语尾助词，无须翻译。再如“但求生死，不复顾利害”（《指南录后序》），译成现代汉语为“只求一死，不再顾虑利害得失”。句中的“生死”为偏义复合词，“生”在文段中没有实在意义，翻译时必须删除。

“补”，就是增补，包括两种类型。第一，古代汉语以单音节词语为主，翻译成现代汉语时，通常需要将这些单音节词增补为双音节词；第二，古代汉语中存在着众多的省略句，翻译成现代汉语时，必须补出省略句中的省略成分，否则，影响语义的表达。需要特别注意的是，翻译中，凡是补充进入句中的省略成分或语句，一律要加括号标注清楚。例如："一鼓作气，再而衰，三而竭"（《曹刿论战》）译为现代汉语时，就必须在"再""三"后补译上"鼓"（击鼓）将全句翻译为"第一次击鼓，士气振作；第二次（击鼓），士气就低落了；第三次（击鼓），士气就泄尽了"，这样文句的意义才明白。

"换"，就是替换。古代汉语中的一些词汇，随着时代的发展而逐步为新词所替代。翻译文言语句时，遇到这类词语，必须用现代词汇替换。如把"吾、余、予"等换成"我"，把"尔、汝"等换成"你"。

"实"，就是落实。高考中的文言翻译，大多采用数点计分的方法，即将一个文句中的几个重点实词画为得分点，批阅试卷时，重点就看这几个实词是否翻译到位。如此，就要求我们平常的训练中，必须学会落实重点实词。例如翻译《狼》中的"其一犬坐于前"，关键就在于弄清"犬"在句中是名词作状语，翻译成"像狗一样"。这样才能正确翻译出这个句子。

"调"，就是调整。古代汉语的语法规则与现代汉语存在一定的差异。翻译文句时，必须把古汉语的特殊句式调整为符合现代汉语语法规则的句式，这样，才能准确表情达意。最常见的调整，体现在主谓倒装句、宾语前置句、介宾后置句、定语后置句等倒装句式中。例如："甚矣，汝之不惠。"译成现代汉语时，必须考虑到谓语前置的句式特征，将该句调整为"汝之不惠甚矣"，译做"你不聪明，太过分了"。不能想当然地翻译成"你太不聪明了"，那样，句式特征就无法呈现。

"变"，就是变通。在忠实于原文的基础上，依照语句的语境意义，灵活翻译相关语句，使翻译后的话语，更符合作者的言语意义。例如："秋毫不敢有所近"（《鸿门宴》）一句，如果直译过来，就是"连秋天里野兽的毫毛也不敢接近"，如此，不但语言拉杂，且语意不明。对此，就必须灵活处理，将其意译为"连最细小的东西都不敢占有"。这样，才更能表现出刘邦的语言机智。

"选"，就是选择。文言词语中，一词多义现象十分普遍，如何依照语境要求，准确选择词语的义项，是文言翻译的一个难点。例如："顾念蓄劣物终无所用"中的"顾"，字典上就有八个义项：①回头看；②看；③探问；④拜访；⑤顾惜，顾念；⑥考虑；⑦但，只是；⑧反而，却。在该句中，该选择哪一个义项作为翻译时使用的词语呢，这就必须将这些义项分别代入文句中进行挑选。除却义项⑦的"但""只是"代入语句翻译比较通畅外，其他七个义项，都与语境意义明显不符。

"固"，就是固定格式。古代汉语中，存在着一定量的固定结构词汇，这些词汇，在任何场合中出现，其意义都基本不变。对此，文言翻译中应该引起注意。例如："览物之情，得无异乎?"（《岳阳楼记》）中的"得无……乎"，在该句中译作"恐怕……吧"或"莫非……吧"，放置到另外语境里，这个意义也基本不改变。

这种旧话重提，对于教学而言，已经很难再有多少的"温故知新"成分。在高考即将来临时，我也只能用这样的方式，姑且换来一种内心的自我安慰，但愿这翻来覆去的唠叨，能化做孩子们高考答卷纸上的分数，那样，也就万幸了。

5月22日 星期四 高考倒计时16天

第N次强调

该上的内容，实在找不出还有哪个知识点上还存在着疏漏。然而，王军总还是不放心把课堂时间交给学生，便要求备课组利用最后这十多天时间，先把几个考试难点内容做第三次强化复习，然后再集中5天左右时间，突破考场作文。

由于到苏州耽搁了两天的课，我正好利用这强化复习的时间，接上前面的语言实际运用知识点的第三轮复习。今天的两节课，重点巩固广告、宣传标语、手机短信、画外音这四个我所以为的难点。

广告的复习，以2004年全国卷中的公益广告拟写为切入点，然后结合今年央视每天都在播出的几则公益广告，突出公益广告的思想性和艺术性。其中，我把艺术性看成广告拟写中的核心问题。

宣传标语的复习，主要从反面设例，分析病例中的不得体之处，让孩子们明确该知识点的关键，全在语言的得体。

手机短信的复习，主要结合一定的情境展开。考虑到语文试卷对时政的关注，我让孩子们以北川中学的高三学生为倾诉对象，给他们拟写一则手机短信。

我给孩子们 5 分钟的时间，完成这则不超过 70 字的短信内容。巡视中，我发现多数孩子编写的短信，完全是中央首长慰问灾区人民的口吻，话语过大，且不得体，不符合高中生的身份特征。

紧急叫停后，我说：短信就是谈心，你平时和二中、二附中的同学互发短信聊天时使用什么样的语言，这里依旧应该采用。要把北川中学的高三学生当成自己的同学、朋友看待，这样，才能写出同龄人中应有的情感特点。当然，既然是慰问短信，也可以说一些鼓励劝勉的话语，只是这样的话，一定要和自己的身份相适应。要体现出一定的悲悯情怀，体现出对生命的尊重，对灾难的敬畏。

点拨之后，我让孩子们继续完成作业，我则在黑板上构思完成“下水作业”：

我想握住你的手/一起从废墟上站起/在坍塌的教室前/用青春将鲜血和泪水拭去/逝去的生命会为我们祈求幸福/此时，我们应该拥有的词汇只有一个：雄起！

在大多数孩子完成自己手头的作业后，我让他们点评我所拟写的这个短信。多数孩子很是佩服我的“现场原创”，也有个别不服气的主儿在下面交头接耳地小声嘀咕。我说小子你还别不服气，老夫编短信的年头肯定比你长久，不说是熟能生巧，至少也是老马识途。

有些孩子开始动手抄这个短信，我很乐意于他们的盗版，抄下去肯定比前面看了后面就忘记要好得多。在抄写的孩子停下手中的笔之后，我再提要求，请他们以在灾区抗震救灾的解放军战士为倾诉对象，拟写一则短消息。这次，多数孩子不再说大话空话了。

画外音的复习，依旧是难点。说实话，我到目前为止，也没有完全弄懂画外音到底有多少种类型。每次复习到这个知识点时，我都只能是以平日里在电视上见到的各种类型为蓝本，大体从描述式、评论式、解说式、抒情式、叙述式这五种表达方式入手展开。我印象中最深刻的画外音，来自赵忠祥配音的央视节目《动物世界》：“旱季来临的时候，辽阔的非洲大草原上，成群的斑马……”

我尽量模拟赵忠祥的嗓音来说这段话，孩子们咧开嘴笑了。

5月23日 星期五 高考倒计时15天

再一次重复

第三轮重点突破，只剩余最后一个课时的复习任务。今天的重点，是颁奖词、解说词、画外音、广告、宣传标语。这些玩意儿，一轮复习时全部进行过系统训练，此次旧话重提，不过是以例题解析刺激大脑皮层中蛰伏的记忆元素。

这几个要点中，颁奖词的难度最大。我先要求学生对资料上提供的几则“感动中国”颁奖词进行层次分析，让孩子们归纳其大框架上的相同点，并在此基础上总结出该类题型的固有解题思路。

经过分析，形成了以下共识：

第一，必须用高度概括的语言，突出受奖人的主要事迹。这一层次，要注意虚实结合。“实”，是要标明人物身份、经历，要能通过具体可感的事迹给观众以震撼；“虚”，是要借助诗化的语言，将众多事迹提炼成内涵极具张力的简短语句。

第二，事迹归纳之后，要将其中蕴涵的精神上升到人类普遍意义的高度。即由个体意义升华到人类种群意义，由个体道德升级为普世道德。这一处的语言，要保持和前面文字的风格一致，感染力要强。

第三，颁奖的目的在于鼓励其本人的同时，将一种品质传达给社会，以实现更多人向其学习靠拢。因此，要将这种宣传鼓动的内容，借助优美含蓄的话语呈现出来。要避免生硬的号召、强行的要求。

理论上的东西总是很容易搭建，落实到行动中，总是有很大难度。完成解题思路归纳后，立即进行强化练习。我将汶川地震中涌现的几个平民英雄介绍给学生，要求他们选择其中一个人的事迹，以央视“感动中国”评委会委员的身份为其拟写一段颁奖词。在孩子们着手练习时，我逐个研究他们写在草稿纸上的文字，发现大多数人的概括能力还是明显跟不上。要么是过于实在，文字拉杂；要么是过于架空，使读者无法了解这个人的主要事迹。

紧急叫停。再列举具体的颁奖词，引领揣摩感悟，并亲自动手拟写两条，供模仿参考。这次总算照着葫芦能画出个瓢的样儿。

画外音也是一个训练难点。第一轮复习时，这个环节没有作为重点，只草草带过。现在重新捡起时，很多孩子已全然忘却了相关规则。于是，分别列举“动物世界”“焦点访谈”“球赛转播”等不同类型的电视镜头，让孩子们回忆这些栏目中的画外音，进而思考归纳画外音的常见类型与拟写规则。这一块的复习，我把重点放到表达方式的使用中，主要是引导学生依照不同要求灵活处理表达方式、表现手法，让自己的语言和具体情境相适应。

广告的复习，以公益类为主要内容。方式上，一是强调诗情画意，二是突出化用、仿用。比如“莫愁前路无知己，有路就有丰田车”，“一样的生命，共享同一片蓝天”等。这方面的知识，原本需要大量的练习进行强化巩固，然而，在距离高考仅十多天的时候，只能浮光掠影地一带而过。但愿高考不要炒剩饭。

当我用整整两节课的时间，将这些已然重复数遍的所谓知识点又一次从头到脚梳理一通后，我心中的一块石头不但没有放到地上，反而越发加重了分量。我发现，几乎每一次的重复，都只能让我丧失一部分信心。我始终不明白的是，这些看起来很简单，或者说孩子们以前曾经能很好掌握的知识，为什么复习数遍之后，反而逐渐生疏起来？这是一种十足的恶性循环。不放心就要多复习，多复习带来更大的不放心。于是，循环往复，只要时间允许，完全可能进行到无穷。

5月24日 星期六 高考倒计时14天

考出来的郁闷

我始终没有弄明白，旷日持久的考试，对学生知识经验的积累与综合能力的提升，到底是起积极的建设作用，还是消极的损伤作用。今天上午的综合训练，我的这个困惑被进一步放大，并成为备课组全体同人都十分纳闷的事儿。

上午的练习，使用的是苏北某市“二模”试卷。该套试卷的前9个小题，从题干内容难易度上看，无论如何也只能算是中等水准。然而，就是这套大家普遍看好的试卷，基础题的得分却低得惊人。相当一部分语文能力十分出众的学生，竟然不能准确判断出最基本词语的常见读音，也不能辨明最常见成语的使用意义。这种让人大跌眼镜的事，发生在高考即将到来的时刻，不由得我们这些挣扎于升学率等数据中的教书匠不紧张。

第一道语音辨析题中，至少三分之一的孩子，不能正确掌握“因为”“粘”这两个词语的读音。第二小题成语，近半数孩子不了解“水涨船高”的词语意义。这两项内容，小学三年级孩子肯定能够准确无误地作出选择，经过无数张试卷锤炼的高三孩子却解答不出，到底是什么原因呢？是他们不相信题目会如此简单，还是他们大脑在无穷尽试题的腐蚀下已麻木成了空壳？我无从知晓。唯一能够明白的，是这些孩子高二时的语文水平，比眼下似乎还要高一个等第。时常有孩子告诉我，进入高三后，文章越来越不会写，题目越来越不会做，分数越来越低，信心越来越小。

然而，考试依旧日复一日地进行。考——改——评，成了高三冲刺阶段的唯一法宝。上午从8点半考到11点半，下午孩子们接着考试，我则要在14：20时到5楼会议室参加集中阅卷。

阅卷永远是一件痛苦的事情，只有这样的时刻，才会懊恼于孩子们知识结构的不成体系，也才会更深程度地感受到教学的遗憾。每次阅卷，面对反复强调却还是被孩子们解答错的重点问题，我总要反思自己的课堂教学效率。我总是想，这样一个并不复杂的知识点儿，怎么就找不到一种最理想的讲解方式，使所有的孩子在愉快中轻易掌握呢。

阅卷中的痛苦，很容易转化成身躯的疲劳和大脑的故障。仅仅工作了两个小时，我的眼睛便开始模糊，试卷上的文字也不再能经过视网膜而抵达脑髓。这时，错误也就开始出现：第4小题的仿写，当连续数位学生都是用高山作为喻体构成句子后，我的潜意识中，竟然将这个句子当成了被模仿的范本，这之后，但凡再遇见以大山、高峰等设喻的，一律被我判成了简单重复，于是乎，很多孩子莫名其妙地就少了2分。

觉察到这个错误时，已经是晚自习。其时试卷已批改完成。拿到试卷的学生，向我询问该题扣分原因时，我起初还理直气壮地批评他简单模仿，没有一点创新精神。学生很委屈地问我什么地方简单模仿了，我让他拿出试卷，却无论如何也找不到我想象中的那个句子。直到此刻，我才恍然大悟。

明白了这个错误后，我立刻就想到了本次试卷中基础题得分较低的原因。想来大多数孩子也都如我一样，在持久的体力消耗中，大脑基本处于糊糊涂涂状态，完全是凭借了下意识做题目，如此，又焉能希望孩子们通过合理的分析推论而进行精准判断呢。

晚间将试卷发到孩子们手中时，自觉性强的一些人，面对错题，立刻拿出字典词典类的工具书，开始查找并订正。作文得分较低的，则拿着自己的文章，让我指点如何才能在高考中获得比较理想的分数。这些55分上下的文章，毛病主要体现在语言上，从开篇第一句起，就平淡甚至拉杂，说实话，我根本无力扭转这种局面，但又不能明说，只好从文章整体框架搭建上引导他们尽可能压缩开头的文字。

5月26日 星期一 高考倒计时12天

我读《那一刻地动山摇》

昨日在“教育在线”上读到范美忠的《那一刻地动山摇》时，最大的感触不是来自文章，而是来自文章后面的一长溜跟帖。或许我的思想果真跟不上这个飞速发展的时代，我实在不明白一篇价值取向明显存在问题的帖子，为什么会被那么多自诩为很有思想的同行追捧。幸好听见了铁皮鼓和毓君两个不同的声音。我知道，这二位和范美忠本都是朋友，现在也依旧是朋友，然而，面对了不同的人生见解，两位能从“吾爱吾师，吾尤爱真理”的人性视角出发，冒着被斥责为白痴的危险，坦然陈述自己的观点，这份真诚与坦然，实在让我心生敬佩。

没想到的是，今天一早打开QQ便发现，这篇文章竟然成了腾讯首页中点击率最高、跟帖最多的热点文章。当然，斥骂居多，理性分析者寥寥无几。绝大多数人都是在用一种“应然”态度来谈论问题，至于“已然”或“本能”，很少被纳入评判视角。

我好歹算是读过范美忠的一些文字，对他的思想有个粗线条的了解。我私下揣想，他在非正常时期用非正常方式发表这样的文字，除了要表现一种自认为最能体现其“自由精神”的真实自我心态外，是否还有可能是试图用这在众生眼中心中十分荒诞的言行，宣扬一种尚未言明的“思想”？可惜的是，特殊的社会环境下，这样的表白实在荒谬。因为当下最需要的，是万众一心战胜灾难的勇气，是风雨同舟无私奉献的操守，绝不是在“自由”“个性”的旗帜下一切以自我为中心的个性张扬。

范美忠是错的，这一点毫无疑义。倘若只作为个体的内心省察，将这样的文字放置在自家的抽屉中，本无可厚非。因为谁的心中都藏着一个或是渺小自私或是自以为真理在握的“我”。但他错在面对数万生命无辜消逝、数百万人无家可归的民族灾难，不但不竭尽全力投身到抗震救灾运动中，反而不合时宜地抛出显然有别于传统思维方式的“选择”说。他用被个性放大到极致状态的“本我”存在价值，试图冲淡主流媒体竭力渲染营造的英雄情结、献身品质和悲苦中的亢奋精神，将个体求生的本能属性放置到数十万甚至数亿民众悲怆苍凉的情感背景之上进行美化。他的这种“自由”心声，倘若放置到和平安宁的环境下，放置到某个腐败大案的帷幕前，或许可以激出一些思想的涟漪。现在，置身巨大死伤催生出的全民族痛楚压抑的情感堰塞湖前，他的这种“异端邪说”，想不被淹没，也注定不可能了。

更重要的，是他在维护自身行为的“合法”性的同时，轻易否定了数以亿计的国人心目中所期待所敬仰的那些崇高与伟大。他把这样的牺牲，很随意地定位为一种选择的自由。这种彻底的反传统道德的思想方式，实在无法与整个民族心跳相适应。毕竟，崇高的献身是千百年风雨淘洗出的普世美德，这样的高尚情感，无论如何也不该遭受否定。

诚然，面对灾难和邪恶力量时，做狗熊的人占据了社会的绝大多数，但即使是狗熊，心目中也还是期待并推崇英雄的。自己做不到，并不妨碍我们对能够做到这些的人的崇敬和赞美。我们会将这些人视做我们这个民族的脊梁和希望，会为了他们的生命而祈祷，为了他们的美德而讴歌。因为有了他们，我们才能感受到这个世界的美好，才能在日渐没落的时代，依旧对世界存有一份怜惜、一份期待。

然而，范美忠仅用一个很中性的“选择”，就轻易扼杀了这份尚且能够让我们感受到尘世的温暖与希望的情感。他将自己的逃离和谭千秋们的献身放在同样一条价值链上，这样的并列，彻底颠覆了自孟子开始的“鱼”与“熊掌”选择中的价值取向，使人类共同向往的正义、善良、扶危济困等品质，沦落成了与变节、逃跑、无耻等诸多恶习等同位置的行为方式。依照这样的取舍，似乎一切丑恶都有了光明正大的位置，因为又有哪一种丑恶的行为不是个体自动取舍的结果？

范美忠的文字，获得了极少数圈内人的讴歌，但更多是遭受到了数万网民的抨击。讴歌范美忠的文字中，能够将盾牌锻造得真正坚固的几乎没有，翻来覆去的絮叨中，无外乎是强调美忠为人的“真”，似乎一个“真”就涵盖了人世间所有的美好品德，就可以超越灾难中为了救助弱小而献出生命的那些同行。这不能不说是一种可悲。

同样，抨击的文字中，真正能够从理性分析出发解剖

"麻雀"的，同样寥寥。无数的谩骂，将探究与争鸣的论坛演绎成为公共卫生间。这样的批判，除了表现文字能力的拙劣外，再无其他价值。

>>>>>>>>

5月27日 星期二 高考倒计时11天

教育的责任在于唤醒

《江苏教育》2008年第6期的话题讨论结果公布了出来，我撰写的《教育的责任在于唤醒》很幸运地成为头条评论稿：

没有哪一把钥匙，可以开启所有紧闭的锁；没有哪一阵微风，可以吹开所有枝头的花。当我们置身于越来越多的工作烦恼中难以自拔时，我们当且仅当应该落实的任务只有一条，那就是——唤醒！

首先需要唤醒的，是我们自身的教育情怀。

一年级的幼苗听不得批评，二年级的娃娃喜欢玩耍，三年级孩子在课堂上追逐打闹，四年级的孩子将课堂当做菜市场……种种的不如意，归结起来也很简单——一切不过一个"玩"字。孩子们想方设法要找寻"玩"的乐趣，老师千方百计要他们遵守规范。

爱玩和不喜批评是过错吗？换位思考，身为成人的我们，又有谁不爱玩不厌恶批评？所以，当我们以厌恶的眼神端详着这些调皮捣蛋的孩子，这些听不得半句批评的"小皇帝""小公主"时，仅仅是因为我们的眼睛里缺少了教育情怀的滋润。我们忘却了自己的童年，忘却了曾经的顽劣，我们把各种量化考核带来的怨愤全部转嫁到了影响了我们的分数我们的奖金的孩子身上，我们把这些孩子当成了制约我们获取物质利益的敌人。于是，我们懈怠于教育他们，宁愿视他们为不存在。

其实，教育的本质，就是开启鸿蒙疏浚淤塞。教育的成就，就是点石为金化平凡为神奇。教育的情怀，就是让每一个灵魂，都在接受教育的道路上，成长为个性鲜明的生命体。当我们明白了这些道理，并始终以这些道理武装我们的头脑，以这样的见识看待我们的学生时，我们便会竭尽所能设计我们的课堂，使我们的课堂充满智力的挑战充满探索的乐趣。那样，好奇心极强的孩子，又怎么会不被我们吸引？

同样，当我们拥有了这样的教育情怀，我们便能将所有的孩子看成自己的孩子，我们便能包容他们各种各样的恶作剧，并在包容中通过各种方法将他们一点点引向正道。我们会允许反复，允许个性，允许掉队，甚至允许落后。因为我们知道，并非所有的花都开在春天，并非所有的生命，都只能依照一种模式生长。如此，我们又怎么会轻易放弃了一个成长中的孩子呢。

其次需要唤醒的，是我们的育人艺术和反思精神。

为什么越是高年级，常识课上的纪律越难维持？为什么“我提高嗓门声色俱厉吼了一声，教室才暂时平静了。可当老师一讲课，下面又成了市场”？为什么“我教学的社会课采取竞赛方式，一下子就调动起了学生的学习积极性”？又为什么“一个月后，先是一些顽皮孩子露出了真面目，在课堂上嬉笑打闹，紧接着又有一部分学生加入到他们的行列之中”？

这些怪诞的现象，为什么不是出现在高年级的语文、数学、英语课堂，而只出现在艺术、科学、社会课堂？答案很简单：孩子们不重视这些学科。那么，身为教师的我们呢？我们自己对执教的学科重视了吗？我们把自己的学科看成学生生命中不可或缺的一门学科了吗？我们潜心钻研这门学科的教学艺术，注重收集这门学科的最新成果了吗？

当我们自己对艺术和科学尚且处在一知半解之中，当我们面对学生的各种问题张口结舌无法解答时，当我们每一节课都仅仅是照本宣科地罗列几条纲要，然后安排学生死记硬背时，当我们不能利用知识本身吸引孩子，而仅仅借助娱乐手段维系课堂纪律时，我们自己首先选择了放弃，放弃了教学研究中的快乐，放弃了追寻教育艺术的热情，又怎么能希望求知欲和生命力同样旺盛的孩子，安安稳稳端坐在毫无意义了无趣味的课堂上。

所以，打铁先要自身硬。我的课堂不能吸引孩子，过错只在我自己，在我对课堂的先期放弃。山东的一位年轻生物教师，把初中生物课上得缤纷摇曳，使生物课成了最受学生欢迎的课。面对记者的话筒，她的回答非常朴实：生物学探究的对象是生命，所以生物课就应该是关注生命成长的课，应该是学生成长过程中不可缺少的一门课。为了实现这个目标，我只能全心全意投身课堂探究之中，让每一节课，都因为我的精心设计而焕发光芒。

第三需要唤醒的，是班集体的良性氛围。

“这两人班主任拿他们都没有办法”绝不是放弃教育的借口。班主任对付不了的孩子，并不等同于他们是无药可救的孩子。同样，班主任的教育技能，也并不一定高于任课教师。个中差异，只在一份责任，一份坚持。良好课堂氛围的营造，需要的是每一个教师的积极主动的管理。身为教师，我们不能把教育学生的责任完全推给班主任。只寄希望于班主任的严格管理的教育，势必会因为班主任的缺位而形成秩序的混乱。所以，我们的每一节课，都应该积极承担起唤醒班集体学习的良性氛围的功用。

我们的课堂，就如拥有无数扇窗户的大房子。如何保证第一块玻璃不被顽皮的孩子砸碎，是确保课堂教学活动高效有序的关键。我们无法预知第一个扔出石块的是谁，但我们可以借助各种各样的方法，教育所有的孩子。

想一想，我们有没有在第一个学生开小差后，就及时找他了解情况？我们有没有隔三岔五地深入学生中，征询他们对我们教学方法的意见？我们有没有给每一个孩子提供表达见解的机会？如果我们一样也没有做到，又怎么能保证石块不接二连三地砸到我们的窗子上呢？

因此，我们需要真正地走进课堂，需要真正地走近学生，走进心灵，需要了解他们的真情实感，这样，才能目标明晰地调整我们的工作，才能使所有孩子，都放下手头的石块，转而成为自觉维护玻璃的人。只要我们唤醒了班集体的良性氛围，这种氛围就可以制约并感化极少数偶有劣性的孩子，要知道，集体的力量，总是强过教师这个个体。

第四需要唤醒的，是个体的荣誉感和生命的尊严。

从没有生而破罐破摔的孩子，每一个生命在成长过程中，都渴望获取应有的荣誉和尊严。这种荣誉与尊严，不但来自孩子自身的努力，更来自教师的呵护与培养。

“我教学的社会课采取竞赛方式，一下子就调动起了学生的学习积极性。”成功的原因其实很简单：在这样的竞赛活动中，每一个个体都获得了表现自我才华的机会，每一个生命都得到了依靠自己知识而获得尊重的权力。

一个月后的课堂，为什么又走向了失控呢？除却新鲜感消失带来的课堂懈怠外，更主要的因素，应该是孩子们开始发现，老师的这个竞赛，缺少了必要的智力挑战，缺少了孩子们自身的发明创造，缺少了主动学习中的积极探索。更多时候，只是变换了一种花样记忆知识，只是利用了孩子们的好奇心把书本上僵死的知识灌输给他们。这时，他们会发现，这样获得的荣誉和尊严，谁都可以轻而易举地得到。于是，因为轻松，因为随意，也就不再值得珍惜。

所以，如果我们果真能把课堂的主动权交给孩子，让他们主动发现，积极实践，让他们时刻处在挑战教材挑战权威的求知欲望中，那么，他们自己做主的课堂，就会去尽力维护；他们战胜困难取得的荣誉感和尊严感，就会格外珍惜。那些成绩优异、表现良好的学生，之所以特别在意老师的态度，不就是因为他们需要始终维护自己的形象，需要在老师的肯定中不断强化生命的尊严吗？反过来，那些总是被批评被训斥甚至被体罚的孩子，荣誉感和尊严感早已丧失，又哪里还会在乎增加一次批评或体罚。对这样的孩子，如果换种方法，以赏识为主，并在赏识中委婉展开善意的批评，恐怕效果就是另一样了。

5月28日　星期三　高考倒计时10天

高考作文的那点事儿

当倒计时牌上的数字即将成为个位数时，紧张和焦灼的情绪开始萦绕整个高三。

课间的走廊上，除了匆匆忙忙跑向厕所的，再无悠闲自在观赏风景的身影。相当多的孩子，在我已经站在讲台上时，依旧争分夺秒地演算着数学试题。透过这份忙碌，我深切体味到孩子们内心的不自信。

问问题的人越来越多，所问的问题却越来越简单幼稚。诸如“怎么样才能保证我的作文不走题”“我怎么总是不明白大阅读的解题技巧啊”等并没有多少意义的思考，占据了孩子们大脑中相当部分的空间。

我权当做没有高考这回事儿，只依照复习计划不紧不慢地重复着强调了数次的内容。今天是停课复习倒计时第2天，我需要利用两节连堂课，从作文审题、切题、立意、文体四个角度，强化高考作文的开篇技能。这一块的复习讲义是我负责编写，所选的五篇文章也有两篇是我的原创，因而，操作起来比较简约流畅。

第一个课时，主要针对新材料作文、话题作文、命题作文这三种文体的审题技能进行点拨。这三个知识点，难度最大的是新材料作文。尽管我可以武断地推定今年高考作文不会是此种类型，却本着“不怕一万，就怕万一”的稳妥心态，仍然扎扎实实地将该类型作文依照材料表达方式的差异，分解成四种类型进行各个击破式强化训练。

针对大多数孩子作文能力并不突出的现实，我把该类型材料的审题，严格限定为只抓核心语句。我反对为了出新而故意丢弃材料核心意义，只在冷僻处落笔的写作思维方式，希望孩子们在求稳的基础上通过锤炼语言来获取有效得分。

话题作文和命题作文，则只要求学生通读复习讲义，同时研究《冲刺60天》中几篇对应例文。这两种命题，我比较看重语言的锤炼。我知道，在现有高考模式下，语言优美的文章，总是能够占便宜。

第二课时，重点强化文体意识。虽然我从高一开始就注重了文体训练，但高考满分作文带来的冲击，依旧不时扰乱孩子们的写作视听。我不得不在最后的复习中，将这一本无须深入强调的内容，重新当做一个复习重点来突出。

这一块的复习，分四个步骤展开：

首先是文体训练。结合前阶段印发的6套主题作文，我把规范议论文写作框架作为制胜法宝进行打造。我安排孩子们依照三三制原则，逐篇解析作品的框架结构和具体语段的行文层次。解析中，又参照仿写试题中的一些经典性语段，安排孩子们依照样本逐段推知分论点的提出、分析、例证、总结的规律。我想用这种极端八股的方式，确保我的学生在高考中避免跑题现象。当然，这样的训练，在13班没有作过多要求，毕竟文科生的写作能力较强，语言表达力也较出色。我鼓励13

班的女生写散文。

其次是研习案例。我编撰了两篇同题作文。其中一篇是典范性的议论文，另一篇则是一个典型的“四不像”。我的目的，是通过具体案例分析，使学生获得由感性到理性的全过程认知。

第三是练习巩固。主要是针对一个文体夹杂的片段，让孩子们删除其中多余内容，使文体特征更为明显，主题意义更为集中。

第四是探究文章的立意。这里主要是针对前些日子完成的一篇作文，通过思路梳理方式，一步步将文章的立意引向广度和深度。我知道，7班多数孩子作文的最大毛病，正是在于立意平面化。无论什么样的命题，写出来的文字，总是喜欢在相同平面上用并列式滑行推进。

这四节课，基本就是我的独台戏。我想起一个朋友的“经典”话语：满堂狂灌又如何？高三就是灌，在灌中传递知识技能。

潜意识里，我依稀有了韩麦尔先生“最后一课”上的情感体验。在高考在即的最后几节课中，总想把尽可能多的东西硬性灌输到孩子们的大脑中。其实，这些又不是什么新鲜知识。这样做，除了人为增添了紧张情绪外，真没有什么实际意义。

想是这样想，课堂上却很难控制住。

>>>>>>>

5月29日　星期四　高考倒计时9天

最后一课

2008届高三的“最后一课”终于来临，明日起，所有学科不再集中授课，虽然老师们仍然要依照课表进班备询，但不再限定复习内容，学生们可以依照自己的需要自由复习任何一门课程。

当我向孩子们宣布，这将是他们高中生涯中最后一节语文课时，我看到很多孩子的脸上流露出了一种十分复杂的表情。虽然黑板上的倒计时牌早已宣告着高考即将来临的信息，但他们似乎并不愿意接受这样的事实。

尽管昨日已经用两节课时间引领孩子们强化巩固了关于各类文体的审题、点题、立意等知识，然而，夜晚躺在床上回顾白天的复习内容时，发现似乎有些问题仍然有进一步强化的必要。所以，今天的课，依旧属于作文，重点复习高考作文的“虚题实写”和“实题虚写”。其中，前者是解剖的关键。

独立命题四年来，省高考作文命题的总体走向是虚实相间以虚为主。2004 年的《山的沉稳，水的灵动》，2007 年的《怀想天空》，都曾经因为题目的过于虚空，使相当部分考生面对题目时大脑一片茫然，无法准确界定题目的意义指向。倘若今年依旧走这条虚空路线，我真不知道我的学生是否能够在10 分钟内准确把握导引材料和命题的真正意图。我必须在这一知识板块上进行深加工，务必保证九成以上的学生能够在审题时排除干扰，直达本真意义。

我的课，从分析省内这四年高考题开始。我说，省里的四道高考题，本质上看，都是围绕着“人生”这一主题展开：2004 年的题目，我们可以理解成人生应该既具有大山一样沉稳的个性，也具备河流一样的灵动特征。2005 年题目的三个词汇，我们可以理解成人生的三段历程。最理想的人生是三阶段都精彩充实；次一点儿，错过了“凤头”，还可以追求“猪肚”；错过了“猪肚”，还可以拥有“豹尾”。2006 年的《人与路》，题目本身就彰显了人生这一核心意义。2007 年的题目最虚，但还是可以从人生意义上切入，将“天空”的象征意义，引导到生活与生命的主题中。

梳理了四道高考作文题之后，我进一步强调：其实，所有的虚空话题，都可以解析为跟我们生活紧密相关的文题。面对虚空的命题，我们首先就可以想一想，这个题目是否和人生相关联，是否是在采用比喻、象征的手法，含蓄表达一种人生的价值追求。如果用“人生”这一概念无法解剖，那么，我们可以调整思路，用其他一些跟我们生活紧密相关的词汇来分析，比如“幸福”“理想”“亲情”等。总会有一个词汇，可以充当这类虚空话题的喻体或征体。

为了验证这一观点，我临时编造了《那一掬清凉的泉水》

《且听风吟》《我心悠悠》三道作文题，引导孩子们审题立意。通过讨论启发，孩子们很快得出结论：第一个题目，可以写亲情。第二、第三个题目，可以写人生。

解决了“虚题实写”的问题，接着探究“实题虚写”。对我的学生而言，写作中的低幼化现象已基本不存在，我却依旧不放心。我说，实题虚写，就是要尽量避免在文章中写作简单记叙文，力避缩小概念外延的弊病。为了证明自己的观点，我选择了辅导教材中的《我与书》这个作文题进行点析。我说，这个题目，倘若只写成某个年龄段中和某一本书之间发生的故事，就是实题实写，很难写出深度。审题时，应该将“书”这个概念虚化，使其成为所有文化知识的代名词，如此，就可以采用散文的章法，在抒情议论中，使文章围绕着“书”这一笼统概念展开。如此，大量的古诗文名句就可以使用到作品中，文章的语言就可以变得优美生动。

强调了这两个问题后，看看教室后排墙壁上的电子钟，还有5分钟时间下课，便不再说任何知识性的东西，只和孩子们神侃，借以消解他们心中对高考的莫名恐惧。我说，2008届考生其实很幸运，3门功课总分的比拼，给所有人都带来了机遇。从高三以来的历次模考可以发现，高考只要考出310分的成绩，读本科就大体没有问题。这310分的获得，实在不是困难的事儿，发挥正常的话，很多同学语文可以考出120分，数学至少可以考出110分，英语可以考出85分，三门功课成绩相加，已经超过了这个底线。所以，对绝大多数同学而言，最后几天的冲刺，重点不应该放在语数外上，而是应该强化选考科目，要确保选考达双B。只要能保证选考过关，绝大多数同学是可以跨入高校大门的……

我的这番鼓动，对焦灼中的孩子而言，算得上是一颗定心丸。我看见，很多孩子的眼睛中闪动出喜悦的光芒。趁热打铁，我就最后一周的自由复习又谈了自己的看法，我强调，语数外三个学科，应该以整理既往的模考试卷为主，要把主要精力放到基础题目上，尽量做到基础题不丢分。语文学科，每天只要花费1个小时复习就足够了，复习时按照先方法后记忆的次序展开，前两天侧重文学类题目的规范解题复习和语言运用新题型复习，中间两天强化作文和文言文，最后两天强化名句背诵、多音多义字辨析和易错成语识记……

下课铃声响起时，我终于刹住了口。我发现自己越来越像唐僧了，前些年的干脆利落日渐消亡，唠叨、谨小慎微成了重要性格。这可不是好事。

5月30日 星期五 高考倒计时8天

作文，从严还是从宽？

今明两天，2008届高三最后一次适应性考试。

学校的传统，每年高考前的这个时间，总要组织这样的一次综合考试，说是通过考试，可以将学生们的生物钟调剂到和高考考试时间相适应的状态。

我对这样的安排，向来是腹诽居多。我总以为，花费两天的时间做这样的所谓适应，不如取消每天的早晚自习，让孩子们每晚11点准时休息，早晨7点准时起床。保证了8小时的休息，自然会神清气爽，大脑清醒。反之，晚自习依旧坚持10点半放学，早晨依旧坚持6：40进班，睡眠时间没有保障，整日处于睡眠时间不足的头晕脑涨中，就算是天天考试，也调节不出好的竞技状态。

虽然心中不认同，安排了的监考任务，还是要不折不扣地完成。值得开心的是，这次监考只需将试卷发下去，就不用再为考场纪律操多少心。绝大多数孩子，都明白这次考试分数的无意义性，也就不会为了分数和排名而做出些鸡鸣狗盗的事儿。如此，坐在讲台上看一会儿，就可以出去溜达溜达，两个半小时的时间，过起来比以往监考快了很多。

上午考试结束，跟着就要改卷。王军通知下午2点开始集中阅卷，明天下午前成绩必须出来。于是，下午两点，10个人准时集中到5楼的会议室，简单分工后，开始操作。

基础知识部分由于考查的都是一些反复强调的重点，因而错误率极低，90分的语基内容，得分多在75分以上，一部分语文素养较高的孩子，几近满分。这实在是一种皆大欢喜。

作文却丝毫不容乐观。这次考试采用了两道作文题任选一篇完成的方式，大多数孩子选择了《是什么让我感动》这一看起来似乎很好写的题目。遗憾的是，九成以上的孩子，要么罗列一些汶川地震中众所周知的动人故事拼凑成文章，要么一如既往地搬出那几位永垂不朽的古代名人组合成文，就是不会从自己的真实生活中选择材料。

对于这样的作文，批改时出现了两种截然不同的观点：高组长和老陆主张提高起评分，只要是完篇作文，能在文章中提到感动就打出55以上的分数，以此调动学生的自信心；我和夏琼等则主张从严扣分，利用这最后一篇作文，突出强调审题、切题、立意的重要性。讨论的结果，我们的观点得到了多数人的认同。大伙儿觉得，前面的语基考得太好，也需要用作文来调节调节分数。适应性考试，既要起到鼓舞士气的作用，也要防止轻敌思想的滋生与蔓延。

统一了思想后，继续操作。晚6点时，任务过半。王军打电话叫了10份快餐，大伙儿聚在一起，边吃边说些闲话。各自最大的担忧，还是集中在作文上。

饭后，几位有辅导的同事带了试卷到教室里批阅，剩下的几个人中，批改作文的四位，也将剩余的几本试卷按工作量分到人头，带回家去批改。十个人便做了鸟兽散。只要明天能按时交上分数，王军也无话说。

06 沙场夏点兵

2008

“准备好了吗？”我问，凝视着你的眼睛。

“时刻准备着呢。”你诙谐地回答，让我想起了《中国少年先锋队队歌》。

“从这次高考起，你的一生中，将会面临着无数次这样的大考，比如即将面对的挑选专业，将来需要面对的就业、谈婚论嫁、安身立命。人生说到底，每一天都在参加着特殊的高考，只是有时有他人监考，有时则是自己监考而已。我只希望你放松心态，坦然去迎对以后的每一次考试，当然，包括这一次。”我依旧有些担心，不惜唠唠叨叨地叮嘱。

你笑了，说：“老师您放心，我已是大人了呢。”

2008年6月

日	6月01日	毛病依旧不少
一	6月02日	真不容易
二	6月03日	信息中的焦灼
三	6月04日	作文，还是作文
四	6月05日	考前指导中的怪招
五	6月06日	总攻发起之前
六	6月07日	大战开始……
日	6月08日	
一	6月09日	
二	6月10日	
三	6月11日	
四	6月12日	
五	6月13日	
六	6月14日	
日	6月15日	
一	6月16日	
二	6月17日	
三	6月18日	
四	6月19日	
五	6月20日	
六	6月21日	
日	6月22日	
一	6月23日	
二	6月24日	
三	6月25日	
四	6月26日	
五	6月27日	
六	6月28日	
日	6月29日	
一	6月30日	

6月1日 星期日 高考倒计时6天

毛病依旧不少

适应性考试卷成绩出来了，大多数学生的分数都在120以上，最高已接近150分。

试卷的非作文部分完成得很好，90分的满分，极少数孩子几近满分。13班的小小，就达到了83分。然而，这部分的繁荣，依旧掩盖不住写作中的欠缺。从我批阅的近300份作文看，问题还是比较严重。最主要的毛病，依旧出在审题和立意上，其中立意肤浅尤为突出。

由于本次作文命题为二选一模式，大多数学生都选择了自认为好写的《是什么让我感动》，舍弃了明显具有议论特点的《保持距离》。这些选择了“感动”的学生，多是罗列一些众所周知的人或事，将其冠以感动的名义，拼凑成一篇看起来很完整、中心也很鲜明的文章。然而，这些作品，要么全篇渗透着虚假情感，要么文辞华而不实，要么素材陈旧老套，要么章法散乱跳跃……一句话，基本属于为了作文而作文，为了作文而“感动”，不但没有体现出作者对生活的真实感悟，而且没有彰显思想的力度和情感的真诚。

最常见的病文，有三种类型。

第一，开篇之后，即罗列汶川地震中一些故事，通过对这些全地球人都知道的故事的概述，来表现自己心灵中的感动。全文从头至尾，几乎看不到个性化的思考与分析，体现不出“为什么”“怎么样”这两个写作要素。

第二，入题后，采用惯常的老三段结构，分别概述古今中外的三个名人故事，之后归纳，突出感动主题。该类文字，和列举地震中的感人故事一样，文章只停留在“口说无凭”的层面，同样没有分析，更没有深入阐释。

第三，虽注意了从生活入手，通过对亲情、友情等故事的交代，突出寻常生活中的感动，但切入点太多，每个点都无法深入展开，全文只停留在浅尝辄止泛泛而论的基础上，没有生动的细节，没有真正撼动读者心灵的情感要素。

查看7班和13班的作文，这三类病文相对较少，却也没有杜绝。值得高兴的是，绝大多数孩子的文章，目的明确地直奔感恩这一主题，注意从亲情入手，从生活本身挖掘素材。于是，不少写作能力一般的孩子，这次作文的分数都上来了，进入了60分行列。

以《保持距离》为题的作文，由于我们三个阅卷人的口味差异，相同类型文章赋分差额较大。一位同事打出的65分作文，我只能将其纳入2类卷中等。另一篇被判55分的作文，我则愿意将其提高到62分以上。形成这样的差异，主要原因是大家对“保持”的理解存在分歧。我不知道高考作文批改时如何处理这种问题，这样的批阅法，确实存在着撞运气现象。运气好的，写作功底虽弱，得分却不差；运气不好的，好文章碰到了黑杀手，肯定倒霉。

这次考试的分数，在我们这些教书者看来，似乎已毫无意义，充其量不过起到鼓动士气的功用。然而，当我在晚自习时发下试卷，很多孩子第一关注的，还是分数，不少人取出计算器，一个小分一个小分地累加。我看到，7班的秋月很是自豪地在卷首写下了135的总分，13班的郭丽，更因为总分超过了140而格外兴奋。唉，也难怪她们，这个分数毕竟是数年来的最高分。

兴奋之后，很多人开始关注丢分项目。赵娜等孩子，拿出自己的作文，让我分析其中存在的问题，同时要求我提出修改意见。另有少数孩子，对部分基础题的答案持怀疑态度，连最简单的语音、成语、病句题，也要一一通过询问，获得最满意的解答。

从孩子们五花八门的问题中，我感受到了一种无法排泄的紧张和焦躁。这样的情绪，正如一股股暗流，不动声色地流过表面平静的河道，看起来波澜不惊，实则跌宕起伏。对这些孩子，我只能用开玩笑的口吻，劝诫他们放弃对细枝末节的纠葛，充分信任自己的能力。我说：“基础题考查的是基础知识，是初中生都可以完成的问题。面对这样的题目，没必要把问题往复杂处琢磨，你只要用一种嘲笑的心态，一边心里嘀咕着‘这样幼稚的题目也想考倒我？没门’，一边轻松而自信地将答案写在括号内，就足够了。”

6月2日　星期一　高考倒计时5天

真不容易

课间休息时，王军感慨："学生们三年来提出的问题总和，也没有两节备询课的问题多。"

王军的话，获得了备课组同人的一致认同。大伙儿乱纷纷地感叹道，三年来，每个晚自习，4个小时从头坐到结束，很多日子不会有任何一个孩子提出任何一个问题，似乎那时的语文学科，已经进入了一通百通的境界。

我的备询课下午才开始，所以，暂无切身感受。然而，昨日晚自习遭遇到的各式问题，似乎已经拉开了问题咨询的帷幕。看来，我需要养精蓄锐，应对最后这十节课的"集团轰炸"了。

我提出疑问："学生们的问题，主要集中在哪几个知识点上?"

夏琼说："分散得很，几乎各个知识点都有人提出这样那样的问题。这些问题，多是因为不放心才提出来，并没有什么思考探究价值……"

老陆苦笑："一个学生拿了一道病句题，在已知三个句子存在明显语法错误的情况下，还要对另一个句子中的修饰成分反复揣摩。结果，越想越糊涂，一道十分简单的题目，也无法精确判断。"

王军说："学生们的问题，主要集中在作文上。班级内的很多学生，逐题研究《冲刺60天》上的作文，一题题询问，一题题过关……"

其他各班级的老师，多认同王军的说法，感觉学生们对作文的关注程度最高。

老陆和夏琼教的是实验班，他俩的学生跟我们的有差别。我依照大伙的言论，推想出7班和13班中存在的问题，肯定也是集中在作文上。

下午，7班的第一节备询课。先发下一套阅读试卷，要求孩子们重点阅读基础题和作文。这套试卷，据王军说，是花了大力气从某高考状元市弄来的。人家市里将这考前的阅读卷视做绝密材料，从不让一张卷子外传。王军是委托了数位同学，并借助一位孩子正在高三就读的同学的力量，才获得的该卷。王军说，该市的高考信息一直很准，去年的一套模考卷的作文，就和高考作文题目相近。多研究他们的试卷，可以捕捉最新最有价值的考试信息。

发下试卷后，我把王军的话也转达给孩子们。于是，大多数学生都把这试卷当做武林秘籍认真研究起来，似乎研究通了这卷子，也就取得了高考的初步胜利。

这么一研究，问题也就产生了。和上午推知的情况相同，焦点果然集中在作文上。这套试卷的作文属于命题作文，题目为《真不容易》。很多孩子面对这个题目，不但无法审题立意，连应该选择什么文体展开构思都落实不下来。

陆续便有孩子拿了试卷到讲台上询问。我总是要先听他们对这个题目的理解，然后再要求他们说出初步写作计划，之后才谈我对这个题目的认知。问的人多了，干脆违反备询课的授课规则，进行一个简单的集中辅导。

我说："'真不容易'这个题目，依旧可以用前几天所说的'虚题实写'来应对。首先，我们就可以想到'人生真不容易'，然后还可以想到'学习真不容易''成长真不容易''高三真不容易'等。确立主题意义后，挑选一个有话可说的内容，就相对简单了。构思时，需要特别关注的是，题目重点应该放置在'真不容易'四个字上，不能把主要笔墨花到自己补充的主语身上。"

为了把这个题目讲解清楚，我举了两个例子。我说："如果我们把写作重点锁定在高三生活上，那么，构思时，就先要将这'不容易'剖解成几个小类，比如，成绩提高真不容易，战胜惰性真不容易，互助学习真不容易，课外阅读真不容易……分类完成后，文章也就好写了。只要将现实生活中的经历稍加整理，就可以逐段完成这篇作文。"

我又说："如果就'真不容易'这个话题写作一篇议论文，也没有多大难度。比如，可以将'真不容易'当做标点符号来写，设计出诸如'真不容易是成长中必不可少的逗号''真不容易是人生的一个惊叹号''真不容易是生活中的一个破折号'等分论点。如此，就可以在分析中将'真不容易'

和‘其实没什么’或‘其实也很容易’结合起来辩证分析。这样，文章就有了思想的深度，同时也将一种积极的人生态势展现了出来。”

13班的孩子同样关注的是作文，不过他们的重点没有放在这篇“真不容易”上，而是仍旧在揣摩适应性考试的那篇文章。课堂上问问题的没几个，下课后，我刚走出教室门，后面就紧跟着跑出十来个人，全部是手中握着适应性考试试卷。我只好站在走廊上，读一篇文章后，点评一个孩子的得失，然后再进行下一篇文字的阅读和讲解。如此，直到下一节上课铃响起。

6月3日 星期二 高考倒计时4天

信息中的焦灼

校信通发疯了，有用没用的信息成群结队地光顾我的手机。

第一条信息的发出者是王军。即将到来的高考，显然让王军的神经紧张到了无以复加的状态。在这完全可以让学生自由复习的日子，王军还是以严防死守的态势，小心翼翼地应对着一切想象中的危险。今天，6：40准时到校的王军，发现有数个班主任没能在6：40前站在教室门口。班主任们的这种行为，触动了王军心头那异常脆弱、异常敏感的神经元。王军便用短信群发的方式，在2008届的最后几天，第一次撕开面皮，公布迟到者所在的班级。

第二条信息，由年级组长发出：

各位老师，今天晚上起，高三年级的晚自习提前至9点半结束，早上到校推迟至7点。最后备考期间，依照学校要求，所有班主任必须按时到岗，必须加强对学生心理的辅导，加强纪律管理。任课教师不得无故旷职，无课的老师除特殊情况外，一律在办公室备询。有事需要外出者，一律至王校长处履行请假手续，获得批准后，方可外出，否则按旷工论处，扣发相应津贴。

年级组长的这条信息，对大多数同事而言没什么意义，三年时光都熬下来了，谁又会在最后三天松了这口气呢。不过，没意义归没意义，读这样的信息时，心中总有一种待宰羔羊的感觉。

第三条信息，由老钱发出，一式三份：

尊敬的各位家长，高考即将来临。考生如果有烦躁不安、精神紧张应属正常，高考没有压力、一点也不紧张，那是不现实的。关键的是这种状况不能超过一定的度，这就需要我们共同调节，稳定学生的情绪。我们可以根据学生的爱好，选择让学生放松的方式，如听听音乐、看看电视、散散步等，甚至可以让学生向我们老师、家长发发火。我们姑且暂时受一下委屈，这或许能换得他们一生的幸福，值得!!!

老钱喜欢用惊叹号。这么一大段文字，加上这三个醒目的惊叹号，让原本没多少紧张的我，也不得不紧张起来。我猜想，学生家长们读老钱的这则信息，一定也无法不紧张。

孩子们却大多还看不出什么特别的紧张与焦躁，当然，这或许仅仅是表象。备询课堂上，绝大多数孩子保持着往昔的学习状态，该东倒西歪的，依旧是东倒西歪；该正襟危坐的，也依旧正襟危坐。

今天的问题少了很多，只有两三个孩子咨询作文上的一些技巧。在家里自由复习了一周时间的嘉欣，重新回到了教室。似乎直到这个时候，她才意识到语文的重要意义，不但上课时问了一些基础性的题目，下午第三节课时，又拿了高三以来所有的讲义到我办公室，让我逐个讲析这些曾经写过的作文题。她的这种狂轰滥炸，不仅我受不了，估计我说的东西，她也消化不了。我想，她用这样的方式学习写作，大约也就是求一个内心的安宁，并不是真的就觉得可以用如此方式提高高考作文成绩。

6月4日 星期四 高考倒计时3天

作文，还是作文

省市几家晚报，都开辟了高考专版，大大小小的专家，又开始了新一轮的热点预测。

2008年的若干大事，都成了专家们的最好卖点。家长和学生的心，全被专家们撩拨得又痒又痛。

课间操时，13班的杨娟风风火火地跑到办公室，向我谈论一篇报纸上的作文。杨娟说："这篇文章我觉得写得很一般，但专家打出的分数却是60分，你觉得这分数是否合理？我考试时能否这样写。"

我并没有看到这篇文章，自然无法判断优劣。杨娟听说我没读到今天的晚报，说一声"我去拿报纸来给你看"，便一阵风般刮到教室，又一阵风般刮回办公室。

我打开报纸，读她让我读的那篇文章。这文章的题目，正是前天我给学生讲解的《真不容易》。文字很简单，以汶川地震中温总理的不容易切入，进而联系到年初的雪灾、火车出轨、手足口病等诸多热点，突出赞美了共和国总理的辛勤和伟大。这篇文章，罗列了一些众所周知的事实，在此基础上，结合了一定量的抒情议论。全文开篇较为单薄，后部分相对扎实。

读完全文，我对杨娟说："这篇文章总体看来体现了一定量的个性化思考的内容，但事例介绍时，没能将媒体中的信息转化成自己的语言。开篇的两个段落，语言也过于平淡，虽入了题，却缺乏吸引力。60分的评分明显高了。此文不足以成为样本文章，我不建议你学习她的写法。"

杨娟问："如果高考作文考到汶川地震，我该怎么样写作文呢？"

我说："首先，可以肯定的是，高考作文绝不会直接考汶川地震或年初雪灾。如果真要考这个主题的作文，也将是变换一种方式，从主题意义入手命题。比如，雪灾和地震使无数生命消失，那么，就可以以'敬畏生命'为主题命题；再比如雪灾和地震中，有人英勇献身，有人临阵脱逃，那么，就可以考责任、使命这类主题的命题作文。此外，诸如战胜自我、感恩、亲情、坚强等主题，也都可以由雪灾和地震两个事件引发出来。倘若考奥运主题，那么，也一定是在运动、健康、和谐等主题上命题。”

“那，这些命题，是否一定要联系这些事件本身呢？”杨娟追问。

“命题前的材料，称为引题。引出题目后，使命也就大体完成了。具体写作时，可以将材料转换成作品中的论据，但语言一定要调整。不用也没有任何关系。地震和雪灾中需要有敬畏生命的意识，但敬畏生命这个主题作文，则不一定就要写地震和雪灾中的故事。其他各主题都是如此。今年高考，万一考到这方面的作文，我想，绝大多数考生都会从地震和雪灾本身入手选取论据材料，那么，势必会形成大量的雷同素材。当大多数考生的作文中都在简单罗列媒体上报道的那些地球人都知道的故事时，这类故事就一定会带来阅卷老师的审美疲劳，也就一定得不到高分。所以，最理想的，还是从自己的生活实际中选取材料。唯有自己的生活，才能带来真善美，才能用极具个性的故事打动阅卷老师，才能获得高分。”我这样分析给杨娟听。

杨娟似乎放心了，高高兴兴地跑了。

6月5日　星期四　高考倒计时2天

考前指导中的怪招

考前指导时，跨上讲台便单刀直入提出问题：“后天就高考了，紧张吗？”

孩子们大眼瞪小眼，不回答也不讥笑问题的浅薄。我说：“我知道这个问题没有意义，我只是使用一下设问的修辞手法罢了。不过，下面这个问题是需要回答的，你有没有过这样的经历，因为心情紧张而使原本做不好的事情变得容易做了？”

几乎是所有的孩子都笑了。

“大家的笑，就是回答。”我接着说，“昨天大雨，气温很低；今天却艳阳高照。自然界是不会因为我们是否紧张而变换气候的，同样，我们的学习成绩也不会因为我们的紧张而提高。既然紧张心情对我们迎战高考不会产生任何有价值的作用，那么，我们为什么不换一种心情，用一种相对平和的心态来看待高考呢？今天的考前指导，我没有什么武林秘籍可以传授给你们了，该强调的重点，已经唠唠叨叨重复了三四次，今天，我只想就自我心理暗示说点看法，希望能对大家的高考有帮助。”

“相信多数同学都看过世乒赛，世乒赛上，运动员只要站到球台前，便总是双脚不停地跳跃着，嘴里还喜欢嘀嘀咕咕说点谁也听不清楚的话。比赛开始后，无论打出了好球还是臭球，多数运动员也总是喜欢将一只手握成拳头，在胸前用力挥一挥。他们为什么要这样做呢？道理很简单，要通过这些动作，使自己兴奋起来，自己为自己鼓劲加油。这样，当他们逐渐进入状态后，球就能够越打越顺，一些平时做不出的动作，在大赛中都能出乎意料地做出来。”

“反之，如果这位运动员未开赛就背上了思想包袱，进入比赛后就很难兴奋，一旦输了两个球，就会急躁，就恨不得一板将对方杀死。但越是这样，越无法战胜对手。因为球员在急躁中难免焦灼，难免技术走样，动作变形，于是，即使是很一般的对手，都很难战胜。”

“高考也就是一场比赛，决定胜败的关键，很多时候并不是脑袋中的知识积累。大家都经过了三年高中的洗礼，知识储蓄虽有区别，却并不是很大。现在，就看谁的状态好，谁能通过良好的自我心理暗示将自己调整到最佳出击状态，谁就能在考场上超水平发挥。那么，如何调整心态呢？我觉得有下面几点值得注意……”

开场白之后，我开始针对孩子们近期表现出来的种种问题提出参考意见。我的意见其实也很简单，归结起来就是八个字：自信、自省、转移、宣泄。我强调每个人都要给自己一个正确定位，只要定位在自身能量最大化这一目标上，就足够了，无须好高骛远。我更强调注意力转移和情感宣泄的重要价值，我说，大家在这两天中完全可以把老师当做教堂里的神父，心里有了任何疙瘩，都可以到老师处倾诉。

这样的辅导，用了半个小时。随后的60分钟，先是将备课组印制的考前辅导材料发给孩子们，让他们粗线条浏览一遍。我开玩笑地说，这个资料上唯一值得一读的，就是考前作文指导。因为其他内容都是网络上下载的，唯有这篇文章，是我自己动手写出来的。我的自卖自夸，让孩子们好一通笑。

下午两节课后，果然有孩子来找我宣泄情感。先是一名女生，拿了厚厚一沓作文，向我抱怨作文的难写。我在听她阐述自己的想法的同时，将她的文章大体翻了翻，发现得分较高的，都是写自己生活的。于是，在她的话语结束后，我对她提出一个简单要求：高考时，只要这个题目可以和生活实际结合起来，那就毫不犹豫地写自己的生活。

这个女孩子还没有走，徐冰已在门外来来回回走了数趟。女孩刚走出办公室，他便走了进来。我问他是否有什么问题要问，他笑了，说我只是来感谢你的，高中三年，你给我们传授了很多具有人文情怀的思想，现在，就要高考了，我来谢谢你。

我也笑了，我说这是做教师应该的。

然后徐冰就开始天南海北地说起来。从高考制度改革对他的影响，到新课程的流产，再到政治历史课上的种种观点质疑，再至古今中外诸多哲学思想，最后到人生价值和意义。我很自觉地充当起听众的角色，尽管很多时候我并不能准确把握住他言说的意义，不过我知道他仅仅是需要用这样的言说，来抵御心灵深处对高考数学学科的担忧。我留心到他的一句话，他说，第一天考过，我就不怕了。是的，他的政治历史成绩一向拔尖，英语也是中上水平。最没有把握的，一个是作文，一个是数学。

徐冰的话匣子打开，就没有刹住车的时候。从五点说到六点，燃油还十分充足，马力依旧强劲。我坚持不住了，我说对不起，我晚上还有自习辅导，我得回家吃饭了。他这才恍然大悟，连说对不起，告辞而去。

附：

奇谋怪招迎高考（我的考前辅导发言）

行囊里装满了学问，一路跋涉，你终于走到了这个名叫

“高考”的关隘。抬眼望去，成千上万和你一样年龄、一样神态、甚至一样举动的青年，已经在这里会聚成希望的海洋。人多，通向理想境界的“令牌”却有限，如何才能以最优秀的战绩破关夺牌，率先踏上希望的光明大道呢？这就需要你在步入高考考场时，除了拥有各种“常规武器装备”外，还拥有一些奇谋怪招。下面，就针对考场中可能出现的一些现象，将我多年研究的“武林秘籍”传授给你：

一、紧张之时吞月亮

进入考场后，不要东张西望，只需静坐在座位上，运用心理暗示法，自己给自己鼓劲。如果内心比较紧张，则可以多进行几次深呼吸。吸气时，想象着头顶上有一轮皎洁清凉的圆月，正从你的头顶百会穴一点点融入你的身体中。你整个的人，被这圆月抚照得清凉而透明。然后，呼出胸中的浊气，想象着自己已经把所有的不满意，都随了这二氧化碳一起排出了体内。于是，你就可以慢慢心平气和了。

记住，不要在考场里显得特别活跃。那样，还没开始考试，你就成了监考老师关注的重点了。老师的眼光总盯着你，心情肯定会不愉快的。

二、通览试卷随习惯

试卷发到手中后，通常有 4 分钟的时间可以阅读整张试卷。许多老师都强调要利用好这段时间，把整张试卷通览一遍，好对试卷难易程度了然于胸。其实，这个环节，因人而异。有的考生习惯于按部就班地做题目，有的则喜欢选择容易解决的先做。相对来说，通览一遍是有好处的，因为你可以把一些记忆性的题目，在大脑清醒时率先完成。至少，你可以知道试卷有多少道题目，不至于在答卷过程中出现漏答。

无论你使用哪种方法，关键一条就是不要被试卷吓倒。

三、遭遇冷题多迂回

解题时，如果遭遇了从来没有见过的新题型。第一步是保持冷静。须知，所有考生面对的是相同的试卷。对你而言是新题型，对其他考生来说，也不会有多少人熟悉它。第二步是认真审题，充分挖掘题干中提供的各种有效信息，同时仔细推敲命题人的命题目的、命题思路。第三步是搜索记忆中相近、相似知识，运用已有知识，为解决新问题服务。第四步，无论题目分值多高，3 分钟以内梳理不出解题的突破口，就需要立刻放弃该题，转入下一题的研究。待试卷上其他会做的题目都完成之后，再集中精力研究该题。

再做这个题目时，如果依旧无从下手，那么，可以在草稿纸上把各种可能的情况尽量多的列举出来，同时仔细研究题干本身，推想命题人的思维方式。如果还是做不出来，那么，把相关的初始步骤写在答题卷上之后，及时放弃。

四、提纲挈领突重点

历史、政治科的简答题、综合论述题，语文的阅读分析题，其答案大都不会只由一个小点来构成。解答这类主观题时，提纲挈领、分条列项十分重要。因为老师阅卷时是非常乏味、非常紧张的。你的试卷，黑压压一大片文字，老师看了心里就不舒服，分数就高不了。而你把自己的答案，用一、二、三的形式，条理分明地列举出来，让老师看上去就有一个良好的感觉。

有些题目，属于可列可不列的，你要做到不能列也列，让老师看起来比较清楚，这是答题的学问。

另外，文科类阅卷，喜欢采用数点给分的方法，你把要点列出来了，分数也就拿到了。至于具体论述，反而处于次要位置上了。

五、遇到问题大胆说

考场中的监考教师，是为考生服务的。如果你感觉自己的思路、心情、身体等受到了外界的某些因素的干扰，一定要敢于向监考老师说出来。比如，你觉得教室里的电扇有噪音，影响了你的心情。那么，你就一定要让老师将电扇关小或是关停。千万不能心中烦躁，却不表达出来，那样，肯定会影响到你的发挥的。

六、步骤规范守阵地

高考改卷是分步给分的，所以，你在完成所有题目时，都应该严格按照答题步骤一步步来。很多考生在做理科题目时，一上来就写公式，甚至一开始就代入数字计算。这种方法很不好，如果错了，一分也得不到。正确的解题步骤是：先写出简要的文字说明，再列公式，然后进行必要的文字运算，最后才往里代数字。此外，考生自己引入的符号应该加以必要的说明，要让阅卷老师看得懂。

七、检查验算从头来

试卷完成后，如果时间允许，就要对题目进行检查验算。检查时，需要注意两个细节问题：

第一，理科类的大计算题，最好是不看自己完成的答案，而是只看题目，并依照题目，重新演算。如果两边计算结果相同，则表明该题没有问题。此法的好处，是避免思路干扰。

第二，对于少数无法确定的答案，要重视第一印象。没有十分的把握，不要轻易改动第一印象下完成的解答内容。

八、时间不够方法凑

考生应学会依照试卷分值与考试时长，确定各类试题的解题时间。比如语文科，150分钟的时间，完成160分值的试卷内容。那么，70分的作文，就至少应该留出一个小时的时间来写作。然而，实际考试时，有些考生可能因为解决少量“拦路虎”时耗费了过多的时间，结果导致最后无法按质按量完成考试任务。对此，有以下几点需要特别注意：

首先，保持冷静是至关重要的。急，则手忙脚乱，思路也无法展开。与其眉毛胡子一把抓，不如踏踏实实解决问题。

其次，讲究“抓分”方法，有限时间要用在获取尽可能多的分数上。比如数理化的大分值计算题，在实在没时间展开运算的情况下，不妨将这些题目的设未知数、列方程式等过程先写在答卷上。千万不要因为来不及做了，就彻底放弃。因为试卷批改是依照步骤计算分数的。多写了一个步骤，就可能多拿到一点分数。

再如语文的作文，倘若临近交卷时，才完成了一半左右的内容，这时，也有两种提高得分率的方法。一种方法是将正在写的内容用最简洁的语言强行收拢，然后另起一行，写出二三十字的或是总结点题、或是首尾呼应的结尾段。另一种方法，是在前一种方法的基础上，在结尾处缀上几句诗歌。这种诗歌，可以将节拍尽可能缩短，使其内容能延伸到规定字数的那一行。

应对作文的这两种方法，用与不用，可能会有近二十分的分差。因为前者文章没有结尾，属于“残篇”。依照相关规则，残篇作文得分通常只能是十几、二十几分。而经过特殊手段加工后的文章，就属于成篇。字数不够的，只会依照五十字一分来扣除字数不够的分数。而用诗歌结尾，因诗歌分行计算字数，则连字数分也保住了。此外，如果结尾的诗歌写得很出彩，或许还能达到画龙点睛的作用，为作文提高几个得分点呢。

九、卷面清爽巧得分

曾有专家做过试验：一份已经完成的试卷，请不同的人重新抄写一遍后，在不同时间内，请同一个阅卷老师批阅。结果，无论是文科试卷，还是理科的大计算题，都出现了不同的分数。卷面整洁的试卷，普遍得分较高；而书写过于潦草，试卷涂改严重的，则得分较低。差别最大时，一篇一模一样的作文，竟然会产生出十分左右的差别。

形成这种状况，也很好理解。阅卷老师的工作量过大，不可能一字字地阅读你的答案，见到了你那乱草堆一样的文字，头立刻大了，印象分首先就减了下去。你那锦绣文章，他或许根本就没有阅读，就给你一个五十分上下的保险分。

所以，在考场上，无论你是否练习过书法，你都应该把字写工整。遇到做错的内容，也不要把试卷擦成大花脸。只要在错误内容上用尺子打上一道或两道横线，就足够了。

6月6日 星期五 高考倒计时1天

总攻发起之前

高一、高二全都放了假，校园内只剩下高三的孩子，还在坚守这最后一班岗。

依照学校要求，高三学生在上午第三节课后离校。此前的三节课，由班主任进班，进行考前最后的心理疏导。其他课任教师，则一律在办公室备询。第四节课起，打扫教室，整理考场。

校园内的勤杂工们早都严阵以待，就等着孩子们打扫教室时，收集遗弃的资料讲义和教材。每年的这一天，勤杂工们都可以发一笔小财。一个年级的废纸集中起来，怎么说也不会少于2000斤。

老陆在我们办公室里闲聊。老陆说，今年这一届学生，是近5年来最乖的。前面的几届，最后几天总喜欢将不用的讲义，从楼上纷纷扬扬地往天井中撒，折腾得满校园全是废纸。今年，这样的事一次也没有发生。

老陆的观点，得到办公室内所有同事的认同。大伙乱纷纷地表示，这届学生中，没有发生一起打架斗殴事件，没有发现通宵上网的人，没有那种横着膀子走路的角色，尽管也有一些成绩不太好的，但总算是风平浪静地走完了整个高三的路程。

“还有最后四天，三年的辛苦，就看这最后四天了。但愿善始善终，一切都能如愿!”一位非高三年级的老师为我们祈祷。

“吉人天佑，看我们这届的老师，个个慈眉善目，一定会考出好成绩的。”老陆开起了玩笑。

大伙正为老陆的话而开心大笑时，我放在办公桌上的手机震动起来。打开一看，又是王军的短信：

尊敬的家长，高考即将来临，6日下午2：30—4：30可来学校考点熟悉考场。请你能帮助小孩准备好考试用品，提醒小孩带上身份证、手表，如果万一遇到什么困难，可以和我联系：135＊＊＊＊8899，也可以打110寻求帮助，只要告知是高考考生即可，一切可以通行，其他事宜再联系。到考点时间、进场时间和考试时间，一定要有提前量，注意交通安全。敬请各位家长配合，做好服务工作。

老陆、夏琼们也都收到了王军的这则短信息。夏琼说：“王军的脑神经此时估计已脆弱到一阵风都可以刮断的程度。”我坚决反对夏琼的说法，我说：“王军不会那样脆弱，他的脑神经此刻应该正好可以充当古琴的琴弦儿，拨一下，就发出一阵低沉而厚重的声响。”老陆说：“王军这一年的日子过得也实在不容易，整日里提心吊胆着。第一年分管，如果能考出个好成绩，那是你好我好大家好，如果考得不如去年，即使别人不说什么，自己面子上总也是过不去的。”

大伙儿便为王军的处境而感慨一通。有人又重提夏琼说过的话：“在分管的几个副校长中，中文系出身的王军，总还算是比较人文的……”

终于没有学生来咨询问题，说笑到11：20时，老陆出门转了转，回来说学生已经全走了。老陆给大伙儿发出命令：“9号晚上，如果年级组不组织聚餐，那么，我们高三语文备课组一定要在一起喝一顿了工酒。”老陆说，“虽然大家整天在一起办公，但十个人要想再集中于一个年级，几乎没有可能。所以，这顿酒，也可以叫做散伙酒。”

大伙一致赞同。

6月7日 星期六 高考倒计时0天

大战开始……

参加高考的女儿，神经高度紧张，无论如何劝慰，依旧放不下心头的石头。由女儿推想到其他孩子，估计绝大多数都不会轻松。于是，早饭后，将语文考试中需要注意的几个重点轻描淡写地告诉给女儿，在得到她不要送考的明确答案后，又叮嘱她8点从家里出门去考点后，我骑上自行车，到学校去参加第一场语文考试的送考。

警察们都已经上路设障。通往我校和二中的几条出城公路上，都醒目地放置着“前方高考，请车辆绕行”的告示牌。往日大小汽车奔驰不息的道路，此时只有摩托车、电动自行车来来往往地穿梭。几乎每辆车的后座上，都有一个手执文具袋的小伙子或大姑娘。

学校大门前热闹非凡。数百辆摩托车电动自行车杂乱地排成两行歪歪扭扭的队伍。几辆接送考生的大巴，在校门前的公路上，或是头朝东或是头朝西地伫立着。我知道，朝东的车，是送政史班、艺体班考生到二中文科考点；朝西的车，则是送物生班到二附中考点。

车上已有不少孩子，更多的孩子则都在校门前三五成群地围成圈儿交谈着。王军神色凝重地穿行在人群中，手中攥着手机。

在校门前转了转，没见到几个熟悉的身影。7 班的孩子大多还没有来。于是，我找到负责政史班送考的老钱，告诉他我先骑自行车到二中去，在二中门前等他们。我担心 13 班的孩子还有什么问题要问。

二中门前，同样十分热闹。我到达时，老钱他们的车也到了。一起进了考点。孩子们以班级为单位，在停车场集合。班主任开始发准考证、身份证。

领完证件的孩子们，同样是三五成群地聚合起来说点闲话。小小成了一群女生的中心，正在一边嘻嘻哈哈地大声笑着，一边很夸张地问身边的同学："昨晚下大雨了吗？我一点儿也不知道啊。"其他女生也大声说笑着回答她，有的附和着笑着说自己也是丝毫不知道下雨的事儿，有的则渲染着大雨如注时的紧张恐怖。

看着一向文静的小小如此夸张地说笑，我忍不住也笑了。我知道，她是在用这样的方式排遣心中的焦灼。同样，其他孩子也都在用自己的方式努力为自己营造一份考前的轻松。高考，毕竟是人生中遭遇的第一个重要时刻，无论什么样的孩子，也不可能不紧张。

徐冰带了一个厚厚的文件夹，里面的试卷、讲义等，足有一寸半厚。我笑着调侃："徐冰带这么多文件过来，敢情是要现场办公？"

徐冰边走向我，边打开厚厚的文件夹，然后从里面找出几个冷僻的拼音，问我正确的读音。我对读音向来麻木迟钝，这会更不敢信口开河，便建议他询问普通话一直很好的郭丽。他嘴里念叨着些什么，却不愿意去请教女生。我告诉他，过于冷僻的字音，高考基本不会涉猎，没必要关注这些玩意儿。

他将这两个生字丢下不再过问，又开始打听几个成语的意义，比如戎马倥偬什么的，我告诉了他。

8：25 时，停车场上的孩子开始蜂拥着流向考场。1 分钟之后，原本熙熙攘攘的一方空间，只剩余下 20 来位各校的送考老师。老钱的手中，还余下两张准考证。一张是邹超的，另一张属于一个慢性子男生。老钱拿出手机，开始给两个孩子的家长打电话。

邹超从大门口慢腾腾逛过来，我说你怎么来的这么迟啊，她笑了，先问候一声"语文老师好"，然后说："这还迟啊，我本来准备8：40才来的。”这姑娘向来大大咧咧的，落个好脾气。

剩下的这位男生，依旧未见踪迹。老钱和我分了工，我到校门外守候，他在校园内找寻。8：40时，我终于看见了这孩子，他正从北面的公路上慢腾腾地向着校门走来。

我催促他快点进校去找班主任，并叮嘱他后面几场考试来早点。他依旧慢腾腾地踱进大门，一副成竹在胸的样子。

所有的孩子都进了考场之后，二中大门前送考的家长们却丝毫没有离开的意思。相识或不相识的，都攒聚在门前，彼此交流着今年的高考信息，谈着孩子这两天的表现。

我、老钱及其他三位送考的同事，一起来到考点安排的送考教师休息室，从服务员那儿找来扑克，开始玩一种名称为“惯弹”的游戏。这是我第二次玩扑克牌，上一次玩，是应一位同事的邀约，陪他亲戚家孩子的家教老师吃饭，那已经是半年多前的事情。

今天手气出奇的好，几乎每次抓到手的都是大牌。我想，这或许是个好征兆，上午的语文考试，女儿和其他孩子都能考出理想的分数吧。

两个半小时，连赢了三局。11点半时，艺体班的班主任要去收准考证，大伙便一起回到校门口，等候不考加试卷的这批孩子。从这些孩子的口中和脸上，感受到了语文试卷的平和，也知道了高考作文题。我对今年的高考作文命题很失望。《好奇心》这个命题，对文科班饱读诗书文辞优美的孩子而言，是有力使不上的。这个题目，不容易跑题，也难出彩。写作这样的题目，相对而言，理科生明显讨巧。

为了不加重孩子们的心理负担，我提早10分钟离开了考点。

三年的语文，在这三个小时内终于画上了句号。一切的收成，已经化做了墨写的文字，踏踏实实地封存到了试卷袋中。从今天起，这些文字将有20天的时间发酵酝酿，然后转化成一个个触动神经的具体分数，通过细细的光缆，传达给每一个充满期待的生命体。那时，会有哪些孩子为之兴奋沉醉，又会有哪些孩子为之黯然神伤甚至向隅而泣呢，我暂时无法想象。我只希望，每一份的真诚付出，都能获得一份等量的回报；只希望所有美好的青春，都在应该绽放时怒放出所有的灿烂姿容。

我想起了一个走进大学的孩子回首高三时的感慨，她说："高三的日子，没有想象中的轰轰烈烈。没有痛彻心扉，没有大彻大悟，好像什么也没有。一切只是平平淡淡。走过了高三，风也轻，云也淡。我们仅仅是在走过，不曾留下什么。而今回首，才发现高三的生活只是有着淡淡的忧伤，深深的怀念。"是的，一切曾经拥有的岁月，曾经认为无法跨越的难关，当它们化成为往昔时，必然只会成为记忆中一抹永远无法消逝的印痕，这份印痕，或许会在未来的忙碌中被时光遗弃在情感的某个角落，但只要一点触动，仍旧会迅速蔓延成一片浓浓的怀念。

王蒙在《青春万岁》中高歌："所有的日子都去吧，都去吧，在生活中我快乐地向前。多沉重的担子我不会发软，多严峻的战斗我不会丢脸……"当2008届高三的所有日子果真都离我们而去，我无法知晓会有几个孩子，能如20世纪50年代的青春那样地豪情万丈，一往无前。我只知道，前方等候着孩子们的，注定是希望与坎坷共存的现实人生。

再见了，我的2008届高三7和高三13班的孩子们。再见了，我的2008届高三语文课程。我知道，暑期消退的初秋，我将重新折回下一个循环的起点，并会在未来的教学生涯中数次重复这高三的故事；而孩子们则将永别这人生唯一的高三季节，去用年轻的肩膀承担一种崭新的生活模式。生活和生命，都必然要在这样的运行中，一点点走向充实，走向未来……

尾　声

经历了半个月的漫长等待，2008 届高考成绩终于在 6 月 24 日下午揭晓。

7 班李昊的妈妈第一个向我报喜：李昊考了 365 分，比预想高出了近 30 分。李昊的语文得了 126，创出高三以来的最高纪录。

我知道李昊的成绩，在班级内始终是中等偏上水平。李昊考出了 365 分，7 班完成任务大约就不会有问题了。

陈仪的爸爸也来报喜：陈仪考了 358 分，其中，数学出乎意料地考出了 124 分，也是历史最好水平。总分 120 分的英语，也考出了 108 分的好成绩。

“数学，一向是陈仪的弱项，今年高考的数学又特别难。这个成绩，应该是比较理想了。”我对陈仪爸爸说，“她的英语考得也很出色，好像也是发挥出了最好水准。”

陈仪爸爸乐得笑声不断，一连声地向我说着感谢的话。不过，他也有一点小小的遗憾，陈仪的选修课没能达到双 A，估计报考一流大学是要受影响的。

后面的“好消息”一个跟着一个来了。晚上 9 点时，老周打来电话，兴奋地告诉我：“超了 8 个！”我有点不相信自己的耳朵：“多少？”

“超了 8 个！！”老周笑呵呵地重复。

超了 8 个，意味着老周班级只有 8 个孩子没有达到本二以上录取线。作为普通班，这样的成绩，确实辉煌。

“可喜可贺！发财了发财了。”我调侃老周。

“唉，有些可惜，还有四个学生分数都够了，就是选修没达到双 B。”老周叹息。

“高考嘛，从来都是几家欢乐几家愁的事儿。只要尽力了，问心无愧就行！”我敷衍着，并没有打听落榜学生的名字。在这庆祝胜利的时刻，询问“牺牲”了哪些人，似乎不合情理。然而，我却真的很想知道是否有勤奋踏实的孩子没有达线。我希望天道能够公允，让热爱学习的人都能拥有进入大学进一步深造的机会。

“学校总数多少？”我换了话题。

“完成任务了，超出市里的指标52个，王校嘴都咧到脑后了。”老周说。

挂了老周的电话，立刻拨老钱的手机。

“我们考了25个。”老钱说，似乎没有太多的兴奋。

“乖乖，这么多啊。我们的指标好像是16吧。”我问老钱。

“底线是16，上线是18。不管指标多少，完成任务就可以了。”老钱感慨。

“其他文科班考得如何？”

“文科班全部超指标，理科班中，两个实验班全部本一，最好成绩全省一百一十几名。5班和7班都是超8个，其他班级有的保本，有的没完成任务，最低的一个班少了6个。都是没过双B。”老钱详细介绍了学校任务完成情况。

老钱的冷静感染了我，让我很为自己短时间内的亢奋而羞愧。老钱这几年始终带高三，经历过太多的酸甜苦辣，已然修炼至半仙境界。和他相比，三年一循环的我，稚嫩了许多。

6月25日，到校给新一届高一实验班学生开展暑期夏令营活动文学讲座。新高一的招生工作前天结束，学校为了防范大市所在地的三所老牌四星高中过来抢生源，决定沿袭前几届的传统，提前将最优秀的两百名新生集中起来授课。这样的授课，目的很简单，就是要新学生感受一下学校教师的教学水平和管理能力，所以，并不要求上高中教材的知识，只以激发学习兴趣为主要目的。

新一届的高一，当然还是王军分管。王军在经历昨晚的兴奋后，今天又开始陷入了新一轮的烦恼中。王军说，新高一有64名排名在前200以内的新生没有报到，其中，全市中考前十名里，就有6人未报到。“这些学生流入其他四星级高中，意味着三年后我们将少考六十来个本科，其他学校则多考六十多个本科。这一减一加，就是一百二十个左右的差距！”王军忧心忡忡地说。

王军的忧患意识并没给我带来太大的影响。铁打的营房流水的兵，管他什么样的学生，只要他愿意学习，有三年时光雕琢，总会打磨成精品。我只怕不愿意读书的学生，却从不担心教不好热爱学习的学生。

新高一的孩子，明显还处于中考后的兴奋期内。教室里一片沸腾，热闹如农贸市场。我站在讲台上，并不制止他们的喧嚣。我知道，这样的兴奋，在正式开学后，很快就会被无边无际的压力彻底消灭。他们最终也将如刚刚送走的这届孩子一样，成为一个个具体的升学数字。

课间休息时，转到老钱的办公室，看 13 班的成绩：娟子考出了 378 分的好成绩，小小 367 分，杨娟 359 分，吴珊 358 分，懒觉大王邹超 348 分，晨晨 319 分。只是徐冰比他预估的分数少了 20 分，只考出 314 分，郭丽差 1 分不够建档，四大金刚无一例外全部落马，黄恩昊 149 分，小琪 287 分……总体来看，13 班的所有孩子，基本都发挥出了自己的水平。

关注完 13 班，又下楼到老周的办公室去看高考成绩。老周不在，办公桌上躺着 7 班的高考成绩。细细看下去，全班 51 人，达本二底线 300 分的共 47 人。这 47 人中，选修科目未达双 B 的人数是 4 人。几个一直没有被纳入视线的孩子，也都考出了相对理想的成绩。嘉欣考了 323 分，赵娜 341 分，余靖 312 分，秋月 325 分，周宁 315 分，叶露 318 分，姜云 348 分，建亚 359 分，严萍 356 分，王伟 325 分，李娟 348 分，于磊 346 分，余晶晶 358 分，陈松 324 分……

姜云的语文，考出了 120 分；建亚的语文，达到了 125 分。另一位原本和他俩一样，语文始终处于两位数的孩子，也考出了 126 分。这三个孩子的超常发挥，着实让我欣喜了一次。

8 个考砸了的孩子，分别是未达 300 分的卢荣、曹明、李超、包铭，选考未过双 B 的思贤（322 分）、张驰（300 分）、许凯（308 分）、吕琳（338 分）。感叹这部分孩子时运太差时，一位知情的同事告诉我，全校语数外 300 分以上，但没能达到双 B 的人数是 98 人。另外，听说南京有大量考生因为化学学科达不到 B 等级而无法进入本科院校。

看完两个班的具体分数后，回到办公室，上网查全省的高考情况。在江苏招生考试网上，读到一个帖子：全省 51 万考生中，拥有双 B 及以上成绩者 183 594 人。这就是说，双 B 如一把锋利的刀，一刀就砍削掉 31 万余人迈向高校大门的脚。这个信息，对置身风口浪尖上的一线各学校而言，意味着

2009届起的高中教学，势必要将工作的重心偏移到选考科目上，而这，恰恰是新课程原本试图淡化的。

于是，我的眼前便幻化出一幅“只争朝夕”抓双B的大会战场景：在月考、周测轮番轰炸的大背景下，每一个选考科目未达双B的学生，都成为了任课教师分工包干的工作对象，早晚自习间，都要将单独安排的试卷呈送给老师面批。语数外开始一点点让道，选考科目的课时数一节节地增加。周末和晚自习，选考科目提高班将无止无休地开设下去……

7月中旬起，许多酒楼饭庄的大门前，开始有了打折承办“谢师宴”的巨幅广告。至八月中旬，老周和老钱班级陆续有七八位家长邀请了任课教师去喝喜酒。校方所担心的因吃“谢师宴”而耽搁假期晚自习看班的现象，却并没有发生多少起。带实验班课的那些老师这阶段总是很失落，每每看到普通班授课教师外出吃“谢师宴”时，便总爱骂几句诸如“好学生都是白眼狼”之类的话语。而一位高分考生的家长跟某实验班班主任的谈话，更将这样的失落推到了极致。这位家长说，你们老师应该请我家孩子吃饭啊，你看，我家孩子考出这么高的分数，给你们学校和老师争了光，你们总该有所表示吧！据那位班主任说，他听到这话时的唯一想法，就是跳起来抽这位家长几个耳光。

陆续也有部分落榜生来到学校，申请插班复读。这其中，赫然也有考了很高分数却因没有达到清华分数线而准备再战一年的人。这样的角色当然是宝，没有哪家学校会拒绝。

新一届高三的暑期补课早已热火朝天地进行了近一个月。除了校园宣传栏上依旧陈列着2008届考生的高校录取信息外，2008届已经成为了一连串具体的数据，停留在了学校的发展史上。若干天后，这些数据又会转化成一个个鲜活的生命，携带着一份全新的理想，奔赴四面八方的高校，去迎接新生活的洗礼。我不知道，他们中会有多少人能成为未来社会的栋梁，又有多少人会因为谈恋爱、玩网游、考英语四六级等原因而空耗四年的美好时光。我只知道，每一个生命来到这个世界上，都需要永不停步地前行。作为高中教师的我们，仅仅是在这段路程上，陪伴过一些年轻的生命共同走过一段岁月。对学生们而言，这段路的价值，或许足以影响一生；对我们而言，却只是漫长工作生涯中的一个并无特别之处的重复。我们的青年、壮年、中年乃至老年，都将消耗在这路程中，倘若不用心经营，就会把一万余个日子，糟蹋成完全相同的一天。

走过高三，留下几多遗憾、几多感慨、几多收获。这一切，最终都将只成为生命的点缀。在每一个太阳升起的日子，需要的，只是朝着光明前行。身后的影子，无论长短，都不能丈量生命的尺码。

再见，我的 2008 届！

再见，我的 2008 届的孩子们！

再见，我的 365 里路上曾经的鲜花与风雨、欢乐与叹息！

我深信：只要努力，生命，就能因为岁月而无限精彩！

后　记

行走在现实和网络之间，每天所关注的总是无穷无尽的教育问题。大到牵连着千家万户的教育政策法规，小到某个老师生活中的一声微叹，都会有一种触动，撩拨起我心灵深处的某根多愁善感的神经，激荡起心中蛰伏许久的某种专为教育而滋生的感情。我知道，对于教育，我实在是有着太多的感受想要表达。因为，我爱教育。

是的，我爱教育。当别人立志于升官发财时，我厮守着这贫寒而无奈的教育，承受着它的严肃和荒凉。我感受着崇高道德的日渐式微，见证着年轻生命的苍凉和衰老。在中考和高考这没有硝烟的战场上，我旁观着无数个鲜活的青春，正遭受着分数和名次的前所未有的折磨，耳听着沾满了泪水和苦涩的灵魂，在应试的泥淖中一点点滑入深渊的丝丝响动。昔日，我也曾经年轻，但往昔的年轻，却承载不起今日的重荷；现在，我已是父亲，我无法忍受我的孩子，牺牲了一切童年的快乐、少年的好奇、青年的激情，却只为了排名表上的一个微不足道的上进。我不能无动于衷，不能让满眼的花蕾，尚未开放就凋谢在世俗的风雨里。于是，我开始呐喊，并不顾忌我的嗓音的沙哑，音量的微弱。我想象着能如杜鹃啼血那般，用每一个沾了血污的文字，来书写一段不该书写的沉重；想象着偶尔路过的行人，从凡尘的喧嚣中，依稀听出了我的并不响亮的呼号，然后驻足分辨，然后寻声而来。我将拉住他向他倾诉，并且邀请他和我一起呼喊。

在教育的贫瘠中，我已有过二十余载的耕耘。栉风沐雨，满身泥泞。我经历过播种的憧憬，承受过歉收的失落，感悟过劳作的充实，品味过丰收的喜悦。我像所有的农人那样，精雕细琢着满含了希望的田野，期盼着我所有的付出，都能滋养出充满了希望的茁壮和浓郁。无论是风调雨顺，无论是暴风骤雨，我都一如既往地荷了心锄、担了情感出巡。在长满鲜花和野草的田埂上，我四下观望，查漏补缺。

我只是一名教育的农夫，躬耕在希望和失望交织的土地。春播夏育，秋收冬藏，时光的流逝暗淡不了我执著的目光，岁月轮回消散不去我呼喊的声音。在这呼喊声里，我走向容颜的衰老；在这呼喊声里，我走向灵魂的年轻。我痛心于花圃中蓓蕾和莠草的共生，愤慨于原野里麋鹿和毒菌的同行，感喟于蓝天中乌云羁绊着鸟的翅膀，嗟叹于认知中的浮躁束缚住奋进的心灵。然而，我依旧耕耘，披星戴月，筚路蓝缕。我知道拔除了莠草，蓓蕾就可以迎风怒放；铲除了毒菌，麋鹿就可以尽情嬉戏；驱散了乌云，鸟就可以展翅翱翔；释放了精神，心灵就可以轻装前进。

我就这么痴痴傻傻地忙碌着，用我的手指和键盘，触摸着教育的脉动，感受着那血脉震颤带来的焦灼与欣喜。我站不了太高，看不到太远，倾听不到最广泛的声响，感受不到最悠深的呼吸。但我依旧用我浅薄的见识，把握着一线教育的手腕，感受着它的每一次搏动中的独有韵律。也许我并不精通望闻问切，也许我的体察，甚至不如一个最为肤浅的庸医。然而，我还是希望能亲自触摸我所钟爱的教育的肌肤，用她凝脂般的细腻、微笑般的温情，塑造我心中梦想的教育天堂。

而今，我很欣慰。全面规范办学行为、全面提升教育教学质量的呐喊声又一次从辽阔的大地深处迸发而出，这声音盖住了应试的喧嚣、排名的嘈杂。在这呐喊声中，疲乏的我，且聊作片刻的歇息吧，将昔日的种种喊叫汇编起来，倘能以此出力于素质教育，则也算是一大欣慰。

走过高三，走过的是岁月，留下的是永恒的追求与不尽的希望。

教育，在诗与思之中，总有灿烂的花，会绽放在生命的枝头。

最后，感谢教育科学出版社的厚爱，感谢刘灿先生、李镇西先生的帮助，感谢“教育在线”论坛、“人教论坛·中学语文教育论坛”上所有网友的支持，感谢我的家人的默默的奉献，感谢现实生活中的所有的同事、朋友和学生们！没有你们，我将一事无成。

2011 年 1 月 2 日

记录你的成长岁月——

“新教师成长日记”作者征集启事

如果你是刚刚参加工作的新教师，或者你已走过这个阶段，但并不满足于自己的现状，正在充满激情地工作和生活；

如果你喜欢孩子，喜欢教师这个职业，打算长期投身于教育；

如果你愿意在不断的反思中成长，并愿意把自己的努力每天记录下来，而且愿意与大家分享自己的成长，那么，

我们——教育科学出版社——真诚邀请你来参加我们的“新教师成长日记”活动。

——我们正在推出一个年度性日记体丛书“新教师成长日记”；

——丛书的第一批已于2006年1月初推出，以后每年暑假前后出版；

——我们打算在全国范围内寻找合适的教师，以日记的方式记录他们的成长。

如果你愿意加入进来，请你从现在开始，用日记记录你每天的成长（当然，如果你此前一直在坚持记日记更好），同时尽快与我们联系！

我们对日记的要求只有八个字：

真实　真情　自然　质朴

所以，

◆希望你不要把记日记当做一种任务，而是一种自己倾诉的需要。因此，请你首先不要考虑完成日记，而是按自己的理想充满激情地工作和生活。

◆请你平时注意收集和保存与日记相关的资料（如学校生活照片、学生作品、给学生的评语、工作记录等）。我们的日记内容和形式完全随你心所欲，散文、诗歌、速写、漫画等

都是允许的。

◆另外，你的日记至少应该坚持1年，以学年为基本周期。我们希望你能长期坚持，我们有出版更长周期成长日记的计划。

必须说明的是：

1. 是否出版自己的日记，你有完全的自主权。

2. 在你同意出版的前提下，最终能否出版由出版社决定。

3. 出版社保留对日记进行删减和进行出版规范处理的权力，但删减会得到你的确认，原则上我们尽可能保证日记的原汁原味。

我们特别希望接到以下方面的投稿：

1. 关注课堂教学和自身教育教学技能（如语言表达、板书、与学生沟通技巧等）提高的日记；

2. 集中于某个主题或个案的日记〔如学习习惯养成、特殊学生（如学困生、品德不良学生）转化、研究性学习的组织等〕；

3. 数理化等理科老师的日记；

4. 新手教师的日记；

5. 农村（尤其是西部农村）学校老师的日记；

6. 支教日记。

我们热切期望着你的回应，以下是我们的联系方式：

通信地址：北京市朝阳区安慧北里安园甲9号　教育科学出版社

邮政编码：100101

联系人：刘灿

电话：010－64981245（O）

E-mail：liucan@esph.com.cn

出 版 人　所广一
策划编辑　刘　灿
责任编辑　杨　巍
版式设计　沈晓萌
责任校对　曲凤玲
责任印制　曲凤玲

图书在版编目(CIP)数据

走过高三/刘祥著.—北京:教育科学出版社,2011.6
(新教师成长日记/李镇西主编)
ISBN 978-7-5041-5591-7

Ⅰ.①走…　Ⅱ.①刘…　Ⅲ.①日记—作品集—中国—当代　Ⅳ.①I267.5

中国版本图书馆 CIP 数据核字(2011)第 011203 号

新教师成长日记
走过高三
ZOUGUO GAOSAN

出版发行	教育科学出版社		
社　址	北京·朝阳区安慧北里安园甲 9 号	市场部电话	010-64989009
邮　编	100101	编辑部电话	010-64981265
传　真	010-64891796	网　址	http://www.esph.com.cn
经　销	各地新华书店		
制　作	北京金奥都图文制作中心		
印　刷	北京中科印刷有限公司	版　次	2011 年 6 月第 1 版
开　本	140 毫米×214 毫米　32 开	印　次	2011 年 6 月第 1 次印刷
印　张	18.25	印　数	1—2 600 册
字　数	511 千	定　价	36.00 元